GEMMA O'CONNOR
Tödliche Lügen

Zu diesem Buch

Es ist kaum drei Wochen her, daß Grace Hartfield ziemlich überraschend und brutal von ihrem Mann verlassen wurde. Ein Anwaltschreiben im Briefkasten! Doch es hat nichts mit ihrem Mann zu tun, sondern kündigt eine Erbschaft an: Ihre Schwester sei gestorben – Grace hält sie seit dreißig Jahren für tot. Ihre Nichte Bid habe sich umgebracht – Grace wußte nichts von deren Existenz. Und wer ist der mysteriöse Holländer, der sich im Dubliner Kanal ertränkte? Grace reist nach Dublin und muß mehr und mehr erkennen, daß ein Gespinst aus Halbwahrheiten und Verschleierungen ihr Leben vergiftete, daß Angst und Terror ihre Kindheit bestimmten. Sie folgt den Spuren der drei Toten und wagt es, genau hinzusehen, wagt es, die Büchse der Pandora zu öffnen. Gemma O'Connor gelang ein psychologisch dichter Thriller, der in London und Dublin spielt, dessen Schauplatz aber gleichzeitig die Abgründe menschlichen Versagens sind.

Gemma O'Connor, 1940 in Dublin geboren, lebt in Oxford. Sie war zunächst als Buchbinderin und Restauratorin, dann als Herausgeberin tätig. »Tödliche Lügen« (1995) ist ihr erster Roman, der kurz nach Erscheinen auf die irische Bestsellerliste kam. 1997 erschien ihr zweiter Roman, »Fallende Schatten«, auf deutsch.

GEMMA O'CONNOR

Tödliche Lügen

Psychothriller

Aus dem Englischen von
Inge Leipold

Piper München Zürich

Von Gemma O'Connor liegt in der Serie Piper
außerdem vor:
Fallende Schatten (5659)

Deutsche Erstausgabe
Januar 1998

Titel der englischen Originalausgabe:
»Sins of Omission«, Poolbeg Press Ltd., Dublin 1995

Umschlag: Büro Hamburg
Simone Leitenberger, Susanne Schmitt, Annette Hartwig
Umschlagabbildung: Dave McKean
Foto Umschlagrückseite: Liam White Photography
Satz: Franzis Druck GmbH, München
Druck und Bindung: Elsnerdruck, Berlin
Printed in Germany ISBN 3-492-25708-9

INHALT

Und erneut, wem sonst: John

Prolog

... der springende Punkt ist der: Hätte er, als sie sich zum ersten Mal begegneten, nicht holländisch gesprochen, dann wäre sie nicht davon ausgegangen, daß er Holländer war. Und wäre sie nicht von dieser Annahme ausgegangen, hätte sie vielleicht auch keine weiteren Vermutungen angestellt und hätte nicht so vieles einfach hingenommen und geglaubt. Sie hätte erwartet, mehr über ihn, seine Familie, den Ort seiner Kindheit zu erfahren. Vermutlich hätte sie mehr Fragen gestellt und somit auch mehr erfahren. Oder zumindest wären ihr die riesigen Lücken in ihrem Wissen über ihn aufgefallen, Lücken zudem, auf die auch nur einen Gedanken zu verschwenden sie sich gar nicht erst die Mühe machte.

Jemanden aus ihrer näheren Umgebung hätte sie mit Sicherheit eingehender befragt. Hätte irgendein Nachbar ihre Erwartungen nicht erfüllt, dann hätte er, es ist schon seltsam, mehr Grund zur Besorgnis geliefert. Ihre einmal erwachte Neugierde hätte es wichtig erscheinen lassen, gründlicher nachzuforschen. So daß sie in diesem Fall versucht hätte, etwaigen Unstimmigkeiten auf den Grund zu kommen.

Aber so wie es nun einmal war, eben weil sie glaubte, er stamme aus Holland, einem Land, in dem sie nie gewesen war, kam ihr kaum zu Bewußtsein, wie wenig sie eigentlich über ihn wußte. Irgendwelche Fakten, die nicht zu den anderen paßten, schrieb sie dem Umstand zu, daß er Ausländer war, und schob sie als bedeutungslos beiseite. Die Tatsache, daß sie rein gar nichts über dieses Volk, seine Lebensart und seine Sprache wußte, ließ die Kleinigkeit, daß sie nichts über ihn als Person wußte, in den Hintergrund treten. Von einem scheinbar Fremden nahm sie alles einfach als gegeben hin. Bei einem Einheimischen wäre sie nicht so leichtgläubig gewesen.

Natürlich, Bid war verliebt. Leidenschaftlich, bedingungslos, und ich glaube, auch Cas liebte sie, zumindest am Ende. Keiner, mit dem ich darüber gesprochen habe, schien dies irgendwie in Frage zu stellen. Alle sagten, selbst ein Halbblinder hätte das gesehen. Es war nicht nur die Ähnlichkeit ihrer Temperamente, die sie als Teile eines Ganzen erscheinen ließ, sondern auch weil ihre Freude aneinander nach außen strahlte. Seltsamerweise reichte dieses Strahlen jedoch nicht so weit, daß es auch Menschen um sie herum erfaßte. Eher richtete es eine Barriere zwischen ihnen und der Welt auf. Ein Glück, das man bewundern, an dem man jedoch nicht teilhaben durfte.

Nicht, daß sie oft in Gesellschaft gewesen wären. Fast von Anfang an waren sie sich selbst genug. Als sie ein Paar wurden, merkten ihre Freunde dies gar nicht. Natürlich hätte die Tatsache, daß er nicht frei war – er war verheiratet –, in jedem Fall zu dieser Atmosphäre der Heimlichkeit beigetragen; aber es war mehr als das. Je mehr ihre Beziehung sich vertiefte, desto ausschließlicher bezogen sie sich aufeinander. Sie schufen sich ihre eigene Welt, ihre eigenen Regeln und gestatteten es der Realität einfach nicht, in diese Welt einzudringen.

Doch unglückseligerweise hat diese Realität etwas Hinterhältiges an sich, und nicht einmal die vollkommenste Beziehung bleibt davon unberührt. Je mehr sie sich liebten, desto mehr erfuhren sie voneinander. Zufällige Fragen mußten zu zufälligen Details von Wissen führen. Vielleicht wurden Bids Fragen gegen Ende zielgerichteter – Neugierde läßt sich nicht zum Stillschweigen bringen.

Nach und nach fügten sich die einzelnen Teilchen zu einem Bild, und die Geschichte entfaltete sich. Doch da war es bereits zu spät. Halbwahrheiten und Geheimnistuerei waren ihre Lebensform geworden; unangenehme Tatsachen wurden verdrängt oder ignoriert, so daß sie es schlichtweg verlernten, der Realität ins Auge zu blicken, vor allem wenn sie ihre Beziehung zu gefährden drohte. Denn diese war, bis zum Ende, das einzig Wichtige, und nichts, absolut nichts durfte sie beeinträchtigen.

Es war verhängnisvoll, daß beide, jeder für sich, seit jeher die Gewohnheit hatten, Dingen, die ihnen nicht behagten, aus dem Weg zu gehen. Vielleicht war es vererbt, und auf jeden Fall war es ein wesentlicher Bestandteil von Bids Leben – ich selber neige ebenfalls dazu –, und ihr Grundsatz: »Vergiß es, dann verschwindet es von selbst« war durchaus nicht außergewöhnlich. Solange niemand sie an die Familie ihres Liebhabers erinnerte, konnte sie so tun, als existiere diese nicht. Sich selber wie auch ihrer Mutter gegenüber.

So war es immer gewesen, wie jeder, der sie gekannt hatte, bestätigt. Schon als Bid noch ein Kind gewesen war, hatte ihre Mutter jegliche Vertraulichkeit vermieden. Unangenehme Fragen mochten auftauchen, wurden jedoch nie ausgesprochen. Miteinander zu reden war bei ihnen schlichtweg nicht üblich; alles mußte hübsch und nett und in Ordnung sein, und wenn es das nicht war, dann tat man eben so als ob. Nur daß daraus schließlich ein wenig mehr wurde als bloße Verstellung.

Als daher das durchaus nicht unwesentliche Problem eines verheirateten Liebhabers auftauchte, konnten weder Mutter noch Tochter offen darüber sprechen. Vor allem jedoch ertrugen sie es nicht, die Tatsache einzugestehen, daß dies irgendeine Bedeutung für Bids Zukunft haben könnte.

Das war schon schlimm genug, aber im Lauf der Zeit entwikkelte Bid eine eigensinnige Neigung, jede Besorgnis, die ihr Unwissen über Cas' Vorgeschichte aufkeimen ließ, zu unterdrücken. Was sie sich nicht erklären konnte, lag daran, darauf versteifte sie sich, daß er Ausländer war. Und das war ein Fehler. Ihr größter Fehler war jedoch jene erste Annahme bezüglich seiner Nationalität, und wäre sie nicht davon ausgegangen, hätten nicht vier Menschen sterben müssen.

Grace Hartfield,
Ballymahon,
Sonntag, 29. Oktober 1990

Freitag, 13. April 1990

Letzte Meldung: *Die aus dem Grand Canal geborgene männliche Leiche wurde als vermißter Tourist identifiziert. Solange seine Familie nicht benachrichtigt ist, wird sein Name nicht bekanntgegeben.*

Evening Herald, Spätausgabe

I

»Hey, Mister! Ham Se das gesehn?«

Zwei schmuddelige Bengel rannten das Kanalufer entlang auf den alten Mann zu, der ungefähr fünfzig Meter von der Schleuse entfernt Posten bezogen hatte, um aufmerksam einen Trauerzug zu beobachten, der vor dem Gebäude in der Mitte einer Häuserreihe direkt gegenüber anhielt. Er stand da, die Mütze in der Hand, grummelte leise vor sich hin und blinzelte aus kurzsichtigen Augen zu den sieben oder acht Autos hinüber, die dem gediegenen schwarzen Leichenwagen folgten. Als die Prozession sich schwerfällig wieder in Bewegung setzte, bekreuzigte er sich in einer frommen Geste und murmelte etwas, von wegen daß das keine besonders große Sache gewesen sei.

Nachdem er den Trauerzug begutachtet hatte, drehte er sich zum Wasser um und zog eine kleine weiße Papiertüte aus der Tasche. Immer noch brabbelnd und grummelnd verstreute er Brotkrumen. Die Enten, die vor seinen Füßen herumwatschelten, schnatterten aufgeregt.

»Verschwindet jetzt, ihr da! Weg mit euch!« Schwach wedelte er mit seinen Armen, um die Enten zu vertreiben. Die, längst nicht zufrieden, scherten sich jedoch nicht darum, sondern flatterten voller Gier und noch aufdringlicher von dem schmutzigtrüben Wasser auf.

»Hey, Mister! Mister, ham Se den Mann da gesehn? Mister?« Kleine verdreckte Hände klammerten sich an seine Jacke. Ärgerlich schob er sie weg.

»Was denn? Was wollt ihr?« Er legte die Hand hinters Ohr, während er sich vorbeugte und wütend die beiden kleinen Jungen anstarrte. Seit Tagen schon angelten sie an der Schleuse, ob bei Regen oder Sonnenschein, und damit war er ganz und gar nicht einverstanden.

»Drecklümmel!« Er schob sie weg. »Solltet in der Schule sein.

Was soll noch aus diesem Land werden? Zuviel Fernsehen, das ist es. Und Videos. Haut ab da!«

Einen Augenblick lang wichen die Jungen zurück, aber dann versuchten sie es, wie von etwas Dringlichem getrieben, noch einmal. »Mister! Der is ins Wasser ...«

»Was? Was habt ihr gesagt?« Finster schaute der alte Mann auf sie herunter. Mit schriller Stimme wollten sie gleichzeitig ihre Antwort hervorsprudeln, ungeduldig, fast verzweifelt.

»Einer nach dem anderen und nicht so laut! Ihr braucht mir nicht die Ohren vollzubrüllen!« wetterte er.

Vor Enttäuschung hüpfte der ältere der beiden Jungen auf und ab.

»Aber, Mister. Mister, der Mann. Der is in den Kanal. Der Mann is auf der Bank gesessen. Und gleich drauf«, die Stimme des Jungen gellte schrill, »da war er verschwunden.«

Der Junge unterdrückte ein Schluchzen. Einen Augenblick lang glotzte der Alte sie an, dann scheuchte er sie weg.

»Wie – verschwunden? Wollt ihr mich auf den Arm nehmen oder was?« Er ließ die beiden stehen und ging langsam den Treidelweg hinunter. Im Chor unternahmen sie einen letzten verzweifelten Versuch, zu ihm durchzudringen.

»Nein, Mister, ehrlich. Ins Wasser ... Der Mann ... Ehrlich.« Ihre Augen wurden groß vor Kummer.

Es hatte keinen Sinn. Niedergeschlagen wandten sie sich ab und hielten vergeblich nach jemandem Ausschau, der ihnen vielleicht eher Glauben schenkte. Sonst war jedoch niemand in Sicht, außer den Leuten, die sorglos in den vorbeifahrenden Autos saßen. Sich auf die Straße vorzuwagen, hatte man ihnen jedoch verboten. Unschlüssig trotteten die Jungen auf dem Treidelpfad zurück. Als sie sich der Brücke näherten, packte Billy seinen Kumpel am Arm.

»Du hast's gesehn, Wayne? Du hast gesehn, wie er rein is, oder? Das mußt du doch gesehn haben. Wayne?« Er schüttelte den anderen an der Schulter.

»Laß mich los, Billy. Ich möcht heim. Ich möcht zu meiner Mami. Komm schon, Billy. Bitte, Billy, ich muß aufs Klo.«

Der Kleinere begann zu weinen. Billy legte den Arm um die Schulter seines Freundes und schob ihn Richtung Schleuse.

»Nein, Billy, nein! Ich will nich mehr da hin. Billiii …« Seine Stimme ging in ein durchdringendes Jaulen über, als kleine Rinnsale an seinen Beinen herunterrieselten.

»O herrje, Billy, schau nur, was jetzt passiert ist. Meine Ma bringt mich um. O Billy, was sollen wir machen?«

Zaghaft schlichen sie zum Wasser und spähten hinein. Abgesehen von Luftblasen, die an die Oberfläche stiegen, bewegte sich nichts; keine Spur von dem Mann. Wayne fing wieder zu heulen an.

In dem Augenblick überquerte eine Frau, die sich den Leichenzug angesehen hatte, die Straße und ging auf die Brücke. An einer Leine zog sie einen störrischen kleinen Hund hinter sich her. Während dieser sein vertrautes Territorium markierte, warf sie einen flüchtigen Blick über das Geländer.

»Was soll denn das Spektakel?« rief sie den Kindern zu. »Habt ihr zwei was verloren?« fragte sie und schlenderte zum Ufer zurück.

Die Kinder wechselten einen Blick. Dann rannte der kleinere von beiden sie beinahe um, als er sich von seinem Freund losriß, auf sie zustürmte und sich schluchzend in ihre Arme warf. Sie hielt ihn fest, streichelte geistesabwesend seine muffig riechenden, verfilzten Haare und rümpfte angewidert die Nase. Das andere Kind starrte sie aus schmutzumränderten, geröteten Augen argwöhnisch an. Sein Mund öffnete und schloß sich wieder, während er hin und her schwankte.

»Ist etwas nicht in Ordnung?« fragte sie freundlich und streckte ihm die Hand entgegen.

»Bitte, Missis … bitte … der alte Kerl hat uns nicht glauben wollen … oje, Missis …« Der Junge begann heftig zu zittern. Mit seiner schmutzigen Hand rieb er sich die Nase.

Zusammen mit dem kleineren Jungen, der sich immer noch an sie klammerte, ließ die Frau sich auf das feuchte Gras sinken und streckte ihre freie Hand aus.

Seit einigen Tagen schon wunderte sich Cora Farrell, daß die beiden Jungen nicht in der Schule waren. Wie festgeklebt saßen sie jeden Tag an der Schleuse. Genaugenommen hatte sie sie in den letzten vierzehn Tagen sogar ziemlich oft dort gesehen, wenn sie ihren Hund ausführte. Ob ihre Mütter das wußten, fragte sie sich, oder war es ihnen egal? Sie waren noch schrecklich klein dafür, ständig allein unterwegs zu sein.

Sie lächelte dem Größeren zu.

»Jetzt erzähl mir mal in aller Ruhe, wo's brennt, dann werden wir sehen, ob wir was dagegen machen können. Wie heißt du?«

»Billy, Missis. Und das ist Wayne«, erklärte er ungeduldig.

Hätte schlimmer kommen können, dachte sie; wäre er ein paar Jahre jünger gewesen, dann hieße er vermutlich JR. Ermutigend lächelte sie ihn an.

Niedergeschlagen biß Billy sich auf die Unterlippe. Er wirkte wie betäubt. Vor lauter Anstrengung, jemanden auf etwas aufmerksam zu machen, für das es wahrscheinlich ohnehin schon viel zu spät war, war ihm der Sinn für das, was um ihn vor sich ging, abhanden gekommen. Bedächtig drehte er sich um und deutete auf die Bank vor dem Pub auf dem gegenüberliegenden Ufer des Kanals. Ganz langsam sprach er, als zweifle er allmählich selber an seiner Geschichte.

»Missis, da war so ein Mann … der ist da gesessen, lange, hat Wayne und mich angeschaut …«

Miss Farrells Herzschlag setzte kurz aus.

»Hat er euch etwas getan? Euch angefaßt? Sagt schon, was hat er gemacht?«

»Nix … hat nur Wayne und mir beim Fischen zugeschaut. Gestern war er auch da. Is einfach da gesessen und hat was aus einer Flasche getrunken. Gegessen oder so hat er nix. Dann is er …« Billys Stimme versagte. Er sah zu Boden und begann mit der Schuhspitze im Dreck herumzustochern, während er die ganze Zeit auf seiner Unterlippe herumbiß und die Nase hochzog. Das Kind auf ihrem Schoß schniefte laut.

»Dann is er einfach ins Wasser gegangen, Missis«, flüsterte er. »Is einfach ins Wasser. In der einen Minute war er noch da, und dann hat es einen kleinen Platsch gemacht. Er is ins Wasser gegangen.« Seine Stimme wurde ganz leise vor Furcht.

»Missis, ich glaub, der is ertrunken.«

Er ließ sich auf den Boden fallen und begann heftig zu schluchzen. Die Tränen, die über seine Wangen rannen, hinterließen schwarze Streifen auf seinem Gesicht.

Verblüfft starrte Cora ihn an. Wollte der Junge ihr klarmachen, daß er gerade mit angesehen hatte, wie ein Mann ertrunken war? Ein kleiner Platsch? Sie klammerte sich an diesen Strohhalm, den das Kind ihr unbewußt hingehalten hatte. Der Mann hätte doch bestimmt um Hilfe gerufen? Oder es hätte zumindest einen *großen* Platsch gegeben?

»Billy, denk noch mal genau nach. Hat er um Hilfe gerufen?«

»Nee, Missis, er hat nix gesagt.« Die Stimme des Kindes ging in ein verzweifeltes Heulen über. »Er hat keinen Krach gemacht, Missis … nur einen kleinen Platsch, und dann war es still. Er hat nicht geschrien oder so.« Die großen nassen Augen sahen sie flehentlich an. Sie unterdrückte die in ihr aufsteigende Panik. Der Hund neben ihr begann leise zu winseln.

»Habt ihr gesehen, wie er hineingefallen ist?«

»Nein«, murmelten beide, dann fügte Wayne hinzu: »Da war ein Knoten in unserer Leine. Als wir wieder hingeschaut haben, war er nicht mehr da …« Seine Stimme verlor sich.

»Habt ihr versucht, Hilfe zu holen?«

»Oh, yeah, Missis!« Mit einem Wutschrei erwachte Billy wieder zum Leben. »Aber der alte Kerl hat uns nich zuhören wollen. Hat gesagt, wir lügen. Aber wir haben's gesehn.«

»Habt ihr den Mann früher schon mal gesehen?« Cora überlegte, was, um alles in der Welt, sie jetzt tun sollte.

Rebellisch starrte Billy sie an. Er rechnete eindeutig damit, daß sie ihm seine Geschichte nicht abkaufte.

»Yeah.« Wayne schürzte die Lippen und wischte sich dann mit seinem Hemdsärmel die Nase. »Hat Billy doch schon gesagt. Gestern war er auch da.«

»Hat er da auch getrunken?«

Die Blicke der Kinder trafen sich, und fast gleichzeitig deuteten sie auf den abschüssigen Boden unter der Bank, wo aus einer umgestürzten Flasche der Rest einer bernsteinfarbenen Flüssigkeit sickerte. Eine weitere Flasche, leer, lag ein Stück davon entfernt. Cora Farrell registrierte die Situation und zog ihre eigenen Schlüsse.

»Hat er mit euch geredet?« fragte sie, unschlüssig, was sie als nächstes machen sollte.

»Nee. Wie wir's Ihnen erzählt haben, er is einfach dagesessen. Wir haben ihm gesagt, er kann eins von unseren Sandwiches haben, aber er wollte keins. Hat immer nur auf die Häuser da drüben gestarrt.« Das Kind drehte sich um und deutete zu den Reihenhäusern auf der gegenüberliegenden Straßenseite.

»Und er ist nicht zu euch hingegangen?« Immer noch versuchte sie, eine Entscheidung hinauszuschieben. »Hat er überhaupt was gesagt?«

Schuldbewußt sahen sie einander an.

»Wir haben ihn gefragt, ob wir ihm unsere Angel borgen sollen. Er hat gesagt, nein danke. Das war alles. Ehrlich.«

Beifallheischend sah er sie an.

»Sonst nichts?«

»Nein, Missis. Ehrenwort.«

Miss Cora Farrell stand auf und nahm die beiden Kinder fest bei der Hand. Vorsichtig wagte sie sich ein paar Schritte vor und sah in das Schleusenbecken. Plötzlich erinnerte sie sich, eine flüchtige Bewegung wahrgenommen zu haben, als sie vorhin über das Geländer gesehen hatte. Jetzt rührte sich nichts. Hinter den Schleusentoren verkeilte sich der seit Jahren angestaute Abfall. Ein scheußlicher, ekelerregender Anblick. Aber in dem grau-grünen Wasser regte sich nichts.

Jeder, der da hineinfällt, so dachte sie, wäre vergiftet, lange bevor er ertrank. Warum hatte er nicht um sich geschlagen? Oder war das seinem betrunkenen Zustand zuzuschreiben?

»Gott bewahre uns vor allem Unheil«, murmelte Miss Farrell und berührte in einer frommen Geste die Anstecknadel auf ihrem Revers. Als die kleinen, klebrigen Hände der Jungen sich um ihre schlossen, machte ihr Herz einen Satz, und jetzt geriet sie ernstlich in Panik.

Was, um alles in der Welt, sollte sie tun? Wie sollte sie irgend jemanden davon überzeugen, daß das, was die Kinder erzählten, die Wahrheit war, wie sie selber mittlerweile glaubte? Und was würde es nützen? Wenn der Mann wirklich ins Wasser gegangen war und wenn dies nur fünf Minuten, bevor die Kinder es ihr erzählt hatten, passiert war, dann wäre er jetzt wirklich und wahrhaftig tot. Bei dem Gedanken, was für ein Dreck sich unter der Wasseroberfläche verbarg, wurde ihr übel.

Als sie vorhin die beiden verdreckten Bengel gesehen hatte, war ihr in aller Unschuld der Gedanke gekommen, die armen kleinen Tröpfe hätten vielleicht ein paar Groschen verloren und sie könnte die Sache, mit ein bißchen gutem Willen, wieder ausbügeln. Irgend etwas an ihnen hatte sie gerührt. Jetzt wünschte sie, sie wäre einfach weitergegangen, und verfluchte ihre Neugierde.

Das wird mich lehren, mich um meinen eigenen Kram zu kümmern, dachte sie niedergeschlagen und wußte gleichzeitig, daß keine Aussicht darauf bestand. Sie stand auf.

»Wir gehen jetzt und holen Hilfe«, erklärte sie entschlossen. »Ein Stück die Straße runter ist ein Polizeirevier. Hol eure Angeln raus und leg sie ans Ufer, Billy, da passiert ihnen nichts. Wir lassen Bunch da, damit er auf sie aufpaßt.« Sie verknotete die Hundeleine an einer Sprosse des Schleusentors.

»Wird der Wachmann uns einsperren?« schniefte Wayne.

»Ob die uns drankriegen, weil wir die Schule geschwänzt haben?« fragte Billy argwöhnisch.

»Ganz bestimmt nicht. Sie werden sagen, daß ihr zwei tapfere, prima Jungs seid!« behauptete sie zuversichtlich.

»Klopf auf Holz«, murmelte sie vor sich hin, als sie mit den beiden loszog.

Grace

April bis Ende Juli 1990

BUSH, J.: *HIBERNIA CURIOSA. Brief eines Gentleman aus Dublin ... eine Schilderung der Sitten und Gebräuche, der Neigungen usw. Der Einwohner ... London, Flexney 1764. 8 Bände mit Stichen; Bindung aufgelöst; Restaurierung dringend erforderlich.*

2 Mit sirrenden Reifen fuhr der Milchwagen durch die lange Vorortstraße. Ab und zu hielt er an. Dann spurtete der Milchmann mit zum Schutz gegen den Regen eingezogenem Kopf los. Er rannte die nassen Gartenwege zu den Häusern hinauf und wieder zurück und duckte sich, um möglichen Güssen von den überhängenden Zweigen auszuweichen. Bis auf eine einzelne Frau, deren Umrisse sich in der Tür abzeichneten und die beobachtete, wie er sich ihrem Haus näherte, war die Straße menschenleer. Hin und wieder wandte sie den Kopf und hielt besorgt Ausschau, als warte sie auf jemanden.

Jedesmal wenn er hier vorbeikam, musterte der Milchmann sie verstohlen. Sie war eine Frühaufsteherin und winkte ihm gelegentlich zu, wenn sie in ihrem uralten grünen Mini wegfuhr. Gutaussehende Dame, hatte sich prächtig gehalten, knackige Figur. Hatte sich nicht so gehenlassen wie jemand, den er recht gut kannte. Freundlich; hatte immer einen fröhlichen Gruß für ihn übrig.

Jetzt fiel ihm ihr blasses Gesicht auf, und er fragte sich, ob sie wohl Hilfe bräuchte. Fast rechnete er damit, daß sie ihm etwas zurief, aber das tat sie nicht, ja, sie schien ihn nicht einmal wahrzunehmen. Als er näher kam, spürte er, ihre Verzweiflung war eher resigniert als dringlich.

Sie hätte schon ewig so da stehen können, wie eine Marmorstatue an den Türpfosten gelehnt. Sie sah aus, als hätte sie eine Woche lang nicht geschlafen. Ihren weißen Frotteebademantel hatte sie fest um sich gezogen und den Kragen hochgeschlagen.

Ihr schulterlanges Haar war ungekämmt und hastig hinter die Ohren gestrichen. Ein paar vereinzelte Sommersprossen auf ihrem Nasenrücken hoben die unnatürliche Blässe der Haut hervor, die sich über ihre breiten Wangenknochen spannte. Er war überrascht, um wieviel älter sie aus der Nähe aussah – erschöpft, ausgemergelt, schon in die Jahre gekommen.

»Wollen Sie Milch, Missis?«

»Was?« Ruckartig drehte sie sich um und lächelte ihm dann entschuldigend zu. Für einen Augenblick schien ihr Gesicht verändert. Um die hellen, von dunklen Wimpern umrahmten Augen waren kleine Fältchen zu sehen, als wäre Lächeln eher ihre Gewohnheit als diese blasse Sorge, die sich sogleich wieder auf ihrem Gesicht zeigte.

»Ich hab gefragt, ob Sie Milch wollen?«

»Ach so, nein. 'tschuldigung. Ich habe nach dem Briefträger geschaut. Sie haben ihn nicht gesehen?«

Während sie sprach, waren ihre Hände unablässig in Bewegung; die eine fingerte in der Tasche ihres Bademantels herum, die andere zupfte und zog am Kragen.

»Aber die streiken doch – heute kommt keine Post.« Der Milchmann, der gerade einen Träger mit Flaschen vom Milchwagen herunterheben wollte, hielt inne und sah sie neugierig an.

»Ja. Nein. Der Streik ist vorbei. Das haben sie zumindest gesagt. Gestern abend in den Nachrichten.« Sie wandte sich ab, als würde ihr plötzlich bewußt, daß sie nicht angekleidet war und einen reichlich merkwürdigen Eindruck machen mußte.

»Allerdings glaube ich nicht, daß die in den nächsten paar Tagen Post austragen«, murmelte sie und schenkte ihm ein schwaches Lächeln. »Bis alles wieder richtig läuft.« Als sie hörte, wie die Tür nebenan aufging, zog sie sich in ihre Diele zurück.

»Das würde mich wundern!« dröhnte ihr Nachbar, Jason Pepperstock, der ihre letzte Bemerkung noch halb mitbekommen hatte. »Diese Bande gehört eingelocht.« Mit sichtlichem Vergnügen kostete er jedes einzelne Wort aus und zog dann mit einem lauten Knall die Tür ins Schloß.

»Morgen, Grace!« brüllte er, während er sich unversehens umwandte, einen kleinen, grellbunten Traktor aus dem Weg kickte und direkt in den Milchmann rannte. Drei Milchflaschen krachten zu Boden.

»Passen Sie doch auf, wo Sie hinlaufen, Mann!« raunzte Pepperstock herrisch und stolzierte davon, ohne sich zu entschuldigen. Wütend starrte der Milchmann auf die Scherben und begegnete dann Graces Blick, die über den Zaun sah.

»Wenn Mr. Großkotz seine Milch lose geliefert haben will, kann er das haben!« verkündete er und fügte leise hinzu: »Mistkerl.«

»Scheint sich so richtig einzuregnen«, murmelte Grace im Hineingehen geistesabwesend. »Das schwemmt die Bescherung da weg.«

»Das ist mir schnurzegal«, meinte der Milchmann und stürmte zu seinem Lieferwagen zurück.

Niedergeschlagen schlurfte Grace Hartfield in die Küche zurück, schenkte sich noch eine Tasse Tee ein und versuchte sich zu erinnern, wann laut den Nachrichten wieder Post zugestellt würde. Es konnte sich nur um Tage handeln, bis ... bis was? Panik stieg in ihr auf, bitter wie Galle.

Lieber Gott! Hilf mir doch. Wie sollte sie das schaffen? Sie hatte keine Ahnung, wo er war oder was er vorhatte. Das Undenkbare war geschehen. Hilflos ausgeliefert, ohne Geld, hielt er sie noch gründlicher in Abhängigkeit von sich, als hätte er sie eingesperrt. Ihre Hilflosigkeit machte sie wütend. Wie hatte sie nur so vertrauensselig, so dumm sein können? Er mußte schreiben. Er mußte.

Aber obwohl sie sich an die Hoffnung klammerte, die Post könnte auf irgendeine wundersame Weise ihr Leben wieder in Ordnung bringen, mußte sie sich eingestehen, daß ihrem abwesenden Ehemann auch andere Möglichkeiten offenstanden, ihre Finanzen zu regeln. Zum Beispiel könnte er vorbeikommen. Alles durchsprechen. Oder telefonieren. Wie konnte er es wagen, mit ihrem gemeinsamen Kapital davonzuspazieren und sie so vollkommen seiner Lust und Laune auszuliefern, ohne die

Möglichkeit und die Mittel, ihr Leben selber in die Hand zu nehmen?

Drei Wochen waren seit jener Nacht vergangen, in der er sie verlassen hatte. Das Wasser stand ihr allmählich bis zum Hals, und das Monatsende rückte bedrohlich näher. Wie sollte sie die Rechnungen bezahlen? Könnte sie doch nur diese unablässigen Sorgen abschütteln und sich an die Arbeit machen. Richtige Arbeit. Beispielsweise mußte unbedingt ein neuer Katalog gedruckt werden. Wenn sie nicht ein paar Bücher verkaufte, würde ihr Einkommen restlos versiegen. Und was wäre dann?

Würde das Verkaufen von Büchern überhaupt genügen, jetzt ihren Lebensunterhalt zu sichern? Als sie sich diese Frage stellte, kräuselten sich ihre Lippen zu einem sarkastischen Lächeln. Sie wußte, die Antwort war: nein, außer sie konnte zuerst etwas investieren. Ein umfangreicheres Sortiment, öfter etwas verkaufen, wie ihr Freund George ihr mehr als einmal klargemacht hatte. Ein schlechter Witz. Wer, zum Teufel, würde ihr jetzt Geld leihen?

Die Leute von der Bank würden reden, aber würden sie auch zuhören? Nie hätte sie dieses verdammte Sammelsurium von Sachen kaufen dürfen, von denen sie nichts verstand. Damit quälte sie sich herum, seit er weg war. Dazu bedurfte es Zeit und Mühe, während sie voller Panik so rasch wie möglich verkaufen wollte, um ihre Verluste einigermaßen gering zu halten. Verdammt, verdammt, verdammt! Was, um alles in der Welt, hatte sie bewogen, diesen Krempel zu erstehen? Die vage Aussicht, auch einmal schnell einen guten Schnitt zu machen; dabei hätte schon allein ihre Erfahrung sie vor einer solchen Verrücktheit warnen müssen. Wen hatte sie damit beeindrucken wollen?

Zogen sich die Tage immer so hin? In aller Frühe stand sie auf und wartete auf den Briefträger. Am Morgen darauf und dann an jedem weiteren trübseligen Vormittag, seit fast einer Woche mittlerweile; sie wich der besorgten Anteilnahme des Milchmanns aus, indem sie sich hinter der Tür versteckte, bis die Briefe durch den Türschlitz fielen, aber nachdem fünf, dann sechs Tage vergangen waren, hatte Verzweiflung sie dazu getrieben, auf der Türschwelle zu warten. Auf Nachricht zu warten. Auf Reggie zu warten, und jedesmal krampfte sich dabei ihr Magen zusammen. Sobald ein Zusammentreffen mit einem ihrer Nachbarn drohte, flüchtete sie ins Haus. Ihre Fragen hätte sie nicht ertragen, auch wenn sie noch so freundlich gemeint waren.

Wenn sie später an den Augenblick zurückdachte, als der Postbote ihr das, was sie künftig DEN BRIEF nannte, in die Hand gedrückt hatte, wurde ihr übel. Mit irgend etwas Unangenehmem hatte sie zwar gerechnet, aber plötzlich war sie von etwas viel Schlimmerem überrollt worden.

Als er ihr einen dicken Stapel Post aushändigte, der mit einer weißen Schnur provisorisch zusammengebunden war, murrte der Briefträger wie immer seit dem Ende des Streiks, daß er jetzt viel mehr Post austragen müsse. Hauptsächlich Reklame, ein paar Briefe und, es war nicht zu fassen, ein paar rätselhafte Karten von Reggie. Fast hätte sie den Briefträger angefahren, das meiste davon sei sowieso für den Müll, da drückte er ihr einen gewichtig aussehenden braunen Umschlag in die Hand und forderte sie auf, den Empfang zu bestätigen. Dann verabschiedete er sich mit einem kurzen Nicken und schlurfte den Weg hinunter, weiter vor sich hin grummelnd, daß das Land von einem Haufen linker Streikender erpreßt werde.

Während sie ihm nachsah, umklammerte sie den Umschlag und befingerte nervös das glatte Manilapapier. Schließlich legte sie ihn zusammen mit den anderen Briefen auf die Türschwelle und warf den Rest in den Abfalleimer. Später wünschte sie, sie hätte den ganzen Stapel weggeworfen.

Schon als sie den Umschlag öffnete, hatte sie eine Ahnung, daß er nichts Gutes verhieß. Und sie hatte sich nicht getäuscht, denn als sie ihn las, fegte er mit einem Schlag alle Gewißheiten der Vergangenheit hinweg. Als ihr vom Briefkopf das Wort Rechtsanwalt in die Augen sprang, hatte sie das Gefühl, ohnmächtig zu werden. Scheidung, Scheidung, blinkte es wie eine Neonreklame in ihrem Kopf. Ihr Herz schlug schmerzhaft. Scheidung? Machte man das jetzt so? Gnadenlos, ohne miteinander zu reden? Sie überflog die paar Zeilen. Dann setzte sie sich unvermittelt hin, las den Brief noch einmal von vorne und versuchte, die Worte in irgendeinen sinnvollen Zusammenhang zu bringen.

Zuerst verstand sie überhaupt nichts, als sie vergeblich nach dem Namen Reggies oder dem Wort Scheidung oder gütliche Einigung oder irgendeinem anderen Wort suchte, das zu den Fragen in ihrem dröhnenden Kopf gepaßt hätte.

Es war ein knapper Brief, von einer Londoner Kanzlei an sie gerichtet. Darin hieß es kurz und bündig:

> Laut Auskunft der Herren Quinlan und Bradshaw in Dublin … Nächste Verwandte … Nach dem kürzlichen Tod Ihrer Schwester, Mrs. Eileen Ann Lacey, und ihrer Tochter, Bridget Lacey … Beileid …

Ihre erste Reaktion war schiere Ungläubigkeit. Sie las den Brief noch einmal und ließ sich diesmal Zeit, zwang sich zur Konzentration auf das, was darin stand. Dann rannte sie zum Telefon. Das alles war ein Mißverständnis, mußte es sein. Sie hatten sich in der Person geirrt. Hören Sie, hören Sie mir zu, schrie sie, meine Schwester ist tot.

»Ja, Mrs. Hartfield, deswegen hat man uns gebeten …« Der gemessene Tonfall verriet keine Gemütsregung.

»Nein. Sie verstehen mich nicht! Meine Schwester ist tot. Sie ist vor langer Zeit verschwunden, vor dreißig Jahren. Sie hieß Sullivan, Eileen Sullivan.«

»Richtig, Eileen Ann Lacey, geborene Sullivan. Sie sagen, sie sei verschwunden …?«

»Nein, nein! Tot. Ich habe gesagt, sie ist tot.«

»Ja. Deswegen haben wir Ihnen ja geschrieben.«

»Bitte, so hören Sie mir doch zu. Ihnen ist da ein Fehler unterlaufen. Mein Schwester ist seit langem tot. Seit dreißig Jahren.« Sie spuckte die Worte fast aus.

Es entstand eine lange Pause, ehe er wieder etwas sagte. Nein, er glaube nicht, daß es sich um einen Irrtum handle. Erneut ein langes Schweigen, in das sie ihre ängstliche Frage fallenließ. Wie hatte er sie gefunden? Oh, daran sei nichts Mysteriöses, lautete die entnervend ruhige Antwort. Einer der Testamentsvollstrecker ihrer Schwester hatte gewußt, wo in England sich ihre Eltern niedergelassen hatten. Es war nicht schwierig, dafür gab es ein bestimmtes Verfahren … ein Schema. Ganz einfach. Es erforderte ein wenig Zeit, das war alles. Zeit.

»Wer?« flüsterte sie.

»Ich sehe mal eben nach.« Sie hörte Papier rascheln. »Mrs. Hartfield? Sagt der Name Crowley Ihnen etwas?«

»Nein.«

»Pater Seamus Crowley?«

Fast hätte sie den Hörer aufgelegt, aus Angst, ihr würde übel. Eine Gänsehaut überlief sie. Die mahnend ausgestreckte Hand. Sie schob die Erinnerung beiseite.

»Nein.« Sie hatte Mühe, die Worte zu formulieren. »Nein, Priester gehören nicht zu meinem Bekanntenkreis.«

Erneut setzte er zu einer Erklärung an, wie bei einem kleinen Kind, und bestand mit allem Nachdruck darauf, daß sie diejenige sei, die sich irrte. Während er sprach, verwandelte sich ihre Ungläubigkeit in Zorn und dann Verwirrung. Es war ihr unmöglich, jetzt, da die Sorge um ihre zerrüttete Ehe unerbittlich an ihren Nerven zerrte, das aufzunehmen, das zu begreifen, was er da andeutete. Sie wußte nicht mehr, was bedrohlicher war, die Vergangenheit oder die Gegenwart, und ebensowenig konnte sie zugeben, daß das eine etwas mit dem anderen zu tun haben könnte.

Die Zukunft hatte sie von sich weggeschoben, aus Angst vor dem Alleinsein, aus Angst vor der Schande, aus Angst vor der Ungewißheit. Jetzt, als diese neue Angst in ihr aufstieg und sie zu ersticken drohte, durchzuckte sie plötzlich eine Erinnerung an das müde Gesicht ihrer Mutter, und als das Bild beharrlich wiederkehrte, begann sie, in der Vergangenheit nach Erklärungen für ihr jetziges Scheitern zu suchen.

Jede einzelne bedrohliche Enthüllung des Anwalts machte sie unfähig, sich auch nur einem der Probleme zu stellen. Es bestätigte nur, wie furchtsam sie auf ihre Kindheit zurückgeblickt und wie wenig sie darüber gesprochen hatte. Allmählich gestand sie sich ein, wie gründlich sie zensiert hatte, welche Erinnerungen sie sich gestattete. Immer wieder las sie den Brief, zerknüllte ihn, warf ihn auf den Boden, hob ihn wieder auf und strich ihn sorgfältig glatt, um ihn wie unter Zwang noch einmal zu lesen.

Zwei Tage lang tobte sie in einem Anfall von Putzwut durch das Haus und weigerte sich, an das zu denken, was sie nicht begreifen konnte. Dann kehrte sie, aus Angst vor Müßiggang, der sich bitter rächen würde, in die Sicherheit der Welt ihrer Bücher zurück. Wie besessen arbeitete sie an der Zusammenstellung von ausreichend Material für den neuen Katalog. Viel zu hastig tat sie das, und sie genoß es nicht; ihre übliche gewissenhafte Sorgfalt trat hinter die verzweifelte Notwendigkeit zurück, Geld aufzutreiben. An dem Nachmittag, als sie die korrigierten Fahnenabzüge in die Druckerei brachte, rief der Anwalt wieder an:

»Es sind nur noch ein oder zwei Punkte zu klären. Mrs. Hartfield, hören Sie mir überhaupt zu?«

Die Erbschaft würde sie einigermaßen wohlhabend machen; der Besitz war nicht unbeträchtlich: das Haus ihrer Schwester in Dublin, die Wohnung ihrer Nichte in London. Insgesamt eine ganz ordentliche Summe. Schwang in seinen Worten so etwas wie Gehässigkeit mit?

Schwester? Nichte? Mit brutaler Direktheit verfügte er über ihre Leben und löste bei ihr eine Mischung aus Empörung und Abscheu darüber aus, wie er die beiden Frauen so fein säuberlich zu den Akten legte. Wegräumte, um *sie* frei zu machen. Zu einem Einkommen machte, über das *sie* verfügen konnte.

Sie schwieg und dachte an die Ängste, die sie in den vergangenen Wochen ausgestanden hatte, an die unbezahlten Rechnungen, an ihren verschwundenen Ehemann. Dann kam ihr ein seltsamer Gedanke: Sie befand sich nun Reggie gegenüber in einer stärkeren Position. Für den Bruchteil einer Sekunde überkam sie ein Gefühl der Hochstimmung, ehe ihr schmerzender

Magen neues Entsetzen ankündigte. Durfte sie sich überreden lassen, ein Verbrechen zu begehen, indem sie Eigentum für sich beanspruchte, auf das sie kein Recht hatte?

Fast wäre sie damit herausgeplatzt, als der Anwalt sie mit dem Vorschlag überraschte, sie solle doch seinen Kollegen in Dublin anrufen.

»Er würde gerne einiges mit Ihnen besprechen.«

Es dauerte eine Zeit, aber als sie den Mut dazu aufbrachte, zerstreute die gelassene Stimme des Iren im Handumdrehen ihre Ängste. Er brachte sie zum Reden. Er stellte keine peinlichen Fragen, im Grunde genommen stellte er überhaupt keine Fragen, sondern sprach etwas zusammenhangslos über dieses und jenes, nichts im besonderen, wie ein alter Freund, den man schätzt. Im Verlauf von zwei oder drei Telefonaten ließ sie es zu, daß er Informationen aus ihr herauslockte, die sie vergessen oder verdrängt hatte.

Hatte sie irgendeine Erinnerung an den Ort, an dem sie geboren war? Wann war ihre Familie nach Birmingham gezogen? Wie war es möglich, daß sie so wenig von ihrer toten Schwester wußte? Erinnern Sie sich, erinnern Sie sich. Täglich trafen irgendwelche Rechtsbelehrungen ein, wurden Briefe zur Abwicklung des Verfahrens diktiert. Dann, als sie nach ihrem dritten oder vierten Gespräch auflegen wollte, erklärte er ganz beiläufig:

»Ich glaube, wir können das Ganze jetzt zu einem Abschluß bringen, wenn Sie so freundlich wären, bei mir im Büro vorbeizuschauen.« Das sagte er, als läge es nur ein Stück die Straße hinunter, und sie stimmte zu, ohne weiter zu überlegen. Er schien es nicht für notwendig zu halten, sie zu fragen, ob sie sich das Flugticket leisten konnte, und sie brachte es nicht über sich, ihn um einen Vorschuß auf das, was er als das »in Aussicht Stehende« bezeichnete, zu bitten.

Sie starrte das Telefon an und trommelte geistesabwesend mit den Fingern auf den Tisch, während sie überlegte, wie es um ihre Finanzen bestellt war. Viel kam dabei nicht heraus: sechsundfünfzig Pfund und zweiundvierzig Pence in bar. Nicht genug, um die Reise nach Dublin zu bezahlen. Ihre Kreditkarte hatte sie mittlerweile fast ausgeschöpft, und bald würde die erste (höfliche) Aufforderung eintreffen, die Summe zu begleichen oder … Noch zwölf Tage bis Monatsende. Am zweiundzwanzigsten war die Telefonrechnung fällig. Nur so zur Einstimmung.

Konnte sie sich an den Anwalt wenden? Sollte sie das machen? Obwohl die Versuchung groß war, übte die Aussicht, ihre Seele bloßzulegen und zuzugeben, daß sie nahezu pleite war, keinen besonders großen Reiz auf sie aus. Schlimm genug, daß sie selber wußte, wie es aussah; sie konnte auch ohne sein anzügliches Mitgefühl auskommen.

Eine gründliche Durchsuchung ihrer Kleider brachte aus verschiedenen Taschen nur vier Pfund und zehn Pence zum Vorschein. Als sie jedoch Reggies Kleiderschrank durchstöberte, stieß sie auf eine wahre Goldgrube in Form einer Einkaufstüte von Marks and Spencer, die ein Sortiment an Hemden, Unterwäsche und Socken enthielt, alles ungeöffnet und die Preisschilder noch dran. Sie war völlig verblüfft. Normalerweise überließ Reggie, der nur äußerst ungern einkaufte, das Besorgen von Wäsche und derlei seiner Frau, und diesen Stapel da hatte Grace eindeutig nicht gekauft. Wer dann? Quittung fand sie keine und damit auch keinen Hinweis darauf, wie lange die Tüte schon hier herumlag. Aber einem geschenkten Gaul schaut man nicht ins Maul.

Mit einem Funkeln in den Augen und der Plastiktüte unter dem Arm machte Grace sich auf den Weg zum Ealing Broadway. Die junge Frau an der Kasse sah sich die Sachen an und stellte ihr Einkaufsgutscheine aus. Keine Quittung, kein Bargeld. Die Witwe Hartfield setzte eine Miene auf, die, so hoffte sie, zumindest annähernd den Kummer über einen kürzlichen Verlust zum Ausdruck brachte, beugte sich über den Tresen und flüsterte ihr etwas ins Ohr. Das Mädchen rief seinerseits die Geschäftsführerin. Sie berieten sich leise und musterten dabei aus den Augenwinkeln Grace, die traurig in die Ferne starrte. In einem plötzlichen Entschluß und unter Beileidsbekundungen händigten sie ihr einen ansehnlichen Packen knisternder

Geldscheine im Wert von einhundertundvierunddreißig Pfund aus.

Draußen legte die erfindungsreiche Grace ihre trauernde Miene ab und hastete zum Reisebüro. Der Flug, hin und zurück, kostete einhundertundachtzehn Pfund. Jetzt bat Grace Dee Pepperstock um Hilfe.

»Wieviel brauchst du?« Dee war erstaunlich pingelig, als es um das Warum und Wozu ging. Ihr Füller schwebte über ihrem Scheckbuch. Grace räusperte sich und zog eine Grimasse.

»Hundert Pfund?« murmelte sie. »Es ist nur für, hm, ein paar Wochen.« Sie biß sich auf die Lippen. »Bar?«

»Bar? So viel habe ich nicht im Haus. Reicht es, wenn ich es dir morgen gebe?«

Erneut räusperte sich Grace. »Besser wäre es heute – geht das?«

»Ich lauf zur Bank.« Dee zuckte die Schultern und stand auf. »Du mußt aber auf die Kinder aufpassen. Macht es dir was aus, wenn ich unterwegs noch ein paar Besorgungen mache? Ich bin vor fünf wieder zurück.«

Grace sah sie an. »Laß dir nur Zeit«, meinte sie lässig. »Ich habe ohnehin nichts anderes zu tun.«

Am nächsten Morgen flog sie in aller Frühe nach Dublin. Da sie sich voller Befürchtungen auf den Weg gemacht hatte, war sie überrascht, wie freundlich man sie empfing.

Bartley Quinlan war von ausladender und gedrungener Gestalt; sein rotes Gesicht zierte ein Backenbart. Als er sich erhob, um sie zu begrüßen, war Grace völlig entwaffnet, da sie ihn mit ihren ein Meter fünfundsiebzig überragte. Er schien das gar nicht zu bemerken oder aber sich nichts daraus zu machen, sondern behandelte sie weiterhin wie eine geschätzte oder eigentlich, genauer gesagt, wie eine arme Verwandte.

Anfangs nahm Grace seine Pickwicksche Art für bare Münze. Allerdings wurde ihr unbehaglich zumute, als sie merkte, wie geschickt er sie dazu verleitete, irgendwelche Dinge zu enthüllen. Gegen Ende des ausführlichen Gesprächs, als er ein Riesenaufhebens davon machte, welche Kekse er ihr zum Tee anbieten sollte, fragte er sie listig, ob sie Seamus Crowley kennenlernen wolle. Außer dem Geräusch des Löffels, mit dem er seinen Tee umrührte, war kein Laut zu hören.

Als sie sich dagegen sträubte, versuchte er erst gar nicht, seine Überraschung zu verhehlen. Er sah sie einfach an und strich sich dabei mit seinen fleischigen Fingern über die Lippen, während sie ihre Einwände vorbrachte. In dem darauffolgenden Schweigen verspürte sie plötzlich das überwältigende Bedürfnis, sich über den Schreibtisch zu beugen und ihr Gesicht an dieser starken, männlichen, nadelgestreiften Schulter zu verbergen.

Ihre Verwirrtheit irritierte und berührte Quinlan. Während er sie so beobachtete, fragte er sich, wie eine derart kultivierte Frau so wenig Selbstvertrauen haben konnte. Irgendwie hatte ihre Verletzlichkeit etwas entwaffnend Jugendliches. Er hatte nicht mit einer so relativ jungen Frau gerechnet, eher mit einer im Alter ihrer Schwester. Zwischen den beiden schien ein Altersunterschied von zehn oder zwölf Jahren zu bestehen, vielleicht sogar mehr. Sie hätten also fast Mutter und Tochter sein können.

Allerdings erinnerten ihn ihre hastigen, nervösen Bewegungen an jene ältere Dame, die hierher zu ihm gekommen war, um das verhängnisvolle Testament zu unterzeichnen. Wann war das gewesen? Vor zwei Jahren, oder war es noch länger her? Eine hübsche Frau, aber als Eileen Lacey ein paar Monate später noch einmal vorbeigekommen war, um etwas zu überprüfen, war sie von der Krankheit bereits schwer gezeichnet gewesen; ihr elendes Aussehen hatte ihn erschüttert. Auch diese hier sah so schrecklich besorgt drein. In diesem Punkt ähnelten sie einander – und in ihrer zermürbenden Art zu schweigen. Eileen hatte nie auch nur mit einem Wort eine Schwester erwähnt. Eine sehr auf sich zurückgezogene Frau, auf ihre Art furchteinflößend, dachte er leicht mißbilligend. Mit Sicherheit hatte sie den armen alten Fergus ganz schön nach ihrer Pfeife tanzen lassen.

Die hier ließ auch eine Spur davon erkennen, war jedoch weit unsicherer. Nicht unsicher genug, um irgend etwas von sich preiszugeben. Keine Erwähnung ihrer Familie beispielsweise.

Seltsam, die meisten Frauen beriefen sich auf ihren Mann oder ihre Familie, Grace Hartfield jedoch nicht.

Daß sie keine Kinder erwähnte, war nicht verwunderlich, denn sie hatte keine. Aber einen Ehemann hatte sie, seit mehr als zwanzig Jahren: Reginald Staveley Hartfield, Werbetexter. War gerade aus einer großen Londoner Agentur hinauskomplimentiert worden. O ja, er hatte einiges über die Hartfields in Erfahrung gebracht, auf die eine oder andere Weise. Gewisse Schwierigkeiten in der Ehe, das schloß er aus ihrer nervösen Besorgtheit. Was ihre Kinderlosigkeit betraf, so schrieb er dieser, etwas sentimental, ihre undefinierbare Traurigkeit und, etwas weniger sentimental, ihre schlanke, jugendliche Figur zu. Aber was auch immer für Sorgen sie quälten, sie erwähnte sie mit keinem Wort.

Davon und über sich selber ließ sie nichts verlauten. Auf ihre Weise war sie wohl eine recht bemerkenswerte Buchhändlerin. Das wußte er, weil sein Londoner Kollege jemanden kannte, der regelmäßig bei ihr kaufte. George sowieso. Und dieser George hatte offenbar gesagt, Hartfield Regional Books sei eine gute Adresse.

Beide Frauen waren irgendwie beeindruckend. Geheimnisvoll. Die ruhigen, hellen Augen, die so wenig und doch so viel preisgaben. Er vermutete, die ganze Angelegenheit brachte Mrs. Grace Hartfield an den Rand eines Nervenzusammenbruchs. Nur mit Mühe hielt sie sich unter Kontrolle; ihr war offensichtlich klar, was für einen Eindruck sie erweckte, und das ärgerte sie. Zu zurückgezogen, zu intelligent, um diese Einmischung in ihr Leben nicht übelzunehmen.

Sein unverwandter Blick hielt ihrem stand. Irgendeine seiner Äußerungen hatte sie an einem wunden Punkt getroffen. Welche? Die Erwähnung des Priesters. Vermutlich nichts weiter als der verständliche Widerwille einer abtrünnigen Katholikin. Darüber kann man nur ein Amen sprechen, dachte er fromm.

»Ich fliege heute abend zurück«, unterbrach sie ihn in seinen Grübeleien. »Vielleicht ein andermal.«

»Heute abend, hm?« Bartley Quinlan lehnte sich zurück, zog

seine altertümliche Uhr aus seiner entsprechend altmodischen Westentasche und schlug in einem Anfall onkelhafter Leutseligkeit vor, gemeinsam zu Mittag zu essen.

»Lassen Sie sich Zeit«, erklärte er und tätschelte ihre Hand, als sie in ihre Jacke schlüpfte. »Seamus kann warten. Er hat alle Zeit der Welt. Hat er sich nicht erst vor kurzem zur Ruhe gesetzt? Das ist doch zu etwas gut.« Er hielt inne und zwinkerte ihr verschwörerisch zu. Grace jedoch wich seinem Blick aus, murmelte etwas von wegen Zukunft und spürte, wie die vertrauten Krämpfe ihre Eingeweide zu Gelee verwandelten. Er brachte es nicht übers Herz, weiter in sie zu dringen.

»Ich sage nur meinem Sekretär, er soll die Stellung hier halten, dann gehen wir ins Burlington. Ist ganz in der Nähe. Die servieren recht ordentliches Essen, und ein kleiner Spaziergang wird uns guttun.«

Beim Mittagessen beschrieb er ihr das Haus in Dublin und die Wohnung in London, die ihr gehören würden. Er nannte Namen und Adressen. Dann, fast ohne zwischendurch Atem zu holen und die Augen unverwandt auf ihr Gesicht geheftet, schilderte er unverblümt die düsteren Umstände der gewaltsamen Art und Weise, wie dieser plötzliche Reichtum ihr zugefallen war.

»Ich verstehe nicht ... ich bin davon ausgegangen, sie seien gleichzeitig umgekommen ... bei einem ... Autounfall.«

Der Anwalt kniff die Augen zusammen. »Aber das habe ich Ihnen doch geschrieben, in meinem Brief. Das einzige Kind Ihrer Schwester hat Selbstmord begangen. Beide sind binnen einer Woche gestorben.« Er schwieg einige Minuten, ehe er ihr die Geschichte geduldig noch einmal erzählte. Inzwischen war er ihre Art, etwas einfach nicht zur Kenntnis zu nehmen, schon fast gewöhnt.

Anschließend spazierten sie den Kanal entlang, den sie schließlich überquerten, um zum Hotel zu gelangen. Sie kamen an zwei Schleusen vorbei, ehe er sie am Arm faßte und auf ein großes, heruntergekommenes Gebäude in der Mitte einer Häuserreihe auf der anderen Straßenseite deutete.

»Das ist es, da drüben. Dort haben die Laceys gewohnt.«

Das Haus am Kanal wie auch die Wohnung in London gehörten jetzt ihr oder würden ihr gehören, erklärte er, sobald das Testament für rechtswirksam erklärt wurde. Ob sie es sich kurz von innen ansehen wolle? Sie haßte seinen forschenden Blick. Schweigend standen sie da, während er mit dem Schlüssel herumfummelte, aber gerade als sie soweit waren einzutreten, wandte sie sich ab und erklärte leise, sie würde gerne nach Hause, sie sei noch nicht soweit.

Es war, als tauchte sie aus einem Traum auf. Er redete ihr gut zu, leichthin, bis ihre zögerlichen Einwände entschiedener wurden und sie laut und unkontrolliert zu schluchzen begann. Da nahm er sie fest am Arm und führte sie zu dem Pub auf der anderen Seite der Brücke, wo er ihr ein großes Glas in die Hand drückte.

»Das ist nur der Schock«, erklärte er, »die verzögerte Schockwirkung. Gleich geht es Ihnen wieder besser.« Er klang so gütig, so besorgt, so väterlich. Ihr Freund. Er wußte soviel mehr über sie als irgend jemand sonst. Um sie begann sich alles zu drehen.

Plötzlich konnte sie nicht mehr aufhören zu reden. Sie mußte es wissen. Sie mußte etwas über diese Frau erfahren – noch konnte sie nicht Schwester sagen –, ehe sie annehmen konnte … das alles annehmen … sie … das … was ihr gehörte. Alles: das Haus, das Geld, die Briefe, die Kleider, die Geheimnisse.

»Geheimnisse?« Interessiert blickte er sie an, aber seine Bemerkung ging in der Flut ihrer Ängste unter, als sie erneut ihre starrsinnige Überzeugung äußerte, trotz seiner Beteuerungen, trotz des Beweismaterials, das er ihr vorgelegt hatte, wisse sie, wisse mit völliger Sicherheit, die toten Frauen konnten nicht mit ihr verwandt sein. Wie denn auch? Man möchte doch meinen, daß man seine eigene Schwester kennt, auch seine Nichte. Sie hatte jedoch keine von beiden gekannt.

Er tätschelte ihre Hand und beschwichtigte ihre Einwände, wie man ein quengelndes Kind beruhigt. Da schwieg sie. Er hat einen Fehler gemacht, sagte sie zu sich selber, und schwor sich, sie würde, sie mußte beweisen, daß er sich geirrt hatte.

Wieder tätschelte er ihre Hand, aber sie zog sie zurück. Es

würde eine Zeit dauern, bis sie soweit war, denn wenn sie akzeptierte, was er behauptete, dann würde in der Tat ihr Leben mit einem Mal auf den Kopf gestellt. All die schlichten Tatsachen ihrer Vergangenheit, an die sie geglaubt hatte, gälten dann nicht mehr. Wer war sie? Was war sie? Sie müßte verstehen und sich darauf einstellen, ehe sie etwas erklären konnte.

Das Ganze war von zu großer Tragweite. Sie konnte nicht hier anfangen, denn an wen sollte sie sich wenden in dieser Stadt, in der sie niemanden kannte außer einem Rechtsanwalt, der behauptete, mehr über ihr Leben zu wissen als sie selber? Er schreckte sie mit seinen sorgfältig formulierten Gewißheiten und ließ damit die zerbrechlichen Schichten, die Reggie noch unversehrt gelassen hatte, abbröckeln. Was bliebe übrig, wenn man sie in aller Seelenruhe auch noch der einzigen Identität, die sie kannte, beraubte?

Als sie schließlich schwieg, schlug er ihr vor, zusammen mit ihm in sein Büro zurückzukehren, um sich ein Weilchen auszuruhen, während er ihre Angelegenheiten regelte.

»Danke, aber ich glaube, ich bleibe noch ein bißchen hier. Um wieviel Uhr sind Sie soweit?«

»Fünf? Halb sechs? Kommen Sie so ungefähr um die Zeit. Ich sorge dafür, daß Sie dann jemand zum Flughafen bringt.«

Als sie zu einem Protest ansetzte, hob er die Hand. »Ich kümmere mich darum, Mrs. Hartfield. Das kostet Sie natürlich nichts«, erklärte er verbindlich und rauschte hinaus.

Drei Stunden lang streifte sie ziellos durch die Stadt. Sie nahm niemanden richtig wahr, sprach kaum ein Wort, wunderte sich, warum sie keine Spur von Vertrautheit empfand. Es gelang ihr einfach nicht. Sie erstarrte in ihrem eigenen Elend und ging in immer enger werdenden Kreisen durch die breiten Straßen. Ohne es zu bemerken, entfernte sie sich weder weit vom Fitzwilliam Square, wo Quinlan seine Kanzlei hatte, noch von den Grenzen zwischen Rathmines und ›The House‹. Erst als sie sich auf der Bank vor dem Pub am Kanalufer wiederfand, wurde ihr allmählich klar, der Kreis hatte sich geschlossen.

Sie hatte die verrückte Vorstellung, beobachtet, auf irgendeine Weise zu dem Haus hingelenkt zu werden. Und sie war überzeugt, ginge sie jetzt hinein, dann wäre da jemand, dem es gehörte, und der würde über sie herfallen, und dann geriete ihr Alptraum vollends außer Kontrolle. Der Gedanke ließ sie erstarren. Alles schien ihr zu entgleiten, die Fixpunkte in ihrem Leben waren verschwunden. Hilflos trieb sie dahin.

Wie hypnotisiert und unfähig, sich loszureißen, saß sie da und starrte das Haus an, versuchte, sich ein Leben darin vorzustellen, zwang sich, an eine kleine Familie zu denken.

Nur wenige Leute gingen vorbei. Ein paar angelnde Kinder beäugten sie neugierig und brüllten einander in einem rauhen, kehligen Akzent etwas zu, das sie nicht verstand. Ein reizbar wirkender alter Mann fütterte die Enten. Er holte altbackene Brotstücke aus der Tasche und murrte und brabbelte im Dahingehen vor sich hin. Eine kleingewachsene, rüstige Frau führte ihren herumschnüffelnden Hund aus, der bei einem verwelkten Strauß Blumen neben dem Schleusentor herumscharrte. Sie zog an der Leine, die sich straffte, und bekreuzigte sich hastig, ehe sie einen anderen Spaziergänger begrüßte. Während sie sich unterhielten, schien sie ein- oder zweimal nahe daran zu sein, Grace anzusprechen, drehte sich jedoch statt dessen um, als sei ihr dieser plötzliche Impuls peinlich. Halb hob sie die Hand, als sie die Brücke überquerte, und starrte zurück; dann schüttelte sie den Kopf und ging weiter.

Die Häuserreihe gegenüber bestand aus neun Gebäuden. Wie besessen musterte Grace sie. Es kostete sie einige Anstrengungen, sich auf das heruntergekommene Haus und nicht so sehr auf seine verstorbenen Bewohner zu konzentrieren. Sie versuchte, sein Alter zu schätzen. Unbewußt hatte sie gemerkt, daß die Architektur hier sich von einem Jahrhundert zum nächsten kaum verändert hatte, so daß die einzelnen Häuser schwer zu datieren waren.

Die drei mittleren Häuser waren ein Stockwerk höher als die anderen und schufen jene angenehme, für das Georgianische und Viktorianische Dublin so charakteristische Symmetrie. Ihr Blick glitt über das eine Haus hinweg, das sie so faszinierte und abstieß. An dem nebenan befand sich eine Gedenktafel. Sie erinnerte sich, den Rechtsanwalt darauf aufmerksam gemacht zu haben, als dieser mit dem Schlüssel in der Hand dagestanden war. Die Worte waren ihr im Gedächtnis haftengeblieben.

JOHN MITCHEL
JOURNALIST, RECHTSANWALT, PATRIOT
1815–75

Unwillkürlich hatte sie gesagt: »Die haben die Telefonnummer vergessen.«

Er hatte gelächelt und sarkastisch bemerkt, Mitchel hätte es wohl besser gefallen, wenn man die Reihenfolge seiner Tätigkeiten umgekehrt hätte. Dann hatte er sie jedoch besorgt und schließlich erschrocken angesehen, als sie aufgeregt etwas vom relativen Wert dieser Berufe und seiner »Nebenberufung« dahergeschwatzt hatte.

»Er hätte besser daran getan, bei seinen Berufen zu bleiben«, hatte Quinlan nüchtern bemerkt, »denn für sein patriotisches Pflichtbewußtsein wurde er des Landes verwiesen.«

Drei oder vier der Häuser erstrahlten bereits in frisch renovierter Schmuckheit. Der öffentliche Platz davor war jedoch bislang von allen Versuchen, ihn zu verschönern, verschont geblieben. Nur wenige Leute gingen in die Häuser oder kamen aus ihnen heraus, außer bei dem letzten auf der linken Seite, wenn sie über die Straße sah. Das Transzendentale Meditationszentrum zog die Jugend an, und als sie das Kommen und Gehen betrachtete, begann sie sich Gedanken über ihre Schwester und deren Kind zu machen.

Wie hatten sie ausgesehen? Sie versuchte, sich das Mädchen vorzustellen, und fragte sich geistesabwesend, ob sie einander ähnlich gesehen hatten. Mit dreißig, fast einunddreißig war sie in der Blüte ihrer Jahre gestanden, oder hatte sie zu jenen gehört, die früh erblühten? Groß- oder kleingewachsen? Dunkel wie Grace oder blond? Dick oder dünn? Bridget Kate. Ein hübscher Name. Ungewöhnlich. Offenbar nicht Katherine, einfach Kate.

Sie stellte sie sich vor, wie sie hier ein und aus ging, den Kanal entlangspazierte, vom Mädchen zur Frau heranwuchs. Hatte sie Freunde hier gehabt, Liebhaber?

Unvermeidlich hatte sich Graces Interesse auf die Tochter verlagert, die irgendwie eine geringere Bedrohung darstellte als die Mutter. Ein paarmal während der endlosen Stunden, in denen sie auf die Dokumente wartete, die ihr, so hatte es geheißen, den Zugang zur Wohnung des Mädchens in London ermöglichen würden, gestattete sie sich, über ihre tote, unbekannte Nichte nachzudenken. Tote Mutter, totes Kind. Die Vertraulichkeit, sie beim Namen zu nennen, konnte sie sich nicht herausnehmen, aber irgendwoher erwuchs ein unbändiger Wunsch zu verstehen, sich an dem zu rächen, was auf so verheerende Weise die beiden ausgelöscht und sie, Grace, alleine zurückgelassen hatte, schutzlos und verwirrt. Würde sie mehr verstehen, wenn sie mehr wüßte?

Wo und wie sollte sie anfangen? Die Jüngere, so hatte man ihr gesagt, hatte seit zehn Jahren in London gelebt. London, der Trost, der darin lag, den Namen auszusprechen, war fast greifbar. Sicheres, vertrautes London. Heim und Familie. Wo sie ihre glücklichsten Tage verbracht hatte.

Hatte Bridget Kate das auch so empfunden? Hatte sie gewußt, welch ein Vergnügen es ist, an Sonntagvormittagen durch halbleere Museen zu schlendern? Alle nur denkbaren Vergnügungen der Welt in Reichweite zu wissen? Unerschütterliche, solide Bürger wie Zombies in überfüllten Zügen sitzen zu sehen? Nachts auszugehen, durch die pulsierenden Straßen zu streifen? Hatte sie je das tödliche Entsetzen verspürt, allein zu sein, während alle anderen paarweise dahinschlenderten?

Clerkenwell. All die Jahre, in denen sie sich auf der Straße, bei irgendeiner Party, in einem Theater oder beim Aussuchen von Hüten hätten begegnen können. Beide waren sie Londonerinnen, möglicherweise mit ähnlichen Vorlieben, vielleicht sogar gemeinsamen Interessen. Wäre ein Schimmer des Wiedererkennens zwischen ihnen aufgeflackert? Eine spontane Sympathie? Londonerinnen. Alleine in ihrem Alptraum, tröstete diese Gemeinsamkeit sie; nur dieses Terrain konnte sie erkunden. Das Mädchen hatte keine zehn Meilen entfernt von der Tante, die sie nie gekannt hatte, gelebt. All diese Jahre der Sehnsucht nach Kindern, als sie von einer gynäkologischen Demütigung zur nächsten getrottet war, während die ganze Zeit eine Art Ersatzkind so nahe gewesen war. Es war ein Jammer. Sie hätten Freundinnen sein können.

Verbündete sogar. In ihr wuchs langsam die Idee heran und nahm Gestalt an, daß das Mädchen ihr helfen könnte, die Absonderlichkeiten der Vergangenheit ihrer Familie zu entwirren. Graces Entschluß stand fest: Die Mutter konnte warten. Sie konnte sich nicht, wollte sich nicht in die Nähe dieses schrecklichen Hauses wagen. Sobald sie wieder in London war, würde sie vom anderen Ende her beginnen.

BINYON, Laurence: *DREAM-COME-TRUE, London, Eragny Press 1905. Seltenes Exemplar des von Lucien Pisarro gestalteten schmalen Bändchens. Seitenkanten abgewetzt, Rücken defekt, trotzdem elegant. Selten.*

3 Es war schon weit nach Mitternacht, als sie nach Hause kam, wie betäubt vor Erschöpfung. Während sie mit dem Schlüssel hantierte, hörte sie das Telefon schrillen. Reggie, betrunken und völlig wirr, wollte wissen, wo sie gewesen war. Als sie sich weigerte, es ihm zu sagen, kündigte er an, er werde »vorbeikommen«.

»Von wo?« fragte sie kühl.

Und wozu? Um sie vor dem Gasofen zu retten? Hatte er vergessen, daß sie keine Ahnung hatte, wo er sich aufhielt? Für ihr Kommen und Gehen war seine Erlaubnis nicht erforderlich. Sie kam alleine zurecht. Sollte er doch seinem verdammten Bedürfnis nach Privatleben nachgeben und zur Hölle fahren.

Er war nicht zu bremsen in seiner Redseligkeit. Offensichtlich erwartete er Bekundungen unsterblicher Zuneigung und Abhängigkeit und schien verblüfft, wie abweisend sie war. Sie spürte einen Anflug von Hochstimmung. Die Illusion seiner Stärke war fast dahin, obwohl sie sich immer noch hartnäckig daran klammerte. Aber sie ließ sich nicht mehr von seiner weinerlichen Sentimentalität einwickeln.

Daß er überflüssig geworden, ohne Arbeit war, hat sein Leben, seinen Stolz, seine Selbstachtung zerstört, dachte sie, und ob er das nun beabsichtigt oder nicht, er macht auch mich überflüssig.

Vorsichtig legte sie den Hörer auf den Tisch, ging in die Küche und verschloß die Tür vor dem gedämpften Poltern seiner Stimme. Trunken vor Selbstmitleid, zerstörte er alles in Reichweite. Mir ist etwas weit Bedeutsameres geschehen, wollte sie herausbrüllen, von viel größerer Tragweite noch als Arbeitslosigkeit oder ein durchgebrannter Ehemann. War es nicht eine Ironie, dachte sie bitter, als sie sich einen Schlummertrunk eingoß, was er für Unabhängigkeit und Eigenständigkeit hielt, bewirkte in einem Augenblick das, was sie in all den Wochen mit ihrem Flehen nicht erreicht hatte?

Zu spät. Sie hatte nicht vor, sich weiter seinen Launen zu unterwerfen. Die Ereignisse der letzten Tage hatten ihr Mitgefühl abgestumpft, und zum ersten Mal empfand sie eher Abscheu als Angst vor seinem Beharren darauf, Zeit für sich selber zu brauchen. Könnte gut sein, daß ich selber Geschmack daran finde, sagte sie sich mit einem Gefühl der Überlegenheit. Jetzt verfügte sie über die entsprechenden Mittel. Die gemeine Brutalität dieser boshaften Überlegung erstaunte sie.

Sie würde ihm nichts davon sagen. Kein Wort. Denn dann würde er das Ganze an sich reißen: ihr Anweisungen erteilen, sie herumkommandieren, alles organisieren. Sie würde hinter seiner männlichen Art, die Dinge zu regeln, verschwinden. Keiner einzigen Herausforderung würde sie sich stellen, nichts würde geklärt werden. Ihre unpassenderweise wiederauferstandene

Familie würde leichthin beiseite geschoben, erledigt, ihrer Kontrolle entzogen werden.

Als sie erschöpft die Treppe hinaufging, wurde ihr mit vollkommener Gewißheit klar, diese Reise in ihre Vergangenheit wollte sie alleine unternehmen, um sich ohne Ablenkung mit allem auseinanderzusetzen, was ans Licht käme. Und wenn sie ehrlich war, sie wollte lieber alleine hinter diese Geschichte kommen. Zum Teufel damit, alles miteinander zu teilen. Wie könnte sie ihm je noch trauen? Die Willfährige, die nie aufbegehrt hatte, begann zu rebellieren. Auch sie brauchte Zeit für sich. Sie rannte die Treppe wieder hinunter.

»Warum haust du nicht einfach ab und probierst zur Abwechslung mal, alleine mit deinen Problemen klarzukommen?« brüllte sie in das nach wie vor quäkende Telefon.

»Was?« Er klang so völlig verblüfft und beleidigt, daß sie beinahe laut loslachte. Mit derlei hatte er nicht gerechnet, in gewisser Weise beraubte es sein Freiheitsstreben ein wenig seines Glanzes.

Als er es mit Schmeicheln versuchte, war sie sich nicht sicher: geschah es aus Unsicherheit oder aus Respekt, daß er sich plötzlich geneigter zeigte zu reden? Als er schließlich gute Nacht sagte, klang es reichlich nervös und verband sich mit dem Versprechen eines baldigen Treffens. Sie war regelrecht stolz darauf, daß es ihr gelang, auf Wiedersehen zu sagen, ohne seinem Charme erlegen zu sein.

Ihre Erleichterung währte nur so lange, bis sich ihre toten Verwandten wieder in ihrem Kopf zurückmeldeten. Ein paar Tage lang rührte sie sich nicht aus dem Haus. Wieder und wieder las sie den Stapel Dokumente, den sie aus Dublin mitgebracht hatte. Eines Tages brachte ein Bote einen Schlüsselbund. Sie hielt ihn in der Hand, und ihre Finger spielten an dem abgewetzten Lederschild mit den Initialen BKL herum. Klang wie ein Wagen der Luxusklasse. *Vorsprung durch Technik.*

Die Schlüssel immer noch fest umklammernd, stieg sie in den Speicher hinauf und durchstöberte ihn nach irgendwelchen Sachen aus ihrer Kindheit. Im düsteren Dämmerlicht saß sie auf dem Boden und versuchte sich daran zu erinnern, ob sie selbst es gewesen war, die derart gründlich all das aus ihrem Gedächtnis gestrichen hatte, wonach sie jetzt so verzweifelt suchte.

Schließlich fand sie eine kleine braune Aktentasche, verstaubt und abgenutzt, die als Stütze für einen zerbrochenen Armsessel diente. Sie war vollgestopft mit alten Zeugnissen und anderem wertlosem Krimskrams, enthielt jedoch keinerlei Hinweise auf die Schwester, die aus ihrem Leben verschwand, als sie acht gewesen war. Verschwunden. Wieder dieses Wort. Sie setzte sich in den Lehnstuhl und zwang ihre Gedanken zurückzuschweifen, die Vergangenheit heraufzubeschwören. Nichts. Wann war dieses Wort gefallen: tot?

Schwarzgewandete Frauen riefen, murmelnd standen sie in dem engen Flur. Dann der Priester. Sie drückte sich unbemerkt an die Wand, bis Mammy ihr zuflüsterte, sie solle in das andere Zimmer gehen. Wo war Dada?

Waren ihre Eltern weggegangen? Sie wiegte sich hin und her, konnte sich jedoch nicht erinnern. Nichts ... sie lag auf dem großen Bett ... Eileen ist von uns genommen worden ... die gewisperten Worte ... eine Tragödie ... die Hand des Kindes zeichnete mit Spucke ein Muster auf die blaue Tagesdecke ... es schloß die Augen, tat so, als schliefe es. Die Mutter machte sich an der Kommode zu schaffen, zog etwas Schwarzes heraus ... beugte sich über das Kind und schlich auf Zehenspitzen hinaus. Jetzt zog sie die schwarzen Sachen an. Gleich wird der schwarze Wagen sie wegbringen. Nonie war in der Küche; sie hatte Mammys Kittelschürze umgebunden. Wann ist die Beerdigung? Das bedeutete einen schulfreien Tag. Nonie gab ihr Bonbons und sagte, sie müsse jetzt ein braves Mädchen sein, Mammy und Dada zuliebe ... Leute kamen ins Haus ... Dada stand am Fenster ... Dada brüllte ...

Ein oder zwei Tage lang hatte man in der kleinen Schule viel Aufhebens um sie gemacht, als sie geschluchzt hatte, wie Kinder das eben so tun, daß alles ihre Schuld sei. Schuld? Plötzlich krampfte ihr Magen sich zusammen, in Erinnerung an die Angst, aber sie konnte sich den Kopf zerbrechen, so sehr sie wollte – nichts.

Sie hatte nicht den Eindruck, es ginge dabei um eine Lüge, eher um etwas, das zu schmerzlich war, um daran zu denken. Ihre Eltern hatten kaum von der Vergangenheit gesprochen, und Erinnerungen wie auch peinliche Fragen der Nachbarn waren ihnen erspart geblieben, weil sie kurz nach dem Vorfall nach Birmingham gezogen waren. Warum ausgerechnet Birmingham? Verfolgten sie irgendeine Spur, oder hatten sie den Ort willkürlich ausgesucht? War es einfach die Anonymität der großen Stadt, nach der sie sich gesehnt hatten?

Warum hätte sie in Frage stellen sollen, was man ihr sagte? Sie hatte es hingenommen, da es ihr nie in den Sinn gekommen war, es könnte anders gewesen sein. Eltern logen nicht. Sie konnten nur nicht darüber reden. Das schien einigermaßen einleuchtend; der Tod einer geliebten, kaum achtzehn Jahre alten Tochter.

Falsch. Das hatten sie nicht gesagt: tot. Sie ist von uns genommen worden, das war alles, was sie gesagt hatten. Jetzt wunderte Grace sich, warum sie nicht neugieriger gewesen war, so wenig über die Umstände wußte. Hatte man sie ihr je näher beschrieben? Oder hatte sie sich selber mit selektiver Taubheit geschützt? Die verschwommene Erinnerung an ihre halb erwachsene Schwester war immer mehr verblaßt, da sie nicht genährt wurde. Der Traum eines jeden Kindes war wahr geworden. Sie war jetzt ein Einzelkind. Ihr Schatz. Ihr ein und alles. Ein- oder zweimal hatte sie irgendwelche Fragen gestellt, aber ihre sanfte, zarte Mutter hatte erklärt, sie wolle lieber nicht daran erinnert werden, es mache sie zu traurig.

Hatte es Grace traurig gemacht? Als sie vom Speicher herunterkam, erinnerte sie sich nur an Angst, Angst, die sie in ihrer Erinnerung umklammert hielt, als sei sie immer in ihr gewesen, tückisch, quälend. Wann hatte sie sie weggeschoben? Als sie heranwuchs, hatte sie sich als Einzelkind gefühlt und war auch so behandelt worden. Wie sollte sie die neue Erkenntnis, daß dies nicht der Fall gewesen war, in den Griff bekommen?

Irgend jemand hatte an irgendeiner Stelle einen schrecklichen Fehler gemacht. Wann hatte sie das Wort Tragödie in Unfall verwandelt? War es geschehen, als sie an jenem Tag auf dem Bett gelegen und auf das Murmeln im vorderen Zimmer gelauscht hatte, auf die Geräusche, die in den Flur gedrungen waren? Fast konnte sie den dunkelblauen Satin mit den Speichelspuren vor sich sehen, die ein lächelndes Gesicht bildeten. Schläfrig, den Kopf in den weichen Stoff vergraben, hatte sie dagelegen, als vereinzelt Worte ins Zimmer gesickert waren.

Verzweifelt ... Unfall ... Skandal ... Schande ... Meilen ... armes Unschuldslämmchen ... Tragödie ... so jung ... gemeiner Schuft ... Sie tun mir so leid ... in Ihrem Kummer ... Rufe und das Knallen von Türen.

Es mußte eine Leiche gegeben haben. Hatten ihre Eltern sie identifiziert? War sie so entstellt gewesen, daß ihnen ein Irrtum unterlaufen war? Aber wenn dies der Fall war, warum war dann ihre Schwester so vollständig verschwunden, daß sie mehr als dreißig Jahre nichts von ihr gehört hatte? Konnte sie so schlimm verletzt gewesen sein, daß sie ihr Gedächtnis verloren hatte? Graces entsetzter Verstand konnte sich nicht dazu durchringen, eine andere Möglichkeit zu denken: daß ihre Schwester nicht gestorben, sondern am Leben geblieben war. Denn in dem Fall hätte sie eine bewußte Entscheidung getroffen ... eine Entscheidung wofür?

Nein, Gedächtnisverlust war unendlich leichter zu akzeptieren. Bestimmt hätte sie nicht so grausam an ihren Eltern gehandelt. Wie auch? Aber sie konnte ... mußte. Der Gedanke erfüllte Grace mit Abscheu.

Das hinderte sie jedoch nicht, unablässig über die Frage nachzugrübeln. Könnte es die uralte Geschichte von dem schwangeren Mädchen gewesen sein, das von grausamen Eltern verstoßen wurde? Aber so waren ihre Eltern nicht gewesen. Oder doch?

Außerdem paßte es nicht zu den Tatsachen. Denn natürlich, jetzt wußte sie es ja, ein Kind war da gewesen. Dreißig. Die Schwester war wann verschwunden? Vor dreiunddreißig oder vierunddreißig Jahren. Wenn sie weggegangen war, weil sie schwanger war, dann hätte da noch ein Kind sein müssen. Quinlan hatte jedoch mit allem Nachdruck darauf bestanden, sie hatte nur dieses eine gehabt, und Grace hatte nicht daran gezweifelt. Laut ihm, der die Familie zu kennen behauptete, waren die Laceys mehr als dreißig Jahre verheiratet gewesen und hatten einander sehr, sehr nahegestanden.

Das Ganze war absonderlich. Ein gräßlicher Scherz fast. Erst in dem Augenblick, als sie stirbt, stellt sich heraus, daß die tote Schwester gar nicht tot war. Und binnen einer Woche stirbt ihr einziges Kind. Addition und Subtraktion auf einen Schlag. Kaum siehst du sie, sind sie verschwunden. Ein makabrer Gedanke schoß Grace durch den Kopf: Mach ein Musical daraus, und du verdienst ein Vermögen damit. Aber wer würde so etwas glauben?

Sie schlief schlecht, schlich durchs Haus und machte sich Sorgen um Reggie. Sie vermißte seine Wärme neben sich, also stand sie auf und trank eine Tasse Tee, dann ein Glas heiße Milch mit einem Schuß Whisky, in der Hoffnung, zur Ruhe zu kommen. Das hinderte ihre Gedanken jedoch nicht, von einem Problem zum anderen zu rasen.

Als ihre ruhende Erinnerung langsam erwachte, setzten die Alpträume ein. Zuerst überfiel eine gesichtslose, sprachlose Gegenwart sie im Schlaf. Eines Nachts träumte sie dann, sie sei wieder das Kind in jenem kleinen Haus am Fluß. In der undurchdringlichen Finsternis konnte sie das Wasser über die Steine rauschen hören. Der Dachvorsprung bildete ein Zelt über ihrem Kopf. Das Fenster knarzte im Wind. In der Dunkelheit hörte sie flüsternde Stimmen. Der Regen peitschte auf das Fenstersims.

Und dann der Schrei. Wer hatte geschrien? Ihr Vater stand neben ihrem Bett, in der Hand eine Lampe.

Schweißgebadet wachte sie auf und stellte zu ihrer Beschämung fest, sie hatte ins Bett genäßt. Diesen Traum hatte sie früher schon gehabt. Während sie das Bett frisch bezog, kehrte die Szene zurück, flüchtig, nur halb erinnert, auf quälende Weise gerade so weit weg, daß sie sie nicht zu fassen bekam. Sie lag in der Badewanne und wimmerte vor Scham und Verzweiflung. Und unsäglicher, unfaßbarer Angst.

So viele Ängste. Sie sehnte sich nach der Wärme von Reggies Umarmung. Der Schmerz des Verlustes brannte in ihr wie eine körperliche Mißhandlung, so daß sie kaum mehr atmen konnte. Wie konnte er es wagen, einfach zu verschwinden? Sein Weggehen war um so brutaler, als es diesen Frauen die Tür geöffnet hatte, die nun über sie herfielen, ihr ohnehin wirres Leben noch mehr verwirrten. Unerwünschte Verwandte, die ihre Geschichte veränderten, als wäre sie ihre eigene. Wie konnten sie behaupten, zu ihr zu gehören? Sie würde beweisen, daß das nicht stimmte.

Im Spiegel betrachtete sie ihr blasses Gesicht. All dieser Schmerz, dieser Kummer müßten ihr doch deutlich ins Gesicht geschrieben sein, aber da war nichts zu sehen. Keine zusätzlichen Falten, nur ein leichter dunkler Schatten unter den blaßgrauen Augen, und das totenbleiche Gesicht wirkte schmal und abgespannt. Sie sah genauer hin. War in ihrem dunklen Haar mehr Grau zu entdecken?

Sie ließ das Badetuch fallen und drehte sich langsam herum. Nur die Fältchen um die Narben auf ihrem nackten Bauch und die unmerklich erschlafften, ungenutzten Brüste, die blauschwarzen Flecken auf ihren langen, immer noch schlanken Beinen, der leicht nach unten hängende Hintern verrieten ihr Alter. Die häßlichen, bläulich verfärbten Narben, die sie täglich an ihre vergebliche, verbohrte Hartnäckigkeit erinnerten.

Wie könnte sie etwas derart Intimes einem unbekannten Fremden zeigen? Wie fängt man mit einundvierzig wieder von vorne an? Sie war nicht geschaffen für Veränderung, hatte nie danach gesucht, solange das turbulente Auf und Ab ihres Zusammenlebens Bestand gehabt hatte. So wenig hatte sich verändert in den letzten zweiundzwanzig Jahren.

Und so viel. So lange dauerte es, ein Leben aufzubauen. Acht Wochen hatten es in sich zusammenbrechen lassen. Drei Wochen ohne ihn, ehe das Auftauchen der ungeliebten Toten sie mit einem Donnerschlag aus der Bahn geworfen hatte. Sie kauerte sich auf den kalten Boden des Badezimmes und weinte der Zeit der Unschuld nach, als alle ihre Sorgen noch in ihrer winzigen Welt angesiedelt gewesen waren. Reggie und Grace, und die armen, leblosen Klumpen Fleisch, die sie immer wieder produziert hatte, lange nachdem man ihr geraten hatte, damit aufzuhören.

Bis in die Morgendämmerung warf sie sich hin und her, dann gab sie den vergeblichen Versuch zu schlafen auf und fuhr nach Clerkenwell. Sie stand vor der Wohnung des Mädchens, wollte eine Lösung, eine faßbare Erinnerung herbeizwingen.

Als sie jedoch zu den nichtssagenden Fenstern hinaufsah, wußte sie, sie hatte nicht den Mut einzutreten, aus Furcht, der Herausforderung nicht standzuhalten. Sie versuchte sich einzureden, es sei nur, weil sie nicht eindringen wollte, ehe sie mehr wußte als die nüchternen Fakten, die der Anwalt ihr aufgezählt hatte. Der Gedanke, die Habseligkeiten des Mädchens zu durchwühlen, ohne zu wissen, was sie ihm bedeutet hatten, erfüllte sie mit Widerwillen.

Sie mußte Einzelheiten über ihre Nichte erfahren, die nur Menschen, die sie gekannt und gemocht hatten, wissen konnten. Keine toten – lebendige Menschen. Ein Leben konnte nicht so leichthin zu den Akten gelegt werden. Und bestimmt hatte sie Freunde gehabt. Sie würde zum Arbeitsplatz des Mädchens gehen. Irgend jemand dort könnte ihr vielleicht weiterhelfen.

Sie streifte durch die Gegend, bis sie ein Arbeitercafé fand. Trübsinnig saß sie da und häufte Zucker in einen Becher mit bitterem schwarzem Kaffee, versuchte ihre Erinnerung wachzurufen, kämpfte erneut die ekelhafte Angst nieder, zwang sich, darüber nachzudenken.

Warum Angst? Warum nicht Mitleid, Sehnsucht, Traurigkeit? Nichts von alledem. Zögernd gestand Grace sich ein, was der scharfsinnige Anwalt erkannt hatte:

»Sie hätten nichts dagegen machen können, Mrs. Hartfield, warum haben Sie also solche Angst?«

Sie war nicht niedergeschlagen, verzweifelt, erstaunt, verärgert, verwirrt. Sie hatte Angst. Mit Bedacht hatte er das Wort gewählt und es zweimal erwähnt.

»Sagen Sie, warum haben Sie solche Angst?«

»Ich fühle mich dafür verantwortlich.«

Das Wort war ihr herausgerutscht, ehe sie es hinunterschlukken konnte. Erschrocken hatte sie sich auf den Mund geschlagen. Das Kinn auf die Hand gestützt, hatte er eine Zeitlang geschwiegen und dann sehr beiläufig gefragt:

»Seltsam, daß Sie das sagen. Was meinen Sie damit?«

Ihr Gesicht hatte gebrannt, ihre Magennerven waren in hellstem Aufruhr gewesen, so unkontrollierbar, daß sie nur mit Mühe die Worte hervorgebracht hatte:

»Ich weiß es nicht. Für irgend etwas. Ich weiß es nicht.«

»Für irgend etwas?«

Langsam hatte sie den Kopf geschüttelt und an ihm vorbeigesehen.

»Für etwas, an das ich mich nicht erinnern kann.«

PARR, Louisa: *THE FOLLIES OF FASHION. Gebundene Auswahl von Drucken ... zur Veranschaulichung der ausgefallenen Modeentwürfe und absonderlichen Frisuren der Georgianischen Epoche. Titelseite fehlt; Provenienz unbekannt, ansonsten: interessant. Unikat?*

4 Nachdem sie sich einmal dazu durchgerungen hatte, bei Quinlan nachzufragen, brauchte sie nicht lange, um den Arbeitsplatz von Bridget Kate Lacey ausfindig zu machen. In den Gesprächen mit dem Rechtsanwalt war hin und wieder von deren Arbeit die Rede gewesen. Er hatte sie mit Worten wie ironisch und traurig bezeichnet. Jetzt wußte Grace den Namen der Zeitschrift, bei der Bridget Kate die Kummerkastentante gewesen war. Unter den gegebenen Umständen waren die Bezeichnungen ironisch und traurig in der Tat angemessen. Grace rief die Herausgeberin von *Diva* an und fragte zögernd, ob sie sehen dürfe, wo das Mädchen gearbeitet hatte.

Langes Schweigen, ehe die spröde Stimme widerwillig zustimmte. Sie schien irritiert, aber zu höflich, um sich näher zu erkundigen, und aus schierer Nervosität zählte Grace wild durcheinander eine Reihe von Argumenten auf, die kaum etwas erklärten. Jedenfalls müsse sie unbedingt den Arbeitsplatz ihrer verstorbenen Nichte sehen.

»Nichte?«

Das Wort stoppte ihren Redefluß, und es entstand eine peinliche Pause, ehe die Herausgeberin erklärte, ihres Wissens seien noch ein paar Sachen von Bid im Büro. Ob Grace die vielleicht abholen könnte?

Bid. Zum ersten Mal hörte sie diesen Namen, und ganz anders als der offizielle beschwor er ein Bild von Jugend und Zartheit herauf. Als wäre das Mädchen da und würde sie erwarten, nur diese kurze Strecke entfernt.

Tags darauf fuhr Grace am frühen Nachmittag mit der U-Bahn in die Oxford Street, und es war bezeichnend für ihre geistige Verfassung, daß sie sich ein paarmal verlief, als sie durch die Gegend streifte und besorgt nach der Adresse Ausschau hielt. Sie konnte sich nicht erinnern, wann sie das letzte Mal untertags durch Soho spaziert war. Normalerweise gingen Reggie und sie abends, nach einem Konzert oder Theater, dorthin und blieben vor drei oder vier Restaurants stehen, ehe sie sich entschieden, welches sie ausprobieren wollten.

Sie? Wem machte sie da etwas vor? Es gab kein »Sie« mehr. Nichts mehr von wegen Reggie und Grace. Nur noch Reggie. Nur noch Grace. Sie fragte sich, wann sie wohl in der Lage wäre, mit Zuneigung und nicht mit ingrimmiger Wut, weil er ihre langwährende Bindung zerstört hatte, an ihn zu denken. Oder wann sie in der Lage wäre, an die Möglichkeit zu glauben oder sich sogar damit abzufinden, daß der liebe, alte Reggie für immer das Weite gesucht hatte.

Ein Abschied für immer? Wer sollte das seiner betagten Mutter beibringen, die wider alle Hoffnung immer noch auf das Enkelkind wartete, das sie ihr so oft versprochen hatten? Sie hatten einander deswegen angefaucht, hätten am liebsten einer dem anderen die Verantwortung dafür zugeschoben. Schließlich hatten sie halbherzig beschlossen, einen geeigneteren Zeitpunkt abzuwarten, zu dem, so hatte sie immer noch zu hoffen gewagt, Reggies Freiheitsdrang etwas nachgelassen hätte.

Sie bog in die Argyll Street, an der Menge vorbei, die für die Nachmittagsvorstellung im Palladium anstand, als ein plötzlicher Regenguß sie über die Straße scheuchte, um unter der Markise von Liberty's Schutz zu suchen. Die Schaufensterdekoration sprach ihren düsteren Gedanken hohn – quer durch alle Auslagen zog sich eine in allen Einzelheiten sorgfältig inszenierte Ruderpartie, die einen Augenblick lang, in dem ihr Herz auszusetzen schien, den Fluß bei Richmond heraufbeschwor, in jenem Sommer, als sie und Reggie sich kennengelernt hatten, drei Monate nach dem Tod ihrer Mutter. Er hatte sie immer klein gehalten, ihr Leben in seine Hand genommen, ihr ein Gefühl von Sicherheit gegeben. Der großgewachsene, gutaussehende, sexuell anziehende, tröstliche Reggie. Scheißkerl.

Der Schauer hörte genauso plötzlich auf, wie er eingesetzt hatte. Rasch nahm sie die Abkürzung durch die Carnaby Street in die Broadwick, Richtung Poland Street. Ein paarmal blieb sie stehen, um auf ihrem Faltplan noch einmal die Adresse zu überprüfen. Sie verließ den Gehsteig und hastete an einem riesigen Gemüselaster vorbei, der in die ohnehin schon verstopfte Berwick Street einzurangieren versuchte. Dabei übersah sie das Motorrad, das dicht hinter ihr folgte.

»Wirst eines Tages noch unter die Räder kommen, Mädchen!«

Erschrocken über ihre Dummheit wirbelte sie herum und lehnte sich an ein Schaufenster, um sich von dem Schreck zu erholen. Mädchen. Die Stimme ihres Vaters. Die traurigen Augen, an die sie sich erinnerte. Wann hatte er sie so genannt? Mit dreizehn oder vierzehn? Früher, ganz bestimmt, denn er war gestorben, als sie noch keine vierzehn gewesen war. Mädchen. Sie hatte es fast vergessen.

Jetzt war sie etwas vorsichtiger und schlich niedergeschlagen an den Marktständen vorbei, von denen noch Wasser tropfte und wo Kunden geschäftig hin und her rannten und Händler lautstark ihre Waren anpriesen. Dann bog sie um die Ecke in die Jule Street und blickte verblüfft auf die Büros gegenüber. Sie hatte damit gerechnet, daß die Zeitschrift in einem modernen, beeindruckenden, großspurigen Gebäude untergebracht wäre. Die niedrige, etwas marode Häuserreihe aus dem achtzehnten Jahrhundert hingegen wirkte harmlos und einladend, irgendwie verniedlicht durch die beiden hoch aufragenden Glastürme auf beiden Seiten und das verfallende Bauwerk aus den fünfziger Jahren gegenüber, das zu seiner Zeit der letzte Schrei gewesen sein mußte. Noch einmal vergewisserte sie sich, ob die Adresse stimmte, dann holte sie tief Atem, erklomm die Stufen, zog die Tür auf und trat in die Halle, wo der Portier sie zum Empfang im ersten Stock schickte.

ZEITSCHRIFT DIVA
EIGENT. & CHEFRED.: ED HAMPSHIRE

verkündete die Tafel am Fuß der Treppe in aufdringlichen Lettern. Eigentümerin: kein Wunder, daß die Dame am Telefon so furchteinflößend geklungen hatte. Darunter waren die Namen der Angestellten in die Stahlplatte eingraviert. Grace überflog die Liste. Chefredakteurin, Redakteure, Design, Marketing. Und dann:

BK LACEY: PROBLEMSEITE

Das Gebäude war erst vor kurzem renoviert worden. Als sie die Treppe hinaufstieg, kam sie an einem wundervoll gemeißelten Kamin vorbei, der, in die Wand auf dem ersten Treppenabsatz eingelassen, verloren und irgendwie fehl am Platz wirkte. Ansonsten erinnerte nur wenig an die ursprüngliche Ausstattung. Als sie oben ankam, erspähte sie durch eine massive Glastür die Empfangsdame.

»Die Chefredakteurin?« Das Mädchen lächelte und zeigte nach oben, von wo eine gedrungene, grauhaarige Frau mit strengem Gesicht auf sie herunterstarrte.

»Mrs. Hartfield?« Sie trat zurück, um Grace vorangehen zu lassen, und deutete auf zwei tiefe Sessel auf dem Zwischenabsatz.

Beide warteten, daß die andere als erste etwas sagte, und so entstand eine peinliche Pause.

»Mrs. Hampshire?«

»Miss«, erklärte diese nachdrücklich, als erwarte sie jetzt von einem aufsässigen Schulmädchen eine Entschuldigung.

»Sie sagten, ich könne … hm … die Sachen von Bridget Kate mitnehmen.«

»Bridget Kate? Bridget?« erwiderte die andere ungeduldig. Einen Augenblick lang starrte sie Grace an, dann fuhr sie sich mit der Hand über die Augen.

»Tut mir leid, Mrs. Hartfield, ich wollte nicht unhöflich sein. Sie meinen Bid. Ich habe sie immer nur Bid genannt.« Es gelang ihr, damit eine Art besitzergreifender Zuneigung und irgendein Versagen Graces anzudeuten, die sich stumm wunderte, welche von beiden ein größeres Recht darauf hatte, Mitgefühl zu zeigen oder zu erwarten.

»Oh! Ich habe … sie nicht gekannt.« Sie brachte es nicht über sich, Nichte, meine Nichte oder Bid zu sagen; das klang alles zu aufdringlich, zu vertraut. Eine weitere endlose Pause.

»Wer sind Sie dann überhaupt? Sie haben gesagt … Sie leben in London? Ich dachte, Sie hätten gesagt, Sie seien ihre Tante?« fragte Miss Hampshire vorwurfsvoll. Wie konnte Grace es wagen, ihre eigene Nichte nicht zu kennen?

»Stimmt. Leider sind wir uns nie begegnet«, erwiderte Grace verbissen. Warum, zum Teufel, sollte sie etwas erklären, das sie selber nicht begriff? Gleich darauf fügte sie hinzu: »Es muß ein schrecklicher Schock für … ihre Freunde gewesen sein.«

»Ich kann es immer noch nicht fassen. Wie sehr wir versagt haben … wir alle … Sie sind die Schwester ihrer Mutter?« fragte sie unvermittelt. Entweder hatte sie nicht bemerkt, was für eine Wirkung die letzten Bemerkungen auf Grace gehabt hatten, oder sie ignorierte es. »Ich bin ihr ein- oder zweimal begegnet.«

Unverwandt, mit geschürzten Lippen sah sie Grace an, die sie verdutzt anstarrte. »Sie sehen ihr ein wenig ähnlich. Größer.«

Grace wurde rot. Wem sah sie ähnlich? Der Mutter oder der Tochter? Aber auch dieser Augenblick ging vorbei, und die ältere Dame versank wieder in Schweigen. Als sie oben auf der Treppe die Empfangsdame sah, stand sie abrupt auf, schüttelte Grace die Hand und schnitt so alle weiteren Fragen ab.

»Amanda wird Sie zu Bids Büro bringen. Dort hilft Ingrid Ihnen weiter. Wenn Sie fertig sind, kümmere ich mich darum, daß der Portier die Kartons holt.«

Damit war Grace entlassen; sie folgte dem Mädchen in das Großraumbüro der Zeitschrift. Es war riesig, voller geschäftig hin und her hastender Leute und schien sich über die ganze Länge des Häuserblocks zu erstrecken. Das Erdgeschoß war in zehn oder zwölf Einheiten gegliedert, von denen jede durch zwei, in ein paar Fällen drei Schreibtische unterteilt war. Es wirkte wie ein chaotischer Verhau von elektronischen Apparaten, Papieren, Büchern, schmutzigen Kaffeetassen, Schirmen, Regenmänteln und allen möglichen anderen Utensilien, für die nicht genügend Schränke vorhanden waren. Vom Eingang aus wirkte das Ganze wie eine Mischung aus Buchladen und Gartenzentrum; wuchernde Grünpflanzen rankten sich über die unwahrscheinlichsten Flächen und untergruben den Anspruch auf eine High-Tech-Atmosphäre, den die kürzliche Umgestaltung wohl zum Ausdruck bringen sollte.

Sie durchschritten fast den ganzen Raum. Kleine Schilder markierten jedes der winzigen Abteile. Gelegentlich drehten sich Köpfe nach ihnen um, als sie vorbeihasteten, und wandten sich genauso schnell wieder ab. Bildete sie sich das verstohlene Gemurmel nur ein? Grace hatte das unangenehme Gefühl, beobachtet und dann, als sie erkannt wurde, mit Nichtbeachtung bestraft zu werden. Sie wunderte sich, daß die nicht merkten, wie ähnlich sie empfand. Aber woher sollten die auch etwas über sie wissen?

Beschämt von ihren Phantasievorstellungen, schloß sie kurz die Augen und rannte fast Amanda um, die stehengeblieben war und ihr mit der Hand die Richtung wies, in der sie weitergehen sollte; dann rief sie fröhlich lächelnd einer Kollegin einen Gruß zu und entschwand. Der kleine Raum war etwas seitlich versetzt, als wäre er von einem großen Zimmer im hinteren Bereich des alten Hauses abgetrennt worden. Grace stand in einer Art kleinem Vorraum, der auf der einen Seite von dem geschäftigen Großraumbüro abgesondert, andererseits aber nicht ganz in Sichtweite des ehemaligen Arbeitsplatzes von BK Lacey war, zu dem der Zugang rechts von ihr um die Ecke zu sein schien. Ein Schild in Augenhöhe verkündete in gestochen klarer Schrift:

PROBLEME
GESUNDHEIT UND SCHÖNHEIT

Als Grace einen Augenblick zögerte, ehe sie sich hineinwagte, hörte sie auf der anderen Seite leises Gemurmel; sie wollte gerade ihre Anwesenheit kundtun, als eine Stimme sagte:

»Eine Verwandte?« Schweigen, dann: »O Gott! Was soll ich der denn sagen?«

Grace kam es vor, als wäre die Frage an sie gerichtet, denn auch sie wußte nicht, was sie sagen sollte oder was sie überhaupt hier machte. Sie trat einen Schritt zurück, um all ihren Mut zusammenzuraffen, und wartete, bis ihr Puls sich beruhigt hatte. Dann atmete sie tief durch und trat leise durch die Öffnung in der Trennwand.

Eine winzige, ausgezehrte junge Frau legte gerade den Hörer auf und erhob sich halb, um sie zu begrüßen. Sie machte einen eher mißmutigen Eindruck. Aber äußerst elegant. Riesige, unnatürlich violette Augen, eine kurze Nase, ein breiter, leicht schiefer Mund. Das Make-up war erstklassig, das feine blonde Haar zu einem glatten Pagenkopf geschnitten. Ein Gesicht direkt aus den zwanziger Jahren, und so war sie auch gekleidet: kurzes, untailliertes, kasackartiges Kleid, die dünnen Beine steckten in einer enganliegenden schwarzen Strumpfhose. Ohne zu lächeln, starrte sie Grace an. Im Verlauf des Gesprächs keimte in Grace der Verdacht, daß dies ihrem Wesen entsprach und nicht speziell gegen sie gerichtet war. Trotzdem wirkte es ziemlich beängstigend.

»Ich möchte Bridget Laceys Sachen abholen«, verkündete sie und streckte die Hand aus. »Ich bin Grace Hartfield.«

»Ingrid Marsh. Hallo.« Sie hielt ihr eine weiße Hand hin, als das Telefon läutete. »Gesundheit & Schönheit«, trällerte sie, nachdem sie den Hörer abgenommen hatte, und ließ Grace einfach in der Tür stehen. Sie nahm zwar sarkastisch zur Kenntnis, daß das Ganze Stil hatte, fragte sich allerdings, ob das zweite Etikett, »Gesundheit«, wirklich so treffend war.

Sie sah sich um. Das Zimmer war einigermaßen geräumig und hatte gutes Licht, aber der Bereich links von ihr sah verlassen und verstaubt aus. Unter dem großen grauen Schreibtisch standen ein paar Pappkartons auf dem Boden, und ein windschiefer Stapel von Akten verstärkte den Eindruck von Unordnung. Wo auch immer die derzeitige Redakteurin für Probleme arbeitete, hier residierte sie ganz bestimmt nicht. Der öde Platz sah aus, als habe er leergestanden, seit die Person, die sich normalerweise hier aufgehalten hatte, zum letzten Mal einen Brief beantwortet hatte.

Hier hatte also BK Lacey acht Jahre lang gearbeitet. Antwortbriefe geschrieben. Probleme gelöst, mit denen sie selber nicht zu Rande kam. Sich Feinde gemacht und auch Freunde. Das Gespenst nahm allmählich Gestalt an.

Borde waren leer geräumt worden, der Schreibtisch sah unbenutzt und vernachlässigt aus. Etliche abgestorbene Topfpflanzen standen herum, und sogar Kleidungsstücke der ehemaligen Kummerkastentante waren noch da, wie Grace zu ihrer Verblüffung feststellte. Auf einem der Kartons lagen ein paar grellbunte Halstücher, und an einem Bilderhaken hing ein ziemlich elegantes Kostüm, das noch in der Plastikhülle der Reinigung steckte. Sie wunderte sich, daß die furchteinflößende Miss Hampshire nicht schon längst angeordnet hatte, den ganzen Kram in einer abgelegeneren Ecke zu verstauen. Die brauchten doch bestimmt den Platz?

Mit Interesse bemerkte sie, sowohl der Schreibtisch als auch der Aktenschrank waren an die Wand gerückt, so daß der Raum nach wie vor unterteilt war, Ingrid Marsh jedoch jetzt ein Drittel mehr Platz zur Verfügung stand. Hier war alles fein säuberlich aufgeräumt, und auf dem Schreibtisch stand ein Strauß frischer, stark duftender Lilien. Die nimmt das Motto zwanziger Jahre wirklich ernst, diese Ingrid. An der Wand hinter ihr hingen übertrieben stilisierte schwarz-weiße Modedrucke und rechts von ihr die charakteristische Art-déco-Gestalt einer Tänzerin in paillettenbesetztem, einteiligem Hosenanzug. Die beiden hätten Zwillinge sein können.

Ingrid legte den Hörer auf, sah zu Grace hoch und deutete auf den Stuhl auf der anderen Seite ihres Schreibtisches. Sie wirkte ausgeglichen und gewandt, aber auch unnachgiebig, und Grace fühlte sich immer unbehaglicher. Kein einziges Mal sah Ingrid ihr direkt ins Gesicht.

»Sehr freundlich von Ihnen, daß Sie Zeit für mich haben. Miss Hampshire sagte, Sie hätten eine Zeitlang mit, hm … Bid zusammengearbeitet. Sie seien … hm … befreundet gewesen«, improvisierte Grace. Spöttisch starrte Ingrid sie an.

»Wir haben zusammengearbeitet.« Ihr Ton war gelassen und nachdrücklich. »Ich war zeitweilig ihre Assistentin. Teilweise. Sie hat mich mit der Redakteurin für Schönheit geteilt.« Eine kurze, verlegene Pause entstand, dann zuckte sie die Schultern: »Was wollen Sie wissen?«

Alles, was du mir sagen kannst, dachte Grace eindringlich und suchte schweigend nach einem passenden Stichwort, aber noch ehe sie antworten konnte, fuhr Ingrid fort:

»Edy, ich meine, Miss Hampshire, sagte, Sie waren mit ihr verwandt.«

»Entfernt«, log Grace seelenruhig. »Persönlich haben wir uns nie kennengelernt.«

»Oh, ich dachte, sie hätte gesagt … Sie wissen nicht, warum …?« Sie verstummte.

»Nein.« Grace schluckte. »Aber ich möchte versuchen zu verstehen. Wenn es also etwas gibt, irgend etwas, das mir Ihrer Meinung nach weiterhelfen könnte?« Ihre Stimme versagte unter dem haßerfüllten, starren Blick. Sie versuchte es mit einer anderen Taktik. »Könnten Sie mir etwas über Ihre Arbeit erzählen?«

Offenbar war das Mädchen erleichtert, als sie sich auf die Zeitschrift konzentrieren konnte. Sie redete schnell und fast munter über ihre derzeitige Arbeit. Jeden Versuch, sie dazu zu bewegen, von ihrer Zeit bei der Problemseite zu berichten, blockte sie jedoch ab. Statt dessen brummelte sie irgend etwas von fehlender Hilfskraft. Die Chefredakteurin sah keinen Grund mehr dafür. Zwar brachte sie es nicht direkt zum Ausdruck, aber unterschwellig schwang mit, es sei nur Bid Laceys Unzulänglichkeit oder einer tatsächlichen oder eingebildeten Bevorzugung durch Edy zuzuschreiben gewesen, daß sie, und zwar nur sie, eine Assistentin gehabt hatte. Das war das einzige Mal, daß sie das tote Mädchen erwähnte.

»Bid hatte Glück, daß Sie ihr zur Hand gingen«, log Grace. Sie hatte bereits Partei ergriffen. »Arbeiten Sie schon lange in Ihrem derzeitigen Job?«

»Ich bin erst befördert worden, nachdem sie weg war«, erwiderte Ingrid kurz angebunden.

»Weg?« Komisch, wie manche Leute das bewußte Wort nicht in den Mund zu nehmen wagten.

»Gestorben.« Das Wort kam geflüstert. »Gestorben.«

Das klang so gütig. Da war der Anwalt schon brutaler gewesen. Selbstmord. Jener einsame Akt, der Wellen von Schuldgefühlen ausgelöst hatte. Und Entsetzen. Erklärte das die Feindseligkeit? Auch wenn sie zugab, daß sie sich in einer nicht gerade beneidenswerten Position befand, hatte Grace den unwiderstehlichen Drang, den Boten oder, in diesem Fall, die ehemalige Assistentin zu erschießen. Sie wurde rot, so sehr schämte sie sich über diesen Impuls.

»Es muß schrecklich für Sie gewesen sein«, sagte sie und meinte es ehrlich.

»Ich verstehe das nicht«, brach es erbittert aus Ingrid hervor. »Alle waren so dick befreundet mit ihr, aber jetzt kommt keiner mehr hierher. Als hätte ich die Pest oder so. Nicht einer von denen hat mir geholfen, alles habe ich alleine machen müssen. In den Kartons da, das sind ihre Sachen.«

Sie sprang auf, zog sie unter dem Schreibtisch hervor und riß sie auf. Sie stellte sich neben Grace, damit diese den Inhalt untersuche. Nachdem sie einen Blick in die erste Schachtel geworfen hatte, kam sie zu dem Schluß, die Sachen waren einfach direkt vom Schreibtisch in den Karton gefegt worden, ohne auch nur den geringsten Versuch, sie zu ordnen. Entschlossen klappte sie den Deckel wieder zu. Das hatte Zeit, bis sie zu Hause war.

Sie fischte den Stapel buntgemusterter Halstücher von dem zweiten Karton. Darunter kam eine grellgrüne Jacke zum Vorschein. Aus Acryl, mit einer gräßlichen, knötchenartigen Stickerei quer über die Schultern. Größe 46. So groß hatte sie sich das Mädchen nicht vorgestellt. Mit spitzen Fingern hob sie die Jacke hoch. Sauber war sie nicht gerade – nicht verstaubt, sondern einfach zu oft getragen. Sie roch muffig und nach Schweiß, zu intim. Zuunterst lag ein Paar abgenutzter schwarzer Pumps und daneben ein Stapel zueinander passender Steckkämme aus Plastik, pfauenblau, gelb und rosa. Sie hatte also lange Haare gehabt, die sie offenbar hochgesteckt hatte. Grace war verblüfft, wie deutlich sie das Bild vor sich sah. Der Reihe nach legte sie die Sachen wieder in den Karton und zögerte bei dem Bündel schmuddeliger Halstücher. Groß, unordentlich, geschmacklos. Irgendwas stimmte da nicht. Ihr Blick schweifte zu der Plastikhülle an der Wand.

»Phantastisch! Finden Sie nicht?« Ingrid zog die Hülle herunter und schüttelte das Kostüm aus. Die weiche blaßgelbe Seide glitt über den Schreibtisch. Nicole Farhi. Teuer und wunderschön.

Kleine Größe. Also schlank. Langer Rock. Schlank und groß. Ziemlich groß zumindest. Elegant.

»Gehört das Ihnen?«

Bedauernd schüttelte Ingrid den Kopf. »Ihr.«

Voller Verblüffung und wortlos verglich Grace den Verhau in dem Karton mit der schimmernden Seide. Die vierschrötige, pummelige Dame konnte sie vergessen.

»Ich habe keine Ahnung, wie sie sich das leisten konnte«, unterbrach Ingrids unzufriedene Stimme sie in ihren Gedanken.

»Ein Sonderangebot vielleicht. Um sich selber eine Freude zu machen?«

»Nein. Sie hat lauter solche Sachen getragen. Designermode. Sagenhafte Modelle.« Ihre Stimme wurde verträumt. Bedrohlich flatterte das Schmetterlingsgespenst umher.

Seltsam, dachte Grace. Das Bankkonto ließ solche Topmodelle nicht zu. Außerdem hatte sie nicht den Eindruck, das Mädchen hätte übermäßig viel Geld ausgegeben. Oder verdient. Wer hatte also die Kleider gekauft? Und was war mit den anderen Sachen?

»Die Jacke hat auch ihr gehört?«

»O nein. In solchen Klamotten hätte sie sich nicht um ihr Leben sehen lassen.« Erschrocken sah sie Grace an. »Hoppla«, murmelte sie und nahm verächtlich die Weste in die Hand. »Die lag einfach so rum. Gehörte wahrscheinlich gar nicht mal ihr. Na ja, ich meine ...« Sie zuckte die Schultern.

Natürlich nicht. Das Bild in Graces Kopf rückte sich zurecht. Den Karton konnte sie bedenkenlos wegwerfen. Der Inhalt des Schreibtischs bedurfte einer längeren und eingehenderen Untersuchung. Aber dazu mußte sie allein sein. Ingrid klebte einen Zettel mit Graces Namen darauf. Sie legte es jetzt unverhohlen darauf an, dem Gespräch ein Ende zu machen. Aber Grace zögerte noch und versuchte vergeblich, sich etwas einfallen zu lassen, wie sie einen Zugang zu dem geheimnisumwitterten Leben ihrer Nichte finden könnte.

Noch konnte sie sich kein Bild machen, was für eine Frau sie gewesen war oder wie sie ausgesehen hatte. Das Kostüm, nach wie vor über den Schreibtisch drapiert, sah elegant und wunderschön aus, aber sosehr sie es auch versuchte, sie konnte es sich nur an einem gesichtslosen Mannequin vorstellen. Die große, widerspenstige Dame versuchte hartnäckig, sich ihr zu entziehen. Das Kostüm paßte eindeutig nicht zu dem Kuddelmuddel, den Bid ansonsten hinterlassen hatte.

Ihnen war der Gesprächsstoff ausgegangen. Ingrid war wieder mürrisch und mundfaul geworden, und Grace fragte sich gerade, ob es sich lohnte, nach Bids Freunden zu fragen, als sie bemerkte, wie Ingrid mit der Hand begehrlich über die blaß schimmernde Seide strich. Einen Augenblick wartete Grace, dann faltete sie beiläufig das Kostüm zusammen und legte es auf den Karton mit den Sachen, die sie wegwerfen wollte.

»Könnten Sie das für mich wegschaffen lassen? Falls es Ihnen nichts ausmacht?« fragte sie. Ingrid legte die Hand auf das mattglänzende Seidenkostüm, nahm es jedoch nicht und sah auch nicht auf.

»Das war wirklich sehr nett von Ihnen« – Grace deutete auf nichts Bestimmtes – »daß Sie sich um all das gekümmert haben und bereit waren, mit mir zu reden.«

Es war ein Hin und Her von Mißtrauen und Argwohn, aber unbestreitbar hatte Ingrid in der wenig beneidenswerten Situation ihr Bestes gegeben. Wenn sie nur ein wenig Zuneigung oder auch nur eine Spur von Trauer gezeigt hätte. Grace wurde klar, wie sehr sie sich wünschte, Bridget Lacey zu mögen, und daß Ingrids unausgesprochene, aber offensichtliche Abneigung ihr dieses Herumschnüffeln noch mehr zuwider werden ließ.

Nach einer Weile ging Ingrid auf die andere Seite ihres Schreibtisches, und die beiden musterten einander ruhig, schweigend.

»Es tut mir leid«, sagte Ingrid schließlich. »Ich kann auch nichts für meine Gefühle. Alle tun so, als sei ich schuld ...«

Ein paar Minuten lang erklärte sie verbittert und zusammenhangslos, sie habe das Gefühl, ihre Kollegen machten in gewisser Weise sie für den Tod Bids verantwortlich. Es klang, als brächen lang angestauter Groll und Zorn wirr und gehässig aus ihr hervor.

»Hatte sie denn keine Freunde, die ihr nahestanden?«

Unvermittelt zog Ingrid die unterste Schublade des Schreibtischs auf. Sie war voller kleiner Spielsachen. Fragend sah Grace sie an.

»Sie hatte eine Freundin, die gelegentlich vorbeigekommen ist. Ich glaube, sie hat Bid geholfen ... mit den Briefen und so. Ohne Bezahlung, das möchte ich wetten.« Sie schniefte wissend.

»Und die hat manchmal ihr Kind mitgebracht … ein richtiges kleines Scheusal. Es hat mit den Sachen da gespielt …« Sie deutete mit dem Kopf auf das Spielzeug, offenbar zum ersten Mal berührt von einer Erinnerung, dann drehte sie sich um und räumte ihre eigenen Sachen zusammen.

»Eine Freundin?« fragte Grace so eindringlich, daß Ingrid sich überrascht umdrehte. Ihr Blick ging jedoch an Grace vorbei.

»Sarah Roberts.« ED Hampshires Stimme ließ sie zusammenzucken. Sie kam auf Grace zu; ihr Gesicht sah müde und abgespannt aus. Ingrid verabschiedete sich mit einem leichten Nicken und schloß sich dem allgemeinen Exodus aus dem Büro an.

»Ich wollte mich entschuldigen«, erklärte die Chefredakteurin schroff, »und Ihnen sagen, wie sehr Bids Tod mich getroffen hat.«

Grace wartete ab.

»Sie haben Ingrid nach Bids Freunden gefragt?« Trübsinnig blickte sie um sich. Als sie den kunterbunten Verhau in dem offenen Karton sah, setzte sie sich unvermittelt hin.

»Arme Bid. Sie war so … so gesellig.« Sie seufzte.

»Waren das ihre Sachen?« Grace brüllte die Worte beinahe heraus.

»O ja. Die haben Bid gehört.« Die harte Stimme war sanft geworden. »Ehe sie anfing, so unsinnig an ihrem Image herumzubasteln. Eine Schlankheitskur. Ihre wundervollen Haare.« Warum sie wegen der wundervollen Haare traurig war, erklärte sie nicht.

Zwei widerstreitende Bilder hingen im Raum. Die elegante Dame und das … gesellige Mädchen. Grace fühlte sich plötzlich derart erschöpft, daß sie beinahe die Information überhört hätte, um die sie sich den ganzen Nachmittag bemüht hatte.

»Sarah Roberts war ihre beste Freundin. Ich kann Ihnen ihre Adresse geben. Wenn Sie bitte mit mir in mein Büro kommen.« Sie deutete auf die Kartons. »Ich habe den Portier angewiesen, sie Ihnen zu schicken. Oh? Nur den einen? Sie können ihm Ihre Adresse geben, wenn Sie gehen.« Höflich trat sie zurück, um Grace vorausgehen zu lassen.

»Ich hoffe, Sarah redet mit Ihnen«, meinte sie nachdenklich. »Ich rufe sie an und frage sie, wenn Ihnen das recht ist. Sie ist ziemlich durcheinander, fürchte ich. Natürlich, es könnte ihr helfen ... zu sprechen.« Sie sah auf. »Es könnte Ihnen beiden helfen«, fügte sie scharfsinnig hinzu.

In ihrem nüchternen, geräumigen Büro ergänzte sie die Anschrift, die sie bereits auf einem Zettel notiert hatte, durch eine Telefonnummer. Dann begleitete sie Grace an die Treppe und blieb auf dem Absatz stehen, bis Grace in der Halle angelangt war.

Grace gab dem Portier ihre Karte, als dieser ihr die Tür aufhielt.

»Miss Hampshire meinte ...«

»Ja. Das erledige ich morgen früh.« Er hatte eine rauhe Stimme und durchdringende, wißbegierige Augen. »Diese Ingrid hat ein ziemlich loses Mundwerk. War eine Verwandte von Ihnen, Bid, meine ich?« Er schwieg, ehe er geheimnisvoll hinzufügte: »Hatte anscheinend eine Menge Probleme.« Er musterte sie eingehend. Als sie keine Antwort gab, schlurfte er weg.

DE BOS, Guy: *FABRICATION DE LA DENTELLE EN BRUXELLES. Illustr. 41 Seiten. Schmaler Band. Ecken abgestoßen. Unvollständig; Frontispiz fehlt. Ansonsten gut erhalten.*

5 An dem Tag, als Grace versuchte, mit Sarah Roberts Kontakt aufzunehmen, erklärte ihr der Anrufbeantworter, diese sei nicht erreichbar. Grace erklärte in einer kurzen Nachricht, wer sie war, und bat um ein Treffen. Ein paar Tage später kam ein kurzer Brief, Sarah sei für einige Wochen verreist, würde sich jedoch melden, sobald sie wieder zurück sei.

Da sie von sich aus nichts unternehmen konnte, versuchte Grace lustlos, ihr aus den Fugen geratenes Leben wieder in einigermaßen normale Bahnen zu lenken und ihren Handel mit Büchern, den sie vernachlässigt hatte, neu zu beleben. Abgesehen davon, daß sie nach wie vor dringend Bargeld brauchte, war die Unterbrechung keine Katastrophe gewesen. Es lag in der Natur der Dinge, daß sie nur dann wirklich viel zu tun hatte, wenn sie Kataloge zusammenstellte und drucken ließ oder Bücher verschickte – die Ansammlung des Lagerbestands war eine eher langwierige Angelegenheit, und oft gab es lange Pausen, wenn sie die einzelnen Werke für einen Katalog zusammensuchte. Als Ein-Frau-Unternehmen konnte sie, und das war ihr einiges wert, ziemlich frei über ihre Zeit verfügen, auch wenn sie in den langen Pausen weniger verdiente. Bis vor kurzer, sehr kurzer Zeit war dies jedoch nicht weiter von Bedeutung gewesen. Falls allerdings, so überlegte Grace nun, ihr Status als Single zum Dauerzustand werden sollte, und es sah ganz danach aus, dann müßte sich das alles ändern.

Die erste Juniwoche war ohne jegliche Besserung ihrer prekären finanziellen Lage vergangen. Zwar hatte die Bank sich bereit erklärt, Geld für das absolut Notwendige, wie sie es freundlicherweise nannten, zur Verfügung zu stellen, was jedoch – wie sie bemerkte, als ein Scheck für den Weinhändler platzte – lebensnotwendige Nahrung der flüssigen Art nicht einschloß. Sie fühlte sich zutiefst gedemütigt, als der Geschäftsführer hinterhältig fragte, ob Mr. Hartfield denn krank sei.

Nur zwei Monate war es her und schien doch ein ganzes Leben zu sein. Unauslöschlich hatten sich jene Wochen in Graces Gedächtnis eingegraben, vor allem dieser eine Tag – der Tag, an dem er gegangen war. Der Beginn des Chaos. Das Ende der Unschuld.

Der Tag hatte angefangen wie jeder andere auch, sie erinnerte sich an jede noch so winzige Kleinigkeit: Der Wecker hatte ein paar Minuten zu spät geläutet, sie hatte vergessen, Marmelade einzukaufen, und die Kaffeemaschine war kaputtgegangen, während sie Reggie gedrängt hatte, sich endlich zu entscheiden, wo sie ihren Sommerurlaub verbringen sollten. Unerklärlicherweise äußerst verdrossen, hatte er im Hinausstürmen erklärt, er werde in der Stadt frühstücken. Als er weg war, hatte sie sich hingesetzt, in Ruhe allein ihren Tee geschlürft und es genossen, die Zeitung zu lesen – ganz, nicht nur den widerwillig über den Tisch geschobenen Mittelteil.

Die Sonne schien, was erstaunlich war, denn seit Wochen war das Wetter schlichtweg grauenhaft gewesen. Der Rasen mußte gemäht werden, das Gras stand schon so hoch, daß funkelnde Tropfen des nächtlichen Regens daran hingen. Das fiel ihr auf, als sie abwog, ob sie vor dem nächsten Regenschauer ihre Wäsche trocken bekommen würde. Als sie jedoch die Waschmaschine füllte, goß es schon wieder in Strömen. Ein gewöhnlicher Tag wie tausend andere.

Gegen Ende der Nachrichten wurde der für kommende Woche drohende Poststreik angekündigt. Sie hielt inne, die Hand auf dem Knopf, um die Meldung zu Ende zu hören, ehe sie ausschaltete und es in der Küche still wurde; nur die Uhr tickte. Träge überlegte sie, wie lange der Streik dauern und ob er sie betreffen würde. Hatte sie sich diese ungute Vorahnung beim Umblättern der Zeitung, an die sie sich später erinnerte, eingebildet? Seltsam, wie diese winzige Meldung ihre Aufmerksamkeit auf sich gezogen hatte, denn sie konnte nicht wissen, welche Bedeutung sie für sie annehmen würde. Als jedoch der Anwalt den kleinen Zeitungsausschnitt über den Schreibtisch schob, hätte sie ihn fast auswendig zitieren können. *Gerichtliche Untersuchung: einsamer Tod einer Journalistin in einem Hotel in Schottland. Einstimmiges Urteil: Tod durch Selbstmord im Zustand geistiger Verwirrung etc. Dreißig.*

Die nüchterne Formel gab keinen Hinweis auf die Umstände, die zu der Tragödie geführt hatten. An jenem Tag hatte sie das Radio wieder angeschaltet, um sich beim Geschirrabwaschen die Zehn-Uhr-Nachrichten anzuhören. Der Sprecher ließ sich kurz über die wahrscheinlichen Folgen des bevorstehenden Poststreiks aus, ansonsten kamen, so erinnerte sie sich, nur Katastrophenmeldungen: Vor der Küste Cornwalls wurde ein Schiff vermißt, auf der M25 war es zu einer fürchterlichen Massenkarambolage gekommen, und irgendwo hatte man einen Londoner Immobilienmakler aus einem Kanal gefischt. Sie bekam nicht mit, wo, denn in dem Augenblick läutete das Telefon: ein befreundeter Buchhändler erinnerte sie daran, daß sie sich allmählich auf die Socken machen müsse. Sie hatten sich bei einer Auktion in Oxford verabredet. Da sie Eindruck machen wollte, hatte sie beim Anziehen zu lange herumgetrödelt und ein zu dünnes Kostüm ausgesucht, in dem sie den ganzen Tag über frieren sollte.

Gerade als sie das Haus verlassen wollte, tauchten die zwei Pepperstock-Kinder von nebenan auf; ihre pausbäckigen Gesichter mit den Grübchen strahlten. Sie waren mit Anoraks und Gummistiefeln ausstaffiert, um im Gartenteich Kaulquappen zu fangen. Sie führte die beiden pausenlos plappernden Jungen in den rückwärtigen Garten, wo ihre Mutter sich gerade durch eine Lücke im Zaun zwängte. Grace hatte sie seit ein paar Tagen nicht mehr gesehen.

»Luke! Jamie! Kommt sofort wie ...« Deirdre Pepperstock verstummte, als sie Grace in ihrem Sonntagsstaat bemerkte. »Oh! Grace, tut mir leid, die beiden da, meine ich. Hast du was Nettes vor? Ich, hm, wollte eigentlich eine Tasse Kaffee schnorren«, fügte sie übertrieben fröhlich hinzu.

»Ich muß zu einer Auktion in Oxford«, erklärte Grace. »Tut mir leid, Dee. Morgen vielleicht?«

»Morgen schaff ich's nicht!« rief Deirdre ihr nach.

In dem Augenblick ertönte ein schriller Schrei, gefolgt von einem lauten Platschen, als der jüngere der beiden in voller Montur ins Wasser fiel. Der Weiher war nicht tief; er setzte sich auf und begann, seinen älteren Bruder zu bespritzen. Bei dem Anblick, wie Dee Pepperstocks wunderhübsch beschuhter Fuß zögerlich über dem schlammigen Wasser schwebte, kicherte Grace boshaft, sperrte dann in aller Seelenruhe die Hintertür zu, erleichtert, daß ihr die aller Wahrscheinlichkeit nach nun folgende halbstündige Litanei über Jason Pepperstocks nur allzu bekannten Unzulänglichkeiten, vorgebracht von seiner Ehefrau, erspart blieb. Obwohl sie die junge Frau, die klug und witzig war, mochte, bildeten die Pepperstocks Graces Ansicht nach ein seltsames Paar. Beide waren beruflich extrem ehrgeizig und äußerst gelangweilt von den Plagen des Familienlebens. Was, so gestand sie sich schuldbewußt ein, vermutlich der Grund war, weshalb Deirdre ihr ein wenig auf die Nerven ging. In Graces Augen waren die Kinder das Beste an der ganzen Familie, vor allem der Kleine. Aber vielleicht war Grace einfach sentimental, was Kinder betraf, da sie selber keine hatte.

Der Verkehr auf der M40 war gnadenlos, und da eine Baustelle sich an die andere reihte, dauerte die Fahrt viel länger, als sie erwartet hatte. Selbst wenn die Straße frei war, schaffte der Mini, wenn sie ihn auf Hochtouren brachte, kaum fünfzig Meilen die Stunde. Als sie ankam, war die Auktion in dem großen, heruntergekommenen gotischen Gebäude in der Winchester Road, eine halbe Meile vom Zentrum entfernt, fast vorbei. Ihr Freund bewachte ein paar uralte gestreifte Hutschachteln.

»Sehr hübsch, George«, flüsterte sie. »Hüte?«

»Nein, wirf mal einen Blick rein. Ein absoluter Glückstreffer, meine Liebe.«

Die Schachteln quollen über von einem wilden Durcheinander von Broschüren, Flugschriften, in Leder gebundenen Büchern, Mustermappen sowie, in ein dunkelblaues Tuch eingeschlagen, erlesenen Spitzenbordüren in hervorragendem Zustand, in denen sie ein wenig herumkramte. Einige erkannte sie auf Anhieb als Brüssel-, Nottingham-, Chantilly-, Honiton-Spitzen, andere weckten vage Kindheitserinnerungen: Limerick, Carrickmacross. Dazu noch mindestens hundert andere. Fragend sah sie George an. Für irgend jemand bedeutete das harte Arbeit.

»Ein wenig abseits von dem, was ich normalerweise sammle. Was, um alles in der Welt, soll ich damit anfangen?«

»Zu regional für Hartfield Regional Books?« fragte George sie ironisch tadelnd.

»Nein. Aber ich kenne mich mit Spitzen nicht aus, das ist alles. Und überhaupt, wer würde so etwas schon kaufen?«

»Ich könnte dir einen oder zwei Tips geben. Komm schon, du könntest einen großartigen Katalog entwerfen. Elegant. Mach dir damit selber eine Freude.«

»Und was für eine Freude«, lachte sie. »Was verlangst du dafür?«

Beim Mittagessen wurden sie handelseinig. Sie stöhnten über die fallenden Preise und den Mangel an schönen Büchern, satten Gewinnen und Spaß. Dann zogen sie los und gaben viel zuviel Geld für ein paar Gelegenheitskäufe im Turl Buchladen aus, und George hielt ihre Hand, als sie sich anschließend im Penultimate Picture Palace *Kind Hearts and Coronets* ansahen. Als sie zu ihrem Wagen zurückkam, war Grace so guter Laune wie eh und je. Nicht einmal die zwei Strafzettel, die an der nassen Windschutzscheibe klebten, regten sie übermäßig auf.

Auf dem Heimweg entwarf sie in Gedanken ihren neuen Katalog. Könnte recht schön werden. George hatte ihr den Vorschlag gemacht, die Sammlung in seinem Laden in Hampstead auszustellen – wenn sie die ganze Mühe und Plage mit der Zusammenstellung hinter sich hatte natürlich. Ein Kinderspiel. Ihr wurde ja alles auf dem Silbertablett serviert. In ihrer Vorstellung skizzierte sie den Umschlagentwurf – auf lavendelfarbenem Papier – Lavendel und alte Spitzen. Sie grinste vor sich hin, denn wahrscheinlich würde es sich einigermaßen schwierig gestalten, Reggie, dem alten Chauvi, ein witziges Bild von ihm in Spitzen abzuschmeicheln. Sie hörte schon sein höhnisches Schnauben.

Auf dem Rückweg nach London hörte sie sich, trotz des dichten Verkehrs entspannt und gutgelaunt, die John-Dunn-Show an. Sie war noch etwa eine Meile von zu Hause entfernt, als sie nach links abbog, um eine Abkürzung durch die Occupation Lane zu nehmen. Als sie einbog, torkelte ein Mann aus dem Pub an der Ecke direkt auf die Straße. Das Herz schlug ihr bis zum Hals, als sie mit voller Kraft auf die Bremse stieg. Der Mini drehte sich zweimal um sich selber, ehe er auf wundersame Weise ein paar Meter von der Stelle entfernt zum Stehen kam, von wo aus der Betrunkene sie mit breitem, verdutztem Grinsen betrachtete.

Ihr Puls raste. Er stolperte auf den Wagen zu und beugte sich mit übertriebener Höflichkeit durch das Fenster.

»Das«, nuschelte er lässig, »das war eine spek … spek … spektakuläre Pirr-uu-ette, Madame!«

Wortlos starrte Grace ihn an. Ein riesiger weißer Mercedes bog um die Ecke hinter ihr, und der Fahrer fing sofort an zu hupen. Im Rückspiegel sah sie ein rot angelaufenes Gesicht und einen wütend wedelnden Arm. Sie wandte sich zu dem Betrunkenen um, der erneut grinste und sich verbeugte.

»Vergeben Sie mir, Herzogin«, erklärte er galant. »Mein Wagen ist vorgefahren.«

Und damit torkelte er zu dem Mercedes, während Grace ihn fasziniert im Rückspiegel beobachtete. Der Fahrer drehte sich um. Er sah aus, als stünde er vor lauter Wut und Bestürzung kurz vor einem Schlaganfall, als der Betrunkene mit einer liebenswürdigen Geste auf den Beifahrersitz kletterte und sich zurücksinken ließ.

Irgendwie unwirklich. Verwirrt und überdreht lachend, fuhr Grace wieder los und schmückte in Gedanken den Vorfall bereits aus, um davon zu erzählen. Gott im Himmel! Sie hätte beinahe einen Betrunkenen totgefahren! Sie fröstelte leicht und war froh, daß sie nicht zu schnell gefahren war. Ihre Gedanken schweiften von der Frage, was sie zum Abendessen kochen sollte, zurück zu der Spitzensammlung und, irgendwie unlogisch, zu den Kindern von nebenan. Sie mußte daran denken, dem kleinen Jamie etwas zum Geburtstag zu kaufen. Hoffentlich hatte Reggie sich wieder gefangen; sie freute sich auf einen ruhigen, angenehmen Abend. Auf einen Abend wie jeder anderer. Gemütlich, entspannt. Als sie den Wagen abstellte, hatte sie absolut keine Ahnung, daß ihre Welt kurz vor dem Zusammenbruch stand.

Gewohnheitsmäßig drehte sie in der Küche das Radio an. Der Wetterbericht verhieß noch mehr Regen; dann waren *The Archers* dran. Nachdem sie ein Stück Kalbfleisch aus dem Kühlschrank geholt hatte, goß sie sich einen steifen Scotch ein; da platzte Reggie herein. Sie schenkte ein zweites Glas voll und hielt es ihm hin. Er sah an ihr vorbei und grapschte ärgerlich nach dem Glas. Es fiel zu Boden und zersplitterte, während er schwankend danebenstand, ehe er am Tisch zusammenbrach.

»Ein Murdoch-Opfer!« Seine Stimme klang vernuschelt und wütend. »Ein Opfer Murdochs!« Na ja, er war schließlich Werbetexter.

»Was?«

»E n t l a s s e n «, buchstabierte er mühsam.

»An einem Mittwoch?«

Das war alles, was ihr einfiel – daß heute Mittwoch war. Irgendwie schien das nicht richtig. Seltsam. Normalerweise wurden die Leute doch am Ende der Woche oder des Monats ausbezahlt? Sie klammerte sich an dieses Detail, unfähig, die Ungeheuerlichkeit dessen, was er gesagt hatte, zu begreifen, und diese zusammenhangslose Gedankenfolge dämpfte ihre Panik. Reggie starrte sie an und zuckte die Schultern.

»Vor einer Woche, am Freitag«, erklärte er barsch.

Jetzt war die Reihe an ihr, ihn anzustarren. »Vor zehn Tagen?« flüsterte sie. »Vor zehn Tagen? Um Himmels willen, warum hast du mir das denn nicht gesagt? Vor zehn Tagen?« In dem Augenblick wußte sie, sie war auf eine Rolltreppe getreten, und es ging nach unten.

Zehn Tage. Sie war entsetzt, daß er es so lange für sich behalten hatte. Zehn Tage? Ihr Herz begann wild zu schlagen.

»Sagen? Was gab es denn da viel zu sagen? Ist ja nur mein Leben, verdammte Scheiße.«

Und meines. Aber sie war zu verwirrt, um die Worte herauszubringen. Wie war es möglich, daß ihr Leben binnen weniger Minuten in sich zusammenbrach? Wo waren die warnenden Vorzeichen geblieben? Das Ganze war viel zu wichtig, um sich nicht großmächtig anzukündigen. Sie standen da und schrien einander an; der gräßliche Ambridge-Ohrwurm bildete einen lächerlichen Chor dazu. Keiner der beiden kam auf die Idee, das Radio auszuschalten. Eine Fünfzehnminutengeschichte ganz gewöhnlicher Leute.

Als sie endlich kapierte, was Reggie gesagt hatte, redete sie auf ihn ein, jemand mit seiner Begabung würde doch rasch etwas anderes finden. Er aber lachte nur verbittert und fragte, was, zum Teufel, sie davon verstünde.

»Aber du bist doch erst siebenundvierzig! Außerdem sind da immer noch die Bücher!«

»Die Bücher?« Als sie sein wütendes Gesicht sah, hätte sie sich am liebsten die Zunge abgebissen.

»Scheiß auf die Bücher! Scheiß auf die verdammten Mistbücher!«

»Bitte, Reggie, bitte ...«

Jetzt begann er sie anzubrüllen und tapste dabei unbeholfen durch die Küche, wobei er alles zerbrach, was in Reichweite seiner zitternden Hände geriet, während sie wie angewurzelt mitten in dem Wirbelsturm stand, blaß und sprachlos. Plötzlich verstummte er und strich sich mit der Hand müde über die Augen.

»Du bist ein bißchen abgehoben, Gracie, eingesponnen in deinen hübschen, ordentlichen Kokon!« erklärte er heiser. »Männer meines Alters finden keine Arbeit mehr. Hast du das nicht gewußt?«

Er saß da und starrte sie verdrossen an. Dann verkündete er unvermittelt, er gehe jetzt weg.

»Weg? Normalerweise gehst du doch einfach.« Ihre Stimme war tonlos. »Warum sagst du es mir diesmal?«

Er wirkte zu betrunken, um irgendwohin zu gehen. Trotzdem erhob er sich mit erstaunlicher Würde, umfaßte mit beiden Händen zärtlich ihr Gesicht und sagte traurig:

»Armer kleiner Spatz, ich habe keine Kraft mehr, ich weiß nicht mehr weiter.« Oh! Dieses zerknirscht-entschuldigende Grinsen. »Tut mir leid, ich brauch ein bißchen Zeit für mich selber.«

Geliebter Mann. Sie war zu benommen, um etwas zu sagen. Zweiundzwanzig Jahre. Mein Gott, schrie sie stumm, warum kann ich ihn nicht aufhalten?

An der Tür drehte er sich um, als die Kennmelodie von *The Archers* losplärrte.

»Herrgott noch mal! Ich hasse diese bescheuerte Sendung!«

brüllte er. Wenige Minuten später fiel die Vordertür ins Schloß. Sie leerte die Whiskyflasche zur Hälfte, ehe sie auf dem letzten Treppenpfosten in der Diele den Zettel fand. Darauf stand schlicht, er werde in Verbindung bleiben. Die beiläufige Grausamkeit war niederschmetternd.

Irgendwie hatte sie die ersten paar Wochen überstanden, sich in ihre Arbeit gestürzt, alle Willenskraft aufgeboten, um das schleichende Gift des Schmerzes loszuwerden. Als er sich dann bei ihr meldete, hatte sie ihren schizophrenen Zustand überwunden. Langsam begann in ihr Ärger zu glimmen, und wahrscheinlich wäre sie in der Lage gewesen, mit all dem fertig zu werden, wäre da nicht DER BRIEF gewesen. Die unbekannten, unerwünschten Verwandten. Die hatten ihr den Rest gegeben. Mit vereinter Kraft hatten sie ihr Leben von Grund auf zerstört.

QUEEN VICTORIA'S Favourite: *Kurze Beschreibung der Trochon-, Honiton-, Buckinghamshire- und Bedfordshire-Spitzen Ihrer Majestät, zusammengestellt von einer Dame des Königlichen Haushalts und ergänzt durch von Ihrer Majestät eigenhändig beigefügte Muster. Ausgefallenes Sammlerstück: Originaleinband aus Truthahnleder mit goldgepunztem Wappen auf der Vorderseite; keine Zuschreibung, keine Chronologie. Ein verwirrendes, wenn auch bezauberndes Kuddelmuddel. Tadellos erhalten.*

6 Grace konnte sich nicht erinnern, wann ihr Verstand sich aufgespalten hatte. Zwei Falltüren hatten sich aufgetan, die eine mit dem Etikett Lacey versehen, die andere mit Verzweiflung überschrieben. Und zwischen den beiden taumelte sie konfus und verstört hin und her. Sie war wild entschlossen, mit ihrer restlichen Willenskraft beide Alpträume voneinander getrennt zu halten, um nicht von ihnen verschlungen zu werden. Eine frühere Version ihrer selbst wäre vielleicht in der Lage gewesen, damit fertig zu werden, aber jetzt ging ihre Fähigkeit, analytisch und in Zusammenhängen zu denken, in Passivität unter. Mit jedem Tag wurde sie niedergeschlagener, wie gelähmt von Tränen und Sorge. Sie hatte zu große Angst und war zu benommen, um sich zu ärgern.

Der einzige Raum, in dem sie Ruhe und Frieden fand, war das Bücherzimmer. Sie brauchte nur die Schwelle zu überschreiten, und schon stellte sich ihre Konzentrationsfähigkeit wieder ein, die sie in allen anderen Dingen jetzt plötzlich im Stich ließ.

Die Bücher waren wie alte Freunde. Jedes einzelne kannte sie. Sie schlenderte um die Regale herum, zog aufs Geratewohl ein Buch heraus, wobei sie es vorsichtig an der oberen Kante faßte, um den möglicherweise brüchigen Buchrücken nicht zu beschädigen. Dann stand sie da, blätterte behutsam die Seiten um, die sie jede der Länge nach glattstrich. Sie kannte ihre Bücher und ehrte sie. Konnte genau sagen, wo sie jedes einzelne gekauft hatte und für wieviel. Was sie an Inhalt oder Aufmachung gereizt hatte. Sie sammelte nicht für sich selber, hatte das auch nie vorgehabt, sondern kannte ganz genau die Wünsche jedes einzelnen in ihrer ziemlich erlesenen Schar von Käufern. Es machte ihr Spaß, mit ihnen zu triumphieren, wenn sie ihnen einen ersehnten Band wie einen Preispokal überreichen konnte.

Das zeichnete sie aus: Sie war eine Sammlerin für Sammler. Die Sorgfalt und Aufmerksamkeit, mit denen sie ihre Bücher wie auch ihre Kunden behandelte, wurden allgemein anerkannt und von jener auserwählten Gemeinde geschätzt. Man respektierte ihr Gespür und ihr Wissen, und mit der Zeit begann sie diese Begabung selber zu würdigen. Reich würde sie das nicht machen, aber zufrieden. Bücher waren für Grace keine langweiligen alten Dinger, sondern wunderschöne, sinnliche und sorgsam gehegte und gepflegte Freunde. Das Bücherzimmer war ihr Zufluchtsort.

Alle anderen Räume im Haus waren zu angefüllt mit Erinnerungen und riefen ihr nur immer wieder ins Bewußtsein, was sie verloren hatte und was ihr drohend bevorstand. Ihr Kopf schmerzte von der unablässigen Anstrengung, sich mit diesem Unbekannten herumzuschlagen. Um sie herum waren überall Fallen versteckt. Jeder braune Umschlag wurde zu einer drohend geballten Faust; jeder Telefonanruf konnte eine Katastrophe ankündigen. Bei den unvermeidlichen Begegnungen mit Nachbarn oder Freunden entdeckte sie in sich eine gewisse Begabung zur Verstellung, aber keinerlei Talent dafür, den schrecklichen, peinigenden Schmerz abzustellen. Sie lebte wie in einem Dunstschleier, gerade noch diesseits des Wahnsinns und gequält von einem unablässigen, gelegentlich unwiderstehlichen Bedürfnis, die Augen zu schließen und das alles hinter sich zu lassen.

Enttäuschung folgte nach dem Besuch bei der Zeitschrift und wegen der sich hinziehenden Abwesenheit von Sarah Roberts. Enttäuschung, Verwirrung und Ärger. Bridget Kate Lacey war ihr jetzt ein vollkommenes Rätsel. War sie vorher ein sympathischer Schatten gewesen, so verschwamm die übertriebene, aufdringliche Gestalt jetzt zu einem fahl schimmernden Gespenst. Nachdem Ingrid das Bild einer selbstsüchtigen Modepuppe umrissen hatte, war der Gedanke, daß sie möglicherweise ganz anders gewesen sein könnte, immer quälender geworden. Schließlich hatte Miss Hampshire ein weit liebenswerteres Wesen angedeutet, ein Bild, das aus irgendwelchen Gründen auch von den bunten Farben, die aus dem Karton hervorquollen, wachgerufen worden war. Und an diese Vorstellung klammerte sich Grace, ohne sagen zu können, warum.

Die versprochene Zustellung von Bridgets Sachen verzögerte sich ohne Erklärung. Grace begann, ihre Meinung zu Ingrids Behauptung zu ändern, daß die übrigen Angestellten sich von ihr zurückgezogen hätten und sie für das, was Bid geschehen war, verantwortlich machen würden. Dieses Feingefühl – oder hatte sie etwas verheimlicht? – trug wenig zum Verständnis bei. Während sie ungeduldig auf den Karton wartete, fragte sie sich allmählich, ob Ingrid überhaupt soviel Phantasie besaß.

Der Portier beantwortete ihre zunehmend ungehalteneren Fragen mit Klagen über seine schmerzende Hüfte, die Krankheit seiner Frau, den Mangel an Hilfe. Es war eindeutig klar, nur ein Tritt in den Hintern würde ihn dazu bringen, seine Pflicht zu tun. Ein knapper Brief an Miss Hampshire brachte ihn schließlich zur Vernunft.

Das Ganze stellte sich dann als jämmerlicher kleiner Schatz heraus, der wenig Anhaltspunkte über das Wesen des Mädchens oder seine Lebensweise lieferte. In dem Karton waren nur wenige persönliche Dinge: ein paar Schnappschüsse und ein kleiner Stapel eng beschriebener Notizbücher, die sich wie ein unerfülltes Streben nach Höherem lasen: Bruchstücke von Geschichten; Artikel über eine verwirrende Vielfalt von Themen, begonnen und wieder abgebrochen; ein paar holprige Gedichtzeilen.

Wie unter Zwang studierte Grace eindringlich die Fotografien. Welche von den vier oder fünf jungen Frauen war ihre Nichte? Zu wem gehörten die Kinder? Der Fragenkatalog für Sarah Roberts wurde immer länger, mußte aber vorläufig warten, da diese immer noch verreist schien. Dann kam aus heiterem Himmel ein kurzer Brief, in dem sie ein Treffen in der nächsten Woche vorschlug.

Mit gleicher Post hatte Grace jedoch einen noch kürzeren und im Grunde genommen weit bedrohlicheren Brief von der Bank erhalten wegen ihrer permanenten Geldknappheit. Der hatte sie blitzschnell in eine andere Wirklichkeit befördert; sie war daher gezwungen, das vorgeschlagene Treffen noch ein wenig aufzuschieben.

Mittlerweile hatten die Probleme durch Reggies Verschwinden ihren Höhepunkt erreicht, und solange dieses Chaos sie zu verschlingen drohte, sah Grace sich außerstande, die Sachen des toten Mädchens anzufassen, geschweige denn sie sich genauer anzusehen. Ihre Stimmungsumschwünge wurden immer heftiger und unvorhersehbarer, der lähmende, zerstörerische Aufruhr ihrer Gefühle laugte ihren Körper und ihren Geist aus.

Er hatte sich darauf verlegt, spätabends anzurufen, um zu schimpfen oder zu flehen, es war nie ganz klar, was von beiden. Oft kamen seine Anrufe, wenn sie zuviel getrunken hatte, um noch mit ihm reden und aus seinem Geschwafel schlau werden zu können. Manchmal, wenn sie gerade eingeschlafen war, sorgte das beharrliche Läuten des Telefons erneut für eine Nacht, in der sie sich unruhig hin und her wälzte, so daß sie am nächsten Morgen müde und lustlos aufwachte.

Entscheidungen wurden nicht ins Auge gefaßt, geschweige denn getroffen. Beide schienen sie in eine Art Vorhölle geworfen, jeder für sich in eine abgesonderte, richtungslose Leere eingesperrt. So konnte es nicht weitergehen, aber dennoch brachte keiner von beiden den Willen oder die Fähigkeit auf, einen Rückzieher zu machen. Und vor allem konnten sie nicht miteinander reden. Da ist etwas, das ich dir sagen muß, Schatz, erklärte er. Was das war, erfuhr sie jedoch nie.

Die Tage schleppten sich dahin. Grace verwandte ihre ganze Kraft darauf, irgendwie zu Geld zu kommen. Mittlerweile war das gemeinsame Konto einseitig gekündigt worden, und die Bank erwies sich als äußerst zurückhaltend, als es darum ging, ihr Ersatzkreditkarten auszuhändigen. Egal, wie oft sie ihrem Ärger Luft machte, daß sie ohne diese Dinger nicht überleben könnte, sie erhielt immer die gleiche höfliche Versicherung, die Dinge würden gerade geregelt. Die Erkenntnis, daß Mammon ein noch größeres Interesse daran zu haben schien, die Familie zusammenzuhalten als Gott, war ein ziemlicher Schock.

Einer plötzlichen Eingebung folgend, ausgelöst wohl von der drohenden Pleite, hatte sie, wenn auch von Zweifeln geplagt, den Spitzenkatalog zweigeteilt; den ersten Stapel könnte sie sofort verkaufen. Glücklicherweise enthielt eine der Schachteln mehrere unschätzbare *catalogues raisonnées* für die herrlichen Spitzen aus dem Brügger Gruuthuse Museum. Dennoch kostete es sie viele wertvolle Tage, das Material noch einmal zu sichten, eine Liste anzufertigen, passende Illustrationen auszuwählen und einzelne Muster herauszunehmen, deren Wert zweifelhaft war.

Aber schließlich waren Teil eins und das, was Teil zwei werden sollte, einigermaßen ordentlich in historische Darstellungen unterteilt – mit angefügten Beispielen der Spitzenherstellung a) auf dem Kontinent b) auf den Britischen Inseln. Die zweite Abteilung war bei weitem die größere und schwierigere, so daß sie beschloß, sie unbesehen an jemanden weiterzuverkaufen, der über mehr Erfahrung verfügte als sie. Dann ließ sie den Katalog für die erste Abteilung drucken und hielt den Atem an, während sie auf Interessenten wartete. Und wie sie wartete!

Ihre mangelnde Vertrautheit mit diesem Gebiet weckte ein unbehagliches Gefühl in ihr. Sie argwöhnte, dem Material nicht gerecht worden zu sein, und das machte sie angreifbar. Für ihr berufliches Überleben war nicht zuletzt ausschlaggebend gewesen, daß sie normalerweise alles tat, um ihren Handel mit Büchern nicht zu einem Glücksspiel verkommen zu lassen. Sie hatte gelernt, wie leicht man ein kleines Vermögen nach und nach, in kleinen Beträgen verschleudern kann, bei törichten und vergeblichen Versuchen, Kataloge zusammenzustellen, die so einzigartig sind, daß sie die Leute in Versuchung führen und dicke Schecks gezückt werden.

Als sie jetzt dasaß und an ihren Nägeln kaute, stellte sie verbittert fest, ihr Beruf und ihre Ehe waren einander sehr ähnlich. Sie kannten die gleichen Höhen und Tiefen, und ein einziger Fehler auf einem ihr relativ unbekannten Terrain könnte genügen, um den guten Ruf, den sie sich mit viel Mühe und Sorgfalt erworben hatte, zu zerstören. Ein Teil von ihr hatte seit jeher diese notwendige Selbstbeschränkung gehaßt, und zu gewissen Zeiten hatte sie einen fast unwiderstehlichen Drang verspürt, auszubrechen und alle Warnungen in den Wind zu schlagen. Aber dazu war jetzt wahrlich nicht der geeignete Zeitpunkt.

Sie war sich nur allzu klar bewußt, der Kauf der zwei Schachteln, auf gut Glück und ihrem Spürsinn vertrauend, war in ihrer derzeitigen Zwangslage so ungefähr das Riskanteste gewesen, was sie tun konnte.

Riskant, oder besser gesagt, ein alberner Versuch, das Glück herauszufordern. George hatte sie provoziert, und sie hatte angenommen, ohne zu bedenken, daß George reich genug war, um sich keine Sorgen über Schulden machen zu müssen. Er saß einfach da und kassierte 16,25 Prozent Zinsen und Zinseszins. Was unter dem Einfluß Georges wie eine unbedeutende Summe ausgesehen hatte, wuchs so rasch, daß es bald der Staatsverschuldung nahe kam.

Grace rief sich ins Gedächtnis zurück, daß sie als Buchhändlerin das geworden war, was sie war, weil sie aufgrund ihres kritischen Urteilsvermögens und gelegentlich mit Hilfe eines geschickten Tricks in der Lage gewesen war, Material zu Themen zusammenzustellen, die sie interessierten. Und was sie interessierte, war das Beste, Begehrteste, zu finden, selbst in den abgelegensten Bereichen, die sie gelegentlich durchstreifte.

Da sie größten Wert auf die Präsentation legte, hatte sie sich im Lauf der Jahre viele Fertigkeiten angeeignet, die man normalerweise eher bei Restauratoren findet, die sie sich nur selten leisten konnte. Sie hatte eine gute Nase fürs Geschäft, und, was ein noch größerer Vorteil war, sie war in der Lage, sich auch nach langer Zeit an ein bestimmtes Buch zu erinnern und es mit einem anderen in Zusammenhang zu bringen.

Aber vielleicht bestand ihr eigentliches Geschick darin, sich streng auf die Literatur und die literarischen Gestalten innerhalb eines bestimmten geographischen Rahmens zu beschränken – daher das »Regional«. Ihren Ruf hatte sie sich, wie so manch anderer, langsam und sorgfältig aufgebaut; der Gewinn, den ihr erster Katalog abwarf, diente zur Finanzierung des zweiten und so weiter bis zu diesem, ihrem zweiunddreißigsten. Obwohl »Gewinn«, wie sie sehr wohl wußte, eher etwas übertrieben war.

Was für einen einleuchtenderen Grund hätte es geben können, sich nicht in unbekannte Gewässer vorzuwagen? Ihr war klar, über Spitzen und ihre Geschichte wußte sie nur oberflächlich Bescheid. Als sie jedoch das Material in der Hand gehabt und sortiert, es untersucht, gereinigt, aufgezogen und beschriftet hatte, war ihr immer quälender zu Bewußtsein gekommen, hätte sie nur genügend Zeit, Muße und Sorgfalt darauf verwenden können, dann hätte sie wirklich etwas Besonderes zu bieten gehabt. Vor allem, wenn sie sich die Zeit genommen hätte, einen, nein, besser noch: *den* Käufer zu finden. Aber sie hatte keine Zeit; nicht solange der Druck, sich zum Geldautomaten zu begeben, mit jedem Tag größer wurde. Nichts außer eine Rakete hätte sie dazu gebracht, mit dem Bettelhut in der Hand zur Bank oder, noch undenkbarer, zu Reggie zu streben, um auf die vage Aussicht hin, eine nicht unbeträchtliche Erbschaft zu machen, einen Vorschuß zu erschmeicheln. Das Ganze war, wie sie sich selber gegenüber beharrlich beteuerte, ein tödlicher Irrtum.

Obwohl sie ungeduldig auf Angebote wartete, übersah sie das blinkende Lämpchen ihres Anrufbeantworters. Um Freunden und Nachbarn die ständige Abwesenheit Reggies nicht erklären zu müssen, verbrachte sie einen Großteil ihrer Zeit entweder in ihrem Bücherzimmer oder indem sie ziellos von Buchladen zu Buchladen fuhr. So erhielt sie fast eine Woche lang keinen Anruf wegen des neuen Katalogs.

Grace war nicht mehr sie selber. Sie aß nicht mehr richtig, trank sich jedoch durch die Reste des Flaschenregals mit einer Geschwindigkeit, die von wilder Entschlossenheit geprägt war. Nicht selten war eine Flasche aus Reggies sorgsam gehütetem Weinkeller ihr einziges Abendessen. Allmählich verfiel Grace. Ihr war klar, mit ihrer letzten Selbstachtung klammerte sie sich an die Hoffnung, durch einen erfolgreichen Verkauf noch eine Gnadenfrist zu bekommen.

Die dicke Amerikanerin, die eines Morgens um halb neun beharrlich an der Tür klingelte und Grace aus dem Bett scheuchte, wollte offensichtlich Geschäfte machen. Grace preßte beide Hände an ihren Kopf, der zu zerplatzen drohte, und erspähte durch ihr Schlafzimmerfenster eine Frau, die Deirdre Pepperstock über den Gartenzaun hinweg mit Fragen nervte, wo denn Hartfield Books wäre. Die schrille Stimme hatte wahrscheinlich die ganze Straße in Aufregung versetzt. Hastig schlüpfte Grace in ihre Kleider und fuhr sich mit nassen Fingern durch die ungewaschenen Haare, ehe sie mit einem Lächeln, bei dem jeder einzelne Muskel in ihrem Gesicht schmerzte, die Tür aufriß.

Irgendwie kam ihr die Frau bekannt vor. Eine Buchhändlerin. New York? Nein, Boston oder aus der Gegend. Auf allen Antiquariatsmesssen vertreten. Aufdringlich, aggressiv und legendär geschäftstüchtig. Piggy Soundso. Piggy, nein, Peggy Hippsley. Ein zähes Luder. Graces Laune verschlechterte sich rapide, sie verkaufte nur ungern an andere Händler.

»Ist das Zeug schon verkauft?« Die andere hielt ihr den Katalog unter die Nase, und noch ehe sie überlegen konnte, schüttelte Grace den Kopf. Mrs. Hippsley tat ihre Absicht kund, sich die Sachen anzusehen, und rauschte wie eine Flottille durch die Diele. Schicksalsergeben trottete Grace hinterdrein.

Runde eins an den Mähdrescher, dachte sie verdrossen.

»Kann ich sie sehen? Sofort. Ich habe nicht viel Zeit. Ein Glück, daß Sie so nahe an der M40 wohnen, ich muß nämlich noch nach Bristol. Sie gehen nicht ans Telefon«, tadelte sie sie barsch über die Schulter hinweg. »Waren Sie weg? Das ist doch keine Art, ein Geschäft zu führen. Kataloge herausgeben und dann verschwinden.« Sie redete nicht, eher sprudelten die Worte aus ihr wie ein Wasserfall.

Prüfend musterte sie Grace, die nach dem Anrufbeantworter sah. Der Stecker war halb aus der Dose gerutscht. Grace steckte ihn wieder hinein und murmelte etwas von wegen eines Todesfalls in der Familie. Dann bot sie ihr eine Tasse Kaffee an. Diese Bemerkung hatte ihre Wirkung auf die Frau nicht verfehlt, denn sie schwieg zumindest lange genug, daß Grace zur Besinnung kommen und einen Viertelliter ungeheuer starken und schwarzen Kaffees in sich hineingießen konnte. Sie hatte das Gefühl, ihre Eingeweide würden mit Sandpapier geschmirgelt. Während sie insgeheim beschloß, in Zukunft lieber etwas zu essen, als nur zu trinken, führte sie ihren Gast nach oben in das Bücherzimmer.

Die kleinen schwarzen Augen schossen durch die Gegend, als fertige sie ein Inventar des gesamten Haushalts an. Alles wurde schnell und gründlich gemustert – die Teppiche (gute Qualität, wenn auch fadenscheinig), die Vorhänge (hätten dringend gereinigt werden müssen), die Bilder (na ja) und die Büchersammlung (kein Kommentar). Wie Laserstrahlen tasteten die Knopfaugen den Raum ab. Grace unterdrückte das beschämende Bedürfnis, sich für die Mängel zu entschuldigen, und lenkte die Aufmerksamkeit der Frau auf die Sammlung, die auf dem achteckigen

Bibliothekstisch ausgebreitet war, auf dessen Rosenholz selbst die unscheinbarsten Gegenstände prachtvoll aussahen.

Mit großem Getue und Gekeuche und unter Gestikulieren ihrer fleischigen weißen Finger ging Mrs. Hippsley die kleine Ausstellung durch, äußerte sich abfällig über dies und jenes oder betrachtete, was mehr besagte, mit schweigender Genugtuung anderes. Die ganze Zeit über beobachtete Grace sie, wie ein Angler seine Leine anstarrt, und überlegte, wie sie ihre Beute am besten an Land ziehen könnte.

Nach etwa einer halben Stunde begann die Amerikanerin, sorgfältig jeden Posten mit den Angaben im Katalog zu vergleichen. Was, um alles in der Welt, soll denn das, fragte sich Grace, erwartet die etwa, daß ich die ausgesuchtesten Stücke für mich behalte? Wie genau sie damit die Überlegungen der Dame getroffen hatte, belustigte sie ungemein. Der Versuch der Amerikanerin, den Preis auf geradezu groteske Weise zu drücken, hingegen nicht.

»Ziemlich willkürlich zusammengestellt«, erklärte die harsche Stimme gedehnt. »Ich sehe schon, Sie sind mit dieser Art Material nicht vertraut, stimmt's?« Die gekünstelte Lässigkeit, mit der sie dies vorbrachte, während sie träge dieses oder jenes Stück drehte und wendete, bestärkte Grace in ihrem Vorsatz.

»Folglich ist der Preis viel zu hoch angesetzt«, schloß sie.

»Ganz im Gegenteil«, erwiderte Grace entschieden, »der Preis ist sehr vernünftig. Und das wissen Sie auch.«

»Hmm. Und natürlich unvollständig …«

»Das ist im Preis berücksichtigt«, parierte Grace. Schiere Sturheit hielt sie davon ab zu erwähnen, daß der andere Teil der Sammlung irgendwann in der Zukunft ebenfalls zum Verkauf angeboten würde. Zukunft. Genau das war das Problem. Sie wußte so wenig darüber. Das Risiko, plötzlich mit etwas Unverkäuflichem dazustehen, machte ihr zu schaffen und mahnte zur Vorsicht.

»Nur sehr wenige Leute interessieren sich für die Geschichte der Spitzenherstellung …« Mrs. Hippsley ließ die Worte im Raum hängen und schüttelte traurig ihren großen Kopf.

»Tatsache ist, daß im Lauf der Woche noch mehrere Interessenten vorbeikommen wollen«, log Grace gewandt und bemühte sich krampfhaft, nicht die Nerven zu verlieren.

Für einen Augenblick entstand eine erwartungsvolle Pause, ehe Mrs. Hippsley fortfuhr: » … aber ich habe einfach eine Schwäche für schöne Dinge … Sagen wir, fünfundzwanzig Prozent Rabatt?«

Die geht mit ihrer Güte wirklich bewundernswert zurückhaltend um, dachte Grace lakonisch.

»Zehn«, konterte sie entschlossen und spürte sofort, sie war zu weit gegangen. So zuwider die Amerikanerin ihr auch war, an ihrem Wissen konnte sie keinerlei Zweifel hegen, und ihr war klar, Mrs. Hippsley hatte schlau und richtig vermutet, daß eine illustrierte Geschichte der Spitzenfabrikation in Europa (über zwei Jahrhunderte hinweg) keineswegs zu Graces Spezialgebieten gehörte. Noch war sie allzu zimperlich, ihren dicken Finger auf den wunden Punkt zu legen.

»Fünfzehn. Das ist mein letztes Wort.« Unbeholfen tapste sie durch das Zimmer, zog gelegentlich ein Buch aus einem der Regale und schob es kommentarlos wieder zurück, während Grace wie ein unbeachteter Gast in ihrem eigenen Zimmer stand.

Mit keinem Wort hätte sie zugeben sollen, daß die Sachen noch zu haben waren, sie hätte das verdammte Weibsbild für ein paar Stunden wegschicken sollen, um sich auf die Schlacht vorzubereiten. Ihr Kopf schmerzte zum Zerspringen. Wenn dieses Miststück nur endlich gehen würde!

»Ich schätze, die brauchen Sie nicht mehr?« Mrs. Hippsley schnappte sich einen Stapel Kataloge und legte sie auf ihre Beute.

»Ich fürchte, die sind reserviert.«

Das mußte man ihr lassen, sie lachte über Graces hartnäckige Weigerung und nahm ihr den Wind aus den Segeln, indem sie gestand, sie sammle alle Hartfield-»Broschüren«.

»Ich habe sie alle. Jede einzelne. Einunddreißig im ganzen. Wissen Sie, Gracie, Sie haben ein recht gutes Gespür für die

Druckkunst.« Grace zuckte zusammen. »Sie sind sehr freundlich«, erwiderte sie gequält.

»Ihr Briten seid so erfinderisch! Aber alle habt ihr diese Heimarbeitermentalität.« Ihre Augen funkelten triumphierend. »Zu zurückhaltend.«

Sie meint wohl traditionsbewußt, überlegte Grace, und ihr Lächeln gefror.

»Sie müssen in größeren Maßstäben denken, Gracie, dann könnten Sie mit diesen Broschüren eine Menge Geld machen.« Mit der Geschicklichkeit einer Falschspielerin ließ Miss Peggy etwa ein Dutzend Kataloge in ihrer Tasche verschwinden, um dann unbekümmert zu lächeln.

Vielen herzlichen Dank, dachte Grace grimmig. Ihre Gereiztheit erreichte einen gefährlichen Pegel. Broschüren, in der Tat! Wenn sie das Wort noch einmal in den Mund nimmt, hau ich ihr eine runter. Was, zum Teufel, glaubt die eigentlich, was das hier ist? Eine verstaubte kleine Reiseagentur?

Als sie aufblickte, bemerkte sie, wie Peggy Hippsley sie nachdenklich musterte. Grace hatte gute Lust, ihr eine zu knallen. Aus Angst, ihre Gefühle könnten sich in ihrem Gesicht spiegeln, senkte sie den Kopf und entdeckte voller Entsetzen einen großen Flecken auf ihrer Bluse. Kein neuer, ein alter, schon verblaßter. Während sie beiläufig die Hand darüberlegte, stellte sie zu ihrer Beschämung fest, daß ihr Quälgeist sie mit Interesse und – irrte sie sich? – Mitleid betrachtete. Sie wurde rot.

»Würden Sie mich einen Augenblick entschuldigen?« fragte sie, so beiläufig sie konnte, und verschwand. Hastig durchwühlte sie ihren Kleiderschrank, zog sich schnell einen Pullover über und bürstete sich die Haare. Als sie zurückkehrte, untersuchte Mrs. Hippsley eingehend ihre Neuerwerbung und blickte nicht einmal auf.

»Haben Sie eine Ahnung, wer das gesammelt hat?« Der Tonfall der Buchhändlerin verriet, sie machte sich wenig Hoffnung auf eine vernünftige Antwort.

»Ja«, erklärte Grace gelassen. »Eine Frau namens Hannah Deutsch. Ich habe einige Fotos von ihr. 1938 ließen sich offenbar mehrere deutsch-jüdische Flüchtlinge in Oxford nieder – Akademiker, ein Verleger, ein paar Ärzte und ihre Familien. Eine wirklich bemerkenswerte Gruppe, aber anfangs machten sie eine schlimme Zeit durch. Einige von ihnen, darunter auch Hannah Deutsch, wurden während des Krieges interniert. Auf der Isle of Man, glaube ich. Eine grausame Ironie – den deutschen Lagern entkommen und dann von uns hier eingesperrt«, meinte Grace schuldbewußt. »Sie brachte die Spitzenkollektion aus Berlin mit, in einer wunderschönen alten Hutschachtel. Irgend jemand muß während ihrer Internierung darauf aufgepaßt haben.«

Mrs. Hippsley ließ die Hand in ihre Tasche gleiten und holte ein dickes Bündel Geldscheine hervor. Graces Herz machte einen Satz vor Erleichterung. Keine Schecks, also auch keine Schwierigkeiten mit der Bank. Sie bemühte sich, gelassen zu bleiben.

»Bar. Sie sind also mit einem Preisnachlaß von fünfzehn Prozent einverstanden?« Sie wartete auf Graces Zustimmung und begann dann, Gott sei Dank schweigend, die Scheine abzuzählen. Als sie fertig war, warf sie Grace einen verschlagenen Blick zu und nahm bedächtig zwei Geldscheine von dem fein säuberlich aufgeschichteten Stapel weg.

»Die Steuer teilen wir uns«, erklärte sie gedehnt. Der Gnadenstoß. Eine krumme Tour zuviel.

»Darauf wird keine Steuer erhoben«, fuhr Grace sie an und schob trotzig die Banknoten wieder über den Tisch. »Ich ziehe es vor, nicht zu feilschen.«

Ein Geldschein flatterte zu Boden, der andere verschwand in der Tasche. Nach kurzem Zögern nahm Grace den Stapel und blätterte die Geldscheine rasch durch, ehe sie sie in der Tischschublade verschwinden ließ.

»Haben Sie irgendwelche Sorgen?« Die Stimme der Amerikanerin hatte ihre Schärfe verloren. »Wenn Sie schon in dem Geschäft sind, müssen Sie sich voll darauf konzentrieren.« Als Grace nichts sagte, wuchtete sie sich schwerfällig hoch.

Lassen Sie sich nicht gehen. Aber so unhöflich, das auszusprechen, war sie nun doch wieder nicht. Grace wollte verdammt sein, wenn sie der Einladung, ihr Herz auszuschütten, folgte. Schließlich und endlich hatte sie sich ihre Freude doch nicht allzusehr anmerken lassen, oder? Sie hatte bekommen, was sie wollte, einen Aufschub. Erleichterung überkam sie und damit Entschlossenheit. Ohne lange zu überlegen, entschied sie, was sie mit dem Rest der Kollektion machen würde. Jetzt konnte sie es sich leisten, großmütig zu sein.

»Würden Sie gerne die Schachtel dazu haben?«

»O ja. Und die Fotos.«

Die läßt auch keine Gelegenheit aus, diese Peggy.

»Selbstverständlich.« Grace lachte und übergab ihr beides.

Mrs. Hippsley untersuchte die Sachen und sah sie dann argwöhnisch an.

»Wie alt war sie, als sie sich in Oxford niederließ?«

»Oh, noch ziemlich jung, vermute ich. Sie hatte das alles von ihrer Großmutter und Mutter geerbt.« Grace begleitete ihren Gast zur Tür.

»Und selber hat sie nicht gesammelt?« Mrs. Hippsley kniff die Augen zusammen.

»Nein.«

»Gar nichts?«

Grace antwortete nicht. Sie half ihr, die Schachtel im Kofferraum zu verstauen, und blieb dann auf dem Gehsteig stehen, während Mrs. Hippsley sich auf den viel zu engen Vordersitz zwängte. Während sie den Motor anließ, kurbelte die Amerikanerin das Fenster herunter und sah Grace nachdenklich an. »Wann ist sie denn gestorben?«

»Wer? Mrs. Deutsch? Ende der Siebziger, glaube ich«, erwiderte Grace und wartete darauf, daß die andere explodierte. Was auch sogleich passierte. Der Motor wurde abgestellt.

»Hey! Was soll das Ganze? Wenn sie erst in den Siebzigern gestorben ist, wo ist dann der Rest von dem Zeug?«

»Es gibt keinen ›Rest‹. Ich habe den gesamten Inhalt der Schachtel im Katalog aufgeführt. Es gibt keine anderen Muster, die vom Kontinent stammen. Was Sie haben, ist genau das, was

1938 aus Deutschland herausgeschafft wurde. Meines Wissens einzigartig. Und vollständig.« Sie wandte sich zum Gehen.

»Aber da muß doch noch mehr sein ...«

»Mrs. Hippsley«, erklärte Grace ruhig, »Sie haben genau das bekommen, was ich in meinem Katalog angeboten habe. Alles, einschließlich der Fotos, einiger Briefe und der Originalschachtel mit einer Aufschrift von Hannahs Hand. Sie haben fünfzehn Prozent Preisnachlaß verlangt und bekommen und darüber hinaus noch fünfzig Pfund. Und Sie wissen besser als ich, daß der Preis ohnehin schon niedrig angesetzt war. Wenn das also ein Problem für Sie ist, dann gebe ich Ihnen Ihr Geld zurück, und Sie geben mir, was Sie gerade gekauft haben.« Sie unterdrückte ihre Nervosität und hielt Mrs. Hippsleys wütendem Blick stand, bis diese sarkastisch sagte:

»Okay, okay. Regen Sie sich ab. Ich schätze, sie hat sich anschließend mit britischen Spitzen befaßt? Hm? Meinen Sie vielleicht, ich könnte mir das nicht zusammenreimen? Warum tun Sie so verdammt geheimnisvoll? Dafür interessiere ich mich sowieso nicht. Wozu also die Aufregung? Ich habe ein gutes Geschäft gemacht.«

Sie lachte Grace, die rot geworden war, ins Gesicht und brauste los. Ihr großspuriges Gehabe besagte deutlich, wenn hier jemand bei dem Handel zu kurz gekommen war, dann ganz bestimmt nicht P. Hippsley.

Normalerweise behandelte Grace ihre Kunden freundlicher, und sie war entsetzt über ihre Unhöflichkeit. Mit schweren Schritten ging sie die Treppe hinauf und ließ das Badewasser ein. Dann zog sie sich hastig aus und tauchte in den duftenden Schaum ein. In aller Ruhe überlegte sie, wie sie den Rest von Hannah Deutschs Sammlung am günstigsten verkaufen könnte.

Sorgfältig kleidete sie sich an: eine frische weiße Leinenhose, dazu eine weiße Bluse. Dann warf sie einen Blick auf die Uhr und wählte die lange Nummer, die sie mit Max Lindquist verband, dem Kurator der umfassendsten Bibliothek für Kunsthandwerk in den Vereinigten Staaten.

»Grace, meine Liebe, seit Tagen versuche ich Sie zu erreichen.«

Er ließ ein leichtes Bedauern erkennen, als sie ihm erzählte, einen Teil der Sammlung habe sie bereits verkauft.

»Zum Teufel noch mal, Grace, für wieviel, haben Sie gesagt?« Seine Stimme klang entsetzt. »Peggy Hippsley, hm? Sieh an! Nur wenige von uns schaffen es, von dieser alten Vettel nicht übers Ohr gehauen zu werden. Ich bin überzeugt, nächste Woche steht sie bei mir vor der Tür. OGottogott.«

Einige von den verkauften Posten hätte er gerne gehabt, meinte er, aber das machte nichts, seine Landsfrau würde sie mit Sicherheit zu seinem Ergötzen (und mit einem kräftig heraufgesetzten Preis) vor ihm ausbreiten. Er lachte.

»Ehrlich gesagt, die zweite Abteilung der Sammlung interessiert mich weit mehr. Wann ist die fertig?«

»Genau darüber wollte ich mit Ihnen reden, Max.«

Sie waren alte Freunde, und er war weit weg, daher fiel es ihr leichter, ihm gegenüber offen zu sein. Kommentarlos hörte er ihr zu. Sie berichtete kurz von ihrer zerrütteten Ehe und etwas weniger ausführlich von den Laceys. So vieles war zu klären, sie hatte keine Ahnung, wie sie unter diesen Umständen der Arbeit genügend Zeit und Aufmerksamkeit widmen sollte.

Einen Augenblick lang ließ sie die letzte Bemerkung im Raum stehen, ehe sie von ihrer Besorgnis hinsichtlich ihrer Kenntnis über Spitzen und der Zeit, die sie brauchen würde, um sich in das Gebiet einzuarbeiten, sprach. Sie schilderte ihm ihren hastig entworfenen Plan. Er ging sofort darauf ein und konterte mit etlichen Gegenfragen. Dann wurde er geschäftsmäßig und schlug ihr eine saubere Lösung vor:

»Einer unserer Kuratoren hält sich zur Zeit in London auf – seine Mutter liegt im Sterben, und das scheint sich ziemlich lange hinzuziehen. Er wäre genau der Richtige. Ehrlich gesagt, ich glaube, er wäre erleichtert, wenn er etwas zu tun hätte.«

So wurde es abgemacht. Der Kurator würde sich die Sammlung ansehen, und wenn sie ihrer Schilderung entspräche und sie sich über den Preis einigen könnten, dann würde das Museum, das heißt er, Max, sie kaufen – mit allen Mängeln, so wie sie war. Ob sie einverstanden wäre, wenn er sie sich ansähe und, wenn sie handelseinig würden, mit ihr zusammenarbeitete, solange er in England war? Bei ihr zu Hause?

Ein oder zwei Tage später stellte er sich vor. Er mußte vom Bahnhof aus zu Fuß gegangen sein, denn die Schultern seines Burberry waren völlig durchweicht und seine blonden Haare klebten an seinem Schädel. Als sie die Tür öffnete, hielt sie ihn zuerst für einen Mormonen, denn er hatte einen so akkuraten Haarschnitt, wie ihn nur die Amerikaner aus dem Mittleren Westen hinzukriegen scheinen. Ungefähr einsfünfundsiebzig groß. Mitte bis Ende Dreißig. Er streckte ihr die Hand entgegen und nahm mit der anderen seine Brille ab, die angelaufen war. Mmm. Mormonen haben keine so wissenden Augen. Oder war er einfach kurzsichtig?

»Murray Magraw.« Kräftiges Kinn und ein breites, schiefes Lächeln. »Darf ich reinkommen? Ist schrecklich naß hier draußen!« Sie wich einen Schritt zurück, um ihn eintreten zu lassen.

»Ich hole Ihnen ein paar Handtücher.« Sie grinste. »Ein bißchen kühl, um paddeln zu gehen.«

Sie musterte ihn, während er seine Haare trockenrubbelte. Nein, nicht blond. Blond, das in Grau überging. Zu lang. Schon ein wenig schütter. Sie korrigierte sein Alter nach oben. Eher vierzig als dreißig. Er bückte sich, um Schuhe und Socken auszuziehen. Alles triefnaß. Kleiner Speckansatz um die Taille herum. Lange, knochige Beine. Sie nahm die Schuhe. Beide hatten Löcher in den Sohlen. Alleinstehend? Sie bot ihm Kaffee an.

»Für eine Tasse Kaffee würde ich jetzt morden.« Er setzte seine Brille auf. Meerfarbene Augen, erstaunlich dunkle Wimpern. »So ist es besser, jetzt kann ich Sie wenigstens sehen.« Kurzsichtig also. »Fangen wir noch mal von vorne an?« Er lächelte entwaffnend. »Grace?« Ihre Laune besserte sich allmählich.

Der Tag war wie ein tiefes Durchatmen. Eine heilsame Ruhepause zwischen den traumatischen Phasen von Schmerz, zuviel Aufregung und Belastung. In diesen paar Stunden schob sie ihre

Sorgen beiseite und gab sich dem wohltuenden Vergnügen hin, sich ganz auf ihre Arbeit zu konzentrieren, und dem noch selteneren Vergnügen, dies mit jemandem gemeinsam zu tun, der es genauso genoß wie sie.

Den Nachmittag verbrachten sie damit, sorgfältig ein Inventar anzulegen, ehe er sein Interesse daran bekundete, das Ganze zu kaufen. Er sah den Katalog von Abteilung eins durch, um sicherzugehen, daß ihr nicht unwissentlich irgendwelche Schätze entgangen waren. Sie runzelte die Stirn, nahe daran, die Gekränkte hervorzukehren. Er ließ sich jedoch nicht aus der Ruhe bringen.

»Sie wollen doch, daß ich Max überzeuge, nicht wahr? Und Sie wissen, wie er ist. Vorsichtig.«

Als sie nickte, grinste er verschwörerisch und lachte dann. »Ich versuche nur, den Preis niedrig zu halten. Aber es nutzt nichts, Sie haben gewußt, daß wir darauf scharf sind.«

»Gehofft. Vermutet.«

»Vermutet?« explodierte er. »Aber die Sammlung ist gut. Wirklich gut. Ich dachte, Sie hätten gesagt, das alles sei neu für Sie, Grace? Ein hervorragender Fund! Ma'am, Sie verstehen was von Ihrer Sache.«

Dafür hätte sie ihn am liebsten umarmt.

Statt dessen machte sie eine Flasche von Reggies bestem Mersault auf. Etwa eine Stunde später ging Murray, über das ganze Gesicht strahlend – eine Folge seines Triumphes und wohl auch des Alkohols. Er hatte sich einen Stapel Papiere unter den Arm geklemmt und versprach, bald wiederzukommen.

»Hängt natürlich davon ab, wie es meiner Mutter geht. An manchen Tagen ist es leichter als an anderen.«

»Wieso ist sie ...?«

»In London? Oh, vor ungefähr zwanzig Jahren hat sie einen Engländer geheiratet. Es gibt sonst niemanden, der sich um sie kümmert.« Sonderlich begeistert klang das nicht.

»Das tut mir leid.«

Sie sah ihm nach, als er durch den Garten ging. Die würden die Sammlung kaufen. Murray wollte sie unbedingt haben. Sie hatte es gewußt, noch ehe er es gesagt hatte; sie hatte es seinen Händen angemerkt. Er reagierte auf ganz ähnliche Weise wie sie selber. Mußte die Sachen anfassen. Mit dem Geld der Hippsley konnte sie die dringlichsten Rechnungen bezahlen, und wenn dieser Handel klarging, hätte sie Zeit, sich um ... um was zu kümmern? Eins nach dem anderen.

Reggie? Nein. Sie war selber überrascht, als sie sich eingestand, diesmal würde sie sich nicht mit kurzfristigen Lösungen zufriedengeben. Statt dessen öffnete sie die andere Falltür: die Laceys. Sie hatte sich ein wenig Zeit erkauft.

Als Murray Magraw sich umdrehte, um ihr zum Abschied zuzuwinken, spürte sie einen stechenden Schmerz des Bedauerns, daß sie nicht einfach alles andere vergessen und mit ihm zusammenarbeiten konnte. Oder war es nur der Widerwille, die Vergangenheit aufzurollen? Sie hatte den Weg frei gemacht, doch sie spürte nichts als die erneute Sorge und die ständige Angst.

Direkt vor dem Gartentor begegnete Deirdre Pepperstock Murray Magraw. Sie drehte sich um und sah ihm neugierig nach, ehe sie Grace bemerkte. Verlegen winkte sie ihr zu, ging ein paar Schritte weiter und blieb dann verunsichert stehen. Vor kurzem hatte sie sich einen Bubikopf schneiden lassen. Sah phantastisch aus.

»Wer ist denn das, Grace? Verdammt attraktiver Kerl!« Sie lachte spitzbübisch.

Grace seufzte und forderte sie auf hereinzukommen. Wurde allmählich Zeit, die geliehenen hundert Pfund zurückzuzahlen und Dee ihre Situation zu erklären. Seit Wochen hatte sie kein richtiges Gespräch mehr mit ihr geführt. Seit Reggies Verschwinden, genauer gesagt.

Jeder, der nicht so sehr mit seinen eigenen Sorgen beschäftigt gewesen wäre, hätte wahrscheinlich bemerkt, daß Deirdre Pepperstock ihr genauso lange beharrlich und erfolgreich aus dem Weg gegangen war.

QUINN, H.: DIARY OF A VAGRANT HEART. *Pentagon Press. Widmungsexemplar. Greller, abgewetzter Leineneinband. Vorsatzblätter stockfleckig. Schutzumschlag gut erhalten.*

7 Als ein paar Tage darauf Murray Magraw kam, um mit dem Katalogisieren zu beginnen, war Grace endlich soweit, sich ganz dem, was sie jetzt beschönigend als Familienangelegenheiten bezeichnete, zu widmen. Sie rief Sarah Roberts an.

Wie sich herausstellte, wohnte Sarah Roberts nur ein paar Straßen von der Wohnung ihrer Freundin Bridget Lacey entfernt. Das Haus lag an einem hübschen Platz, ungefähr sieben Gehminuten von der King's Cross Station entfernt.

Der Platz wie auch die dorthin führenden Straßen gehörten alle zu der alten Lloyd-Baker-Siedlung. Sie umfaßte nicht mehr als ungefähr hundert Häuser und grenzte im Osten an die Amwell Street, im Westen an die King's Cross Road; nördlich reichte sie bis zur Percy Street und südlich bis an den Lloyd Baker Square. Der Campbell-Führer klärte Grace darüber auf, daß man um 1820 mit den Bauarbeiten begonnen hatte, als in ganz London ähnliche Siedlungen aus dem Boden geschossen waren. Um 1830 war die Großgärtnerei, an deren Stelle sich die neue Siedlung erhob, völlig in dieser aufgegangen, um die zuziehenden Anwälte und Geistlichen unterzubringen.

Die Leute hätten es schlechter treffen können: Die Pachtverträge waren langfristig; die Häuser waren zentral gelegen und hatten sich etwas von dem Charme der Gartenanlagen bewahrt, über denen sie errichtet worden waren. In den Straßen ringsum ließen sich mit der Zeit kleine Händler nieder, und hier und dort gab es Stallungen für Pferde. In einer Seitengasse der Wharton Street wuchs und gedieh eine Kolonie von Uhrmachern. Von der Behaglichkeit der Amwell Street aus hatte Mr. Cruikshank selbstbewußt die Karikatur »The March of the Bricks« gezeichnet: die neuen Siedlungen waren damals noch nicht besonders ansehnlich. Schon bald entstanden jedoch modernere, reizvollere halbmondförmige Straßen und Häuserzeilen mit kleinen Parks, großzügiger angelegt und weit genug von dem beunruhigend quirligen Leben in den Pensionen entfernt, in denen die Schauspieler vom nahegelegenen Sadler's Wells Theater Unterschlupf fanden.

Im Lauf der Jahre durchlebte das Viertel Höhen und Tiefen, manchmal ging es aufwärts, öfter jedoch abwärts. Allmählich ging die kleine Siedlung in ein Stadium verträumten Verfalls über, bis Anfang der achtziger Jahre des 20. Jahrhunderts die Pachtverträge ausliefen und das Viertel einen neuerlichen Aufschwung erlebte.

Die Gegend, die Grace bis zu den Ereignissen der jüngsten Zeit völlig unbekannt gewesen war und sie angenehm überraschte, war eine bezaubernde Enklave, deren Häuser aus dem 19. Jahrhundert sich, abgesehen von kleineren Renovierungen, kaum verändert hatten. Ruhig, intim und unerwartet kleinstädtisch. Die Regelmäßigkeit und Gleichförmigkeit der Häuser hatten etwas Beruhigendes. Als Doppelhäuser angelegt, zogen sie sich den Hang der Wharton Street hinauf.

Es freute Grace, daß Bridget Lacey gewitzt genug gewesen war, eine so angenehme Wohngegend zu finden, um so mehr, als sie lange bevor die Preise zu steigen begannen, darauf gestoßen sein mußte. Konnte es sein, daß die Ähnlichkeit dieser ruhigen Straßen mit ihrem heimatlichen Dublin sie hierhergeführt hatte?

Als Grace darüber nachsann, wie oft ihre Nichte wohl diese Straße entlanggegangen war, wurde ihr nur halbwegs bewußt, daß sie sich inzwischen angewöhnt hatte, das Mädchen als ihre Nichte zu betrachten. Dennoch weigerte sie sich, über die Umstände ihres Todes nachzugrübeln. Sobald sie daran dachte, scheute sie innerlich zurück.

An vier oder fünf Häusern auf der Nordseite der Straße, an denen sie gemächlich vorbeischlenderte – bis zu ihrer Verabredung hatte sie noch eine Viertelstunde Zeit –, waren Bauarbeiten im Gange. Eines, ein Spiegelbild des Hauses, in dem sich die Lacey-Wohnung befand, war eingerüstet, und die offenstehende Tür reizte ihre Neugierde. Sie spähte in die Eingangshalle, konnte jedoch nicht hineingehen, da die Dielen herausgerissen worden waren. Auch die Treppe war nicht mehr da, und bald würde die großzügige Halle mit ihrer wunderschönen Deckenrosette umgebaut werden, um Platz für einen neuen Eingang zu schaffen. Aber noch war sie unversehrt, und durch die offene Tür erhaschte sie einen Blick auf die Überbleibsel früherer Behaglichkeit, die sich in den erhaltenen Stuckarbeiten in dem ehemaligen Wohnzimmer erahnen ließ. Eine romantische Wohngegend.

War Bridget romantisch gewesen? Bridget, Bid oder vielleicht Biddy? Grace fragte sich, welchen Namen sie wohl vorgezogen hatte.

Bislang hatte sie eine Abneigung dagegen verspürt, die Wohnung des Mädchens zu betreten. Anfangs einfach aus Angst vor einem widerrechtlichen Eindringen und in der Hoffnung, eines Tages würde Bartley Quinlan sie anrufen, alles sei, wie sie die ganze Zeit vermutet hatte, ein Irrtum gewesen. Hatte er aber nicht. Obwohl er, und das hatte sie ziemlich genervt, in letzter Zeit mehrmals telefoniert hatte, angeblich um irgendwelche Details mit ihr zu besprechen, in Wirklichkeit jedoch aus Neugierde, was sie mit »ihrem« Besitz in Dublin zu tun gedenke. Er mache sich, so hatte er gesagt, Sorgen, weil das Haus leerstand und sich in der Gegend jede Menge Gesindel herumtrieb.

Irgendwie schien es nicht zu ihrem Verstand durchzudringen, daß der Besitz ihr gehörte und in Gefahr war. Er hätte einen entlegenen Ort auf der anderen Seite der Erde beschreiben können, und es hätte ihr genausoviel gesagt.

»Na schön, Mrs. Hartfield, sobald Sie die Sache mit der Wohnung in London geregelt haben …«

Jetzt hätte sie ihn beinahe angeschrien. Ob er sich vorstelle, sie gehe jeden Tag in der Wohnung in der Everard Street ein und aus, fragte sie verärgert. Um sie auszuplündern? Alle Spuren von Bridget Laceys Leben zu tilgen?

» … könnten Sie vielleicht gelegentlich hierherkommen.« Vorsichtig tastete er sich an sein eigentliches Anliegen heran. »Ich habe einen Klienten, der möglicherweise an dem Haus in

Rathmines interessiert ist. Wir würden einen guten Preis dafür bekommen. Bar auf die Hand.«

Er erwähnte eine beträchtliche Summe. Dieses heruntergekommene alte Bauwerk? Sicherlich hatte er sich verhört. Und in bar? Das klang ungemein verführerisch, nachdem sie wochenlang fieberhaft versucht hatte, einen Bruchteil der Summe, die er genannt hatte, aufzutreiben. Die Versuchung, zuzugreifen und mit dem Geld das Weite zu suchen, hielt nur den Bruchteil einer Sekunde an. Die beiden Bereiche ihres Lebens waren vollkommen getrennt voneinander und mußten dies auch bleiben. Die Möglichkeit, die Probleme sozusagen über Kreuz zu lösen, war ausgeschlossen. Hartnäckig hielt Grace an ihrer widersinnigen Logik fest, ohne sie sich selber, geschweige denn jemandem so Gewitzten wie Bartley Quinlan erklären zu können.

»Ich bin ... hm ... zur Zeit sehr beschäftigt. In ein paar Wochen vielleicht?«

»Na schön. Wenn Sie soweit sind.«

Dann, gerade als sie den Hörer auflegen wollte:

»Oh, übrigens, Pater Crowley hat sich nach Ihnen erkundigt. Er möchte Sie unbedingt treffen.«

Die Tür in ihrem Kopf schlug zu.

»Ich fürchte, das ist derzeit nicht möglich«, erklärte sie kurz und bündig. »Ich gebe Ihnen Bescheid, sobald ich eine Entscheidung getroffen habe.«

Als sie langsam die Straße hinaufging, sank ihr Mut mit jedem Schritt. Sie zwang sich, an das Mädchen zu denken, aber ständig schoben sich andere Bilder dazwischen. Bis jetzt war es ihr gelungen, die Büchse der Pandora verschlossen zu halten. Würde sie, wenn sie sie nur einen Spaltbreit öffnete, alle Hoffnung aufgeben müssen, sie je wieder zumachen zu können? Bridget, Bid.

In aller Frühe schon war sie aufgestanden, war durchs Haus geschlichen, unfähig, an einem Platz sitzen zu bleiben. Sie hatte Unmengen Kaffee in sich hineingegossen, um sich für das Treffen mit Sarah zu wappnen.

Bevor sie das Haus verließ, hatte sie nacheinander eine Hose, dann einen Rock, dann ein Kostüm und dann wieder eine Hose angezogen, ehe sie sich für einen dunkelgrauen Rock mit Jackett entschieden hatte, die etliche Jahre kein Tageslicht mehr erblickt hatten. In ihrem früheren Leben hatte Reggie das Gewand lachend als ihre »Traueruniform« bezeichnet. Als sie auf der blitzenden Oberfläche eines wartenden Taxis ihr Spiegelbild sah, mußte sie zugeben, sie hätte tatsächlich auf dem Weg zu einer Beerdigung sein können.

Entschlossen stapfte sie weiter, aber dieser plötzliche Gedanke, der die Wirklichkeit so genau traf, hätte sie beinahe in die Flucht geschlagen. Zurück in die Sicherheit ihres Hauses, in die angenehme Gesellschaft des netten, lakonischen Amerikaners, der eingetroffen war, als sie gerade das Haus verlassen hatte. Der es sich jetzt wahrscheinlich inmitten ihrer Bücher bequem gemacht hatte, während sie sich auf ihre trostlose Pilgerfahrt begab. Alleine. Obwohl es viel bequemer gewesen wäre, Murrays Drängen nachzugeben, gemeinsam an der Sammlung zu arbeiten. Zweifelsohne versorgte Deirdre ihn bereits mit einer Tasse Kaffee nach der anderen. Einem so gutaussehenden Mann konnte sie einfach nicht widerstehen.

Das brachte sie auf den Gedanken, daß Deirdre sich als ausgesprochen wenig hilfreich erwiesen hatte, als Grace ihr am Nachmittag zuvor von Reggies Verschwinden berichtet hatte. Sie hatte es nervös lachend als einen weiteren vorübergehenden Anfall eines unwiderstehlichen Bedürfnisses, sich unerlaubt von der Truppe zu entfernen, abgetan. Viel mehr Interesse hatte sie an dem Amerikaner erkennen lassen, nachdem sie sowohl ihren Mann als auch das neue Au-pair-Mädchen schlechtgemacht hatte.

Kaum hatte sie die Küche betreten, zog sie über Jason her und schimpfte nahezu pausenlos über ihn, bis die Jungen an die Hintertür gehämmert hatten. Grace hatte ihre Schulden beglichen, aber ansonsten war es ihr nicht gelungen, selber auch einmal ein Wort zu sagen. Nach ein paar Minuten hatte sie auch gar keine Lust mehr dazu gehabt, denn Deirdre hatte schrecklich gereizt gewirkt. Offenbar war ihr daran gelegen, so schnell wie möglich wieder zu verschwinden. Was ihr, wenn man es recht bedachte, durchaus nicht ähnlich sah.

Irgendwo am Rande von Graces Empfindungen machte Reggie sich leise bemerkbar. Auf Wiedersehen, Spatz. Spatz. Seit Ewigkeiten hatte er sie nicht mehr so genannt. Hatte sie überhaupt nichts mehr genannt. Hatte auch seit ein paar Tagen nicht mehr angerufen. Irgendwo kümmerte sich offenbar jemand um ihn. Wenn nur, wenn nur …

Das Haus der Roberts war mit Liebe und Sorgfalt renoviert worden, aber das Ergebnis sah zu neu aus und paßte nicht so recht zu seinem etwas abgeklärteren Zwilling in der Mitte der Südseite des kleinen Platzes. Auf drei Seiten des zentralen Parks waren die Häuserreihen vollständig erhalten: acht Häuser, jeweils paarweise angeordnet. Die Gebäude auf der vierten Seite des Platzes waren schon vor langer Zeit verfallen, und aus den zerbröckelnden Mauern sprossen auf allen Stockwerken leuchtend gelbe und violette Buddleiablüten.

Auf das im ganzen Haus widerhallende Läuten meldete sich niemand. Da sie immer noch ein bißchen früh dran war, stützte Grace sich erschöpft auf das Geländer, das sich um das Untergeschoß zog, und wartete etliche Minuten, ehe sie es noch einmal probierte. Nichts. Irritiert sah sie auf die Uhr. Vielleicht hatte Sarah im letzten Augenblick ihre Meinung geändert? Mit einem beschämenden Gefühl der Erleichterung über die unerwartete Gnadenfrist kritzelte Grace eine Nachricht auf einen Zettel und steckte ihn durch den Briefschlitz.

Die beiden mußten ganz leise näher gekommen sein, denn als sie sich umwandte, standen Mutter und Tochter auf der Stufe unter ihr. Wie Flüchtlinge auf einem viktorianischen Gemälde sahen sie aus, und die bleiche Erwachsene schien ihre ganze Kraft aus dem kleinen, robusten Mädchen neben ihr zu ziehen.

Sie waren ein verblüffendes Paar. Sarah war in etwa so groß wie Grace, ungemein zierlich und zerbrechlich und wirkte unglaublich jung. Vielleicht war es Müdigkeit, die ihre blasse olivfarbene Haut so durchscheinend machte und die feingeschnittenen Züge ihres Gesichts betonte. Auf jeden Fall sah sie nicht so aus, als käme sie gerade aus dem Urlaub zurück. Ihre

Hautfarbe hätte sie wohl eigentlich temperamentvoll und hinreißend aussehen lassen, aber die dunklen Ringe unter den klaren haselnußbraunen Augen beherrschten das Gesicht und verliehen ihr ein trauriges, fast gequältes Aussehen. Eine ungebärdige Fülle lockigen braunen Haars fiel auf ihre Schultern, gebändigt nur von einer Art großer Heftklammer, die auf ihrem Kopf thronte. Es sah bezaubernd aus und vermittelte einen besseren Eindruck davon, wie sie normalerweise wirkte.

Ihre Kleidung unterstrich noch ihre Jugendlichkeit und paßte durchaus nicht zu ihrem würdevollen Ernst. Sie trug einen knappen rötlichorangen Rock und ein kurzes pflaumenfarbiges Jäckchen aus weichem Stoff, das sich an ihre schlanke Gestalt schmiegte; um den Hals spitzte eine gestreifte Bluse hervor. Die nackten Beine steckten in flachen schwarzen Sandalen. Ganz anders sah sie aus, als Grace erwartet hatte.

Das kleine Mädchen schien etwa drei oder vier Jahre alt zu sein. Ihre Haare, glatter und dunkler als die ihrer Mutter, waren kurzgeschnitten und von einer winzigen grellgrünen Sonnenbrille gekrönt, an der sie mit ihrer freien Hand herumspielte. Sie war braungebrannt, hatte rote Pausbacken und riesige Augen von nahezu der gleichen Farbe wie ihre Haare. Die störrisch schmollend nach unten gezogenen Mundwinkel ließen darauf schließen, daß sie eindeutig schlechter Laune war. Vermutlich hatte ihre Mutter sie aus einem Garten oder Park geholt, denn ihre Latzhose mit breiten blau-weißen Streifen wies an den Knien Grasflecken auf, und die kleinen Füße, die in hellroten Sandalen steckten, waren ungeheuer dreckig. Ungeduldig zerrte sie an einem der Riemen eines kleinen Rucksacks, und als sie sich umdrehte, um ihre Mutter anzusehen, bemerkte Grace, daß er die Form eines Bären hatte. Während Grace die beiden musterte, riß das Kind sich los, stürmte zur Tür hinauf und trat wütend gegen den Fußabstreifer. Sarah streckte die Hand aus.

»Tut mir leid, daß ich mich verspätet habe, aber ich mußte Alice noch abholen.« Einen Augenblick lang starrte sie Grace an, denn senkte sie den Blick.

Sie suchte in ihrer Tasche nach dem Schlüssel und erklärte:

»Sie sind bestimmt Mrs. Laceys Schwester«, was Grace etwas verblüffte.

Schweigend marschierten sie ins Haus. Das Kind rannte sofort die Treppe hinauf, während Sarah Grace ins Wohnzimmer führte, wo sie verlegen herumstand, ehe sie vorschlug, Tee aufzugießen. Ohne Graces Antwort abzuwarten, sammelte sie ein paar Spielsachen zusammen, die auf dem Sofa lagen, und verschwand, mit Nachdruck die Tür hinter sich schließend.

Sie ging ebenfalls nach oben. Das alte Haus ächzte und knarzte bei jedem Schritt. Zuerst das vordere Schlafzimmer. Grace hörte Stimmengemurmel, ein protestierendes Kreischen, einen Schrei, dann stürmten Füße die Treppe hinunter. Die Geräusche erstarben, als sie im rückwärtigen Teil des Hauses verschwanden. Kurz darauf öffnete sich die Eingangstür, und in der Diele war ein schwerer Schritt zu hören. Ein Mann rief etwas, und von irgendwoher kam eine Antwort. Ein Baby schrie. Dann wieder Stille.

Grace sah sich in dem Zimmer um. Eine ausgeklügelte Hi-Fi-Anlage. Etliche nüchterne Architekturskizzen in Aluminiumrahmen. Drei Zeichnungen von Anthony Gross, die links neben dem Kamin übereinander hingen. Grace rückte die mittlere gerade. Auf der anderen Seite ein behauener Stein – Teil einer zerbrochenen Säule? – auf einer Holzkonsole. Über dem eleganten Kamin aus Marmor ein gerahmter Druck mit einem üppigen Akt von Matthew Smith. Ein eher kleines Bücherregal mit blau eingebundenen Penguin-Büchern.

In einem Korb lagen Lego-Bausteine, die wahrscheinlich Alice gehörten, und unter dem Kaminvorleger lugte ein kleines Pferdchen hervor. Zwei oder drei wunderschöne Antiquitäten sowie zwei ausladende, schon etwas ramponierte Sofas, über die rot-goldene Tagesdecken gebreitet waren. Unter einer Acrylglashaube auf dem Couchtisch ein kleines Modell einer Reihe eher düster wirkender kleiner Häuser mit einem schwungvoll beschrifteten Etikett.

Grace überlegte, wie Thomas Roberts, diplomierter Architekt des Royal Institute of British Architects, wohl aussah und ob der helle Bariton, den sie eben vernommen hatte, ihm gehörte. Kurz darauf tat er ihr den Gefallen, sich zu zeigen: Unter schrillem Geplapper verließen Vater und Tochter durch die Vordertür das Haus. Sie erspähte sie auf der Treppe. Das kleine Mädchen hielt er an der Hand, und auf seinem Rücken schlief ein Baby in einem Traggestell. Er war auffallend groß und sah um einiges älter aus als seine Frau, Ende Dreißig vielleicht. Sein Gesicht wirkte ebenfalls abgespannt und müde. Beiläufig wunderte Grace sich, wo das Baby gewesen war, als sie hereingekommen waren.

Sie stand immer noch am Fenster, als Sarah mit einem Teetablett zurückkam. Einen Augenblick lang blieb sie in der Tür stehen und schenkte ihr ein flüchtiges, schüchternes Lächeln. Sie sah jetzt noch verletzlicher aus, aber ihr Lächeln war unverbindlich, ohne jede Herzlichkeit. Die Verlegenheit zwischen ihnen wurde nahezu greifbar, ihr Schweigen schien den Raum zu sprengen, und erst jetzt, als Grace in ihrer Vorstellung Freundin und Nichte nebeneinanderstellte, kam ihr das Entsetzliche des Selbstmords der jungen Frau voll zu Bewußtsein.

Bis zu diesem Augenblick, solange das Mädchen unbekannt und weit weg gewesen war, hatte sie am meisten Angst vor der toten/lebendigen/toten Mutter gehabt und selbstsüchtig, nur im Hinblick auf die Folgen, die es für sie selber haben würde, an den Tod der beiden gedacht. Nun wurde ihr jedoch klar, die Auswirkungen reichten viel weiter. Sie war nur eines der Opfer; ein Selbstmord zog jeden in seinen Sog. Sarahs fast greifbarer Schmerz war der Beweis dafür. Der Kummer um die Toten verging, die Lebenden waren es, die sich mit vergeblichen Selbstvorwürfen quälten und selber zerstörten.

Sarah machte sich mit dem Tablett zu schaffen und ließ dabei verstohlen die Augen über Graces Gesicht gleiten, als vergliche sie sie mit jemandem.

»Sie sehen wie Bids Mutter aus«, verkündete sie unvermittelt und strich sich die Haare aus dem Gesicht. »Aber ich vermute, das wissen Sie.«

»Nein«, erwiderte Grace leise.

Verdrießlich starrte Sarah sie an.

»Doch«, widersprach sie heftig.

»Tut mir leid. Ich wollte damit sagen, ich habe nicht gewußt, daß wir uns ähnlich sehen. Wir wurden als Kinder voneinander getrennt. Zum letzten Mal habe ich sie gesehen, als ich sieben oder acht war. Ich habe gedacht … man hatte mir gesagt … ich war der Ansicht, sie sei gestorben. Es mag Ihnen sehr merkwürdig vorkommen, aber ihre Tochter habe ich nie kennengelernt. Ich wußte überhaupt nichts von ihr. Von beiden nicht. Das heißt, bis sie starben. Es war ein fürchterlicher Schock. Grauenhaft.«

Sarahs großäugige, unverhohlene Ungläubigkeit verunsicherte sie.

»Hören Sie. Bitte, glauben Sie mir. Ich hatte keine Ahnung, daß ich eine Nichte hatte. Wenn ich das nur gewußt hätte … wie sehr habe ich mich gesehnt … die ganzen Jahre hindurch.« Erneut senkte Schweigen sich über sie, bis Sarahs verächtlicher Blick Grace dazu brachte weiterzureden.

»Für Sie muß ihr Tod viel niederschmetternder gewesen sein. Sie standen sich doch so nahe. Ich hätte Sie nicht belästigen sollen. Aber ich wollte etwas über sie erfahren, irgend etwas. Können Sie das nicht verstehen? Das alles ergibt keinen Sinn. Deshalb bin ich zu Ihnen gekommen, weil ich nichts, absolut nichts über sie weiß.«

Es war aussichtslos. Selbst wenn Grace der Versuchung nachgegeben hätte, ihre verworrene Familiengeschichte auszubreiten, es gab keine Möglichkeit, das alles sich selber, geschweige denn Sarah begreiflich zu machen. Noch wäre es einfacher oder einleuchtender zu erklären, warum sie hierhergekommen war. Sie war sich selbst nicht mehr sicher, warum es ihr so ungeheuer wichtig erschien, etwas über ihre Nichte zu erfahren, über das Kind, das sie nicht hatte haben können. Ihr Besuch hier, das stand fest, war ein dummer, unverzeihlicher Fehler.

Ohne Vorwarnung begann Grace zu zittern, leise klapperte die Tasse auf dem Unterteller, dann lauter, als ihr rechtes Bein unkontrolliert zu zucken begann. Sarah wirkte ungeheuer verlegen – verängstigt fast –, sagte jedoch immer noch nichts.

Warum, oh, warum nur hatte ihre Schwester alle Brücken hinter sich abgebrochen? Warum das dramatische Verschwinden, das lebenslange, unversöhnliche Schweigen? Und – diese Frage drängte sich immer wieder auf, wie sehr Grace sie auch zu unterdrücken versuchte: Welche Rolle hatte sie, Grace, bei dieser unerbittlichen Entfremdung gespielt? Denn das lag mit Sicherheit dem Ganzen zugrunde. Warum also hatte sie sich damit zufriedengegeben, drei Viertel ihres Lebens hinter sich zu bringen, ohne sich je zu fragen, was genau mit ihrer toten Schwester geschehen war? Damit würde sie sich noch auseinandersetzen müssen. Aber nicht jetzt. Noch nicht.

Ganz zuunterst in ihrem Bewußtsein, zu verschüttet, um es sich einzugestehen, lauerte Angst. Wann immer ihre Gedanken in die Vergangenheit zurückschweiften, überkam sie der gleiche Taumel krank machenden Ekels. Die bloße Erwähnung des Namens ihrer Schwester ließ unsägliche, unerträgliche Furcht in ihr aufsteigen. War dies der Grund, warum sie sich auf die Nichte konzentrierte? Sie konnte nicht sagen, welch vager Instinkt sie zum Kind ihrer Schwester geführt hatte. Hatte sie tief in ihrem Inneren gehofft, sich dadurch, daß sie sich ausschließlich mit ihr beschäftigte, aus diesem Trauma wegschleichen zu können?

Nun sah es ganz so aus, als hätte Sarah beide gekannt. Hätte sie sich bereit gefunden, Grace zu empfangen, wenn sie nicht, zumindest unbewußt, ebenfalls das Bedürfnis gehabt hätte, sich ihren Kummer und Schmerz von der Seele zu reden? Wie konnte sie zu ihr durchdringen? Ihren Argwohn zerstreuen? Und, was noch dringlicher war, wie konnte Grace ihr die Geschehnisse der letzten Wochen beschreiben oder die Unwissenheit und Doppelbödigkeit eines ganzen Lebens erklären?

Oder war es töricht, von einem so jungen Menschen, der sich um seine eigene kleine Familie sorgte, zu verlangen, die gefühlsmäßigen Unzulänglichkeiten einer Frau mittleren Alters zu verstehen? Oder Mitleid mit ihr zu haben, wenn er selber so offensichtlich Trost brauchte?

Während Grace dasaß und bedrückt nach Worten suchte, gingen die Tragödie der Laceys und Reggies Verrat erneut ineinander über und verschmolzen in eins, Schmerz und Trauer über beides überlappten sich und durchdrangen einander.

Sarah saß traurig, in sich zurückgezogen und schweigend da, zog nervös ihren Ehering vom Finger und streifte ihn wieder über, wie ein Kind, das darauf wartet, bestraft zu werden. Sie blickte auf, und als ihre Augen sich trafen, wurde Grace, die gekommen war, um Trost zu suchen, plötzlich selber zur Trösterin. Selbstmord. Verzweiflung hatte ihre Spuren in das Gesicht der jungen Frau eingegraben. Ihr beste Freundin, genauso alt wie sie selber, hatte sich in irgendein anonymes Hotelzimmer eingesperrt und, ohne einen Hilfeschrei auszusenden, sich selber getötet. Da war kein Raum für Zweifel, keine Hoffnung auf Irrtum: völlige, brutale Zurückweisung. Wie hätte sie je etwas anderes für wichtig erachten können?

»Ich … wir haben uns gestritten …«, flüsterte Sarah.

»Oh.« Es klang wie ein Seufzer.

»Ich habe das Gefühl, es ist meine Schuld.«

»O nein, meine Liebe«, unterbrach Grace sie sanft, »ihre Familie hat sie im Stich gelassen, nicht Sie. Haben Sie gehört? Ihre Familie war daran schuld.«

»Sie hat immer gesagt, sie hätte keine Verwandten«, warf Sarah in trostlos-vorwurfsvollem, ausdruckslosem Ton ein.

»Ja. Sie hat es nicht gewußt.« *Was für eine törichte Vergeudung.* »Keiner hat es ihr gesagt.« *Oder mir.*

Graces verbitterte Worte rührten an irgendeine Saite in Sarah. Irgend etwas an der Art, wie die Ältere sprach, wie sie dasaß, die Anspannung in ihrem Gesicht legten ihre abgrundtiefe Verzweiflung bloß. Sie sah verletzlich aus, als wäre jemand in den innersten Bereich ihres Selbst eingedrungen. Ihre flatternden Augenlider hielten Tränen zurück. Plötzlich dachte Sarah, daß sie noch nie jemanden so Traurigen gesehen hatte, und sie fragte sich, warum Grace Hartfield, obwohl sie doch behauptete, Bid nicht gekannt zu haben, so viel an ihr lag?

Irritiert von Sarahs prüfenden Blicken und ihrem Schweigen, stand Grace auf und begann an den Verzierungen des Kaminsimses herumzuspielen. In ihrer Ruhelosigkeit war ihre Ähnlichkeit mit Bids Mutter erschreckend. Als Sarah jedoch genauer hinsah, verflüchtigte sich dieser Eindruck, und plötzlich, als Grace ihren Kopf wandte, schimmerte in ihren müden Gesichtszügen etwas von Bid auf. Diese Spur von Vertrautheit siegte über den Argwohn.

Arme alte Biddy. Unvermittelt löste Sarahs Wut auf ihre Freundin sich in nichts auf und setzte ihren Kummer und all die eingepferchten Gefühle frei. Sie sehnte sich nach einer Erklärung, nach Frieden, nach Vergebung dafür, daß sie ihrer Freundin nicht hatte helfen können. Tom wollte ihr nicht zuhören, er bedrängte sie, das Ganze auf sich beruhen zu lassen, aufzuhören, in Selbstvorwürfen zu schwelgen, und sich statt dessen lieber Gedanken darüber zu machen, wie sie zurechtkommen sollten, nachdem die meisten seiner Verträge geplatzt waren. Und das Baby hörte einfach nicht auf zu schreien. Aber wie konnte sie so viele Jahre der Freundschaft stillschweigend zu Grabe tragen?

Sie wollte ihre Gewissensbisse loswerden, sich davon befreien, aber die Worte stellten sich nicht ein. Doch auch so wurde das Schweigen, das auf ihnen lastete, merklich leichter und weniger bedrückend.

Zögernd ließ Grace sich neben Sarah auf dem Sofa nieder, holte ein Bündel Papiere aus ihrer Handtasche und legte es zwischen sie beide. Ohne ein Wort zu sagen, begannen sie, den kleinen Stapel durchzusehen, der in einem Ordner ganz unten in dem dürftigen Pappkarton gelegen hatte, den man Grace geschickt hatte. Das meiste war persönlicher Art: Briefe, ein oder zwei vergilbte Zeitungsausschnitte, die keinerlei Rückschlüsse darauf zuließen, was Bid daran interessiert hatte, sowie Fotos.

Grace hatte bereits lange über diese kärgliche Ansammlung nachgegrübelt und erfolglos versucht, die widersprüchlichen Beschreibungen ihrer Nichte miteinander in Einklang zu bringen. Sie hielt Sarah ein kleines Farbfoto hin, auf dem eine übergewichtige junge Frau mit einem Baby auf dem Arm zu sehen war. Ehe sie sie kennengelernt hatte, war sie davon ausgegangen, dies sei Sarah. Ein großer Schlapphut krönte das aufgesteckte Haar und verschattete zum Teil das Gesicht, das sich zu dem weinenden Kind hinunterbeugte. Die Frau trug einen buntgemusterten Rock und eine Kasackjacke. Vielleicht war es die ungeschickte Aufmachung, die sie möglicherweise dicker erscheinen ließ, als sie in Wirklichkeit war? Die anderen Leute auf dem Foto hatten ebenfalls Hüte auf und standen in der Vorhalle einer alten Kirche. Jetzt erkannte sie Sarah unter ihnen.

»Alices Taufe. Biddy war ihre Patin«, erklärte Sarah wehmütig und legte das Bild auf die Seite.

Das war also ihre Nichte, die Besitzerin dieser Schachtel mit dem ganzen Krimskrams. Das elegante Mannequin trat ab. Grace nahm den Schnappschuß und betrachtete ihn gierig.

»Wie alt war sie damals?«

»Alice ist gerade vier geworden. Sie war sechsundzwanzig, siebenundzwanzig fast, als das aufgenommen wurde.«

Dafür sah sie zu alt aus. Altmodisch. Es war schwer, sich ein Bild von ihr zu machen, außer daß sie dick, ungepflegt und fröhlich war. Gesellig war vielleicht zu weit hergeholt. Keinerlei auffallende Familienähnlichkeit. Grace verspürte eine leichte Enttäuschung.

»Und das da?«

»Oh! Das ist komisch. Das habe ich noch nie gesehen.« Sarah drehte die Zeitungsseite um. »Den *Telegraph* lesen wir nicht«, erklärte sie abschätzig. »Das ist Van Rijn.« Sie legte das Bild wieder auf den Stapel. »Den wollte sie heiraten.«

»Van Rin?«

Flüchtig lächelte Sarah. »So wird es hierzulande ausgesprochen. Rin. Die Holländer sagen es etwas anders, eher wie ›Rejn‹. Man buchstabiert es R-I-J-N.«

»Oh! Der Name von Rembrandt? Das ist holländisch für den Rhein, stimmt's?«

»Richtig. Cas Van Rijn. Er war ihr … hm, Freund.«

Freund? Dafür schien er zu alt, in den Vierzigern. Gutaussehend, ein wenig draufgängerisch vielleicht.

»Freund?« Grace spürte eine unerklärliche Abneigung, die

sofort, auf nahezu unheimliche Weise von der jungen Frau neben ihr aufgegriffen wurde.

»Verlobter.« Es klang, als wäre sie auf ihn wütend. »Sie haben nichts gewußt von der …?« Von was? Aber Sarah führte nicht zu Ende, was auch immer sie hatte sagen wollen, und sie fügte auch nichts weiter hinzu. Statt dessen nahm sie den Zeitungsausschnitt und spielte verträumt damit herum, drehte ihn von einer Seite auf die andere. Was immer das Foto oder der Mann, der darauf abgebildet war, an sich hatten, es wirkte als Auslöser, denn ganz ruhig, ohne auch nur den Kopf zu heben, begann Sarah Roberts endlich, über ihre tote Freundin zu sprechen.

DU MAURIER, George: *TRILBY. Die tragische Geschichte von Trilby und Svengali. Limitierte Auflage, Holzschnittillustrationen und -bordüren, originaler Pappeinband, mit satiniertem Leinen überzogener Rücken, Ecken abgestoßen, nicht aufgeschnitten.*

8 »Irgendwie war alles unsere Schuld. Sie hätte Cas Van Rijn nie kennengelernt, wenn wir sie nicht miteinander bekannt gemacht hätten. Hier. In diesem Zimmer, an ihrem neunundzwanzigsten Geburtstag. Ende Juni. Vor zwei Jahren.« Sarah zog eine kleine Grimasse entweder des Bedauerns oder des Mißfallens, ehe sie in dem gleichen müden, ausdruckslosen Ton fortfuhr.

»Auf die Idee, eine Geburtstagsparty zu feiern, waren wir eigentlich nur gekommen, weil ein Freund von Tom aus den Staaten zurückgekehrt war und wir wollten, daß Bid ihn kennenlernt. Toms Partner, Stephen Rawlings, und seine Frau Prue waren auch da. Van Rijn hatten wir gar nicht eingeladen, aber die Firma hatte gerade an dem Tag einen wichtigen Vertrag mit seiner Gesellschaft unterzeichnet, und er hat einfach so vorbeigeschaut. Ein paar andere Freunde hatten im letzten Augenblick abgesagt, also waren wir damals froh, daß er da war, und dumm genug zu glauben, daß das doch ganz praktisch sei.« Sie schnaubte verächtlich.

»Wir waren alle ein bißchen aufgedreht, zumindest Tom und ich und die beiden Rawlings', weil sie seit Monaten versucht hatten, diesen Vertrag unter Dach und Fach zu kriegen. Andererseits waren wir aber auch ein wenig nervös, falls doch noch irgendwas schiefgehen sollte. Aber alles schien in Ordnung, und Bid kam wirklich gut mit Toms Freund Richard aus. Genau das hatte ich gehofft. Ich kann mich nicht erinnern, daß Van Rijn sie an dem Abend auch nur ein einziges Mal angesprochen hat.« Nachdenklich blickte Sarah Grace an.

»Aber genau an dem Abend hat sie sich in ihn verliebt?« fragte Grace ruhig.

»Falls ja, dann hat sie mir kein Wort davon gesagt. Das kann nicht sein. Sie interessierte sich ganz offensichtlich sehr für Richard, und damals fingen die beiden auch an, miteinander auszugehen – gleich am nächsten Tag, genaugenommen. Ich dachte, das heißt, sie gab mir zu verstehen, sie seien monatelang zusammengewesen, aber nach ihrem Tod hat Richard mir erzählt, das Ganze sei eine ziemlich lockere Beziehung gewesen und hätte nur ein paar Wochen gehalten. Er sagte, im September hätte sie mit ihm Schluß gemacht. Ich konnte es einfach nicht glauben«, erklärte Sarah verdrossen.

»Wann hat sie dann Van Rin wiedergesehen?« beharrte Grace.

»Rijn«, korrigierte Sarah pedantisch. »Ich habe keine Ahnung, wann oder wo«, fügte sie mit zusammengebissenen Zähnen hinzu. »Sie hat mir nichts davon erzählt.«

Sie preßte Daumen und Zeigefinger aneinander und streckte sie in die Höhe. »Jahrelang sind wir uns so nahe gestanden, drei- oder viermal die Woche haben wir uns getroffen. Sie hat regelmäßig bei uns vorbeigeschaut. Wir waren wie Schwestern.« Sie starrte Grace an und fügte spitz hinzu: »Mehr als Schwestern! Dann ist er auf den Plan getreten, ich wurde einfach beiseite geschoben. Ihr schien es egal zu sein, wie mir dabei zumute war.«

»Sie waren lange befreundet?« unterbrach Grace sie sanft und lenkte ihre Gedanken auf angenehmere Zeiten. Augenblicklich hellte Sarahs Gesicht sich auf.

»Ungefähr acht Jahre oder so. Wir haben am gleichen Tag bei *Diva* angefangen. Sie war gerade von Irland rübergekommen. Ich war in der Designabteilung, und sie war so eine Art Sekretärin/Assistentin. Als sie dann die Wohnung in der Everard Street gefunden hat, sind wir zusammengezogen.«

»Sie hat die Wohnung gefunden?« Aus unerfindlichem Grund freute Grace sich darüber.

»Ja. Das heißt, mehr oder weniger war es ein glücklicher Zufall«, fuhr Sarah sorglos fort und wertete damit Bids Verdienst an dieser Entdeckung ab. »Ein Freund aus Irland wollte nach Dublin zurück und hat ihr den Tip gegeben. Sie war in miserablem Zustand, aber die Miete war sehr billig. Eine Hypothek wäre bei unserem Gehalt niemals in Frage gekommen, aber als die Siedlung aufgelöst wurde, hat man den alteingesessenen Mietern Vorzugsbedingungen angeboten, einfach phantastisch. Damals haben auch wir das Haus hier gekauft.«

»Haben Sie lange zusammengewohnt?«

»Ungefähr fünf Jahre. Wir sind einander sehr nahegestanden. Beide waren wir Einzelkinder, das hat uns von Anfang an verbunden. Seltsam, wenn man so darüber nachdenkt, eigentlich waren wir grundverschieden.« Als Sarahs Gedanken in die Vergangenheit schweiften, verlor ihre Stimme etwas von der Anspannung und wurde munterer, obwohl gelegentlich immer noch ein Unterton von Feindseligkeit mitschwang.

»Wir waren uns von Anfang an sympathisch. Sie war ein bißchen schusselig, aber es hat solchen Spaß gemacht, mit ihr zusammenzusein; gutmütig und unbeschwert, verstehen Sie? Die Leute hielten sie für sehr offenherzig, aber außer mir hatte sie nur wenige Freunde, die ihr wirklich nahegestanden haben. Hat sich auch nie sonderlich darum bemüht. Stinkfaul.« Bei dem Wort warf Sarah den Kopf zurück und schlug sich mit der Hand auf den Mund. Allerdings gelang es ihr nur mit Mühe, ein schrilles Kichern zu unterdrücken. »Arme alte Biddy.«

»Haben Sie sie so genannt, Biddy?« wollte Grace wissen. »Haben alle sie so genannt?«

»Nein, das war Alices Name für sie. Als ich sie kennengelernt habe, verwendete sie ihren vollen Namen – Bridget, aber Edy hat damit angefangen, sie Bid zu nennen, und irgendwie ist das an ihr hängengeblieben. Ehrlich gesagt, es paßte auch zu ihr, und sie mochte den Namen. Ihre Eltern haben sie immer Bridget genannt. Oder Bridget Kate.«

»Edy? Das ist Miss Hampshire? Hat sie sich wohl gefühlt bei *Diva?*«

»Wer, Bid? Eigentlich schon. Die Zeitschrift hat keine besonders große Auflage, es war also so etwas wie eine Sackgasse. Nachdem sie die Problemseite bekommen hatte, war sie eine Weile ganz zufrieden damit, aber das hielt nicht an. Es war anstrengender, als man meinen möchte. Ich bin manchmal reingefahren und hab ihr geholfen, wenn sie mit der Arbeit nicht mehr nachkam. Das Traurige an der Sache ist, sie konnte das ganz gut mit den Briefen – konnte sich einfühlen –, wenn sie sich die Mühe machte. Aber mit der Zeit wurde sie sehr unzufrieden und hat ständig versucht, in den, wie sie es nannte, richtigen Journalismus reinzukommen. Es hätte nicht funktioniert. Dazu fehlte ihr die Begabung.« Sarahs abschätzige Beurteilung wurde durch die beiläufige Bestimmtheit, mit der sie sie äußerte, nicht gemildert. Sie nahm wieder das Foto von der Taufe und starrte es eindringlich an, ehe sie es Grace gab.

»So will ich sie in Erinnerung behalten. Ehe er auf der Bildfläche erschienen ist und alles umgekrempelt hat. Lustig, unbeschwert und glücklich.«

»Und dick?« rutschte es Grace heraus. War ihre Nichte nichts weiter als eine Folie gewesen, vor deren Hintergrund Sarahs schlanke Schönheit sich um so auffälliger abgehoben hatte?

Wehmütig lächelte Sarah. »Sie war eigentlich gar nicht so dick. Sie hat unglaublich schnell zu- oder abgenommen und einen ziemlichen Wirbel darum veranstaltet, ständig versucht, es zu verbergen. Die Sachen, die sie immer angezogen hat, haben sie massiger aussehen lassen, als sie eigentlich war, gräßlich gemusterte Dinger, die überhaupt nicht zu ihr gepaßt haben. Aber sie wollte ja auf niemanden hören. Wirklich, in der Hinsicht war sie völlig unbedarft. Mein Gott, Sie hätten sehen sollen, in was für Klamotten sie an dem Abend ihrer Geburtstagsparty hier aufgekreuzt ist. Sie war in einen plötzlichen Regenguß geraten und trudelte tropfnaß hier ein. Zu spät natürlich, um noch mal nach Hause zu gehen und sich umzuziehen, denn sie hatte versprochen, früher zu kommen, um mir mit Alice zu helfen. Auch das war typisch für sie.« Sie zuckte die Schultern.

»An dem Tag habe ich ihr eines von meinen Kleidern geliehen. Einen seidenen Kaftan, den meine Mutter aus Indien mitgebracht hatte – das einzige, in das sie einigermaßen hineinpaßte. Er hatte so eine rotbraune Farbe, und das hat erstaunlich gut zu ihren Haaren gepaßt. Ich frage mich, wo der geblieben ist? Ich kann mich nicht erinnern, daß sie ihn mir zurückgegeben hat.

Sie hatte rote Haare, so richtig flammend rot, wie es das nur bei den Iren gibt. Und einen richtigen Wuschelkopf, absolut phantastisch. Wie ein Feuermelder, sagte sie immer, aber man merkte, in Wirklichkeit war sie ganz schön stolz darauf.«

Sie streckte ihre Hand nach dem Foto aus und starrte es traurig an. Ein seltsamer kleiner Schauer überlief sie. Sie atmete tief ein und begann offener zu sprechen, als seien die Vorbehalte, mit denen sie gerungen hatte, plötzlich ausgeräumt. Und da Grace spürte, daß sie selber irgendwie aus Sarahs Bewußtsein entschwunden war, stellte sie nur noch wenige Fragen, sondern hörte statt dessen angespannt zu, entschlossen, sich jede einzelne Kleinigkeit zu merken. Im Zimmer wurde es übernatürlich still. Nichts mehr im Haus knarzte und quietschte. Im schwindenden Licht des Spätnachmittags hörten Zeit und Raum einfach auf zu existieren. Selbst die Geräusche von der Straße klangen gedämpft.

»Sie war ziemlich groß. Haben Sie das gewußt?« fragte Sarah leise. »Ich erinnere mich an meine Überraschung, wie groß sie gewirkt hat, nachdem sie so abgenommen hatte. So schlank und blaß, mit der schimmernden Kappe kupferfarbenen Haars. Er hatte sie überredet, sich die Haare abschneiden und mit Henna färben zu lassen. Das war wirklich geschickt, denn das dunklere Haar hat ihre blasse Haut erst so richtig zur Geltung kommen lassen. Hat wunderschön ausgesehen. Sie begann sich auch besser zu kleiden, ziemlich elegant.« Die Erinnerung ließ Sarah schneller sprechen.

»Ich hatte gar nicht gewußt, wie wundervoll ihre Augen waren. So eine Art helles Braun, fast orange. Ich schätze, ich habe sie nie richtig wahrgenommen. Ich meine, das passiert doch oft bei Leuten, mit denen man befreundet ist, oder? Ich vermute, sie wirkten noch größer, als ihr Gesicht dann so schmal wurde. Eine echte Überraschung, sie sah wirklich umwerfend aus. Ich war einfach platt. Van Rijn hatte sie verwandelt. Alle diese Veränderungen waren sein Werk. Sie hat alles gemacht, was er gesagt hat.«

Kurz versank sie in Schweigen, ehe sie fortfuhr: »Auf Männer hatte sie immer diese Wirkung. Alle ihre Freunde waren so. Eine Zeitlang hat sie mit so einem echt irren Typ zusammengelebt, Colin hieß er. Der hat auch probiert, sie modisch auf Trab zu bringen, hat es aber nicht geschafft. Ehrlich, sie hatte keinen blassen Schimmer. Sie konnte so naiv sein, und sie hat ihn mit sich machen lassen, was er wollte. Den hat sie kurz nach dem Tod ihres Vaters kennengelernt; um die Zeit habe ich geheiratet und bin ausgezogen. Ich hätte den nie in die Wohnung gelassen, der war ein absoluter Hammer. Aber Bid hat ihn immer bei Laune gehalten, es war irgendwie beschämend.« Die Erinnerung nagte offenbar immer noch an ihr. »Ihrer Mutter gegenüber war sie genauso.«

Endlich steuerte das Mädchen in die Richtung, in der Grace sie haben wollte.

»Sie haben sie gekannt, Sarah? Die Eltern, meine ich«, warf sie rasch ein.

»O ja. Ziemlich gut sogar. Sie sind ein paarmal rübergekommen, als wir noch zusammengewohnt haben, und einmal hat Bid mich nach Dublin mitgenommen. Mit ihrem Vater bin ich wirklich gut ausgekommen. Ihre Mutter war viel zurückhaltender, höflich, aber distanziert. Die Art von Frau, bei der man es einfach nicht fertigbringt, sie beim Vornamen zu nennen, verstehen Sie? Nie wirklich entspannt. Das ganze Wochenende hat es geregnet«, fügte sie zusammenhangslos hinzu.

»Nach Fergus' Tod – das war Bids Vater – geriet Mrs. Lacey ein bißchen aus dem Gleis, wurde plötzlich fromm. Sie war scharf darauf, Bid dazu zu bringen, wieder nach Hause zu kommen, und Bid hat daraufhin die Flucht ergriffen. Ihre Mutter konnte ganz schön anspruchsvoll sein, und ich vermute, sie hatte Angst davor, von ihr überschwemmt, aufgesogen zu werden, ihre Unabhängigkeit zu verlieren. Im Grunde genommen sind sie nicht besonders gut miteinander ausgekommen. Dazu waren sie einfach zu verschieden: Bid hat sich immer überall ausgebreitet. Mrs. Lacey hingegen war so richtig ordentlich und unabhängig und immer tadellos gekleidet. Bids Klamotten haben sie ganz verrückt gemacht, das hat man gemerkt, aber sie hat nie auch nur ein Wort gesagt, nur so Seitenhiebe hat sie ihr ständig versetzt.« Sarahs hübsches Näschen kräuselte sich vor Abneigung.

»Das Erstaunliche daran war, sie schien das hinzukriegen, ohne auch nur ein Wort zu sagen, oder fast keins, verstehen Sie, nur mit ihren vernichtenden Blicken. Sie hat es einem nicht leichtgemacht, sie zu mögen. Das war eher so etwas wie eine Mutprobe. Sehr abweisend, ja, das war sie. Als ich sie kennengelernt habe, hat Bid so getan, als merke sie das nicht. Als würden die Sticheleien ihrer Mutter an ihr abprallen. Taten sie aber nicht. Sie hat es sich einfach nicht erlaubt, darauf zu reagieren. Fergus war genauso. Gutmütig, geistesabwesend, ein liebenswertes altes Opferlamm. Überall voller Zigarettenasche. So sanft, wie man sich nur denken kann. Bid hat ihn vergöttert und er sie auch. Für ihn hatte alles, was sie machte, seine Richtigkeit.« Sie hielt inne und verfiel ins Grübeln.

»Weil ich gerade daran denke, ich bin mir ziemlich sicher, die Schwierigkeiten mit ihrer Mutter haben eigentlich erst so richtig nach Fergus' Tod angefangen. Ich vermute, sie war einsam. Sehnte sich verzweifelt danach, daß Bid zu ihr zurückkäme. In der Hinsicht war Bid jedoch erstaunlich hartnäckig, und Mrs. Lacey hat es einfach nicht geschafft, sie geradeheraus zu fragen.

Wenn sie das getan hätte, vielleicht hätte Bid dann klein beigegeben? Ich weiß es nicht. Aber sobald Cas Van Rijn auf der Bildfläche erschienen war, konnte nichts mehr sie dazu bringen.

Wirklich ernst wurden die Schwierigkeiten zwischen ihnen, als Bid von Heirat zu sprechen begann. Das muß so ungefähr im November oder Dezember gewesen sein, fünf oder sechs Monate, ehe sie starb. Schon komisch, ich glaube nicht, daß Mrs. Lacey ihn damals schon kennengelernt hatte, es war also keine persönliche Rache. Ich schätze aber, sie hat gemerkt, daß es Bid ernst war. Offensichtlich hat sie permanent auf sie eingeredet, weil sie sie unbedingt ›gut versorgt‹ wissen wollte – verheiratet. Wahrscheinlich konnte sie sich darunter nur eine kirchliche Trauung vorstellen – eine irisch-katholische. Vermutlich machen sich alle Mütter Sorgen um ihre Töchter, meinen Sie nicht?« Sarah unterbrach sich, packte Grace am Arm und starrte ihr direkt in die Augen.

»Aber wissen Sie, es war mehr als das, irgendwie seltsam. Ich meine, vielleicht habe ich das nur geträumt, aber ich hatte den Eindruck, die *Zeremonie* war es, an der Mrs. Lacey soviel lag. Sie hatte einen richtiggehenden Horror vor standesamtlichen Trauungen. Natürlich können Katholiken nicht auf dem Standesamt heiraten, richtig heiraten, meine ich, oder? Ich schätze, genau das war es. Bid war das ziemlich egal. Außerdem war es sowieso noch nicht spruchreif. Er hatte es durchaus nicht eilig. Zeigte kein besonderes Interesse. Das kam alles von Bid, soweit ich sehen konnte.«

Rastlos ging Sarah im Zimmer hin und her, schüttelte Kissen auf und rückte die auf Tischen und Bücherregalen verstreuten Sachen zurecht. Ihr Gesicht hatte sich gerötet und sah erregt aus.

»Ich fürchte, ich war diejenige, der es herausrutschte, daß er verheiratet war. Es ist zu einem fürchterlichen Krach gekommen. Das werde ich nie vergessen. Mrs. Lacey ist regelrecht explodiert und hat sich anschließend geweigert, weiterhin bei Bid zu wohnen. Die Wohnung einer Hure, so hat sie es genannt. Wenn es nicht so dumm wäre, müßte man laut herauslachen, ich meine, seien wir doch mal ehrlich. Es war doch nicht so, daß er der erste Mann war, mit dem Bid geschlafen hat, oder? Jedenfalls, bei ihr waren sie sowieso nie, er hatte seinen eigenen Sündenpfuhl.« Sarah kicherte, doch plötzlich verdüsterte sich ihre Miene. »Oh, Bid war nicht dumm, sie sorgte dafür, daß die beiden nicht zusammentrafen, solange die Sache mit der Scheidung nicht geklärt war. Mrs. Lacey hätte ihn sofort durchschaut, außer natürlich, er hätte es darauf angelegt, sie mit seinem Charme einzuwickeln – denn das konnte er ganz gut ...«

»Sie hat er nicht eingewickelt«, warf Grace mit Nachdruck ein. Sarah blickte sie mit aufkeimendem Respekt an.

»Nein. Aber dafür war mein Mann von ihm abhängig. Er war der wichtigste Kunde, den die Firma je hatte, daher war Tom praktisch sein Angestellter, wenn man so will. Mir war in seiner Gegenwart immer ziemlich unbehaglich zumute, und außerdem«, fügte sie mit der noch spürbaren Überraschung einer hübschen Frau hinzu, die ignoriert wird, »außerdem bin ich nicht sicher, ob Cas Van Rijn mich überhaupt je wahrgenommen hat.« Das klang gehässig.

Sie schwiegen, jede hing ihren eigenen Gedanken nach, bis es schließlich aus Sarah herausbrach:

»Ich weiß nicht mehr, wann ich mir allmählich zusammengereimt habe, was für eine fürchterliche Lügnerin Bid war. Die ganze Zeit hat sie uns an der Nase herumgeführt, uns monatelang etwas vorgemacht. Wie konnte sie so etwas machen? Warum nur? Es war so hinterhältig. Ich war wirklich sehr, sehr traurig. Als ich es Tom erzählte, wurde er wütend. Ich meine, er hat für Van Rijn gearbeitet, der ohnehin ein etwas schwieriger Kunde war, und da war es nicht gerade hilfreich, daß meine beste Freundin ein heimliches Techtelmechtel mit ihm hatte. Wir haben uns richtiggehend gestritten deswegen. Was ziemlich dick aufgetragen war, fand ich. Wer hatte denn diesen verdammten Mistkerl ins Haus gebracht? Ich nicht.

Aber wenn ich mich so zurückerinnere, wird mir klar, nach dieser Party war es zwischen Bid und mir nie mehr ganz so wie früher, obwohl es eine Ewigkeit gedauert hat, bis mir das aufgegangen ist.«

Sarah sank in sich zusammen und strich sich mit der Hand über die müden Augen.

»Ehrlich, dieser Mann war ein richtiger Mistkerl! Die ganze Hinhalterei mit der Scheidung – wenn er sie überhaupt je durchsetzen würde! Ich schätze, seine Frau hat sich mit Händen und Füßen dagegen gewehrt, wer weiß? Vielleicht war auch ihm selber nicht sonderlich daran gelegen. Ehrlich gesagt, ich war mir sicher, er nützt Bid nur aus, aber natürlich hat sie nie ein Wort darüber verlauten lassen. Sie war völlig vernarrt in ihn. Er hatte sie in der Hand. Vollständig. Noch nie habe ich erlebt, daß jemand so – hypnotisiert von einem Mann war.« Ihre Stimme bebte vor Gehässigkeit.

»Für ihn war sie so etwas wie ein Spielzeug. Er war sehr besitzergreifend. Er hat sie umgeformt. Sie hat sich von Grund auf verändert, nachdem sie ihn kennengelernt hatte, ist ein anderer Mensch geworden. Können Sie sich das vorstellen, die sind nach Paris geflogen, um ihr die Haare schneiden zu lassen? So was von Snobismus. Und die Kleider! Die müssen ein Vermögen gekostet haben. Sie selber hätte sich die nie leisten können. Ich haßte es, wie ihr ihre Unabhängigkeit und Selbstachtung völlig abhanden gekommen sind. Ich konnte mich einfach nicht an all diese Veränderungen gewöhnen, habe sie kaum wiedererkannt. Irgendwie ist sie von mir weggedriftet. Und dann Alice. Ehe die beiden sich kennengelernt haben, war sie Alice gegenüber wirklich großartig, dann verlor sie einfach das Interesse an ihr, wollte nicht mehr behelligt werden.«

Sarah sprang auf, wühlte in der Schublade einer Kommode und zog einen Packen Fotos heraus. Hektisch blätterte sie sie durch, bis sie das fand, das sie suchte, und hielt es mit zitternden Fingern Grace entgegen. Eine schlanke, elegante junge Frau lächelte heiter in die Kamera.

»Das ist Bid?« fragte Grace erstaunt. Sarah nickte und nahm das Tauffoto.

»Sehen Sie«, rief sie und hielt es Grace unter die Nase. »Sehen Sie sich das an!«

Es war unheimlich. Die beiden Bilder schienen nicht das

geringste gemeinsam zu haben. Zwei verschiedene Frauen. Allmählich verstand Grace Sarahs Bestürzung, ihr Mißtrauen dem Holländer gegenüber. Er hatte ihr die Freundin weggenommen. Deren Persönlichkeit ausradiert und sie zu einer wandelnden Modepuppe gemacht. Sie umgemodelt. Die alte Geschichte mit Svengali. Da zählte es nicht, um wie viel schöner sie jetzt aussah, irgendwie hatte sie etwas Unangenehmes an sich. Etwas Bedrohliches fast. Das Mädchen im Büro hatte das gleiche Unbehagen zum Ausdruck gebracht. Grace spürte, wie ihr kleine Schweißtropfen über den Rücken liefen.

»Und was war die ganze Zeit mit seiner Frau?« fragte sie neugierig.

»Keine Ahnung. Ich bin ihr nur ein- oder zweimal begegnet. Livy, so heißt sie, lebt in Amsterdam. Kinder waren auch da, verstehen Sie? Zwei Jungen. Schon erwachsen, glaube ich. Mrs. Lacey ist regelrecht ausgeflippt, als sie das herausgefunden hat. Ein verheirateter Mann, das war schon schlimm genug, aber ein verheirateter Mann mit Kindern! So hat sie ihn immer bezeichnet. Dieser verheiratete Mann! Die Art, wie sie das gesagt hat, war wie eine Abstempelung. Ein verheirateter Mann. Oder ein großer Mann. Oder ein schlechter Mann. Bid hatte allmählich wirklich die Nase voll, wie sie ständig darauf herumgehackt hat. Und ich schätze, ich war genauso schlimm. Ich wollte mich wirklich für sie freuen, aber es ging nicht. Jetzt hasse ich mich dafür, daß ich so gemein war.«

Sarahs Stimme sank zu einem Flüstern herab. »Wenn es um ihn ging, war sie unbeirrbar, zumindest mir gegenüber. Ich wünschte, ich wäre nicht so voreingenommen, so vorschnell in meinem Urteil gewesen. Ich hätte mich freuen sollen, daß sie so glücklich war.« Kläglich sah sie Grace an.

»Ich weiß nicht, ob sie es darauf angelegt hatte, schwanger zu werden, aber jetzt frage ich mich, ob sie nicht einfach versucht hat, ihn festzunageln. Ich meine, wenn sie sich wirklich seiner sicher gewesen wäre, dann hätte sie doch ihren Job hingeschmissen, oder? Sie hat ihre Arbeit nicht gemocht, und er hatte jede Menge Geld und wollte sie immer bei sich und voll und ganz zu seiner Verfügung haben. Zumindest hat er das behauptet, aber schließlich und endlich haben sie nicht einmal zusammengewohnt.

Morgens war ihr immer fürchterlich schlecht, ich weiß wirklich nicht, wie sie es geschafft hat zu arbeiten, aber sie hat sich an die Stelle geklammert, und das hat mich dann doch überrascht. Allerdings habe ich mittlerweile das Gefühl, daß sie von Anfang an gewisse Zweifel hatte. Ich kann nicht verstehen, warum sie so auf ihn fixiert war. Okay, er war reich und kultiviert und sah auf seine Weise gut aus. Ehrlich gesagt, als Paar waren sie hinreißend, sie hatten ungefähr die gleiche Hautfarbe. Wahrscheinlich hat er deswegen so genau gewußt, was ihr stand. Auf sein Aussehen hat er immer großen Wert gelegt – teure Klamotten, italienische Schuhe, Sie wissen schon. Nach einer Weile hat sie sich auch so gekleidet. Ein bißchen protzig für meinen Geschmack. Ständig ist er mit ihr in die schicksten Restaurants und zu Vorstellungen in Covent Garden gegangen, obwohl sie von Opern null Ahnung hatte. Jazz oder Pop, das lag ihr viel eher. Er hat auch eine Menge über Malerei gewußt. Das war echt gut. Ständig ist er zu Auktionen gefahren, und ich glaube, er hatte eine wunderbare Sammlung.

Ich war im Krankenhaus, Laurence war gerade auf die Welt gekommen, als sie mir eröffnete, sie sei schwanger. Sie war ganz aus dem Häuschen. Sie hat sich das Kind so sehr gewünscht. Beide haben es sich gewünscht, behauptete sie. Das war Anfang März. Ende des Monats würden sie heiraten, und sie wollte mich und Tom als Trauzeugen. Nur im kleinen Rahmen, meinte sie, es sei schon alles vorbereitet. War es natürlich nicht, aber damals habe ich ihr das fast geglaubt, so glücklich schien sie. Ich fand es nur komisch, daß sie mit keinem Wort die Scheidung erwähnt hat, aber ich habe nicht den Mut aufgebracht, sie danach zu fragen. Irgendwie hatte ich das schreckliche Gefühl, daß sie versucht hat, sich selber einzureden, daß alles gutgehen würde.

Und dann ist das ganze Kartenhaus in sich zusammengebrochen. Ungefähr einen Monat später ist Mrs. Lacey gestorben, und Bid ist nach Dublin geflogen. Zwei- oder dreimal hat sie mich angerufen, und ich habe ihr immer wieder angeboten, rüberzukommen und ihr zu helfen, aber sie wollte mich anscheinend nicht dahaben. Das letzte Mal hat sie an einem Sonntag angerufen. Tom hat den Anruf entgegengenommen, ich war nicht da. Und dann ist sie verschwunden.« Sie biß sich auf die Lippen.

»Und in Edinburgh gelandet. Warum, das verstehe ich bis heute nicht. Das war so merkwürdig. Ich habe gedacht, sie sei noch in Irland, das haben wir alle geglaubt.« Nervös fingerte Sarah an ihrem Rocksaum herum und wandte ihr schmerzverzerrtes Gesicht ab.

»Sie hat ihr Baby getötet.« Das entsetzte Wispern war kaum zu hören, und plötzlich verlor Sarah das Gleichgewicht und neigte sich laut schluchzend vornüber.

»Der Brief muß mit der zweiten Post gekommen sein, sonst hätte ich ihn gesehen, als ich Alice in den Kindergarten gebracht habe. Ich hab aber nichts gesehen, also war er noch nicht da. Wenn ich nur nicht einkaufen gegangen wäre! Ich hab ihn dann bemerkt, als ich mittags durch den Flur bin. Als ich ihn aufgemacht habe, fiel Biddys Kettchen mit dem goldenen Kreuz heraus. In dem Augenblick wußte ich, daß etwas Fürchterliches passiert war. Sie hat es immer getragen, hat es nie abgenommen.

Den Brief hatte sie auf Hotelpapier geschrieben. Ich habe versucht anzurufen, aber meine Hände haben derart gezittert, ich habe mich ständig verwählt. Es hat Ewigkeiten gedauert, bis ich durchgekommen bin. Die Empfangsdame hat gesagt, Bid wolle nicht gestört werden. Darum habe sie ausdrücklich gebeten, wiederholte die Frau am Telefon immer wieder … ausdrücklich … blöde Kuh. Ich habe gefragt, bis wann? Was wann? sagte sie. Die Uhrzeit. Welche Uhrzeit? Um welche Uhrzeit ich sie wecken könnte? Die muß mich für komplett verrückt gehalten haben. Hatte einen ganz starken schottischen Akzent. Ich habe zu weinen angefangen. Sie hat immer weitergeredet, aber ich habe kein Wort verstanden …

Dann habe ich Tom angerufen. Ob ich den Brief auch richtig gelesen hätte? Ganz langsam hat er mir in einem fort irgendwelche Fragen gestellt. Fragen, Fragen, als wäre ich eine Idiotin. Und dann hat es ewig gedauert, bis er nach Hause gekommen ist. Aber da war es schon egal.«

Verzweifelt breitete sie die Arme aus.

»Da war sie schon seit Stunden tot. Die Polizei ist gekommen. Ich schätze, Tom hat sie benachrichtigt. Sie haben den Brief gelesen. Ich habe losgebrüllt und nicht mehr aufgehört zu schreien: ›Biddy ist in Dublin!‹ O nein, sagten sie, das hätten sie überprüft. Edinburgh. Edinburgh? Sie erklärten, der Geschäftsführer des Hotels habe sie gefunden. Sie war tot.«

Sarah umklammerte Graces Hand und flüsterte: »Sie haben mich gebeten, sie zu identifizieren. Nein! habe ich geschrien, immer wieder. Nein, nein, das hätte sie nie getan. Bid doch nicht. Tom meinte, ich könne nicht hinfahren, es sei noch zu früh, um Laurence allein zu lassen. Da habe ich angefangen, ihn anzuschreien. Er hatte kein Recht dazu. Er hat sich ihr gegenüber so miserabel verhalten. Immer wieder hat er gesagt, er würde hinfahren. Hat mich unter Druck gesetzt. Da habe ich ihn geschlagen. Ich habe nicht mehr aufgehört zu schreien. Ich wollte nicht, daß er hinfährt. Aber er hat immer wieder gesagt, ich sei zu schwach. Die Polizistin hat so einen schrecklich klebrigen Tee gemacht. Sie hat gesagt, sie würde mit mir hinfahren.

Ich wollte den Brief zurückhaben … so ein winziges Stück Papier … die schrecklichen Worte waren einfach so hingekritzelt. Sal Sal Sal. Immer wieder. Ich habe zu lachen angefangen. Sal, der Kumpel, so hat sie mich immer genannt. Aber was war ich für ein Kumpel? Es war wie ein Alptraum, ein irrsinniger Witz! Ich konnte einfach nicht aufhören zu lachen. Irgend jemand hat mir dann eine runtergehauen …

An die Fahrt kann ich mich nicht erinnern. Ich erinnere mich nur an Bid. So weiß war sie und lag so still da, und es roch so komisch. Ein kleines Lächeln lag auf ihrem Gesicht. Ich dachte, gleich würde sie aufspringen und sagen, sie habe nur Spaß gemacht. Ihre Haare waren ganz rot und gekräuselt, daran kann ich mich ganz genau erinnern. Das Henna war ausgewaschen, als wäre sie in einen Regenguß geraten. Sie hatte ihr altes Nachthemd an, eines von denen aus der Zeit, als wir noch zusammengewohnt haben. Irgendwie hat das nicht gepaßt, das rosa Nachthemd mit Rüschen. Es war ihr viel zu groß. Wie ein kleines Mädchen hat sie ausgesehen, so zart und traurig. Und das Zimmer war so nackt und kalt und hat nach Krankheit gerochen. Jemand hat uns hinausgeführt und uns wieder Tee gegeben. Und überall waren Geistliche – Priester? Wahrscheinlich nicht, woher hätten die denn wissen sollen, daß sie katholisch war? Sie hatte niemanden, dem sie das sagen konnte, keinen einzigen Verwandten. Nur mich.«

Sie hatte keine Verwandten. Der Vorwurf hallte in Graces Kopf wider, während sie das Mädchen festhielt, dessen Schluchzen allmählich leiser wurde.

»Ich wollte ihr helfen, aber sie wollte ja nicht, daß ich rüberkomme. Wir sind gut miteinander ausgekommen. Wirklich. Ehrlich.« Sarahs Stimme wurde zu einem heiseren Flüstern. »Das letzte Mal habe ich mit ihr an dem Abend gesprochen, als ihre Mutter beerdigt worden war. Danach bin ich nicht mehr durchgekommen. Das Telefon war immer besetzt oder ausgehängt … oder das Freizeichen hat geschrillt, geschrillt … so laut. Nachts bin ich ein paarmal aufgewacht und habe diesen hohlen Klang gehört. Jetzt sind sie alle tot. Ich kann es nicht ertragen. Alle. Alle, alle sind sie tot.«

Beim Geräusch eines Schlüssels, der sich im Schloß drehte, schrak sie zusammen, bückte sich verwirrt und stellte die Teetassen auf das Tablett.

»Warum hat man nicht ihren Verlobten gebeten, sie zu identifizieren?« Grace berührte Sarahs Arm, diese antwortete jedoch nicht. Mit der Hand strich sie sich über die müden, geröteten Augen, dann zog sie einen zerknitterten Umschlag aus der Tasche und streckte ihn Grace hin.

»Sind Sie deswegen hergekommen? Tut mir leid, ich habe zuviel geredet. Sie waren sehr geduldig, haben mir zugehört.« Nervös strich sie sich die Haare aus dem Gesicht. »Entschuldigung, was haben Sie gesagt?«

»Warum die Polizei nicht ihren Verlobten angerufen hat«,

platzte Grace heraus, als die Tür aufging und Alice hereinstürmte, um ihre Spielsachen zu holen, gefolgt von ihrem Vater, der das schlafende Baby auf dem Arm hielt. Sarah schien ihn gar nicht zu bemerken. Sie nahm das kleine Mädchen bei der Hand und verschwand in der Diele. Schweigend stand Tom Roberts da und sah von der Tür aus Grace lange an, ehe er ihre Frage beantwortete.

»Das ging nicht. Wie auch? Er war verschwunden. Haben Sie das nicht gewußt? Sie haben ihn aus dem Kanal gefischt, konnten ihn aber erst einen Tag, nachdem sie gestorben war, identifizieren«, erklärte er schroff.

Eine Bank am Rand des Wassers, ein Hund, der an einem Strauß verwelkter Blumen schnüffelt.

»Wo?« flüsterte sie.

»In der Nähe von dem Haus, in dem sie gewohnt hat. In Dublin.«

»Hat er … hat er?«

»Man war sich nicht ganz einig. Ist aber schwer vorstellbar, daß er nicht schwimmen konnte.« Sie wußte nicht, richtete seine Abneigung sich gegen den Toten oder gegen sie. »In gewisser Hinsicht war er ein Perfektionist«, fügte er verdrießlich hinzu. Verständnislos starrte sie ihn an.

»Verdammt noch mal«, erklärte er ungehalten, »wer außer einem Holländer würde sich ausgerechnet einen Kanal aussuchen?«

»Mein Gott!« Sie wich zurück, als hätte er sie geschlagen.

Einen Augenblick lang hielt er ihrem entsetzten Blick stand. »Lesen Sie den Brief«, wies er sie barsch an. Das Kind rührte sich und wimmerte, als der Vater es auf das Sofa legte, sich eine Zigarette anzündete und gierig daran zog.

Sie sah auf den Umschlag in ihrer Hand und öffnete ihn. Ein wunderschönes rotgoldenes Kreuz an einem Kettchen glitt durch ihre Finger und lag schimmernd auf dem dunklen Teppich. Es sah alt und wertvoll aus. Die Kette war ein kompliziertes Geflecht aus drei oder vier ineinander verknoteten Strängen, und das keltische Kreuz, etwa drei Zentimeter lang, war fein ziseliert.

Unter dem stilvoll gedruckten Wappen und der Anschrift des Hotels sahen die ohne jede Interpunktion hingekritzelten Sätze harmlos aus. Die wahllos verteilten Großbuchstaben dienten lediglich dazu, das Entsetzen zum Ausdruck zu bringen, das sich hinter den prosaischen Worten verbarg.

Ich weiß keinen anderen ausweg mehr die tabletten habe ich neben ihrem bett gefunden Wirklich ein Witz wenn ich genug gin intus habe werd ich sie alle auf einmal schlucken und dann schlafen schlafen und Schlafen sei nicht traurig ich fühle mich ganz ruhig es gibt keinen anderen ausweg Sal ich möchte daß du das kreuz und das kettchen behältst es ist das einzige, was wirklich mir gehört hat erinnerst du dich wie wir es gekauft haben am Camden Market und wie die bank in der nähe den scheck hat platzen lassen? Oh Sal ich war so glücklich und dann ist alles schiefgegangen ich kann es nicht ertragen wegen meines Babys nicht das arme kleine zarte baby ich weiß nicht was ich sonst machen soll.

Oh Sal Sal Sal es war alles lüge alles woran ich geglaubt habe war lüge.

»Was wollte sie damit sagen?« flüsterte Grace halb zu sich selber. Er ging auf sie zu und nahm den Brief.

»Woher soll ich das wissen? Irgend etwas muß in Dublin geschehen sein«, erklärte er ungeduldig und stopfte den Brief in die Tasche.

»Der Tod ihres Freundes?« warf sie ängstlich ein.

»Freundes? So nennen Sie ihn also«, schnaubte er. »Es ist nicht klar, ob sie davon überhaupt etwas gewußt hat. Vielleicht«, fuhr er anzüglich fort, »vielleicht hat es Probleme mit ihrer Familie gegeben, aber darüber wissen Sie vermutlich besser Bescheid?« Seine Feindseligkeit wurde mit jedem Wort unverhohlener, und das Baby, das dies vielleicht spürte, fing an zu schreien. Plötzlich riß jemand die Tür auf. Alice stürmte herein und begann an ihm zu zerren.

»Daddy, Daddy, Laurence hat Hunger!« Sie hämmerte mit ihren Fäusten gegen seine Beine.

All die angestauten Gefühle in Grace bündelten sich zu einer unaussprechlichen Wut. Nur mit Mühe konnte sie sich zurückhalten, daß sie das Kind nicht packte und bis zur Bewußtlosigkeit schüttelte. Die Abneigung, die sie verspürte, war so überwältigend, daß sie sie kaum unter Kontrolle halten konnte.

»Es tut mir leid. Ich hätte nicht kommen sollen.« Sie senkte den Kopf, um ihre Gefühlsaufwallung zu verbergen. »Es tut mir leid, daß ich Sie gekränkt habe.« Als sie sich zum Gehen wandte, trat er vor sie hin.

»Hören Sie. Bid war Sarahs beste Freundin. Ich kannte sie, habe sie gekannt, seit ich meine Frau kenne. Sie war eine dumme Kuh, und es hat mir gar nicht gefallen, was sie da für ein Spiel getrieben hat, aber das ist jetzt unwichtig. Das einzige, woran mir etwas liegt, ist Sarah. Sie geht noch zugrunde an ihren Gewissensbissen. Es zerstört unser Leben. Sehen Sie mich an, verdammt noch mal! Mein Geschäft bricht zusammen, und ich sitze hier fest und spiele Babysitter.« Er seufzte tief.

»Als Van Rijn starb, ist sein Partner aus allen unseren Verträgen ausgestiegen und hat uns auf dem Trockenen sitzenlassen. Jetzt wird Ihnen vielleicht klar, wie es aussieht. Sarah gibt mir die Schuld an … ich weiß auch nicht … daß ich nicht besser mit dem Tod ihrer Freundin zurechtgekommen bin. Vielleicht weil ich die Initiative ergriffen und die Polizei gerufen habe? Ich glaube, ich habe mich nicht besonders geschickt verhalten, und jetzt weigert sie sich, das Baby auch nur anzufassen. Und will nicht mit mir darüber sprechen. Über nichts. Hören Sie«, sein Ärger wuchs, als er die Worte hervorstieß, »Edy Hampshire hat mir erzählt, wer Sie sind. Warum, zum Teufel, haben nicht *Sie* sich um Ihre Nichte gekümmert? Finden Sie nicht auch, daß Sie da eine gewisse Verantwortung hatten?«

Er schaukelte das Baby hin und her, um es zu beruhigen, und sah sie wütend an. »Ich bin mit meiner Weisheit am Ende. Ich habe dieser alten Hexe gesagt, daß ich das für eine beschissene Idee halte. Ich glaube nicht an diesen Unfug von wegen ›sich die Sache von der Seele reden‹. Uns trifft keine Schuld. Ich wünschte nur, ich wäre nie einem von Ihnen begegnet.«

Das Schreien des Kindes ging in Wimmern über, als seine

Stimme leiser wurde. Der Wutausbruch war vorbei, und er stand einfach da, abgespannt und niedergeschlagen.

»Es tut mir leid. Ich hätte nicht kommen sollen«, wiederholte Grace, entsetzt darüber, wie sie ohne jedes Feingefühl etwas derart Ungeheuerliches wie einen Selbstmord so vereinfacht und nur als eine antike Tragödie betrachtet hatte, die ihren eigenen Seelenfrieden bedrohte. Als sie die Treppe hinunterstolperte, griff Tom Roberts nach ihrem Arm.

»Hören Sie«, sagte er zerknirscht, »ich hätte Sie nicht anschreien dürfen. Vielleicht hat es Sarah gutgetan, zu reden, vielleicht hat es ihr geholfen?« fügte er kläglich hinzu. »Wer weiß?«

»Ich hoffe es, Mr. Roberts. Ich hoffe, ich habe nicht noch mehr Schaden angerichtet.«

Lüge, hatte es in dem Brief geheißen. Damit kannte sie sich aus, mit Lügen. Oder hatte Bid damit den geheimnisvollen Verlobten gemeint? Wer oder was hatte ihn umgebracht? Und an welcher Stelle kam sie, Grace, ins Spiel? Denn es gab da einen Zusammenhang, ihr Magen, der sich vor hinuntergewürgtem Kummer zusammenkrampfte, sagte es ihr. Noch immer hallten Sarahs Worte in ihr nach, mit all ihren widersprüchlichen Bildern und den Anspielungen auf Angst und daß irgend etwas nicht gestimmt hatte. Die Macht, die die Roberts verschlungen hatte, drohte nun sie um den Rest ihres Verstandes zu bringen. Lügen. Lügen. Lügen. Plötzlich zuckte das Bild des dunkel gekleideten Priesters wieder durch ihren Kopf.

Es war schon weit nach sieben, als sie nach Hause kam. Murray Magraw, der auf sie gewartet hatte, wollte gerade gehen, als sie die Stufen zur Tür hinauftaumelte und direkt in ihn hineinrannte. Als ihre Beine nachgaben, streckte er die Hand aus, um ihr hinaufzuhelfen.

Sie sah völlig ausgelaugt aus und antwortete nicht, als er etwas sagte, ließ es aber zu, daß er sie nach oben führte. In ihrem Schlafzimmer machte sie sich schweigend los und krabbelte wie ein kleines Kind in das ungemachte Bett.

Er öffnete das Fenster, um frische Luft hereinzulassen, zog dann die Vorhänge zu und ging auf Zehenspitzen hinaus. Leise schloß er die Türe hinter sich. Im Hinuntergehen fragte er sich, ob sie sich mit ihrem abwesenden Mann getroffen hatte und was, zum Teufel, der mit ihr angestellt hatte.

Der Kühlschrank war leer. Nur zwei halbleere Weinflaschen waren zu entdecken sowie etwas, das auf einem Teller allmählich gerann, und ein stinkender Klumpen verschimmelter Käse. Kein Wunder, daß sie halb verhungert aussah. Kurz entschlossen ging er zum nahegelegenen Supermarkt, um die Vorräte aufzufüllen. Als er zurückkam, schlief Grace immer noch.

Er schenkte sich einen Martini ein, stellte das Radio auf Kanal drei ein, um sich ein Konzert anzuhören, und begann mit der Vorbereitung des Abendessens. Den ersten Schrei hörte er, als er gerade die Nudeln in das Wasser werfen wollte. Er war schon auf der Treppe, als ein zweiter, grauenhafter Schrei gellte.

Das Fenster ächzte im Wind ... sprang auf. Der fahle Vorhang wehte ins Zimmer ... irgend etwas pochte in der Dunkelheit. Flüstern. Ein Gesicht. Jemand am Fenster. Dann der Schrei. Wer hatte geschrien? Wer hatte geschrien? Jemand kam. Jemand kam in der Dunkelheit.

Vorsichtig stieß Murray die Tür zum Schlafzimmer auf. Zusammengekauert saß Grace auf dem Bett und sah ihn, immer noch schlafend, an. Ihre Augen waren jedoch weit aufgerissen und blutunterlaufen, und sie preßte die Bettdecke auf den Mund, um das leise Wimmern zu ersticken.

»Grace?« sagte er leise, um sie nicht zu unvermittelt aufzuwecken. Der Vorhang schlug gegen das offene Fenster. Sie stieß einen kleinen Schrei aus und verkroch sich unter der Bettdecke. Auf Zehenspitzen schlich Murray zum Fenster, um es zu schließen, dann drehte er den Lampenschirm von ihrem Bett weg und schaltete die Nachttischlampe an.

»Grace, wachen Sie auf. Grace?« flüsterte er. Sie lag still da. Er ging ins Bad und ließ warmes Wasser über ein Handtauch laufen. Noch immer halb schlafend, rappelte sie sich auf, als er neben das Bett trat. Sie zitterte am ganzen Körper. Sanft wischte er mit dem Handtuch ihr Gesicht ab, rieb dann ihre beiden klammen Hände und redete auf sie ein, bis sie wach war.

Bid

27. Juni 1988 bis 9. Juli 1990

Liebe Daisy: *Seit mein Vater gestorben ist, mischt meine Mutter sich ständig in mein Liebesleben ein. Ich weiß, sie möchte, daß ich heirate, aber immer hat sie irgendwas an meinen Freunden auszusetzen und versucht, sie mir auszureden. Und obwohl ich jetzt schon Ende Zwanzig bin, fällt es mir schwer, mich gegen sie durchzusetzen...*
Liebe Ratsuchende: *Ende Zwanzig, und Sie benehmen sich wie eine Sechzehnjährige. Scheint so, als bräuchten Sie ein bißchen Nachhilfe in Selbstbewußtsein...*

9 »Eins steht fest, du bekommst die Stelle nie, wenn du dich nicht darum bemühst«, erklärte Mrs. Lacey. »Ich kann es einfach nicht fassen, daß du dich noch nicht einmal beworben hast!«

»Die Tasche ist wirklich wunderschön, Mam, muß ein Vermögen gekostet haben; vor allem die Farbe gefällt mir...« Bid klemmte den Hörer zwischen Schulter und Ohr und begann, den Inhalt ihrer alten Tasche in das Geburtstagsgeschenk ihrer Mutter umzufüllen.

»Du hörst mir gar nicht zu, Bridget!«

»Ich bin ganz weg, genau das, was ich gebraucht habe.«

Schweigen.

»Hast du gehört, was ich gesagt habe?«

Bid riß sich zusammen. Im Verlauf des neuesten Kleinkriegs mit ihrer Mutter, der sich jetzt schon seit vierzehn Tagen hinzog, hatte sie beschlossen, ihr klipp und klar zu sagen, sie solle sich da raushalten, aber wieder zögerte sie, schob es vor sich her. Sich zu verstellen, fiel ihr leichter.

»Ich hab dir doch gesagt, Mam, ich krieg die Stelle nicht. Ich habe nicht genügend Erfahrung.«

»Was soll das heißen? Du arbeitest doch schon seit sieben Jahren für diese Zeitschrift. Wenn das keine ausreichende Erfahrung ist! Manchmal setzt du mich wirklich in Erstaunen, Bridget. Wo bleibt dein Ehrgeiz, Mädchen?«

»Ja, aber...«

»Aber was? Es ist eine großartige Stelle. Und es ist genau das, was du willst, oder etwa nicht? Nach Dublin zurückkommen?«

Das willst du, dachte Bid aufmüpfig.

»Schau, Mam, ich kann nicht einfach meinen Vertrag kündigen.«

»Vertrag? Das ist ja was ganz Neues! Von einem Vertrag war nie die Rede!«

Nur weil ich vorher nicht auf die Idee gekommen bin!

»Es gibt da so eine Strafklausel«, fabulierte Bid, entzückt über ihren Einfall.

»Was für eine Strafklausel? Ist das so üblich?« Mrs. Lacey klang nicht sehr überzeugt und war es wohl auch nicht.

»Eine Idee von ED.« Jetzt war Bid nicht mehr zu bremsen. »Und du weißt ja, wie sie ist – sie macht die Gesetze.«

»In dem Fall brauchst du nicht klein beizugeben«, erklärte Mrs. Lacey energisch. »Du kannst jederzeit familiäre Verpflichtungen geltend machen, und ich bezweifle, ob sie dich dann hindern kann zu gehen.«

»Mir ist einfach nicht danach zumute, mit noch etwas neu anzufangen, nicht ausgerechnet jetzt.«

»Du bist jetzt neunundzwanzig. Wenn du nicht bald etwas unternimmst, schaffst du den Absprung überhaupt nicht mehr. Du arbeitest in einem Beruf für junge Leute.«

»Ja, Mam, das ist mir schon klar.« Ergeben seufzte Bid. Es hatte keinen Sinn, sie darauf hinzuweisen, daß die sieben Jahre bei einer unbedeutenden, auflagenschwachen Monatsschrift Dublins Hochglanzmagazine nicht gerade zu Begeisterungsstürmen hinreißen würden. Vor allem wenn ihre Karriere eindeutig dem Einfluß einer hochgradig parteiischen Herausgeberin zu verdanken war. Unsinnigerweise hatte Bid keine allzu hohe Meinung von ihren Fähigkeiten und ihren Berufsaussichten, und sie war sich sicher, würde sie sich um einen anderen Job bewerben, dann würden die anderen auch schnell dahinterkommen.

»Werd nicht unverschämt, Bridget Lacey. Ist dir Dublin nicht gut genug?«

»Warum sagst du so etwas?« fragte Bid abweisend.

»Ich will doch nur dein Bestes.«

Wütend zählte Bid in Gedanken bis neunzehn, dann gab sie sich geschlagen und rückte mit der Sprache heraus.

»Hör zu, Mama, ich werde mich nicht für die Stelle bewerben. Ich halte es nicht für den richtigen Zeitpunkt. Ein Chaos reicht mir. Ich will mir jetzt nichts Neues suchen, weder eine neue Stelle noch eine neue Wohnung. Mir ist einfach nicht danach zumute, mir ausgerechnet jetzt die Mühe zu machen.«

»Du solltest dir aber die Mühe machen. Ich bin wirklich überrascht, wie sehr du dich gehenläßt. Du solltest dich ein wenig um dein Aussehen kümmern, eine Abmagerungskur machen oder so etwas.«

»Tut mir leid, aber ich muß gehen.« Bid war den Tränen nahe. »Darüber will ich jetzt nicht reden.«

»Ich sage das doch nur zu deinem eigenen Besten. Das ist kein Mann wert. Hier hättest du viel bessere Aussichten, hier, wo du Freunde hast.«

»Was für Freunde denn? Alle, die ich kenne, sind anscheinend ausgewandert. Ich kenne hier mehr Leute als in Dublin.«

»Was ist mit deiner Freundin Mairead? Sie hat ein wunderschönes Haus an der Küste. Und hier im Haus könntest du deine eigene Wohnung haben, es ist weiß Gott groß genug. Ich komme mir ganz verloren darin vor. Was hält dich denn jetzt noch in London, jetzt, wo dieser Kerl dich im Stich gelassen hat?«

»Mein Job, meine Wohnung...«, warf Bid ein. *Mein Leben.*

»Er hat ja sowieso nie ernsthaft vorgehabt, sich fest zu binden.« Mrs. Lacey überging den Einwurf.

»Odoch.«

»Was? Du willst mir doch nicht etwa erzählen, daß er vorhatte, dich zu heiraten? Das nehme ich dir nicht ab!«

»Nicht *mich.* Aber er hat geheiratet, vor einem Vierteljahr.«

Bid spürte eine Woge von Schmerz in sich aufsteigen, als sie ihre Demütigung eingestand.

»Aber er ist doch erst seit ...wann ist er verschwunden? Vor vier, fünf Monaten? Er muß ein doppeltes Spiel mit dir getrieben haben! Der ist wie alle anderen da drüben!«

»Sechs. Sechs Monate. Fast. Meinst du ganz England oder nur London?« fragte Bid schroff.

»Du bist viel zu leichtgläubig, Bridget. Sogar dein Dad, Gott hab ihn selig, hat diesen Colin durchschaut, in dem Augenblick, als er ihn sah.«

»Mein Dad?« explodierte Bid. »Wie denn, sie haben sich doch kaum gekannt! Außerdem war Dad nicht so!« – *daß er alle Leute schlechtgemacht hat.*

»Ich sage dir nur, was er davon gehalten hat.« Mrs. Lacey schniefte. »Jedenfalls, ich habe dem Kerl nie über den Weg getraut.«

Da haben wir es wieder, dachte Bid verzweifelt. Das Übliche, gibt ihre eigenen Vorurteile als die von Dad aus. Wann hat sie sich denn je die Mühe gemacht, darauf zu achten, was er gesagt oder gedacht hat? Oder was einer von uns beiden wollte? Dad wäre jetzt auf meiner Seite. Er würde mich trösten, nicht meine Schuldgefühle noch verstärken.

»Yeah. Wahrscheinlich hast du recht.« *Hast du das nicht immer?* Es schien wenig Sinn zu haben, noch länger zu streiten. Resigniert verfiel Bid in einen versöhnlichen Ton.

»Hör zu, Mam, ich muß jetzt gehen. Sonst komme ich zu spät. Ich will noch zu Hause vorbeischauen und mich für die Party bei Sarah umziehen. ›Mich um mein Aussehen kümmern‹«, erklärte sie verbittert und machte gleich wieder einen Rückzieher. »Hier kommt man fast um, so wahnsinnig schwül ist es. Im Büro ist es wie in einem Backofen.«

»Ja, hier herüben auch. Vom alten Kanal treibt ein fürchterlicher Gestank herüber...«

»Ich verstehe nicht, wie du es aushältst, dort zu wohnen. Warum ziehst du nicht irgendwohin, wo es angenehmer ist? Zum Beispiel in meine Wohnung. Hier würdest du ohne weiteres eine

Stelle finden«, erwiderte Bid leichthin. Mrs. Lacey ließ sich zu einem Lachen herab.

»Du meinst, ich soll aufhören, mich in dein Leben einzumischen?«

»So was in der Art.« Diesmal lachten sie beide. Und dann verbrachten sie, wie üblich, ein paar Minuten damit, sich auf höchst konventionelle Weise liebenswürdig voneinander zu verabschieden, als hätten die Gängelungsversuche und das Aufbegehren dagegen gar nicht stattgefunden. Das hatte den seltsamen, altbekannten Effekt, daß sie sich zwar gegenseitig weh taten, aber ohne jegliche Folgen. Bid legte völlig niedergeschlagen den Hörer auf, wappnete sich innerlich für die Schrecken der Fahrt zu ihrer Wohnung und hastete aus dem Büro.

Es war wirklich einer jener dampfigen Tage, wie sie in London jeden Sommer gelegentlich vorkommen, wenn die Temperatur steigt und der Wutpegel der ohnehin gestreßten Pendler auf der Kippe zum endgültigen Durchdrehen steht. Auf die gesamte Länge der Oxford Street reihte sich Stoßdämpfer an Stoßdämpfer. Die Fahrer hupten und starrten einander wütend an, während sich auf den Gehsteigen ein dahingleitendes Förderband mit schwitzenden Menschenmassen gedankenlos, aber ungeduldig vorwärts schob.

Gleich würde es anfangen zu regnen, der Himmel überzog sich mit tiefhängenden Wolken, aber das dumpfe Grollen des Donners ging in dem Gewühl vor sich hin murrender Leute unter. Als Bid mit schnellen Schritten um die Ecke der Poland Street bog, blieb sie kurz stehen, warf einen Blick auf die Uhr und starrte, auf Zehenspitzen stehend, verdrossen und mutlos auf den dichten Schwall von Menschen, der sich schimpfend vorbeiwälzte. Der Anruf ihrer Mutter, der ziemlich ungelegen gekommen war, hatte sie länger aufgehalten, als sie gedacht hatte. Die Hoffnung, noch rechtzeitig nach Hause zu kommen, um sich umzuziehen, konnte sie aufgeben. Sie warf einen Blick auf ihre schlaff herabhängende, verschwitzte Kleidung und fügte sich schulterzuckend in das Unvermeidliche.

Einen Augenblick lang stand sie unentschlossen und überlegte, welche Richtung sie am besten einschlagen sollte; nach links zur U-Bahn am Oxford Circus oder geradeaus zu der langen Reihe von Bussen auf beiden Seiten der verstopften Straße. Keine der beiden Aussichten war besonders reizvoll, und keine gab Anlaß zu der Hoffnung, rechtzeitig nach Clerkenwell zu gelangen.

Schon war sie versucht, ins Büro zurückzulaufen und abzuwarten, bis die Stoßzeit vorbei war, oder die Zeit, weit angenehmer, in dem Pub zu vertrödeln, wo mit Sicherheit noch die halbe Belegschaft der Zeitschrift an der Bar stand. Sie hatte sich schon halb umgedreht, da schalt sie sich wegen ihrer Kleinmütigkeit, nahm allen Mut zusammen und stürmte los.

Selbst in dieser feindseligen Umgebung drehten Köpfe sich beim Anblick der herrlichen Haare nach ihr um. Das war das Auffallendste an ihr – eine Fülle wunderschöner Haare von der Farbe eines herbstlichen Strandes. Blaße Haut ohne Sommersprossen. Hübsche hellbraune Augen. Aber alles andere fiel im Vergleich dazu ziemlich ab: Die Freigebigkeit der Natur schien hier haltgemacht zu haben, oder lag es vielleicht daran, daß sie selber sich gar keine Mühe gab? Die zu massige Figur ließ sie kleiner aussehen, als sie in Wirklichkeit war, nämlich mittelgroß. Flüchtiges Make-up, eine großgemusterte Kasackbluse, die sich über dem Stoffwust eines dazu passenden, um die Taille gerafften Rocks spannte, der das überschüssige Fett auf den Hüften kaschieren sollte. Der Jammer war, hätte sie sich schlichter gekleidet, dann hätte sie nur ein ganz klein wenig zu pummelig gewirkt, und dezentere Farben hätten ihre frische Hautfarbe und die verblüffende Schönheit ihres Haars besser zur Geltung gebracht.

Als sie die Straße überquert hatte, waren die Türen des 63er Busses bereits zu, und er bewegte sich zentimeterweise ostwärts. Obwohl sie sah, daß er voll besetzt war, hämmerte sie an die Tür. Der Fahrer winkte ab, murmelte so etwas wie »voll«, vielleicht auch etwas noch Eindeutigeres.

Sie zog eine Grimasse, trat einen Schritt zurück und balancierte auf der Gehsteigkante, als spiele sie mit dem Gedanken, sich vor den nächsten Bus zu werfen. Die Vorstellung gefiel ihr, denn der bevorstehende Abend jagte ihr Entsetzen ein; nie war eine Geburtstagsfeier so unwillkommen gewesen. Dummerweise hatte sie ihrer Freundin Sarah nachgegeben, sich insgeheim allerdings reichlich unhöflich und unfair über die gutgemeinte Geste geärgert.

Um das Ganze noch schlimmer zu machen, war sie sich ziemlich sicher, daß man mit irgendeinem langweiligen Kandidaten aufwarten würde, um ihr eine Freude zu machen. Gut gemeint, aber sinnlos. Bid hatte die Schnauze voll von Männern. Und während sie sich selbst für ihre Schwäche und Undankbarkeit verachtete, wünschte sie, stark und rücksichtslos genug zu sein, um ihrem Instinkt nachzugeben, der zu heilsamer Einsamkeit riet.

Doch sie wußte, verbissen würde sie sich fröhlich und munter geben und schließlich in einem beschwipsten Versuch, gesellig zu sein, lächeln und nicken, während sie doch viel lieber zu Hause geblieben wäre und ihre Wunden geleckt hätte, in einem erfrischenden, duftenden Bad, neben sich ein Glas mit eiskaltem Gin Tonic und Zitrone. Allein. Sie haßte den Gedanken, diesmal der Star des Abends zu sein. Funkeln würde dieser Stern mit Sicherheit nicht.

Bridget Kate Lacey war kreuzunglücklich, nicht nur verärgert, weil sie zu spät dran war. Nein. Müde war sie, wütend und durcheinander. Es kränkte sie, wie übel das Leben ihr mitgespielt hatte. Vor sechs Monaten hatte ihr Freund, mit dem sie zwei Jahre zusammengewesen war und den sie heiraten wollte, sich ohne Vorwarnung aus ihrem Leben davongemacht. Anscheinend war sie die einzige, die dies weder erwartet hatte, noch sich darüber freute. Wie vorauszusehen, hatte Sarah ihr ungehemmt ihr »Ich hab dir's ja gesagt« unter die Nase gerieben und ihr so jede Lust darauf genommen, ihr die eher unangenehmen Einzelheiten der Beziehung zu ihrem Freund anzuvertrauen. Statt dessen hatte Bid sich an ihren Nachbarn in der Wohnung unter ihr gewandt, der notgedrungen den Krawall über ihm mitbekommen hatte und jetzt als einziger wußte, wie endgültig und brutal sie fertiggemacht worden war.

Früher war sie offen, unbeschwert und freundlich gewesen. Jetzt hatte die wachsende Entschlossenheit, sich nicht mehr zum Narren halten, sondern jemand anderen bezahlen zu lassen, sie hart gemacht. Bid verstand sich sehr wohl darauf, ihre Wut zu verhehlen, viel zu gut war sie erzogen, um sie sich anmerken zu lassen. Nach außen hin war sie nahezu dieselbe wie früher, ein wenig gedämpft vielleicht, was eigentlich nicht zu ihr paßte, aber in ihr gärte Verletztheit hinterhältig zu zerstörerischem Groll heran.

Sie wandte sich um und trottete am Rand des Gehsteigs entlang, bis sie in der Rathbone Street endlich ein Taxi erspähte, aus dem gerade ein Fahrgast stieg. Sie rannte darauf zu.

»Percy Square, bitte. So schnell Sie können.«

Der Fahrer lachte. »Ich bin doch keine verdammte Concorde, Miss. Wird wohl ein Weilchen dauern – der Verkehr ist mörderisch. Da muß irgendwo ein Unfall sein.«

Sie kletterte hinein, ließ sich auf dem Sitz zurücksinken, machte die Augen zu und versuchte dahinterzukommen, worauf ihre Mutter eigentlich hinauswollte. Dieses letzte Gefecht war nur eines von vielen in einem, na ja, nicht eigentlich Feldzug, eher einer Aufeinanderfolge kleiner Scharmützel, die kurz nach dem Tod ihres Vaters vor ein paar Jahren eingesetzt hatten. Es war so zermürbend und vor allem so vollkommen unerwartet.

Normalerweise war ihre Mutter zurückhaltend, ja verschlossen und eindeutig ihrer selbst sicher. Hätte man Bid danach gefragt, dann hätte sie wahrscheinlich vorausgesagt, nach dem anfänglichen Kummer würde ihre Mutter ganz gut mit ihrer Witwenschaft zurechtkommen, aber das war nicht der Fall gewesen. Ganz zu Anfang war sie sehr unruhig, abweisend und schweigsamer als üblich gewesen. Abweisend? Nein, verwirrt – weder hatte sie ihren Schmerz mit ihrer Tochter geteilt noch versucht, diese zu trösten. Sie erinnerte sich, wie sehr sie das gekränkt hatte, so als hätte man sie geschlagen, und das schürte ihren Zorn noch. Die entsetzte Reaktion ihrer Mutter auf ihre beiläufige (und, wie sich herausstellte, voreilige) Bemerkung, wenn sie und

Colin heirateten, dann standesamtlich und in London, hatte sie völlig aus der Fassung gebracht.

»Was? Nicht kirchlich?«

Bislang hatte sie ihre Mutter der Religion gegenüber für eher gleichgültig gehalten, aber die Erwähnung einer zivilen Eheschließung hatte auf verblüffende Weise die frömmlerischen Auffassungen einer älteren Generation zum Vorschein kommen lassen.

Eines war Bid im Verlauf ihrer Tätigkeit als Kummerkastentante aufgefallen: Selbst die aufgeklärtesten Mütter hegten oft außergewöhnlich romantisch-traditionelle Hoffnungen, sobald es um Hochzeit ging. Allerdings hatte sie ihre Mutter nicht in diese Kategorie eingeordnet. Und so war sie bestürzt, wie heftig diese sich dagegen sträubte, es unter dem ganzen kirchlichen Brimborium zu tun: eine Trauung mit Messe, Mendelssohn, Zylindern, Seide in Hülle und Fülle und zu guter Letzt auch noch dem päpstlichen Segen. Sie konnte nur erahnen, daß die Versuche ihrer Mutter, sie an die Heimatfront zurückzuholen, auf eine geheimnisvolle Weise mit diesem unerwarteten Wunsch in Zusammenhang zu stehen schienen, der seinerseits Ängste vor einem Altwerden in Einsamkeit wachgerufen hatte.

Vielleicht hatten bisher beide angenommen, irgendwann in ferner Zukunft, wenn ihre Mutter älter und vielleicht pflegebedürftig wäre, würde Bid schon zur Stelle sein. Doch jetzt drängte dieser bislang nur verschwommene Gedanke sich nachgerade auf: Falls Bid sich irgendwo niederlassen, in London oder sonstwo eine Familie gründen würde – was dann?

Aber sah sie das alles nicht viel zu dramatisch? Schließlich und endlich war ihre Mutter noch relativ jung, fünfzig erst, gesund und einigermaßen gut versorgt. Außerdem hatte sie eine Stelle, und obwohl sie nur halbtags arbeitete, behauptete sie, es mache ihr Spaß. Das ergab alles keinen Sinn.

Oder war sie einfach einsam? Es stimmte schon, sie hatte keine Angehörigen außer ihrer einzigen Tochter, aber sie hatte ihren Beruf, ihre Freunde. Nicht allzu viele allerdings, dachte Bid besorgt, denn schließlich war sie nie besonders gesellig gewesen. Nachbarn? Auch die waren leider immer weniger geworden, als die Gegend, in der sie wohnten, sich allmählich in einen Geschäftsbezirk verwandelt hatte.

Während sie so darüber nachgrübelte, bedauerte Bid ihre Unversöhnlichkeit. Würde sie London wirklich vermissen? Ihre Freunde? Was für Freunde? Vielleicht sollte sie sich das noch einmal durch den Kopf gehen lassen? Sie mochte Dublin. Wäre es nur um sie gegangen, hätte sie wahrscheinlich sofort zugegriffen, wenn sich die Gelegenheit geboten hätte zurückzukehren. Aber die Wahrheit war, wie sie sich beschämt und einigermaßen zerknirscht eingestand, sie wollte einfach nicht wieder unter die Kontrolle ihrer Mutter geraten.

Sie seufzte und machte ihre Tasche auf, um ihr Make-up aufzufrischen. Fast halb acht schon. Während sie mit dem goldenen Kreuz, das sie an einem Kettchen um den Hals trug, herumspielte, beäugte sie argwöhnisch den Taxameter. Mit beängstigender Geschwindigkeit zeigte er ein Pfund nach dem anderen an. Erschrocken langte sie nach ihrer Tasche und kramte ihre Brieftasche hervor. Leer. O Gott! Sie hatte vergessen, zur Bank zu gehen. Während das Taxi in die Great Ormond Street bog, durchwühlte sie den Inhalt der Tasche und fand drei Ein-Pfund-Münzen. Aus ihrer Geldbörse förderte sie weitere zwei Pfund und fünfundachtzig Pence zutage. An der Ecke Gray's Inn Road zeigte der Taxameter fünf Pfund vierzig Pence an.

»Entschuldigen Sie.« Bid klopfte an die Trennscheibe. »Ich hab ganz vergessen, ich sollte noch was in der …der...« Hektisch sah sie sich um. »Da drüben!« Sie deutete irgendwohin. Der Fahrer fuhr an den Randstein.

»Fünf fünfundsechzig«, sagte er.

»Das Wechselgeld können Sie behalten.« Bid lächelte huldvoll. Er warf einen Blick auf die Münzen.

»Behalten? Damit kann ich mich zur Ruhe setzen!«

Trotzig griff sie nach ihrer Tragetüte, hängte sich die neue Ledertasche um und trabte im Dauerlauf los, als die ersten großen Regentropfen auf das Pflaster klatschten. Mit gesenktem Kopf rannte sie dahin und hoffte, es wäre nur ein kurzer Schauer.

Unheildrohend verdüsterte sich der Himmel. Bis zur Wharton Street schaffte sie es, dann fing es so richtig zu schütten an. Wie aus Eimern goß es; die Regentropfen prasselten auf das warme Pflaster und wurden von dem aufkommenden Wind durcheinandergewirbelt. So nahe, nur noch den Hügel hinauf! Aber jetzt würde sie tropfnaß ankommen. Ein wundervoller Auftakt zu dem Abend. Sie bückte sich und zog die neuen roten Schuhe aus, die sie sich in der Mittagspause selber zum Geschenk gemacht hatte, und rannte barfuß zum Percy Square.

Liebe Daisy: *Mit Männern scheine ich kein besonderes Glück zu haben, aber neulich habe ich an einem Abend zwei Typen kennengelernt, die mir beide gefallen haben. Der eine hat mich eingeladen, mit ihm auszugehen, aber ich glaube, der andere hat größeren Eindruck auf mich gemacht, denn er geht mir einfach nicht aus dem Kopf...*
Liebe Ratsuchende: *Schon mal was von dem Sprichwort gehört »Der Spatz in der Hand...«?*

10 Bid nahm ihr Weinglas und schlenderte zum Fenster. Nach einer kurzen Dusche und nachdem sie sich umgezogen hatte, fühlte sie sich wie verwandelt und sah auch so aus. Sarah hatte darauf bestanden, die durchweichte Jacke und den Rock oben im Bad abtropfen zu lassen. Statt dessen trug sie nun ein Hemdkleid aus indischer Seide, von satter Terrakottafarbe, das abgesehen von einer schmalen schwarzen Bordüre um den Hals und am Saum schmucklos und einfach geschnitten war. Ihr langes, schweres (und immer noch feuchtes) Haar hatte sie zu einem strengen Knoten aufgesteckt. Sie sah gut aus, und nach ein paar Gläsern Wein und ein wenig Herumtoben mit ihrem Patenkind fühlte sie sich viel fröhlicher und munterer als bei ihrer Ankunft.

Neugierig beobachtete sie, wie ein alter, wunderschöner dunkelgrüner Daimler geschickt in eine winzige Lücke einparkte. Den Fahrer konnte sie nicht erkennen, dafür aber Tom Roberts, den Gastgeber, der mitten auf der Straße stand und mit den Armen wedelte. Sie drehte sich um, suchte beiläufig eine Platte aus und legte sie auf. Francks Sonate für Violine strömte durch den Raum, als sie sich beim Geräusch von Schritten zur Tür umwandte.

Der Mann, der eintrat, befand sich in Begleitung von Toms Seniorpartner und gutem Freund, Stephen Rawlings. Angeregt unterhielten sie sich in einer Sprache, die wie Deutsch klang. Oder eher Holländisch, vermutete Bid, als sie den vertrauten Klang von Stephens großspurigem Bericht über seine (zeitlich äußerst befristeten) Erfahrungen beim Sturm auf Holland hörte, eine Erzählung, die sie (auf englisch natürlich) in allen Einzelheiten auswendig herunterbeten konnte. Vor allem machten ihr die wundervoll übertriebenen Kehlkopflaute Spaß, bei denen er seinen bedauernswerten Zuhörer in einen feinen Sprühregen tauchte.

Gleich hinter der Tür blieben sie, in ihr Gespräch vertieft, stehen. Leise ging Bid ein paar Schritte weiter nach hinten, von wo aus sie, durch einen riesigen Strauß Flieder abgeschirmt, die beiden beobachten konnte, ohne daß dies allzusehr auffiel.

Zwar war der Holländer beträchtlich jünger und um einiges kleiner als Stephen mit seinen einsachtzig, aber irgendwie gelang es ihm, Autorität und Selbstsicherheit auszustrahlen, als wäre er es gewöhnt, im Mittelpunkt der Aufmerksamkeit zu stehen. Anfang Vierzig vielleicht, sportlich, wohlhabend, so ihre Zusammenfassung.

Er war ausnehmend elegant gekleidet. Sein hellgrauer Anzug saß tadellos, das zartgelbe Hemd war aus feinster Baumwolle, vielleicht sogar Seide, die Krawatte von zurückhaltend silbrigem Blau. An seinem linken Handgelenk blitzte kurz eine Rolex aus massivem Gold auf. Jedem kritischeren Blick als dem Bids hätte dies Großtuerei signalisiert, sie jedoch war schlichtweg beeindruckt.

Ihrer Meinung nach sah er dem Schauspieler Charles Dance ein bißchen ähnlich. Seine Haut war leicht und gleichmäßig gebräunt, das Haar exquisit geschnitten und, ursprünglich wohl blond oder von einem hellen Braun, von grauen Strähnen durchzogen – oder waren sie getönt? – nein, das doch bestimmt nicht. In dem schwindenden Licht war dies schwer zu entscheiden, aber wie auch immer, es gefiel ihr. Sie beugte sich ein wenig vor und stellte fest, auch die Schuhe paßten zu der tadellosen Aufmachung. In dem Augenblick wurde Stephen auf sie aufmerksam.

»Meine herzallerliebste Bid, ich habe gar nicht gemerkt, wo du dich versteckt hast. Du siehst prachtvoll aus. Komm doch da vor und laß dich unserem holländischen Geschäftspartner, Cas Van Rijn, vorstellen!«

Selbst wenn das eine abgekartete Sache ist, dachte Bid vergnügt, ich habe nichts dagegen.

Es ging eindeutig aufwärts. Als sie jedoch hinter dem Fliederstrauß hervorkam, um die Neuankömmlinge zu begrüßen, tauchte Tom mit Stephens Frau Prue und einem untersetzten Herrn auf. Prue steuerte geradewegs auf Bid zu und umarmte sie.

»Schätzchen!« rief sie. »Wir haben uns ja Ewigkeiten nicht mehr gesehen. Ich brauche wohl gar nicht zu fragen, ob es dir gutgeht!«

»Bid.« Tom lächelte Prue entschuldigend zu und zog Bid zu dem Mann in seiner Begleitung. »Ich möchte dir Richard Grey vorstellen. Wir waren zusammen auf der Uni.«

Verdammt! dachte Bid schicksalsergeben. Nachdem er seine Mission erfüllt hatte, schenkte Tom zuerst dem Holländer, dann Bid ein breites Lächeln.

»Kennt ihr beide euch schon? Wir arbeiten bei dem neuen Hafenprojekt mit Cas zusammen.«

»Ist Livy nicht mitgekommen?« schaltete Prue sich ein. Van Rijn neigte den Kopf und lächelte sie eisig an. Hoppla, dachte Bid amüsiert, die gute alte Prue tritt wie üblich ins nächstbeste Fettnäpfchen. Wer auch immer Livy ist. Freundin? Partnerin? Wahrscheinlich seine Frau. Stimmt das etwa nicht – die Interessantesten sind immer verheiratet.

»Leider nicht«, erwiderte er schroff und wandte sich, ohne eine nähere Erklärung abzugeben, zu Sarah um, die beim Hereinkommen in der Tür stehengeblieben war und neugierig Bids Reaktion auf Richard Grey abwartete. Sorgsam wich Bid ihren Blicken aus, ließ sich jedoch dadurch immerhin so weit ablenken, daß sie nicht ein Wort von dem verstand, was er sagte.

Sie lächelte nichtssagend und betrachtete ihn zum ersten Mal eingehender. Wenn er mit Tom auf der Universität gewesen war, mußte er so um die fünfunddreißig sein, aber durch seine stämmige Figur wirkte er älter, gesetzter. Gesunde Hautfarbe und vorzeitig ergrautes Haar. Die Kleidung war eher bequem als elegant. Annehmbar, aber eigentlich nicht ihr Typ, was auch immer ihr Typ war. Hinter den Gläsern der Hornbrille vergalt ein Paar durchdringender, belustigter blauer Augen ihre eingehende Musterung mit gleichem. Zu ihrer Überraschung – denn sie hatte ihn längst als ziemlich langweilig eingestuft – zwinkerte er ihr zu und lachte.

»Okay?« Er hatte einen leicht amerikanisch gefärbten Akzent.

Nicht schlecht, dachte sie und erwiderte sein Grinsen. Nicht schlecht. Aber hätte sie die Wahl gehabt, so wäre diese auf den Holländer gefallen.

Das Abendessen war hervorragend. Sarah servierte Steinbuttstreifen in Blätterteig mit einer hellen, schaumigen Sauce, die delikat nach Fenchel schmeckte. Während Tom den Lammrücken schnitt, schämte Bid sich, durch die Erlesenheit des Essens und einen ständigen Nachschub an Wein milder gestimmt, ihrer vorherigen Verdrießlichkeit. Sie ließ ihren nicht unbeträchtlichen Charme Richard Grey zuteil werden und stellte binnen kurzem zu ihrer eigenen Überraschung fest, sie amüsierte sich prächtig.

Er war, so berichtete er ihr, eben erst von einem zehnjährigen Aufenthalt in Amerika, wo er als Chemiker in der Forschungsabteilung von Du Pont in Delaware gearbeitet hatte, nach London zurückgekehrt und versuchte jetzt, eine annehmbare Wohnung zu finden. Seine Abenteuer mit schrulligen Immobilienmaklern boten ausreichend Gesprächsstoff, um das Eis zu brechen. Auch wie er von seinen Anstrengungen erzählte, sich einen neuen Bekanntenkreis aufzubauen, war recht amüsant. Gegen ihren Willen, denn irgendwie reizte sie der Holländer, fühlte sie sich in seiner Gesellschaft wohl und ließ sich im Handumdrehen zur Mithilfe bei der Wohnungssuche anheuern. Während des Hauptgangs verabredeten sie sich für den nächsten Tag zu einem Kinobesuch.

Im weiteren Verlauf des Abends entspannte Bid sich allmählich. Das Trübsalblasen und Trauern über den Verlust ihres Freundes hatten in ihr das Gefühl hinterlassen, jegliche Begabung, neue Bekanntschaften zu schließen, sei ihr abhanden gekommen. Ein halbes Jahr Einsamkeit hatte ihr Selbstvertrauen erschüttert. Es war eine Erleichterung, jemanden kennenzulernen, der eine so angenehme Art und einen so trockenen Humor hatte, daß es ihm gelang, sie an ihr früheres, optimistischer in die Welt blickendes Ich zu erinnern.

Binnen kurzem – allmählich tat der Wein seine Wirkung – gerieten sie in leichte Hochstimmung, als sie eine Gemeinsamkeit entdeckten: die jeweiligen Ansprüche ihrer verwitweten Mütter, und sich gegenseitig Stichworte zuwarfen. Sein Vorrat an Geschichten schien unerschöpflich, und vergnügt breitete er ihn vor ihr aus, was sie mit unbefangenem Lachen quittierte. Allerdings war sie nicht so sehr in die Unterhaltung vertieft, daß ihr die gedankenverlorenen Blicke des Holländers entgangen wären. Es sah aus, als versuche er, sie einzuordnen.

Richard hatte ein paar Flaschen Napa Valley Mumm mitgebracht. Als Sarah den Nachtisch servierte, ließ Tom die Korken knallen. In die Mitte des Geburtstagskuchens hatte Sarah die obere Hälfte eines rotbackigen Apfels plaziert, in dem eine Kerze und ein winziger Blütenzweig steckten. Gerade hatte sie ein Streichholz angezündet, als ein langgezogenes, lautes Läuten an der Tür sie alle zusammenfahren ließ. Sarah und Tom tauschten fragende Blicke aus, und in der plötzlich einsetzenden Stille stand Tom auf, um zu öffnen.

In der Diele folgte gemurmelten Begrüßungsworten schallendes Gelächter. Als die Augen der Gäste sich neugierig zur Tür wandten, traten zwei seltsame fröhliche Zecher ein, gefolgt von einem fassungslosen Tom. Sarah stand auf, um sie zu begrüßen, aber die schon etwas ältlichen Trinker steuerten geschickt an ihr vorbei und frohgemut geradewegs auf ihre Beute zu. In den Händen kleine Päckchen schwenkend, taten sie ihr Bestes, um ein zweistimmiges »Happy Birthday« zustande zu bringen.

Zwar trugen sie beide Abendanzüge, aber der dadurch erzielte Effekt brachte ihre recht unterschiedliche Persönlichkeit voll zur Geltung: Bei dem Älteren und Grauhaarigeren der beiden umflatterte der Anzug, den er zweifelsohne von einem seit langem toten und größeren Verwandten geerbt hatte, eine dahinwatschelnde Gestalt, während sein Gefährte so elegant und adrett aussah, als käme er geradewegs von Moss Bros. Auf liebenswürdige Art waren sie beide völlig betrunken. Entzückt strahlten sie in die Runde und ließen sich durch Toms Ratlosigkeit nicht im mindesten aus der Fassung bringen.

»Bradley, Roy! Ihr habt gesagt, ihr könntet nicht kommen!« Sarah klang leicht verärgert.

Bid sprang auf, grinste entschuldigend Sarah an, legte beschützend die Arme um ihre Freunde und gab ihnen einen Kuß. Das war ein Fehler, denn auf der Stelle wirbelten die beiden sie in einem ungestümen Versuch umher, einen schwungvollen Tango hinzulegen. Einen Augenblick lang machte sie das mit, dann schob sie sie streng weg.

»Jetzt reicht's. Ich dachte, ihr beide hättet gesagt, ihr müßt zu irgend so einem Collegefest?«

»Das war rechtzeitig zu Ende.« Professor Bradley Moffat zwinkerte ihr triumphierend zu. »Da haben wir uns gedacht, da haben wir uns gedacht …was haben wir uns gedacht, Angel?«

»Wir haben uns einfach gedacht, wir würden dir anläßlich deines Geburtstags gerne unsere Aufwartung machen«, verkündete Roy Angel mit würdevoller Miene. »Aber du bist nicht nach Hause gekommen. Wir hatten eine Flasche Schampus dabei, und ich fürchte, von der Warterei sind wir müde geworden.« Plötzlich bekam er einen Schluckauf. »Ich fürchte eher, wir mußten ihn trinken.« Er grinste die versammelte Gesellschaft zufrieden an.

»Außerdem wollte ich dir etwas geben...«, setzte Bradley an. Als sein Blick auf Sarah fiel, riß er sich schleunigst zusammen. »Meine liebe Sarah, ich entschuldige mich untertänigst für unser Hereinplatzen. Wir ...hm ...wir ...für mich und meinen Freund.«

Er beschrieb eine weitausholende Geste, in die er die ganze Tischrunde einbezog. »Feiert weiter, feiert weiter. Roy! Heimwärts, Angel.« Theatralisch deutete er auf die Tür und verdarb dann seinen Auftritt, indem er zur Seite kippte. Roy fing ihn auf, und gemeinsam verließen sie rückwärts den Raum. Das schrille Gekicher, als sie ihr Ziel erreichten, beeinträchtigte ihren würdevollen Abgang nur geringfügig. Bid lief ihnen nach, um sie heil und unversehrt die Stufen hinunterzubringen.

Als sie zurückkehrte, stellte sie erleichtert fest, daß die Possen ihrer Freunde die Party erst richtig in Schwung gebracht hatten. Alle lachten vergnügt, und das Geplauder wurde lauter, als das Gespräch sich allgemeineren Dingen zuwandte. Stephen stützte sich auf den Tisch, um eine Anekdote zu erzählen, aus der sich gleich die nächste ergab. Unmerklich verschmolzen die einzelnen zu einer unbeschwerten Gruppe.

Der Käse blieb nahezu unberührt. Richard wandte sich zu Prue, um sich mit ihr zu unterhalten. Stephen schlenderte zum Klavier hinüber und begann leise zu spielen. Bid, die plötzlich alleine dasaß, schnitt sich geistesabwesend ein Stück Stilton ab und langte nach ein paar Trauben auf einer Glasplatte; dabei stieß sie ihr Weinglas um. Ein kleines Rinnsal bahnte sich seinen Weg über den Tisch.

Cas Van Rijn nahm das Glas und starrte sie über den Tisch hinweg mit einer Eindringlichkeit an, daß sie ihn lange genug wie gebannt ansah, um mit gelinder Überraschung zu bemerken, seine Augen waren von etwa der gleichen hellbraunen Farbe wie ihre. Nicht schlecht, dachte sie und senkte den Blick, gar nicht so schlecht. Als sie eine Entschuldigung murmeln wollte, legte er den Finger auf den Mund und stellte die Käseplatte auf den Weinflecken.

»Ich glaube, ich sollte Ihnen nachschenken«, flüsterte er verschwörerisch und nahm die Weinflasche, um ihr Glas aufzufüllen.

»Wollen Sie nicht die Geschenke Ihrer Freunde aufmachen?« fragte er dann. »Sie haben ziemliche Mühen auf sich genommen, um sie Ihnen zu überreichen.«

Bid kicherte und machte das kleinere Päckchen auf. An eine Geburtstagskarte, auf der schlicht stand: *Liebe Bid, ein besseres Jahr. Alles Liebe, Roy,* war eine wunderschöne Jugendstilbrosche aus Silber geheftet. Das andere Päckchen war ein Umschlag, der ein schmales Bändchen mit einer fein säuberlich geschriebenen Widmung enthielt: *Bid – um eine kleine Lücke in ihrer Sammlung zu schließen – BM.* Sie hielt ihm das Buch hin, er warf einen Blick auf den Umschlag und sah dann sie an.

»Sie sammeln Militärgeschichte?« fragte er überrascht.

»Nein.« Erneut lachte sie. »Aber der Autor interessiert mich – das ist Sean O'Caseys erstes Buch. Haben Sie von ihm gehört?«

»Natürlich.« Spöttisch neigte er den Kopf. »Aber ich habe gedacht, er schreibt Stücke?«

»Und andere Sachen.«

»Sie lesen etwas über *Bürgerwehren?«* zitierte er ungläubig den Titel.

»Warum nicht?« fragte sie spitz, stieg dann ohne weitere Umstände von ihrem hohen Roß herunter und grinste. »Das ist eigentlich nicht zum Lesen gedacht, sondern zum Sammeln.«

»Sie sammeln alte Bücher? Wirklich, äußerst überraschend.«

»Wieso denn?« brauste sie auf.

»Der alte Professor, der ja. Sie – nein«, erklärte er bestimmt.

»Das ist nichts für eine Frau, hm?«

»Das hat nichts mit Frauen zu tun.« Bis auf seine Schwierigkeiten mit dem »th« war seiner Sprache kein Akzent anzumerken, stellte sie geistesabwesend fest.

»Mit was dann?«

»Mit dem Alter vielleicht. Außerdem scheinen Sie mir nicht der Typ zu sein.« Er war ziemlich unverschämt und seiner selbst sehr sicher. Bids Verwirrung wurde durch seine Scharfsichtigkeit nicht gerade gemildert. Sie schürzte die Lippen.

»Von meinem Vater habe ich eine Sammlung geerbt, und die ergänze ich, wenn ich es mir leisten kann. Professor Moffat ist sehr belesen. Und sehr nett, er treibt solche Sachen für mich auf. Vielleicht könnten Sie mir erklären, was für ein ›Typ‹ sammelt?« schloß sie bissig.

»Mein Typ vermutlich. Man muß sowohl habgierig als auch sehr entschlossen sein. Keine sehr anziehenden Charaktereigenschaften, fürchte ich.« Spöttisch lachte er vor sich hin.

»Oh.« Leicht verwirrt wandte Bid sich ab.

»Nein, verstehen Sie mich nicht falsch. Sie taugen nicht zur Sammlerin, überhaupt nicht, dazu sind Sie viel zu gutmütig. Sie halten zu Ihren Freunden, das ist mir aufgefallen.«

Oh, das haben Sie bemerkt, dachte sie und starrte ihn überrascht an. Einen Augenblick lang hielt er ihrem Blick stand.

»Ich hatte nicht die Absicht, Sie zu kränken«, erklärte er sanft. Sie wurde rot, als er sie anlächelte.

»Sie kommen aus Irland?«

»Sieht man mir das auch an?« gab sie gereizt zurück.

»Ansehen? Nein, das hat Stephen mir gesagt. Sie sind auch Architektin?«

»Nein, so eine Art Journalistin.«

»So eine Art?«

»Genaugenommen«, erklärte sie entschuldigend, »betreue ich eine Leserbriefseite. Ich bin die Kummerkastentante.«

»Ein Beruf, den man bei jemandem so Jungen nicht erwarten würde.« Ein Augenblick lang sah er aus und klang wie ein Deutscher. Fast erwartete Bid, daß er die Hacken zusammenschlug, aber statt dessen grinste er wie ein Schuljunge, und sie hatte das unbestimmte Gefühl, er mache sich über sie lustig. Ihre angestachelte Gereiztheit legte sich wieder.

Tom stand auf. »Kaffee hier, oder gehen wir nach vorne?«

»Oh, bleiben wir doch da, hier ist es so gemütlich...«, setzte Sarah an, aber ihre Gäste hatten sich bereits erhoben und entfernten sich vom Tisch. Ihre Gläser nahmen sie mit. Bid blieb zurück, um ein wenig mit Sarah zu plaudern.

»Außer Gefecht gesetzt«, stöhnte Sarah und stand auf. »Ich

habe das Gefühl, ich bin betrunken. Wie deine Kumpel. Was, zum Teufel, haben die sich dabei gedacht? Ehrlich, die waren voll wie Haubitzen. Ich habe sie eingeladen, verstehst du! Die lehnen immer ab«, grummelte sie. Bid kicherte und begann, um nicht antworten zu müssen, die Teller zusammenzustellen.

»Hey, hör auf, das machen wir morgen früh, hast du das vergessen?« erinnerte Sarah sie. »Also? Was hältst du von ihm?« fügte sie hinzu und dachte an Richard.

»Umwerfend«, meinte Bid geistesabwesend und dachte an Van Rijn. Verschwörerisch grinsten die beiden einander an.

»Gut. Das freut mich. Mach du mal Kaffee. Ich setz dann den nächsten auf. Bin gleich wieder da.«

»Eine wunderschöne Party, Sal.« Bid lächelte. »Richard ist in Ordnung«, sagte sie über die Schulter hinweg noch, als sie hinausging.

Das hat sie doch schon gesagt, dachte Sarah und schüttelte den Kopf, als hätte sie nicht richtig gehört. Vielleicht hätte sie, wenn sie in dem Augenblick mehr darauf geachtet hätte, Bid warnen können. Sie fühlte sich jedoch viel zu beschwingt und lief schnell nach oben, um sich frisch zu machen und nach ihrer kleinen Tochter zu sehen.

Im Wohnzimmer herrschte eine angenehme Atmosphäre. Das sanfte Licht verbarg die Tatsache, daß die Möbel schon ziemlich abgenutzt waren; hier und da schimmerten altes Mahagoni und Eiche auf. Der Kaffee wurde auf einem wunderschönen Pembroke-Tisch serviert, den Tom im Jahr zuvor von seiner Großmutter geerbt hatte.

Die Männer standen in einer Gruppe zusammen und unterhielten sich über das Bauvorhaben im Hafen. Prue kramte in der Plattensammlung herum und plauderte unablässig mit niemandem Bestimmtem, während neben ihr Richard geistesabwesend und sehnsüchtig die Kognakflasche betrachtete.

Bid schlenderte zu ihrem Lieblingsplatz auf einer alten Holztruhe in der Fensternische, auf der ein ramponierter türkischer Teppich zum Sitzen einlud. Daneben stand eine kunstvoll geschwungene moderne Lampe mit massivem Marmorsockel. Ihr gedämpftes Licht verfing sich in dem schimmernden Rot ihrer Haare, als sie sich auf der Truhe niederließ.

Eins steht fest, dachte sie behaglich, ich habe zuviel getrunken. In dem Augenblick fand Prue, wonach sie gesucht hatte, und leise tönte Wynton Marsalis Trompete durch den Raum.

Bid schloß die Augen, und Van Rijn, der neben der Tür stand, drehte sich so, daß er sie sehen konnte. Er ließ Stephen nicht im geringsten merken, daß seine Aufmerksamkeit nicht ausschließlich ihm galt, sondern nickte bedächtig und zustimmend bei jeder Feststellung, die dieser traf. In Wahrheit war er meilenweit entfernt.

Irgend etwas an dem Mädchen war ihm auf undeutliche, beunruhigende Weise vertraut. Fasziniert beobachtete er, wie sie sich träge, mit geschlossenen Augen an das Fensterbrett lehnte. Das orientalische Gewand, die Haare und ihre Haltung erinnerten ihn an irgend jemanden oder irgend etwas, der oder das in seinem Gedächtnis halb verschüttet war. Als sie sich weiter zurücklehnte, fiel das Licht direkt auf ihr Haar und brachte seine leuchtende Farbe voll zur Geltung, eine Wirkung, die durch das erdige Rot des Kleides noch verstärkt wurde. Als sie sich anders hinsetzte, glaubte er zu erkennen, warum sie ihm so vertraut schien. Die Farbgebung stimmte nicht, aber in dem Augenblick rekelte sich jede Odaliske, die Matisse gemalt hatte, vor seinen Augen. Im Hinterkopf machte sich noch eine andere Erinnerung bemerkbar, aber nicht um sein Leben hätte er sagen können, was es war.

Bid hatte nie besser ausgesehen. Die Art, wie sie ihre Haare zu einem strengen Knoten aufgesteckt hatte, paßte zu ihr, und die Schatten, die das Licht auf ihrem Gesicht spielen ließ, schufen eine Illusion von Vollkommenheit. Was auch immer für Bedenken Bid gehegt hatte, Sarah hatte genau das richtige Kleid ausgesucht. Die satte dunkle Farbe schmeichelte der zarten weißen Haut. Sie sah hinreißend sinnlich aus, fast aufreizend, das war unübersehbar. Richard hatte es beim Abendessen gespürt, und jetzt wurde Van Rijn, der in dieser Hinsicht ein Kenner war, sich dessen ebenfalls bewußt. Er durchquerte das Zimmer.

»Sie haben es sich hier so richtig bequem gemacht.« Bid öffnete die Augen und sah den Holländer neben sich stehen. Sie rutschte ein wenig zur Seite, um ihm Platz zu machen, und strich sich mit der Hand über die Haare. Fast waren sie jetzt trocken, und der Knoten drohte sich allmählich aufzulösen.

»Ich fürchte, fast wäre ich eingenickt«, meinte sie reumütig.

»Langweilig?«

»Ganz im Gegenteil. Zuviel gutes Essen und zuviel Wein, vermute ich.« Sie sah ihn herausfordernd an.

So widersinnig es war, sie konnte es nicht leugnen, nicht einmal sich selber gegenüber: Jetzt, da sie sich mit dem äußerst angenehmen Richard verabredet hatte, war sie gefährlich nahe daran, diesen ziemlich beunruhigenden Mann zu begehren, obwohl ihre erste Eroberung keine zwei Meter von ihr entfernt saß. Sie errötete, als sie ihre Verwirrung zu verbergen versuchte. Wer ist – wie hatte Prue sie genannt? Sind Sie verheiratet? wäre sie am liebsten herausgeplatzt. Statt dessen erkundigte sie sich ganz prosaisch:

»Leben Sie schon lange in London, Mr. Van ...hm?«

»Mister? Oh, ich bitte Sie.« Er lachte. »Nennen Sie mich Cas.« Seine Augen funkelten sie spöttisch an. »Cas Van Rijn.«

»Van Rin? Ganz schön schwierig. Das müssen Sie buchstabieren.«

»Rin ist in Ordnung. Manche Leute sagen auch Rhein. Das bedeutet es auch – R-I-J-N ist holländisch für Rhein. Rijn.«

»Rhein«, versuchte sie ihm nachzusprechen und lachte. »Wie bei Rembrandt?«

»Richtig. Mögen Sie seine Bilder?«

»O ja, sehr – die paar, die ich gesehen habe.«

»Das freut mich. Ich habe ein paar schöne Aquarelle – vielleicht möchten Sie sich die mal ansehen. Und eine winzige Zeichnung von Rembrandt.« Wieder sein unbeschwertes, leicht spöttisches Lachen. »Es hat ungefähr die Größe meines Daumens! Sie heißen Bid?«

»Nein. Eigentlich Bridget. Bridget Kate Lacey.«

»Gefällt mir. Bridget Kate. Nicht Katherine?«

»Probieren Sie's mit Bid. So nennen meine Freunde mich.« Sie wurde rot, als er sich zu ihr beugte.

»Es wäre mir eine Ehre.« Er neigte den Kopf. Nervös zupfte sie an einer Locke, die von ihrem in Auflösung begriffenen Knoten herabhing. Die Lampe neben ihnen ließ die schimmernden Farbschattierungen aufblitzen; der leicht zerzauste Haarschopf war noch reizvoller als der strenge Knoten. Er lächelte. Einen Augenblick lang glaubte sie, er würde seine Hand ausstrecken und ihre Haare berühren. Sie sehnte sich danach, aber er blieb reglos stehen. Mit angehaltenem Atem saß sie da.

»Ich hole Ihnen noch eine Tasse Kaffee«, erklärte er unvermittelt. Sie blickte auf und sah Richard Grey, der sie beide voller Interesse musterte.

Als Van Rijn zurückkam, war Sarah wieder aufgetaucht und nahm Richard in Beschlag. Stephen hielt Tom einen Vortrag, und jetzt war Prue mit der Kognakflasche beschäftigt.

»Sind Sie auch Architekt?«

»Nein. Bauunternehmer.«

»Oh, tatsächlich? Sie sehen nicht danach aus!«

»Nicht? Und wie sieht denn Ihrer Meinung nach ein Bauunternehmer aus?«

»Na ja, erstens, hm...«

»Ungehobelter? Stärker?«

»Vielleicht. Ärmer wahrscheinlich.«

Er zog seine Brieftasche heraus und reichte ihr seine Karte.

Cas Van Rijn, Direktor, las sie, *Hanning-Van-Rijn b. v. Amsterdam – London – Boston.*

»Cas? Ist das eine Abkürzung von irgendwas?« fragte sie, um ihre Verwirrung zu verbergen.

»Eher ein Spitzname. Meinen vollständigen Namen behalte ich lieber für mich.« Er sah sie leicht amüsiert an, unternahm jedoch keinen Versuch, das näher zu erklären. Bid warf ihm einen verunsicherten Blick zu, sie wußte nicht, ob sie die ständige Herausforderung mochte, die jede Bemerkung von ihr zu provozieren schien.

»Wenn ich es Ihnen verrate«, gab er nach, »müssen Sie mir versprechen, es für sich zu behalten. Ich hasse den Namen, wirklich.« Er beugte sich wieder zu ihr und flüsterte: »Cornelius.« Dann zog er eine Grimasse.

»Mmm«, brummte sie und grinste verschwörerisch. »Dann also Cas. Sie arbeiten für Tom und Stephen?«

Erstaunt blickte er sie an.

»Nein. Natürlich nicht. Die Firma Rawlings & Partner arbeitet für mein Unternehmen – wir sind eine internationale Planungsgesellschaft.« Er wirkte plötzlich steif, als bedaure er die momentane Vertraulichkeit. Bid wurde rot und schwieg ebenfalls einen Augenblick lang.

»Wir haben, hm, gemeinsam etwas ziemlich Großes im Rahmen des Hafenprojekts vor«, erklärte er, als wolle er etwas wiedergutmachen. »Recht interessant, finde ich. Vielleicht würden Sie es sich gerne mal ansehen?«

»Das wäre nett.« Sie war abweisend. Irgendwie fühlte sie sich befangen in seiner Gegenwart. Als sie auf ihre leere Tasse hinuntersah, berührte er zu ihrer Überraschung leicht ihren Arm. Und als sie jetzt aufblickte, sah er sie unverwandt an.

»Erzählen Sie mir etwas über Ihre Arbeit, Bridget Kate. Macht es Ihnen Spaß, sich mit den Problemen anderer Leute herumzuschlagen?«

Wirklich, dachte sie, die Art, wie dieser Mann einen ansieht, ist ziemlich irritierend.

»Na ja, schon, es macht mir Spaß, obwohl es vielleicht an der Zeit wäre, mal was anderes zu machen. Die Leute halten es für eine einigermaßen merkwürdige Art von Beschäftigung«, gestand sie kläglich ein. »Die glauben alle, Kummerkastentanten müßten …ganz anders sein, älter«, schloß sie linkisch und wich seinem Blick aus. Er wandte sich leicht zur Seite, und wieder starrten sie einander an. Bids Gesicht wurde brennend rot.

»Nun, eines kann ich Ihnen versichern«, erklärte er nach einer peinlichen Pause. »Sie sehen verdammt gut aus.«

Sein Englisch ist ziemlich umgangssprachlich, dachte sie beiläufig, als Richard Grey quer durch den Raum auf sie zukam.

Liebe Daisy: *Ich bin jetzt ein paarmal mit einem Mann ausgegangen, der es allmählich ziemlich ernst zu meinen scheint, aber er reizt mich eigentlich gar nicht, und überhaupt will ich das alles einigermaßen langsam angehen. Manchmal gerate ich regelrecht in Panik bei der Aussicht, nie zu heiraten, aber im Augenblick ziehe ich es vor, allein zu bleiben...*

Liebe Ratsuchende: *Allein – oder für jemand anderen verfügbar?*

11 Am Tag nach der Party gingen Richard und Bid zusammen ins Kino, und für kurze Zeit wurde es ihnen zur Gewohnheit, sich zwei-, dreimal die Woche zu treffen. Zuerst sah es so aus, als würde die Partnerschaft, in der beide sich wohl fühlten, sich allmählich zu Liebe entwickeln, aber von Anfang an bestand ein Ungleichgewicht, das sich allmählich verstärkte – je mehr Richard sich engagierte, desto zurückhaltender wurde Bid.

Vielleicht hätte das Ganze sich anders entwickelt, hätte er gleich zu Beginn seine Ansprüche mit größerem Nachdruck geltend gemacht. Er redete sich jedoch selber ein, mit der Zeit würde sie schon von selber dahinterkommen, und hielt sich zurück. Das war ein Jammer, denn sie kamen prächtig miteinander aus, hatten gemeinsame Interessen und entdeckten sogar, daß sie teilweise die gleichen Leute kannten. Der Altersunterschied von fünf oder sechs Jahren war nahezu ideal, und beide suchten sie etwas auf Dauer Angelegtes. Warum also klappte es nicht?

War es nur eine Frage unglücklichen Timings an jenem Geburtstagabend gewesen? Eine halbe Stunde hätte gereicht, wahrscheinlich sogar weniger: ein winziges Viertelstündchen hätte es getan. An jenem Abend hatte sich jedoch das Schicksal gegen Richard Grey verschworen. Wäre er nicht in der Holborn in einen Verkehrsunfall geraten, hätte er es wahrscheinlich, wie Sarah eigentlich beabsichtigt hatte, früh genug geschafft, um noch in der Küche zu seinen Freunden zu stoßen und das Eis zu brechen, ehe die gewichtigeren Gäste eintrafen. Hätte er nicht unterwegs noch einmal angehalten, um Champagner zu besorgen, wäre er aufgekreuzt, ehe die Rawlings und Van Rijn auftauchten. Letztlich wurde er das Opfer seiner Großzügigkeit.

Wäre es vielleicht doch fairer zu sagen, daß es ihm bei der ganzen Angelegenheit ernster als ihr war? Je näher er Bid kennenlernte, desto klarer wurde ihm, wie sehr er sie mochte und wie gut sie zusammenpaßten. Alles an ihr entzückte ihn: ihre Warmherzigkeit wie auch ihre Unsicherheit, ihr fröhliches Wesen, ihre Gutmütigkeit, ja sogar, so vernarrt war er schließlich in sie, ihre Faulheit.

Hätte er gleich zu Anfang schneller den entscheidenden Schritt getan, dann hätten sie vielleicht eine Chance gehabt. Eine Romanze lag in der frühsommerlichen Luft, und schon die geringste Kleinigkeit hätte den ersten, schwierigen Versuch einer Annäherung erleichtern können. Nur, es geschah eben nicht. Und Bid wurde bald klar, es würde auch, zumindest was sie betraf, nie geschehen.

Er bot ihr Liebe, Freundschaft und Achtung, aber erschrokken darüber, wie ernst er es meinte, scheute sie zurück, unfähig, das zu schätzen, was er ihr so bereitwillig anbot. Wäre er seinerseits zurückhaltender gewesen, hätte er vielleicht Erfolg gehabt. Sie war es einfach nicht gewohnt, daß die Waagschale sich zu ihren Gunsten neigte. Sie hielt ihn für langweilig, weil der Reiz der Ungewißheit fehlte. Nicht, daß Richard nicht anziehend gewesen wäre – nur zog er sie nicht an. Er sah gut aus, war kultiviert, amüsant, aber irgendwie reichte das einfach nicht. Es war alles zu vollkommen.

Gelegentlich versuchte sie, sich selber zur Vernunft zu bringen, sich dazu zu zwingen, ernsthaft interessiert zu sein. Sie wußte es sehr wohl – was sie wollte, waren Sicherheit, Kinder, Beständigkeit, ein Zuhause. Und vor allem vielleicht die Gewißheit, daß sie in der Lage war, eine ernsthafte, reife Beziehung einzugehen. Doch als ihr eine solche angeboten wurde, wandte sie sich eigensinnig ab. Ihre Gedanken und Sehnsüchte zielten anderswohin.

Nach Sarahs Dinnerparty im Juni und parallel zu ihrer sich entwickelnden Freundschaft mit Richard grübelte Bid über Cas

Van Rijn nach. Wider alle Vernunft fühlte sie sich magnetisch von ihm angezogen. Immer öfter tauchte sein Gesicht vor ihr auf, und ein- oder zweimal ertappte sie sich selber dabei, daß sie beschwörend, wie ein Mantra, seinen Namen vor sich hin murmelte. Daß er so unerreichbar schien, machte ihn erst recht begehrenswert.

In müßigen Augenblicken fragte sie sich, was sie wohl für Richard empfunden hätte, wäre er an jenem Abend bei den Roberts als erster ins Zimmer gekommen. Hatte es an dem ungewohnten Champagner gelegen oder an Sarahs vagen Andeutungen oder schlicht und einfach an ihrer Sehnsucht danach, sich zu verlieben, daß sie so empfänglich für die Person gewesen war, von der sie geglaubt hatte, sie sei eigens für sie eingeladen worden?

In jenen ersten Wochen, in denen sie bedauerte, was hätte sein können, versetzte sie sich selber mit Phantasievorstellungen, daß er Kontakt aufnehmen würde, in einen Trancezustand. Hatte er sie nicht gefragt, ob sie nicht Lust hätte, sich das Bauprojekt im Hafen anzusehen? Ganz zu schweigen von dem uralten Trick mit der Zeichnung, die er ihr zeigen wollte.

Als er sich nicht meldete, suchte sie in den Zeitungen nach Erwähnungen seines Namens oder seiner Firma. Als sie auch damit nicht weiterkam, stellte sie ihren Journalistenfreunden listige Fragen. Von ihnen erfuhr sie, daß Hanning-Van-Rijn weltweit an zahlreichen Hafenprojekten beteiligt war. Eines Tages schickte ihr dann ein Freund ein Exemplar eines Berichts über die weltweite Entwicklung von Hafenanlagen im Wirtschaftsteil einer alten Ausgabe des *Telegraph,* in dem insbesondere auf die Unternehmungen der Firma in Boston, Baltimore und Rotterdam hingewiesen wurde. Abgesehen von einem verschwommenen Foto enthielt der Artikel jedoch nichts über Cas Van Rijn. Das hinderte sie allerdings nicht daran weiterzusuchen; sie behielt ihn fest im Visier.

Sie fand heraus, daß sein Büro sich in der Green Street, einer Seitenstraße der Park Lane, befand und nur ein paar Minuten von ihrem Büro entfernt war – ein angenehmer Spaziergang in ihrer

Mittagspause. Sie gewöhnte es sich an, wie zufällig dort vorbeizuschlendern, in der Hoffnung, Cas zu begegnen – in ihrer Vorstellung hatten sie inzwischen bereits diesen Grad von Vertrautheit erreicht. Es war wie ein Rückfall in die Pubertät. Die Unerreichbarkeit des Gegenstands der Sehnsucht steigerte noch dessen Anziehungskraft. Da sie ihm jedoch nie über den Weg lief, mußte sie sich notgedrungen irgendwann einmal Rechenschaft über ihre Tagträume ablegen, und sie beschloß, den Holländer zu vergessen und sich auf den Mann zu konzentrieren, der zur Hand war.

Dieser kurze Aufschub war die schönste Zeit in ihrer Beziehung. Richard war überglücklich – ungefähr vierzehn Tage lang –, dann zog sie sich ohne Vorwarnung wieder zurück. Seine Reaktionen reichten von Verblüffung über Schmerz bis zu Verärgerung, aber es fiel ihm schwer, seine Erwartungen zu begründen. Es war ja nicht so, als hätte Bid ihm große Hoffnungen gemacht, daß das Ganze eine Sache für immer werden könnte. Irgendwie hatten sie sich nach dem vielversprechenden Anfang festgefahren, und mittlerweile befürchtete er, es könnte doch nichts von Dauer werden.

Auch Bid hatte Angst. Ganz selbstsüchtig, obwohl sie dies nie zugegeben hätte, fürchtete sie sich davor, wieder allein zu sein. Fast hatte sie sich selber davon überzeugt, daß sie an Richard festhielt, weil sie seine Gesellschaft genoß und ihn achtete und ihn auch weiterhin sehen wollte. Andererseits wollte sie nicht, daß mehr daraus würde. Jedesmal wenn Bid sich fragte, was sie eigentlich zurückhielt, wunderte sie sich über ihre Dummheit und darüber, daß sie es regelrecht darauf anlegte, zugunsten von etwas, das nicht einmal existierte, das zu zerstören, was so offensichtlich das Richtige für sie war. Wieviel einfacher wäre das Leben gewesen, hätte sie sich damals in Richard verliebt.

Mittlerweile wurde es Sommer, ohne daß sich an ihrer trübseligen Stimmung etwas geändert oder sie den Holländer noch einmal zu Gesicht bekommen hätte. Bid brannte darauf, Sarah nach ihm auszufragen, und wußte nicht, sollte sie sich schämen oder stolz darauf sein, daß sie ihrer Freundin gegenüber seinen

Namen nicht einmal erwähnte. Baute sie lediglich einen Schutzwall um sich auf, so fragte sie sich, oder bildete sie sich ein, sie würden sich wieder begegnen und Sarah und Tom könnten etwas dagegen haben? Sie, deren Arglosigkeit eine ihrer liebenswertesten Eigenschaften gewesen war, verstärkte durch kleine Täuschungen und die damit einhergehenden Schuldgefühle die unterschwellige Verkrampftheit im Umgang mit ihrer besten Freundin. Alles andere als glücklich war sie, aber offensichtlich nicht in der Lage, etwas dagegen zu unternehmen.

Ende August machte sie, wie versprochen, mit ihrer Mutter Urlaub in Irland. Gefreut hatte sie sich nicht darauf, sie war eher aus Pflichtgefühl mitgefahren, aber es wurde dann doch recht angenehm. Eine Freundin hatte ihnen ihr kleines Landhaus in Donegal, direkt am Meer, zur Verfügung gestellt, wo sie seit Bids Kindheit immer Ferien gemacht hatten, und der Verbindung von unerwartet mildem Wetter und einer vertrauten Umgebung war es zu verdanken, daß der Holländer fast aus ihrem Denken verschwand.

Daher freute sie sich mehr, als sie selber erwartet hatte, daß Richard sie am Flughafen abholte. Sie begrüßten sich voller Herzlichkeit, aber dennoch traten sie, obwohl keiner von beiden dies ahnte, in die Endphase ihrer Beziehung ein.

Der Flug hatte einige Minuten Verspätung gehabt, und Richard begrüßte sie, als sie von der Zollabfertigung kam.

»Ich habe uns etwas zu essen gemacht, Bid. Du wirst die Wohnung nicht wiedererkennen – die Maler sind inzwischen fertig!« Er umarmte sie. »Hinreißend siehst du aus – du hast mir gefehlt.« Als sie Arm in Arm auf den Parkplatz spazierten, stellte sie überrascht fest, wie wohl sie sich in seiner Gegenwart fühlte.

Der Abend war warm, und Bid warf ihre Jacke auf den Rücksitz, während Richard das Schiebedach aufkurbelte. Auf der Fahrt zu Richards Wohnung in Gloucester Terrace unterhielten sie sich angeregt und fühlten sich beide wohl und ungezwungen, als hätten sie einen unausgesprochenen Pakt geschlossen, noch einmal von vorne zu beginnen.

Nachdem sie geparkt hatten, beugten sie sich über den Kofferraum und bemerkten so den grünen Daimler nicht, der hinter ihnen anhielt, als die Ampel auf Rot schaltete. Der Fahrer, der beiläufig aus dem Seitenfenster sah, beobachtete, wie Richard Bids Arm nahm. Als es Grün wurde, schoß der Wagen nach vorne. Cas Van Rijn fuhr die Auffahrt zur M40 hinauf, bog auf die Überholspur und ließ, während der Wagen dahinraste, seine Gedanken bei dem Rotschopf verweilen. Es verwirrte ihn ein wenig, daß er sie anziehend fand, denn sie war nicht im entferntesten sein Typ. Dazu war sie zu unbeholfen, zu schlampig gekleidet, die Frisur war viel zu wild. Nichts für mich, dachte er.

Dennoch hatte der Anblick, wie ein anderer Mann sie in der Öffentlichkeit berührte, ihn erstaunlich aus der Fassung gebracht. Sein Adrenalinspiegel stieg. Er erinnerte sich lebhaft an ihr bezauberndes Lächeln, ihre Unsicherheit an dem Abend, als sie sich kennengelernt hatten. Vor allem jedoch faszinierte ihn, und das wurde ihm jetzt klar, daß sie offensichtlich nicht die geringste Ahnung hatte, welche Sinnlichkeit sie ausstrahlte. Er spürte einen Anflug von Verärgerung, daß eine solche Gabe auf so widersinnige Weise an jemanden verschwendet wurde, der sich so wenig um seine Wirkung kümmerte. Ungeduldig trat er das Gaspedal durch.

In Wirklichkeit hatte er seit ihrer ersten Begegnung immer wieder an sie gedacht, nicht sehr intensiv, aber voller Neugierde. Ganz verschwommen hatte er die Absicht gehabt, sie nach dem Abendessen wiederzusehen, aber dann hatte er zuerst in die Staaten und anschließend immer wieder nach Holland reisen müssen. Als die Zeit verstrichen war, ohne daß er Verbindung mit ihr aufgenommen hätte, war seine Neugierde versiegt, und er hatte das Interesse verloren.

Bis er sie Anfang August vor seinem Büro vorbeispazieren sah, wie für ein Gartenfest gekleidet. Sein erster Gedanke war gewesen, solange sie ein Wörtchen mitzureden hatte, würden die Hersteller von großmustrig bedruckten Stoffen nie Absatzschwierigkeiten haben, aber er hatte zugeben müssen, sie war schwer zu übersehen. Er war am Fenster gestanden und hatte telefoniert, und als er beobachtet hatte, wie sie in der Ferne verschwand, war das Interesse neu aufgeflackert. Seine Augen waren dem roten Haarschopf gefolgt, wie sie so dahingeschlendert war, zwanglos, gelenkig und äußerst attraktiv. Bei diesem Wiedersehen hatte es erneut gefunkt. Wenn auch, wie sich herausstellte, nicht genügend, um etwas zu unternehmen.

Schließlich gab Bid den Anstoß zu ihrer Affäre. Kurz nachdem sie aus dem Urlaub zurückgekommen war, nahm sie allen Mut zusammen und rief im Büro von Hanning-Van-Rijn an. Seine Sekretärin klang eher abweisend.

»Mr. Van Rijn gibt keine Interviews.«

»Das stimmt nicht. Ich habe hier eines vor mir liegen, im *Telegraph.* Mit einem Foto...«

»Erstens – das wurde vor einigen Jahren veröffentlicht. Zweitens – es handelt sich um einen allgemein gehaltenen Artikel über Planungsgesellschaften. Über den geschäftsführenden Direktor unseres Unternehmens steht nichts darin, und drittens – die Fotografie wurde ohne Genehmigung Mr. Van Rijns aufgenommen, und er war nicht sehr erfreut darüber. Für welche Zeitschrift, sagten Sie, arbeiten Sie?«

»*Diva.*«

»*Diva?* Das meinen Sie doch wohl nicht ernst! Ich kann mir nicht vorstellen, daß Ihre Leserinnen sich für unsere Arbeit interessieren.« Unnachgiebig.

»Wenn Sie mich das freundlicherweise erst einmal erklären lassen würden.« Bid war erstaunlich hartnäckig. »Ich möchte einen Artikel über Mr. Van Rijns Gemäldesammlung schreiben. Er hat mich eingeladen, mir die Bilder anzusehen«, schloß sie triumphierend.

»Oh! Tatsächlich? Obwohl er wußte, daß Sie Journalistin sind?« Die gebieterische Stimme hatte etwas von ihrer Selbstsicherheit eingebüßt. »Dann sollten Sie besser Ihren Namen und Ihre Telefonnummer hinterlassen. Ich werde sie an ihn weitergeben, bezweifle jedoch, daß er Ihrer Bitte nachkommen wird.«

Cas Van Rijn beugte sich über den Schreibtisch seiner Sekretärin und warf einen Blick auf das, was sie geschrieben hatte.

»Was ist denn das für eine Zeitschrift?« fragte er. Anstelle einer Antwort zauberte sie eine neuere Ausgabe aus ihrer Handtasche und reichte sie ihm.

»Eine mißglückte Kreuzung zwischen *The Lady* und *Bella«*, erwiderte sie verlegen. »Ziemlich beliebt bei Damen mittleren Alters. Ich kann mir nicht vorstellen, warum die ein Interview von Ihnen wollen.«

»So?« Er zog seine Augenbrauen bis zum Haaransatz hoch. »Was macht dann«, fragte er ironisch, »die respekteinflößende Mrs. Petrie mit einem solchen Klatschblatt?«

»Na jaaa«, erklärte sie gedehnt. »Ob Sie es glauben oder nicht, aber in dieser Ausgabe ist ein Interview mit Kiri Te Kanawa. Gar nicht schlecht, ehrlich gesagt.« Sie schniefte.

»Erzählen Sie mir mehr darüber.«

»Ich glaube, angefangen haben sie als Opernzeitschrift, und sie bringen immer noch solche Interviews wie dieses, aber im Lauf der Jahre haben sie versucht, das Ganze etwas aufzupeppen. Um die Auflage zu steigern, vermute ich.« Sie zuckte die Schultern und schob die Zeitung über den Schreibtisch. Cas blätterte sie durch, sah sich die eine oder andere Seite genauer an und überflog den Artikel über Te Kanawa. Irgend etwas auf der Seite mit den Leserbriefen ließ ihn laut auflachen. Ehe er die Zeitung zurückgab, warf er einen Blick auf die Titelseite.

»Sie haben völlig recht, Mrs. Petrie. Rufen Sie sie in ein paar Tagen zurück«, wies er sie an, »und sagen Sie ihr: keine Interviews.« Dann brach er unerklärlicherweise wieder in Lachen aus. Fragend sah Mrs. Petrie zu ihm auf, er winkte jedoch nur ab und schlenderte davon. Was auch immer er für einen Witz gemacht hatte, er behielt ihn für sich.

Ein paar Wochen später, am letzten Donnerstag im September, richtete Cas Van Rijn es ein, Bid Lacey zu begegnen. Zeit und Ort hatte er sorgfältig gewählt; am frühen Abend und in der Öffentlichkeit. In einem Lokal, genauer gesagt. Das Immortal Fox befand sich auf der Straßenseite gegenüber dem *Diva*-Gebäude. Dort versammelte sich nach Fertigstellung der monatlichen Ausgabe die Belegschaft oder zumindest ein beträchtlicher Teil davon.

Bid tauchte wie üblich gegen sieben zusammen mit ihrer Chefin auf. Im Lauf der Jahre hatten sie es sich zur Gewohnheit gemacht, anschließend zusammen essen oder ins Kino zu gehen. Sie waren nicht wirklich eng befreundet, dazu war der Altersunterschied zu groß, und Edy war es nie ganz gelungen, die Kluft zwischen Chefin und Angestellter zu überbrücken. Es machte ihr jedoch Spaß, ihren Schützling weiterhin interessiert und von einer höheren Warte aus im Auge zu behalten, und Bid in ihrer Gutmütigkeit störte das nicht allzusehr.

Wie üblich war das Pub gerammelt voll. Die Leute, die drinnen keinen Platz mehr fanden, versammelten sich auf dem Gehsteig davor. Die Chefredakteurin blieb stehen, um mit ein paar von ihren Angestellten zu plaudern, während Bid sich einen Weg durch das Gewühl bahnte, um etwas zu trinken zu besorgen. Der Ansturm auf die Bar war gewaltig, alle schrien gleichzeitig und wedelten hektisch mit den Händen. Als der Barkeeper sah, wie Bid ihm ein Zeichen machte, nickte er kaum merklich und schenkte zwei Gin Tonic ein. Zahllose Hände streckten sich den bis zum Rand gefüllten Gläsern entgegen, aber er reichte sie schwungvoll Bid und nahm gleichzeitig mit einer gekonnten Geste das Geld dafür in Empfang.

Als sie versuchte, von der Bar wegzukommen, legte sich eine Hand auf ihre Schulter. Sie drehte sich um und stand Auge in Auge Cas Van Rijn gegenüber. Er war der letzte Mensch auf der Welt, den sie hier erwartet hätte, und da es ihr fast gelungen war, ihn aus ihren Gedanken zu verbannen, war sie alles andere als erfreut über dieses Wiedersehen. Sie zuckte zurück und verschüttete die Hälfte der Drinks. Verärgert starrte sie ihn an. Er hingegen lächelte verbindlich.

»Ich sitze gleich da drüben.« Er deutete in die Richtung, und sie ließ es zu, daß er sie zu einem Tisch führte, der durch eine massive Säule vor dem schlimmsten Ansturm abgeschirmt war. Sie warf einen Blick auf die Flasche Moët sowie zwei Gläser und runzelte die Stirn. Was bildete der Kerl sich ein? Einfach so nach drei langen Monaten in ihr Leben zu spazieren? Oder eher: nach drei Monaten des Verlangens. Frechheit! Sie war entschlossen, die Ruhe zu bewahren.

»Ein bißchen voreilig, finden Sie nicht?« erklärte sie schroff und deutete mit dem Kopf auf das zweite Glas. »Wie ich sehe, erwarten Sie jemanden.«

»Ich dachte, ich würde vielleicht Ihnen begegnen.« Er starrte sie an, machte jedoch keinerlei Anstalten, sich zu entschuldigen. Sie erinnerte sich daran, wie er sie auf der Party immer wieder hatte auflaufen lassen. Außerdem ärgerte sie sich nach wie vor über die herablassende Art seiner Sekretärin. Wenn es sein mußte, hatte sie das auch drauf.

»Wollen Sie sich nicht zu mir setzen?« fragte er mit einem versöhnlichen Lächeln, aber sie hatte sich genügend unter Kontrolle, um kurz und bündig zu antworten:

»Tut mir leid, aber ich bin in Begleitung hier. Und jetzt muß ich gehen.« Sie lächelte kühl und wandte sich gerade um, als Edy auf sie zukam.

»Oh, Bid, da bist du ja. Ich muß noch mal ins Büro, der Anruf aus Japan ist endlich durchgekommen. Würdest du mich bitte entschuldigen? Ich komme später noch mal vorbei, wenn ich es schaffe.« Sie hastete davon, blieb dann jedoch stehen und rief über die Schulter:

»Wenn ich mir's genauer überlege, Schätzchen, wahrscheinlich ist es besser, wenn du nicht auf mich wartest. Bis morgen dann.«

Auf Bids Gesicht malte sich Unentschlossenheit, während sie so dastand und hilflos die zwei Gin Tonics anstarrte, die mittlerweile durch das Gerempel halb leer waren.

»Jetzt sind Sie frei«, meinte er leise. Sie gab keine Antwort, blieb jedoch wie angewurzelt vor ihm stehen. Gebannt starrten sie einander an. Er würde kommen und gehen, wie es ihm gerade paßte, das spürte sie instinktiv. Sie bemühte sich, ihr wild schlagendes Herz unter Kontrolle zu bringen, als die altbekannte Erregung in ihr aufstieg.

Armer Richard. Eigentlich zum ersten Mal in ihrem Leben

war da ein Mann, der sie wie ein intelligentes Menschenwesen und nicht wie ein schusseliges Schulmädchen behandelte, und da stand sie, wie eine Vollidiotin, und wartete darauf, daß dieser Mistkerl nur den kleinen Finger krümmte. Die Botschaft, die sie ausgesandt hatte, konnte er unmöglich mißverstanden haben. Es war ein riesige Dummheit gewesen, bei ihm anzurufen. Das mußte ja Ärger geben. Sie biß die Zähne zusammen und hob den Kopf, um ihn abblitzen zu lassen.

Ungeheuer selbstsicher wirkte er. Ein leichtes Lächeln spielte um seinen Mund, aber er machte keinerlei Anstalten, sie zum Bleiben zu überreden. Sie stellte fest, daß er ihrem Blick nicht auswich und sie herausforderte, etwas zu sagen. Sie hatte das unbehagliche Gefühl, daß wahrscheinlich alles, was ihr jetzt durch den Kopf schoß, sich auf ihrem Gesicht widerspiegelte, obwohl sie um nichts in der Welt hätte sagen können, was sie eigentlich empfand.

Wut, weil er sich ihrer so sicher glaubte? Das ganz gewiß. Denn er glaubte sich ihrer sicher, davon war sie überzeugt. Hochstimmung bei der Erinnerung an das prickelnde Gefühl der Erregung, das sie an ihrem Geburtstag beide verspürt hatten? Es lag auch jetzt in der Luft. Schmerz, weil er ihre Beziehung mit Richard zu zerstören drohte? Instinktiv wußte sie, mit Leuten vom Schlag eines Richard Grey würde er sich gar nicht erst abgeben. Bewahre mich davor, benutzt zu werden, sandte sie ein stummes Stoßgebet gen Himmel. O mein Gott, ich bin so dumm! Bewahre mich davor, mich mitreißen zu lassen.

Er las Bestürzung auf ihrem Gesicht. Sein spöttisches Lächeln veränderte sich kaum, als er seelenruhig seine Hand nach den zwei Gläsern ausstreckte, die sie immer noch umklammerte, und sie auf den Tisch stellte. Ihre Hände zitterten, als er sie mit seinen umfaßte.

»Bitte, setzen Sie sich doch«, bat er sie sanft. »Ich habe lange gebraucht, um Sie zu finden.« Es klang, als hätte er die zwei Monate und dreiundzwanzig Tage seit ihrer ersten Begegnung nichts anderes getan, als hinter ihr herzujagen. Wenn man Bid gefragt hätte, wäre sie vermutlich sogar in der Lage gewesen, die

Anzahl der Stunden anzugeben. Er wandte den Blick nicht von ihr; es war, als wären sie allein in dem überfüllten Pub, denn keiner von beiden achtete auf den Lärm und das Gedränge um sie herum. Ihr Herz begann wie rasend zu klopfen, aber noch hielt sie an ihrem Entschluß fest, zu gehen, zu fliehen, solange sie das konnte. Da lächelte er sie zum ersten Mal direkt an. Ein nur angedeutetes, liebevolles Lächeln, das ihn einen Augenblick lang stark, aufrichtig, zuverlässig erscheinen ließ. Ihr Ärger löste sich in nichts auf, und unvermittelt setzte sie sich hin. Er sagte nichts, bis er ihr eingeschenkt hatte.

»Miss Lacey?« fragte er dann förmlich. »Würden Sie mir die Ehre erweisen, mit mir zu Abend zu speisen?«

Sie neigte den Kopf und wußte in diesem bangen Augenblick, sie hatte kapituliert.

Liebe Daisy: *Mein Freund scheint es nicht zu mögen, wenn ich ihn nach seiner Vergangenheit frage. Er meint, er ziehe es vor, sich auf die Gegenwart und auf mich zu konzentrieren...*

Liebe Ratsuchende: *So geschickt er das hindreht, so naiv sind Sie. Ist Ihnen eigentlich schon mal in den Sinn gekommen, daß er nur mit Ihnen spielen könnte?*

12

Mit jedem Schritt, den sie sich von der Vertrautheit des Pub entfernten, schwand ihr Selbstvertrauen. Im Gehen wurde sie sich ihres Aussehens am Ende eines Arbeitstages, das in auffälligem Gegensatz zu seiner sorgfältigen Aufmachung stand, zunehmend bewußt. In dem peinlichen Schweigen, das sich daraus ergab, spürte sie – oder bildete sich zumindest ein –, daß er es bereits bereute, seinem Impuls nachgegeben zu haben.

Sie aßen in einem bescheidenen italienischen Restaurant in einer kleinen Seitenstraße der Poland Street. Bid war ein paarmal mit Edy zusammen hier gewesen, und sie verblüffte sich selber, als sie es vorschlug. Am liebsten hätte sie sich anschließend die Zunge abgebissen, als ihr klarwurde, daß es bestimmt eher ihrem Geschmack entsprach als seinem: Kerzen in Chianti-Flaschen, rot-weiß karierte Tischdecken und leise, schmalzige Musik.

Er plauderte jedoch ganz sorglos mit ihr, während sie sich einen Tisch aussuchten, und sie hatte sich schon fast entspannt, als er, nach einem flüchtigen Blick auf die Speisekarte, abwinkte und einen zunehmend interessierten Kellner in offensichtlich fließendem Italienisch ansprach. Was auch immer er sagte, er zauberte aus einer annehmbaren Küche ein ungewöhnlich gutes Essen hervor, und seine Auswahl des Weines traf bei dem mittlerweile überschwenglichen Kellner auf strahlende Zustimmung. In ihre Verwirrung mischte sich widerwillige Bewunderung, denn er war ungemein charmant. Bid war beeindruckt.

»Wie viele Sprachen sprechen Sie?«

»Ein wenig Italienisch, ein bißchen Deutsch, Französisch nicht besonders gut. Und Sie?« Bid mußte zugeben, wo auch immer ihre Begabung lag, auf Sprachen erstreckte sie sich nicht. Darüber mußte er lachen.

»Das haben Sie auch gar nicht nötig mit Ihrer wunderschönen Stimme.« Er hob anerkennend sein Glas, als der Kellner mit dem Hauptgang erschien.

Ihre Unterhaltung war belanglos, solange der Kellner sie bediente, aber dann umgarnte er sie regelrecht. Sie brachten das übliche Vorspiel hinter sich: Beruf, Herkunft und wie lange sie schon in London lebten. Als sie ihm erzählte, sie wohne schon seit fast acht Jahren hier, deutete er an, daß er bereits viel länger hier war. Wieviel länger, wollte sie wissen.

»Oh, praktisch mein ganzes Leben lang, mit Unterbrechungen. Aber natürlich verbringe ich einen Gutteil meiner Zeit in Holland.«

»Heißt das, Sie sind schon als Kind hierhergekommen? Deshalb ist Ihr Englisch so gut.« Sie sah ihn vor sich, mit goldblonden Haaren, großen Augen, lachendem Mund. Er lächelte.

»Warum sind Sie hierhergekommen?«

»Die Arbeit. Ich hatte mich von Dublin aus bei *Diva* beworben. Hatte keine Lust, den Kurs abzuschließen, für den ich mich eingeschrieben hatte. Im Grunde genommen ziemlich dumm von mir, das macht es schwierig vorwärtszukommen.«

»Soviel ich weiß, wollten Sie ein Interview mit mir?« Er lachte über ihre Verwirrung, allerdings nicht unfreundlich.

»Ich gebe wirklich keine Interviews«, erklärte er. »Das war kein Korb. Wie Sie ja selber sehen.« Er blickte sie gelassen an. *Wir verstehen einander.* Sie begegnete seinem Blick und hielt ihm stand.

»Erzählen Sie mir von Ihrer Arbeit, Bid. Ich darf Sie doch Bid nennen?« Behaglich lehnte er sich in seinem Stuhl zurück. Später wurde diese Wendung ein fester Bestandteil ihrer Unterhaltungen, aber dies war das erste Mal, daß er sie gebrauchte, und sie verband sich künftig unentwirrbar mit ihren Gefühlen für ihn. Cas. Erzähl mir eine Geschichte. Erzähl mir etwas, Bid. Die Art, wie er ihren Namen sagte. Sie verliebte sich unaufhaltsam.

Alles oder fast alles erzählte sie ihm: über ihre Eltern, wie sie ihre Ferien verbracht hatten, über ihre Kindheit, wie sie von zu Hause weggegangen war, vom Tod ihres Vaters. Sie bemerkte kaum, daß sie unaufhörlich redete und wie selten er sie unterbrach. Er war ein guter Zuhörer, und wenn sie so ermutigt wurde, war sie von Natur aus eine gute Erzählerin. Und das machte den Abend angenehm und merkwürdig intim. Es war jedoch eine unerwartete Art von Intimität, denn am Ende wußte sie genausowenig über ihn wie zu Beginn. Sie hatte kaum wahrgenommen, wie selten er auf eine direkte Frage antwortete. Und was noch seltsamer war: Sie maß dem keine besondere Bedeutung bei. Vielmehr war sie verblüfft, wie unbeschwert sie beide waren.

Ich habe diesen Mann falsch eingeschätzt. Der Wein besänftigte Bids Gedanken. Ich war mir sicher, er würde noch während der Vorspeise einen Annäherungsversuch machen, und was hätte ich dann gemacht?

Den ganzen Abend über unternahm er keinerlei Anstalten, dies zu tun, nicht im entferntesten. Als sie erzählte, war ihr Denken in Aufruhr. Warum, zum Teufel, hatte er ihr keinen mehr oder weniger eindeutigen Antrag gemacht? Das wollte er doch, oder? So sehr konnte sie sich doch nicht irren? Oder doch? Nicht, wenn sie bedachte, wie ihre Augen sich unweigerlich immer wieder trafen.

War er nicht ein bißchen zu alt für sie? Zwar war sein offenkundiges Interesse an dem, was sie sagte, ziemlich schmeichelhaft und unerwartet, dafür war sie ihrerseits überwältigt von seiner Kultiviertheit und Gewandtheit. Sie wünschte, sie hätte etwas Eleganteres an. Irgend etwas Schwarzes, Umwerfendes. Einen Hut mit Schleier. Und knallroten Lippenstift. Ab morgen war eine Abmagerungskur angesagt. Er lächelte verschwörerisch, als hätte er ihre Gedanken gelesen.

»Sie sind schwer zu fassen, wissen Sie das? Es war ungeheuer schwierig, Sie aufzuspüren.« Damit deutete er eine lange, anstrengende Suche nach ihr an.

»Sie meinen, unsere Begegnung in dem Pub war beabsichtigt?« fragte sie ungläubig.

»Aber ja. Ich habe gewußt, Sie würden da sein.«

»Das haben Sie gewußt? Woher denn?«

Er lachte, schüttelte den Kopf und berührte ihre Fingerspitzen.

»Das scheint Sie zu überraschen?«

Sie spürte eine plötzliche Erregung bei dem Gedanken, daß er ihr Zusammentreffen geplant, nach ihr gesucht hatte, aber dann schoß ihr lästigerweise die Frage durch den Kopf, ob er verheiratet war.

»Ja«, erwiderte sie und wurde rot.

»Sie haben angerufen. Ich verstehe mich ganz gut darauf, Signale zu erkennen.« Er grinste. »Und ich wollte Sie wiedersehen.« Seine Finger spielten mit ihren, zeichneten sie aufreizend langsam in ihrer ganzen Länge nach, bis er schließlich ihre Hände mit seinen umfaßte. Sie unternahm einen halbherzigen Versuch, sie ihm zu entziehen, gab aber schnell auf, als sein Griff fester wurde.

»Ich verstehe«, meinte sie verlegen.

»Sind Sie jetzt verärgert?«

»Neiiiin«, erklärte sie gedehnt, während sie ihre Hände aus seiner Umklammerung befreite.

Verärgert nicht. Ein bißchen beunruhigt vielleicht, dachte sie bei sich. *Was mache ich da eigentlich?* Sie trank ihren Wein aus und blickte ihn dabei unverwandt über den Rand des Glases hinweg an. Er lächelte, und plötzlich überkam sie ein überwältigendes Verlangen nach ihm. Es lief nicht so, wie sie sich das vorgestellt hatte. Sie ging davon aus, daß er mit der Absicht in das Pub gekommen war, ein wenig mit ihr zu flirten. Sie hatte die Situation unter Kontrolle, redete sie sich ein, und war entschlossen, sich nicht von ihm einwickeln zu lassen. Aber als sie mit dem Essen fertig waren, war sie völlig überwältigt. Von dem Augenblick an, als sie sich hingesetzt hatten, war es ihr so vorgekommen, als sei er, na ja, als sei er aufrichtig interessiert an ihr. Als hätte sie ihm einen Gefallen getan. Wie könnte er so etwas vortäuschen?

Es war so verflucht angenehm, sich mit ihm zu unterhalten, mit ihm zusammenzusein. Sie hatte das Gefühl, als kenne sie ihn schon ewig. Eine Stunde in seiner Gesellschaft hatte ihr vor Augen geführt, wie wenig sie für Richard empfand. Dennoch verspürte sie nur ein winziges Bedauern. Dafür aber ein Gefühl der Unruhe. Sie war aufgeregt und besorgt.

Cas Van Rijn. Schon der Name war erregend. Was könnte ein so attraktiver Mann von ihr wollen? Trieb er seine Spielchen mit ihr? Er mußte doch jedesmal, wenn er sie anblickte, unweigerlich die Lust sehen, die ihr ins Gesicht – und nicht nur ins Gesicht – geschrieben stand. Sie wollte, daß er mit ihr schlief, aber er berührte kaum ihre Hand. Als sie aufsah, fing er ihren Blick auf und hielt ihn fest.

Er fühlt sich von mir angezogen, sagte sie atemlos zu sich selber, seine Augen haben ihn verraten. Unvermittelt verspürte sie das Bedürfnis, sich über den Tisch zu beugen und seinen lächelnden Mund zu küssen, seine Augenlider mit ihren Lippen zu berühren. Lässig streckte er seine Hand aus und wickelte eine Strähne ihres Haars um seine Finger, als wolle er sie an sich ziehen und küssen. Aber er ließ sie so schnell wieder los, daß sie sich fragte, ob sie das nur geträumt hatte. Dann lächelte er wieder.

Oh, oh, oh! Das bezeichnet man wohl als jemanden den Hof machen, dachte Bid. Fühlt er sich zu mir hingezogen? Oh, bitte mach, daß es so ist. Wenn ich ganz beiläufig meinen kleinen Finger ausstrecke, könnte ich die golden schimmernden Haare auf seinem Handrücken berühren. Würde er es bemerken? Was für wunderschöne, feingliedrige Hände. Hübsch, wie die Fingernägel sich über die Kuppen wölben.

Werde ich ihn wiedersehen? Wenn ich es gesagt hätte, seine Frau erwähnt hätte, dann hätte er gedacht ... Was? Was hätte er gedacht? Daß ich ... daß er...? Vielleicht lebt er getrennt von ihr. Muß wohl so sein. Frag ihn. Nein, nein, um Himmels willen, tu das ja nicht. Ist das Ganze nur ein glücklicher Zufall? Was hat ihn dazu gebracht, in das Pub zu kommen? Soll ich ihm das abnehmen, daß er mich sehen wollte? Drei Monate hat er sich Zeit gelassen. Ich mußte den Anstoß geben. Er nimmt mich nicht ernst. Ganz bestimmt.

Und jetzt dachte sie, eigentlich zum letzten Mal, an Richard, dessen Absichten nur zu offenkundig waren. Der Druck, den dieser Mann ausübte, war ganz anderer Art, faszinierender, gefährlicher. Was wollte er von ihr? Eine schnelle Nummer? Einen kleinen Seitensprung? Warum, um alles in der Welt, ging er dann so behutsam vor? Das hätte es gar nicht gebraucht, mit Sicherheit sah er ihr an, daß er nur zu fragen brauchte.

Viel zu schnell verstrich der Abend, und Van Rijn verbrachte – als hätte er Bids Gedanken gelesen – die restliche Zeit damit, ihre Ängste zu beschwichtigen, ihr ein Gefühl der Sicherheit zu geben. Zwar sprach er kaum von sich selber, aber er erzählte von seinen Interessen, als würde er ihr anbieten, sie in Zukunft mit ihr zu teilen. Er machte es ihr leicht, unangenehme Gedanken beiseite zu schieben. Er sprach von seiner Leidenschaft für Aquarelle und für die Oper. Wie sehr ihn seine Arbeit interessiere und die Aufregungen, die große Städte, die Kunst, das Leben und gelegentliche Wetten bei Pferderennen boten. Unvermittelt sah sie Pferde vor sich, die auf Wasserskiern durch Kanäle rasten.

»Sie mögen Rennen? Ist das eine holländische ...Besonderheit?« Sie grinste.

»Eigentlich nicht. England ist der Ort für Pferderennen. Mein Vater war ein leidenschaftlicher Anhänger des Rennsports. Wir reisten ihm nach, hierhin, dorthin, überallhin.« Wieder dieses seltsame, geheimnisvolle Lächeln. Oh, mach, daß er mich liebt.

»Sie begleiten ihn immer noch auf seinen Reisen?«

»Nein. Meine Leute sind tot.« Er hatte dem Kellner bereits ein Zeichen gegeben. Jetzt bestellte er noch eine Flasche Wein, und in der folgenden Stunde lockte er geschickt hervor, welche Interessen sie hatte. Er fragte sie nach ihrer Vergangenheit, ihrer Familie aus. In Wirklichkeit war jedoch alles, was sie sagten, nebensächlich. Die Worte waren nur die Begleitmusik, jedes beliebige Bühnenbild hätte es getan, als er sie wie ein Tänzer umkreiste, bis ihre Sehnsucht nach ihm den Siedepunkt erreichte.

Als sie gegen Mitternacht das Restaurant verließen, war sie bereits heillos in ihn verliebt. Und beschwipst. Er hielt ein vorbeifahrendes Taxi an, und als er sie hineinverfrachtete, küßte er sie sanft auf die Stirn.

»Bis bald, meine Liebe.« Grüßend hob er die Hand, als das Taxi anfuhr. Was hat er mit »bald« gemeint? fragte sie sich. Wie wollte er Verbindung mit ihr aufnehmen, wenn er sie doch nicht einmal nach ihrer Telefonnummer gefragt hatte?

»Und auch nicht nach meiner Adresse«, murmelte sie vor sich hin, als sie sie dem Fahrer nannte. In ihrem benommenen Zustand schien dies allerdings keine allzu große Rolle zu spielen.

Ein paar Tage später, als sie faul im Waschsalon saß und seelenruhig zusah, wie eine schwarze Socke ihren gesamten Bestand an Unterwäsche einfärbte, gestand Bid sich endgültig ein, daß Richards Hoffnungen und die ihren nicht übereinstimmten.

Wieder zu Hause, setzte sie sich hin und schrieb ihm. Sie klebte den Umschlag zu, ehe sie ihre Meinung ändern konnte. Nur noch einmal zögerte sie, als sie den Brief in den Kasten warf, allerdings nur einen kurzen Augenblick. So nahe und doch so aussichtslos. Ihr Kopf bestand hartnäckig darauf, daß sie etwas Gutes und Schönes aufgab und dafür Unsicherheit und Aufregung eintauschte, daß nichts als Schwierigkeiten daraus erwachsen würden, daß sie noch nicht gleich alle Brücken hinter sich abbrechen sollte. Aber egal, wie streng sie mit sich ins Gericht ging, sie schien unfähig, sich dagegen zu wehren. Sie seufzte, als sie sich an ihren letzten sorglosen Abend erinnerte, als alles gut auszugehen schien. Und wie ihr dann, ohne Vorwarnung, das alles wieder entglitten war.

Liebe Daisy: *Neulich habe ich auf einem Fest einen Mann kennengelernt, und wir sind ein paarmal zusammen ausgegangen. Ich mag ihn sehr. Das Problem ist, ich weiß nicht, ob er verheiratet ist oder nicht, und ich habe bis jetzt einfach nicht den Mut aufgebracht, ihn danach zu fragen. Was, meinen Sie, soll ich jetzt tun?*
Liebe Ratsuchende: *Ich glaube, Sie wissen selber, was Sie tun sollten – hören Sie auf, sich selber etwas vorzumachen.*

13 Der Freitag verging, ohne daß sie etwas von ihm hörte, dann der Samstag und auch der Sonntag. Am Montag ruft er an, ganz bestimmt, dachte sie, wenn er über das Pub Bescheid wußte, dann weiß er auch, wo ich arbeite. Aber auch der Montag verstrich, ohne daß sie etwas von ihm hörte. Um das Ganze noch schlimmer zu machen, schien ihr gesamter Posteinlauf aus Ergüssen sitzengelassener Zweitfrauen zu bestehen, die alle überlegtere Antworten von ihr verlangten, als sie aufzutischen in der Lage war. Als der gesunde Menschenverstand der »Lieben Daisy« sie im Stich ließ, nahm Bid Zuflucht zu bissiger Ironie.

Mittwoch vormittag schwand ihre Zuversicht endgültig, und allmählich bedauerte sie es, Richard so voreilig den Laufpaß gegeben zu haben. Sie tröstete sich mit dem Gedanken, daß sie zumindest am Wochenende bei den Roberts keine Lobeshymnen auf Van Rijn angestimmt hatte. Die Versuchung war groß gewesen, denn sie konnte an nichts anderes mehr denken als an ihn, aber irgendwie hätte sie die Mißbilligung der beiden oder ihren Hinweis darauf, daß er möglicherweise anderweitig gebunden war, nicht ertragen. Sie war daher erleichtert, daß sie nur vor sich selber dumm dastand und in aller Abgeschiedenheit versuchen konnte, mit ihrer Enttäuschung fertig zu werden.

Selbst als sie sich ernsthaft ins Gebet nahm und sich eine hoffnungslose Närrin schalt, hinderte dies ihre hinterlistige Erinnerung nicht daran, ihr Treffen wieder und wieder in allen Einzelheiten durchzuspielen. Mit einem schon pathologischen Optimismus stürzte sie zum Telefon, so oft es läutete. Ingrid, ihre unwillige und widerspenstige Assistentin, setzte eine wissende und überlegene Miene auf.

Als Richard zum x-ten Mal anrief, fuhr sie ihn regelrecht an. Gleich darauf bereute sie es und behauptete, sie müsse Überstunden machen, und dann kostete es sie zehn aufreibende Minuten, sich irgendwie herauszureden, als er darauf beharrte, sie solle ihm das alles erklären. Nachdem sie schließlich den Hörer aufgelegt hatte, ohne eine feste Verabredung getroffen zu haben, kam sie sich wie ein Scheusal vor.

Außerdem machte es ihr mittlerweile angst, daß sie auf das vage, immer unsicherer werdende Versprechen eines »Bis bald, meine Liebe« hin, das allmählich die gleiche bedrohliche Bedeutung annahm wie ein *Ruf mich ja nicht an,* alle Brücken hinter sich abgebrochen hatte. Als der Tag sich endlos hinzog, schwand ihr Selbstvertrauen zusehends, und mehr als einmal streckte sie die Hand aus, um Sarah anzurufen und sich von ihr ein wenig trösten zu lassen. Aber eine innere Stimme warnte sie davor, und so begann schleichend ihr Leben der Ausflüchte und Täuschungen.

Dann plötzlich, gerade hatte sie sich damit abgefunden, ihre Demütigung im geheimen zu erdulden, landete ein riesiger

Strauß Blumen auf ihrem Schreibtisch. Sie sahen schon etwas welk aus. Betreten stand der Portier vor ihr und fummelte nervös an einem schmuddeligen kleinen Umschlag herum.

»Was soll denn das, Arthur? Die sehen ja aus, als hätte es sich jemand darauf bequem gemacht.«

»Nicht meine Schuld«, brummte er mürrisch. »Die Karte ist runtergefallen. Woher hätte ich denn wissen sollen, für wen die sind?« Er gab ihr den kleinen Umschlag. »Muß am Montag so gegen Abend gekommen sein. Ich habe früher aufgehört, um im Krankenhaus vorbeizuschauen. Der Frau geht es wieder schlechter«, quengelte er.

»Und gestern?« fragte sie, als sie sich den Umschlag genauer ansah. Quer über die obere Ecke, so daß teilweise ihr falsch geschriebener Name verdeckt war, stand in einer verkrampften Handschrift die Anweisung, die Blumen und der Brief seien Miss Leesy auszuhändigen. Bid konnte es kaum lesen, ganz zu schweigen von Arthur, der, selbst wenn er in Hochform war, Schwierigkeiten mit dem Lesen hatte. Wahrscheinlich hatte er gehofft, irgend jemand würde nach dem Strauß fragen und ihm so die Mühe ersparen. Sie warf einen Blick auf die welken Blumen und bemerkte spitz, zumindest hätte er sie ins Wasser stellen können. Dann riß sie den Umschlag auf und zog eine kleine Karte hervor, an die ein Billett geheftet war. Nervös kicherte sie, als sie den Preis las. Covent Garden. Auf der Visitenkarte war » Mit den besten Empfehlungen von Cas Van Rijn« aufgedruckt, und darunter stand in kaum leserlicher Schrift: *Ich hoffe, Sie haben Verwendung dafür. Ziehen Sie Ihr wunderschönes rotes Kleid an.*

Was für ein rotes Kleid? Hatte er vielleicht jemanden anderen gemeint? Es dauerte ein oder zwei Minuten, bis sie sich an das Kleid erinnerte, das Sarah ihr geliehen hatte. Ihr Herz begann wild zu schlagen. Sie sah auf das Datum – die Karte war für den heutigen Abend. Der horrende Preis ließ ihr eigentlich keine andere Wahl, als hinzugehen. Würde er auch dasein? Wenn ja, warum hatte er die Karte dann geschickt?

Sie spürte ein vertrautes Gefühl der Unsicherheit in sich aufsteigen. Warum rief er nicht einfach an, wie andere Leute auch, und fragte sie, warum konfrontierte er sie so? Hatte er wegmüssen und ihr einfach seine eigene Eintrittskarte geschickt – was verständlich gewesen wäre, wenn man die stolze Summe bedachte, die er dafür bezahlt hatte. Vielleicht hatte er gedacht, das sei ein besonderes Fest für die arme Kleine. Alleine? Wahrlich, ein schönes Fest.

Als sie sich um fünf aus dem Büro davonstahl, begann eine irrsinnige Hetzerei. Zuerst mußte sie bei Sarah das Kleid holen. Dann folgte ein wirres Durcheinander von Bügeln, Fönen und ungeduldigem Warten darauf, daß das Badewasser heiß wurde. Als sie aus dem Haus ging, wurde ihr quälend bewußt, wie schlecht ihr karierter Blazer zu dem Kleid paßte und daß der schlampige Knoten, zu dem sie ihre Haare hastig hochgesteckt hatte, sich vermutlich bei der erstbesten Gelegenheit auflösen würde.

Gepflegt und elegant sah sie wahrlich nicht aus, aber was machte das schon – wahrscheinlich wäre er ohnehin nicht da. Zehn kostbare Minuten wartete sie auf den Bus, ehe sie sich ein Taxi schnappte, das sie vor dem menschenleeren Eingang zur Oper ablud. Genau drei Minuten blieben ihr noch, bis der Vorhang hochging. Als sie durch das Foyer hastete, streckte ein ziemlich arroganter Jüngling ihr ein Programm hin, und ohne lange nachzudenken, gab sie ihm alles, was noch in ihrer Geldbörse war. Im selben Augenblick kam ein Platzanweiser auf sie zu und führte sie, indem er etwas von fast schon zu spät murmelte, schnell in das Auditorium.

Der Vorhang hob sich bereits. Bid, erhitzt, aufgeregt und atemlos, folgte dem Platzanweiser zur vordersten Reihe und zog dabei hastig ihr Jackett aus. Für die Garderobe war es zu spät. Unter mißbilligendem Gemurmel aus der Reihe hinter ihr schlängelte sie sich zu ihrem Sitz durch. Die Vorstellung war ausverkauft, aber der Sitz neben ihr war leer. Genau wie sie es befürchtet hatte – sie saß alleine da.

Der erste Akt war schon voll im Gange, bis sie sich soweit beruhigt hatte, um das Geschehen auf der Bühe mitzuverfolgen und auf die Musik zu hören. Als der Applaus losdonnerte und der Vorhang fiel, war sie dann so hingerissen, daß sie sich nicht von der Stelle rührte, bis die auf die Bar zustrebende Menschenmenge sie aus ihrer Träumerei riß. Sie schloß sich ihr an und ließ sich ins Foyer und die Treppe hinauf treiben, von wo aus sie neiderfüllt zusah, wie kleine Grüppchen plauderten, tranken und Freunden zuwinkten. Schließlich bahnte sie sich einen Weg zu der riesigen Bar, als suche sie jemanden. Sie stand oben an der Treppe und tat so, als bewundere sie amüsiert das Deckengemälde, während sie sich in Wirklichkeit verzweifelt nach einem winzigen Schluck Wein sehnte. Plötzlich spürte sie eine Hand auf ihrer Schulter. Cas!

Freudig überrascht wandte sie sich um und nahm das Glas kühlen Weins, das er ihr hinhielt. Sie leerte es, ehe sie ihn über den Rand hinweg anlächelte.

Er eroberte ein Eckbord, um die Gläser und, oh, der Himmel segne ihn, einen Teller voller winziger Sandwiches abzustellen.

»Ich vermute, Sie sind vorher nicht dazu gekommen, etwas zu essen?« Belustigt sah er ihr beim Essen zu.

»Tut mir leid, daß ich erst jetzt gekommen bin. Mein Flug hatte Verspätung. Sie sehen reizend aus.«

»Ist das der Grund, weshalb Sie mich ständig in Bars aufgabeln?« fragte sie störrisch.

»Wieso? Mache ich das?« Er lachte. »Sie haben doch nichts dagegen, oder?« Noch ehe sie antworten konnte, läutete es.

Als sie die Oper verließen, nahm er ihren Arm.

»Ich hoffe, Sie mögen indonesisches Essen.« Das war eher eine Feststellung als eine Frage. Er führte sie um die Ecke in ein kleines Restaurant, das in gedämpftes Licht getaucht war. Dazu gestärkte rosafarbene Tischtücher und Servietten und das unaufdringliche Summen diskreter Unterhaltung. Das Restaurant war voll, aber die Tische standen weit genug auseinander. Ein Tisch in einem kleinen Alkoven, nur von flackernden Kerzen erhellt, war für sie reserviert. Kläglich verglich sie das Restaurant mit dem italienischen Lokal, während sie gleichzeitig die selbstsichere Art bewunderte, mit der Cas sich an den Kellner wandte. Sie sprachen Holländisch.

»Sie haben doch nichts dagegen, wenn ich bestelle?« fragte er und winkte ab, als der Ober die Speisekarten brachte. Ein wenig ärgerte sie das, aber er grinste über ihr Unbehagen, sie zuckte die Schultern und lehnte sich zurück. Wenn er lächelte, war er hinreißend. Sie schmolz dahin.

Er wußte, was er wollte – das Essen war köstlich. Sie tranken eine Flasche herben Chablis, er bestellte eine zweite. Sie fragte sich, wann sie aufwachen und sich in der rauhen Wirklichkeit wiederfinden würde. Sie hatte kein Geld mehr, um ein Taxi nach Hause zu nehmen, aber sie war bereits zu wacklig auf den Beinen, um es zu Fuß zu schaffen. Trotzdem, sie wollte verdammt sein, wenn sie etwas so Banales erwähnte.

»Sie scheinen hier gut bekannt zu sein.« *Kommen Sie öfters mit Ihrer Frau hierher?*

Er zuckte die Achseln, streckte seine Hand aus und berührte ihre Stirn.

»Ich mag es, wenn Sie Ihr Haar so tragen.«

»Wirklich? Aber die Frisur hält nicht so richtig.«

»Sie könnten sie sich abschneiden lassen.« Er lachte. »Ich glaube, kurze Haare würden Ihnen gut stehen. Aber mir gefällt es, wenn Sie es so hochstecken. Erzählen Sie mir etwas über Ihre Familie?«

»Ich habe keine. Ich habe nicht mal irgendwelche Cousins. Einen Bruder oder eine Schwester hätte ich gerne gehabt. Und wie sieht es bei Ihnen aus?«

»Ich glaube, ich ziehe es vor, alleine zu sein. Erzählen Sie mir, Bid, hat Ihnen *Rigoletto* gefallen?«

Erzähl mir, Bid, erzähl mir. Nach zwei, drei Stunden hatte das Restaurant sich geleert, die Kellner gähnten ostentativ, aber sie plauderten weiter, das heißt, Bid redete weiter, während Cas sie mit Fragen überhäufte. Erneut fiel ihr auf – bemerkte er, daß es ihr auffiel? –, wie geschickt er es vermied, von sich selber zu sprechen. Jedesmal wenn sie behutsam die Frage nach seiner Ehe ansteuerte, wich er aus und gab irgendeine Anekdote zum besten, bis sie nicht mehr zu fragen wagte. Plötzlich schien er jedoch seine Meinung zu ändern. Er erzählte von seiner Frau.

So erfuhr sie, daß sie zwei Söhne hatten, die beide im Ausland waren. Er sagte nicht, wo, und sie fragte auch nicht danach. Er berichtete, sie sei Geschäftsfrau, die nebenher Pferde züchtete, Araber. In Holland. Damit schien er anzudeuten, daß jeder sein eigenes Leben führte. Aber als sie sich in den folgenden Tagen zu erinnern versuchte, was genau er gesagt hatte, gelang ihr dies nicht.

Das überraschte sie nicht sonderlich. Ihre Jahre als Kummerkastentante hatten sie gelehrt, direkte Fragen brachten nur sehr wenig genaue Informationen, und sie war sicher, im Lauf der Zeit würde sie schon erfahren, was wichtig war. Bei diesem Gedanken stutzte sie. Im Lauf der Zeit? Dieser Mann war, wie sie jetzt wußte, verheiratet, nicht zu haben – oder sollte das zumindest nicht sein. Eine leise Stimme in ihrem Kopf warnte sie. Sie erstickte sie und hörte statt dessen zu, was er über seine Arbeit berichtete.

In der Hinsicht war er sehr mitteilsam. Er brachte es fertig, seinen Beruf interessant und, was vielleicht noch überraschender war, unterhaltsam erscheinen zu lassen. Er war ein bemerkenswerter Imitator. Eigentlich hätte sie bei einem Holländer nicht mit einem solchen Sinn für Humor gerechnet. Zuerst ahmte er schon fast beängstigend genau Stephens normale Sprechweise nach und brachte sie dann zum Lachen, indem er eine erstaunliche Vorführung von dessen grauenhaftem Holländisch bot, mit Spucken und allem, was eben holländisch war. Anschließend begann er listige Geschichten von raffgierigen irischen Bauherren und Subunternehmern zu erzählen, die ihn zu erpressen versuchten, seit sie auf der Isle of Dogs mit den Entwicklungsarbeiten begonnen hatten.

»Vielleicht sollte ich Sie anstellen, Bid, um die Iren unter Kontrolle zu halten«, scherzte er.

»Sie scheinen auch so ganz gut zurechtzukommen. Außerdem, von einer Frau würden die sich sowieso nichts sagen lassen.« Und Sie auch nicht, dachte sie plötzlich.

Schließlich stand er, sich entschuldigend, auf. Sie beobachtete ihn, wie er kurz mit dem Oberkellner verhandelte und sich dann über den Tresen beugte. Zweifelsohne, um die enorme Rechnung zu bezahlen. Sie war viel zu vergnügt, um Gewissensbisse zu haben. Sie bewunderte seine Höflichkeit, die gelassene, unaufgeregte Art, wie er die Dinge anging, wie er auf Kleinigkeiten achtete, die so sehr zu ihrem Wohlbehagen beitrugen. Reichtum, dachte sie sarkastisch, ist sehr, sehr verführerisch, und man gewöhnt sich viel zu leicht daran. Ihr wurde klar, sie hätte keine Schwierigkeiten, sich ihre simpleren Freuden und Sorgen abgewöhnen zu lassen.

Wie zum Beispiel das Taxigeld. Als sie an den Heimweg dachte, schlüpfte sie in ihre Schuhe, die sie von den angeschwollenen Füßen gestreift hatte. Nun eilte der Kellner weg, und Cas verschwand Richtung Toilette. Bid warf einen Blick in ihren Taschenspiegel, bemerkte das viel zu offensichtliche Glänzen ihrer Augen und ihr einfältiges Grinsen. Als er an den Tisch zurückkehrte, lächelte er, blieb einen Augenblick lang neben ihr stehen und legte sanft seine Hand auf ihren Kopf.

Er beugte sich vor und flüsterte ihr ins Ohr: »Sie sehen glücklich aus.« Sie blickte zu ihm auf, und für den Bruchteil einer Sekunde spürte jeder die Sehnsucht des anderen.

»Ein Wagen wird Sie nach Hause bringen, meine Liebe. Mein Flug geht in einer Stunde. Ich muß leider nach Amsterdam zurück.«

»Sie meinen, Sie sind nur für den Abend hergeflogen?«

»Ja. Ich muß noch einmal für ein paar Tage dorthin.«

»Geschäftlich oder zum Vergnügen?« fragte sie respektlos, während sie aufstand. Der Kellner hielt ihr das Jackett hin, so daß sie nicht bemerkte, wie Cas zusammenzuckte, sich aber schnell wieder in der Gewalt hatte.

»Geschäftlich natürlich. Unsere Zentrale befindet sich dort; sie wird von meinem Partner geleitet.«

Der Ober gab ihnen ein Zeichen, daß die Autos vorgefahren waren. Sie trat aus dem Restaurant in die kühle Nacht hinaus, das Jackett immer noch über dem Arm. Cas öffnete die Tür des grünen Daimler. Dahinter wartete ein Taxi.

»Sam, bringen Sie Miss Lacey in die Everard Street.«

Woher, zum Teufel, wußte er das? fragte sich Bid. Sie lehnte sich zurück und schloß die Augen. Sehr, sehr stolz, sich nicht zum Narren gemacht zu haben, indem sie über das nicht vorhandene Taxigeld dahergequasselt hatte. Mmm.

Plötzlich setzte sie sich senkrecht auf. Er hatte kein nächstes Treffen vorgeschlagen, oder? Offenbar machte er es sich zur Gewohnheit, unvermittelt in ihrem Leben aufzutauchen und wieder daraus zu verschwinden.

Liebe Daisy: *Ich mache mir große Sorgen, weil meine Freundin eine Affäre mit einem verheirateten Mann hat. Sie sagt, sie seien sehr glücklich miteinander und was sie machen, sei ihre Sache, sie würden doch niemandem damit weh tun...*

14

Seit diesem Abend war Bid Cas Van Rijn rettungslos verfallen, und jedes Treffen mit ihm zog sie stärker in seinen Bann. Alles an ihm faszinierte sie, sogar, und vielleicht am stärksten, seine Zurückhaltung. Je weniger er sich festlegte, desto ungestümer begehrte sie ihn. Kein einziges Mal verabredeten sie beim Abschied ein neues Treffen, und so war sie ständig auf dem Sprung, wartete auf seinen Anruf.

So wenig war sie sich seiner sicher, daß sie keine Verabredungen traf, die mit irgendwelchen seiner ihr unbekannten Pläne in Konflikt geraten könnten. Die ständig nagenden Sorgen wegen seiner Frau wurden in den hintersten Winkel ihres Bewußtseins verbannt. Sie ließ es einfach nicht zu, daß sie sich in den Vordergrund schoben. Alle ihre vormals rigorosen Ansichten über Leute, die sich in fremde Ehen drängen, schwanden dahin. Hätte die »Liebe Daisy« ein Wörtchen mitzureden gehabt, dann hätte sie wohl zur Vorsicht geraten, aber das gestattete Bid ihr schlichtweg nicht. Sie stellte sich taub.

In jenen ersten Wochen der Betörung, den ganzen Oktober und November hindurch, sonderte Bid sich unmerklich immer stärker in ihr Niemandsland scheinbar unerwiderter Leidenschaft ab und opferte rücksichtslos andere Freundschaften, nur um immer verfügbar zu sein.

Sie blieb jetzt immer mehr zu Hause und wandte sich notgedrungen wieder der Büchersammlung zu, die sie von ihrem Vater geerbt hatte. Praktisch über ein Jahr lang hatte sie unbeachtet herumgelegen, wurde jetzt aber zu einem weiteren Band zwischen ihr und dem Geliebten. Cas sammelte Bilder, sie sammelte Bücher.

So seltsam es erscheinen mag, aber diese erzwungene Abgeschiedenheit machte ihr kaum zu schaffen, denn daß Colin sie verlassen hatte, war ein größerer Schock für sie gewesen, als sie zugegeben hatte. Zudem schämte sie sich fürchterlich, wie sie Richard behandelt hatte. Jetzt, in den einsamen Wochen, wenn Cas unterwegs war, hatte sie mehr Zeit für sich selber. Sie begann auf ihre Gesundheit und ihr Aussehen zu achten und brachte es tatsächlich fertig abzunehmen.

Ein- oder zweimal in der Woche ging sie schwimmen und schrieb sich, was eigentlich überhaupt nicht zu ihr paßte, für einen Aerobic-Kurs ein. Als Cas ihr einen wunderschönen Kaschmirpullover schickte, der eine Spur zu eng war, machte sie eine Roßkur und stellte begeistert fest, wie sie allmählich eindeutig schlanker wurde. Die Sorge, genau das habe er damit wohl beabsichtigt, tat sie leichthin ab, denn mittlerweile wußte sie, wie sehr er gutgekleidete Frauen schätzte. Und sie nahm es ihm durchaus nicht übel, wie denn auch, wenn das doch ihrem eigenen Wunsch entsprach? Sie wollte einfach gut aussehen. Basta.

Wann immer er sich in London aufhielt, waren sie unterwegs. Obwohl Bid allmählich den Kopf verlor, wurde ihr dennoch, etwas schuldbewußt, klar, daß sie offenbar alle Orte mieden, wo man sie kennen könnte. Wenn sie überhaupt je darüber nachdachte, ging sie einfach davon aus, daß er seine Frau an einen unbekannten Ort in Holland abgeschoben hatte, wo sie Pferde züchtete. Und die Söhne – wie alt waren sie eigentlich? – hatte er vermutlich in feine Internate oder Colleges gesteckt.

Über sein Familienleben und auch über Holland äußerte Cas sich zurückhaltend oder gar nicht, obgleich er die Hälfte seiner Zeit dort verbrachte und hin- und zurückreiste, wie sie mit der U-Bahn zur Arbeit und wieder nach Hause fuhr. Sie nahm an, die meisten seiner Bekannten hatte er dort drüben, so daß sie vor deren neugierigen Blicken sicher waren.

Während dieser ersten paar Monate trafen sie, aus welchen Gründen auch immer, tatsächlich niemanden, den sie oder er kannten, und diese glückliche – oder, hätte sie nur eine Vorahnung gehabt: unglückliche – Fügung gab den Ton für ihr zukünftiges Verhalten an. So konnte sie sich der angenehmen Vorstellung hingeben, in einer eigenen, von allen anderen abgesonderten Welt zu leben.

Am quälendsten und zugleich aufreizendsten war, daß ihre Beziehung vollkommen keusch blieb. Mit einer hinreißenden Logik schloß sie daraus, sein Interesse an ihr sei, in Ermangelung eines besseren Wortes, ernster Natur. Trotz ihrer neunundzwanzig Jahre war Bid weder erfahren noch abgebrüht genug, um all die Rituale und Listen zu kennen, die bei einer Beziehung wie der ihren so notwendig waren. In ihrer Naivität schätzte sie die Sorgfalt, die er darauf verwandte, sie abzuschirmen, falsch ein und ließ sich von der scheinbaren Achtbarkeit ihrer Beziehung betören. Denn wenn sie nicht miteinander schliefen, wie könnten sie dann Schmach und Schande auf sich ziehen? Die Schlichtheit ihrer Logik war atemberaubend: Ihre Affäre hatte nichts Schlüpfriges an sich, redete sie sich ein, wie dies unzählige andere vor ihr getan hatten. Sie war etwas Besonderes, Einzigartiges.

Jedem, der die beiden genauer beobachtet hätte, wäre aufgefallen, wie er sich, obwohl er sie nach seinen Vorstellungen umformte, allmählich in ihre Phantasiewelt hineinziehen ließ und gefährlich nahe daran war, sich in sein Geschöpf zu verlieben. Im Verlauf der Wochen wurde allmählich klar, beide genossen sie das Ritual des Werbens und der Illusion, warteten spielerisch den vollkommenen Augenblick ab und ließen sich Zeit, sich an die Situation zu gewöhnen, die sie selber erfunden hatten.

Nur einmal hatte er Livy erwähnt und dabei eine wechselseitige Toleranz angedeutet. Auf diese Weise hatte er geschickt Bids Zweifel zerstreut. Sie zerstörte nicht eine glückliche Ehe. Diese Beziehung beruhte auf einer aufgeklärten Abmachung unter Erwachsenen, die viele Jahre gehalten hatte und unter seinem neuen Glück nicht leiden, sondern dadurch eher gewinnen würde. Er und Livy konnten kommen und gehen, wie es ihnen beliebte, sie waren nicht voneinander abhängig. Mit anderen Worten, seine Frau hatte Verständnis für ihn.

Schnell lernte Bid es zu schätzen, daß er sie weder zu langwierigen Gewissensprüfungen aufforderte, noch sich selber damit abgab. Und sie selber war in diesem Stadium schon viel zu verliebt, um dies von sich aus zu tun. Was er sagte, klang vollkommen einleuchtend – wieso sollte jemand Schaden dabei nehmen? Waren sie nicht alle drei erwachsene Menschen? Sich ihn zu teilen, wenn es denn darauf hinauslief, war ein geringer Preis, denn eines konnte sie von Anfang an nicht ertragen: den Gedanken, ihn zu verlieren.

Zu der Zeit, als sie zum ersten Mal miteinander schliefen, begehrte sie ihn bereits hemmungslos. Eines Mittwochs gegen Ende November rief er kurz vor der Mittagspause an, fast zwei Monate nach ihrer Begegnung in dem Pub und fast auf den Tag genau ein halbes Jahr nach ihrem Geburtstag. Er war für vier oder fünf Tage im Ausland gewesen.

»Ich habe etwas Schönes für Sie. Eine Überraschung. Essen wir zusammen?«

»Wo?« Hastig raffte sie ihre Unterlagen für die wöchentliche Redaktionssitzung zusammen. Ingrid würde das übernehmen müssen. Auf einen Zettel kritzelte sie eine kurze Nachricht.

»Ich hole Sie in einer halben Stunde ab.«

Wie sich herausstellte, war die Überraschung eine neue Wohnung. Bid war überwältigt und verwirrt. Er beobachtete ihre

Reaktion, als er sie die Treppe eines renovierten, bezaubernden Gebäudes in der Nähe des Portland Place hinaufführte, das von seiner Anlage her an Stallungen erinnerte.

Weymouth Mews lag hinter einer hohen Regency-Terrasse in einer abgelegenen Gasse mit Kopfsteinpflaster und bestand aus zwei oder drei Wohnhäusern, von denen nur eines fertig zu sein schien. Ein riesiges Tor, das sich automatisch öffnete, als der Wagen vorfuhr, schirmte es von der Straße und dem Verkehrslärm ab. In einer Ecke standen Bauutensilien und ein halb gefüllter Container herum, aber kein Mensch war zu sehen. Als Bid ihn deswegen fragte, erklärte Cas, er hätte sich noch nicht entschieden, was er mit dem Rest der kleinen Enklave machen wolle. Der Bauherr sei in letzter Minute abgesprungen.

»Hier stört uns keiner.« Seine Lippen streiften ihren Nacken.

Das Vorspiel war vorbei, und Bid spürte ein Prickeln ängstlicher Erregung bei dem Gedanken, daß jetzt kein Weg mehr zurückführte, und während sie um sich blickte, war sie zwischen Hochstimmung und Zweifeln hin- und hergerissen. Die Wohnung war teuer, aber karg möbliert. Alles sah nagelneu aus: Vorhänge, Teppiche und der glänzende Anstrich. An einer Wand lehnten Bilder, die darauf warteten, aufgehängt zu werden.

Auf einem kleinen runden Tisch am Fenster, von dem aus der Blick auf einen winzigen Innenhof auf der Rückseite des Hauses fiel, hatte er für zwei Personen gedeckt. Zu einem kühlen Pils aßen sie süß-sauer marinierte Heringe, die er aus Scheveningen mitgebracht hatte. Beides schmeckte ihr nicht, aber sie sagte nichts. Wußte sie doch selber nicht, lag es an dem Fisch oder war es die Vorahnung, was jetzt kommen würde, daß ihr übel war. Nachdem sie ein paar Happen gegessen hatte, schob sie den Teller zur Seite, und schweigend trug er ihn hinaus. Als er zurückkam, brachte er eine Kanne Kaffee mit, den sie auf dem dezent bezogenen Sofa tranken. Mit einem unguten Gefühl kämpfte Bid ihre Gewissensbisse nieder, weil sie nicht ins Büro zurückfuhr.

Er führte sie durch die Wohnung und machte Vorschläge, wie sie sich einrichten könnten. Sie war ein wenig verwirrt, welch üppige Ausstattung ihm offenbar vorschwebte, aber sie nickte nur. In ihren Gedanken war sie schon viel weiter, sie war begeistert, daß er sie endlich in seine Zukunft mit einbezog. Die Luft war aufgeladen mit prickelnder Erwartung, aber er hielt sie mit noch mehr Kaffee und einem amüsanten Bericht über seine letzte Reise hin und beobachtete, wie ihre ängstliche Unruhe wuchs. Oder Vorfreude, sie war sich nicht sicher. Um drei Uhr rief sie im Büro an und dachte sich irgendeine Entschuldigung aus.

Als sie vom Telefonieren zurückkam, hatte er bereits den Tisch abgeräumt und öffnete gerade eine Flasche Champagner. Als er mit dem Kopf auf das raschelnde Seidenpapier deutete, das plötzlich auf dem Sofa lag, überkam sie ein Gefühl, als befände sie sich in einem Film aus den dreißiger Jahren. *Me Celia, you Leslie.* Draußen dämmerte es, und während sie das Geschenk auspackte, zog er die Vorhänge zu. Ein weicher cremefarbener Kimono glitt durch ihre Finger. Hilfe! Er macht mich zu seiner Geliebten, dachte sie und wäre beinahe geflohen.

Sie kapitulierte. »Der ist wunderschön, Cas«, erklärte sie und drückte die Seide an ihre glühende Wange. Er ging auf sie zu, zog sie an sich und küßte sie zärtlich. Er zog ihr das Jackett und den Rock aus, knöpfte ihre Bluse auf, faßte sie leicht an den Schultern, schob sie sanft ein Stück von sich weg und betrachtete sie. Dann kniete er sich hin, um ihr die Schuhe auszuziehen. Langsam rollte er die Strumpfhose herunter. Seine Finger streiften sie kaum, doch schon die leiseste Berührung ließ in ihr ein so unbändiges Verlangen nach ihm aufsteigen, daß ihr schwindelte. Sie war zu nichts anderem mehr fähig, als willfährig dazustehen, und machte keinerlei Anstalten, ihn auszuziehen, denn er bündelte ihre gemeinsame Sehnsucht in dieses langsame Enthüllen ihres Körpers. Er legte seine Arme um sie, um ihren Büstenhalter aufzuhaken, und seine Zunge liebkoste ihre Brüste kaum fühlbar, so daß es sie unwiderstehlich zu ihm hinzog, als er niederkniete, um sie einen endlosen Augenblick lang schweigend zu bewundern. Dann drapierte er den Kimono locker um ihre Schultern, und sie sah ihm zu, wie er aufstand und sich langsam zu entkleiden begann.

Der Seidenkimono klaffte auf und enthüllte ihren bloßen Körper. Sie spürte, die beige Farbe schmeichelte ihr. Sie rekelte sich darin und umschlang sich selber, ihre Sinnlichkeit auskostend.

»Sieh mich an, Bid. Sieh mich an.« Einen Augenblick lang stand er vor ihr wie ein Eroberer, triumphierend, sehnig, aufrecht. Er lächelte auf sie nieder, seine Augen verfingen sich in ihren, dann schmiegte er sich spielerisch, doch mit unendlicher und bedächtiger Behutsamkeit an ihren Körper: Schulter an Schulter, Knie an Knie, Bauch an Bauch, bis ihre Zungen sich trafen. Langsam erforschte einer die Nacktheit des anderen, bis sie sich in einen ekstatischen Taumel des Liebens verloren.

Sie konnte die Wonne, die Sinnlichkeit, die Gleichzeitigkeit ihres Erlebens nicht fassen. Etwas Derartiges hatte sie noch nie erlebt, es war ganz anders, ganz neu. Sie schliefen ein, wachten auf und bewegten sich im Einklang ihrer Körper auf das Schlafzimmer zu, um wieder von vorne zu beginnen: dieselbe züngelnde Erregung, die sie zurückhielten, bis sie sich nicht mehr beherrschen konnten, dann ein wildes, vollkommen gleichzeitiges Eintauchen in Ekstase.

»Liebe mich, Cas, noch einmal, noch einmal.«

Seine Zunge fachte ihre Erregung an, und seine Finger liebkosten ihren willfährigen Körper, der nur noch Begierde war. Seine nahezu geistesabwesenden Erkundungen machten sie fast wahnsinnig vor Sehnsucht. Ihr Verlangen, ihm zu Gefallen zu sein, und seines, sie zu erregen, schienen keine Grenzen zu kennen. Nie zuvor war ihr der Liebesakt so vollkommen, so voller Freude erschienen. Er spürte ihre Begehrlichkeit und reizte sie mit seinen sanften Berührungen. Es schien, nie wieder würden sie etwas anderes auf dieser Welt ersehnen als dies. Sie waren wie die zwei Teile eines Ganzen; vollkommen und hingebungsvoll natürlich.

Sie ließen sich zurücksinken und lächelten einander selig an. Sie brauchten nicht zu fragen, wie es gewesen war, statt dessen tranken sie ein, zwei Gläser Wein, nahmen ein Bad und gingen wieder ins Bett.

In jenen ersten rauschhaften Wochen, als sie sich ganz ihrer Beziehung hingaben, verliebte Bid sich heillos, und er schien immer mehr von ihr Besitz ergreifen zu wollen, was sie wiederum erregte. Manchmal hatte sie den Eindruck, er wolle sie umformen und jede Einzelheit ihres Lebens zu ihrer beiden Vergnügen im voraus festlegen. Er bestand darauf, ihre Kleidung und ihr Make-up zu ändern. Die Art, wie er auf jedes noch so winzige Detail achtete, verblüffte sie. Er übersah nichts, gab jedem noch so wunderlichen Einfall nach, alles, was stören konnte, wurde getilgt.

Wenn er in London war, ging sie nur selten in ihre eigene Wohnung. Das riesige, weiche Bett in den Mews wurde ihre Welt, und sie gingen kaum aus. Er machte es sich zur Gewohnheit, mit einem ganzen Korb voll ihrer Lieblingsspeisen aufzutauchen, und mit einem Gespür für das, was sie am liebsten mochte, war der Kühlschrank immer bis obenhin mit Champagner gefüllt. Sie war geblendet.

Bid sah wundervoll aus, strahlend, glücklich und ungeheuer verliebt. Ihr Erscheinungsbild veränderte sich, sie wirkte schlanker, gepflegter. Er überhäufte sie mit Geschenken, meistens Kleidern. Allmählich musterte sie ihre schlampige Garderobe aus. Für ihre Freunde hatte sie nur dann Zeit, wenn er nicht in der Stadt war. Sarah glaubte, der Grund des Ganzen sei Richard, und begann, Andeutungen über eine Hochzeit fallenzulassen, die Bid sich einfach anhörte, ohne etwas dagegen einzuwenden. Solange ihre Freunde glaubten, sie wüßten, wer ihr Liebhaber war, würden sie sich nicht einmischen.

Mit Beginn ihres Verhältnisses zu Cas wurde sie Sarah gegenüber unaufrichtig. Sie behielt ihr Glück ganz für sich, schob ihre Bedenken beiseite und redete sich ein, sie tue dies nur aus Besonnenheit und Taktgefühl. Ihre sporadischen Besuche wurden immer kürzer. Was hätte sie Sarah auch erzählen sollen, wo sie doch Cas alles sagen konnte.

Wenn sie ausgingen, hasteten sie in halsbrecherischer Eile wieder zurück. Alleine seine Berührung genügte, um jene atemlose Begierde in ihr zu entfachen, die sie schlicht übermannte.

Er neckte sie liebevoll, nannte sie lüstern und zügellos und sonnte sich schamlos in ihrer Lust nach ihm. Die Mews wurden der Schrein ihrer Liebe. Er kam auf sie zu, berührte sie an der Schulter, ließ seine Hand in ihre gleiten und zog sie an sich. Kaum konnten sie die eigene Lust von der des anderen unterscheiden, wenn er in sie eindrang und sie ihm entgegenfieberte, um in ihm aufzugehen.

»Cas. Cas.«

Jedesmal wenn sie sich trafen, liebten sie sich, zweimal, dreimal.

»Du herrliches Mädchen. Primavera.« Gierig erkundete seine Zunge ihren Körper, und ihre Lust aufeinander war unstillbar. Er war feurig wie ein Jüngling.

Da der einzige Schauplatz ihrer Liebesspiele die neue Wohnung war, gelang es ihnen, ihre Affäre geheimzuhalten. Wann immer ihr Liebhaber nicht da war, nutzte Bid die Gelegenheit zu Stippvisiten ins Büro und um die Verbindung mit Sarah aufrechtzuerhalten, die nach wie vor Bids Euphorie Richard zuschrieb. Auch wenn sie etwas verwirrt, um nicht zu sagen verärgert war, daß diese, nachdem sie ihren Freund in Beschlag genommen hatte, sie jetzt fallenzulassen schien. Ein- oder zweimal schlug Sarah vor, zu viert etwas zu unternehmen. Bid ließ sich nichts anmerken, nickte und versprach, etwas zu arrangieren, nur um dann immer wieder zunehmend ausgefallenere Entschuldigungen zu erfinden. Das kränkte Sarah, und sie gab es auf.

So ging es weiter, bis eines Abends im März Sarah in einem Restaurant zufällig Bid und Van Rijn erspähte. Ihr Tisch stand in einiger Entfernung, und Cas hatte den Roberts den Rücken zugewandt, so daß sie ihn nicht gleich erkannte. Sie wollte gerade zu ihrem Tisch hinüber, als die beiden aufstanden, um zu gehen. Hand in Hand verließen sie das Restaurant und blickten weder nach rechts noch nach links. Tom stieß sie sanft an.

»Liebes, du bist meilenweit weg. Wen starrst du denn so an?«

»Ich habe gerade Bid gesehen, sie war...«

Tom drehte sich um. »Wo?«

»Tom, sie war mit diesem Menschen von eurer Planungsgesellschaft zusammen hier – wie heißt er gleich wieder –, mit dem Holländer.«

»Du meinst doch nicht etwa Cas Van Rijn?« fragte er ungläubig. »Kennt sie ihn denn überhaupt? Woher denn? Du mußt dich getäuscht haben.«

»Natürlich kennt sie ihn. Erinnerst du dich nicht, wie er letzten Sommer zum Abendessen gekommen ist? An ihrem Geburtstag. Du weißt schon, als wir sie mit Richard bekannt gemacht haben.«

»Vielleicht schreibt sie einen Artikel oder so – für die Zeitschrift?«

»Du machst wohl Witze! Die beiden sind händchenhaltend hier rausspaziert.«

»Sei nicht albern! Du hast dich getäuscht, bestimmt.«

»Ich habe mich nicht getäuscht!« Jetzt wurde Sarah wütend. »Warum hat sie mir nichts davon gesagt?«

»Dir was gesagt, um Himmels willen?«

»Daß sie was mit ihm hat...«

»Hey! Ziehst du da nicht ein bißchen voreilig Schlußfolgerungen?«

»Du hast die beiden nicht gesehen. Wenn die nicht miteinander ins Bett gehen, freß ich einen Besen...«

»Ach, Liebes, warum genießt du nicht einfach dein sehr, sehr teures Essen und klärst das morgen mit deiner Freundin? Wenn es überhaupt etwas zu klären gibt. Außerdem, warum sollte sie sich überhaupt für ihn interessieren? Erstens ist er verheiratet, und zweitens ist er weit über vierzig...«

»Na und? Du bist sechsunddreißig, und du gehörst wahrlich noch nicht zum alten Eisen, oder?«

»Herrgott noch mal, der ist mindestens zehn Jahre älter als ich.«

»Unsinn«, widersprach sie erregt. »Niemals. So alt sieht er nun wirklich nicht aus. Jedenfalls, ich wette mit dir...«

»Ich hoffe sehr, daß du dich irrst, Liebes.« Plötzlich wurde Tom ernst. »Das könnte verdammt peinlich werden. Prue und seine Frau sind alte Freundinnen, verstehst du, so ist es überhaupt zu dieser Zusammenarbeit gekommen.«

»Das habe ich nicht gewußt. Und wie das?«

»Oh, du weißt doch, die gute alte Prue mit ihren Pferden. Offensichtlich züchtet Livy Van Rijn ebenfalls welche. Sie kennen sich seit Jahren. Und natürlich ist sie an dem Unternehmen beteiligt.« Er schürzte die Lippen. »Komm schon. Du nimmst mich auf den Arm. Das ist doch lachhaft, findest du nicht?«

Allerdings wirkte Tom mit einem Mal nicht mehr ganz so sicher. Er erinnerte sich, wie seine Sekretärin auf Cas reagiert hatte. War sie nicht förmlich vor ihm auf die Knie gesunken? Und diese französische Designerin, mit der er eines Tages aufgekreuzt war. Keine hatte sich darum gekümmert, ob er zu haben war, sie waren völlig hingerissen gewesen. Toms unklare, aber beharrliche Vorbehalte Cas Van Rijn gegenüber nahmen langsam Gestalt an, und damit verband sich ein verschwommenes Unbehagen darüber, daß die Firma allmählich alles auf das Hanning-Van-Rijn-Projekt setzte.

Weitere Mutmaßungen blieben den Roberts erspart, als der Kellner mit dem Dessert erschien. Sie unterhielten sich jetzt über Toms Abreise nach Amerika am nächsten Morgen. So traten das Problem Bid und die Möglichkeit, daß sie ein Verhältnis mit Cas hatte, zumindest vorübergehend in den Hintergrund.

Während Tom unterwegs war, brachte Sarah Alice zu ihren Eltern in Norwich. Als sie wieder in London war, war Bid nach Dublin gefahren. Von dort aus rief sie an, um ein wenig mit Sarah zu plaudern, und erwähnte, Eileen gehe es nicht sonderlich gut. Sie klang besorgt, und als sie erklärte, sie würde noch eine Woche Urlaub anhängen, nahm Sarah an, sie würde in Irland bleiben. Drei oder vier Tage später kamen jedoch aus Paris eine Ansichtskarte für Alice und eine zweite für Sarah und Tom, um sie daran zu erinnern, sich den 25. April, wie üblich, freizuhalten.

»Ich hoffe nur, sie bringt ihren Kerl nicht zu meinem Geburtstag mit!« meinte Sarah mit gedämpfter Stimme.

Genau an diesem Tag mußte Tom unvorhergesehen nach Liverpool, also feierten die Mädchen alleine. Sie gingen in ein altes Lieblingslokal von ihnen – ins Amalfi in Soho –, ein italienisches Restaurant gleich um die Ecke von dem französischen Pub.

Ungefähr sechs Wochen lang hatten sie sich nicht gesehen, und Sarah erkannte Bid kaum wieder, als sie auftauchte. Ihr war schon vorher aufgefallen, daß ihre Freundin schlanker geworden war, aber jetzt war die Veränderung verblüffend. Ihre Haare hatte sie schneiden und hennarot färben lassen. Sie trug ein schlicht geschnittenes bananenfarbenes Kleid und ein geschmackvolles blaues Jackett. Das dunklere Haar ließ ihre schimmernde Haut wunderbar zur Geltung kommen, und Sarah, die vorher ohne weiteres als die hübschere von beiden gelten konnte, mußte zu ihrem nicht geringen Kummer feststellen, ihre Freundin hatte ihr den Rang abgelaufen. Beide waren sie etwas nervös, als sie bestellten, aber als sie beim Dessert anlangten, hatte ihre alte Vertrautheit sich fast wieder eingestellt.

Bid hob ihr Glas. »Wie in alten Zeiten.«

»Nicht ganz. Schau dich doch nur an, Bid Lacey. Ich habe dich kaum wiedererkannt: Du siehst absolut umwerfend aus. Und du bist mir ausgewichen. Ich möchte nur wissen, warum? Komm schon, Biddy, sag's mir.«

Bid seufzte. »Ehrlich, ich bin dir nicht aus dem Weg gegangen. Bestimmt nicht. Es ist nur so ...es ist nur so ...O mein Gott! Hör mal, du mußt das für dich behalten, Sal. Nicht einmal Tom darfst du etwas davon erzählen. Versprochen?«

Und dann sprudelte die ganze Geschichte aus ihr heraus: ihre Niedergeschlagenheit darüber, wie sie es zugelassen hatte, von Colin bestraft und gedemütigt zu werden, ihre Angst, sie könnte unfähig sein, eine dauerhafte Beziehung aufrechtzuerhalten, ihre Einsamkeit. Und dann die Begegnung mit Cas. Wie sie sich verliebt hatte. Und sich Sorgen gemacht hatte, was die Leute wohl sagen würden.

»Leute? Wir, meinst du doch wohl?«

»Na ja, meine Ma und, ja, natürlich, du und Tom.«

Schließlich und endlich kannten sie ihn schon länger, er war ihr Freund.

»Eigentlich nicht, Bid«, wandte Sarah ein. »Wir kennen ihn kaum, und wir sind nicht miteinander befreundet. Tom arbeitet mit ihm zusammen, das ist alles.« Sarah wurde unbehaglich bei dem Gedanken, was Tom dazu sagen würde.

»Was ist mit seiner Familie, Bid?« fragte sie leise.

Ja, was war mit seiner Familie? Sarah begriff schnell, für Bid existierte sie im Grunde gar nicht. Wenn sie überhaupt je an seine Frau oder an seine Söhne gedacht hatte, dann höchstens am Rande. Sie wollte nichts weiter als reden, reden, reden – über Cas reden. Über den wunderbaren, begehrenswerten, erstaunlichen Cas!

Verdammt, ein wandelndes Wunder, dieser Kerl, dachte Sarah verdrossen.

Er war so einfühlsam. Fast konnte er Bids Gedanken lesen, wußte im voraus, was sie wollte. Und verflucht sexy. Ganz erstaunlich im Bett. Ehrlich.

Mit anderen Worten, ein knackiges Mannsbild, flüchtete Sarah sich in eine leicht obszöne Ausdrucksweise, sie sieht wirklich danach aus, daß er es ihr richtig besorgt, das läßt sich nicht leugnen.

Cas hatte diese phantastische neue Wohnung, ganz für sich. Hat nichts mit seiner Familie zu tun, fügte sie hastig hinzu, sie war nur für sie beide gedacht.

Verdammt! dachte Sarah, jetzt fehlen nur noch die schluchzenden Geigen.

Na ja, nein, über Scheidung hatten sie nicht gesprochen. Das war es auch nicht, was sie wollten, es war einfach nicht nötig. Sie lebten praktisch zusammen. Die Wohnung war umwerfend.

Eine Führung durch dieses Paradies bot sie ihr nicht an. War diese alberne Gans wirklich Bid Lacey? Die liebenswerte, unbeschwerte, zuvorkommende Bid?

»Und seine Frau? Weiß die Bescheid?« Unerbittlich beschloß Sarah, eine von ihnen mußte mit den Füßen auf dem Boden der Tatsachen bleiben.

Lässig winkte Bid ab.

»Nein, ich weiß nicht genau. Hör mal, mach dir deswegen keine Sorgen. Die Van Rijns haben so eine …so eine Vereinbarung und offenbar volles Verständnis füreinander...«

Oh, tatsächlich? Jetzt wird sie gleich sagen: aufgeklärt. Wenn ja, dann kommt mir das Kotzen. Sarah war erstaunt über den Blödsinn, den ihre Freundin von sich gab. Und entsetzt. Das war vielleicht eine Romanze! Und was war mit den Rechten der Frauen? Bid tönte wie eine Schmonzette aus dem 19. Jahrhundert. Sarah wußte nicht, was sie von alledem halten sollte, aber Bid konnte sehr überzeugend sein, und trotz ihrer Vorbehalte erschien es ihr unfair, noch länger dagegenzureden.

Erst als sie nach Hause kam, wurde ihr klar, daß sie ihre nicht unbeträchtliche Besorgnis kaum zum Ausdruck gebracht hatte. Nein, mehr als Besorgnis. Der Knoten in ihrem Magen signalisierte Angst. Sie fragte sich, ob man letztlich nicht eher vor den Liebhabern als vor der Verliebtheit Angst haben sollte, und wünschte von ganzem Herzen, Richard wäre der Held von Bids Geschichte.

Eingedenk ihres Versprechens behielt sie Bids Geständnis ein paar Wochen für sich, aber dann sah sie die beiden wieder zusammen. Jetzt konnte sie sich nicht mehr beherrschen und erzählte Tom alles.

»Das meinst du doch nicht ernst? Ehrlich, ich hasse derlei Verwicklungen. Wir hätten sie einander nicht vorstellen sollen. Ich hoffe nur, daß Prue Rawlings nicht Wind von der Sache bekommt. Wenn die das ausplaudert, gibt es einen fürchterlichen Krach. Warum, zum Teufel, kann deine Freundin sich nicht aus meinem Beruf raushalten?«

»Und wie kommst du auf die Idee, ich könnte die beiden daran hindern? Es sind erwachsene Menschen, verdammt noch mal! Tu nicht so aufgeblasen …überhaupt, was geht das die Rawlings an?«

»Die beiden sind Freundinnen, kapierst du das nicht, Freundinnen! Und Prue kann nun mal den Mund nicht halten.«

»Und?«

»Ach, ich weiß auch nicht, ich hasse einfach das Getratsche, die Peinlichkeiten ...was für Auswirkungen das auf unsere Firma haben könnte.«

»Vielleicht weiß sie es schon? Bid hat irgendwas über eine freizügige Auffassung von Ehe dahergefaselt.«

»Tatsächlich? Und wie viele Fälle kennst du, in denen das funktioniert?«

Sie überlegten hin und her. Sarah sagte sich, sie habe nur Angst, der Kerl würde ihrer Freundin weh tun, während Tom eindeutig verärgert war, daß seine Verträge durch eine lausige Affäre gefährdet wurden, die sie, wie unbeabsichtigt auch immer, selber in Gang gesetzt hatten und für die er sich die Schuld gab. Zumindest in einer Hinsicht waren sie sich einig: Sie hatten beide Angst, das Ganze könnte furchtbar schiefgehen.

Und das zu Recht. Schon seit einiger Zeit machte Tom sich Sorgen, weil die Firma viel zu abhängig von der Planungsgesellschaft geworden war, weil sie sich in eine Lage begeben hatten, in der ihre sorgsam aufgebaute Firma von dem Außenseiter ruiniert werden konnte. Was war, wenn er die umfassenden Vereinbarungen aufkündigte? Dann säßen sie vollkommen auf dem Trockenen. Er und Stephen hatten die meisten ihrer regelmäßigen Kleinaufträge, die das nötige Kleingeld brachten, angesichts Cas Van Rijns Superprojekten abgelehnt. Die Bombe, die Sarah jetzt platzen ließ, brachte einen Risikofaktor ins Spiel, mit dem er nicht gerechnet hatte und der ihm alles andere als gelegen kam. Trotzdem, es hatte keinen Zweck, sich im voraus Sorgen zu machen. Er legte den Arm um seine Frau.

»Tut mir leid. Ich wollte dich nicht anschreien, Liebes. Ich war nur wütend.«

»Mir tut es auch leid. Vielleicht war ich gemein, aber ich habe das scheußliche Gefühl, das alles wird böse enden«, begann Sarah reumütig, aber dann brach ihr nur mühsam unterdrückter Ärger hervor:

»Das kann ich ihr nicht verzeihen! So was von hinterhältig, das geht jetzt schon seit Monaten. Ich kann es einfach nicht fassen ...hinterhältiges Miststück, kein Sterbenswörtchen hat sie gesagt...«

»Warum, zum Teufel, sollte sie das auch?«

»Angeblich bin ich ihre beste Freundin, darum!«

»Hör auf, dir Sorgen zu machen, Sarah. Im Grunde genommen geht uns das gar nichts an.«

»Es geht mich, verdammt noch mal, sehr wohl was an, wenn ich sehe, wie meine beste Freundin sich so ...so ...so zwanghaft verhält«, erklärte sie beleidigt.

»Merkwürdige Art, wie du das ausdrückst.«

»Mmm. Na ja, irgendwie hatten die beiden so etwas an sich, wie sie da mitten auf dem Piccadilly standen. Es sah so aus, als gingen sie ganz ineinander auf...«

»Aber soll das nicht so sein bei Leuten, die sich lieben? Was ist daran so seltsam?«

Nachdenklich sah Sarah ihn an. »Ich weiß auch nicht«, sagte sie langsam. »Ich schätze, meine Reaktion darauf war seltsam. Ich glaube nicht, daß es Eifersucht war oder so etwas in der Art. Ich meine, irgendwie mag ich ihn nicht, ich traue ihm nicht über den Weg. Ich habe wirklich versucht, mich für Bid zu freuen, aber plötzlich habe ich fürchterliches Herzklopfen bekommen. Mich irgendwie bedroht gefühlt...« Sie verstummte.

»Das ist alles andere als seltsam«, erklärte Tom forsch. »Dürfte ganz schön bedrohlich für sie werden, wenn seine Frau von der Geschichte erfährt!«

»Weißt du was«, begann Sarah langsam, »auf die Idee bin ich noch gar nicht gekommen.«

Was noch seltsamer gewesen war, aber das erzählte sie Tom nicht: Sie hatte sich umgedreht und war, ohne die beiden zu grüßen, in die andere Richtung gegangen.

Liebe Ratsuchende: *Am besten wäre es, Sie würden die verschiedenen Möglichkeiten mit Ihrer Mutter besprechen, damit sie einsieht, daß Sie einfach nicht nach Hause zurückwollen. Vielleicht kämen Sie besser miteinander aus, wenn Sie ihr gegenüber ehrlicher wären, zum Beispiel was Ihren Freund betrifft?*

15 Der Frühling ging in den Sommer über. Ihre Verzückung dauerte an, und nichts und niemand störte sie. Allmählich lernte Bid, wie einfach es war, während der häufigen Abwesenheit ihres Liebhabers anderen, weniger angenehmen Verpflichtungen nachzukommen, und so konnte sie, wenn er hier war, ganz für ihn da sein. Sie sah keinerlei Ironie darin, dies als Freiheit zu bezeichnen.

Sarah hatte zwar nach wie vor Bedenken, aber sie äußerte sie jetzt etwas zurückhaltender. In den Sommermonaten stellte sich so etwas wie die frühere Vertrautheit zwischen ihnen ein, und sooft Bid zu Hause, in der Everard Street, war, trafen sie sich. Gelegentlich kam Sarah mit Alice bei *Diva* vorbei, um Bid zu helfen, und diese revanchierte sich mit Babysitten.

Auch ihrer Mutter stattete sie nach wie vor zwei oder drei Besuche im Jahr ab, mit dem Unterschied allerdings, daß sie sich jetzt gefestigt genug fühlte, alle schwelenden Spannungen zwischen ihnen schlichtweg zu ignorieren.

Sie vermied es, allzu viele ihrer neuen Kleider zu tragen, aber ihre Mutter war scharfsichtig und nahm Bids neue Angewohnheit, auf ihr Aussehen zu achten, zur Kenntnis. Die neue Frisur hingegen wurde mit entrüsteter Bestürzung kommentiert. Den Versuchen ihrer Mutter, Näheres über ihr Leben herauszufinden, begegnete sie mit belustigtem Gleichmut oder indem sie einfach ging, wenn sie dem Kern der Sache zu nahe kam.

Doch auch wenn sie sorgsam verheimlichte, wie sehr ihr Leben sich verändert hatte, es ließ sich nicht vermeiden, ab und zu ihren Liebhaber zu erwähnen. Im Lauf der Zeit wuchs ihre Ungeduld angesichts jeder auch noch so kurzen Unterbrechung ihres Zusammenseins. Dennoch gelang es ihr bemerkenswert gut, genügend auf der Hut zu sein, um, wenn sie von Abendessen in Restaurants oder Theaterbesuchen erzählte, nie den Namen Cas Van Rijn zu erwähnen. War sie in Irland, existierte er praktisch nicht. Daß ihre Mutter immer wieder darauf herumritt, sie solle doch für immer nach Hause zurückkommen, berührte sie nicht. Zu sehr war sie mit sich und ihren Gefühlen beschäftigt.

Erst Ende September, als Mrs. Lacey der Everard Street einen ihrer seltenen Besuche abstattete, fiel Bid auf, wie schlecht es ihrer Mutter tatsächlich ging. Jetzt erinnerte sie sich auch vage, daß sie in den letzten Monaten zunehmend blaß und teilnahmslos geworden war. Als sie nachhakte, erklärte ihre Mutter einfach, sie spiele mit dem Gedanken, ihre Stelle in dem Schuhgeschäft aufzugeben, da es doch einigermaßen anstrengend für sie sei, den ganzen Tag auf den Beinen zu sein. Bid, ständig in Angst vor drohenden Einschränkungen ihrer Freiheit, schaffte es fast, sich einzureden, die Klagen ihrer Mutter über Erschöpfung seien nur ein weiterer Trick, um sie nach Dublin zurückzuholen. Als sie jedoch abreiste, flammten die Befürchtungen wieder auf, und sie wurde unruhig und machte sich Sorgen. Cas wurde ungeduldig.

»Was du brauchst, Bidissima, ist ein bißchen Sonne«, erklärte er nachdrücklich.

»Oh? Tatsächlich? Wo denn?«

»In Florenz.« Er grinste. »Ich möchte dir ein paar Bilder zeigen.«

»Das wäre schön«, meinte sie halbherzig.

»Alsdann. Nächste Woche fahren wir. Das Wetter wird herrlich sein.«

»Ich muß erst fragen, ob das möglich ist.«

»Fragen? Was gibt es da zu fragen?« Er runzelte die Stirn. »Sag es deiner Freundin Edy einfach. Wenn es ihr nicht paßt, dann kündigst du eben. Um alles andere werde ich mich kümmern.«

Zehn Tage später fuhren sie von Pistoia aus eine Gebirgsstraße hinauf. Sie hatten am Flughafen ein Auto gemietet, und um nicht im abendlichen Stoßverkehr Pisas steckenzubleiben, hatten sie das Gepäck einfach in den Kofferraum geworfen und waren sofort losgefahren. Nach zwei oder drei Meilen begann Cas, unruhig auf seinem Sitz hin und her zu rutschen. Er kramte in seiner Gesäßtasche und warf den Inhalt achtlos auf das Armaturenbrett.

In der Nachmittagssonne heizte sich der Wagen auf; Bid lehnte sich in ihrem Sitz zurück und döste vor sich hin. Als sie aufwachte, versuchte Cas gerade, etliche mit Zement beladene Laster zu überholen. Der aufgewirbelte Staub legte sich als dünne, undurchsichtige Schicht auf die Windschutzscheibe. Ohne sich etwas dabei zu denken, beugte Bid sich vor, um den Scheibenwischer einzuschalten. Dabei fiel ihr Blick auf seinen Paß. Geistesabwesend nahm sie ihn, schlug ihn auf und starrte ihn skeptisch an. Sie wandte sich zu Cas, da schnellte seine Hand beiläufig vor und riß ihn ihr aus der Hand. Ohne ein Wort zu sagen, steckte er ihn in die Gesäßtasche zurück.

Der Zwischenfall hatte nicht länger als eine Minute gedauert, und sie redete sich ein, sie hätte Gespenster gesehen, aber ihr Gesicht war plötzlich glühend heiß. Liebevoll streichelte er ihre Wange und deutete in Richtung des Dunstschleiers vor ihnen.

»Da drüben liegt Florenz«, sagte er sanft. »Ungefähr fünfzehn Meilen entfernt.« Er wandte sich zu ihr und lächelte sie an. »Wir sind fast da, Liebes.«

Bid gab keine Antwort. Sie klappte ihre Handtasche auf und brachte ihr Make-up in Ordnung; sie war verwirrt und fühlte sich unbehaglich. Sie wollte ihn nicht ansehen.

»Da ist das Haus«, schmeichelte er. »Dort, hinter den Bäumen.«

Sie bogen um eine weitere Haarnadelkurve, und als die Straße in einen staubigen Weg überging, fuhr er durch ein Tor in einen Olivenhain. Durch die Bäume erspähte sie ein altes Bauernhaus, das sich behaglich an den Hang eines Hügels schmiegte. Das helle Blau des Swimmingpools bildete einen leuchtenden Kontrast zu dem matten Grau der Steinmauern und dem Rosa der Dachziegel. Es war unglaublich still, und nur das leise Summen eines

Generators und das Rumpeln eines Traktors in der Ferne waren als Kontrapunkt zum Zirpen der Zikaden zu hören.

»Wunderbar, findest du nicht?« Er schloß die Tür auf.

»Du warst schon einmal hier?«

»O ja. Oft.«

»Gehört es dir?« fragte sie leicht indigniert. Er sah sie nicht an.

»Nein, meinem Partner. Hier wird uns niemand stören. Ich räume den Wagen aus. Schau du dich inzwischen erst mal um.«

Sie ging von einem Zimmer ins nächste und klappte die Läden auf. Das Haus war geräumig und nur karg möbliert, die weißgetünchten Wände fast kahl, und unter ihren Füßen spürte sie die Kühle der glatten Terrakottakacheln. Der riesige Hauptraum, dessen Fenster nach Süden und Westen gingen, erstreckte sich offenbar über das ganze Erdgeschoß. Hier und dort standen einige erlesene Möbel, schimmernd von der Patina des Alters und der vielen Ellenbogen, die sich darauf gestützt hatten. Über den gekachelten Fußboden waren kostbare orientalische Teppiche, ebenfalls in gedämpften Farben, verteilt. Drei ernste Gesichter in schwarzem Rahmen, unverkennbar holländisch, starrten über ihren weißen Rüschenkrägen unheilvoll auf sie herab. Gerade als sie spielerisch einen Knicks vor ihnen machte, trat Cas hinter sie.

»Du willst die Vorfahren milde stimmen, wie ich sehe!« lachte er.

Sie wirbelte herum. »Deine?«

»Nein, nein, die Familie meines Partners. Drei Generationen Hannings«, fügte er hastig hinzu und wich erneut ihrem Blick aus.

»Kommt er oft hierher?«

»Wer?«

»Dein Partner«, erklärte sie ungeduldig. Ein kurzes, verlegenes Schweigen.

»Livy ist mein Partner.« Er machte sich an den Fensterläden zu schaffen, ehe er sich zu ihr umdrehte. »Aber das habe ich dir doch bestimmt erzählt?«

Sie hatte das verzweifelte Bedürfnis, ihre Empörung und ihre Wut herauszuschreien. Dennoch unterdrückte sie ihre Gereiztheit und wandte sich, so beiläufig sie konnte, zu ihm.

»Sie ist dein Partner *und* deine Frau?« Sie wählte ihre Worte mit Bedacht. »Nein, Cas, das hast du mir nicht gesagt.«

Quälende Unruhe verwandelte sich in Zorn. Zuerst die merkwürdige Geschichte mit dem Paß, jetzt dieser Schlag, den er ihr ganz nebenbei versetzte. Der Zorn schlug in Panik um und die Panik in Schuldbewußtsein. Wie wenig sie über ihn wußte. Immer so verschlossen, so geheimnisvoll.

Sein Partner war also seine Frau. Wie oft hatte er sie erwähnt? *Mein Partner meint dies oder jenes. Ich bin da anderer Ansicht. Kein Problem. Wir werden das schon klären, wie immer.* Der namenlose Partner, der in Amsterdam das Geschäft am Laufen hielt. Und sie, arme Irre, hatte ihn nicht ein einziges Mal darauf angesprochen, war nie auf die Idee gekommen, danach zu fragen, wer dieser Partner war, wie er aussah. Idiotin.

Ernüchtert trat Bid schweigend durch die offene Tür auf der einen Seite des breiten Kamins. Sie führte direkt in das offenbar einzige Schlafzimmer. Daran schloß, etwas tiefergelegen, das Bad. Es war geräumig und luxuriös, die Badewanne in den Boden eingelassen. Sie drehte das Wasser an, es war warm. Eine unsichtbare Hand hatte alles für ihre Ankunft vorbereitet. Er war also schon oft hier gewesen, nicht wahr? Wann hatte er zum letzten Mal dieses Bett, irgendein Bett mit seiner Frau geteilt? Mit versteinerter Miene betrachtete sie das riesige Doppelbett und wußte, sie würde nicht fragen, wie Mevrouw Hanning Van Rijn aussah.

Bid unterdrückte ihre wütende Enttäuschung und streifte durch die übrigen Räume des Hauses. Die Küche lag hinten beim Eingang und auf gleicher Ebene wie das Badezimmer. Die Fenster waren hoch oben in die Wände eingelassen, und obwohl es hier kühl war, beschloß Bid, nun nicht mehr so ohne weiteres willens, alles gut zu finden, daß der Raum abscheulich düster war. Gedankenlos öffnete sie den Kühlschrank. Er war gefüllt mit frischen Vorräten. Auf dem Tisch stand eine Steingutkasserolle. Sie berührte sie und stellte zu ihrer Überraschung fest, daß sie warm war. Als sie den Deckel hob, stieg ihr ein verführerischer Duft nach Rosmarin und Huhn in die Nase.

»Irgendwo muß da ein Hausmädchen sein«, murmelte sie vor sich hin.

»Nein«, antwortete Cas von der Tür her, »nur die Haushälterin, Marcellina. Sie wird uns nicht stören, aber aufräumen, wenn wir wieder weg sind. Alles andere machen wir selber. Du hast doch nichts dagegen?«

Bid gab keine Antwort. Sie blieb mit dem Rücken zu ihm stehen und versuchte, ihre Fassung wiederzuerlangen, aber sie spürte ihn auf sich zukommen und dann seine Hände auf ihren Schultern. Er drehte sie zu sich um, zog sie in den großen Wohnraum und hielt sie fest, bis ihr Körper sich entspannte. Sanft hob er ihren Kopf und sah sie ernst an.

»Seit mindestens drei Jahren bin ich nicht mehr mit Livy zusammen hier gewesen. Das wolltest du doch wissen, oder?« Er küßte sie zärtlich. Nein, wollte sie schreien, wann hast du zum letzten Mal mit ihr geschlafen? Sie sagte jedoch nichts, konnte ihm nicht widerstehen. Außerdem wollte sie gar nicht. Er gehörte ihr.

»Bid, Liebes, du glaubst mir doch? Ich will dich haben, ganz für mich. Nur wir zwei. Ich will dich lieben, Bellissima. Jetzt.«

Sie liebten sich auf einem der wunderschönen Teppiche, bis die Abendsonne den Raum mit einem warmen rosafarbenen Licht erfüllte.

»Sollen wir in ein Restaurant gehen oder hier essen?« fragte er sie.

»Hier. Schwimmen wir ein bißchen?«

Er nahm sie bei der Hand, und nackt gingen sie zum Pool. In dem klaren, unbewegten Wasser liebten sie sich noch einmal. Dann hob er sie in erneut aufwallender Leidenschaft hoch, setzte sie auf den Rand des Beckens, und während ihre Füße im Wasser baumelten, stand er vor ihr und drang wieder in sie ein, ungebärdig, gierig. Sie schlang ihre Beine um ihn, und ihre aufreizende Zunge lockte ihn, immer wieder zu kommen. Ihre Wut schlug in wildes, forderndes Begehren um. Sie allein würde ihn besitzen.

»War sie so gut wie ich?« Nicht ist, war. Vergangenheit.

Er zog sie zu sich ins Wasser und zog sie ungestüm an sich. Heftig drang er in sie ein, sein Mund preßte sich auf ihren.

»Keine war je so gut wie du«, flüsterte er heiser. »Ich will dich. Du gehörst mir.«

Sie lachte und schwamm langsam umher, bis er aus dem Wasser stieg. Eine Zeitlang saß er da und beobachtete sie, dann stand er auf und ging ins Haus. Gleich darauf kam er wieder zurück, in der Hand ein großes Glas mit hellem, strohfarbenem Wein.

»Willst du einen Schluck?« rief er, als sie auf ihn zuschwamm.

Er trank, und als sie die Hand nach dem Glas ausstreckte, kniete er nieder, umfaßte mit seiner freien Hand ihren Kopf, preßte seinen Mund auf ihren und ließ den Wein hineinfließen. Sie zog ihn zu sich ins Wasser, schlang ihre Beine um ihn und reizte ihn erneut zu einem ekstatischen Liebesakt. Danach ließ er sich erschöpft im Wasser treiben, bis er sich neben sie legte. Sie dösten in der untergehenden Sonne.

»Vielleicht sollten wir für immer hierbleiben? Würde dir das gefallen, Primavera?«

Sie begrub den Kopf in einem Handtuch und lächelte verstohlen, genoß die Macht des Schweigens. Er rollte sich auf die Seite und beobachtete, wie sie langsam aufstand und sich streckte, dann nachgab und sich zu ihm beugte. Sanft spielte ihre Zunge über seine Lippen.

»Ich gehe auspacken.« Sie lachte leise, denn sie wußte, er wollte, daß sie blieb.

Seit sie sich zum ersten Mal geliebt hatten, war ein Jahr vergangen, und in dieser Zeit waren alle Hemmungen von Bid abgefallen. In einer plötzlichen Eingebung wurde ihr nun klar, sie hatte, gerade weil sie ihren Zorn unterdrückte, Macht über ihn gewonnen. Leise lächelte sie und schwelgte in ihrer Sinnlichkeit. Über die in Halbdunkel getauchte Terrasse ging sie durch die großen, offenstehenden Fenstertüren in das geräumige Wohnzimmer. Zum ersten Mal hatte er Angst gehabt, sie zu verlieren, und das hatte ihre Anziehungskraft auf ihn mehr gesteigert als alle Beteuerungen hingebungsvoller Liebe. Ein Gefühl des Triumphes durchströmte sie. Sie wußte, er beobachtete sie, und so schaltete sie eine Lampe ein, ehe sie durch den Raum streifte und ihre überall verstreuten Kleidungsstücke zusammensuchte. Sie beugte sich nieder und richtete sich wieder auf, und nicht eine Andeutung von Befangenheit störte den ruhigen Fluß ihrer Bewegungen. Als sie ins Schlafzimmer ging, blieb sie vor dem Spiegel stehen und strich sich mit den Händen über die Seiten. So geschmeidig war sie geworden – sie drehte sich um und bewunderte sich selber. Sex entspannte sie, ließ sie aufblühen. Nun war sie gegenseitig, ihre Lust. Sie beugte sich nach hinten und schloß die Augen.

Sie schlug das Bett auf. Was, zum Teufel, bedeuteten schon abwesende Partner und Ehefrauen? Wen kümmerte Mevrouw? Er begehrte sie, liebte sie, niemand konnte eine solche Leidenschaft vortäuschen – oder? Sie würde ihn für sich haben, sie würde ihn nicht gehen lassen. Er wollte sie. Bei dem Gedanken an seine Feurigkeit stieg ein kehliges, zufriedenes Lachen in ihr auf. Dann starrte sie das Bett an. Er liebte sie, war jetzt sanfter, rücksichtsvoller. Außer im Bett. Da war er unersättlich, animalisch. Beide waren sie das. Je öfter sie sich liebten, desto heftiger begehrten sie einander. Gedanken an ihre unerschöpflichen Liebesrasereien zuckten durch ihren Kopf, als sie das Badewasser einließ. Plötzlich wollte sie ihn noch einmal.

Sie drehte die Wasserhähne zu, rannte zu ihm hinaus und lächelte triumphierend über seine Erektion. Ihre Hand spielte mit dem Goldkettchen um ihren Hals. Er setzte sich auf und starrte sie an.

»Bleib einen Augenblick so stehen«, bat er sie, »mein Botticelli. Meine Primavera.« Er atmete tief ein, und als er seine Hand ausstreckte, um sie an sich zu ziehen, versenkten sich ihre Augen ineinander. »Meine wunderschöne Primavera«, flüsterte er, »morgen erkläre ich dir, warum ich dich hierhergebracht habe. Wir fahren nach Florenz, und dort zeige ich dir, wie schön du bist. Ich liebe dich. Ich will dich, für mich, für immer.«

Einen langen Augenblick stand sie einfach da und blickte auf ihn hinunter. Dann sagte sie sehr ruhig:

»Ich weiß. Das ist am besten so, Cas. Ich weiß.« Aber tief in ihr schwelten Wut und Unsicherheit.

Grace

August bis September 1990

APULEIUS, Lucius: *DE CUPIDINIS ET PSYCHES AMORIBUS. Begrenzte Auflage. Schöne Stiche, originaler Rücken aus satiniertem Leinen. Herkunft unsicher, jedoch erlesene Ausstattung.*

16 Die unmittelbare Folge von Graces Zusammenbruch waren ein leichtes Fieber und ein drei Tage andauernder Dämmerzustand. Unterbrochen wurde er von zunehmend offenherzigen Anrufen von Sarah Roberts und beschwingten Besuchen des besorgten, aber überschwenglichen Murray Magraw. Sie war eindeutig an einem Tiefpunkt angelangt. Als sie ihn jedoch überstanden hatte und sich zusammennahm, hatte sie sich bereits einen Plan zurechtgelegt.

Der sogleich von Murray durchkreuzt wurde: In einem liebenswürdigen, wenn auch entschlossenen Versuch, sie zu beschäftigen, hielt er sie praktisch als Geisel im Bücherzimmer fest. Irgendwie – Grace wußte nicht, warum – hatte er sich in den Kopf gesetzt, sie werde von einem gewalttätigen, wenn auch unsichtbaren Ehemann bedroht. Ohne weitere Umschweife bestand er darauf. Ohne ihre kundige Unterstützung würde er viel zu lange brauchen, um die Arbeit abzuschließen.

Da sie immer noch ängstlich darauf bedacht war, sich ein einigermaßen sicheres Polster gegen Armut und Not anzulegen, hielt sie es für das beste nachzugeben. Wieder einmal verbannte sie also die Toten und die Abwesenden aus ihrem Denken und gönnte sich das Zusammensein mit dem sympathischen Amerikaner, das irgendwie beruhigend war. Sie fühlte sich ausgesprochen wohl in seiner Gesellschaft, und die Woche ihrer Zusammenarbeit erwies sich als besänftigend und erholsam und bestärkte sie in ihrem Entschluß, ihre Situation in den Griff zu bekommen. Als er plötzlich verschwand, war sie daher enttäuscht.

Und überraschenderweise erleichtert. Denn jetzt konnte sie

sich endlich wieder ihren privaten Sorgen zuwenden, ohne Erklärungen abgeben zu müssen. Außerdem hatte sie sich des Gefühls nicht erwehren können, seine Sympathie nähme allmählich besitzergreifende Züge an. In ihrem Hinterkopf nagte ein schleichendes Unbehagen, wieviel sie in der Zeit, als sie nicht mehr Herrin ihrer Sinne gewesen war, wohl alles ausgeplaudert hatte. Mittlerweile hatte sie sich jedoch zumindest soweit erholt, daß ihr eines klarwurde: Wenn sie jetzt ihr vages Mißtrauen die Oberhand gewinnen ließ, würde sie wieder in lähmende Untätigkeit verfallen oder, schlimmer noch, sich in eine endlose Spirale von Verdächtigungen hineinziehen lassen. Mit einer ungeheuren Willensanstrengung schob sie also dieses Unbehagen beiseite und schrieb einen Brief an Reggie, in dem sie auf einer Aussprache bestand. Dann rief sie Bartley Quinlan an.

»Wegen des Hauses am Kanal, Mr. Quinlan. Ich habe vor, Ende des Monats nach Irland zu kommen. Dann könnte ich mich mit Ihrem Klienten treffen – der es kaufen will.«

Quinlans Reaktion auf ihren entschlossenen Ton war fast komisch.

»Ich spreche doch mit Mrs. Hartfield, nicht wahr?« Er spielte den Ungläubigen.

Sie mußte lachen. »In der Tat, Mr. Quinlan. Sobald ich hier herüben ein oder zwei Dinge geklärt habe, kann ich Ihnen einen genauen Termin sagen.«

»Sehr schön. Kann ich sonst noch etwas für Sie tun?« Er wußte offenbar nicht so recht, was er von dem Ganzen halten sollte, legte es jedoch eindeutig darauf an, das Gespräch in die Länge zu ziehen.

»Nicht daß ich wüßte.«

»Der andere Testamentsvollstrecker würde …«

»Der Priester?«

»Ja. Er setzt sich zur Ruhe und will wieder in seine Heimatstadt ziehen. Wie Sie wissen, hat er sich schon mehrmals nach Ihnen erkundigt. Die Frage ist, wann Sie bereit sind, mit ihm zu reden. Ihm scheint sehr viel daran zu liegen, Sie zu treffen.« Aus

Quinlans Mund klang das so, als würde Grace ihm damit eine Gnade erweisen.

»Ich lasse mir das durch den Kopf gehen, Mr. Quinlan. In ein paar Tagen melde ich mich wieder.«

Einen Augenblick lang setzte sie sich hin und wartete darauf, daß das Zittern einsetzte. Die Angst, die die Erwähnung des Priesters ihr früher eingejagt hatte, flackerte kurz auf, legte sich aber schnell wieder. Erleichtert lehnte sie sich zurück und atmete tief durch, ganz langsam, da läutete das Telefon.

Es war Murray. Vor ein paar Tagen war, wie er berichtete, seine Mutter gestorben. Er werde, sobald er könne, zurückkommen, um die Arbeit an der Sammlung abzuschließen.

»Außer Sie fühlen sich wohl genug, um selber das Ganze noch einmal durchzusehen, ehe Sie es abschicken. Max Lindquist wird allmählich ungeduldig. Er hat schon ein paarmal angerufen.«

Daß er trotz seiner eigenen Probleme immer noch versuchte, sie irgendwie zu beschäftigen, rührte sie, auch wenn es, von ihm sicher nicht beabsichtigt, so klang, als traue er ihr nicht allzuviel zu. Erneut fragte sie sich, wieviel sie ihm gesagt hatte, und verspürte eine Mischung aus Unmut und Erleichterung, wie merkwürdig tröstlich der Gedanke war, ihre Sorgen bei einem vergleichsweise Fremden abgeladen zu haben, der bald wieder abreisen würde. Damit gäbe es auch keinen Zeugen ihrer Demütigung, zumindest nicht in ihrer Nähe. Andererseits könnte es ziemlich peinlich werden, wenn er darauf bestand zu bleiben.

»Es ist nur noch wenig daran zu machen. Ich werde das gleich erledigen.« Und nach einer höflichen Beileidsbekundung zum Tod seiner Mutter legte Grace auf.

Sofort machte sie sich an die Arbeit und ordnete bedachtsam und methodisch die Bücher, Broschüren, Spitzenmuster und Illustrationen je nach Größe zu ordentlichen kleinen Stapeln. Sie polsterte die Ecken ab und packte jedes einzelne Stück sorgfältig ein. Ein paar Tage später holte der Expreßdienst die drei großen Kisten ab. Für Murray gab es hier nun nichts mehr zu tun. Er hatte also keinen Grund mehr, sie zu besuchen, und ihr

Leben würde wieder ganz ihr gehören. Grace war jedoch überrascht, als sie sich irgendwie leer, unausgefüllt fühlte. Aber nicht lange. Ein paar Tage später kreuzte er auf. Er wirkte ziemlich niedergeschlagen und behauptete, er wisse nicht, was er mit sich anfangen solle. Schweigend musterte sie ihn.

»Ich muß mich irgendwie beschäftigen.« Mehr sagte er nicht, und jetzt war die gründlich enttäuschte Grace an der Reihe, ihm zu helfen. Einen Tag, dachte sie, höchstens zwei, dann muß er wieder verschwinden.

Sie arbeiteten sich durch die Regale hindurch und sortierten den gesamten Bestand unter dem Gesichtspunkt, später entsprechende Kataloge zusammenzustellen. Als er mit dem Inventarisieren begann, fühlte sie sich allmählich in die Enge getrieben und fragte sich, ob er je wieder gehen würde. Sie haßte sich für ihren vagen Argwohn, er nutze sie aus, ein Argwohn, der sich bei genauerer Betrachtung in nichts auflöste und nur das ungute Gefühl einer unbestimmten Wut auf Gott und die Welt hinterließ. Darauf, daß sie kein Rückgrat hatte.

Nie zuvor war das Bücherzimmer so ordentlich und überschaubar gewesen, aber es dauerte nicht lange, da gestand Murray schuldbewußt ein, er denke sich einfach Möglichkeiten aus, was es noch zu tun gäbe, nur um sich zu beschäftigen.

»Ich hätte nicht gedacht, daß der Tod meiner Mutter mich so mitnimmt. Sie war schon so lange krank, und … verdammt noch mal, wir sind nicht mal besonders gut miteinander ausgekommen.«

Das besänftigte sie wieder, und zu ihrer eigenen Überraschung erklärte sie:

»Ich weiß nicht, warum ich es immer so angenehm gefunden habe, alleine zu arbeiten.«

Als er dankbar lächelte und sich für diesen Tag häuslich einrichtete, fragte sie sich, nützte sie seine Gutmütigkeit aus oder er die ihre?

Max Lindquists Bestätigung, daß er die Spitzenkollektion erhalten hatte, traf zusammen mit einem Scheck in atemberaubender Höhe ein. Hartfield Regional Books drohte nun nicht mehr der unmittelbare Bankrott, und als sie zur Feier des Tages an dem Tisch in der Bibliothek saßen, jeder ein Glas Malzwhisky Marke Highland Park vor sich, fragte Murray, was sie davon halte, ihn für ein paar Monate einzustellen. Nachdenklich blickte sie ihn an. Ihr war klar, ganz unmotiviert konnte diese Frage nicht sein. Aber sie wollte einfach nicht länger Gefahr laufen, die ohnehin nur mühsam errungene Kontrolle über ihr Leben wie auch über ihr Geschäft wieder aufzugeben. Ebensowenig erwähnte sie, daß ihr Einkommen zur Zeit kaum für eine Person reichte. Er war schließlich nicht dumm. Das hatte er vermutlich längst schon von selber gemerkt.

»Mein Sortiment ist nicht gerade umfangreich. Haben Sie irgendwelche Ideen?«

»Ich glaube schon. Sie haben eine ganze Reihe Ausgaben kleiner Verlage. Bei ein oder zwei von denen könnten wir ansetzen.«

Wir. Ein flaues Gefühl überkam sie.

»Oh, finden Sie? Bei einigen bin ich reichlich skeptisch – nur Stil und kein Inhalt.«

»Nicht bei allen. Was ist mit der Daniel Press? Sie besitzen bereits ein paar von den frühen Ausgaben, und die sind mittlerweile ziemlich selten.«

Grace nickte. »Ja, aber die sind eine Ausnahme. Übrigens habe ich die meisten davon am selben Tag wie die Spitzen gekauft.«

»In Oxford? Natürlich. Da war die Druckerei. Henry Daniel war Dekan des Worcester College«, psalmodierte Murray wehmütig. »Es gelang ihm, Stil und Inhalt miteinander zu versöhnen.« Er grinste. »Mir selber sind die etwas ausgefalleneren Sachen lieber«, erklärte er gedehnt, »wo ich doch selber so ein extravaganter Kerl bin.«

Sie lachte. »Was? Wie Kelmscott etwa? Aber ich bin sicher, einige der wirklich kleinen kommerziellen Pressen waren weit interessanter.«

»Sehen Sie! Wir könnten da etwas sehr Aufregendes auf die Beine stellen.«

Schon wieder *wir,* dachte sie schicksalsergeben.

»Was ist mit Ihrem Job?«

»Ich könnte meinen Urlaub verlängern. Vielleicht gehe ich auch gar nicht mehr zurück.« Er hielt inne und goß sich noch einen Whisky ein. »Es gibt nichts, zu dem ich zurückkehren könnte.«

Sie wartete, bis er auch ihr nachgeschenkt hatte.

»Meine Frau hat sich vor ein paar Monaten aus dem Staub gemacht.«

»Aus dem Staub gemacht?«

»Yeah. Mich verlassen. Zwölf Jahre waren wir verheiratet. Und dann – wumm!«

»Kinder?«

»Nicht mit mir, schließlich hatte sie ihren Beruf. Perfekt im Organisieren von Konferenzen. Vizepräsidentin eines ziemlich bedeutenden Unternehmens. Sie wollte keine Kinder.« Er nippte an seinem Whisky. »Keine Zeit. Bis ein Kollege sie geschwängert hat. Wie sich herausstellte, hatten sie seit Jahren etwas miteinander.« Noch immer schwang in seiner Stimme Ungläubigkeit nach. »Mein Gott, was war ich für ein Trottel! Alle diese Konferenzen im Ausland. Jeder sonst hat es anscheinend gewußt.«

Kein Wunder, daß er sich so mitfühlend um sie gekümmert hatte. Saßen sie nicht beide im selben Boot? Reggie schlich sich in Graces Gedanken.

»Das tut mir leid«, sagte sie.

»Ich werd drüber wegkommen, schätze ich. Aber eine Zeitlang will ich nicht dorthin zurück.«

Vorsichtig setzte Grace an: »Ich habe noch nie mit jemandem zusammengearbeitet. Habe mir eingebildet, das wäre nichts für mich.« Sie lächelte, um dem Gesagten die Spitze zu nehmen, und fügte hinzu: »Es hat gut funktioniert, auf vorübergehender Basis.« Ein peinliches Schweigen breitete sich aus.

»Ich wüßte nicht, wie ich Sie bezahlen soll.« Sie zögerte, dann dämmerte ihr, vorläufig könnte ja er sich um das Geschäft kümmern, während sie die Lacey-Geschichte weiterverfolgte. »Vielleicht könnten wir ... vielleicht könnten wir unabhängig voneinander arbeiten? So eine Art Partnerschaft … wir könnten uns etwas ausdenken … und es dann ein paar Wochen lang probieren? Wenn es hinhaut, um so besser. Und dann könnten wir uns darüber unterhalten, ob wir die Vereinbarung auf eine breitere Grundlage stellen. Wäre Ihnen das recht?«

»Meinen Sie das ernst? Wirklich?« fragte er begeistert.

Sie warf ihm einen argwöhnischen Blick zu und fragte sich, ob er wirklich so aufrichtig war, wie er wirkte. Ein unbestimmter Groll stieg in ihr auf. Wäre sie je wieder in der Lage, jemandem zu vertrauen? Sie haßte, was allmählich aus ihr wurde, haßte diese Aushöhlung ihres Wesens, ihr argwöhnisches Suchen nach verborgenen Motiven, ihr Mißtrauen. Gleichzeitig konnte sie jedoch nicht anders, sie fragte sich, welche Probleme seine eigene Verletzlichkeit mit sich bringen würde. Doch dann sah sie sein offenes, sympathisches schiefes Lächeln und schämte sich fürchterlich.

»Die Ausbeute ist ziemlich mager, das ist Ihnen doch wohl klar, Murray. Sind Sie sicher, daß Sie das wirklich wollen?«

»Es würde mir das Leben retten«, erklärte er schlicht. Als er auf einen Stapel Bücher deutete, berührte seine Hand die ihre. Sie zog sie schnell zurück, murmelte aber, sie sei einverstanden.

Na ja, immerhin war sie ihm für seine Freundlichkeit etwas schuldig. Dennoch grübelte sie immer noch darüber nach, wieviel sie ihm wohl verraten hatte.

»Die nächsten paar Tage bin ich anderweitig beschäftigt«, erklärte sie unvermittelt.

»Oh?« Er machte ein langes Gesicht.

»Ich habe einiges zu erledigen. Sobald ich Zeit habe, denken wir uns eine Art von Vereinbarung aus. Wäre das in Ordnung?«

»Mhm.« Mit der Miene eines Mannes, der ein Zehnpencestück verloren und ein Pfund gefunden hat, griff er nach seinem Regenmantel. Grace, die nur mit Mühe ein Grinsen unterdrücken konnte, wühlte in ihrer Handtasche und gab ihm, mit dem festen Entschluß, ihm zu vertrauen, einen Schlüssel. »Sie können hier kommen und gehen, wie es Ihnen beliebt. Wenn Ihnen danach ist, gleich anzufangen …« Näher führte sie das nicht aus. »Falls das einfacher für Sie ist, können Sie auch hier wohnen. Das Gästezimmer ist hergerichtet.«

Nachdem Murray gegangen war, rief Grace Sarah Roberts an und schlug ihr vor, am nächsten Tag zusammen zu Mittag zu essen. Dann beschloß sie impulsiv, nach Clerkenwell zu fahren. Als sie das Haus verließ, kam ihr verdrossen das Au-pair-Mädchen der Pepperstocks entgegen, beladen mit zwei Einkaufstüten voller Lebensmittel. So widerstrebend, daß es schon wieder komisch war, trottete Jamie hinter ihr drein. Als er Grace sah, hellte sein Gesicht sich auf.

»Darf ich Reggie besuchen? Er hat versprochen, daß er mich zum Angeln mitnimmt. Darf ich zu ihm, Grace?« fragte er atemlos. Wie ein zu groß geratenes Labrador-Junges führte er sich auf und klammerte sich mit seinen großen Patschhänden an ihren Rock.

»Reggie ist immer noch weg, Jamie.« Sie lächelte auf sein vor Eifer glühendes Gesicht hinunter.

»Aber er hat es mir versprochen!« Seine Unterlippe begann zu zittern. »Er hat gesagt, daß wir angeln gehen!«

»Wann hat er dir das versprochen, Schätzchen?« Sie kauerte sich neben ihn, aber er riß sich los, lümmelte sich auf die Türschwelle und schlug sich mit einem Seufzer endgültigen Entsagens die Hände vors Gesicht. Nach ein oder zwei Augenblicken linste er verstohlen durch die Finger.

»Kann ich mit zu dir kommen, Grace? Mama ist nicht da.« Er verzog sein Gesicht vor Anstrengung, ihm ein tragisches Aussehen zu verleihen. »Ich mag deine Fritten.«

Sie unterdrückte ein Lachen. »Jetzt kann ich dir keine machen, Goldstück, ich bin mit jemandem verabredet. Du könntest ja rüberkommen, wenn ich wieder zurück bin. In ein oder zwei Tagen. Dann essen wir jede Menge Fritten. Und Hot dogs, wenn du Lust darauf hast.«

Niedergeschlagen wandte er sich ab und schlurfte zur Seitenfront des Hauses. Er sah wirklich wie ein enttäuschter alter Mann aus. Wie angewurzelt stand Grace da und beobachtete ihn. Die Augen des Au-pair-Mädchens begegneten ihrem Blick; es lächelte verlegen und zuckte die Schultern. Nachdenklich schloß Grace das Tor. Ganz plötzlich hatten ihre vagen Vorsätze sich zu eiserner Entschlossenheit verfestigt. Sie machte sich Richtung Ealing Broadway auf und bog nach einer Stunde, in der sie angestrengt nachgedacht hatte, in die Everard Street ein.

Das Haus war kleiner, als es von außen wirkte, und in nur zwei Wohnungen unterteilt: Die eine umfaßte Souterrain und Erdgeschoß; die andere den ersten Stock und die Mansarde. Die Eingangshalle hatte man renoviert, um einen engen Vorraum mit in rechtem Winkel zueinander versetzten Türen zu schaffen. Neben der rechten stand Bid Laceys Name über dem Klingelknopf. Grace drehte den Schlüssel im Schloß um, stieß die Tür auf und trat ein.

Die Treppe führte zu einem geräumigen Absatz, von dem zwei weitere Türen wegführten. Die Küchentür war nur angelehnt. Grace ging daran vorbei und trat durch die zweite. Das Wohnzimmer war eine Überraschung: voll von Büchern, gemütlich und unglaublich ordentlich. Allerdings roch es abgestanden und leicht muffig. Schließlich war es den ganzen Sommer über verschlossen gewesen. Grace öffnete die Fenster, sammelte die aufgereihten leeren Blumentöpfe auf dem Fensterbrett ein und trug sie in die Küche. Auch hier riß sie die Fenster auf.

Ruhelos streifte sie durch die Räume, machte Schränke auf und wieder zu; sie wußte einfach nicht, wo sie anfangen sollte. Auf dem Tisch lag ordentlich gestapelt ein Haufen Post, das meiste davon Werbebroschüren. Im Spülbecken wucherte in ein paar leeren Milchflaschen ein Pilz zu furchterregenden Gebilden heran. Von der Rückenlehne eines Stuhls nahm sie ein kurzes olivgrünes Jackett, roch geistesabwesend daran und legte es angewidert beiseite. Ein schaler Geruch nach menschlichem Schweiß, vermischt mit einem Hauch von Parfum.

Unschlüssig zögerte sie, stopfte dann das bißchen Abfall in eine Plastiktüte von Sainsbury's und ging die Treppe hinauf. Sie warf einen kurzen Blick in das kleine Schlafzimmer und das Bad, berührte allerdings noch nichts, sondern versuchte, ein Gefühl für das Mädchen und dafür, wie es gelebt hatte, zu bekommen.

Eine leichte Brise kam auf und brachte frische Luft in die verstaubte Wohnung, bauschte die Vorhänge und wehte das dumpfe Dröhnen des Verkehrs und, seltener, das Geschrei von Kindern herein. Das munterte Grace ein wenig auf, und sie kehrte in das Wohnzimmer zurück, um mit einer genaueren Durchsuchung zu beginnen.

Überall standen Bücherregale. Schon ein flüchtiger Blick zeigte ihr, daß es sich um wertvolle Ausgaben handelte. Jedes Buch war sorgfältig eingeordnet. Eine erstaunlich umfangreiche Sammlung für eine so junge Frau. Ihrer Schätzung nach fünf- bis sechshundert Bände. Zuerst aufs Geratewohl, dann mit zunehmendem Interesse gezielter, zog sie einige heraus und kritzelte ein paar Namen in ihr Notizbuch.

»Die hat gewußt, worauf sie aus war«, murmelte Grace vor sich hin. »Wenn sie alle diese Bücher gekauft hat, muß sie sich jeden Penny vom Mund abgespart haben.«

Sie musterte die Bestände auf den Bücherborden etwas eingehender. Bei einem Großteil handelte es sich offenbar um irische Literatur des 20. Jahrhunderts. Irgendwo in ihrem Denken wurde eine seltsame, verschüttete Erinnerung wach, etwas unbestimmt Vertrautes. Als sie ein schmales Bändchen herauszog, stieg von den abgegriffenen, verblaßten Seiten ein schwacher Geruch nach dem Rauch von Torffeuer auf, und einen Augenblick lang, in dem ihr Herz stillzustehen schien, drohten die längst begrabenen Erinnerungen an ihre Kindheit sie zu überwältigen.

Sie stellte das Buch an seinen Platz zurück und wandte sich den beiden kleineren Regalen zu, die auf beiden Seiten einer Nische standen – einst wohl ein offener Kamin, aber jetzt prangte dort ein scheußlicher Gasofen mit einer Verkleidung aus imitiertem Kupferblech. Hier fand Grace eine Auswahl moderner amerikanischer und englischer Romane vor, die sie mit einem Blick einschätzen konnte. Bei der irischen Literatur bewegte sie sich auf etwas unsicherem Terrain. Dennoch konnte sie eine Schätzung wagen, und als sie der Reihe nach einen Band nach dem anderen herunternahm und durchblätterte, hätte sie gerne gewußt, wie das Mädchen zu einer derart erlesenen Sammlung gekommen war.

Wie als Antwort auf diese Frage zeigten das nächste und dann nahezu alle anderen Bücher, die sie aufschlug, daß Fergus Lacey sie gesammelt hatte. Auf der Innenseite des Umschlags war jeweils ein hübsches kleines Exlibris angebracht, auf dem in einer wunderschönen Handschrift sein Name, das Datum des Erwerbs und, in einer jüngeren und nicht so sorgfältigen Schrift, BK Lacey standen. Vier oder fünf Bücher, mit jeweils neuerem Datum, waren von einem nicht näher identifizierten BM gewidmet. Irgend etwas an diesen Initialen kam ihr bekannt vor. Im Augenblick konnte sie jedoch nicht sagen, warum. Sie ließ das schmalste der kleinen Bändchen in die Tasche ihres Jacketts gleiten, um es sich später genauer anzusehen.

Ansonsten gab es in der Wohnung nur wenig von besonderem Wert, außer einigen wunderschönen Aquarellen über dem zugemauerten Kamin. Niederländer, stellte sie überrascht fest, als sie genauer hinsah. Sarah Roberts hatte erwähnt, der Holländer hätte Bilder gesammelt – vielleicht hatte er diese hier Bid geschenkt? Sie nahm sie vom Haken und untersuchte die Rückseite, fand aber keinerlei Hinweis auf ihre Herkunft.

Nachdem sie sie wieder aufgehängt hatte, sah sie sich die anderen Bilder an. Abgesehen von einer kleinen Bleistiftzeichnung einer jungen Frau, die neben dem Kaminvorsprung hing, handelte es sich um einfach gerahmte Poster und Drucke. Die Zeichnung war verblaßt und leicht stockfleckig und mit JBY, 1906 signiert. Als sie sie umdrehte, sah sie auf der Rückseite die Widmung in Fergus Laceys Handschrift: *Meiner liebsten Bridget zu ihrem 21. Geburtstag von Dad.* Darunter stand, von einer zittrigen Hand mit Bleistift geschrieben: *Zeichnung einer nicht näher benannten Abbey-Schauspielerin* von John Butler Yeats (dem Vater des Dichters).* Es war eine bezaubernde Studie,

* Das Abbey Theatre in Dublin war der Mittelpunkt der von Lady Gregory und W. B. Yeats initiierten Bewegung zur Erneuerung des irischen Dramas (Anm. d. Ü.).

schlicht und anrührend. Ein wenig ähnelte das Mädchen Sarah. Spontan steckte Grace das Blatt in ihre Tasche.

In der Schublade des kleinen Tisches neben dem Fenster fand sie stapelweise Briefe. Die ersten paar, auf die sie einen flüchtigen Blick warf, waren alle auf blaues Briefpapier geschrieben und mit *Mam* unterzeichnet. Grace unterdrückte ihre gewaltsam aufbrechenden Gefühle und überflog in der Hoffnung auf bedeutsame Enthüllungen die Seiten, die jedoch nichts weiter als belanglose Neuigkeiten enthielten, die nur für die beiden Briefschreiberinnen von Interesse gewesen waren.

Eines fiel ihr jedoch auf: Eileen Lacey hatte offenbar eine ausgeprägte Begabung dafür gehabt, frischverheirateten Freundinnen ihrer Tochter über den Weg zu laufen. Was für eine unterschwellige Bedeutung diese Berichte hatten, wurde ihr allerdings nicht ganz klar. Mit Sicherheit hatte sie versucht, Bid nach Dublin zurückzulocken. Weg von ihrem Liebhaber? Einigen der Briefe waren offenbar Zeitungsausschnitte mit Stellenangeboten in Dublin beigelegt gewesen, denn in der Folge erkundigte Eileen Lacey sich ungeduldig, warum Bridget sich nicht darum bewerbe. Grace durchstöberte den Stapel nach den Annoncen, fand aber keine.

Die Briefe Fergus' waren von ganz anderer Art. Sie strahlten all die Warmherzigkeit aus, die Eileens Briefen fehlte. Er erkundigte sich besorgt nach der Gesundheit seiner Tochter, ob es ihr gutgehe, und zeigte sich interessiert an allem, was sie unternahm. Er hatte ein wirklich gutes Gespür für winzige Details gehabt: der Garten, die Nachbarn und das Wetter, alles mußte für spaßige Kommentare herhalten. Sein hauptsächliches Interesse konzentrierte sich jedoch auf seine von ihm so bezeichnete »Büchergier«, und triumphierend berichtete er von seinen neuesten Funden, die er in allen Einzelheiten beschrieb. Es war klar, er betete sein einziges Kind an und glaubte offenbar, es teile seine Neigung zu Büchern. Aber schon ein flüchtiger Blick auf die Bücher ließ Grace schließen, daß dem wohl nicht so gewesen war, zumindest nicht vom Literarischen her. Kein Zweifel, Bid hatte sie, aus Achtung vor ihrem verstorbenen Vater, liebevoll und in tadellosem Zustand aufbewahrt, aber ein erfahrenes Auge sah, wie selten die Bücher aufgeschlagen oder auch nur in die Hand genommen worden waren.

Offenbar hatte Bid Lacey jeden Zettel aufbewahrt, auf den Cas Van Rijn je etwas geschrieben hatte. Unter den Briefen ihrer Eltern waren sie in einer Zigarrenschachtel chronologisch geordnet. Genaugenommen waren es nicht viel mehr als kurze Nachrichten, allerdings zärtlich und liebevoll, und hatten der Empfängerin wahrscheinlich mehr bedeutet, als ein neugieriger Fremder ahnen konnte. Weder Datum noch Adresse waren angegeben, aber jemand, vermutlich Bid, hatte mit Bleistift auf jedem einzelnen fein säuberlich das Datum vermerkt; ein stummes Zeugnis dafür, wieviel er ihr bedeutet hatte. Er nannte sie seinen Schatz, seine Primavera, seine Braut, seine Liebe. In seinem letzten kleinen, rührenden Brief aus Holland sprach er von ihrem Kind und wie sehr er sich darauf freue. Der Schluß lautete:

Ich habe mich nicht genügend um die Scheidung gekümmert, Liebste, in allzu großer Selbstgefälligkeit war ich mir Deines Vertrauens sicher. Denn bis zu jenem Tag hattest Du nie etwas davon erwähnt, und ich war gar nicht auf die Idee gekommen, wie Du unter der schwierigen Lage, in die ich Dich Deiner Mutter und Deinen Freunden gegenüber gebracht habe, gelitten haben mußt. Das war dumm von mir, mein Schatz. Ich werde mich jetzt sofort darum kümmern, und ich verspreche Dir, noch ehe der Monat vorüber ist, wird alles geregelt sein, und noch ehe jemand anderer außer uns selber etwas von unserem Baby weiß, werden wir verheiratet sein. Vereint, untrennbar, auf ewig.

Er hatte den Brief zwei Monate vor ihrem Tod geschrieben. Am 6. Februar. Als Grace ihn noch einmal las, fragte sie sich mit einem verächtlichen Schnauben, wie er es bloß fertiggebracht hatte, so unaufrichtig zu sein. Hatte Bid erst dann Druck auf ihn ausgeübt, als sie sich ihrer Schwangerschaft sicher gewesen war? Als sie sich des Mannes sicher gewesen war? Was für eine Art von Beziehung war das gewesen?

Sie setzte sich auf das Sofa und versuchte, sich die Liebenden vorzustellen, aber ständig schob das Bild der Mutter sich dazwischen. Sie sah ihre Briefe noch einmal durch, diesmal gründlicher, ob sie irgendeinen Hinweis auf Van Rijn enthielten, fand aber keinen. Auch nicht auf die Schwangerschaft ihrer Tochter. Nichts als die ewige Quengelei, Bid solle doch nach Dublin zurückkommen. Ihr mangelndes Interesse dafür, wie es Bid in London erging, hatte etwas gespenstisch Herzloses an sich. Beim Lesen der Briefe wurde klar, sie hatten einander nicht besonders nahegestanden.

Grace versuchte sich vorzustellen, wie das Mädchen durch die Wohnung ging, in einem Buch las. Irgendwie kam das Zimmer ihr vertraut vor. Über zwei schwere Sessel im Stil der dreißiger Jahre waren leuchtend rote und goldfarbene indische Tagesdecken gebreitet – wie die von Sarah, erinnerte sie sich plötzlich. Vermutlich stammten sie aus der Zeit, als sie zusammengewohnt hatten. Den Boden bedeckten einigermaßen neue Reisstrohmatten. An der Wand stand die häßliche Imitation einer französischen Chaiselongue, die mehr als dringend einer Generalüberholung bedurfte. Und davor ein recht hübscher Couchtisch aus Glas. Neben einer Tasse mit angetrockneten Kaffeeresten lagen aufgeschlagen Mary Wesleys *Harnessing Peacocks* und einige Exemplare von *Diva,* das letzte ein halbes Jahr alt. Als ihr Blick umherschweifte, fiel er auf zwei Fotografien, die, fast verdeckt von den Vorhängen, neben dem Fenster auf dem Boden lagen.

Der Luftzug mußte sie heruntergeweht haben, denn die Verglasung von beiden war zerbrochen. Behutsam entfernte Grace die Splitter von den kleinen Schnappschüssen; der eine zeigte die gräßliche Alice, der andere ein Paar – einen untersetzten Mann in Tweedjackett und eine schlanke, dunkelhaarige Frau. Eileen. Graces Herz pochte schmerzhaft, als sie behutsam das Bild nahm und damit zum Fenster ging, um es genauer zu betrachten. Am oberen Rand war in der vertrauten Handschrift ordentlich vermerkt: *Mam und Dad in Kilduff, 1979.*

Ihre Schwester. Ihr so ähnlich, daß Grace vor Entsetzen die

Augen schloß. Das Foto war vor elf Jahren aufgenommen worden, als sie – wie alt gewesen war? Einundvierzig. Fast genauso alt, wie sie, Grace, jetzt war. Sie starrte auf das lächelnde, rätselhafte Gesicht, und ihr war klar, wären sie einander in die Arme gelaufen, sie hätten gewußt, daß sie Schwestern waren.

Eileen hatte jedoch gewußt, daß Grace am Leben war. Wie konnte jemand, der so durchschnittlich, so vertraut aussah, einer derart berechnenden Böswilligkeit fähig sein? Bestimmt war es nicht ihre Absicht gewesen? Trotzdem, warum hatte sie dann alle Brücken hinter sich abgebrochen?

»Warum?« Grace stieß das Wort zwischen zusammengebissenen Zähnen hervor. »Warum hast du das getan?« Plötzlich drehte sich alles. Sie rannte ins Badezimmer und übergab sich.

Der Inhalt des Wasserbehälters reichte nur für eine Spülung, und keinerlei Geräusch deutete darauf hin, daß er sich wieder auffüllte. Ihr Magen war in wildem Aufruhr, und auf der Suche nach irgend etwas, um ihn zu beruhigen, öffnete sie das kleine Wandschränkchen über dem Waschbecken. Er enthielt nichts außer Aspirin, Mundwasser, Seife, Zahnpasta und einer kleinen, flachen Dose aus Schildpatt, in der sie eine nicht angebrochene Dreierpackung Antibabypillen fand, auf der noch das Verschreibungsdatum stand: September 1989. Sonst waren keine da. Hatte sie damals beschlossen, die Pille abzusetzen und es darauf anzulegen, schwanger zu werden? War es ihr eigener, einseitiger Entschluß gewesen? Auf der Innenseite des Döschens entdeckte Grace ein Klebeetikett, auf dem sorgsam vermerkt war, daß sie die Pille zum ersten Mal im Oktober 1988 genommen hatte. Das Datum war rot umrandet, und daneben stand »Angefangen«.

Nachdenklich betrachtete Grace die Notiz und wunderte sich zum x-ten Mal, warum Sarah Bid als schusselig bezeichnet hatte, was Grace, parteiisch wie sie war, als unbekümmert übersetzt hatte. Das sorgsam beschriftete Etikett und die Ordnung in den Bücherregalen legten einen ganz anderen Schluß nahe. Auch ED Hampshire hatte den Eindruck vermittelt, um Bid müsse man sich ein wenig kümmern. Grace neigte eher der Ansicht zu, daß ihre Nichte einerseits ihr Leben recht gut im Griff gehabt hatte, andererseits sehr entschlossen gewesen war. Trotzdem war sie irgendwie immer um Zuneigung bemüht gewesen und hatte es zugelassen, von allen Seiten bevormundet zu werden. Ziemlich traurig, das Ganze. Schon die Abkürzung ihres Namens paßte nicht ganz zu dieser zwiespältigen Persönlichkeit. Mit Sicherheit war sie nicht so fügsam und willfährig*, dafür aber interessanter und weit komplizierter gewesen, als die beiden ihr zugetraut hatten. Und wahrscheinlich um einiges verschlagener.

Oder hatte sie sich die Ordentlichkeit wie auch die Geheimnistuerei zusammen mit ihrem neuen Erscheinungsbild zugelegt? Hatte sie ihre Schusseligkeit genauso bekämpft wie ihr Übergewicht? Konnte jemand sich derart verändern? In so kurzer Zeit? Und wenn, dann doch wohl nur, um den Schöpfer dieses neuen Bildes zu beeindrucken? Den Liebhaber, der sie aushielt? Bei dem Gedanken fröstelte sie.

Ein lautes Hämmern an der Wohnungstür unterbrach sie in ihren Gedanken. Schnell rannte sie die Treppe hinunter. Ein schlanker, eleganter Herr um die Sechzig stand neben der geöffneten Tür der Erdgeschoßwohnung und musterte sie mit unverhohlenem Interesse und schlecht verhohlenem Argwohn.

»Entschuldigen Sie. Sind Sie befugt, sich hier aufzuhalten? Ich habe Wasser laufen hören, und das hat mir einen gehörigen Schreck versetzt.«

»Tut mir leid, wenn ich Sie gestört habe«, erklärte Grace höflich. »Ich hätte Ihnen sagen sollen, daß ich hier bin und, hm, mich in der Wohnung umsehe. Ich bin eine Verwandte von Bid.«

»Ja. Das ist mir jetzt auch klar«, gab er zurück. Er konnte seine Neugierde kaum bezähmen. »Tut mir leid, wenn ich etwas barsch war, aber ich hatte befürchtet, es seien Hausbesetzer. Kann ich etwas für Sie tun? Vielleicht kann ich Ihnen zur Hand gehen?«

»Da wäre tatsächlich etwas, wenn Sie so freundlich wären. Wissen Sie, wie man das Wasser wieder anstellt?«

Er nickte energisch, zog die Tür zu seiner Wohnung hinter

* Auf englisch heißt fügsam, willfährig *biddable* (Anm. d. Ü.).

sich zu, folgte ihr die Treppe hinauf und drehte mit einem geschickten Handgriff den Absperrhahn in einem kleinen Schränkchen in der Küche auf. Als er sich aufrichtete, streckte er ihr die Hand entgegen und lächelte.

»Ich bin Roy Angel. Das unten ist meine Wohnung.« Er sah sich um und meinte traurig: »Ich vermisse die liebe Bid sehr.«

Das machte ihn Grace auf Anhieb sympathisch. Die liebe Bid. Keine Beurteilung wie fett, mager oder schusselig. Keine Vorbehalte. Nur ein einfacher Ausdruck der Zuneigung. Die liebe Bid. Grace schüttelte ihm die Hand. Er sah sie verblüfft an, als sie ihm ihr Beileid ausdrücken wollte, dann erklärte sie, um ihre Verwirrung zu überspielen:

»Ich bin Grace Hartfield.«

»Ach?« Er wartete, daß sie weitersprach. Als sie jedoch schwieg, fragte er:

»Sie sagten, Sie seien eine Verwandte? Nah verwandt? Sie sind doch keine Lacey, oder?« fügte er neugierig hinzu. Sie schüttelte den Kopf und fragte sich, wie sie darum herumkäme, ihre unglaubliche Geschichte zu erzählen, und ihn doch so lange hinhalten könnte, bis er über das Mädchen zu sprechen begann.

»Nein, nicht besonders nah.«

Er machte den Eindruck, als wolle er sich dazu äußern, sagte jedoch nichts und forderte sie damit auf weiterzureden. Seine durchdringenden Augen waren überall. Grace hatte das unheimliche Gefühl, er habe sich selber zum Beschützer der Intimsphäre ihrer Nichte ernannt und erwarte jetzt von ihr, daß sie ihr Eindringen rechtfertige.

»Ich habe sie gar nicht gekannt«, erklärte sie. »Bis zu ihrem Tod habe ich nicht einmal etwas von ihrer Existenz gewußt. Ihre Mutter habe ich zum letzten Mal gesehen, als ich noch ein Kind war. Sie ist auch tot, wußten Sie das?«

Er nickte.

»Haben Sie sie gut gekannt? Bid, meine ich. Wie lange hat sie hier gewohnt?«

Zu ihrer Verwirrung traten ihm Tränen in die Augen, und es dauerte eine Zeitlang, ehe er antwortete.

»Oh, so ungefähr sieben oder acht Jahre, glaube ich. Kurz nachdem sie nach London gekommen war, hat sie die Wohnung von einem irischen Freund übernommen. Aber richtig kennengelernt habe ich sie erst, als ihre Mitbewohnerin, Sarah, vor vier oder fünf Jahren ausgezogen ist. Bid und ich sind gute Freunde geworden. Ich war erschüttert, als ich erfahren habe, daß sie tot ist. Wir waren beide völlig fertig. Schrecklich, was sie getan hat.« Er seufzte und sah sie traurig an. »Ziemlich dunkel hier – ist der Strom noch abgestellt?«

»Ich fürchte schon.«

»Soll ich Ihnen helfen, oder würden Sie lieber etwas trinken?«

»Jetzt, wo es dunkel ist, kann ich kaum mehr etwas machen. Ein Drink wäre mir sehr recht«, meinte sie dankbar. »Ich mache nur die Fenster zu und komme dann zu Ihnen hinunter.«

Er hatte die Tür zu seiner Wohnung offenstehen lassen und winkte Grace vom Wohnzimmer auf der Vorderseite des Hauses aus herein. Das Apartment war mit beträchtlich mehr Geschmack und Geld eingerichtet als das oben und hatte noch die ursprüngliche elegante Stuckdecke und einen wunderschönen Marmorkamin. Zu beiden Seiten des Kaminvorsprungs standen hohe Bücherschränke mit Glastüren. Als sie einen flüchtigen Blick darauf warf, erkannte sie zu ihrer Verblüffung einige ihrer eigenen Bücher wieder. Über dem Kaminsims hing das eindrucksvolle Porträt eines ernsten, nahezu kahlköpfigen Gelehrten.

»Das ist Bradley. Mein Partner.« Roy drehte sich zu ihr um. »Wir sind seit über dreißig Jahren zusammen.« Die Art, wie er dies sagte, hatte etwas Herausforderndes.

Grace sah ihn verdutzt an. »Doch nicht Bradley Moffat? Vom Queen Mary College? Wirklich seltsam!« Als ihre Finger sich um das kleine Buch in ihrer Tasche schlossen, setzte sie sich unvermittelt hin. BM.

»Sie kennen ihn?« An die Stelle der Herausforderung war Interesse getreten.

»Wir sind uns nie begegnet, aber wir korrespondieren seit Jahren miteinander. Gelegentlich kauft er Bücher von mir.«

»Hartfield. Natürlich, deswegen ist mir der Name so bekannt

vorgekommen. Sie sind die Buchhändlerin. Großer Gott, das ist wirklich ein außergewöhnlicher Zufall. Wissen Sie, daß er gelegentlich etwas für Bid gekauft hat?« Er musterte sie blitzschnell von oben bis unten und zappelte regelrecht vor Neugierde – oder war es Mißtrauen?

Nahezu die gleichen Gedanken rasten durch ihre Köpfe. Grace Hartfield, verwandt mit Bid Lacey. Bücher aus den Hartfield-Katalogen in ein und demselben Haus. Warum hatte sie sie nie an Moffats Privatadresse geschickt, sondern immer ans College? Sie hätte anrufen können … hätte … hätte … *Oh, Bid, liebe Kleine.*

»Was möchten Sie gerne trinken?«

»Scotch. Mit Eis, wenn Sie welches haben«, antwortete sie mit zittriger Stimme.

Er schenkte aus einer Karaffe ein. »Kein Eis, das ist Malzwhisky. Tut Wasser es auch?« Er hielt Grace den Krug hin und setzte sich dann ihr gegenüber, während sie anfing, von den Ereignissen der letzten Monate zu berichten. Als sie erklärte, sie sei die Schwester von Bids Mutter, nickte er nur.

»Ja, natürlich.«

»Sie haben das gemerkt?«

»O ja, sofort. Die Ähnlichkeit ist unheimlich. Natürlich sind Sie um einiges jünger.«

»Haben Sie sie gut gekannt?«

»Nicht so besonders«, erklärte er trocken und schwieg ein paar Minuten, ehe er herausfordernd hinzufügte: »Sie hatte etwas gegen Homosexuelle, vermute ich.« Als Grace nichts erwiderte, fuhr er fort: »Ich habe es vorgezogen, ihr aus dem Weg zu gehen. Zum letzten Mal habe ich sie gesehen, als sie im … wann war das gleich wieder? Im Januar, sie hat Weihnachten zusammen mit Bid verbracht. Das war, soweit ich mich erinnere, das letzte Mal, daß sie hier war.«

Trübselig starrte er auf einen Punkt irgendwo vor sich und rieb sich mit der Hand über den Mund. Mit einem Fuß schlug er leicht gegen das Stuhlbein. Er wirkte einsam – nicht, als wäre er ein einsamer Mensch, sondern eher wie ein geselliger Typ, der Gesellschaft sucht. Traurig sah er Grace an und lehnte sich dann in seinem Stuhl zurück.

»Sie haben sich ganz grauenhaft gestritten, ich dachte schon, die Decke kommt runter. Als sie ging, war Bid völlig aufgelöst.«

»Haben sie oft gestritten?«

»Nicht so. Sie sind immer wieder aneinandergeraten, vor allem im letzten Jahr. Komisch, jetzt, wo ich daran denke – das muß angefangen haben, als sie Bid nicht mehr so an der Kandare hatte.«

»Nachdem Cas Van Rijn auf der Bildfläche erschienen war, meinen Sie?« half Grace nach.

Bedächtig schüttelte er den Kopf. »Hm, nein. Ich glaube eher, das war später. Vielleicht als er so eine Art feste Größe wurde?«

»Sie meinen, als sie ihn kennengelernt oder von ihm erfahren hat?«

»Vermutlich. Ja, sehr scharfsinnig von Ihnen. Aber«, jetzt ging er zum Gegenangriff über, »Sie haben doch gesagt, Sie hätten Mrs. Lacey nicht gekannt?«

Zu ihrer eigenen Überraschung platzte Grace heraus: »Sie war fürchterlich tyrannisch. Immer gleich eingeschnappt.« Sie starrte ihn mit offenem Mund an, verdutzt über ihre Enthüllung. Roy Angel nickte nachdrücklich.

»Ganz recht«, erklärte er mit offensichtlicher Genugtuung, »ganz recht.«

»Mr. Angel.« Grace schluckte. »Mr. Angel, könnten Sie mir etwas über sie erzählen? Bitte?« Sie beobachtete, wie er an seinem Whisky nippte. Offensichtlich behagte ihm ihre Aufforderung, ein wenig zu plaudern.

»Sie sah sehr gut aus. Hatte genau die gleichen außergewöhnlichen blaßgrauen Augen wie Sie. Daher habe ich gewußt, daß Sie nah miteinander verwandt sind. Sie war immer sehr zurückhaltend, obwohl sie recht charmant sein konnte, aber, oje, sie hat Bid und Fergus mit ihrem Schweigen ganz grausam tyrannisiert. Eine furchteinflößende Art zu schweigen. Alles mußte nach ihrem Kopf gehen. Wenn nicht, dann hat sie unter Umständen tagelang den Mund nicht aufgemacht. Manche bezeichnen das als Eingeschnapptsein.« Roy Angel ließ keinen Zweifel daran, daß er sich zu diesen Leuten zählte.

»Selbst auf diese Entfernung hin hat sie Brad und mich entnervt. Wenn ihre Eltern zu Besuch kamen, hatte die arme Kleine schon wochenlang vorher Angst, und das wirkte ansteckend. Eine Art von Angst, gegen die man einfach nichts machen kann, egal, wie sehr man sich bemüht, sie zu ignorieren. Beide, Bid und ihr Vater, haben sich von ihr ziemlich einschüchtern lassen und alles getan, um sie bei Laune zu halten. In gewissem Sinne hat das ihre Beziehung gefestigt, aber der arme Fergus stand völlig unter ihrem Pantoffel«, fügte er grimmig hinzu. »Natürlich, ich bin parteiisch, aber ich weiß mit absoluter Sicherheit, sie hat Bid so erzogen, daß diese vollkommen unfähig war, auf etwas anderes als auf Dominanz zu reagieren.«

»O mein Gott!«

»Richtig. Das schien sie anzuziehen wie Honig die Bienen. Sogar Sarah, die wirklich sehr nett ist, wenn auch ein bißchen überheblich – obwohl, ich mag sie sehr gerne –, selbst Sarah hat ständig versucht, Bids Leben in die Hand zu nehmen. Was meiner Ansicht nach völlig überflüssig war! Und dann diese alte Schulmeisterin, für die sie gearbeitet hat! Ich weiß nicht, warum Bid so wenig Selbstvertrauen hatte. Sie hat ihre Arbeit wirklich gut gemacht, müssen Sie wissen. Aber ihr wurde bald klar, es war eine Art Sackgasse, und deshalb hatte sie dauernd schreckliche Angst, jemand könnte sie durchschauen. Das war lachhaft, aber es war der Grund, warum sie – na ja, es fällt mir schwer, das zu sagen – immer irgendwie *unterwürfig* war, von ihrer ganzen Einstellung her, wenn Sie verstehen. Mit nichts, nicht mit Schimpfen und nicht mit Schmeicheln, konnte ich ihr diese alberne Vorstellung austreiben.« Er seufzte tief. »Nicht albern. Traurig. Können Sie sich das vorstellen, sogar der Portier bei dieser erbärmlichen Zeitschrift hat sie ins Krankenhaus geschickt, um seine schreckliche, fette alte Frau zu besuchen ...« Roy Angel war nicht mehr zu bremsen. »Und der gleiche alte Brummbär hat sich nicht mal die Mühe gemacht, ihr etwas auszurichten, wenn man zufällig dumm genug war, ihn darum zu bitten. Was mir ab und zu passiert ist.« Er lehnte sich zurück.

Grace erinnerte sich, wie sie besorgt auf Bids Sachen gewartet hatte, und wollte schon eine Bemerkung darüber fallenlassen, aber Roy Angel war voll in Fahrt.

»Und dann dieser unsägliche Colin, der Vorgänger von dem Holländer. Ein- oder zweimal habe ich sie gefragt, ob dieser unangenehme junge Mann sie mißhandelt. Sie hat es immer abgestritten, aber, verstehen Sie, die Schallisolierung in dem Haus hier ist nicht so ganz das Wahre, und gelegentlich habe ich blaue Flecken auf ihren Armen entdeckt. Und einmal in ihrem Gesicht. Nachdem er sie verlassen hatte, war sie oft hier bei mir und hat sich an meiner Schulter ausgeweint. Sie war völlig am Boden zerstört.«

Bedächtig, etwas verstohlen, füllte er sein Glas nach und ignorierte das leere von Grace.

»Und dann kam dieses kurze Zwischenspiel mit einem recht netten Kerl. Richard hieß er. Sah auch ziemlich gut aus, auf etwas langweilige Art. Verläßlich. Auf den haben wir große Hoffnungen gesetzt. Aber«, er zuckte die Schultern und kehrte seine Handflächen nach außen, »es hat nicht sollen sein, leider. Wirklich schade. Anscheinend ist sie einfach nicht damit zurechtgekommen, als gleichwertig behandelt zu werden. Das hat sie sogar selber zugegeben. Wirklich ein Jammer. Aber damals hatte sie natürlich ihren Holländer schon kennengelernt.«

Hatte Bid ihm alles anvertraut? Angels etwas affektiert besorgter Tonfall schien darauf hinzudeuten.

»Und der ...?« half sie nach.

»O ja. Auch der hat sie beherrscht, allerdings ist er dabei wohl etwas raffinierter vorgegangen. Jedenfalls, unter seinem Regiment ist es ihr prächtig gegangen. Sie ist regelrecht aufgeblüht und hat hinreißend ausgesehen. Natürlich hat sie sich selber umgemodelt, um ihm zu gefallen, aber irgendwie hat es anscheinend funktioniert. Ich schätze, er liebte sie. Sie hat behauptet, im siebten Himmel zu schweben. Und das muß man sagen, zumindest eine Zeitlang wirkte sie sehr, sehr glücklich.«

»Aber allzu sicher sind Sie sich da nicht?«

»Na ja, wissen Sie«, erklärte er etwas barsch, »ich habe mich manchmal gefragt, ob das alles nicht ein wenig einseitig war. Von Scheidung keine Spur. Er hat die Sache einfach schleifen lassen, und das hat sie in eine sehr schwierige Situation gebracht, vor allem ihrer Mutter gegenüber. Und natürlich war da der Zwiespalt mit ihrer Herkunft und Erziehung. Sie war vielleicht keine übermäßig eifrige Katholikin, aber gläubig war sie auf jeden Fall, und obwohl sie das nicht zugeben wollte, es hätte ihr etwas ausgemacht, sehr viel sogar. Sie können das alles natürlich besser verstehen. Wirklich schwierig. Ich bin mir nicht sicher, ob dieser Kerl ganz ehrlich war. Und außerdem fand ich ihn viel zu alt für sie.«

»Haben Sie ihn gut gekannt?«

»Nein, eigentlich kaum. Die beiden waren sehr vorsichtig. Soweit ich mich erinnere, sind wir uns nur einmal auf einer Party begegnet, wenn man das überhaupt als Begegnung bezeichnen kann.« Irgendeine Erinnerung ließ ihn innehalten. Er schnaubte belustigt, ging aber nicht näher darauf ein.

»Und seine Frau? War sie da auch dabei?«

»Gott im Himmel, nein! Derlei Typen reisen mit leichtem Gepäck.« Er wurde plötzlich ernst und beugte sich zu ihr. »Wissen Sie was, da wir gerade davon sprechen, ich würde mich liebend gerne einmal mit seiner Frau unterhalten. Das würde natürlich bedeuten, daß ich nach Holland fahren müßte. Dort lebt sie, glaube ich, zumindest hat Bid das gesagt.« Erneut füllte er sein Glas. Grace schenkte er beträchtlich weniger ein. »Haben Sie auch schon daran gedacht?«

»Ja. Ich hatte es mir eigentlich vorgenommen.«

»Gut. Ich habe ein unangenehmes Gefühl bei der ganzen Geschichte.« Schweigend ging er auf und ab, blieb dann vor dem Fenster stehen und starrte hinaus, wie um seine Gedanken zu sammeln.

»Sie haben gewußt, daß sie ein Kind erwartete? In der Woche, bevor ihre Mutter starb, ist Bid eines Abends zum Essen runtergekommen. Ich war regelrecht überwältigt – sie hat mich gebeten, Pate zu sein, verstehen Sie? Sie war ziemlich aufgedreht, fand ich. Voller Pläne und ganz aufgeregt, aber schrecklich mager und abgespannt. Völlig erschöpft, das arme Ding. Ihre Mutter hatte Krebs. Haben Sie das gewußt? Ich schätze, er ist viel zu spät diagnostiziert worden und hat sich dann sehr schnell ausgebreitet. Zu der Zeit ist Bid zwei-, dreimal im Monat nach Irland geflogen, um sie zu besuchen. Das war eine enorme Belastung, sie sah furchtbar müde aus.«

»Wie, um alles in der Welt, konnte sie sich das denn leisten?«

»Darum kümmern alte Geldsäcke sich schon. Ihr Holländer. Ein wahrer Krösus offenbar. Hat bei der Fluggesellschaft ein Konto eröffnet.«

»Kannten Sie ihn mittlerweile ein wenig näher?«

»Eigentlich nicht.« Roy Angel schien unbehaglich zumute. »Sie hat ihn immer regelrecht versteckt.« Er zuckte die Schultern. »Aber ich bin nun mal ein bißchen ein Fenstergucker, und so habe ich ihn ein paarmal kommen und gehen sehen. Schrecklich gutaussehend. Wirklich. Für sein Alter. Er kam schon in die Jahre, müssen Sie wissen.«

»Ja, Sarah hat gesagt, ungefähr fünfundvierzig.«

»Das möchte ich wohl meinen!« erwiderte er giftig. »Mindestens. Wer auch immer sein Schneider war, der hätte einen Orden verdient. Diese Schultern. Herrje!« Er verdrehte die Augen gen Himmel und versank dann in trübseliges Schweigen. Da es wenig Sinn zu haben schien, sich weiter über einen Mann zu unterhalten, den keiner von ihnen näher kannte, wandte Grace sich wieder dem Problem zu, das sie unterschwellig ständig umtrieb.

»Ihrer Mutter hat sie nichts von dem Baby gesagt, nehme ich an?«

»Nein. Das war noch so eine Sache. Immer wieder hat sie es hinausgeschoben. Na ja, sie war so schlank geworden, daß man es kaum merkte, und sie hat sich auch entsprechend angezogen, aber als ich sie zum letzten Mal gesehen habe, da habe ich es gemerkt. Ich habe es gewußt. Natürlich habe ich keinen Ton gesagt. Sie sollte es mir von sich aus erzählen. Sie hat erklärt, an dem Wochenende würde sie es ihrer Mutter sagen, aber ich bin mir nicht sicher. Weiß der Himmel, warum sie das so lange hinausgeschoben hat.« Nachdenklich sah er sie an.

»Mr. Angel, können Sie sich vorstellen, warum sie sich umgebracht hat?«

»Nein«, meinte er traurig. »Ich habe keine Ahnung. Nachdem es passiert war, bin ich zu Sarah. Sie war völlig außer sich und hat eine Menge Unsinn erzählt, daß Bid schuld am Ruin von Toms Firma sei. Ich bitte Sie! Schauen Sie sich doch nur die abscheulichen Bauwerke an, die diese modernen jungen Architekten, die heute als in gelten, uns vor die Nase setzen ... ich meine ... wen wundert das dann noch? Aber ich habe den Mund gehalten. Sarah kann ziemlich rechthaberisch sein. Ehrlich gesagt, ich fand das ein bißchen dick aufgetragen, schließlich hatte sie die beiden miteinander bekannt gemacht. Ich vermute, das ist mit ein Grund, warum sie so fertig ist.« Er sah aus, als würde er gleich wieder zu weinen anfangen.

»Sie hat mir Bids Abschiedsbrief gezeigt. Ich habe immer wieder darüber nachgedacht, aber nichts. Ich weiß wirklich nicht, warum sie das getan hat. In Dublin muß etwas Schreckliches passiert sein, da bin ich mir ganz sicher. Oder ihr Freund hat gedroht, sie zu verlassen?« Angel strich sich über die Stirn. Seine Stimme klang jetzt müde und mutlos, und er sprach, als würde er sich zu Einsichten zwingen, die er kaum ertragen konnte.

»Das Merkwürdigste ist ... an dem Abend, als ihre Mutter starb, hat Bid von Dublin aus angerufen. Das war am Mittwoch, stimmt's? Ich dachte, sie wolle mir das mitteilen, aber nein, sie hat nach ihrem Kerl gefragt. Hat gedacht, er sei vielleicht hier aufgetaucht und habe sie gesucht. Dann hat sie was von einer Verabredung zum Mittagessen dahergequasselt, die sie nicht einhalten konnte, weil sie den Anruf bekommen hatte. Ihre Mutter hat sie kaum erwähnt. Ich muß sagen, ein wenig schockiert war ich schon. Ich meine, es klang, als empfände sie mehr Kummer über die geplatzte Verabredung als über den Tod ihrer Mutter.

Am nächsten Tag kam dann Tom Roberts und hat ebenfalls nach ihm gefragt, und dann, am Freitag, nach der Beerdigung, hat Bid noch einmal angerufen. Ein paarmal. Ich bin ein bißchen wütend geworden und war wahrscheinlich ziemlich kurz angebunden. Brad lag mit einer fürchterlichen Erkältung im Bett. Es ging ihm gar nicht gut, und ich selber fühlte mich auch nicht so besonders. Ich habe es seitdem bitter bereut, denn das war das letzte Mal, daß ich mit ihr gesprochen habe.« Er schluchzte trocken auf. »Kummer macht keinen von uns zum Helden, nicht wahr? Arme Bid. Sie muß Sonntag abend hier gewesen sein, am Tag, ehe sie starb, aber wir haben nichts gehört, rein gar nichts. Unser Schlafzimmer ist im Souterrain, und wir waren beide vergrippt und sind früh schlafen gegangen, randvoll mit Aspirin. Und dem Zeug da.« Er sah auf sein Glas und trank gierig einen Schluck. Mittlerweile sprach er schon etwas undeutlich.

»Es war wirklich schrecklich für mich, daß sie nicht um Hilfe gebeten oder zumindest angerufen hat. Ich werde den Gedanken einfach nicht los, in welcher Einsamkeit sie diesen grauenhaften Entschluß gefaßt hat. In einer fremden Stadt, ohne einen Freund, der ihr das ausgeredet hätte. Ich war ihr Freund, aber ich habe versagt, verstehen Sie. Auf ganzer Linie.« Er schloß die Augen. »Es war niederschmetternd.«

Grace wünschte, sie könnte sich in Luft auflösen oder einfach hinausschlüpfen, ohne ihn weiter zu stören, aber als sie sich bewegte, machte er blitzschnell die Augen auf und erhob sich.

»Ich bitte um Vergebung, Mrs. Hartfield, ich vergesse meine Manieren«, entschuldigte er sich höflich.

»Sie waren sehr geduldig, Mr. Angel, und haben mir sehr weitergeholfen. Ich werde das tun, was Sie vorgeschlagen haben, und versuchen, mich mit Mrs. Van Rijn zu treffen.« Als sie in die Diele gingen, faßte er sie am Ellenbogen.

»Morgen fahren wir in Urlaub«, erklärte er. »Wir fliegen in aller Frühe für zehn Tage nach Venedig. Vielleicht schauen Sie mal wieder vorbei, wenn wir zurück sind?«

»Ja, natürlich.«

»Sind Sie oben fertig?«

»Ja, für heute schon.« Sie lächelte und streckte ihm die Hand entgegen.

»Noch eines, Mr. Angel. Da ist etwas, das ich einfach nicht verstehe. Wahrscheinlich hat es nichts weiter zu bedeuten, aber sowohl Sarah als auch die Leute in Bids Büro haben angedeutet, Bid sei ziemlich schusselig gewesen ... hätte die Dinge nicht im Griff gehabt. Aber ihr Zimmer ...«

»Die kannten sie auch nicht besonders gut, oder?« fiel er ihr energisch ins Wort. »Das war nur so eine alberne Pose. Natürlich war Sarah die ausgeprägtere Persönlichkeit und lange Zeit auch die hübschere von beiden. Es gelang ihr recht gut, sich vorteilhaft von Bid abzuheben. Und als Bid sie sozusagen aus dem Feld schlug, da hat ihr das gar nicht behagt. Aber das liebe Mädchen war so überängstlich, sehnte sich so verzweifelt nach Liebe und bemühte sich viel zu sehr, allen zu gefallen. Das konnte durchaus als Schusseligkeit ausgelegt werden, vermute ich. Was auch immer man darunter versteht. Wenn sie sich jedoch in der Gesellschaft von jemandem wohl gefühlt hat, wie bei mir und Brad, dann war sie ein ausgesprochen angenehmer Kumpel. Und ich meine: Kumpel. Es hat einfach Spaß gemacht, mit ihr zusammenzusein, und sie hat sich für alles interessiert, was man gerade gemacht hat. Sie hatte eine wunderbare Art. Eine liebe Freundin, ich vermisse sie sehr.«

Als Grace ihm die Hand entgegenstreckte, umfaßte Roy Angel diese mit beiden Händen und zog Grace leicht zu sich heran. In seinem Gesicht malten sich Traurigkeit und Unentschlossenheit, als er all seinen Mut zusammennahm, um zu sagen, was er auf dem Herzen hatte.

»Das ergibt für Sie vielleicht keinen Sinn, Mrs. Hartfield, aber ich habe seit Bids Tod viel über sie nachgedacht. Ich hatte immer das Gefühl, daß sie sich in London nie so richtig zu Hause gefühlt hat. Vielleicht hatte ihre Mutter letztlich doch recht. Bid war nicht sehr welterfahren. Trotz all der phantastischen Kleider war sie ein einfaches Mädchen, das einen einfachen Geschmack hatte, und, na ja, gelegentlich war sie ein bißchen leichtgläubig. Ein ziemlich zwiespältiger Charakter, hat sehr widersprüchliche Signale ausgesandt – und keiner hat sie so richtig verstanden.

In vieler Hinsicht war sie wie eine Fremde, die die Feinheiten einer Sprache nie ganz begreift – Sie verstehen, was ich meine? Sie war zu offen, zu verletzlich. Und hier war sie einfach nicht so völlig zu Hause. Wir haben uns einmal darüber unterhalten, und sie hat gestanden, außer uns beiden sei ihr Holländer der einzige Mensch, in dessen Gesellschaft sie sich wirklich wohlfühle. Und obwohl sie uns freundlicherweise mit eingeschlossen hat, wußte ich sofort, sie hatte das Gefühl, er war der einzige, der sie wirklich verstanden hat. Mir kam damals der Gedanke, obwohl ich nicht genau weiß, warum, daß das wahrscheinlich daran lag, daß sie beide Fremde waren. Als ich das angedeutet habe, hat sie es sehr ernst genommen. Also hatte ihre Mutter im Grunde vielleicht doch recht, daß sie sich unter ihresgleichen wohler gefühlt hätte?«

Er lockerte den Griff um ihre Hand, und Grace zog sie zurück.

»Möglicherweise. Armes Ding. Es ist meistens viel komplizierter, als man meint, stimmt's? Ich wünschte, ich hätte sie gekannt. So wie Sie sie mir schildern, muß sie sehr anziehend gewesen sein, mitsamt allen ihren Widersprüchlichkeiten. Sie hatte Glück, daß sie Sie gekannt hat.«

Er sah ihr nach, als sie die Treppe hinunterging, und als sie sich umdrehte, um ihm noch einmal zuzuwinken, rief er unvermittelt:

»Ich werde Bradley erzählen, daß ich Sie kennengelernt habe, soll ich? Der wird vielleicht neidisch sein!« Als sie ihm nochmals zuwinkte, fügte er hinzu: »Noch was, Mrs. Hartfield – ich habe meine Meinung geändert. Sie sind nicht im entferntesten so wie Ihre Schwester.«

ABSENTEES & EMIGRATION: *The Guilt and Baseness of Absentees fully displayed, or Strictures on Emigration. Milliken, 1798; abgestoßene Kanten, selten.*

17 Als sie nach Hause kam, war niemand da. Offensichtlich hatte Murray ihre Einladung zu bleiben nicht angenommen, obwohl er, nach dem ordentlichen Stapel auf dem Tisch in der Bibliothek zu urteilen, den ganzen Tag über gearbeitet haben mußte. Eine leichte Enttäuschung darüber, daß er nicht da war, durchzuckte sie.

In dieser Nacht lag Grace stundenlang wach. Ihr Denken drehte sich unaufhörlich im Kreis, als sie versuchte, die Abfolge der Ereignisse, die zu Bid Laceys Tod geführt hatten, zu rekonstruieren.

Die Mutter war an einem Mittwoch gestorben, am 4. April, und zwar, soweit man wußte, eines natürlichen Todes. Am darauffolgenden Dienstag war ihre schwangere Tochter ebenfalls gestorben, durch eigene Hand. Und irgendwann zwischen diesen beiden Ereignissen war der Liebhaber gestorben.

Van Rijn war in Dublin gestorben. Wann genau war er dorthin geflogen und warum? Um seiner Verlobten in ihrem Schmerz Trost und Unterstützung zu gewähren? Wenn dies der Fall gewesen war, warum hatte sie ihn dann am Freitag noch gesucht? Oder hatte es dafür einen anderen, verhängnisvolleren Grund gegeben? Warum war das Mittagessen, zu dem sie nicht hatte kommen können, von so großer Bedeutung für sie gewesen? Hatten sie sich vielleicht in den Tagen davor gestritten? Hatte er, kurz bevor sie nach Dublin gerufen worden war, gedroht, sie zu verlassen? Ehe sie Zeit oder Gelegenheit zu einer Versöhnung gehabt hatten? Denn dies wäre mit Sicherheit die fürchterlichste aller Katastrophen für das Mädchen gewesen: der Verrat ihres Liebhabers, des Vaters ihres Kindes. Wenn dies der Fall war, dann hatte Bid möglicherweise etwas mit seinem Tod zu tun gehabt.

Er war in dem Kanal ertrunken, der vor ihrem Haus vorbeifloß, doch sie hatte sowohl den Roberts als auch Roy Angel gegenüber versichert, ihn in Dublin nicht getroffen zu haben. Zuerst Sarah und dann auch Roy Angel hatten bestätigt, das letzte Mal hatte Bid am Freitagabend Verbindung zu ihnen aufgenommen, und da hatte sie immer noch nach ihm gesucht. Verzweifelt nach ihm gesucht. Und Tom Roberts hatte erklärt, Van Rijn habe ihre Leiche nicht identifizieren können, da er ebenfalls tot war.

Wann also war er gestorben? Und noch wichtiger: wie? War er gesprungen oder gestoßen worden? Hatte die letzte Auseinandersetzung zwischen den Liebenden am Ufer des Kanals stattgefunden? Warum hatte sie mit solchem Nachdruck darauf beharrt, daß sie ihn nicht getroffen hatte? Hatte Bid sich ein Alibi verschafft, indem sie ihre Freunde belogen hatte? Diese hinterhältige Vorstellung setzte sich in Graces Denken fest. Eine hitzige oder gewalttätige Auseinandersetzung hatte möglicherweise damit geendet, daß sie ihn ins Wasser gestoßen hatte. Aber genausogut konnte es sein, daß er zufällig ausgerutscht war.

Unfall oder Selbstmord? Wahrscheinlich hatte Van Rijns Frau ihn identifiziert; sie müßte es eigentlich wissen. Vielleicht sogar, warum. Hoffentlich konnte sie Englisch. Als Grace sich ein Gespräch mit der trauernden Witwe auszumalen versuchte, wurde ihr klar, wie unwahrscheinlich es war, daß Mevrouw Van Rijn ausgerechnet mit der Tante seiner ehemaligen schwangeren Geliebten über ihren untreuen Ehemann reden wollte. Sie schreckte vor dem Gedanken zurück, eine solche Unterredung auch nur vorzuschlagen.

Graces Gedanken wirbelten im Kreis herum, unaufhörlich, aber sosehr sie sich auch bemühte, es auszusperren, immer wieder schob das Bild ihrer Schwester sich dazwischen. Ließ ihre eigene neurotische Angst sie der sauberen Lösung, daß die beiden Liebenden selbst an ihrem Tod schuld waren, mißtrauen? Für sie war und blieb Eileen Lacey die eigentlich Schuldige.

Sie war ziemlich unerwartet gestorben, am Nachmittag des 4. April.

Bartley Quinlan hatte es ihr detailliert beschrieben. »Als die

Schwester ihr das Tablett mit dem Mittagessen brachte, rang sie verzweifelt nach Atem. Man schickte sofort nach ihrer Tochter«, hatte er dramatisch verkündet und hinzugefügt, obwohl Bid das nächste Flugzeug genommen hätte, sei sie zu spät gekommen. Als sie eintraf, war Eileen Lacey bereits tot.

Roy Angel hatte gesagt, Bid hätte noch am gleichen Abend angerufen. Das bestätigte Sarahs Aussage. Offenbar hatte Van Rijn vom Tod ihrer Mutter erfahren und war ihr nach Dublin gefolgt. Doch wenn das der Fall war, warum hatte sie ihn dann am Freitag, nach der Beerdigung, immer noch gesucht? Und war da etwas Außergewöhnliches an dieser Verabredung zum Mittagessen? Roy Angel hatte berichtet, sie hätte Freitagabend angerufen. Blieben also nur der Samstag oder Freitagnacht für den mutmaßlichen Streit und den Tod ihres Liebhabers.

Und was war mit Eileen? Graces letzter wirrer Gedanke, ehe sie endlich einschlief, war, daß sie sich durch den tragischen Tod der Liebenden von ihrem eigenen, weit tiefer reichenden Problem ihrer toten Schwester und deren merkwürdigem Verschwinden vor so vielen Jahren hatte ablenken lassen.

Ihr Alptraum kehrte wieder. Schweißgebadet und von Grauen gepackt wachte sie um drei Uhr auf. Sie kauerte am Kopfende des Bettes und war sich sicher, ein Mann befände sich im Zimmer. Sie tastete nach der Nachttischlampe und schaltete sie ein, aber da war nichts, außer der schrecklichen Gewißheit, daß sie, genauso wie ihre Schwester, irgend etwas mit Bids Tod zu tun hatte. Es gab da eine Verbindung, dessen war sie sicher. Irgendwo. Sie wiegte sich hin und her, und diesmal schob sie die Erinnerung nicht von sich weg wie bisher, sondern zwang sie herbei, zwang die Bilder, klarer zu werden, zwang sich selber zurück in jene grausige Nacht, als sie ein kleines, zu Tode erschrockenes Mädchen gewesen war. Die ganze Nacht hindurch wiederholte sich der Traum wie eine zerkratzte Schallplatte, bis sie endlich in einen tiefen Schlaf fiel.

Um zehn Uhr morgens wachte sie auf, immer noch ans Kopfende des Bettes geduckt, verkrampft, frierend und hungrig. Am Abend zuvor hatte sie sich nicht mehr die Mühe gemacht, etwas zu essen, und war mit nichts im Magen, außer einem weiteren großen Glas Scotch, ins Bett gegangen. In aller Eile duschte sie und rief dann Sarah wegen ihrer Verabredung zum Mittagessen an.

Sarah platzte gleich damit heraus: Cas Van Rijns Witwe habe verlangt, Bids Sachen aus seiner Wohnung zu schaffen. Offenbar war sie in London, auf der Durchreise. Ein wenig schien Sarah eingeschüchtert von der Wendung der Dinge.

»Ich habe ihr gesagt, wir könnten das heute erledigen. Ich hoffe, Sie haben nichts dagegen.«

Irgendwie war Grace verblüfft, so einfach für Aufräumungsarbeiten eingesetzt zu werden, doch dann fiel ihr etwas ein.

»Wird Mrs. Van Rijn auch da sein?«

»Hanning Van Rijn«, verbesserte Sarah. »Sie hat ihren Mädchennamen beibehalten, und es ist ihr sogar lieber, nur Hanning genannt zu werden.«

Es sah in der Tat so aus, als wolle die Witwe sie mittags höchstpersönlich in die Wohnung in Weymouth Mews einlassen; wenn sie das Mittagessen ausfallen ließen, erklärte Sarah atemlos, dann könnte sie um zwei Uhr Alice vom Kindergarten abholen. Interessanterweise fügte sie hinzu, sie würde auch den kleinen Laurence mitnehmen. Aus all dem schloß Grace, in der Familie Roberts kehrte allmählich wieder Normalität ein. Sie verabredeten sich an einem günstigen Treffpunkt in der Nähe der Wohnung.

Da sie in ihrem Kühlschrank wenig Reizvolles vorfand, stürzte Grace eine Tasse Kaffee hinunter und ging zeitig los. Sie nahm die U-Bahn und gönnte sich im Hotel Russell ein Frühstück. Ob es nun an dem Essen oder dem Gefühl lag, daß endlich etwas Bewegung in ihre Angelegenheiten kam, jedenfalls ging sie mit weit mehr Vertrauen in die Zukunft als seit geraumer Zeit zum Queen's Square.

Sarahs metallicgrauer Volvo parkte vor dem Zunfthaus. Sie sah gut aus, obwohl sie ein wenig aufgedreht wirkte, als sie sich über den Sitz beugte, um die Beifahrertür zu öffnen. Das Baby schlief friedlich in einer Säuglingstragetasche auf dem Rücksitz.

Auf der Fahrt zu der Wohnung holte das Mädchen kaum Atem, sondern plapperte unentwegt darüber, wieviel er aß, wie lange er schlief, berichtete von Alices Großtaten im Kindergarten und den neuen Verträgen, die Tom abgeschlossen hatte. Selbst wenn Grace es gewollt hätte, sie wäre nicht zu Wort gekommen. Sie wußte nicht so recht, was sie von Sarahs überbordender Lebhaftigkeit halten sollte. In den Wochen seit ihrer ersten Begegnung hatte die junge Frau eine bemerkenswerte Veränderung durchgemacht, und sie war nun wieder ganz junge Mutter, als wäre ihre Ablehnung dieser Rolle nichts weiter als ein böser Traum gewesen.

Als sie jetzt in die Euston Road bogen, erklärte sie ernst, wie sehr jenes Treffen und die anschließenden Telefongespräche ihr geholfen hätten. Sie hatte, so deutete sie an, eine Art Läuterung durchgemacht, und das hatte sie und Tom dazu gebracht, wieder richtig miteinander zu reden. Sie schoben sich nicht mehr gegenseitig die Schuld zu und konnten jetzt an Bid denken, ohne sie dafür zu hassen, in was für eine verfahrene Situation sie Toms Firma gebracht hatte. War es nicht erstaunlich, wie derlei funktionierte? Jetzt bekam das Unternehmen plötzlich wieder Aufträge, keine besonders großen, dafür aber regelmäßig. Laut Stephen Rawlings steckte Livy Hanning dahinter, aber sie, Sarah, hatte so ihre Zweifel daran. Schließlich und endlich hatte diese abscheuliche Person den wichtigsten Vertrag platzen lassen.

Obgleich diese kleine Rede aufrichtig klang, war Grace klar, Sarah sehnte sich danach, und das zu Recht, die ganze traurige Geschichte mit Bids Tod aus ihrem Denken zu verbannen. Ohne es ausdrücklich zu sagen, ließ sie erkennen, daß sie an weiteren Begegnungen kein Interesse hätte. Beides beruhigte Grace. Sarah war zu anstrengend, um ihr ein Trost oder gar eine Hilfe zu sein.

Das Baby schlief immer noch. Als sie vom Portland Place abbogen und vor einem Doppeltor mit hohen Flügeln aus Holz vorfuhren, verfielen beide in Schweigen. Aus einem grünen Daimler, der davor parkte, stieg eine Dame aus und kam auf sie zu.

»Lassen Sie mich zuerst hineinfahren?« wandte sie sich an

Sarah. »Sie folgen mir, und wir treffen uns dann drinnen.« Kurz und bündig. Sie beobachteten sie, wie sie zu ihrem Wagen zurückging.

»Das ist sie.«

Sie war zierlich und trug ein sehr elegantes und förmliches, streng geschnittenes, maßgeschneidertes kastanienbraunes Kostüm. Ihr Haar hatte sie zu einer großen weichen Haarrolle im Nacken festgesteckt. Sie sah eher wie eine Tänzerin aus und war um einiges älter, als Grace erwartet hatte. Als sie parkten, ließ sie eine entsprechende Bemerkung fallen.

»O ja, finde ich auch. Viel älter als er natürlich. Über fünfzig, würde ich sagen, meinen Sie nicht? Ich schätze, das war der Grund, weshalb sie sich nicht scheiden lassen wollte.« Sarahs Stimme wurde zu einem Flüstern, als die Holländerin auf sie zukam und sich vorstellte.

Die beiden älteren Frauen gingen in die Wohnung voraus, während Sarah sich noch um das schlafende Baby kümmerte.

»Sie sind die Tante des Mädchens?« Mrs. Hanning sprach ein ausgezeichnetes Englisch. Ihre Stimme war leise und angenehm und verriet nur einen winzigen Akzent.

»Ja. Ich fürchte, das alles ist sehr schwer für Sie.«

»Ich vermute, es ist für keinen der Beteiligten leicht.« In einer resignierten Geste spreizte Mrs. Hanning die Finger. »Die Gewaltsamkeit eines Selbstmordes geht jedem nahe, finden Sie nicht auch? Und dann gleich zwei ...«

Da war es. Eine ganz simple Feststellung. Grace war überrascht, wie erleichtert sie war.

»Die Leute vom Büro haben sich mit einem Wohlfahrtsverein in Verbindung gesetzt, der alles abholt, was Sie nicht wollen«, erklärte Mrs. Hanning energisch, als Sarah sich ihnen anschloß. »Genügen Ihnen eineinhalb Stunden? Ich muß gleich zu einer geschäftlichen Besprechung. Anschließend komme ich noch einmal vorbei, um abzuschließen. Sind Sie so freundlich und warten hier auf mich?«

Ihre Worte waren vage an Grace gerichtet. Unvermittelt drehte sie sich um und ging.

»Puh«, meinte Sarah lakonisch. »Gott sei Dank, daß sie weg ist.«

Die Wohnung war in tadellosem Zustand und offenbar vor kurzem durchgelüftet worden. Sie machte den Eindruck, als sei sie von Innenarchitekten entworfen worden und umfaßte zwei große helle Räume mit einer jeweils zum Dachraum hin abgewinkelten Decke, eine blitzsaubere unbenutzte Küche sowie ein sündhaft luxuriöses Badezimmer. Die unaufdringlichen Möbel waren alle in dezenten Farben gehalten. Auf teure Weise dezent, dachte Grace und schloß daraus, was auch immer dem unglücklichen Paar gefehlt hatte, Geld war es bestimmt nicht gewesen.

Das einzige, was nicht dazu paßte, war ein Stapel Bilder, der an der Wand des Wohnzimmers lehnte, aber ansonsten machte die Wohnung einen so unpersönlichen Eindruck wie eine Abbildung in einer Zeitschrift für Inneneinrichtung. Neben dem Kaminvorsprung war eine ausgeklügelte Hi-Fi-Anlage aufgebaut; daneben stand ein Regal voller CDs. Mindestens hundert, fein säuberlich und alphabetisch nach Komponisten geordnet. Berlioz hatten sie offenbar ganz besonders gemocht. Bücher waren keine zu sehen. Schweigend gingen sie weiter ins Schlafzimmer.

Die Sachen Cas Van Rijns waren bereits weg. Die eine Seite des doppeltürigen Wandschrankes stand offen und war leer. In der anderen Hälfte hing Damenkleidung: Kostüme, Kleider, ein Mantel, ein Dutzend Blusen, etliche in Plastik gehüllte Kaschmirpullover, Hosen. Alles sah neu und kaum getragen aus. Sarah streifte mit der Hand über die ordentlich aufgehängten Kleidungsstücke, die den gleichen schwachen Parfumduft verströmten wie das Jackett in Bids Wohnung. Niedergeschlagen legten sie die Kleider auf das Bett wie Leichname, neben eine Rolle makabrer schwarzer Müllsäcke, die jemand vorsorglich bereitgelegt hatte. Ohne ein Wort zu sagen, falteten sie die Sachen zusammen und verpackten sie.

»Von denen habe ich kaum welche zu sehen bekommen.« Sarahs Stimme war heiser vor Traurigkeit. »Ich kann es nicht ertragen. Ich sehe mal nach dem Baby.« Und rannte hinaus.

Abgesehen von den Kleidern und einem Köfferchen voller Dior-Kosmetika war wenig da, das etwas über das Paar aussagte, das, laut Sarahs Bericht, den Großteil seiner Zeit hier verbracht hatte. Als Grace die Schublade eines der Nachttischchen aufzog, stieß sie auf ein kleines Bündel Flugscheine, die auf den Namen BK Lacey ausgestellt waren. Sie wurden von einem Gummiband zusammengehalten und dokumentierten über einen Zeitraum von acht Monaten etliche Hin- und Rückflüge nach Dublin: bis Oktober 1989 ziemlich unregelmäßig, dann, ab Januar 90, mit zunehmender Häufigkeit. In den letzten fünf Wochen ihres Lebens war Bid dreimal nach Dublin geflogen. Alle Flüge waren vom Konto ihres Liebhabers abgebucht worden.

Sarah kam schweigend herein und sah ihr über die Schulter.

»Im Januar war sie nicht dort?« überlegte Grace laut.

»Ganz sicher bin ich mir nicht, aber ich glaube nicht.«

»Gab es einen Grund dafür?« hakte Grace nach. Sarah überlegte kurz. »Januar. Ja, jetzt erinnere ich mich. Sie hatte sich mit ihrer Mutter gestritten. Danach ist sie fast einen Monat nicht mehr hingeflogen.«

Der Streit, den Roy Angel als grauenhaft bezeichnet hatte?

»Wann war das?« fragte Grace beiläufig und faltete zwei oder drei Jacken zusammen, die sie sorgsam in einer der Tüten verstaute.

»Gleich nach Weihnachten. Als Mrs. Lacey das letzte Mal in London war«, erklärte Sarah, ohne lange nachzudenken. »Wir waren damals im Zoo, es war ein wunderschöner Tag. Erstaunlich milde. Alice war unausstehlich. Sie wissen ja, wie Kinder nach Weihnachten sind. Ich hab mir einfach nicht mehr zu helfen gewußt und ganz spontan Bid angerufen.«

»Wissen Sie, um was es bei diesem Streit gegangen ist?«

»Keine Ahnung. Offenbar um einen Blumenstrauß. Zumindest hat es damit angefangen. Die verdammten Blumen.« Sie setzte sich auf das Bett. »Ich weiß, im Grunde ist es gar nicht um die Blumen gegangen. Aber obwohl ich das weiß, kann ich nicht sagen, was, zum Teufel, da vorgefallen ist.«

»Vielleicht hat sie ihrer Mutter gebeichtet, daß sie schwanger ist?«

»Herrje, nein, sie konnte sich ja selber noch nicht ganz sicher sein, oder? Jedenfalls bin ich ziemlich überzeugt davon, daß sie ihrer Mutter nie etwas davon gesagt hat. Ich meine, eine Woche ehe sie starb, hat sie immer noch gezögert.«

»Von wem waren denn die Blumen?« wollte Grace wissen.

Sarah blickte sie seltsam an, als hätte sich in ihr eine Idee halb herauskristallisiert und dann in nichts aufgelöst.

»Cas, von wem denn sonst? Er hat sich ferngehalten, solange Mrs. Lacey hier war. Sie hat damals natürlich in der Everard Street gewohnt, nicht hier. Ich hatte bis dahin noch nicht mal mitgekriegt, daß sie ihn noch gar nicht kannte, aber Bid schwindelte ihr immer noch etwas vor, was ihr Verhältnis mit ihm betraf.« Sie biß sich auf die Lippen, dann brach es aus ihr heraus: »Sie hätte es allmählich sagen, es hinter sich bringen sollen, aber ich schätze, Bid hat etwas in der Richtung angedeutet, daß sie sich von ihm getrennt hätte oder so. Eigentlich typisch. Wenn es irgendwie möglich war, ging sie allen Schwierigkeiten aus dem Weg. Jedenfalls, offenbar ist er allmählich ungeduldig geworden.« Sie kicherte und wurde ein wenig rot. »War dann ja auch eine ziemlich deutliche Botschaft!«

»Vielleicht war das der Grund ...?«

»Möglicherweise. Das möchte man zumindest meinen. Aber nein. Ich erinnere mich, wie überrascht ich war, daß ihr das nichts auszumachen schien.« Sie zuckte die Schultern. »Aber ich will verdammt sein, wenn ich weiß, was es war. Ehrlich, bei Bids Mutter war das immer schwer zu sagen. In der einen Minute ganz Lächeln, und dann, peng, klappte sie die Läden runter. Die war unglaublich aufreibend.« Entsetzt starrte sie Grace an. »O herrje, tut mir leid ...«

»Macht nichts. Ich habe keine von beiden gekannt, vergessen Sie das nicht.«

Auch weiteres Nachbohren half nichts. So reihte sich auch dieser Vorfall in all die anderen scheinbar zusammenhangslosen Teile ein, die darauf warteten, an der richtigen Stelle in das Puzzle eingefügt zu werden. Inzwischen war klar, Sarah wollte unbedingt so schnell wie möglich hier weg.

»Ich fürchte, das Baby wird nicht mehr lange schlafen. Könnten wir jetzt die anderen Zimmer durchsehen?«

Weder im Bad noch in der Küche fanden sie etwas, das auch nur von geringstem Interesse gewesen wäre, und außer ein paar Kisten Champagner in einem der Schränke gab nichts einen Hinweis darauf, wie das Paar gelebt hatte.

»Eine richtige Luxusbude«, faßte Sarah ihrer beider Unbehagen in Worte. »Das paßt überhaupt nicht zu Bid. Ich habe gedacht, wenn ich hierherkomme, würden all die Erinnerungen wieder aufleben, aber irgendwie scheint das alles kaum etwas mit ihr zu tun zu haben. Oder mit mir.« Durch das offenstehende Fenster war das leise Wimmern des Babys zu hören. Auf Sarahs Gesicht zeichnete sich Erleichterung ab.

»Ich gehe jetzt, Mrs. Hartfield, wenn es Ihnen nichts ausmacht. Ich muß Alice abholen.«

»In Ordnung. Da wäre noch etwas.« Grace zog die Zeichnung von John Yeats aus der Tasche und hielt sie ihr zögernd hin. »Ich möchte gerne, daß Sie die behalten.«

Einen Augenblick lang zitterte Sarahs Kinn, dann sah sie zum ersten Mal an diesem Tag Grace in die Augen und lächelte.

»Das habe ich immer besonders gemocht. Ich danke Ihnen. Das ist sehr aufmerksam. Es wird mich an unsere schönsten Zeiten miteinander erinnern. Und an Bids Vater. Den habe ich wirklich gemocht. Nichts von all dem war ihrer wert, finden Sie nicht?« Sie schürzte ihre Lippen vor Abscheu und schüttelte den Kopf. »Das ist alles so geschmacklos. Mistkerl.« Sie spuckte das Wort fast aus, dann nahm sie, in einem plötzlichen Stimmungsumschwung, schüchtern Graces Hand.

»Auf Wiedersehen, Mrs. Hartfield. Grace.« Ein herzliches Lächeln hellte ihr hübsches junges Gesicht auf.

»Sie haben eine schreckliche Zeit durchgemacht, meine Liebe. Sie müssen versuchen, das alles hinter sich zu lassen, müssen das Gefühl loswerden, das Ganze sei in irgendeiner Weise Ihre Schuld. Werden Sie das versuchen? Und, Sarah, vielen Dank für Ihre Hilfe.« Grace beugte sich vor und drückte ihr einen leichten Kuß auf die Wange.

Sarah wurde rot, biß sich auf die Lippen und lächelte dann wieder. Grace sah ihr an, daß sie es kaum mehr erwarten konnte, endlich von hier wegzukommen.

»Entschuldigen Sie mich bitte bei Mrs. Hanning. Ich würde das einfach nicht durchstehen, sie noch mal zu sehen.«

Zusammen gingen sie nach unten, und Grace beobachtete, wie der Wagen durch das Tor fuhr. Als er beschleunigte, lehnte Sarah sich aus dem Fenster und formte mit den Lippen ein »Danke«. Einen Augenblick lang wirkte sie fast sorglos wie jede beliebige junge Mutter, die ihren täglichen Pflichten nachgeht.

Grace schlenderte über den Hof zurück und dachte, wie schön das alles in der Sonne des Spätsommers aussah. Und dennoch, was für eine Tragödie hatte sich hier angebahnt. Hier hätte das Baby zur Welt kommen sollen. Der Innenhof mit dem Kopfsteinpflaster hätte von Kindergeschrei widerhallen sollen. Aber schon die Vorstellung erschien unwahrscheinlich. Das war eine Wohnung für Erwachsene, ein Liebesnest. Meilenweit entfernt vom alltäglichen Leben. Der einzige noch vorhandene Hinweis darauf, daß hier bis vor kurzem jemand gewohnt hatte, waren ein paar große Tontöpfe mit den Überresten von Sommerblumen.

»Die Blumen, diese verdammten Blumen.« Aus dem Nirgendwo drang das Echo von Sarahs harten Worten. Während sie die Treppe hinaufging, sann Grace über die Geheimnisse der Familie van Rijn nach und auf wie unangenehme Weise sie ihrer eigenen Lage ähnelten. Allmählich wurde es Zeit, die Sache mit Reggie zu klären. Sie hatte so eine Ahnung, ihn würde sie unter ähnlichen Umständen vorfinden, gut versorgt, unzugänglich, fremd. Einen anderen Reggie. Sie sah, wie er und sie einander umkreisten und das zarte Band zerrissen, das sie so lange zusammengehalten hatte, das fast ein Lebensalter hindurch allen Ausflüchten und Halbwahrheiten, den uneingestandenen Betrügereien und der schmerzhaft hoffnungslosen Sehnsucht nach Kindern standgehalten hatte.

Ihre Begegnung müßte an einem neutralen Ort stattfinden, wo sie einander unbefangener gegenübertreten und einer neuen Zukunft ohne Partner ins Auge blicken konnten. Oder galt das nur für sie? Sie konnte den Gedanken nicht ertragen, ihn in einer Wohnung wie dieser vorzufinden, zusammen mit einer jungen Gefährtin, die ihm half, über die Schwierigkeiten der mittleren Jahre hinwegzukommen. Und seine Männlichkeit neu belebte? Ihm das Kind schenkte, das ihnen so grausam vorenthalten worden war?

Sie blickte um sich und betrachtete den unaufdringlichen, seelenlosen, unfaßbaren Luxus und mußte beinahe lachen bei der Vorstellung, wie Reggie durch eine solche Wohnung schlurfte, hier seine Pfeife, dort ein Buch oder seine Hausschuhe liegenließ, mit einer jungen Luxusmätresse unter einer Decke aus Schwanendaunen lag. Das würde ihr doch bestimmt erspart bleiben? Seine Neigungen hatten etwas Menschliches. Normalerweise zog es ihn eher zu etwas Reiferem hin. Fünfunddreißig, mindestens. Mater familias. Miststück.

Bid

Januar 1990

Liebe Ratsuchende: *Das überrascht mich nicht. Ist Ihnen wirklich klar, was Sie da tun? Ich weiß, eine Ehe ist immer ein Kompromiß, aber das geht doch wirklich zu weit? Sie sollten das alles mit ihm ausdiskutieren. Jetzt. Ehe es zu spät ist, Ihre Meinung zu ändern...*

18 Die Blumen. Diese verdammten Blumen. Warum, um alles in der Welt, hatte er es für nötig gehalten, diesen Riesenstrauß zu schicken, dazu die zärtlichen Worte auf der Karte, die keinerlei Zweifel an der Art ihrer Beziehung ließen? Als Bid, die sich unruhig auf dem Sofa hin und her wälzte, sich erneut herumdrehte, fiel ihr Blick auf den Strauß, und der Gedanke kam ihr, wie sehr er in dem gespenstisch gelben Licht der Straßenlaternen einem Grabgesteck ähnelte.

Feindselig starrte sie ihn an. Warum hatte er, nachdem er sich eine Woche lang sorgsam ferngehalten hatte, nicht noch zwei Tage länger warten können, bis sie mit ihrer Mutter klargekommen war? Ihre ganze sorgfältige Vorarbeit hatte er damit zunichte gemacht. Ihre Pläne durchkreuzt. Sie stöhnte. Wie dem auch sei, wenn nicht die Blumen, dann hätte bestimmt etwas anderes den Zusammenstoß ausgelöst. Trotzdem, wie romantisch von ihm. Lieber Cas. Aber, mein Gott, in was für eine Lage er sie gebracht hatte! Ihr Ärger ließ etwas nach, als sie mit der Hand sanft über ihren schmerzenden Bauch strich. Vorsichtig drehte sie sich auf den Rücken und lag ganz ruhig da, konzentrierte sich darauf, daß die Übelkeit nachließ. Zum x-ten Mal in dieser unruhigen Nacht versuchte sie, die Erinnerung an die Verletzungen und Kränkungen zu verdrängen, die sie und ihre Mutter einander ins Gesicht geschleudert hatten. Aber plötzlich hatte sie die Szene wieder vor Augen und schauderte.

Als Sarah, die den Streit vorausahnte, sich mit der verdutzten Alice gerade noch rechtzeitig aus dem Staub gemacht hatte, war Mrs. Lacey unbewegt und mit grimmigem Gesicht auf dem Sofa gesessen. Zwar war es Bid gelungen, den ersten Ausbruch zu dämpfen, aber der Sturm folgte unausweichlich. Und das hatten beide gewußt. Soviel zu Bids Versuch, das Ganze abzubiegen.

Eigentlich hatte Bid vorgehabt, wie üblich über Weihnachten nach Hause zu fahren, aber in letzter Minute hatte Edy Hampshire, die es allmählich leid wurde, daß Bid nur noch unregelmäßig im Büro auftauchte, sie geschickt für die drei letzten Tage des Jahres eingeteilt.

»Es sind ja nur zwei oder drei Stunden pro Tag, Schätzchen. Das kriegst du doch sicher hin?« hatte sie unbekümmert erklärt und Bid keine andere Wahl gelassen, als ja zu sagen. Ausnahmsweise schien ihre Mutter sich sogar darauf zu freuen, ihren Urlaub in London zu verbringen.

Als sie am Weihnachtstag von der Kirche nach Hause gingen, schlug Bid in einer Mischung aus – wohl von weihnachtlichen Gefühlen bedingtem – gutem Willen und Schuldgefühlen wegen des ständig sich verschlechternden Gesundheitszustands ihrer Mutter vor, sie solle doch noch über Neujahr bleiben. Als Mrs. Lacey zustimmte, geriet sie nur leicht aus der Fassung. In einem heimlichen Telefongespräch in aller Frühe bat sie Cas, sich zu gedulden.

»Nur noch ein paar Tage, Liebling, einverstanden?«

»Zehn Tage.« Er murmelte etwas von wegen geschäftlichen Verpflichtungen in Amerika, machte ein bißchen Wirbel um ihre Schwangerschaft und schlug wieder einmal vor, es sei höchste Zeit für sie, ihren Job aufzugeben. Dann malte er, begleitet von ihrem erstickten Gekicher, aus, wie er für die entgangenen Liebesfreuden entschädigt zu werden erwartete.

Da sie jetzt nicht mehr befürchten mußte, daß er unerwartet hereinschneite, widmete Bid sich voll und ganz ihrer Mutter, machte es ihr so gemütlich wie möglich, tat ihr schön und bereitete sich innerlich auf den Hauptzweck des Besuchs vor: ihre Beziehung mit Cas einzugestehen – na ja, nicht ganz –, eher eine vereinfachte Version davon zu liefern. Mit gekreuzten Fingern ging sie immer wieder ihren Text durch. Cas wartete nur darauf, daß die Scheidung ausgesprochen wurde. Sobald das geschehen sei, würden sie heiraten. Es war lediglich eine Frage von Wochen. Ob sie ihrer Mutter etwas von ihrer Schwangerschaft sagte, machte sie davon abhängig, wie diese mit dem ersten Schlag fertig würde.

Das war zumindest ihr fester Vorsatz, aber aus Angst, auf die bloße Erwähnung einer Heirat hin würde ihre Mutter gleich nach dem Wann und Wo fragen, schob sie es immer wieder hinaus. Solange Cas nicht definitiv sagen konnte, wann die Scheidung besiegelt wäre, schien die Möglichkeit, Mrs. Laceys Wünschen nach einer kirchlichen Trauung entgegenzukommen, in weiter Ferne zu liegen. Also tat Bid das, was sie unter solchen Umständen immer machte: Sie verstellte sich. Jeden Tag gab sie sich selber das Versprechen, reinen Tisch zu machen, ihrer Mutter von Cas, ihrer Schwangerschaft und ihren Plänen zu erzählen. Aber ein Tag nach dem anderen verstrich, ohne daß sie etwas sagte, das den Status quo gestört hätte.

Die Weihnachtstage über war das Wetter unerwartet mild gewesen, aber besonders schön war es an den ersten Januartagen, als es um elf herum zu tauen begann und die Luft bei strahlendem Sonnenschein frisch und klar war. Am Tag vor Mrs. Laceys geplanter Heimreise rief Sarah an und schlug einen Zoobesuch im Regent's Park vor. Die ganzen Feiertage über hatte Alice lautstark darauf beharrt, aber Sarah, die jetzt im siebten Monat war, wollte nicht alleine mit ihr hingehen. Bid sagte für sie beide zu. Es versprach ein netter, harmloser Abschluß des Urlaubs zu werden, und solange Sarah und Alice in der Nähe waren, hätte ihre Mutter keine Gelegenheit, eingehendere Fragen zu stellen.

Der Tag fing fröhlich an, und alle waren in prächtiger Stimmung. Mrs. Lacey sah blaß aus, behauptete jedoch, es gehe ihr einigermaßen gut. Zwar hatte Bid sich vor der Beichte gedrückt, aber zumindest hatten sie die letzten zehn Tage ohne Streit hinter sich gebracht, so daß sie jetzt etwas lockerer war. Alice schwebte im siebten Himmel, weil sie ihre »Bidii« herumkommandieren konnte. In ihren Augen glomm schonungslose Rücksichtslosigkeit, und sie listete lauthals ihre Forderungen auf, in der festen Erwartung, alles zu bekommen, was sie wollte.

So ging es weiter, nicht einmal die Horde herumtobender Kinder, die ihre Ferien genossen, konnte ihre gute Laune dämpfen. Als sie dann nachmittags in dem warmen Café saßen und beobachteten, wie die Pinguine in ihren Teich hinein- und wieder heraustrippelten, schlief Alice schließlich ein.

»Soll ich das Auto holen?« flüsterte Bid. Sarah nickte und gab ihr träge die Schlüssel.

Der Parkplatz war ziemlich weit entfernt, daher dauerte es eine gute halbe Stunde, bis Bid zurückkam. Mittlerweile war auch Sarah eingedöst, und Bids Mutter wurde zunehmend gereizter. Irgendwie schafften sie es zum Auto, aber inzwischen war der Verkehr so dicht, daß sie fast eine halbe Stunde lang nur zentimeterweise vorwärts kamen. Mrs. Lacey schien das alles persönlich zu nehmen und wurde immer zappeliger, und es dauerte nicht lange, bis Bid sie ärgerlich anfuhr. Vergeblich bemühte sich die erschöpfte Sarah, alle bei Laune zu halten, nicht ohne beide Laceys aus ganzer Seele in die unterste Hölle zu wünschen. Schließlich begann das Kind vor Hunger zu heulen.

»Wir fahren zu mir, das ist am nächsten«, erklärte Bid mit erstaunlichem Nachdruck. Sie war entschlossen, ihren Prellbock nicht so ohne weiteres gehen zu lassen.

»O nein, bitte nicht. Ich muß Alice nach Hause bringen, sie ist müde«, erhob Sarah Einspruch.

»Aber ich habe doch schon alles für den Tee hergerichtet und jede Menge Würstchen für dich, Alice«, reagierte Bid überraschend schnell. Und damit war die Sache klar. Sarah war wütend, daß Bid sie ausgetrickst hatte. Sie wußte, Alice, die jetzt in hellste Aufregung geriet, würde sonst nicht mehr zu bändigen sein.

Bid hat wirklich eine Begabung dafür entwickelt, Spannungen zu schüren, dachte sie verärgert, ehe sie sich ins Unvermeidliche fügte.

In voller Pracht lagen die Blumen auf dem Fußabstreifer. Hätte Bid nicht das kleine Mädchen auf dem Arm gehabt, dann hätte sie sie aufgehoben. So aber kam Mrs. Lacey ihr zuvor und las beiläufig die angeheftete Karte. Cas' Nachricht ließ keinen Zweifel an ihrer Beziehung. Bid spähte ihrer Mutter über die Schulter und wurde tiefrot, plapperte jedoch unerbittlich weiter. Dann fiel ihr der Schlüssel aus der Hand. In das folgende Schweigen hinein erklärte ihre Mutter vorwurfsvoll:

»Ich habe gedacht, du hättest mit dem Kerl Schluß gemacht?«

Bid tat so, als habe sie nichts gehört. Alices Laune hatte sich bei der Aussicht auf Würstchen gebessert, und jetzt nervte sie die anderen, indem sie laut abzählte, wie viele sie sich in ihr Mäulchen stopfen würde. Sarah, die die Nachhut bildete, überlegte, wie sie möglichst schnell und ohne einen Streit vom Zaun zu brechen den Rückzug antreten könnte. Ihr reichte es. Sie spürte, es würde einen fürchterlichen Krach geben, denn auf Mrs. Laceys Gesicht ballten sich bereits die Gewitterwolken. Mit der Streitlust eines Bullterriers, der einen besonders fleischigen Knochen ergattert hat, umklammerte sie die Blumen, wedelte damit herum und brannte regelrecht darauf, sie ihrer Zielscheibe ins Gesicht zu schleudern, sobald sie sie ins Visier bekam. Sarah machte sich darauf gefaßt, sich zu ducken.

»Ich muß aufs Klo«, erklärte sie und floh.

Bid, die weit mehr Erfahrung darin hatte, wie man ihre Mutter ablenken konnte, marschierte unverzagt in die Küche und legte die Würstchen auf den Grill. Gleichzeitig unterhielt sie sich in einem ununterbrochenen Singsang mit ihrem ungeduldigen Patenkind.

»Rühr dich ja nicht von der Stelle, Alice-Schätzchen«, zischte sie zwischen zwei Atemzügen und stimmte heiser Frère Jacques an. Sie übertrafen sich gegenseitig mit lautem »Ding-Dong«.

In der Zwischenzeit stand Mrs. Lacey wie angewurzelt da. Als Sarah aus dem Bad geschlichen kam, war sie erschrocken, wie elend sie aussah. Das konnte sie nicht einfach ignorieren. Schicksalsergeben ging sie auf Zehenspitzen zur Küchentür und machte sie zu. Dann nahm sie die Mutter ihrer Freundin am Arm und führte sie fürsorglich zum Sofa.

»Was ist denn los, Mrs. Lacey? Das ist doch nichts weiter als ein verwelkter Blumenstrauß. Wieso ist der denn so wichtig?«

»Ich habe gedacht, sie hätte mit dem Kerl Schluß gemacht«, erwiderte diese niedergeschlagen und tonlos.

»O, nein, ich glaube, das wird sie nicht tun. Dazu liebt sie ihn zu sehr. Außerdem ist sie...« Verunsichert hielt sie inne. Sie wußte nicht, was Bid ihrer Mutter alles erzählt hatte.

Heftig fiel diese ihr ins Wort: »Was haben Sie da gesagt?«

»Ich habe gesagt, daß Bid, hm, Cas liebt.«

»Cas?« wiederholte Mrs. Lacey. »Wer ist das?«

»Cas Van Rijn«, erklärte Sarah kurz und bündig. Sie sprach den Nachnamen fast korrekt aus. Da Toms Firma jetzt endgültig in die holländischen Unternehmungen eingestiegen war, bemühte sie sich ernsthaft, etwas über die holländische Sprache und Kultur zu lernen.

Mrs. Lacey wurde noch blasser. »Was ist denn das für ein Name?« Ihre Stimme zitterte. Sarah wußte nicht, ob vor Schwäche oder Zorn.

»Er ist Holländer, hat sie Ihnen das nicht erzählt?« fragte Sarah schmeichelnd und verachtete sich selber dafür.

»Bridget erzählt mir überhaupt nichts«, erwiderte Mrs. Lacey schroff. »Was ist er?«

»Sie meinen, was für einen Beruf er hat? Ihm gehört eine große Planungsgesellschaft in Holland, er ist der Direktor der hiesigen Zweigstelle.«

Ein oder zwei Augenblicke lang sagte Mrs. Lacey gar nichts. Beide betrachteten die Karte. O mein Gott, dachte Sarah, als sie sie noch einmal las, mußte er denn so deutlich werden? Soweit waren er und Bid also schon! Sie unterdrückte ein Kichern.

Mrs. Lacey legte die Blumen hin und umklammerte Sarahs Hand.

»Holländer ist er? Kennen Sie ihn?« fragte sie flehentlich. »Ist er katholisch?«

Sarah hielt ein nervöses Lachen zurück. »Großer Gott, woher soll denn ich das wissen, Mrs. Lacey?« Als sie sah, wie niedergeschlagen die Frau war, wurde ihr Ton nachsichtiger. »Der ist in Ordnung. Sehr nett. Wirklich«, schmückte Sarah aus, »er würde Ihnen gefallen. Ehrlich. Sie sind sehr glücklich.« Sie versuchte aufzustehen, aber Mrs. Lacey umklammerte ihre Hand noch fester.

»Wo lebt er?«

»In London. Zwischendurch fährt er immer wieder nach Holland, aber er wohnt in London. Ganz in der Nähe vom Regent's Park übrigens. Natürlich ist er viel unterwegs – beruflich, Sie verstehen schon.«

Jetzt wird sie gleich darauf bestehen, ihn zu sehen.

»Tom arbeitet mit ihm zusammen. Sein Partner, Stephen, kennt ihn seit Jahren.« Unvermittelt unterbrach Sarah sich, als sie ihren Riesenfehler bemerkte, die Aufmerksamkeit auf Toms Partner, der viel älter war, gelenkt zu haben. Dann plapperte sie, ohne Mrs. Lacey viel Zeit zum Nachdenken zu lassen, weiter: »Er ist sehr attraktiv. Wirklich nett. Und furchtbar lieb zu Bid. Sehr aufmerksam.« Was konnte sie mehr sagen? Sie kannte den Kerl ja kaum, den sie plötzlich in Schutz nahm, und wollte einer ausführlichen Diskussion seines ungeklärten Personenstands und seiner Religion – was für eine auch immer es war – aus dem Weg gehen. Außerdem hatte sie keine Ahnung, welche Ausflüchte Bid vorgebracht hatte. Die Chancen standen zehn zu eins, daß sie das Falsche sagte, egal, was. In Mrs. Laceys Augen glomm eine aberwitzige Entschlossenheit. Das war doch alles lachhaft. Sarah kochte vor Wut, daß Bid zwar ohne weiteres bereit war, mit ihrem noch verheirateten Liebhaber zusammenzuleben, aber nicht einmal den Mut aufgebracht hatte, ihrer Mutter alles zu beichten.

Mittlerweile hatte das Kreischen in der Küche einen Höhepunkt erreicht. Mit trügerisch gelassener Stimme übertönte Mrs. Lacey den Lärm.

»Sagen Sie, Sarah, wie alt ist er?«

Was sollte denn das? War das eine Falle? Mrs. Laceys verschlungene Gedankengänge waren kaum nachzuvollziehen.

»Hm, darüber habe ich mir eigentlich weiter keine Gedanken gemacht. Das kann ich wirklich nicht sagen. So um die Vierzig vielleicht.« Sarah versuchte unbekümmert zu klingen.

»Um die Vierzig? Heißt das älter oder jünger?«

Mit einem Mal fühlte Sarah sich sehr, sehr müde. Zu spät wurde ihr klar, Mrs. Lacey hatte sich zusammengereimt, daß ein attraktiver Mann von über vierzig nahezu mit Sicherheit verheiratet wäre. Ungeschickt stand Sarah auf. Zeit, ihre Tochter zu holen, und dann nichts wie weg hier. Sollen die das doch unter sich ausmachen, dachte sie wütend, vielleicht ergibt für sie dieses ganze Theater einen Sinn. Aber damit sollen sie selber klarkommen. Verbissen lächelte sie der Mutter ihrer Freundin zu.

»Ich habe wirklich keine Ahnung, wie alt er ist. Fragen Sie doch Bid.« Als Sarah Richtung Küche ging, feuerte Mrs. Lacey die Frage ab, der sie hatte ausweichen wollen.

»Ich weiß, warum sie mich angelogen hat. Er ist verheiratet, nicht wahr?« Die tödliche Sanftheit ihrer Stimme bewog Sarah stehenzubleiben.

»Nein!« Sie drehte sich um und wollte ihre Freundin in Schutz nehmen. »Nicht mehr.«

»Aha. Also hatte ich doch recht. Ich vermute, er hat Familie?« Die Frau hatte sich völlig unter Kontrolle. Ohne zu antworten, machte Sarah kehrt und marschierte in die Küche.

Alice saß zufrieden auf dem Küchentisch, während Bid ihr den Ketchup aus dem Gesicht wischte. Sarah schnappte sich das Kind und zischte: »Puh. Deine Ma ist eindeutig auf dem Kriegspfad. Ich fürchte, ich hab dich reingeritten, tut mir leid. Sie will wissen, ob er verheiratet ist. Verdammt noch mal, Bid, du bist vielleicht ein Feigling, warum, um alles in der Welt, hast du es ihr denn nicht gesagt? Du bist doch kein Kind mehr.«

Bid atmete hörbar ein.

»O verdammt!« Sie sah Sarah an. »Ich bin fürchterlich feige. Ich wollte es ihr sagen, wirklich.« Reumütig zuckte sie die Schultern. »Hör mal, tut mir leid, daß du da hineingeraten bist, Sal, ich schätze, früher oder später mußte es soweit kommen.« Sie nahm Alice an der Hand. »Komm und sag meiner Mutter auf Wiedersehen.«

»Wird die Frau da drinnen mich anbrüllen?« Zwei runde schwarze Augen blickten zu ihr auf.

»Bestimmt nicht. Na komm, Schätzchen.«

Nervös verabschiedeten sich die beiden. Bid brachte sie noch hinunter und ging dann, mit sinkendem Mut, wieder die Treppe hinauf, um sich ihrer Mutter zu stellen.

Mrs. Lacey saß nach wie vor auf dem Sofa – blaß, angespannt und gedankenverloren. Bid wappnete sich innerlich, aber der Ausbruch, der nun folgte, war grauenhaft. »Du hast dich mit einem verheirateten Mann eingelassen? Antworte!«

»Nein, er lebt getrennt und läßt sich scheiden«, erwiderte Bid leise und ging nervös im Zimmer auf und ab.

»Läßt sich scheiden? Läßt sich scheiden? Du brichst in eine Ehe ein? Meine Tochter? Zerstörst das Leben einer bedauernswerten Frau?«

»Nein! Um Himmels willen, Mam! Das ist alles ganz anders.«

»So? Wie ist es dann? Na los, sag schon.«

»Wozu denn? Du würdest das sowieso nicht verstehen. Es nicht einmal versuchen.«

»Hure!« Sie spuckte das Wort aus. Bid schreckte zurück. »Schlampe. Hast du deine Religion vergessen? Vergessen, wer du bist?« schrie ihre Mutter.

»Nein. Nein. Nein. Bitte, Mam, hör mir doch zu. Wir werden heiraten. Dann kannst du bei uns wohnen, und ich werde mich um dich kümmern. Es geht dir nicht gut.« Bids Stimme war nur noch ein klägliches Wimmern. Sie wandte sich ab, wurde jedoch unvermittelt an den Haaren zurückgerissen. Über ihr dräute das verzerrte Gesicht ihrer Mutter.

»Bei uns? Bei uns?« kreischte sie. »Hast du etwa vor, eine Familie zu zerstören? Gott im Himmel, Bridget Lacey, komm doch zu dir. Glaubst du etwa, ich würde mich soweit erniedrigen, bei einem solchen Schuft zu wohnen, der seine Frau betrügt? Du kannst ihn nicht heiraten. Du bist katholisch. Einen geschiedenen Mann kannst du nicht heiraten. Und dabei ist er noch nicht einmal geschieden. Man würde dich nicht einmal mehr in eine Kirche lassen. Du widerst mich an. Offenbar hast du den Verstand verloren. Er spielt mit dir. Wie kannst du nur so dumm sein? Es ist eine Schande.«

»So ist es nicht! Um Gottes willen, hör mir doch zu...«

»Kommt dieser Kerl hierher? Um mit dir herumzuhuren? Antworte! Kommt dieses... dieses Prachtstück von Mann hierher?«

Bid schloß die Augen, während Tränen über ihr Gesicht strömten.

»Ich lebe seit fast einem Jahr mit Cas zusammen«, flüsterte sie. »Ich liebe ihn. Hast du gehört? Ich liebe ihn.«

Das war das Tapferste, was sie je getan hatte. Am ganzen Körper zitternd, stand sie da, als ihre Mutter einen Schritt zurücktrat und mit teuflischer Gewalt ihrer Tochter ins Gesicht schlug. Bid rieb die schmerzende Wange und starrte in ungläubigem Entsetzen ihre Mutter an.

Ich träume das nur, dachte sie, gleich wache ich auf, und alles wird in Ordnung sein. Das Ganze war alles andere als ein Traum.

»Ich packe. Keine Minute länger bleibe ich hier.« Mrs. Laceys Ton war eisig. »Ich schäme mich deiner, hast du gehört? Du widerst mich an. Du bist ein verlogenes, durchtriebenes, schmutziges kleines Miststück. Alt genug wärst du ja, um es besser zu wissen. Liebe? Liebe? Was weißt denn du schon von Liebe, du Närrin? Fällst auf einen ehebrecherischen Lügner und Betrüger herein. Ist es wegen seines Geldes? Schau dich doch an. Wie ein Flittchen hat er dich ausstaffiert. Ich habe mich die ganze Zeit schon gefragt, woher all die teuren Kleider stammen. Du hast ihm erlaubt, sie dir zu kaufen, nicht wahr? Läßt dich von ihm aushalten. Antworte. Ist das wahr?«

»Er liebt mich.«

»Liebt dich?« höhnte ihre Mutter. »Fest steht doch, du hast noch nie einen Mann halten können, keine fünf Minuten. Im Lauf der Jahre war es eine ganze Reihe, einer schlimmer als der andere. Du kannst sie nicht halten. Kurz über lang macht er sich mit einer anderen aus dem Staub. Merk dir, was ich dir sage. Seit einem Jahr? Und du glaubst, er wird seine Familie jetzt aufgeben? Für dich?« Sie lachte herzlos. »Du hast dich weggeworfen. Du bist eine Idiotin, Mädchen. Seit einem Jahr, sagst du? Was auch immer für Chancen du vor einem Jahr gehabt haben magst, jetzt hast du keine mehr, laß dir das gesagt sein.«

»Halt den Mund! Halt den Mund!« schrie Bid, von ihren eigenen Ängsten gequält. »Halt den Mund. Hör auf damit!«

Jetzt wich ihre Mutter zurück, als Bid, zu sehr herausgefordert, sich zu ihrer Verteidigung aufraffte.

»Ich bin dreißig. Dreißig Jahre alt! Ich bin kein Kind mehr. Ich weiß, was ich tue. Es ist eine verdammte Unverschämtheit von dir, mich zu behandeln wie eine... wie eine... Du weißt überhaupt nichts von Cas. Du lebst in der Vergangenheit.. Wir werden heiraten, verlaß dich drauf. Und es gibt nichts, absolut nichts, was du dagegen unternehmen könntest. Du hast kein Recht dazu. Du hast kein Recht dazu, so mit mir zu sprechen. Hast du verstanden? Ich tue niemandem weh.«

»So?« Plötzlich sah Mrs. Lacey alt und krank aus. »Nein, niemandem außer dir selber vielleicht. Wenn dieser Kerl genug von dir hat, wird er sich eine Jüngere suchen, und dann stehst du alleine da. Paß nur auf, daß er dir nicht...« Sie schlug sich mit der Hand auf den Mund. »Oh, Bridget«, flüsterte sie. »Oh, Bridget, bitte, nicht das. Doch nicht du?«

Das hatte gesessen. Bid lächelte bitter. Was für eine arme Idiotin sie doch war. Ihrer Ma von dem Baby erzählen? Ein vertrauliches Gespräch? Von Frau zu Frau? Höhnisch schnaubte sie angesichts ihrer Einfältigkeit.

»Oh, um Himmels willen, Mam...« Müde umging sie diesen Punkt. »Wir leben im 20. Jahrhundert. Ich kann auf mich selber aufpassen.«

In unversöhnlichem Schweigen starrten sie einander an. In einer Geste der Verzweiflung fuhr Mrs. Lacey sich mit der Hand durch die Haare. Im Gegensatz dazu war Bid von einer tödlichen Gelassenheit.

»Eins will ich ein für allemal klarstellen. Wir werden heiraten. Ob es dir paßt oder nicht. Mir ist klar, kirchlich können wir uns nicht trauen lassen. Das hatten wir auch nie vor. Ein Standesamt tut es auch«, erklärte Bid nachdrücklich und streckte dann, einlenkend, flehentlich die Hand aus.

»Ich möchte, daß du dabei bist. Er wird dir bestimmt gefallen, wenn du ihn erst einmal kennenlernst. Gib uns eine Chance.«

Ihre Mutter wich zurück. »Bridget Lacey, hör mir gut zu. Schlag dir das aus dem Kopf. Nie und nimmer werde ich dem Mann einer anderen, der mit meiner Tochter zusammenlebt, gegenübertreten. Sieh dich vor, was du tust. Sieh dich vor, daß nicht eine andere dir eines Tages das gleiche antut.«

Noch eine aufreibende Stunde lang gingen die Beschimpfungen weiter, immer weiter, im Kreis herum. Eine Kränkung forderte die andere heraus, sie schleuderten sich die angestaute Wut von Jahren ins Gesicht. Beide waren entsetzt, wie sehr sie einander verletzten, und noch während sie sprachen, wurde ihnen klar, es gab keinen Weg zurück. Das war nicht ein kleiner Streit zwischen Mutter und liebender Tochter. Leicht hingeworfene Worte des Bedauerns konnten diesen Schmerz nicht auslöschen noch die Erinnerung an die Bitterkeit, die so weh tat, daß beide bei dem Gedanken daran zusammenzuckten.

Ihre Beziehung hatte auf ihrer Fähigkeit beruht, Auseinandersetzungen aus dem Weg zu gehen. Sich zurückzuhalten; die Risse zwischen ihnen zu übertünchen; nichts an die Oberfläche dringen zu lassen. Doch jetzt, als sie einander hilflos, niedergeschmettert gegenüberstanden, wurde ihnen klar, auch Streiten ist eine Kunst. Und die beherrschten sie nicht. Sie hatten sie nicht von früh an eingeübt, und jetzt wußten sie nicht, wann es an der Zeit war aufzuhören, eine versöhnliche Hand auszustrecken, Frieden zu schließen. Und so endete das Ganze, unvermeidlich, in Tränen. Schweigend, verletzt zogen sie sich zurück.

Mrs. Lacey ging ins Bett, grimmig, totenblaß und wütend, während Bid sich auf dem Sofa hin und her wälzte, niedergedrückt von Schuldgefühlen, die wie ein böser Alp auf ihrem Bauch hockten. Vielleicht hätte sie sich besser gefühlt, hätte sie geahnt, wie verzweifelt ihre Mutter über das Ausmaß der Verletzungen war, die sie ihrer Tochter zugefügt hatte. Aber weder konnte Eileen Lacey die richtigen Worte finden, noch hätte sie sich dazu überwinden können, sie auszusprechen. Zu lange hatte sie sich auf Fergus' Geschick verlassen, zwischen ihr und Bid zu vermitteln. Zudem quälten sie ihre eigenen Dämonen. Sie hatte zu große Angst.

Grace

MENTEUR, LE: *INTERIOR (mit Abbildung) THE COLLECTOR; schraffierter Holzschnitt – Kopie einer Studie (16. Jahrhundert) aus dem Jahre 1821; verblaßt; Ecken verkohlt (um ein höheres Alter vorzutäuschen?). Interessant.*

19 Ungeduldig starrte Grace in den winzigen umfriedeten Innenhof, als sie merkte, daß Livy Hanning sie von der Diele aus beobachtete. Als sie sich umwandte, begrüßten sie sich mit ernster Miene. Grace war überwältigt von ihrem Aussehen. Ihre Blicke begegneten sich. Nemesis.

»Sarah konnte leider nicht länger bleiben.«

»Ja. Ich weiß. Ich habe gewartet, bis sie weg war.« Mevrouw war ziemlich geradeheraus. »Irgendwie fühle ich mich in ihrer Gegenwart beschämt. All dies«, erklärte sie mit einer weitausholenden Geste, in die sie die gesamte Wohnung einbezog, »all dies hat schreckliche Spuren hinterlassen. Die armen Roberts tun mir wirklich leid, aber die jungen Leuten sind oft so vorschnell in ihrem Urteil, finden Sie nicht auch?« Wieder die gleiche resignierende Handbewegung.

Sie ließ sich auf das Sofa fallen und meinte: »Das Bauvorhaben im Hafen ist natürlich in die Binsen gegangen. Das war einigermaßen absehbar, aber ich bin ziemlich sicher, die Firma Rawlings-Roberts hat nicht damit gerechnet; sie sind recht unsanft auf die Nase gefallen. Sehr unüberlegt, alles auf eine Karte zu setzen.«

Ihre nächste Bemerkung brachte Grace fast aus der Fassung.

»Sarah hat erwähnt, Sie versuchten herauszufinden, warum das Mädchen sich umgebracht hat?«

»Ja.«

»Sie hat mir ein wenig von der … hm«, sie suchte nach dem passenden Wort, »Entfremdung zwischen Ihnen und Ihrer Familie erzählt. Ein bißchen wirr durcheinander – ich vermute, ich mache sie nervös. Habe ich das richtig verstanden, daß Sie Ihre Nichte gar nicht gekannt haben?« Sie sprach ein sehr korrektes, beinahe zu vollkommenes Englisch. Genau das wies sie als Ausländerin aus. Abgesehen von ihren etwas verschliffenen »S« hatte sie fast keinen Akzent. Angewidert blickte sie sich in dem Zimmer um und sagte halb zu sich selber: »Es gibt da vieles, das auch ich ganz gerne, hm, aufklären würde.«

Und dann sprach Livy Hanning die Worte aus, die Grace selber hatte sagen wollen:

»Mrs. Hartfield, könnten wir uns darüber unterhalten?« Sie streckte ihr ein kleines Paket hin. »Ich war so frei, ein paar Sandwiches mitzubringen. Sie haben bestimmt Hunger.« Ihr Lächeln verwandelte ihre ruhige, gelassene Miene vollkommen.

»Danke, ein Sandwich nehme ich gerne«, meinte Grace. »Und es wäre eine große Erleichterung für mich, wenn wir über das Ganze reden könnten.«

Die andere legte die Brote auf den Couchtisch und streckte die Hand aus.

»Nennen Sie mich Livy«, forderte sie Grace auf und zeigte auf den Bilderstapel auf dem Boden. »Wie ich sehe, haben Sie die Bilder noch nicht durchgesehen.« Man merkte ihr die Überraschung an. »Könnten Sie das machen, während ich nach etwas Trinkbarem suche? Sagen Sie mir, was Sie davon halten.« Sie verschwand, ohne eine Antwort abzuwarten, in die Küche und ließ Grace allein. Wie sollte sie diese unerwartet liebenswerte Frau, deren Reaktionen man jedoch nie genau voraussagen konnte, danach fragen, warum sie so lange die Scheidung verweigert hatte? Warum hatte sie unnachgiebig das ganze Jahr lang durchgehalten, in dem ihr Mann mit Bid zusammengelebt hatte? In dem er sie geschwängert hatte? Und, vor allem, warum schien sie, wenn sie sich so sehr daran festgeklammert hatte, so distanziert, so selbstbeherrscht? So überhaupt nicht nachtragend?

Eines nach dem anderen drehte Grace die Bilder um. Es waren sechs kleine und ein großes Aquarell, jedes mit einem so illustren Namen signiert, daß sie ungläubig nach Luft schnappte: weibliche Akte von Kokoschka und Nicholson, ein winziger Matisse – eine dralle liegende Gestalt –, Landschaften von Brabazon, Nolde, van de Velde und Mauve. Bei diesem letzten Bild handelte es sich um eine trügerisch einfache Studie einer Schafherde, aber es faszinierte sie mehr als die anderen. Nichts Gefühlvolles, nur eine flockige Herde, wild entschlossen, sich durch ein Gatter zu zwängen, aber so lebensnah, daß man beinahe sehen konnte, wie der Schäfer und seine Hunde ihre Schützlinge in Sicherheit brachten.

»Anton Mauve, der Lehrer van Goghs. Wo, glauben Sie, ist der Schäfer?« Livys belustigte Frage traf Graces Gedanken so haarscharf, daß sie lachen mußte und auf eine Stelle ziemlich weit außerhalb des Rahmens deutete.

»Großartig, nicht wahr? Ich sehe es mir immer wieder gerne an.« Sie hatte zwei Gläser und eine Flasche Bollinger mitgebracht. »Er ist lauwarm, fürchte ich, aber sonst ist nichts da. Das alles hier ist wirklich unglaublich.«

»Sie kennen es also?« fragte Grace und deutete auf das Bild.

»O ja, und ob«, erwiderte Livy beiläufig. »Das haben wir schon vor Jahren gekauft.« Mit einem gedanklichen Federstrich machte sie sich und ihren Mann wieder zu einem Paar. Dann lachte sie, wie um dem Ganzen die Spitze zu nehmen. »Wenn Sie ihn gekannt hätten, würden Sie meinen, Schafe seien das letzte, wofür er sich interessierte.«

»Wieso ist es dann hier?«

»Ach so. Als er es mitgenommen hat, wußte ich, er meinte es ernst mit, hm, mit ...«

»Bridget. Bid, wenn Ihnen das besser gefällt«, erklärte Grace mit Nachdruck. »Ich glaube, es ist für uns beide leichter, wenn wir sie bei ihrem Namen nennen.«

»Bridget also.« Livy schenkte den Champagner ein und reichte Grace die Sandwiches. »Aber mögen muß ich sie deshalb nicht«, fügte sie entschieden hinzu. »Sie hat mein Leben aus dem Gleichgewicht gebracht. Dieser ganze Unfug von wegen Scheidung.«

»Für sie war es tödlicher Ernst«, entgegnete Grace nüchtern. »Und Sie haben nicht nachgegeben.«

»Das ist nicht wahr.« So beiläufig ließ Livy diese Bemerkung fallen, daß Grace glaubte, sich verhört zu haben. Aber ehe sie nachhaken konnte, schob Livy ein zusammengefaltetes Stück Papier über den Couchtisch.

Der Bogen mit dem Briefkopf Hanning-Van-Rijn war eine auf den 17. Dezember 1989 datierte Schenkungsurkunde über sieben kleine Aquarelle für Bridget Lacey von ihrem Liebhaber. Grace sah auf und begegnete Livys Blick.

»*Hanning*-Van-Rijn? Sie sind die Seniorpartnerin?«

»In gewisser Weise ja. Mein Großvater hat die Firma gegründet.«

Die Bedeutung dieser Information war Grace klar, aber sie nahm sie kommentarlos hin und wandte ihre Aufmerksamkeit wieder der Schenkungsurkunde zu. In der linken oberen Ecke stand der Vermerk »Kopie«. Die Schafe waren nicht aufgeführt. Grace nippte an ihrem Champagner, während sie sich die Großzügigkeit des Geschenks und was das bedeutete durch den Kopf gehen ließ.

»Zwei fehlen, fürchte ich.« Livy deutete auf Brabazon, HH.

»Die sind in ihrer Wohnung«, erklärte Grace sofort, »in der Everard Street. Ich gebe sie Ihnen natürlich zurück.«

»Warum, um alles in der Welt, sollten Sie das machen? Sie gehören mir nicht. Wie Sie sehen, hat er sie ihr geschenkt. Als feststand, daß sie schwanger war«, fügte sie gelassen hinzu. »Ich habe mir gedacht, das könnte Sie davon überzeugen, wie sehr er sich das Kind gewünscht hat. Sie scheint es jedenfalls überzeugt zu haben.«

»Sie haben von der Schwangerschaft gewußt? Das hat er Ihnen erzählt?«

»Ja. Er hat mir fast alles erzählt. Auf das Kind hat er sich unbändig gefreut.« Eine Spur von Sarkasmus, wohldosiert.

»Aber er hatte nicht vor, sie zu heiraten?« fragte Grace bedächtig.

»Soweit ich weiß, war er zu diesem Zeitpunkt äußerst entschlossen, das zu tun.«

»Sobald die Scheidung durch war?«

»Ja-a.«

»Ja? Verzeihen Sie, wenn ich Sie frage, aber wie standen Sie dazu?«

»Zu der Scheidung?«

»Ja.« Nur mit Mühe gelang es Grace, die Ungeduld in ihrer Stimme zu unterdrücken. Livy Hanning starrte gedankenverloren auf einen Punkt irgendwo vor sich, ehe sie Grace ins Gesicht sah.

»Die Scheidung hatte nichts mit mir zu tun, Mrs. Hartfield«, erklärte sie ruhig. »Cas und ich waren nicht offiziell verheiratet.« Nachdem die Bombe geplatzt war, lächelte sie bedauernd und zuckte auf die elegante Art, an die Grace sich allmählich gewöhnte, die Schultern. »Wenn man jedoch in einer so strengen Gesellschaft lebt wie bei uns, dann lernt man es, die Leute zu täuschen. Und die ziehen ihre eigenen Schlüsse.« Sie lehnte sich zurück und schürzte die Lippen.

»Wollen Sie damit sagen, daß er überhaupt nicht verheiratet war?« Herrgott, dachte sie, was für ein Spiel hat der nur getrieben?

»Nein, das meine ich nicht.«

»Was dann?« Fassungslos schnappte sie nach Luft.

Livy seufzte. »Ich habe gesagt: offiziell. Er war einmal kurz verheiratet. Als wir uns kennenlernten, lebte er bereits getrennt; ich war Witwe. Achtzehn Jahre haben wir zusammengelebt und uns als Partner verstanden – verheiratet, wenn Sie so wollen –, und zwar nicht nur, was das Geschäft betraf.« Sie ließ die Worte im Raum schweben und beobachtete Grace gespannt, ohne ihr auf die Sprünge zu helfen, was diese Enthüllung bedeutete.

»Getrennt, aber nicht geschieden?«

»Richtig. Sie hat ihn verlassen.«

»Wollte sie sich denn nicht scheiden lassen?«

»Woher soll ich das wissen? Darüber haben wir nicht gesprochen. Das lag weit zurück, und ich hielt es für alles andere als wichtig. Ich wollte Ihnen das nur sagen – von mir brauchte er sich nicht scheiden zu lassen.«

»Er hätte Bid also heiraten können?«

»Ich nehme doch an. Außer es gab da irgendwelche, hm, rechtliche Schwierigkeiten. Obwohl ich mir nicht vorstellen kann, welcher Art, nach dieser langen Zeit – Sie vielleicht? Es ist schließlich eine Ewigkeit her, daß sie ihm davongelaufen ist.«

»Dann hat er sie also hingehalten? Das war grausam.« Unwillkürlich brachen die Worte aus ihr hervor. Livy hob die Hand.

»Grausam ihr gegenüber?« Geschickt vermied sie es, näher auf dieses Thema einzugehen, und instinktiv spürte Grace, etwas war ihr entgangen, ihre Frage war bedachtsam abgebogen worden. Als Livy fortfuhr, hörte sie nur halb hin. »Entschuldigen Sie, aber ich kann kaum Mitgefühl für Ihre Nichte empfinden. Meine Familie und mein Geschäft lagen mir mehr am Herzen. Es war ein großer Schock.«

»Aber wenn Sie und er nicht verheiratet waren, warum dann das Hinausschieben?« beharrte Grace.

»Ach, das.« Einen Augenblick lang sah es so aus, als wolle Livy sich eingehender dazu äußern, aber dann schien sie es sich doch anders zu überlegen. Nach einer nachdenklichen Pause schlug sie eine andere Taktik ein, und Grace hatte das Gefühl, jetzt sprach sie nicht mehr offen und freimütig mit ihr, sondern wiederholte lediglich einen sorgfältig vorbereiteten Text.

»Bis zu dem Baby konnte er es ungestraft hinausschieben. Freiwillig hätte ich mich nicht von ihm getrennt. Vielleicht benutzte er meine Unnachgiebigkeit, um vor Ihrer Nichte seine Untätigkeit zu rechtfertigen?« Eine gewisse Schadenfreude klang in ihrer Stimme an. »Ich frage mich, ob ihr klar war, wieviel das Unternehmen ihm bedeutete – uns beiden? Und wie lange es dauern würde, diese Partnerschaft aufzulösen?«

Eine Weile dachte Grace über das Chaos nach, das diese Beziehung angerichtet hatte. Sie stellte die Familie und das Unternehmen in Holland der Zwangslage gegenüber, in der Bid sich befunden hatte. Ganz egal, was sie von dem Mädchen, dem

Baby und dem rücksichtslosen Verlangen eines Mannes im mittleren Alter, seine Männlichkeit unter Beweis zu stellen, hielt, jede Faser ihres Wesens empfand Mitgefühl für Livy, die in gewisser Weise ihr Spiegelbild war. Und sie fand es recht aufschlußreich, daß nicht einmal die Söhne oder das Unternehmen etwas gegen die Kaprizen der männlichen Midlife-crisis vermocht hatten. Sie betrachtete die reife Schönheit der Frau ihr gegenüber, und ihr wurde klar, sie waren verwandte Seelen. Und schlagartig wußte sie: Reggie hatte sie für immer verloren.

»Hat er Bid von Ihrer, hm, Vereinbarung erzählt?« Eine törichte Frage, aber plötzlich hatte Grace keine Lust mehr, Detektivin zu spielen. Die Ähnlichkeiten zwischen dieser Ehe – oder Nicht-Ehe – und ihrer eigenen bedrückten sie zu sehr.

»Ich habe keine Ahnung. Aber ich nehme doch an. Ehe er starb, war ich fast einen Monat lang in den Staaten. Wir haben miteinander telefoniert, aber getroffen haben wir uns nicht«, stellte Livy traurig fest. »Er schien anderweitig beschäftigt.«

»Arme Bid. Wegen eines Weiberhelden hat sie sich das Leben genommen. Ihre Regeln waren zu kompliziert für sie.«

»Ach, kommen Sie. Sie war kein Kind mehr, das wissen Sie genau«, erklärte Livy unumwunden. »Ich glaube, sie wußte sehr wohl, was sie tat. Er war reich, abgesehen davon, daß er sehr charmant war.« Sie zögerte. »Ich finde das alles sehr peinlich, und es ist nicht gerade angenehm, darüber zu sprechen. Gewisse Dinge klingen demütigender, wenn man aufgefordert wird, sie zu erklären. Finden Sie nicht auch?«

»Die Dinge, die Sie mir nicht erzählen wollen?«

»Vielleicht. Ja. Ich halte sie nicht für wichtig.« Erneut ein ausgedehntes Schweigen. »Wir waren lange zusammen. Es war vielleicht keine Beziehung im herkömmlichen Sinne. Cas brauchte einen gewissen, hm, Freiraum. Und ich ebenfalls.« Livy wog jedes Wort bedachtsam ab. »Er fehlt mir. Er hatte viele gute Eigenschaften. Als Unternehmer war er von außerordentlichem Geschick. Er war liebenswert – sehen Sie mich nicht so skeptisch an – und sehr rücksichtsvoll.« Sie betonte jedes einzelne Wort, dann zuckte sie die Schultern und fügte nüchtern hinzu:

»Es gab da gewisse, hm, persönliche Schwierigkeiten ... aber unsere Art zu leben behagte uns, behagte Cas.«

»Irgend jemand hätte es ihr sagen sollen.«

»Vermutlich. Aber wieso sind Sie sich eigentlich so sicher, daß sie nicht darüber Bescheid wußte?« Livys Stimme klang schneidend vor Unduldsamkeit. »Ist es möglich, daß sie so naiv war?«

Grace machte eine hilflose Geste. Ihr war klar, sie selber war noch naiver gewesen. Mit gepreßter Stimme erwiderte sie:

»Ja, durchaus. Woher ich das weiß? Weil ich selber in einer nicht unähnlichen Situation bin und mich trotzdem weder für dumm noch naiv halte. Man sieht nur das, was man sehen will.« Sie sah Livy in die Augen. »Sind Sie nicht dieser Meinung?«

Sie musterten einander argwöhnisch.

»Ja. Wahrscheinlich. Ich hatte auch gedacht, ich wüßte alles, aber das war eindeutig nicht der Fall.«

»Was ist mit Ihren Kindern«?« erkundigte Grace sich, nun schon milder gestimmt.

»Von Kindern kann man da kaum mehr sprechen. Sie sind beide Anfang Zwanzig, und beide studieren in Amerika. Ich lebe jetzt allein. Aber das war so, seit Cas hier eine Niederlassung gegründet hatte. Wie schon gesagt, wir sind, wir waren beide ziemlich selbständig. Ich habe mich mein Leben lang um das Geschäft gekümmert.«

»Ab wann haben Sie sich durch die Affäre mit meiner Nichte bedroht gefühlt?«

»Anfangs überhaupt nicht, ich habe nicht geglaubt, daß es halten würde, sondern damit gerechnet, das Ganze würde seinen Lauf nehmen und irgendwann zu Ende gehen. So lief das normalerweise. Er war kein besonders beständiger Liebhaber. Sie müssen das verstehen, Cas und ich waren Freunde. Wir hatten eine Vereinbarung getroffen, und die hat funktioniert. Innerhalb bestimmter Grenzen. Und ihre Schwangerschaft stellte die Grenze dar. Er war besessen von der Vorstellung, ein Kind zu haben. Damals hat er zum ersten Mal ernstlich von einer Trennung gesprochen. Ich war vor den Kopf gestoßen. Dieser Mann mittleren Alters, wie verhext von der Idee, eine zweite Chance zu bekommen. Abgeschmackt. Aber im letzten Augenblick hat ihm offenbar der Mut dazu gefehlt.«

»Sie zu verlassen?«

»Ja, das auch«, erwiderte Livy Hanning ausweichend. »Man neigt dazu, das festzuhalten, was man hat. Wir führten ein angenehmes Leben. Wir hatten ein gemeinsames Vermögen und dann natürlich die Firma. Das war alles sehr kompliziert.«

»Und das ist noch gelinde ausgedrückt«, meinte Grace sarkastisch. Sie wurde das beunruhigende Gefühl nicht los, daß ihr etwas entgangen war, daß sie die Bedeutung von einem oder auch mehreren Hinweisen nicht ganz verstanden hatte, die die andere angedeutet, aber nicht näher ausgeführt hatte. Irgendwie war sie völlig verwirrt, nicht zuletzt, weil ihre instinktive Zuneigung für Livy Hanning ihr das Gefühl vermittelte, Bid in gewisser Weise zu verraten.

Lügen, Lügen, Lügen. Allmählich ergab der letzte Hilfeschrei des Mädchens einen Sinn. Hatte er ihr schließlich doch eröffnet, daß er abspringen wollte? Hatte er ihr gesagt, daß es nicht Livy war, die die Dinge verzögerte? Oder hatte er, fragte Grace sich in Gedanken an ihre eigene aus den Fugen geratene Ehe, die Dinge einfach ihren Lauf nehmen lassen, sie hingehalten und ihr immer wieder das gleiche erzählt? Bis es schließlich unmöglich wurde, das Ganze aufzuklären, ohne ihn wie einen notorischen Lügner dastehen zu lassen? Wann hatte sie herausgefunden, daß die Scheidung nichts weiter als ein Ablenkungsmanöver war?

»Ich frage mich, wann sie dahintergekommen ist? Hinter diese erste Ehe? Und ob das von Bedeutung ist?« sprach Grace ihre Überlegungen laut aus. Einen langen Augenblick reagierte die Holländerin nicht. Sie stand lediglich auf und wischte ein paar nicht vorhandene Krümel von ihrem Rock.

»Das frage ich mich auch. Ich bin mir nicht sicher, ob es überhaupt etwas zu bedeuten hatte. Es ist schon so lange her.« Sehr bedächtig sprach sie: »Cas war nicht niederträchtig, was auch immer Sie von ihm halten mögen. Er hat Ihre Nichte geliebt, wollte ihr auf gar keinen Fall weh tun. Als er starb, war ich wütend auf sie, zornig, weil das alles so sinnlos war. Ich hatte nichts dagegen, daß er mit dem Mädchen zusammengelebt hat, aber, und das muß ich Ihnen ganz ehrlich sagen, ich hatte sehr wohl etwas dagegen, daß er wegen ihr sein Leben weggeworfen hat.«

»Es war also Selbstmord?«

»Mit ziemlicher Wahrscheinlichkeit. Es gab Zeugen. Zwei kleine Jungen – sieben oder acht Jahre alt – haben ihn ins Wasser gehen sehen. Die Polizei hat mich mit ihnen reden lassen. So, wie sie davon berichtet haben, klang es wahr. Sie haben erzählt, er hätte getrunken, und die Autopsie hat das bestätigt. Das hat mich überrascht, aber ich glaube, wir müssen es als gegeben hinnehmen.«

»Hat er gewußt, daß sie ganz in der Nähe wohnte?«

»Ja. Allerdings haben die Kinder immer wieder betont, er sei ganz alleine gewesen. Sie war nicht bei ihm, und sie haben sie mit keinem Wort erwähnt. Und die Polizisten haben sich sehr bemüht, den Kindern nichts in den Mund zu legen.« Als Grace erleichtert seufzte, blickte Livy auf, sprach jedoch gleich weiter. »Das ist alles sehr merkwürdig. Sehen Sie, ich war durchaus nicht überrascht, daß er nach Dublin gefahren war. Wir hatten dort kürzlich ein Hafengrundstück gekauft. Darum hat sich zwar die Amsterdamer Filiale gekümmert, aber ein paar Wochen zuvor hatte ich Cas gebeten, ein oder zwei Unregelmäßigkeiten nachzugehen. Ich hatte keine Ahnung, daß Ihre Nichte aus Irland stammte. Paradox, das Ganze.«

Was sie paradox fand, war nicht ganz klar – den Zufall, daß das Unternehmen eine Niederlassung in Irland gegründet hatte, die erwähnten Unregelmäßigkeiten oder die Nationalität ihrer Rivalin.

»Als ich dann dort war, hat sich jedoch herausgestellt, wegen der Hafengeschichte hatte er mit niemandem Verbindung aufgenommen. Ich muß also davon ausgehen, daß er aus einem anderen Grund dorthin gefahren ist. Vielleicht um sie zu besuchen, um nach dem Tod ihrer Mutter bei ihr zu sein. Das wäre typisch für ihn gewesen«, schloß sie.

»Hinter all dem scheint ein großes Fragezeichen zu stehen.«

Grace zögerte. »Offenbar hat er keinen Kontakt zu ihr aufgenommen. Ein paar von ihren Freunden behaupten, am Tag vor ihrem Selbstmord hätte sie noch nach ihm gesucht. Hatte er gedroht, sie zu verlassen, haben Sie eine Ahnung?«

»Nein, das hätte er nicht gemacht. Ich glaube, letztlich hatte er sich ernsthaft in Ihre Nichte verliebt. Sie gab ihm das, wonach er sich am meisten sehnte. Die Sache mit dem Kind hat er sehr ernst genommen.« Sie musterte Grace prüfend.

»Und warum?« fragte Grace leise.

»Sie haben keine Kinder?«

»Nein.« Grace errötete.

»Entschuldigen Sie die Frage: War das Ihre eigene Entscheidung?«

»Nein.«

»Dann fällt es Ihnen vielleicht nicht allzu schwer zu verstehen, wie sehr er sich eines wünschte. Cas und ich hatten keine Kinder miteinander. Meine Söhne stammen aus meiner ersten Ehe.«

»Ihm lag also sehr viel an dem Kind.«

»Ja. Der arme Cas, er machte sich ziemliche Sorgen wegen seiner Männlichkeit.« Sie schoß den Pfeil völlig unbefangen ab, aber er traf Grace wie ein Schlag ins Gesicht. Einen Augenblick lang schloß sie die Augen. Als sie sie wieder aufschlug, sah sie an Livys Gesichtsausdruck, daß die Bemerkung nicht verletzend gemeint war.

»Ich bitte um Entschuldigung, das war unverzeihlich. Ich bin einfach überreizt.«

»Das sind wir wohl beide.« Grace streckte die Hand aus. Zeit zu gehen.

Livy Hanning hielt sie einen Augenblick fest und erklärte dann mit ernster Miene:

»Mrs. Hartfield, Grace, ich will wirklich wissen, warum mein Partner gestorben ist. Mir liegt daran herauszufinden, was mit ihm geschehen ist. Sagen Sie, haben Sie eine Ahnung, warum das Mädchen sich umgebracht hat?«

»Nein, leider nicht. Zumindest noch nicht«, erwiderte Grace

unschlüssig. »Nichts von alledem, was passiert ist, scheint ausschlaggebend gewesen zu sein, verstehen Sie? Es könnte eine Verkettung unglücklicher Umstände gewesen sein: Niedergeschlagenheit, weil Cas die Trauung immer wieder hinausgeschoben hat, und die Ungewißheit ihrer Lage. Schuldgefühle wegen ihrer schlechten Beziehung zu ihrer Mutter, die natürlich durch deren plötzlichen Tod verstärkt wurden. Und wenn sie, wie ich vermute, nicht den Mut aufgebracht hat, ihrer Mutter von dem Baby zu erzählen … Nun ja«, seufzte Grace, »alles zusammengenommen dürfte das ausgereicht haben.«

»Gab es auch Probleme innerhalb Ihrer Familie, die mit dazu beigetragen haben könnten?« konterte Livy ruhig. Einen Augenblick lang hielt Grace ihrem Blick stand. An die Stelle von Argwohn war bei beiden Betroffenheit getreten.

»Möglicherweise. Ehrlich, ich weiß es nicht, aber, ja, ich fürchte, das könnte der Fall sein. Eben deswegen versuche ich, die Sache von dieser Seite her aufzuklären. Und das ist gar nicht so einfach.« Sie zögerte angesichts Livys erwartungsvollem Blick, entschloß sich dann aber, dies nicht näher auszuführen. Sie war sicher, auch die andere hielt etwas zurück, und sie spürte, zuerst einmal mußte sie für sich selber herausfinden, was wichtig war und was davon sie ihr mitteilen könnte.

Beide schwiegen. Da keine von ihnen in der Lage schien, weiter aus sich herauszugehen, war klar, das Gespräch war zu Ende. Nahezu gleichzeitig erhoben sie sich, um sich voneinander zu verabschieden. Als Livy die Tür öffnete, griff Grace nach ihrem Arm.

»Entschuldigen Sie, daß ich so hartnäckig bin«, setzte sie zögernd an, »aber können Sie mir sagen, warum er die Heirat so lange hinausgeschoben hat? Irgendwie habe ich das Gefühl, das liegt, zumindest teilweise, dem Ganzen zugrunde.«

»Ich bin mir nicht sicher, ob ich ganz verstehe, was Sie damit meinen. Sie scheinen zu glauben, daß er sie monatelang hingehalten hat. Ein Jahr lang? Vielleicht hat sie das geglaubt, vielleicht hat sie das sogar ihren Freunden erzählt, aber es würde mich doch sehr überraschen, wenn Cas etwas Derartiges versprochen hätte. So lange war es nun auch wieder nicht, verstehen Sie, wenn Sie bedenken, daß er sich erst im Dezember zu einem Entschluß durchgerungen hatte. Ich gebe zu, es sieht so aus, als hätte er am Ende doch wieder gezögert. Zwischen uns hatten wir Anfang März so ziemlich alles geklärt, was das Unternehmen betraf. Blieb also noch ein ganzer Monat. Vielleicht hatten sie einfach keine Zeit? Sie fuhr ständig zu ihrer Mutter ...«

»Ja. Aber laut dem, was ihre Freunde sagen, hätte sie sich die Zeit genommen. Im großen und ganzen sieht es so aus, als sei Cas derjenige gewesen, der das Ganze immer wieder verzögert hat.«

Livy schüttelte verblüfft den Kopf. »Ich muß mir das durch den Kopf gehen lassen. Soviel ich weiß, wollten sie Anfang April heiraten.« Sie verzog das Gesicht. »Vielleicht bringt es etwas, wenn ich herausfinde, wann und warum er nach Dublin geflogen ist. Ich gehe jetzt wieder ins Büro und sehe seine Unterlagen durch. Vielleicht finde ich da einen Hinweis, der uns weiterhilft. Auch mit seiner Sekretärin werde ich reden, obwohl es da ein kleines Problem gibt. Als er verschwunden ist, lag sie mit einer Grippe im Bett.«

Als sie gingen, sah Livy Hanning sich noch einmal um.

»Ich hasse diese erbärmliche Wohnung«, erklärte sie.

Grace fiel noch etwas ein. »War Cas eine Abkürzung für irgend etwas?«

Livy warf den Kopf zurück, und zum ersten Mal lachte sie. »O ja, in der Tat. Mein Spitzname für ihn.« Sie zog die Augenbrauen hoch und lachte erneut auf. »Aber das brauche ich nicht näher zu erklären, oder? Ich schätze, da kommen Sie von selber drauf.«

Nachdem sie sich getrennt hatten, ging Grace zum Everard Square zurück.

DAUNT, Wjo'n: *SAINTS and SINNERS, A tale of modern times. Duffy, 1844. Einband verblaßt; Titelblatt und Frontispiz fehlen. Selten.*

20 Kein Wunder, daß das Mädchen keinen anderen Ausweg mehr gesehen hat, überlegte Grace, als sie den Schlüssel zu Bid Laceys Wohnung umdrehte. Streitereien, Lügen, dazu schwanger, nicht verheiratet, keine Scheidung in Sicht und zweifelsohne ein ganzes Regiment von Leichen im Keller des Holländers. Und ein paar vielleicht auch in dem der Iren. Jedesmal, wenn sie von jemandem etwas Neues erfuhr, wurde das Bild düsterer.

Wenn Bid tatsächlich so wenig über die Vergangenheit ihres Liebhabers gewußt hatte, dann war sie entweder wirklich abgrundtief dumm oder, eben weil sie so verliebt war, vollkommen vertrauensselig gewesen. Was auch immer von beidem, es hatte sie von ihren Freunden und Altersgenossen isoliert. Dazu noch die Tyrannisierung durch ihre schwierige, launische Mutter, die ihr aufgrund ihres sich verschlechternden Zustands noch mehr abverlangt hatte. Und das zu einem Zeitpunkt, als Bid, soweit man sagen konnte, sich endlich dazu durchgerungen hatte, ihr zu gestehen, daß sie schwanger war. Und als sie das nicht fertiggebracht hatte, mußte das Mädchen sich nach dem Tod ihrer Mutter mit ihren Schuldgefühlen völlig allein gelassen gefühlt haben.

Wann waren ihr die ersten Zweifel an ihrem zwielichtigen Liebhaber gekommen, der sich nicht festlegen lassen wollte? Angesichts seiner undurchsichtigen Familienverhältnisse, seiner Ausflüchte. Er war bestenfalls ein etwas anrüchiger Umgang für eine junge Frau, schlimmstenfalls schlichtweg gefährlich gewesen. Um es brutal auszudrücken, offenbar hatte es genügend Gründe für ihren Selbstmord gegeben.

Der Liebhaber selber blieb ein Rätsel. Was hatte ihn überhaupt so an Bid gereizt? Auf den ersten Blick war dies das größte Geheimnis von allen: Sie schien kaum sein Typ, da sie relativ anspruchslos und, als sie sich kennengelernt hatten, offenbar durchaus nicht an ihrer äußeren Erscheinung interessiert gewesen war. Und ein Blick auf das Apartment in den Mews genügte, um zu wissen, Cas Van Rijn hatte großen Wert auf Äußerlichkeiten gelegt. Das bezeugte auch die elegante Erscheinung Livys. Ebensowenig konnte es allein ihre Jugendlichkeit gewesen sein, denn mit Sicherheit gab es andere, Jüngere, Entgegenkommendere? Bid war immerhin fast dreißig gewesen, als sie sich begegnet waren. Hatte einfach ihre grenzenlose Verliebtheit ihm geschmeichelt? In dieser Hinsicht zumindest stimmten alle überein: Sie war nach ihm verrückt gewesen.

Reich, mächtig, geheimnisvoll und attraktiv. Er mußte äußerst glaubwürdig gewirkt haben, oder aber Bid war hoffnungslos leichtgläubig gewesen. War sie eine jener Frauen gewesen, die ein Hauch von Gefahr reizt? Eines stand fest, er hatte es verstanden, Frauen für sich einzunehmen. Und doch, Livy, die sich wohl nicht so leicht etwas vormachen ließ, hatte ihn offensichtlich sehr gemocht und geschätzt. Liebenswert sei er gewesen, hatte sie gesagt. Fast zerstörte diese Beschreibung die Vorstellung, die Grace sich von ihm gemacht hatte. Sie fragte sich, was für andere Informationen Livy ihr vorenthalten hatte.

Auf dem Fußabstreifer lag ein kurzes Briefchen von Bradley Moffat.

Liebe Grace Hartfield, es tut mir leid, daß die Umstände, die Sie in unsere Gegend verschlagen haben, so trauriger Natur waren. Wie ich vermute, hat Angel Ihnen bereits erzählt, wie sehr wir Ihre Nichte geschätzt haben. Ihr Tod hat Sie, so hoffe ich, nicht allzu tief getroffen.

Im ganzen Haus war kein Mensch, und abgesehen von dem Verkehrslärm und den aufdringlich knarzenden Dielen war es in der Wohnung unnatürlich still. Als Grace einen Augenblick vor den Bücherregalen stehenblieb, war sie erneut überrascht, wie anheimelnd der Raum war, um wieviel angenehmer als die Wohnung in den Mews. Sie strich mit der Hand über die abgegriffenen Buchrücken, hielt hin und wieder inne – eher aus Gewohnheit – , um sich einen Titel zu notieren. Vielleicht war es in diesem Augenblick, als Grace, umgeben von den Büchern des Mädchens, klarwurde, wie ähnlich sie einander waren, und mit einem Mal konnte sie sich vorstellen, welche Ängste diese zwiespältige Persönlichkeit geprägt hatten.

Sie hätte allen Grund gehabt, wütend auf ihre Nichte zu sein, doch sie war sich sicher, sie hätte sie gemocht. Als sie die Treppe zum Schlafzimmer hinaufging, schnürte ihr die Wut über die mutwillige Zerstörung dieses jungen Lebens fast die Kehle zu. Herauszufinden, warum Bid sich das Leben genommen hatte, war das mindeste, was sie ihr schuldete. Aber selbst jetzt, als sie ihr stummes Gelübde erneuerte, flüsterte die aufdringliche Stimme in ihrem Kopf, sie tue dies nur, weil der Tod des Mädchens möglicherweise den Schlüssel zu ihrem eigenen, wirren Gefühlsleben barg.

Irgendwann, als Bid zum letzten Mal in dieser Wohnung gewesen war, mußte sie die Treppe hinaufgegangen sein. War sie da bereits entschlossen, sich umzubringen? Oder hatte jeder Schritt sie der verhängnisvollen Entscheidung näher gebracht? Unvermittelt blieb Grace stehen und fragte sich, warum Bid eigentlich hierhergekommen war, wie ein verwundetes Tier in seine Höhle, und nicht in das Apartment, das sie mit ihrem Liebhaber geteilt hatte. Hier mußte sie irgendwo einen Hinweis hinterlassen haben.

Hatte sie schon von seinem Tod gewußt? Nein! Grace hätte nicht erklären können, warum, aber sie wußte instinktiv, dies war nicht der Fall gewesen. Sarah behauptete, an jenem Sonntag habe Bid noch nach ihm gesucht. Seltsam, daß sie annahm, Bid hätte aus Dublin angerufen. Hatte Bid das gesagt? Hatte sie sich auf diese Weise ein Alibi verschaffen wollen? Aber was hätte ein Alibi noch für einen Sinn gehabt, wenn sie bereits beschlossen hatte, ihrem Leben ein Ende zu machen?

Sarah berichtete, sie hätte verzweifelt geklungen, als befürchtete sie, es sei ihm etwas zugestoßen. Aber glaubt das nicht jeder, wenn ein Mensch, den er liebt, unerklärlicherweise nicht auffindbar ist? Als Reaktion gewann dies nur im Licht ihrer beider Tod eine Bedeutung. Es war doch nur normal gewesen, daß sie nach dem Tod ihrer Mutter bei ihm sein wollte, selbst wenn sie sich vorher gestritten hatten.

Angenommen also, sie hatte nicht gewußt, daß Van Rijn tot war. Wenn sie sich nicht mit ihm getroffen noch mit ihm gestritten und ihn auch nicht bedroht hatte. Angenommen … angenommen, sie hatte nicht einmal gewußt, daß er sich in Dublin aufhielt.

Wer oder was war dann die Ursache seines Todes gewesen? Warum? Und, genauer gefragt, wie hing dies mit Bids anschließendem Selbstmord zusammen? Entgegen aller Wahrscheinlichkeit war Grace überzeugt, Bid hatte die Wahrheit gesagt, als sie ihren Freunden erzählt hatte, sie hätte ihn nicht gesehen. Allerdings konnte sie selber nicht erklären, weshalb sie sich dessen so sicher war.

Warum war niemand dagewesen, um ihr das auszureden? Warum hatte sie niemanden um Hilfe gebeten? Sie hätte an die Tür des fürsorglichen Wesens ein Stockwerk tiefer klopfen können, das einen so passenden Namen trug und nur zu gerne ihr Schutzengel gewesen wäre. Warum hatte sie das nicht getan? Sie hätte den kurzen Weg zu ihrer Freundin Sarah gehen können.

Was war in diesen für ihr Leben so ausschlaggebenden Tagen passiert, außer daß ihre Mutter gestorben war – ein Ereignis, das nicht völlig unerwartet gekommen war. Sarah wie auch Roy Angel hatten erklärt, Eileen Lacey sei seit Monaten krank gewesen, und die Flugscheine bestätigten, daß Bid die Verschlechterung des Gesundheitszustands ihrer Mutter in den Wochen vor ihrem Tod miterlebt hatte.

Wenn es nicht das Wissen um den Tod ihres Geliebten gewesen war, was dann? Was war in Dublin geschehen, das sie an jenem Montagmorgen zu dieser seltsamen Reise in den Norden getrieben hatte? Und in der Nacht davor in die leere Wohnung hierher? Hatte sie in ihrer Trauer einfach allein sein wollen? Oder – und allmählich kristallisierte der Gedanke sich heraus – war an jenem Sonntagabend nach ihrer Rückkehr etwas geschehen?

Nachdenklich ging Grace zum Schlafzimmer und blieb in der Tür stehen. Sie versuchte, sich in das verwirrte Mädchen hineinzuversetzen, nachzuvollziehen, was sie in jener Nacht gemacht hatte. Das Zimmer war in einem lebhaften blau-weißen

Laura-Ashley-Muster tapeziert, klein und karg möbliert: nichts weiter als ein hastig gemachtes Bett, ein Kleiderschrank, eine kleine Kommode und ein provisorischer Nachttisch aus Brettern und Ziegelsteinen. An den Wänden hingen ein paar verblaßte Giacometti-Plakate mit Eselsohren. Auf unbestimmbare Weise erweckte der Raum den Eindruck, als sei er kaum bewohnt worden. Selbst wenn man in Betracht zog, daß das Apartment in dem halben Jahr seit dem Tod seiner Besitzerin leergestanden hatte, wirkte das Zimmer verlassen und vernachlässigt.

Auf einem Korbstuhl neben dem Schrank waren achtlos ein Rock und eine Bluse verstreut. Der Rock hatte die gleiche dunkle olivgrüne Farbe wie das Jackett in der Küche, und als Grace ihn aufhob, verströmte er denselben schwachen Parfumgeruch. Noch ehe sie die hellgrüne Bluse nahm, sah sie an den fettigen Streifen auf den Manschetten und dem Kragen, daß sie zu lange getragen worden war. In die Bluse waren ein teures beigefarbenes Seidenmieder und eine Strumpfhose mit Laufmaschen verknäult, und darunter lag eine ausgebeulte schwarze Lederhandtasche.

Als Grace sie vorsichtig öffnete, entströmte ihr ein muffiger Geruch nach altem Gesichtspuder. Laut den Papieren in einer abgewetzten Brieftasche hatte die Tasche EA Lacey gehört. Sie war mit den üblichen Kleinigkeiten vollgestopft, die man täglich braucht. Grace sah sie hastig durch – Schlüssel, Brieftasche, ein Bündel Quittungen, ein Scheckbuch – und legte sie auf das Bett. Als nächstes kam, zusammen mit einem Knäuel von Papiertaschentüchern und alten Busfahrscheinen, ein leerer blaßblauer Umschlag zum Vorschein, auf den »Bridget« gekritzelt war.

Grace hielt den Umschlag in der Hand und blickte um sich. Die unterste Schublade der Kommode war schief hineingeschoben worden und stand auf der einen Seite einen Spaltbreit offen. Sie zog daran, aber etwas Starres hatte sich verklemmt, und es dauerte ein paar Minuten, bis sie sich nach einigem Hin- und Herschieben öffnen ließ.

Die Ursache des Übels war ein großer, kartonverstärkter Umschlag mit Pariser Poststempel vom April 1989. Er enthielt die Negative und Abzüge von fünf Farbfotos, die alle das Mädchen aus jeweils unterschiedlichen Blickwinkeln zeigten. Grace legte sie nebeneinander aufs Bett, um sie eingehend zu betrachten, und augenblicklich erwachte das Mädchen zum Leben und lächelte sie an. Hätte sie die Bilder früher zu Gesicht bekommen, dann hätte sie sich keinen Augenblick gewundert, warum der Holländer sich in sie verliebt hatte. Ein Blick genügte, und sie verstand, warum sie den Sammler in ihm angesprochen hatte, denn sie sprühte vor Leben mit ihren außergewöhnlichen hellbraunen Augen und der makellosen Haut. Sie war nicht hübsch im üblichen Sinne, dazu war der Mund zu breit, und die Zähne standen etwas schief, aber es unterstrich nur das herausfordernd sinnliche Lächeln. Sie sah aus, als lachte sie über einen Witz – oder würde sich gleich auf ein Bett fallen lassen. Ihr kurzgeschnittenes Haar schimmerte kupfern – die neue Pariser Frisur? Kein Wunder, daß sie ihm gefallen hatte.

Als Grace die Fotos zu einem Halbkreis anordnete, mußte sie plötzlich an die kleine Matisse-Zeichnung in der Wohnung des Holländers denken. Schlagartig wurde ihr klar, Bid war die Doppelgängerin jener Gestalt. Auf zwei der Bilder nahm sie eine ähnliche Stellung ein. Mit einem flauen Gefühl legte sie die Bilder aufeinander und murmelte leise Trostworte für das Mädchen vor sich hin, schalt sie sanft dafür, daß sie sich selber zugrunde gerichtet hatte, und schwor … schwor … was? Dafür zu sorgen, daß sie in Frieden ruhen konnte? Ihr schreckliches Ende zu rechtfertigen? Graces Kummer wurde jetzt verstärkt durch die Trauer über die schöne, humorvolle Gefährtin, die sie nie kennengelernt hatte. Sie steckte die Bilder wieder in den Umschlag und legte ihn zur Seite.

Die offene Schublade war mit vergilbten, lose von Gummibändern zusammengehaltenen getippten Din-A4-Blättern vollgestopft. Ein kurzer Blick darauf zeigte, an jeden kleinen Stapel waren mindestens eine, gelegentlich mehrere Ablehnungen geheftet. Keine datierte später als 1986. Bid Laceys Hort von Enttäuschungen.

Zwei der drei anderen Schubladen enthielten nichts weiter als ein wenig Unterwäsche, die aussah, als läge sie schon lange unberührt da. Die oberste Schublade war nicht ganz hineingeschoben und glitt mit einem Ruck auf. Sie war voller getragener Strumpfhosen, Halstücher und Handschuhe, die nicht zusammenpaßten. Grace durchwühlte das Geknäuel und fischte einen Umschlag heraus, der in dem vorderen Spalt steckte, als wäre er unbemerkt in die offenstehende Schublade gefallen. Blaßblaues Papier, auf dem »Bridget« stand. Auch dieser Umschlag war leer. Zwei Umschläge. Kein Brief. Graces Puls ging schneller. Sie blieb still stehen, atmete kräftig durch und zwang sich, ruhig zu überlegen. Wo waren die Briefe?

Sie ging zur Tür und ahmte Bid nach, wie sie mit der Tasche in der Hand ins Schlafzimmer kam, sich erschöpft auf das Bett setzte, die Tasche aufmachte, den Brief fand und las. Sie sah sich im Zimmer um. Ihr Blick fiel auf den Rock, der zusammengeknüllt auf dem Stuhl lag. Zuerst fanden ihre zitternden Finger die halb versteckten Taschen nicht, die an der Taille eingenäht waren, aber als sie den Rock auf den Boden werfen wollte, spürte sie das Papier.

Sie versuchte, ihr Herzklopfen unter Kontrolle zu bringen. Dann las sie den Abschiedsbrief der Mutter an ihre Tochter, den sie offensichtlich in der Nacht, ehe sie zum letzten Mal ins Krankenhaus gegangen war, geschrieben hatte.

Ihr erster Gedanke war Erleichterung, weil das Verhältnis zwischen Mutter und Tochter ihr so falsch geschildert worden war. Denn selbst wenn es irgendwelche Unstimmigkeiten gegeben hatte, Eileen hatte sich mit Würde und Zuneigung verabschiedet, auf einem einzelnen, beidseitig eng beschriebenen Blatt Papier. Als sie den Brief las, spürte Grace zum ersten Mal so etwas wie Trauer um ihre tote Schwester.

Toronto Tce, 14. März

Meine liebe Bridget,
gerade haben sie vom Krankenhaus angerufen. Ich muß morgen hin. Bis jetzt hatte ich Angst davor, aber nun bin ich ganz ruhig.

Wenn es Gott gefällt, wird alles gutgehen, und ich werde mich erholen ...

Der Brief war voll des Lobs für die Fürsorglichkeit und Hilfe ihrer Tochter in den vorangegangenen Monaten. Sie sagte ihr, wie stolz Fergus auf sie gewesen wäre. Einzig sein Verlust habe sie so ängstlich und einsam gemacht.

Ich weiß, in letzter Zeit hatten wir es nicht eben leicht miteinander. Darauf folgte eine Art Entschuldigung: *Ich hätte Dir mehr Vertrauen schenken sollen ...*

Indirekt gab sie ihr sogar ihren Segen: ... *was auch immer Du vorhast, wo auch immer Du eine Familie gründen willst, ich weiß, nie wirst Du etwas tun, dessen Du Dich schämen müßtest ...*

Alles Liebe, Mam.

Langsam kauerte Grace sich hin und strich geistesabwesend das Papier glatt. Sie las den Brief noch einmal und fragte sich, war es nur die Angst vor der Operation gewesen, daß die liebevollen Worte so gespreizt klangen? Irgendwie stimmten sie nicht. Sie verglich die beiden Umschläge. Sie waren identisch. Auf der Suche nach dem fehlenden Brief riß sie erneut die Schubladen auf und durchsuchte sie noch einmal, diesmal systematischer. Nichts. Dann sah sie, hektischer, unter den Kopfkissen und der Bettdecke nach. Wieder nichts. Unter dem Bett? Sie ließ sich auf alle viere nieder und versuchte, das schwere Sofa von der Stelle zu bewegen, aber jemand hatte die Beine abgesägt, so daß es flach auf dem Boden auflag. Unmöglich, es zu verrücken oder mit der Hand darunterzufahren.

Konnte er in einer anderen Tasche stecken? Sie riß den Schrank auf und durchsuchte eines der muffig riechenden, schlaff herunterhängenden Kleider nach dem anderen. Sie wühlte unter den verstaubten Schuhen herum, die nachlässig in den Schrank geworfen worden waren. Dabei entwich laut brummend eine fette Schmeißfliege und prallte ihr direkt ins Gesicht. Grace versuchte sie zu erschlagen, traf daneben und jagte sie quer durch das ganze Zimmer. Schließlich landete der Brummer auf dem wackligen Nachttisch. Vorsichtig schlich Grace darauf zu. Als sie nach der Zeitschrift griff, die auf dem unteren Brett lag, warf sie das Gestell um. Sie ließ sich auf Hände und Knie nieder, um die verstreuten Bretter und Ziegelsteine aufzuheben.

Als sie sich vorbeugte, um ein schmales Gedichtbändchen aufzuheben, ertastete sie an der Wandleiste ein zusammengeknäueltes Stück blauen Briefpapiers. Sie richtete sich auf und strich, immer noch kniend, das zerrissene Briefpapier glatt. Mit zitternden Händen griff sie nach dem ersten Brief und verglich die Handschrift. Es war gespenstisch, der Anfang beider Briefe war gleichlautend.

Toronto Tce, 14. März

Meine liebe Bridget,
gerade haben sie vom Krankenhaus angerufen. Ich muß morgen hin. Bis jetzt hatte ich Angst davor, aber nun bin ich ganz ruhig …

Sie drehte das Blatt um.

…habe mit Pater Crowley gesprochen, und er hat gesagt, er würde Dir das geben und mit Dir reden. Wir mußten weg, denn es hat fürchterlichen Ärger gegeben, als mein Vater dahintergekommen ist. Und ich konnte nicht zurück. Nie mehr…

Graces Kopf barst, brach mitten entzwei, löste sich in seine Einzelteile auf. Sie wiegte sich hin und her. Pater Crowley. Das Schweigen im Raum ließ ihr Herz beinahe stillstehen, als sie sich angstvoll der zweiten Seite zuwandte.

…schwanger, als ich Fergus kennengelernt habe. Er war sehr gut zu mir. Wir haben so bald wie möglich nach Deiner Geburt geheiratet. Kein Mensch hat je irgendwelche Zweifel daran gehabt.

Auf der Rückseite stand nichts. Wieder und wieder las Grace die letzten, zusammenhangslosen Sätze. Was war als nächstes gekommen? Was hatte sie noch geschrieben? Das alles ergab keinen Sinn.

Was auch immer Eileen ihrer Tochter anvertraut hatte, das sie lange vor ihr geheimgehalten hatten, es war getilgt worden. Von Bid? Vorehelich geboren? Ein kleiner, armseliger Satz, der so wenig zu bedeuten hatte. Außer natürlich, überlegte Grace, das Mädchen war bereits außer sich vor Angst, in die gleiche Lage zu geraten. Das alles klang so erbärmlich altmodisch.

Eileen hatte also von Bids Schwangerschaft gewußt oder es zumindest geahnt. Hatte Verärgerung oder Dummheit sie veranlaßt, nach einer so langen Zeit des Schweigens ihr Geheimnis zu lüften? Die Zeit hatte das verquere Scham- und Schuldgefühl ins Unermeßliche anwachsen lassen, und sie hatte es auf ihre Tochter abgeladen, die schwanger war, verunsichert und ungemein verletzlich. Mutter und Tochter, die dieses eine gemeinsam hatten, und zu was hatte es geführt? Zu Verbitterung und einer Tragödie. Grace konnte sich den Zorn des Mädchens vorstellen, wie sie den Brief zerrissen und in die Ecke geschleudert hatte.

Beide Briefe stammten vom gleichen Tag, begannen mit gleichlautenden Sätzen. Hatte Eileen sie in ein und derselben Nacht geschrieben und dann den einen aus Angst, Feigheit oder Unentschlossenheit versteckt? Das Schicksal seinen Lauf nehmen lassen? Hatte sie den Brief vergessen, so daß Bid ihn unbeabsichtigt gefunden hatte, als sie nach Hause gekommen war und den Inhalt der Handtasche ihrer Mutter durchsucht hatte?

Grace starrte die zerknitterten Überreste an und wußte mit absoluter Sicherheit, was auch immer die fehlenden Seiten enthüllt hatten, es hatte das Mädchen um den Verstand gebracht. Langsam kauerte sie sich hin und begann nachzurechnen. Hatte es da noch ein Kind gegeben?

Die Empörung über ihre tote Schwester schnürte ihr fast den Atem ab: Selbst auf diesen verstümmelten Seiten hatte Eileen nicht die Wahrheit gesagt. Die Daten stimmten nicht. Bid war fast einunddreißig gewesen, als sie gestorben war. 1959 geboren. Eileen war jedoch 1956 oder 57 verschwunden. Grace wiegte sich hin und her und versuchte, ihre eigene, so schwer faßbare Furcht zu artikulieren. Sie schluchzte vor Kummer und Verzweiflung, ließ den Kopf auf das Bett sinken, begrub ihn in ihren Armen. Und in der Stille wucherten ihre Ängste.

Dada? Dada, nicht umbringen. Dada. Der prasselnde Regen. Jemand war am Fenster. Poch, poch. Aber nicht Dada! Jemand anderer. Er kam herein! Wer ist das?

Diesmal war es kein Traum. Grace vergrub den Kopf tiefer in der Bettdecke, als ein plötzlicher Regenschauer gegen das Fenster peitschte, im Gleichtakt mit ihrem Alptraum. Sie starrte in die Vergangenheit, zwang ihre Gedanken zurück. Fast konnte sie jetzt die schattenhaften Gestalten sehen.

Das Kind steht stumm in der Mitte des Zimmers, beobachtet. In der äußersten Ecke, auf dem Bett, krümmt sich das große schwarze Ding gespenstisch. Sie hat es schon einmal gesehen. Es kommt immer nachts, wenn sie am Einschlafen ist. Sie hört dann, wie der Fensterriegel zurückgeschoben wird. Dann ein Geräusch, ein unterdrücktes Kichern, das Quietschen von Sprungfedern. Der Regen prasselt herunter. Die nassen Vorhänge schlagen gegen die Scheiben. Das Kind kriecht ein Stück weiter und beginnt zu wimmern. Langsam wendet sich ihm ein Gesicht zu. Das Gesicht ihrer Schwester! Irgend etwas ragt über ihr auf. Es richtet sich auf, und ... es ist so grauenvoll... Das Kind schreit. Das Etwas preßt sich auf seinen Mund. Plötzlich überall Lärm.

»Um Gottes willen ... sie wird alles verraten ... er wird uns umbringen. Sie soll aufhören! Aufhören!«

»Zieh ihn weg! Zieh, Dada! Ich bekomme keine Luft mehr. Nicht, Dada, nicht umbringen ... Dadaaa!«

Grace wiegte sich hin und her, ihre Augen zusammengekniffen. Sie zwang sich, die Bilder nicht auszusperren. Sie läßt den körnigen Film ihrer Erinnerung noch einmal vor sich ablaufen, bis sie endlich zu begreifen beginnt: Sie war nicht beteiligt gewesen, sie hatte das alles mit angesehen. Sie hatten gesagt, sie würden sie umbringen, wenn sie Dada etwas davon sagte.

Grace verbarg ihr Gesicht in der zerwühlten Tagesdecke. Sie zwang die durcheinanderwirbelnden, entsetzlichen Bilder, klare Umrisse anzunehmen.

Ihre Schwester und ein Junge. Eileen und … und… ? Namenlos. Eileen hatte sie in den Arm gekniffen, gelacht und gesagt: Er heißt Namenlos. Er war schon früher hier gewesen. War durch das Fenster gekommen. In der Dunkelheit, flüsternd und lachend. Man hatte Graces Bett in Eileens Zimmer gestellt, als Großmutter Nonie gekommen war, um ihre kranke Mutter zu pflegen. Eileen hatte wutentbrannt geschrien, sie ein dummes Gör genannt. Aber was war mit Dada gewesen?

Nonie zieht sie aufs Bett, hält sie fest. Still, still, Kleines. Niemand hat dir etwas getan. Dada, der sich mit der Taschenlampe in der Hand aus dem Fenster lehnt und etwas brüllt. Sein Gesicht ist ganz naß, von seinen grauen Haaren tropft der Regen, der aus der Dachrinne quillt.

Das war es. Das war es. Ihr Vater hatte sie in jener Nacht schreien hören, war hereingekommen, hatte den Jungen ertappt. Sie hatten miteinander gerungen.

Wo ist Eileen? Zwischen ihnen! Sie steht zwischen ihnen. Ihr Nachthemd ist an den Schultern zerrissen, sie schreit. Was? »Nein, Dada, nein, er hat sie nicht angerührt …« Dada liegt auf dem Boden… Blut in seinen weißen Haaren … Nonies Hand legt sich über ihre Augen …

Grace kniff ihre Augen zusammen, zwang ihre Erinnerung dahin zurück, wo sie nicht hinwollte, bis schließlich das Bild verblaßte, fast, aber nicht ganz aufgelöst. Wimmernd lag sie da, bis das Gefühl eines ungeheuren Verlustes, einer unendlichen Verlassenheit ihre Angst überdeckte. Erschöpft stand sie auf und wünschte mit jeder Faser ihres Körpers, sie hätte sich aus den Angelegenheiten der Laceys herausgehalten, die Vergangenheit ruhen lassen, wie ihre Schwester es all die Jahre hindurch gewollt hatte. Jetzt zehrte sie auch an ihr, diese Vergangenheit. Sie konnte ihre Erinnerungen nicht mehr beiseite schieben. Das Entsetzen, das erneut in ihr aufstieg, nahm zu, als ihr klarwurde, sie war nahe daran, alles zu verstehen.

Der Regen ließ nach, aber mittlerweile dämmerte es, und ohne Licht konnte sie in der Wohnung nichts mehr machen, selbst wenn sie es ertragen hätte zu bleiben. Sie nahm die Handtasche und durchsuchte sie wie unter Zwang noch einmal. Diesmal fand sie zwischen den zusammengeknüllten Papiertaschentüchern und Busfahrscheinen einen zerknitterten Zeitungsausschnitt, den sie vorher übersehen hatte. Als sie ihn glattstrich, enthüllte sich ihr ein vertrautes Bild. Es handelte sich um eine schlechte Schwarzweißkopie mit der Überschrift: *Heute London, morgen Dublin?* Ihre Nackenhaare sträubten sich. Sie preßte das Gesicht an die kalte Fensterscheibe und zwang sich, langsam zu atmen. Sie hatte dieses Foto schon einmal gesehen. In Farbe. Der Holländer, der mit seinem etwas schief sitzenden Helm ein bißchen albern aussah, die Augen in der grellen Sonne zusammenkniff und sie fröhlich anlächelte. Lange Zeit starrte sie ihn an, bis sie schließlich die Sachen, die sie auf dem Boden verstreut hatte, aufzusammeln begann.

Sie ging zur Tür, wandte sich um und warf noch einmal einen Blick in das Zimmer. In dem weichen Dämmerlicht wirkte er beruhigend, dieser stille Ort von Bids Verzweiflung und jetzt ihrem Zerreißen des Schleiers. Ihre Leben waren wie die Stränge eines Taus. Jede Generation hatte sich bis zum Ende hinaufgekämpft. Hochgezogen von Halbwahrheiten, die man ihnen erzählt oder die sie erahnt hatten, beide einander so bemitleidenswert ähnlich in ihrer Angst vor einer Auseinandersetzung. Bei Bid hatte dies zu einer Tragödie geführt. Grace hatte mehr Glück gehabt: Es war noch nicht zu spät. Sie hatte noch eine Gnadenfrist.

Bislang hatten ihre Fragen zu Bids vorzeitigem Tod ihr mehr Antworten auf ihr eigenes Leben, auf die Rätsel, die ihre Ehe mit Reggie überschattet hatten, als zu den Gründen für den Selbstmord des Mädchens gegeben. Dazu wie auch zu vielem anderen war Eileens Vergangenheit der Schlüssel. Und die Person, die am meisten darüber wußte, war jene Gestalt, deren Name immer wieder auftauchte: der Priester.

Sie konnte ein Zusammentreffen mit ihm nicht länger hinausschieben. Reglos stand sie im Zwielicht und sammelte all ihren Mut für diesen letzten Schritt, um zu sich selber zurückzufinden.

MY LADY: *A TALE OF MODERN LIFE. Neuauflage. Smith Elder, 1862. Einband halb abgelöst; Kritzeleien von Kinderhand.*

21

King's Cross war wegen einer Bombendrohung gesperrt, und als Grace bei der U-Bahn-Station am Russell Square anlangte, war es schon weit nach neun. Im Dahintrotten drehte und wendete sie jede kleine Information, die der Tag gebracht hatte. Sie mußte zugeben, ihre Fragen zu Bid waren lediglich eine andere Version der Fragen, die sie sich endlich über sich selber zu stellen begann. Und da jetzt die Fragen eingegrenzt waren, brauchte sie nur noch genügend Entschlossenheit, um sich an die Antworten heranzuwagen. Die Zeit des Zauderns war vorbei, es wurde Zeit, sich zu befreien.

Sie saß in einem nahezu leeren Waggon und überlegte sich ihre nächsten Schritte, leicht belustigt angesichts ihrer neu entdeckten Fähigkeit, die beiden Hauptprobleme in ihrem Leben fein säuberlich getrennt zu halten. Sie beschloß, die Sache Lacey für die nächsten zwanzig Stunden zu den Akten zu legen, sich entschlossen der Zukunft zuzuwenden und Reginald Staveley Hartfield freizugeben, damit er sein ohnehin schon halb von ihr losgelöstes Leben mit einer anderen weiterführen könnte.

Erst als sie die Treppe der U-Bahn-Station am Ealing Broadway hinaufging, wurde ihr schlagartig klar, daß ihr Zorn auf Reggie sich gelegt hatte. Sie fragte sich nicht mehr, was er vorhatte. Sie wußte es. Es war, als hätte sie im Verlauf der Zeit, in der sie sich ausschließlich mit Bid, Eileen und ihren eigenen Alpträumen auseinandergesetzt hatte, ihre Rolle beim Zerbrechen ihrer Ehe unterschwellig und ganz allmählich eingestanden.

Der nagende Kummer, daß Reggie sie verlassen hatte, blieb und durchdrang ihr gesamtes Verhalten. Immer wieder loderte der Schmerz über ihren hartnäckigen Widerstand auf, das Offensichtliche zu sehen. Er hatte ihr vorgeworfen, sich in einen Kokon eingesponnen zu haben. Hatte er sich selber oder sie mit diesen sorgsam gewählten, so harmlos klingenden Worten trösten wollen? Warum hatte er sie nicht mit Gewalt, mit einer unumwundenen, ehrlichen Schilderung des Zerrbilds, zu dem ihr gemeinsames Leben verkommen war, in die Wirklichkeit zurückgeholt?

Jedesmal wenn sie die vertrauten, laubbedeckten Vorortstraßen entlangschlenderte, sah sie ihn, in jedem Park, sah ihn, wie er ihr von der anderen Straßenseite aus zuwinkte. Nachdem er verschwunden war, hatte sie anfangs an jeder Straßenecke, um die sie bog, damit gerechnet, ihm zu begegnen. Jeden Tag hatte sie gehofft, er würde hereintrotten, sie auf seine gutmütig-tapsige Art in die Arme nehmen und ihre Ängste beschwichtigen.

Sie konnte nicht sagen, an welchem Tag oder zu welcher Stunde sie begonnen hatte, sich damit abzufinden, daß ihr Leben kein Zusammenleben mehr gewesen war, sondern ein Scherbenhaufen von zerbrochener Hoffnung und Liebe. Der Trost, den sie im Sex gefunden hatten und der anfangs eine wahre Offenbarung gewesen war, hatte nur vorübergehend die ungeheuren Anforderungen überdeckt, die sie an seine unbeirrbare Treue und Zuneigung gestellt hatte. Sie hatte die Augen zugemacht und die Wirklichkeit ausgesperrt und dann ihn gezwungen, das gleiche zu tun, in einer Komplizenschaft, die sowohl die Vergangenheit als auch die Zukunft blindwütig zerstört hatte.

In wie vielen Nächten hatte er ihr leises Weinen gehört, wenn sie versucht hatten, miteinander zu schlafen, Versuche, die in dem Maße, wie ihre Verzweiflung wuchs, immer schmerzhafter wurden? Wenn Kopfschmerzen, Fehlgeburten, Erkältungen oder Fieber nicht genügt hatten, seine Verzweiflung zu beschwichtigen, daß er nicht in der Lage war, zu ihr durchzudringen? Wann war die Liebe von diesem verhängnisvollen, unwiderstehlichen Drang, sich fortzupflanzen, aufgesogen worden?

Ihr Sexualleben war von Verzweiflung getrieben gewesen. Als sie mit ihren Schwierigkeiten nicht mehr zu Rande kamen, hatte sie sich einmal, kurzfristig und mit verheerenden Folgen, in etwas geflüchtet, das ihrer Ansicht nach am wenigsten Schaden anrichten würde. Denn sie wußte ja, oder glaubte zu wissen, er tat das gleiche. So sehr war sie darauf fixiert gewesen, sich selber zu schützen, daß sie nicht bemerkt hatte, wie sehr Reggie sich immer noch nach Kindern sehnte. Er hatte es nicht bei ein oder zwei solchen Ausbruchsversuchen belassen.

Zweiundzwanzig Jahre hatten sie zusammengelebt. Wie hatten sie das nur geschafft, in dem zunehmenden Schmerz, nach außen hin so unangreifbar, als Einheit zu erscheinen? In langer Übung hatten sie ihr Auftreten in der Öffentlichkeit zu einer Vollkommenheit zurechtgefeilt, die sie am Ende beinahe selber genarrt hätte. Reggie und Grace: der große gesellschaftliche Erfolg. Keine Party, kein Ausgehen, keine Fete ohne die beiden. Wie viele Abendessen hatten sie in Hochform hinter sich gebracht? Lächelnd und freundlich nickend, das Idealbild des perfekten Paares? Dazu gelegentliche Berührungen, die auf ein erfülltes Sexualleben schließen ließen? Ihre Kinderlosigkeit, mit der sie sich anscheinend ohne weiteres abgefunden hatten, ein beneidenswerter Beweis ihres Glücks? Ihnen waren die Gesprächsthemen nie ausgegangen. Gefährten bis zur letzten Sekunde, hatten sie ihre Ehe stilvoll zu Grabe getragen.

In gedrückter Stimmung ging sie rasch, mit gesenktem Kopf, nach Hause. Die unter ihren Schritten raschelnden Blätter waren das einzige Geräusch in den stillen Straßen. Es war fast dreiviertel elf, als sie die Haustür aufstieß, nervös und ausgehungert. Im Haus war es dunkel. Sie legte ihre Tasche ins Wohnzimmer und goß sich einen gigantischen Scotch ein, ehe sie in die Küche ging.

Der Kühlschrank war aufgefüllt. Im oberen Fach lagen Päckchen mit Käse und Salami, darunter stand eine Schale Suppe. Murray Magraw mußte nachmittags hier gewesen sein. Fast hatte sie vergessen, daß sie ihm ja einen Schlüssel gegeben hatte.

Sie tauchte ihren Finger in die Suppe und hatte gerade festgestellt, es war Champignoncreme aus der Dose, als eine Hand sich auf ihre Schulter legte.

»Wer, zum Teufel? ... Murray? Ich muß schon sagen ...« Sie schaltete das Licht über dem Herd ein, drehte sich unvermittelt um, stolperte und fiel hin.

»Grace! Ach, du meine Güte! Ich wollte Sie nicht erschrecken.«

Verärgert rieb Grace die Stelle am Kopf, wo sie sich gestoßen hatte, und hielt dann beim Anblick von Murray inne, der nichts als purpurrot-weiß gestreifte Boxer-Shorts anhatte – ein eher amüsanter Anblick. Vorübergehend überwog ihre Belustigung den Ärger darüber, daß er sich so schnell hier häuslich eingerichtet hatte. Mit schiefgelegtem Kopf musterte sie ihn. Breite Schultern, die Brust nicht zu haarig. Um die Taille hatte er immer noch einen kleinen Fettansatz.

»Phantastische Aufmachung«, meinte sie bedächtig und eher kühl. »Ich hatte gar nicht gemerkt, daß Sie mittlerweile hier eingezogen sind.«

Verlegen sah er sie an, als er die Hand ausstreckte, um ihr aufzuhelfen, dann zog er sie mit bewundernswerter Gewandtheit an sich.

»Das wollte ich schon die ganze Zeit«, sagte er schleppend, »seit dem ersten Tag. Du siehst müde aus.«

»Oh.«

Sanft strich er ihr mit der flachen Hand über die Haare.

»Ich, hm, habe Sie nicht hier erwartet«, erklärte sie und versuchte vergeblich, die Situation – und sich – unter Kontrolle zu halten.

»Ich auch nicht. Ich bin nur hiergeblieben, weil die Toilette verstopft war. Also habe ich auf den Klempner gewartet, und der ist erst gegen halb neun hier aufgetaucht.«

Er drückte sie an sich. Seine Haut war glatt. Sauber roch er, duftete ein wenig nach ihrem Badeshampoo.

»Die Toilette, soso?« Sie nahm ihm das nicht ganz ab, aber wie herrlich wäre es, alles andere zu vergessen.

»Ich mag es, wie du küßt«, sagte sie.

»Tatsächlich? Gut. Je länger ich das mache, desto besser wird es. Bald wirst du es lieben.« Er setzte sein schiefes Lächeln auf.

»Bald?« Er fühlte sich sehr sicher. Wunderbar, sich so sicher zu fühlen und gleichzeitig erregt zu sein. Wie schön wäre es, das Denken einfach abzuschalten.

»O ja. Es braucht gewissenhaftes Üben, aber bald wirst du unersättlich sein. Warte nur, du wirst schon sehen.«

»Du hast also vor, hm ... eine Weile hierzubleiben?« *Bitte, halt mich fest.*

»O ja, eine ganze Weile.«

»Mhm. Du bist so – tröstlich«, seufzte sie. Er umfaßte ihr Gesicht mit beiden Händen und sah sie eindringlich an.

»Ich will dich nicht trösten, Grace, ich will dich lieben.«

Sie machte sich los und erklärte aufgekratzt: »Wenn ich nicht bald etwas zu essen bekomme, kippe ich um. Ich habe morgen einen anstrengenden Tag vor mir.«

Schweigend sah er zu, wie sie den Kühlschrank wieder öffnete, die Suppe warm machte und Brot aufschnitt. Als sie sich umdrehte, ging er aus der Küche. Sie holte ein paar Eiswürfel aus dem Kühlfach und langte nach dem Whisky.

»Es ist noch eine offene Flasche Burgunder da. Warum versuchen wir es nicht damit?« Er hatte sich ein Hemd und eine Hose übergezogen. »Tut mir leid, daß ich dich erschreckt habe. Alles in Ordnung?« Sie nickte.

»Es tut mir auch leid, daß ich dich so bedrängt habe«, sagte er langsam. »Dazu hatte ich kein Recht.«

Sie gab keine Antwort, sondern konzentrierte sich ganz auf ihr Essen. Er lehnte sich in seinem Stuhl zurück und versuchte, sich die plötzliche Veränderung und die Art, wie sie seinem Blick auswich, zu erklären. Obwohl, eigentlich überraschte es ihn nicht. Er hatte das alles schon ein paarmal durchgemacht.

Dasselbe aufreizende Verhalten, und dann der Rückzug. Aber diesmal hatte sie wirklich auf seinen Annäherungsversuch reagiert, oder etwa nicht? So konnte er sich doch nicht täuschen. Sie hatte ihn in ihrer Nähe, bei sich haben wollen. Bis sein Kuß etwas fordernder geworden war. Da hatte sie plötzlich ... scheu gewirkt? Verlegen? Es war nicht nur das, für den Bruchteil einer Sekunde, so bildete er sich ein, hatte es ausgesehen, als hätte sie Angst.

Keiner von beiden sprach, bis sie mit dem Essen fertig war und er ihre Gläser nachgefüllt hatte.

»Wir haben miteinander geschlafen, Grace, als du krank warst.«

Langsam stieg die Röte von ihrem Hals auf, bis ihr Gesicht, das sie gesenkt hatte, tiefrot war. Sie antwortete nicht.

»Grace«, sagte er sanft, »Grace?« Ihre Hand umklammerte seine, schmerzerfüllt sah sie ihn an. Er hatte das unangenehme Gefühl, ein Kind zu trösten, während er gegen seine Begierde nach der Frau ankämpfte.

Aber in jener Nacht, als sie aus ihrem Alptraum aufgeschreckt war und nachdem er sie beruhigt hatte, war ihr Verlangen genauso überwältigend und unbezähmbar gewesen wie seines. Traurig erinnerte er sich daran, wie keiner von ihnen ein Wort gesagt hatte und daß ihr sanfter Humor, der ihn so anzog, wie ausgelöscht gewesen war. Als sie ihn dann zum dritten Mal ängstlich gefragt hatte, ob sie alles richtig gemacht habe, hatte er sie fest an sich gedrückt und fast geweint vor Enttäuschung und Scham, daß nicht Lust, sondern ein komplizierteres Bedürfnis ihre Reaktion ausgelöst hatte.

Anschließend hatte sie sich zusammengerollt und war in einen tiefen Schlaf gefallen, in dem sie sich immer noch an ihn geklammert hatte, bis er irgendwann in der Nacht, als ihr fiebernder Körper ihm unangenehm wurde, aus dem Bett geschlüpft war, um zu duschen und auf dem Sofa zumindest ein paar Stunden zu schlafen. Als er am nächsten Morgen erwachte, war er betroffen gewesen, wie er es fertiggebracht hatte, ihre Situation derart auszunutzen. Doch dann, als er verlegen mit dem Frühstückstablett in ihr Zimmer geschlichen war, hatte sie ihn angelächelt, so beiläufig die Hand ausgestreckt, als wäre nichts zwischen ihnen gewesen, und ihn gefragt, ob er sich um irgend etwas wegen der Bücher kümmern könnte oder so.

Na schön, hatte er gedacht, wenn sie es so haben will …

Aber in den darauffolgenden Tagen, als sie Seite an Seite arbeiteten, hatte er sich gefragt, ob sie sich überhaupt daran erinnerte, denn nicht ein einziges Mal hatte sie jene Nacht erwähnt. Und als er versucht hatte, sie dazu zu bringen, die Litanei der Ängste zu wiederholen, die im Halbschlaf aus ihr herausgebrochen war, hatte sie sich abgewandt. Sie hatte seine Aufforderung zu reden, nicht nur übergangen, sondern schlichtweg so getan, als hätte sie nichts gehört. Es war so unheimlich, daß er sich schämte, als hätte er ihren Kummer ausgenutzt. Doch er hätte schwören können, so war es nicht gewesen.

Sie hatten zwanglos miteinander geplaudert, wie es Leute eben tun, wenn sie zusammenarbeiten. Als sie mit der Spitzenkollektion fertig waren, hatte er ihr einiges über sich selber erzählt. Sie war jedoch auf der Hut geblieben und hatte wenig zu dem hinzugefügt, was sie in jener Nacht preisgegeben hatte.

Fasziniert hatte er über ihre Worte gegrübelt, immer wieder, hatte die kargen Hinweise herauskristallisiert, bis allmählich das Bild eines völlig verängstigten Kindes Gestalt angenommen hatte. Murray war jedoch weniger an dem Kind als an der Frau interessiert. Als er sie jetzt beobachtete, war er sicher, auch diesmal gestand sie sich nicht zu, seiner Behauptung, sie hätten miteinander geschlafen, Glauben zu schenken.

»Hat jemand angerufen?« Das bestätigte seinen Gedankengang.

»Auf dem Anrufbeantworter sind einige Nachrichten. Und heute nachmittag hat Deirdre vorbeigeschaut.«

»Oh.«

»Ihr schien ziemlich viel daran zu liegen, mit dir zu reden.«

»Tatsächlich?« Ihr Tonfall war unverbindlich. »Vermutlich wollte sie wissen, was du hier treibst.«

»Getroffen!« Er lachte. »Ich habe ihr allerdings klar zu verstehen gegeben, daß ich mit dir an einem Projekt arbeite. Vorübergehend. Außerdem hat sie gewußt, daß du die meiste Zeit unterwegs warst«, erklärte er linkisch und schob seinen Stuhl zurück. »Tut mir leid, wenn ich dich gekränkt habe. Ich rufe ein Taxi.«

»Nicht doch, du kannst gerne bleiben. Ich gehe morgen sehr früh aus dem Haus. Ich wollte nicht unhöflich sein. Da ist so viel …«

Sie verstummte. Ihre Stimmung schlug plötzlich um, und sie lächelte. »Übrigens, ich bin heute auf ein paar Bücher gestoßen. Möglicherweise brauche ich jemanden, der mir dabei hilft. Eine kleine Bibliothek.«

»So?«

»Mhm. Ein paar amerikanische Titel, ich bin mir nicht sicher, von welcher Qualität … vor allem aber irische Sachen. Und dabei bräuchte ich Hilfe. Ziemlich interessant, glaube ich, aber ich kenne mich mit irischer Literatur kaum aus.«

»Aber … du bist doch Irin?«

Sie wirbelte herum. »Was hast du…«, setzte sie an, hielt dann jedoch inne und sah ihn nachdenklich an. »Oh. Der Alptraum? Habe ich geredet?«

»Ja … aa.« Er blinzelte. »Du erinnerst dich also?«

Grace strich sich die Haare zurück, ging im Zimmer auf und ab und blieb dann stehen, starrte blicklos durch die dunkle Fensterscheibe.

»Das ist alles so kompliziert. In meinem Kopf ist dieses riesige Puzzle, mit dem ich einfach nicht klarkomme …«

Sie wandte sich um und lächelte verlegen.

»Ich erinnere mich, daß du mich … hm … getröstet hast.«

»Wir haben miteinander geschlafen, Grace«, sagte er ausdruckslos. »Ich hatte das Gefühl, du wolltest es ebensosehr wie ich.«

Er beobachtete, wie sie mit ihren unsichtbaren Dämonen kämpfte. Ihre nächste Bemerkung verblüffte ihn.

»Es war das erste Mal seit Jahren.« Sie sprach wie zu sich selber.

»Was für eine verdammte Zeitverschwendung.« Er versuchte, unbeteiligt zu klingen.

»Jahrelang habe ich all meine Schwierigkeiten … auf die Fehlgeburten … oder auf Reggie geschoben. Meistens auf Reggie. Ich glaube, so war es leichter zu ertragen …«

Sie streckte die Hand nach ihrem Glas aus und leerte es. Dann goß sie sich Wasser ein und trank es in einem Zug. Resigniert sah sie aus. Murray unterdrückte die Fragen, die er stellen, die tröstenden Worte, die er sagen wollte. Die sinnlose, schreckliche Sehnsucht, sie festzuhalten, die, das wußte er, ebensosehr dem Bedürfnis entsprang, getröstet zu werden, wie dem, selber zu trösten. Liebe Grace, blaß und still; das Zwielicht betonte die Zartheit ihres Gesichts. Sie strahlte eine neue Kraft aus, als hätte sie sich mit ihrer Einsamkeit abgefunden.

Leise begann Murray den Tisch abzuräumen. Nach einer Weile half sie ihm dabei, dann schenkte er sich, zu verlegen, um als erster die Treppe hinaufzugehen, noch einen Schlummertrunk ein. Sie wünschte ihm eine gute Nacht und ging quer durch das Zimmer, um das Schloß an der Hintertür zu überprüfen.

»Könnte sein, daß ich bald verreisen muß«, erklärte sie mit dem Rücken zu ihm. »Ich kann noch nicht sagen, für wie lange. Aber als erstes werde ich mich morgen mit meinem Mann treffen. Die Dinge klären.«

Er wußte, sie versuchte ihm zu sagen, er solle gehen, aber er gestand sich ein wenig Sturheit zu.

»Und?«

»Und dann nach Irland.«

»Ich nehme an, du wünschst keine Begleitung?« fragte er wie nebenbei. Sie betrachtete ihn schweigend, dann lächelte sie wehmütig.

»Ich bin noch nicht bereit dafür. Es tut mir leid, Murray.«

»Wirst du es sein?« Er bemühte sich, ungezwungen zu klingen.

»Werde ich was sein?«

»Bereit, irgendwann?« Diesmal dringlicher. Fragend blickte sie ihn an.

»Für mich«, fügte er leichthin an. Da hatte sie es, verdammt noch mal, sie erregte ihn so sehr, daß er sich nicht mehr zurückhalten konnte.

»Ich weiß es nicht.« Endlich sah sie ihn an. »Ich könnte in

Verbindung mit dir bleiben«, meinte sie zögernd, »wenn du das willst.«

»Das ist schon in Ordnung so«, erwiderte er und setzte sein schiefes Grinsen auf.

»Ich danke dir«, sagte sie leise, »du warst sehr geduldig.«

»Es war mir ein Vergnügen.« Eine spielerische Verbeugung.

Er hörte, wie sie das Schloß an der Vordertür überprüfte und das Licht auf der Veranda ausschaltete, dann streckte sie noch einmal den Kopf durch die Küchentür.

»Hat sie sonst noch was gesagt?«

»Wer?«

»Deirdre«, fragte sie ungeduldig.

Er sah sie lange an, ehe er antwortete:

»Ja. Einiges. Ich schätze, allmählich blicke ich da durch.«

Schweigend standen sie da und sahen einander an. Sie schien erleichtert, daß er ihr weder sein Mitgefühl noch irgendwelche Ratschläge anbot.

L'AVENTURIER HOLLANDAIS *ou La vie et Les Aventures divertissantes et extraordinaires d'un Hollandais. Mit Heliogravüren. Neuere Ausgabe. Abgenutzt.*

22 Als Grace am nächsten Morgen kurz nach sieben nach unten kam, läutete das Telefon.

»Hier ist Livy, Livy Hanning. Tut mir leid, daß ich so früh anrufe. Ich hatte Angst, Sie nicht mehr anzutreffen, Mrs. Hartfield.« Sie klang aufgeregt.

»Mir wäre es lieber, wenn Sie mich Grace nennen. Keine Sorge, ich war schon auf. Ich muß heute vormittag nach Bath. Ist irgend etwas ...?«

»Ich glaube schon.« Livy hüstelte. »Grace. Ich fürchte, ich war gestern alles andere als aufrichtig Ihnen gegenüber. Ich habe darüber nachgedacht, und, na ja, ich glaube, Sie und ich, wir sollten uns noch einmal unterhalten.« Pause. »Sie haben gesagt, Sie fahren nach Bath?«

»Ja, ich bin dort zum Mittagessen verabredet.« Übermäßig begeistert klang das nicht.

»Dann haben Sie also heute keine Zeit? Das macht die Sache schwierig, denn ich muß leider heute nachmittag in die Staaten fliegen.«

Grace sah in ihrem Terminkalender nach. »Ich könnte einen späteren Zug nehmen. Um Viertel nach elf fährt ein Schnellzug von Paddington aus, das müßte hinhauen, und dann ist da noch einer eine Stunde später, obwohl das etwas knapp werden dürfte.«

Sie verabredeten sich für neun in einem kleinen französischen Café direkt gegenüber dem Bahnhof. Murray ließ sich nicht blicken. In der Annahme, er gehe ihr aus dem Weg, brühte Grace Kaffee auf, und während sie ihn schlürfte, schrieb sie einen kleinen Zettel für ihn, den sie an die Kaffeekanne lehnte.

Die U-Bahn war überfüllt mit Pendlern, die Fahrt lange und unbequem. Eigentlich hätte sie den Tag, an dem sie Reggie gegenübertreten wollte, lieber anders begonnen.

Livy Hanning wartete bereits, als sie eintraf. Verschwunden war die gepflegte, makellos gekleidete Dame des Vortages. Sie wirkte älter, fast verhärmt, und sah aus, als hätte sie die ganze Nacht kein Auge zugetan, was sie auch bestätigte, nachdem Grace Platz genommen hatte. Die Sympathie, die sie füreinander empfanden, bestand nach wie vor. Beide wußten, ohne dies lange erklären zu müssen, wie sehr sie in die ganze Sache verstrickt worden waren, als sie versucht hatten, einleuchtende Gründe für die beiden Selbstmorde zu finden.

Sie bestellten Kaffee und Croissants und unterhielten sich über Belanglosigkeiten, während sie auf die Bedienung warteten. Livy hatte offensichtlich Hemmungen, von der Angelegenheit zu sprechen, die sie beschäftigte, und verbrachte die ersten Minuten damit, voller Nervosität zu erklären, sie schließe das

Londoner Büro und werde die Belegschaft entweder nach Amsterdam zurückholen oder in ihrer neuen Zweigniederlassung in Amerika unterbringen. Indirekt gab sie zu verstehen, die Fortführung der Geschäfte hier gestalte sich ohne den großartigen Cas sehr kompliziert. Sie schien großen Wert darauf zu legen, ihren verstorbenen Partner im bestmöglichen Licht erscheinen zu lassen. Grace, die gerade ihre eigene Ehe zu Grabe trug, verstand ihre Beweggründe. Versuchten sie schließlich und endlich nicht beide, all die Zeit und Mühe zu rechtfertigen, die sie auf ihre Männer verwandt hatten, und jeglicher Versuchung zu widerstehen, ihre Anstrengungen herabgewürdigt zu sehen?

Dann begann Livy unumwunden, den Beginn ihres Zusammenlebens zu schildern. Schon der erste Satz erklärte ihr gutes Englisch.

»Als ich ihn kennenlernte, lebte ich in London und war an der London School of Economics eingeschrieben. Ich habe versucht, alleine zurechtzukommen, und das mit zwei Kindern. Ein paar Jahre zuvor war mein Mann bei einem Autounfall ums Leben gekommen. Auf dem Rückweg von Newmarket war er auf den Grünstreifen geraten. Betrunken. Er war Diplomat. Und ein gigantischer Spieler. Die Botschaft wollte uns schnurstracks nach Hause zurückschicken, aber meine Kurse hatten bereits angefangen, also habe ich mich entschieden zu bleiben. Außerdem fühlte ich mich verpflichtet, seine Schulden zu bezahlen.

Ich hatte sehr jung und gegen den Wunsch meiner Eltern geheiratet. Sie haben gewußt, wie Bau war, lange ehe ich dahintergekommen bin – unsere Familien waren entfernt verwandt, und er war eher in ihrem Alter als in meinem. Sein Ruf als schwarzes Schaf ließ ihn mir nur noch anziehender erscheinen. Meine Eltern waren sehr verbittert deswegen, und ich konnte nicht einfach reumütig in den Schoß der Familie zurückkehren, um mir von ihr helfen zu lassen. Mir war klar, letztlich würde ich das tun müssen, um eine Stelle zu bekommen, aber zumindest einen Anschein von Selbstachtung wollte ich mir bewahren. Um uns über Wasser zu halten, habe ich alles in unserer Wohnung verkauft. Und so habe ich Cas kennengelernt. Bei Sotheby's. Als ich das dritte Mal Bilder zum Verkauf angeboten habe, hat er alle gekauft. Jedes einzelne verdammte Bild, einschließlich des Mauve. Dann hat er mich zum Mittagessen eingeladen. Und danach hat er uns sozusagen adoptiert. Es hat ihm gefallen, eine Familie zu haben, wenn auch nur – was meistens der Fall war – zeitweise. Und ich hatte ihn gerne in meiner Nähe. Er hat mir das Leben oder doch zumindest den Verstand gerettet.«

Die Kellnerin kam mit einem vollbeladenen Tablett, und die beiden Frauen schwiegen, solange sie auftrug.

»Nach ein paar Jahren sind wir in, hm, gewisse Schwierigkeiten geraten, und es schien das klügste zu sein, außer Landes zu gehen. Mittlerweile waren er und meine Eltern sich ein wenig nähergekommen. Der Gesundheitszustand meines Vaters war nicht der beste, und sie wollten unbedingt, daß ich nach Holland zurückkehrte. Also haben wir eines Nachts unsere Siebensachen gepackt und uns nach Amsterdam abgesetzt.«

Livy schenkte Kaffee ein und sprach erst weiter, als beide mit einem Croissant versorgt waren. »Es ist alles sehr schnell gegangen.« Livy sah Grace direkt in die Augen. »Für irgendwelche Formalitäten ist keine Zeit geblieben, selbst wenn wir das gewollt hätten. Jedenfalls, er konnte sich nicht scheiden lassen. Seine Frau war schon vor langer Zeit verschwunden. Er hatte vergeblich versucht, sie aufzuspüren. Ich habe gewußt, meine Familie würde mich endgültig verstoßen, wenn sie das herausfände. Der Skandal mit Bau hatte ihnen genügt. Sie hätten es nie gebilligt, wenn wir nur zusammengelebt hätten, wir mußten verheiratet sein. Achtbarkeit bedeutete meinen Leuten alles.

Wir haben sie also einfach vor eine vollendete Tatsache gestellt. Wir haben erklärt, wir hätten in aller Stille in London geheiratet. Zu meiner Überraschung hat mein Vater Cas akzeptiert, sie kamen blendend miteinander aus, und er hat ihn wie einen Sohn behandelt. Und nicht nur das, er hat ihn in das Familienunternehmen aufgenommen. Von mir hatte er bereits ein wenig Holländisch gelernt.« Erwartungsvoll schwieg sie.

»Augenblick mal.« Grace hakte sofort nach. »Haben Sie gesagt, er hat Holländisch *gelernt?«*

»Ja.« Bedächtig nickte Livy.

»Cas Van Rijn? Holländisch gelernt?« wiederholte Grace ungläubig.

»Das Van haben wir hinzugefügt. Ich erkläre Ihnen das gleich.« Livy sprach schnell weiter und unterband jeden weiteren Kommentar dazu.

»Mein Vater wollte das Unternehmen uns gemeinsam überschreiben. Vergessen Sie nicht, er ging davon aus, daß wir verheiratet waren. Auf die Idee, nach einem Beweis dafür zu fragen, ist er nie gekommen.«

»Und wie lautete sein richtiger Name?« warf Grace hastig ein.

»Das habe ich Ihnen doch gesagt. Das war sein Name – mehr oder weniger. Wir haben, hm, nur die Schreibweise etwas verändert.« Livy lächelte verlegen, sie schien nicht in der Lage, Grace in die Augen zu sehen, auch klang sie nicht ganz ehrlich.

»Wie?«

»Ursprünglich hat er sich mit einem Y geschrieben. Das haben wir einfach in ein I-J verwandelt und das Van hinzugefügt. Zufällig befanden unsere Büros sich am Ufer des Rheins, und es schien ein recht hübscher, hm, Zufall.«

»Van Rijn«, wiederholte Grace ungläubig, aber der Name interessierte sie nicht so sehr wie Livys aufregende Enthüllung. »Sagen Sie, wissen Sie, wie lange er in London war?«

»Wann?« Die Unbekümmertheit war nicht gerade überzeugend.

»Als Sie ihn kennengelernt haben«, erklärte Grace ungeduldig.

»Oh, er hat da gelebt.«

»Wollen Sie damit sagen«, Graces Augen verengten sich, »daß er Engländer war?«

»Haben Sie ihn etwa für einen Holländer gehalten?« erwiderte Livy ausweichend.

»Nun, haben das nicht alle?«

»Wir haben immer holländisch gesprochen«, versuchte Livy abzulenken. »Mein Vater wollte nicht englisch reden, also mußte Cas verdammt schnell die Sprache lernen. Er hat nicht lange dazu gebraucht. Er war ungeheuer sprachbegabt. Als er nach London zurückkehrte, nahmen die Leute hier einfach an, er sei Holländer. In Holland hielt man ihn für einen Deutschen. Er hatte einen leichten Akzent, und vielleicht hat auch sein Aussehen das nahegelegt.« Sie hielt inne und breitete in einer schicksalsergebenen Geste die Hände aus.

»Tatsächlich? Sie meinen, er hat die Leute in dem Glauben gelassen, so war es doch? Du meine Güte, ganz schön gewieft«, sagte Grace leise. Livy antwortete nichts.

»Er hat seinen Namen geändert und ist als Ihr Ehemann und als Holländer aufgetreten. Warum?« Grace ließ nicht locker.

»Ach.«

»Ist das auch ein Geheimnis?« Grace runzelte die Stirn und stellte ihre Tasse ab. »Livy, tut mir leid, daß ich Sie so mit Fragen bombardiere, aber wäre es nicht besser, wenn Sie mit der ganzen Wahrheit, auch mit dem Schlimmsten, herausrücken? Sind wir nicht deswegen hier?«

»Das Schlimmste ist wahrscheinlich, was ich gestern verschwiegen habe. Sie haben sich über seinen Reichtum gewundert, darüber, wieviel Geld er für Bilder ausgegeben hat. Ich glaube, Sie sind zu dem Schluß gekommen, etwas mit den Hafenprojekten, mit unserem Unternehmen sei nicht ganz lupenrein?« Fragend sah sie Grace an und legte dabei den Kopf leicht schräg. Grace nickte.

»Mit der Firma Hanning-Van-Rijn ist alles in Ordnung, und innerhalb des Unternehmens hat Cas nichts weiter getan, als immer den kürzesten Weg einzuschlagen – obwohl, vielleicht war er opportunistischer als die meisten, weniger sentimental, was mit denen passierte, die davon betroffen waren. Diese verdammten Mews zum Beispiel hat er übernommen, als irgend so ein armer Tölpel pleite gemacht hat. Aber auf dem Papier war alles legal, und es hat uns eine Menge Geld eingebracht. Allerdings nicht soviel wie sein ursprüngliches Geschäft. Das ist es, was ich verschwiegen habe. Der Grund, warum er, hm, verschwinden mußte. Der Grund, warum er nach Holland übersiedelt ist.« Sie seufzte.

»Kriminelle Geschichten?«

»Darüber kann man streiten. Kommt darauf an, wie man die Dinge betrachtet. Ende der sechziger Jahre war jeder in dem Geschäft, und er hat immer betont, er sei da einfach hineingeschlittert. In bescheidenem Maßstab zuerst, aber wie bei allem, was er anfing, hat sich auch das immer mehr ausgeweitet.«

»Drogen.«

»Hasch. Mit harten Drogen hatte er nie etwas zu tun. So töricht war er nicht, daß er sich mit den großen Machern angelegt hätte. Aber sie hatten ein Auge auf ihn, haben beobachtet, wie er sein Verteilernetz aufgebaut hat. Etliche Jahre ist es ihm gelungen, Schwierigkeiten zu vermeiden, aber dann sind sie über ihn hergefallen. Die Sache hat ziemlich ungut ausgesehen, vor allem, als auch die Polizei herumzuschnüffeln begann. Sie hatten nie wirklich etwas in der Hand gegen Cas, aber damals haben wir uns nach Holland abgesetzt, und er ist … hm … schließlich mit einer neuen Identität aufgetaucht. Es war ganz nützlich, mit mir bekannt zu sein, verstehen Sie? In verschiedener Hinsicht.« Bitterkeit schwang in ihrer Stimme mit.

»Hat er noch gedealt, als Sie ihn kennengelernt haben? Hat Ihnen das nichts ausgemacht?«

»Ich trinke, und ich rauche – mittlerweile Tabak, aber damals war ich Studentin, und die meisten von uns haben irgendwann mal Hasch geraucht.« Sie spreizte die Hände. »Das Cannabis-Gesetz war meiner Ansicht nach«, sie betonte das Wort, »idiotisch. Außerdem war ich genauso schuldig wie er. Als Studentin habe ich ihn mit nützlichen Adressen versorgt, und außerdem ist, was noch wichtiger war, das meiste von dem Zeug über Rotterdam gekommen. Ich habe die Sprache beherrscht, meine Familie war an der Entwicklung von *Hafenanlagen* beteiligt, verdammt noch mal! Im Gegenzug hat Cas mich und meine Söhne unterstützt.«

»Eine Hand wäscht die andere.«

»Sozusagen.«

»War seine erste Frau ebenfalls daran beteiligt?«

»Nein.« Ungeduldig wischte Livy die Frage beiseite. »Das habe ich Ihnen doch gesagt. Sie hatte ihn schon Jahre zuvor verlassen.«

»Sind Sie sicher?«

»Sie meinen, wenn sie etwas davon gewußt hätte, dann hätte sie ihn erpressen können oder so? Nein. Ich fürchte, die Geschichte mit den Drogen hat erst angefangen, nachdem er mich kennengelernt hatte.« Sie sah etwas beschämt drein.

»Aha. Ihre Kontakte. Verstehe.« *Was für Opportunisten.* »Sie sagten, Ende der Sechziger? Wie alt war er, als er starb?«

»Zweiundfünfzig. Ein Jahr jünger als ich.«

»Ein Drogenhändler? Kein Holländer? Über fünfzig? Sonst noch was?«

»Nein, ich glaube nicht. Was spielt denn sein Alter für eine Rolle?«

»Möglicherweise keine, außer daß Bid in der Hinsicht so gelogen hat, daß es ihr etwas ausgemacht haben muß. Ich versuche nur dahinterzukommen, wieviel genau Bid über ihn gewußt hat. Laut dem, was sie ihren Freunden erzählt hat, scheint es nicht besonders viel gewesen zu sein.«

»Woher wollen Sie das wissen? Er hat mit Sicherheit auf Diskretion bestanden. Vielleicht hat sie ...«

»Sich seine Fähigkeit, zu lügen, angeeignet? Vielleicht, aber das würde mich wundern. Soviel ich herausgefunden habe, wäre sie dazu nicht gewitzt genug gewesen. Entweder war sie bemerkenswert leichtgläubig, oder aber sie wollte es einfach nicht wissen.«

»Sie war verliebt«, meinte Livy kläglich. »Nüchtern betrachtet, klingt es so, als sei er ein richtiger Dreckskerl gewesen. Aber eines will ich Ihnen sagen, was persönliche Angelegenheiten betraf, da hat er nie gelogen. Nicht direkt. Möglicherweise hat er ab und zu etwas verschwiegen, aber wenn man fragte, bekam man immer eine klare Antwort.«

»Aber man mußte klug genug sein, um auf die richtige Frage zu kommen?«

»Nicht so sehr richtig, eher: exakt«, erwiderte Livy gelassen. »Ja, das trifft es in etwa. Wenn ich das Ganze von ihrem Standpunkt aus betrachte, kann ich verstehen, warum sie verzweifelt war. Soweit ich weiß, ist er die Sache mit der Scheidung nie wirklich angegangen, sie hatte also alles Recht, deswegen wütend zu sein. Vielleicht – vielleicht, wenn sie ihn zur Rede gestellt hätte? Aber warum hat er sich das Leben genommen? Ich muß immer wieder darüber nachgrübeln – nichts von alledem, was ich Ihnen erzählt habe, war neu für Cas – warum also hat *er* sich umgebracht?« fragte sie flehentlich.

»Sie haben sich keine Gedanken darüber gemacht, warum er die Trauung immer wieder hinausgeschoben hat, oder? Wissen Sie vielleicht mehr darüber?« fragte Grace ruhig. »Sie verheimlichen mir etwas, nicht wahr?«

Einen Augenblick lang starrte Livy sie an, schweigend, als versuche sie, sich zu einem Entschluß durchzuringen.

»Nicht mehr als Sie, nehme ich an. Sie haben nichts darüber gesagt, warum es in Ihrer Familie solche Zwistigkeiten gegeben hat. Könnte das irgendeine Bedeutung für die seelische Verfassung des Mädchens gehabt haben? Sie gehen anscheinend davon aus, daß er allein an allem schuld war.« Kurz flackerte Feindseligkeit zwischen ihnen auf, legte sich jedoch gleich wieder.

Ernst beugte Grace sich zu Livy. »Das ist das letzte, was ich will – Schuldzuweisungen. Darauf bin ich nicht aus. Für mich ist die Vergangenheit ein einziges Rätsel, das immer grauenhaftere Züge annimmt. Ich habe sie vor so langer Zeit begraben, daß es unmöglich erscheint, sie wieder ans Licht zu bringen. Aber, ja, Bid kommt da irgendwie mit ins Spiel. Ich kann nicht sagen, warum, aber ich spüre, es gibt da eine Verbindung zu ihrem Tod. Ich glaube jedoch, all die häßlichen Dinge, die in letzter Zeit geschehen sind, haben etwas mit meiner Vergangenheit zu tun. Daher traue ich mir selber nicht so recht über den Weg. In dieser Hinsicht bin ich etwas irrational.«

»Was werden Sie jetzt machen?«

»Ich bin mehr oder weniger entschlossen, nach Irland zu fahren, um einige Nachforschungen anzustellen. Wenn ich etwas herausfinde, das ein wenig Licht auf all das wirft, lasse ich Sie das wissen, das verspreche ich Ihnen.

Allerdings gibt es da etwas, worüber Sie sich vielleicht Gedanken machen sollten. Von Anfang an hat mich das verwirrt, und ich frage mich, ob Ihnen das auch aufgefallen ist – und ob es überhaupt etwas zu bedeuten hat: Sie sind *jeder für sich* gestorben. Allein. Sie waren ein Liebespaar, und sie sind im Abstand von wenigen Stunden gestorben. Jeder für sich. Es war ganz offensichtlich keine Abmachung. War jeder der beiden auf irgendeine Weise für den Tod des anderen verantwortlich? Ich glaube schon, obwohl ich nicht genau sagen kann, warum. Außerdem habe ich das Gefühl, der Tod des Mädchens ist mit ein Grund dafür, daß mein eigenes Leben so ein Wirrwarr ist. Das erscheint absurd, nicht wahr? Es ergibt eigentlich keinen Sinn, und ganz gewiß liefert es keine Erklärung, warum Cas sich das Leben genommen hat, oder?«

»Eigentlich nicht, aber schließlich haben Sie nicht besonders viel erzählt.« Nachdenklich sah Livy sie an, zögerte ein wenig, bückte sich dann langsam und zog einen prall gefüllten Aktenkoffer unter dem Tisch hervor, aus dem sie einen blauen Ordner nahm. Sie hielt ihre Hand fest darauf, als gäbe sie ihn nur widerwillig her.

»Seit er nach London zurück ist, hat Cas sich sehr bemüht, nicht aufzufallen. Er hatte immer noch Angst, das Drogensyndikat würde ihn aufspüren. Er selber hatte mit seinem früheren Leben hier völlig abgeschlossen. Mein Instinkt sagt mir, der Wunsch nach Selbsterhaltung war auch der Hauptgrund dafür, daß er sich nicht bemüht hat, nähere Nachforschungen über seine erste Ehe anzustellen.

Vor kurzem ist dann ein Zeitschriftenartikel über Planungsgesellschaften erschienen. Ein Aufguß von irgend etwas, das der *Telegraph* vor ein paar Jahren veröffentlicht hat. Und darin war ein altes Foto von Cas. Er war fürchterlich wütend. Und hatte, glaube ich, ein wenig Angst«, sagte Livy langsam. »Nicht zu Unrecht. Sie waren hinter ihm her. Johannes, sein Assistent, und seine Sekretärin, Mrs. Petrie, haben berichtet, in dem Monat vor seinem Tod sei eine Reihe seltsamer Telefonanrufe gekommen. Sie haben es nur ganz beiläufig erwähnt, weil es seltsam und außergewöhnlich war. Ihnen hat der Name, nach dem der Anrufer gefragt hat, nichts gesagt. Mir schon. Das ist es, was ich Ihnen eigentlich sagen wollte. Ich bin sicher, es hatte irgend etwas mit der Vergangenheit zu tun. Cas muß Angst gehabt haben, denn er hat einen Detektiv angeheuert. Und das macht mir Sorgen. Das läßt seinen Tod in einem ganz anderen Licht erscheinen. Aber die Polizei kann ich nicht einschalten, nicht wahr, ohne daß ich selber mit hineingezogen werde? Vorbei ist vorbei. Zumindest habe ich das immer geglaubt.«

Sie verzog das Gesicht und fuhr sich mit der Hand müde über die Augen. »In dem Ordner sind sein Paß und einige andere Unterlagen, die Ihnen vielleicht weiterhelfen. Ich will nicht, daß man sie findet. Würden Sie sie an sich nehmen? Vielleicht entdecken Sie darin irgendwelche Hinweise. Und dann geben Sie sie mir bitte wieder zurück.« Sie sprach sehr schnell und so leise, daß Grace Schwierigkeiten hatte, ihr zu folgen.

»Ich habe das Gefühl, ich kann Ihnen vertrauen, Grace. Ich hoffe, ich täusche mich nicht. Mir wäre es lieber, wenn Sie den Ordner erst zu Hause öffnen, wenn Sie allein sind. Versprechen Sie mir das? Ich habe Ihnen meine privaten Telefonnummern aufgeschrieben, die in Boston und die zu Hause. Darunter können Sie mich zu jeder Tages- und Nachtzeit erreichen. Wenn Sie Näheres über Cas' Tod herausfinden oder darüber, wer hinter ihm her war, lassen Sie mich das wissen? Bitte, Grace. Ich komme mir sehr verletzlich vor. Und ich mache mir Sorgen um meine Jungen.«

»Ja. Das werde ich tun.« Grace wurde geschäftsmäßig. »Haben Sie ein gutes Foto von ihm?«

»Im Paß ist eines, aber ich habe auch ein neueres beigelegt. Oh, noch etwas, würden Sie die Bilder an sich nehmen? Er wollte, daß sie ihr gehören. Wenn Sie mir Ihre Adresse geben, lasse ich sie Ihnen zuschicken.«

»Nein, Livy. Vielen Dank, aber ich will sie lieber nicht haben, wenn es Ihnen nichts ausmacht. Ich habe bereits zuviel von Bids

Tod profitiert. Ich würde mich unwohl dabei fühlen. Behalten Sie sie, sie gehören von Rechts wegen Ihnen. Außerdem werde ich bald umziehen, also wird sowieso alles irgendwo eingelagert werden müssen«, erklärte Grace kläglich.

Sie stand auf und streckte die Hand aus. »Livy, es tut mir leid, wie sehr Sie unter dem Ganzen zu leiden haben. Ich verspreche, ich rufe Sie an, wenn ich etwas herausfinde. Oder ich schreibe Ihnen.«

»Ich hoffe auch, daß Sie mich bald einmal besuchen. Es würde guttun, über all das zu reden. In Amsterdam. Mit London bin ich fertig, fürchte ich. Hier fühle ich mich nicht sicher.«

Sie schüttelten sich herzlich die Hand. Grace ging über die Straße zum Bahnhof, drehte sich dann um und winkte Livy zu, deren Umrisse sich in der Tür abzeichneten. Sie hatte ihre Hand erhoben, als würde sie sie segnen. Verloren sah sie aus, winzig klein. Rasch ging Grace zum Fahrkartenschalter. Das Herz schlug ihr bis zum Hals bei der Aussicht auf das Treffen, das ihr jetzt bevorstand.

Eileen

20. März bis 4. April 1990

Liebe Ratsuchende: *Sie müssen intensiver an Ihrer Beziehung arbeiten. Argwohn und Mißverständnisse sind fast unvermeidlich, wenn Sie sich gefühlsmäßig so weit von Ihrer Tochter entfernen...*

23

Nur widerstrebend ging Mrs. Lacey aus dem Haus. In der Tür blieb sie stehen, sah zum Himmel hinauf, um festzustellen, ob die dahinjagenden Wolken weitere Regenschauer bringen würden. Dann beschloß sie jedoch, es zu riskieren, schlug die Tür hinter sich zu und ging die fünf Granitstufen zu dem kleinen, mit struppigem Gras bewachsenen Vorplatz hinunter.

Sofort zerzauste der Wind ihr allmählich ergrauendes Haar und spielte um ihr Gesicht. Aus ihrer Tasche zog sie ein buntbedrucktes Kopftuch, faltete es, nachdem sie sich mit dem Rücken dem Wind entgegengestemmt hatte, zu einem Dreieck zusammen, schlang es um den Kopf und band es unter dem Kinn fest. Dann nahm sie ihren Einkaufskorb und überquerte die Straße zum Kanalufer. Sie kam an zwei kleinen Jungen vorbei, die mit einem Sammelsurium aus Plastikbehältern und einer offenen Blechdose voller Würmer herumhantierten. Sie grüßte sie nicht, schien sie nicht einmal zu bemerken. Die beiden hielten die Köpfe gesenkt, denn auf Fragen, warum sie nicht in der Schule seien, konnten sie verzichten; außerdem hatten sie ein ganz klein wenig Angst vor ihr.

Von anderen Leuten, die einen besseren Blick dafür hatten, wäre ihr angespanntes, blasses Gesicht, das den beiden so streng erschien, bestimmt als eindrucksvoll – ja sogar schön beschrieben worden. Zwar war es von Falten durchfurcht und fahl, aber die blaßgrauen Augen, die tief in den Augenhöhlen lagen, hatten nach wie vor die Kraft, den Blick zu bannen. In einen maßgeschneiderten, zeitlosen Tweedmantel gekleidet, der ihre überschlanke Figur betonte, schritt sie aufrecht dahin. Das unterm

Kinn festgebundene, gemusterte seidene Kopftuch unterstrich ihre leicht altmodische Erscheinung; sie sah aus, als käme sie geradewegs aus den fünfziger Jahren. Auch ihre Einstellung entsprach der einer älteren Generation. Sie war das Kind einer kränkelnden Mutter und eines ältlichen Vaters gewesen, und viele ihrer Wertvorstellungen hatte sie, auch wenn sie das entsetzt abgestritten hätte, von ihnen übernommen.

Nur wenige nannten sie beim Vornamen. Eileen Lacey war eindeutig eine Mrs., und sie klammerte sich an diesen Titel wie ein Ertrinkender an einen Rettungsring. Irgendwie definierte er ihre Stellung und umschrieb ihre Welt.

Sie überquerte die Brücke, das Gesicht verkniffen vor Anstrengung. Ab und zu ging sie vor Erschöpfung langsamer auf dem einige hundert Meter langen Weg zur Camden Street, wo auf dem Vormittagsmarkt bereits reger Betrieb herrschte. Sie zog die Handschuhe aus, blieb an diesem oder jenem Stand stehen, suchte sorgsam aus und legte eins nach dem anderen in den Korb: ein paar Tomaten, eine Zwiebel, ein halbes Pfund Bohnen (schon nicht mehr die frischesten), eine Jaffa-Orange und einen Salatkopf.

»Bitte sehr, Missis.« Der Standinhaber schlug den Salat in ein Stück Zeitungspapier ein. »Wie geht's denn so?«

Mrs. Lacey lächelte flüchtig und murmelte etwas Unverständliches. Sie ging langsamer und blieb alle paar Meter stehen, als betrachte sie die Schaufenster entlang der Straße, in Wirklichkeit aber, um auszuruhen. Die Menschenmenge wurde dichter und das fröhliche Geplänkel und Feilschen lauter, als sie sich zu der Schlange vorkämpfte, die auf den Bus wartete. Dabei erblickte sie in einem der Tafelglasfenster ihr Spiegelbild und starrte voller Entsetzen ihre gespenstische Erscheinung an. Erschüttert von dem Anblick kletterte sie in den Bus und setzte sich gleich neben den Einstieg, da sie nur zwei Haltestellen zu fahren hatte.

Der Schmerz war wieder da, nagte an ihrem aufgeblähten Magen. Mit dem Nachlassen der Wirkung der Schmerztabletten wurde er immer schlimmer. Seit der kurzfristigen Besserung über Weihnachten hatte sie entweder fürchterliche Schmerzen ausgestanden oder war wie betäubt von den Tabletten gewesen, aber heute waren die Beschwerden besonders schlimm und irgendwie anders.

Sie war erschöpft. Sobald sie aus dem Bus gestiegen war, überquerte sie die Straße und ließ sich müde auf die Bank vor dem Pub mit Blick auf den Kanal sinken. Sie lehnte sich zurück und hielt ihr Gesicht der schwachen Sonne entgegen, deren Strahlen hier, wo sie vom Wind abgeschirmt war, ein wenig wärmten. Sie schloß die Augen und versetzte sich in ihre sonnendurchflutete Jugendzeit zurück. In das Leben, wie es hätte verlaufen können. Schon immer hatten ihre Tagträume sie aufrecht gehalten, jetzt hatten sie vollends die Oberhand und einen Anschein von Realität gewonnen, den jede Enttäuschung nur verstärkte.

Die Sonne, die durch die noch kahlen Bäume schien, zauberte ein funkelndes Glitzern auf das schmutziggrüne Wasser des Kanals.

»Tag, Mrs. – wie geht es Ihnen?« Die barsche Stimme schreckte sie auf. Es war der alte Mann, der jeden Tag hierherkam, um die zerzausten Enten zu füttern, die wie durch ein Wunder die Nachstellungen der nicht so freundlichen Anwohner auf dem Kanalufer überlebt hatten.

»Hallo, Mr. Burke.« Sie lächelte schwach. »Nicht allzu schlecht, das schöne Wetter tut gut. Ist es nicht ein herrlicher Tag? Wie ich sehe, halten Sie die Enten bei der Stange.«

Er murmelte etwas Unverständliches und grummelte auf seinem Weg das Ufer entlang weiter vor sich hin. Die Enten kreischten und keiften hinter ihm her. Ab und zu streute er ein paar Brotkrumen in das schmutzige Wasser. Geistesabwesend sah sie ihm nach und erinnerte sich plötzlich, wie Bridget als Kind hinter Fergus dreingestapft war, wenn sie den alten, von Motten zerfressenen Hund zum Schwimmen mitgenommen hatten. An seinen Namen konnte sie sich jetzt nicht erinnern.

Sie seufzte. Als sie in ihrer Tasche nach einem Pfefferminzbonbon suchte, zog sie einen ungeöffneten Brief heraus. Sie starrte ihn an und fragte sich, wie lange sie ihn wohl schon mit sich herumtrug, bis sie sich erinnerte, erst gestern hatte der Postbote ihn ihr in die Hand gedrückt. Bridgets Krakelschrift, dachte sie gereizt, was hat sie denn diesmal wieder vergessen? Das Mädchen hatte ein Gedächtnis wie ein Sieb. Eben erst war sie nach einem Wochenende zurückgefahren, an dem sie nicht einen Augenblick stillgesessen und sie quer durch die ganze Stadt zu irgendwelchen Essen geschleppt hatte, auf die keine von beiden eigentlich Lust gehabt hatte. Ihr Wirbel hatte sogar die unerwünschte Aufmerksamkeit Maureen Lenehans und Pater Crowleys erregt. Ungeduldig riß sie den Umschlag auf und setzte sich mit einem Ruck auf.

... ich verstehe nicht, wieso das ein Problem ist, außer irgend jemandem ist ein Fehler mit meinem Geburtsdatum unterlaufen. Die können anscheinend nirgends eine entsprechende Eintragung finden. Und sie sind so ungefällig. Es tut mir leid, daß ich Dich damit belästigen muß, wo es Dir doch gar nicht gutgeht, aber meinst Du, Du könntest das klären? Ich bin sicher, es handelt sich nur um eine einfache Formalität...

Darum ging es also. Bridget würde diesen Mann heiraten, und all die Listen und Lügen hatten nichts gebracht. Nur weil sie seit ihrem Streit vermieden hatte, ihn zu erwähnen, hatte Mrs. Lacey sich in dem Glauben gewiegt, sie hätte ihm den Laufpaß gegeben. Nie wäre ihr in den Sinn gekommen, daß Bid selber ihre Geburtsurkunde anfordern könnte. Sie seufzte. Wenn sie sie doch nach Weihnachten nur mitgebracht hätte, als noch Zeit gewesen wäre, alles zu erklären, statt die Angelegenheit außer Kontrolle geraten zu lassen, indem sie sich an die verzweifelte Hoffnung klammerte, daß sich das ganze Problem schon von selber lösen würde. Furcht vor einer Bloßstellung war der Grund für ihren Zorn gewesen, nicht ihre Sorge, weil ihr Kind sich mit einem verheirateten Mann eingelassen hatte. Sie fröstelte. Aber sie wollte sich jetzt nicht darüber aufregen.

Da hatte das Mädchen sich was eingebrockt. Ein Mann mit Familie. Wenn die ihn nicht hatte halten können, wieviel Hoffnung bestand dann für die arme, vernarrte Bridget? Manchmal fragte sie sich, ob das Mädchen überhaupt ein Hirn hatte. Heirat? Wenn man derlei überhaupt so bezeichnen konnte. Sich auf einem Standesamt unter Fremden herumzudrücken. Wenn sie doch nur zu sich gekommen wäre und ihn aufgegeben hätte! Erneut schloß Mrs. Lacey die Augen.

Warum war alles so falsch gelaufen? Ein einziges Durcheinander. Sie hatte es falsch angegangen. Vernünftige Einwände waren durch ihr jämmerliches Selbstmitleid zunichte gemacht worden, und sie hatte ihre Tochter schutzlos einem Weiberhelden und Betrüger ausgeliefert.

Chaos, nichts als Chaos! Schweigend haderte sie mit dem Schicksal und den Problemen, mit denen sich auseinanderzusetzen ihr jetzt einfach die Kraft fehlte – es ging ihr zu schlecht, als daß sie irgendwelche Entscheidungen hätte fällen können. Alles, wonach sie sich sehnte, waren Ruhe und Schlaf. Sie preßte den Mantelkragen an ihre kalten Wangen.

Sie hätte es ihr schon längst sagen sollen, gleich nach Fergus' Tod. Das wäre der richtige Zeitpunkt gewesen. Jetzt war es zu spät. Ihre eitle Hoffnung, Bridget würde eines Tages in strahlendem Weiß durch den Mittelgang von St. Stephen's schreiten, war zerstört für immer. Dabei wäre alles so einfach gewesen – sie hätte die Taufurkunde vorgelegt, und keiner hätte etwas gemerkt. Hatte sie mit dem Paß nicht das gleiche gemacht, all die Jahre hindurch? Sie lächelte triumphierend in sich hinein.

Wenn sie nur gleich zum Arzt gegangen wäre, als das Geschwür sich zum ersten Mal bemerkbar gemacht hatte. Wann war das eigentlich gewesen? Irgendwann in dem Winter nach Fergus' Tod. Erst als der Apotheker, zu dem sie immer ging, einmal eine Bemerkung hatte fallenlassen, daß sie immer mehr Pillen gegen Magensäure kaufe, hatte sie zugegeben, wie miserabel sie sich fühle, aber selbst damals hatte das Magengeschwür den Krebs überdeckt, so daß dieser sich unentdeckt ausbreiten konnte. Jetzt war es zu spät für Schönfärberei. Am Tag zuvor hatte der Facharzt Dr. McFadden ihr mit frostiger Sachlichkeit eröffnet, wie es um sie stand.

»Obwohl er«, murmelte sie, »weiß Gott lange genug dazu gebraucht hat.«

Irgendwie übersah sie dabei, daß sie ihn, trotz des ständigen

Drängens ihrer Tochter und ihres Hausarztes, erst kurz vor Weihnachten aufgesucht hatte. Als sie von jenem entsetzlichen Besuch in London zurückgekommen war, hatte der Brief mit dem Termin im Krankenhaus sie erwartet.

In jenen schrecklichen Wochen war, zwischen den diversen Gewebsuntersuchungen, ihr Gemütszustand von tiefster Verzweiflung in unrealistischen Optimismus umgeschlagen. Sie konnte doch mit zweiundfünfzig noch nicht am Ende angelangt sein? Ihr Leben lang war sie kaum einen Tag krank gewesen. An die Stelle dieses Gedankens schob sich sofort die schreckliche Erinnerung an Fergus' plötzlichen Zusammenbruch und Tod vor vier Jahren. Er war erst dreiundsechzig gewesen.

Armer alter Fergus. Wo war er, wenn sie ihn und seinen gesunden Menschenverstand brauchte? In ihrer Angst vergaß Mrs. Lacey, wie selten sie in jenen letzten Jahren,vor dem Tod ihres Mannes, auf ihn gehört hatte. Oder überhaupt je auf ihn gehört hatte.

»Warum kannst du es ihr nicht sagen, Eily? Was, zum Teufel, hindert dich daran? Wenn es jemandem etwas ausmachen könnte, dann mir – du bist uns beiden gegenüber unfair.«

Sie umklammerte eine Planke der Bank, als sie sich an den erbitterten Streit kurz vor seinem Tod erinnerte. Er hatte sie angeschrien – Fergus, von dem sie immer verächtlich geglaubt hatte, nie würde er auch nur einen Mucks von sich geben –, dieser Fergus war am Küchentisch vor ihr gestanden und hatte sie angebrüllt.

»Laß dir das gesagt sein, Eileen, wenn du es ihr nicht sagst, dann mache ich es, und ich werde keine Zeit mehr verlieren. Eine Woche gebe ich dir noch. Danach kümmere ich mich selber darum.«

Er hatte ihr die Hand auf die Schulter gelegt.

»Ich verstehe nicht, wovor du solche Angst hast. Du warst damals noch ein Kind. Warum kannst du dir nicht selber verzeihen?« war er in sie gedrungen. »Um Himmels willen, was spielt das jetzt noch für eine Rolle? Wir leben im 20. Jahrhundert. Das ist einfach lächerlich.«

»Ich habe Angst, daß sie mich nicht mehr achtet«, hatte sie verlogen geflüstert, und er hatte ihr ins Gesicht gelacht.

Er hatte das ja nicht wissen können – ihre Angst hatte auch damit zu tun, daß er nach fünfundzwanzig Jahren Ehe das volle Ausmaß ihres Betrugs erfahren könnte. Nicht einmal Fergus hatte die ganze Wahrheit gewußt.

»Wir haben das Kind schon viel zu lange belogen«, hatte er gebrüllt. »Das muß ein Ende haben.«

»Ich habe nie gelogen«, hatte sie angesetzt.

»Nein«, hatte er wütend geschnaubt. »Aber du hast ihr auch nie die Wahrheit gesagt, oder?«

Die Farbe war aus ihrem Gesicht gewichen. Er hatte es für Wut gehalten, als sie aus dem Zimmer gestürmt war und die Tür hinter sich zugeschlagen hatte. Wenn sie es ihm damals nur sagen, ihn um Verzeihung bitten, die Last mit ihm hätte teilen können. Aber die Gewohnheit, gekränkt zu schweigen, war zu tief verwurzelt, und Fergus hatte nicht gemerkt, daß ihre angestaute Angst in einen an Besessenheit grenzenden Selbsterhaltungstrieb umgeschlagen war.

Bridget hatte mit Sarah in Schottland Urlaub gemacht, als Fergus zwei Tage später, auf dem Weg nach Hause, tot umgefallen war. Er war einem schweren Schlaganfall erlegen, noch ehe der Notwarztwagen eingetroffen war. Eileen hatte einen Schock erlitten und war vom Arzt ruhiggestellt worden. Als sie Fergus begraben hatten, befand sie sich in einer Art Dämmerzustand, und im Vergleich zu der gesunden Bräune ihrer Tochter war ihre Blässe noch auffälliger gewesen. Sie hatte Angst gehabt, er hätte in den letzten Tagen vor seinem Tod Bridget vielleicht geschrieben. Aber sie hatte es nicht über sich gebracht, danach zu fragen oder auch nur davon zu sprechen.

Erstaunlich, wie sehr ihre Beziehung sich in den paar Wochen danach verschlechtert hatte, als sie wie erstarrt gewesen war und nur darauf gewartet hatte, daß ihr die Anschuldigungen ins Gesicht geschleudert würden. Aber nichts war geschehen, und mittlerweile hatte sie auch aufgehört, sich Sorgen zu machen. Ihr Verhältnis war so unerträglich geworden, daß es keine Möglichkeit zu geben schien, wie sie sich einander je wieder unbefangen gegenübertreten könnten. Sie waren sich fremd geworden, waren gereizt, und jede hatte sich alleine in ihrem Schmerz vergraben.

Als die Tage vergingen, hatte Mrs. Lacey sich endlich eingestanden, wie sehr Bridget an Fergus gehangen hatte. Das machte sie immer noch wütend, denn sie hatte diese Beziehung immer verächtlich abgetan und war überzeugt gewesen, sie sei die wichtigste Person im Leben ihrer Tochter. In den Monaten nach Fergus' Tod war ihre Eifersucht jedoch mit voller Macht aufgebrochen und kaum mehr kontrollierbar gewesen, als ihr klargeworden war, wie sehr das Mädchen ihn vermißte. Manchmal hätte sie es am liebsten laut herausgeschrien – verdammt noch mal, er war nicht mal dein Vater – lieb mich, lieb mich. Das schuldest du mir – ich habe mein Leben für dich geopfert. Und statt das Mädchen zu trösten, hatte sie sich zurückgezogen, unfähig, Bridget ihr Geheimnis anzuvertrauen oder um Hilfe zu bitten, und ihre Wut auf die bedingungslose Liebe Bids zu Fergus hatte immer mehr an ihr gezehrt.

Als feststand, daß er gestorben war, ohne sie verraten zu haben, hatte Eileen mit aller Kraft versucht, die Beziehung zu ihrer Tochter wieder zurechtzubiegen. Da Bridget angenommen hatte, ihre zeitweise Entfremdung sei Ausdruck ihres Kummers gewesen, war sie bereitwillig darauf eingegangen. Aber nie war das Mißtrauen ganz geschwunden, das von dem grundlegenden Versagen herrührte, einander echte Zuneigung entgegenzubringen.

Die Sonne versteckte sich hinter Wolken, aber immer noch saß Mrs. Lacey da und starrte trostlos ins Leere. Noch hatte sie ihrer Tochter nichts von der Diagnose des Arztes gesagt. Auch nicht, daß sie das Haus verkaufen würde. Bei dem Gedanken, wie Fergus laut herausgelacht hätte, wenn er gewußt hätte, wieviel ihr Haus jetzt einbrächte, hellte ihr Gesicht sich auf. Sooft sie verlangt hatte, in ein moderneres, leichter zu pflegendes Haus zu ziehen, hatte er behauptet, es sei eine Investition. Sie blickte zur anderen Straßenseite hinüber, auf die abbröckelnden Ziegelmauern, die Farbe, die in der Sonne abblätterte.

Von den Häusern der kleinen Siedlung waren nur noch wenige in Privatbesitz. In der ganzen Gegend in der Nähe des Kanals, nur etwa eine Meile vom Stadtzentrum entfernt, wurden die Häuser nach und nach in Bürobauten umgewandelt. Infolgedessen schnellte der Wert der Grundstücke ungeheuer in die Höhe, unabhängig vom Zustand der Bauwerke. Erst vor zwei oder drei Monaten hatte man ihr unaufgefordert eine Summe angeboten, bei der sie beinahe in Ohnmacht gefallen wäre, bis sie sich vergnügt ausgerechnet hatte, daß sie sich, wenn sie einigermaßen geschickt vorging, finanziell unabhängig machen konnte. Zum ersten Mal in ihrem Leben könnte sie tun und lassen, was sie wollte.

Trotz Bridgets Drängen – oder vielleicht gerade deswegen – hatte Eileen Lacey keineswegs die Absicht, hier alles aufzugeben und nach London zu ziehen, nur weil es ihrer Tochter gelegen käme. Sie haßte London. Da war es schon besser, allein zu sein. Eine Einzelgängerin war sie geworden im Lauf der Zeit, und eine Einzelgängerin wollte sie auch bleiben.

Vor einigen Monaten hatte sie Bartley Quinlan angewiesen, Verkaufsverhandlungen einzuleiten, und nach einer ausdauernden Suche hatte sie in Sandymount eine ruhige Wohnung mit Blick aufs Meer gefunden, die sie sich so oft angesehen hatte, daß sie jede Falte in der Tapete kannte. Das junge Paar, das auf der Suche nach einer größeren Wohnung war, hatte eben erst geschrieben und ungeduldig gefragt, ob sie nach wie vor am Kauf interessiert sei.

»Wenn die Operation erfolgreich verläuft«, murmelte sie und überkreuzte abergläubisch die Finger, »dann werde ich die Wohnung kaufen.«

Auch davon hatte sie ihrer Tochter nichts erzählt. Sobald sie wußte, woran sie war, würde sie mit ihr reden. Dann, und nur dann, würde sie alles sagen.

Steif erhob sich Mrs. Lacey und ging langsam über die Brücke. Es war kühl geworden, und sie stampfte mit den Füßen, als sie auf eine Lücke im Verkehr wartete, um die Straße zu überqueren. In der Ferne erblickte sie die untersetzte Gestalt von

Pater Crowley, der bei der Kirche um die Ecke bog. Nachdenklich beobachtete sie ihn, bis ein ungeduldiger Autofahrer sie barsch fragte, ob sie nun über die Straße wolle oder nicht.

Sie starrte ihn an und überquerte die Straße. Als sie aus den Augenwinkeln beobachten konnte, wie der Priester näher kam, verlangsamte sie ihre Schritte. Er hielt den Kopf gesenkt und schien sie nicht zu bemerken. Sie wandte sich zu ihrem Haus, als hätte sie ihn ebenfalls nicht gesehen. Fast wären sie zusammengeprallt.

»Ich bitte um Entschuldigung. Oh, Mrs. Lacey!« Der Priester wich einen Schritt zurück, entsetzt, wie schmal ihr Gesicht war und wie krank sie aussah. Höflich zog er den Hut und stieß hastig hervor:

»Wie geht es Ihnen?« Das gerötete Gesicht legte sich in Falten, als er ein Lächeln versuchte. Er streckte ihr die Hand entgegen.

»Nicht allzu schlecht, Pater«, erwiderte sie förmlich. »Danke der Nachfrage.« Er wartete darauf, daß sie ihn bat einzutreten. Als sie das nicht tat, meinte er:

»Ich bin gerade vorbeigekommen. Als Bridget letztes Wochenende hier war, habe ich mit ihr gesprochen. Sie hat gesagt, Ihnen ginge es nicht besonders gut.« Verlegenes Schweigen breitete sich aus.

»Vielleicht könnten Sie morgen bei mir vorbeischauen?« sagte sie distanziert und nickte zum Abschied. Er beobachtete, wie sie die Treppe hinaufging, den Schlüssel aus der Tasche zog und, ohne sich umzudrehen, fast linkisch in das Haus trat.

Liebe Ratsuchende: *Ich bin mir nicht sicher, ob ich in dieser ganzen Sache von wegen »Ich habe ein Recht darauf, es zu wissen« mit Ihnen einer Meinung bin. Mir leuchtet nicht ein, was in diesem Stadium damit gewonnen wäre...*

24 Den ganzen Nachmittag saß Mrs. Lacey an dem alten Rollschreibtisch und sortierte gewissenhaft den Inhalt jeder Schublade und jeden einzelnen Fachs. Von Zeit zu Zeit, wenn sie einen Stapel Papiere in den riesigen Kamin warf, flackerte das Feuer auf und glomm dann wieder vor sich hin, während sie dieses oder jenes Dokument las, zerriß oder zur Seite legte. Gelegentlich schob sie ungeduldig den Stuhl zurück und ging in dem schäbigen Zimmer auf und ab. Dabei gestikulierte sie aufgeregt und preßte die Fäuste an die Schläfen. Einige Male entfuhr ihr ein erstickter Verzweiflungsschrei. Dann kehrte sie an den Schreibtisch zurück, um wieder zu lesen, zu zerreißen, zu verbrennen. Und dieser Kreislauf wiederholte sich, bis es dämmerte.

Einmal drang das leise Läuten des Telefons durch die geschlossene Tür, aber sie reagierte nicht – wenn sie es überhaupt gehört hatte. Konzentriert beugte sie sich über einen kleinen Block mit blauem Briefpapier und begann zu schreiben. Eine Seite nach der anderen zerriß sie, noch ehe sie sie zu Ende geschrieben hatte, knüllte sie zusammen und warf sie in den Kamin. Schließlich war nur noch das Kratzen des Füllfederhalters zu hören, während sie Seite für Seite beschrieb und mit der Handkante beiseite schob. Als sie fertig war, bettete sie den Kopf auf ihre überkreuzten Arme und döste eine Weile vor sich hin. Anschließend stand sie seufzend auf, las noch einmal, was sie geschrieben hatte, faltete die Seiten zusammen und steckte sie in einen Umschlag, auf den sie »Bridget« schrieb.

Sie kramte ein Foto von ihrer Tochter aus einer flachen Schachtel und starrte es lange an. Brigdets neue Frisur unterstrich die ungeheure Ähnlichkeit, die ihr angst machte und sie ständig daran erinnerte, was sie weggeworfen hatte. Das gleiche einladende Lächeln, das die Vergangenheit mit einer Klarheit heraufbeschwor, die ihre schlafenden Sinne weckte. Der gleiche sinnliche, wissende Blick, den nur die Erregung von beständigem, befriedigendem Sex in die Augen zauberte. Es verwirrte sie jedesmal aufs neue, wenn sie ihre Tochter ansah.

»Du hättest dir die Haare nicht schneiden lassen sollen«, schalt sie leise. »Jetzt kann ich dich nicht mehr ansehen, ohne ihn zu sehen, und das ertrage ich nicht.«

Bedächtig zerriß sie die Fotografie in zwei Teile und dann, mit wachsender Verbissenheit, in winzige Fetzen. Auch die sammelte sie auf und warf sie ungeduldig ins Feuer. Sie nahm den Brief und einen Zeitungsausschnitt, schob sie in ihre Tasche, schloß den Schreibtisch und stieg die Treppe hinauf in den zweiten Stock.

Die zwei Räume dort wurden nicht mehr benutzt. Bridgets ehemaliges Kinderzimmer lag nach hinten hinaus, aber für ihre Besuche zu Hause war sie schon lange in das größere Zimmer einen Stock tiefer gezogen. Der vordere Raum war nahezu leer. Er enthielt nur einen kleinen Schreibtisch und einen großen, altmodischen Kleiderschrank. An den Wänden zeichneten sich jedoch nach wie vor die Umrisse der Bücherregale ab, die hier gestanden hatten, als dies noch Fergus' Zufluchtsort gewesen war.

Mrs. Lacey fuhr mit der Hand über den alten Tisch, und der schwache Duft nach seinem Tabak ließ sie schaudern und erinnerte sie an all die Jahre, in denen sie seine aussichtslosen Versuche, mit ihr zu schlafen, ertragen hatte. Wie eine Molluske hatte sein Mund an ihren zusammengepreßten Lippen gesaugt. Sie hatte bei seinen sexuellen Annäherungsversuchen nie etwas anderes empfunden als Ekel, und schließlich hatte er sich kommentarlos mit seiner erzwungenen Enthaltsamkeit abgefunden. Ein großes Opfer konnte es nicht gewesen sein, dachte sie verdrossen. Sein Interesse war genauso schwach ausgeprägt gewesen wie seine Begabung dafür, und im Grunde genommen hatte er nie ein zweites Kind gewollt. Von allem Anfang an war Bridget ihm genug gewesen. Zumindest das hatte sie ihm geschenkt.

Wenn man in diesem Augenblick Eileen Lacey aufgefordert

hätte, ihr Leben zusammenzufassen, dann hätte sie es als eine Aufeinanderfolge schmerzlicher Enttäuschungen bezeichnet. Wem auch immer sie vertraut hatte, er hatte sie verraten und im Stich gelassen. Da nichts so gelaufen war, wie sie es erwartet oder ersehnt hatte, war ihr Verhalten geprägt von der Unfähigkeit zu vergeben. Das an ihr nagende Gefühl von Verrat und Verlust gab ihrem unterdrückten Zorn ständig neue Nahrung.

Sie öffnete den Schrank und zog nach langem Herumsuchen eine alte schwarze Handtasche heraus. Den Inhalt kippte sie auf den kleinen Tisch: ein paar Papiere und Fotos, die Überbleibsel von etwas mehr als dreißig Jahren. Aus einem ramponierten Umschlag zog sie ein Foto hervor und musterte das altmodische Paar, das ernst geradeaus starrte. Sie schauderte, als sie noch einmal die Gesichter ihrer Eltern betrachtete. Selbst jetzt sahen sie in ihren Augen alt aus, viktorianisch in der Einstellung wie auch in der Erscheinung. Genau so hatten sie in jener Nacht ausgesehen, als das Geschrei des Görs den alten Mann aufgeschreckt hatte, der ins Zimmer gestürmt war und ihnen seine Drohungen und unflätigen Worte ins Gesicht geschleudert hatte.

Sie trat zum Fenster und starrte trübsinnig auf den Kanal hinunter. Ein junges Mädchen, das über den Zaun vor den Genossenschaftswohnungen gegenüber kletterte, fesselte ihre Aufmerksamkeit. Es lief das Kanalufer entlang. Ein oder zwei Minuten später sprang ein junger Mann in Jeans und dünnem weißem Hemd über das Geländer. Er zitterte vor Kälte. Unentschlossen stand er da, sah nach rechts und links, ehe er hinter dem Mädchen dreinrannte. Er rief, sie wandte sich halb um, blieb dann stehen und lachte. Wie in Zeitlupe wurden seine Schritte länger, und er streckte die Arme aus, um sie an sich zu ziehen, als sie die ihren öffnete.

Hoch über ihnen schloß Eileen die Augen und schlang die Arme um sich. Erneut spürte sie ihr Blut aufwallen. Die schattige Dämmerung sog die Umrisse der beiden in sich auf, als sie dem Versteck zuhasteten, in dem sie sich ihre eigene Welt geschaffen hatten, wo sie sich in dem hohen Gras wälzten, bis die scharfkantigen Halme von Mädesüß und Flachs ihnen ins

Fleisch schnitten. Konnte je etwas sie auseinanderreißen? Sie verschmolzen ineinander, ihre Hände, ihre Zungen, in einer wilden Erregung des Erkundens, steigerten ihren verzückten Taumel über die Grenzen hinaus, die sie jeden Tag neu festlegten, ließen sich gierig zu immer neuen Höhepunkten der Leidenschaft emportragen, die bei jenem ersten Mal in ihnen aufgeflammt war.

Er steht am Rand der Brücke; seine Augen sind abgewandt, um etwas offenbar Interessanteres zu betrachten als ein schlaksiges Schulmädchen. Gefährlich sieht er aus. Gefährlich, aber erregend, wie er sich jetzt umwendet und sie anstarrt und ihr spöttisch zulächelt. Sie reagiert auf das Zeichen, das in seinen täglichen Botschaften an sie, die er heimlich jeden Morgen in dem Spalt des Brückenpfeilers hinterläßt, immer neu abgesprochen wird. Heute ist also der Tag.

Sie geht langsamer, mustert ihn im Vorbeigehen herausfordernd. Mit einer unmerklichen Bewegung streckt er die Hand aus und streicht ihr wissend übers Gesicht. Sie sehen einander an, und sie lächelt vor Erstaunen über die atemlose Lust, die seine Berührung weckt. Er erwidert ihr Lächeln, und der Finger, der mit ihrem Kinn spielt, wandert langsam hinunter zu ihrer Kleinmädchenbluse und ihren nicht mehr kleinmädchenhaften Brüsten. Sie errötet vor Freude und spielt ein wenig, indem sie seine Hand beiseite schiebt, aber er umklammert ihre Finger, und langsam lassen sie sich von der Brücke auf das darunterliegende Ufer gleiten.

Hatten sie sich damals zum ersten Mal geliebt? Oder war das nur einer der vielen Schritte in ihrem langsamen, aufreizenden Fandango gewesen? Hatten sie sich langsam herangetastet, oder hatte es sie mitgerissen? Hatte es je einen Augenblick gegeben, in dem sie nicht gewußt hätten, sie hatten keine andere Wahl, und wenn, dann zählte das nicht? Sie hatten sich so selbstverständlich geliebt, wie man atmet. Angedeutete Drohungen, was Mädchen geschieht, die sich hingeben, hatten sich in jener ersten Verzückung in nichts aufgelöst. All die frommen Vorstellungen von Strafe, von den Eltern und vom Pfarrer unermüdlich gepredigt, waren vergessen, als sie in die Landschaft und ineinander eingetaucht waren.

Keiner von beiden hatte auch nur die geringste Furcht empfunden, Befriedigung könnte in Ernüchterung enden. Erfüllung hatte sie immer unersättlicher gemacht. Zuerst hatten sie sich, durchaus schicklich, getroffen, wenn sie von der Schule nach Hause ging. Er war an ihr vorbeigegangen, ohne sich auch nur mit einem Wimpernzucken anmerken zu lassen, daß er sie kannte. Sie hatte ihre Freundinnen abgeschüttelt und war den Uferstreifen entlanggegangen, bis zu der Stelle, wo sie sich ein Nest gebaut hatten. Jedes Treffen hatten sie sorgsam vorausgeplant, aus Angst, entdeckt zu werden. Denn man hatte sie vor ihm gewarnt: Er sei der nichtsnutzige Sohn des Buchmachers, eines Stromers und Säufers, der seine Frau verprügle. Einmal, ganz zu Anfang, hatte ihr Vater sie ertappt, wie sie miteinander gesprochen hatten, und er hatte sie beschimpft, sie erniedrige sich selber. Sie hatte zurückgebrüllt, und da hatte er sie geschlagen. Danach hatte sie angefangen, die Schule zu schwänzen, aber sie achteten darauf, nicht zusammen gesehen zu werden.

Immer häufiger hatten sie sich getroffen, und immer ungehemmter. Er hatte Kondome mitgebracht, die er aus den Kartons von je zwanzig Stück stibitzt hatte. Sein Alter hatte sie aus Gefälligkeit von England oder Belfast eingeschmuggelt und mit einem Knuff und einem Zwinkern den aufrechten Bürgern der Stadt zugesteckt. So verblüfft waren sie gewesen, mit welchem Geschick sie vorgingen, daß er, als es Winter wurde, sich angewöhnt hatte, fast jede Nacht über das Dach des Schuppens in ihr Zimmer einzusteigen. Sie hatten alles genau geplant.

Nie wäre man ihnen auf die Schliche gekommen, wäre da nicht das Gör gewesen. Sie hatten bereits abgesprochen durchzubrennen, sobald sie genügend Geld gespart hatten. Und alles wäre glattgelaufen, wäre Mammy nicht so krank geworden, daß Nonie kommen mußte, um sie zu versorgen. Und da hatte man das Gör in ihr Zimmer einquartiert.

Wie hätte der alte Mann je verstehen können, wie es war, wenn man den anderen so sehr begehrte, daß nicht einmal das schlafende Gör störte. Aber er hatte sich nicht einen Augenblick die Zeit genommen, danach zu fragen, hatte sie nur laut brüllend der Verderbtheit und Verworfenheit und Schande bezichtigt. Und das Gör hatte dazu gejault wie eine Todesfee.

»Du Hure! Zuzusehen, wie dieser Bastard das Kind belästigt!«

»Er hat ihr nichts getan! Sag es ihm, du kleines Biest, sag es ihm! Er hat nur versucht...«

Ekel und Zorn hatten das Gesicht des Vaters verzerrt.

»Geht mir aus den Augen, ehe ich euch verhaften lasse! Unheil über euch! Ihr beide werdet nie glücklich werden!« Das war das letzte gewesen, was er gebrüllt hatte, ehe er unter dem fürchterlichen Schlag zusammengebrochen war. Alles war voller Blut gewesen.

Sie hatten ihre Sachen zusammengerafft und waren in die dunkle Nacht hinausgerannt, immer weiter. Es war ihnen egal gewesen, sie waren zusammen und glücklich. Doch kaum zwei Jahre hatte ihr Glück angehalten, und der Fluch ihres Vaters hatte sie ihr Leben lang verfolgt.

Sie hatten nicht zurückgekonnt. Ihr Vater hatte es ernst gemeint, als er von einer Verhaftung gesprochen hatte. Sein Alter hätte sie mit bloßen Händen erwürgt, weil sie ihm noch den letzten Penny, den er unter den Dielen versteckt hatte, gestohlen und das Haus in Brand gesteckt hatten. In jenen ersten Wochen waren sie von Ort zu Ort gezogen, hatten Unterschlupf in kleinen, abgelegenen Pensionen gesucht, zuerst in Dublin, dann in Liverpool und Birmingham. Bis ihnen schließlich das Geld ausgegangen war, als sie in dieser dreckigen Absteige in Kilburn gelandet waren. Was hatte so ein Ort mit ihren herrlichen Träumen zu tun?

Nichts hatte jedoch die Erleichterung schmälern können, ihren Traum unversehrt mit herübergerettet zu haben. Sie hatte eine Stelle als Verkäuferin gefunden, und er hatte jede Arbeit angenommen, manchmal auf Baustellen, oder andere Handlangerdienste. Es waren nicht gerade sonnendurchflutete Tage gewesen damals, zumindest so lange nicht, bis ihr Liebster plötzlich mit immer dickeren Geldscheinbündeln nach Hause gekommen war. Poker, hatte er gesagt, hatte behauptet, seinem Alten ein paar Tricks abgeschaut zu haben. Er hatte den Kopf zurückgeworfen und gelacht und den Finger an die Nase gelegt.

Und wie romantisch ihre Hochzeit gewesen war! Es hatte ihr den Atem geraubt, wie er heimlich alles vorbereitet hatte. Eines herrlichen Frühlingsmorgens hatte er eine riesige Schachtel unter dem Bett hervorgezogen und das wunderschöne blaßblaue Kleid herausgeholt.

»Wir heiraten«, hatte er herrisch verkündet. »Ich habe alles organisiert.« Sie hatte nie danach gefragt, wie er das angestellt hatte, war ihm einfach gefolgt und hatte in der Pracht des Austin Princess geschwelgt, der vor der Tür gestanden hatte. Sie hatte es kaum fassen können. Schließlich und endlich fanden Hochzeiten normalerweise in der Kirche statt. Von Standesämtern hatte sie noch nie etwas gehört, und noch weniger hatte sie begriffen, was für eine juristische Funktion sie hatten. Es war so ein Spaß.

Er hatte darauf bestanden, daß sie zu arbeiten aufhörte. Sobald er nach Hause kam, waren sie im Bett miteinander verschmolzen, eins geworden, und sein Körper hatte sich ihrem aufgeprägt, so sehr, daß es nie, nie einen Ersatz dafür geben konnte. Als Liebhaber war er unvergleichlich, Sex ihr Daseinssinn und -zweck gewesen. Bis auch er sie verraten hatte. An dem Tag, als sie ihn wie einen Hund über diesen unförmigen, bläßlichen Trampel gebückt erwischt hatte. Kaum zwanzig war sie damals. Es war der Tag gewesen, an dem sie erfahren hatte, daß sie schwanger war. Der Tag, von dem sie geglaubt hatte, er wäre der Beginn der Zukunft. Der Tag, an dem ihre Welt in sich zusammengebrochen war.

Eileen Lacey trat in die Düsternis des leeren Zimmers zurück. Die Erinnerung an diese tückische Treulosigkeit ließ sie am ganzen Körper zittern. Verärgert zog sie den Brief und den Zeitungsausschnitt aus ihrer Tasche und stopfte sie, zusammen mit dem anderen Krimskrams, in die schwarze Handtasche. Dann ging sie schwankend, erschöpft nach unten.

Liebe Ratsuchende: *Das können Sie doch nicht ernst meinen! Ich kann einfach nicht glauben, daß Sie ein solches Vorgehen auch nur in Betracht ziehen, aber da Sie mich um einen Rat gefragt haben, will ich ihn Ihnen geben. DENKEN SIE NICHT EINMAL DARAN, DIES ZU TUN!*

25 Am Nachmittag darauf kam Pater Crowley. Mrs. Lacey ließ ihn so lange warten, daß er schon wieder gehen wollte, als die Tür sich öffnete. Ihr geistesabwesend starrer Blick hätte ihn beinahe aus der Fassung gebracht. Mit dem unnatürlich geröteten Gesicht und den im Gegensatz zu ihrem sonst immer so gepflegten Aussehen ungekämmten, ungewaschenen Haaren sah sie aus, als wäre sie eben aus einem tiefen Schlaf erwacht. Verwirrt murmelte er eine Entschuldigung, aber sie sagte kein Wort, sondern führte ihn schweigend durch die Diele in die warme Küche. Verlegen stand er da, während sie den Wasserkessel aufsetzte. Gut fünf Minuten dauerte es, bis sie ihn aufforderte, Platz zu nehmen.

»Als Sie hierhergekommen sind, haben Sie mich da wiedererkannt?« fragte sie unvermittelt.

Verdutzt blickte er sie an. »Ja, natürlich, sofort.«

Sie zuckte zusammen, als hätte er sie geschlagen. »Sie haben nie etwas gesagt.«

»Nein.« Traurig schüttelte er den Kopf. »Und all die Jahre haben Sie Angst gehabt, ich könnte etwas erwähnen?«

»Nein«, erwiderte sie steif. »Ich habe gehofft, daß ich einem Priester vertrauen kann.«

Ihr elendes Aussehen rührte ihn. So anders als das strahlend muntere junge Ding aus jener Zeit, als er Vikar in ihrer Heimatgemeinde gewesen war. In jenem Sommer, als sie durchgebrannt war und nichts als Chaos hinterlassen hatte. Wie hätte er sie je vergessen können?

Zwölf Jahre später, als er zum Gemeindepriester von St. Stephen's bestallt worden war, hatte er sie augenblicklich wiedererkannt. Sie war den Mittelgang heruntergekommen, an ihrer

Seite einen kleinen, stämmigen Rotschopf. Er hatte hinten in der Kirche gestanden, um nach seiner ersten Sonntagsmesse die Gemeindemitglieder zu begrüßen. Ihre Blicke waren sich begegnet, und ein Ausdruck des Entsetzens war über ihr Gesicht gehuscht. Er hatte schon ihren Namen auf der Zunge gehabt, brachte ihn jedoch nicht mehr über die Lippen. Ohne auch nur mit der Wimper zu zucken, hatte sie ihn angestarrt, seine Verschwiegenheit herausgefordert. Nur noch einmal hatte er den Versuch unternommen, wie nebenbei ihre Heimatstadt zu erwähnen und daß sie sich doch flüchtig kannten. Sie war ihm jedoch ins Wort gefallen und hatte kurz und bündig erklärt, er müsse sich irren, sie seien einander nie begegnet.

Im Lauf der Jahre hatte sie Distanz gewahrt. Zwar war sie jede Woche zur Messe gekommen, anschließend jedoch nur selten geblieben, um ein wenig zu plaudern. Und nie mit ihm. Freunde hatte sie offenbar nur wenige gehabt. Fergus und Bridget hatte er mit der Zeit näher kennengelernt, nicht jedoch Eileen Lacey.

Das machte es schwierig, jetzt einen Anfang zu finden. Er versuchte, die gespannte Atmosphäre zu lockern, indem er ein wenig plauderte und bemerkte, Bridget scheine jetzt recht oft herüberzukommen. Wollte sie für immer nach Irland zurück oder hatte sie sich endgültig drüben niedergelassen? Sah sie nicht großartig aus? Zeit für sie, einen Ehemann zu finden und eine Familie zu gründen, fügte er leutselig hinzu.

»Ja. Das ist es, worüber ich mit Ihnen sprechen will. Über Bridget. Und darüber, was damals geschehen ist.« Sie hielt inne und blickte ihn herausfordernd an. »In Ballymahon.« Als er nicht reagierte, fuhr sie ausdruckslos fort:

»Ich muß etliche Dinge klären, ehe ich ins Krankenhaus gehe. Für den Fall, daß mir etwas zustößt.«

Unter normalen Umständen hätte er ihr jetzt gut zugeredet, aber der Eindruck von Einsamkeit, den sie vermittelte, berührte ihn tiefer als ihr Kummer. Sie sah weit älter aus, als sie war, und als er sie so musterte, fragte er sich, ob nur ihr hageres Gesicht sie so verbittert wirken ließ.

Lebhaft erinnerte er sich, wie er sie zum ersten Mal gesehen hatte. Mit wehenden Haaren war sie am Blackwater entlanggerannt und ins Dickicht geschlüpft. Und hinter ihr drein der Junge. Schulmeister Sullivan hätte sie bei lebendigem Leibe gehäutet, hätte er gewußt, daß sie sich mit einem Kerl wie dem Sohn des Buchmachers herumtrieb.

»Erinnern Sie sich an den Jungen, Pater?« Er war verblüfft, als sie seinen Gedankengang aufgriff.

»Den Sohn des Buchmachers? Großer Gott, ich habe seit mehr als... dreißig Jahre muß es jetzt wohl her sein... keinen von dieser Sippschaft mehr gesehen.« Nachdenklich blickte er sie an. »Wie hieß er eigentlich?« Langsam schüttelte er den Kopf. »Es liegt mir auf der Zunge. Ach ja. Con, stimmt's?« Sie starrte ihn ausdruckslos an, erwiderte jedoch nichts.

»Ich glaube nicht, daß ich ihn wiedererkennen würde, wenn er mir über den Weg liefe«, murmelte er.

»Sie haben mich wiedererkannt.«

»Da lagen aber nur zehn Jahre oder so dazwischen.«

Sie holte einen Fetzen Papier aus ihrer Handtasche und streckte ihn ihm hin. Er war zerknittert und vergilbt, offenbar aus einer der Dubliner Sonntagszeitungen herausgerissen. In der oberen linken Ecke war noch ein Teil der vertrauten Kopfzeile der *Tribune* zu erkennen. Der Großteil des Artikels und die halbe Überschrift fehlten, aber die Fotografie war mehr oder weniger vollständig. Unschlüssig starrte er erst das Bild und dann ihr erwartungsvolles Gesicht an.

»Der Salat war darin eingewickelt«, erklärte sie zusammenhangslos. »Gestern. Ich habe ihn auf dem Markt gekauft.« Mit zitternden Fingern deutete sie auf das Papier. »Ich glaube, das ist er.«

Wäre das Ganze nicht so mitleiderregend gewesen, hätte er laut herausgelacht – oder geweint. Der Gegensatz zwischen der gesunden Jugendlichkeit des Mannes und der kränklichen Blässe der Frau war so ungeheuer, daß er nur davon ausgehen konnte, sie war nicht mehr recht bei Verstand – denn wie konnte jemand in ihrem Alter so aussehen wie dieser Bursche?

Der Priester kam zu dem Schluß, daß wohl die Krankheit daran schuld sei. Trotzdem sah er sich das Bild genauer an. Irgend etwas an dem Lächeln. Er erschrak, als er merkte, er ließ sich in ihre Wahnvorstellung hineinziehen, und drückte ihr den Papierfetzen in die ausgestreckte Hand.

Traurig sah er sie an und wunderte sich über die Macht romantischer Liebe, die eine schwerkranke Frau dazu brachte, das Bild ihrer ersten Liebe so klar in Erinnerung zu bewahren. Eine zufällige Ähnlichkeit genügte offenbar, um ihn in seiner Jugendlichkeit wiederaufleben zu lassen und so ihren Kummer zu rechtfertigen.

»Bestimmt nicht«, sagte er so sanft wie möglich. »Sie haben sich geirrt, aber das ist nicht weiter erstaunlich, nicht wahr? Nach dieser langen Zeit würde ich kaum mich selber wiedererkennen.« Ganz gelang es ihm nicht, den leichten Spott in seiner Stimme zu unterdrücken, und der kalt starrende Blick aus ihren Augen tadelte ihn schweigend dafür, daß er nicht mitspielte.

»Ich weiß nicht, was ich tun soll.« Sie klang fiebrig, aber entschlossen. »Es handelt sich um eine schwere Operation. Ich muß mit allem rechnen. Bridget hat sonst niemanden mehr. Sie braucht jemanden, der auf sie aufpaßt. Ich sollte es ihm sagen.«

»Wem was sagen, meine Liebe?« Erneut warf er einen Blick auf das Foto. »Das ist ja lachhaft! Sie glauben doch nicht etwa im Ernst, das sei Con? Oder etwa schon?« fragte er mit schwacher Stimme und verachtete sich sogleich selber dafür, daß er Hoffnungen weckte, wo es keine gab.

»Doch, doch«, erklärte sie hitzig und schüttelte dann fast gleichzeitig den Kopf. »Aber es ist ein sehr altes Bild. Ich würde gerne wissen, wie alt? Ich habe es erst gestern gefunden. Datum steht keines drauf.«

»Das könnte uralt sein, es ist ja schon ganz vergilbt. Ich verstehe nicht, was die ganze Aufregung soll?« fragte er mitleidsvoll.

»Bridget«, flüsterte sie.

»Ja?« Plötzlich fröstelte ihn.

»Fergus war nicht ihr Vater.«

»Was? Was sagen Sie da?« fragte er sarkastisch. Als er jedoch ihr ernstes Gesicht sah, seufzte er. »Gott im Himmel! Es ist die Wahrheit. Weiß Bridget es?«

Nervös preßte Eileen Lacey die Lippen aufeinander, antwortete jedoch nicht.

»Sie haben es ihr nicht gesagt? Fergus?« fragte er scharf. Sie schüttelte den Kopf.

Allmächtiger! Was war in Fergus vorgegangen in all den Jahren? Der Priester seufzte. Die Gekonntheit, mit der manche Leute sich selbst täuschten, machte ihn manchmal sprachlos. Er beugte sich zu ihr vor.

»Mrs. Lacey, sagen Sie jetzt die Wahrheit. Nur wenn ich die Wahrheit kenne, kann ich Ihnen helfen. Keine Ausflüchte. Weiß Bridget, daß Fergus nicht ihr Vater war? Sie muß es wissen. Fergus hätte ihr das nie verheimlicht.«

»Ich habe es nicht zugelassen, daß er es ihr sagt. Und selber konnte ich es nicht.«

»Möge Gott Ihnen beiden vergeben«, flüsterte er.

Sie sah ihn nicht an. Herr Jesus, dachte er, da ist noch etwas.

»Und Con?« Seine Stimme wurde schneidend. »Hat er gewußt, daß er ein Kind hat?«

»Nein. Er weiß es nicht.«

»Weiß es nicht?« wiederholte er verständnislos. »Soll das heißen, er weiß es bis heute nicht? Warum haben Sie ihm das angetan?«

»Wie ein Hund war er hinter der anderen her.« Giftig spuckte sie die Worte aus. »Das wollte ich mir nicht bieten lassen. Ich habe meine Sachen gepackt und habe ihn sich selbst überlassen.« Ein unangenehmer Unterton von Triumph schwang in ihrer Stimme mit.

»Hat er nicht...?«

»O nein«, knurrte sie. »Er hat sich nicht die Mühe gemacht, nach mir zu suchen. Ich habe das Kind ganz alleine zur Welt gebracht.«

»Aber war nicht... hat nicht Fergus?«

»O doch. Der liebe, gute Fergus«, zischte sie. »Hat Umstände gemacht wie ein altes Weib, bis das Kind da war. Und dann gab es für ihn nichts mehr als das Kind hier und das Kind dort. Das Kind war es, was Fergus wollte, nicht mich. Konnte es gar nicht erwarten, sie für sich in Beschlag zu nehmen.«

»Hat Fergus gewußt, wer der Vater war?« fragte der Priester leise.

»Nein. Das habe ich ihm nicht gesagt. Es ging ihn nichts an. Ich habe mir eine Geschichte ausgedacht. Was für eine, das habe ich vergessen«, erklärte sie unduldsam.

Er schloß die Augen und unterdrückte seinen angewiderten Zorn. Arme Bridget, die nichts davon ahnte, daß Fergus, den sie vergöttert hatte, nicht ihr Vater war. Wie würde sie damit fertig werden? Wie hatten sie ihr das nur antun können?

Verwundert starrte er sein Pfarrkind an, und plötzlich wurde ihm klar, sie erwartete Mitgefühl von ihm. Ihre Verbitterung und ihr Selbstmitleid standen ihr ins Gesicht geschrieben. Sie merkte gar nicht, wie sehr ihn das anekelte. Und noch unendlich schlimmer war, daß sie die Gefühle ihrer Tochter offensichtlich überhaupt nicht in ihre Überlegungen mit einbezog.

Arme Bridget. Wie konnte ein so aufrechter Mann wie Fergus bei so etwas mitspielen? Oder hatte er etwa geglaubt, es würde dem Mädchen nichts ausmachen, wenn es zufällig davon erfuhr? Durch eine Geburtsurkunde zum Beispiel...

»Was ist mit der Geburtsurkunde?« sprach er seinen Gedanken aus.

»Genau das ist das Problem.« Ihr sachlicher Ton war verblüffend. »Sie hat danach gefragt. Weil sie heiraten will. Drüben. Standesamtlich.« Ihre moralische Entrüstung war ungeheuer. »Dafür braucht sie die Urkunde. Bis jetzt ist es mir immer gelungen, sie vor ihr versteckt zu halten. Ich wollte, daß sie hier heiratet, in St. Stephen's...«

»... wo der Taufschein genügt«, vollendete er langsam ihren Satz.« Vor Empörung kniff er die Lippen zusammen. »Die bräuchte sie auch auf dem Standesamt nicht«, fügte er energisch und ein wenig triumphierend hinzu. »Soweit ich weiß, tut ein Paß es auch.«

Ihr Mund blieb offenstehen, als sie versuchte, die Bedeutung dieser Information zu begreifen.

»Warum will sie sie dann haben?« fragte sie heiser.

»Vielleicht weiß sie das nur vom Hörensagen. Eine ziemlich weit verbreitete Fehlinformation, glaube ich.« Er zuckte die Schultern. »Oder hat sie etwa keinen Paß?«

»Natürlich hat sie einen«, erwiderte sie ungeduldig. »Den habe ich selber besorgt, vor Jahren, als sie noch ein Kind war.«

Und zu jung, um Fragen zu stellen, dachte er. Den Paß erneuern zu lassen war eine reine Formalität. Oh, wie klug sie war, diese Eileen Lacey.

»Dann hätte ich mir also keine Sorgen zu machen brauchen«, meinte sie verärgert.

»Ich würde sagen«, erklärte der Priester ausdruckslos, »ich würde sagen, Sie hätten sich über weit mehr als eine Geburtsurkunde Sorgen machen müssen.« Irgendwie mußte er sie dazu bringen, auch an ihre Tochter zu denken.

»Warum heiratet sie nicht kirchlich? Ist er etwa nicht katholisch?«

»Ich glaube nicht.«

»Aber dann könnte sie sich doch trotzdem kirchlich trauen lassen. Messe würde vielleicht keine gelesen, aber...«

Sie machte eine ungeduldige Handbewegung, als wolle sie eine lästige Stechmücke verscheuchen.

»Pater, er ist geschieden oder läßt sich gerade scheiden. Ich weiß es nicht. Ich weiß überhaupt nichts über ihn«, erklärte sie nachgerade stolz.

Unter seinen wütend zusammengezogenen Brauen hervor durchbohrte Seamus Crowley sie mit Blicken.

»Nun, dazu kann ich nur sagen, daß Sie sehr wohl etwas über ihn wissen sollten, Mrs. Lacey«, brach es aus ihm heraus. »Ich kann es einfach nicht fassen. Sie sitzen da und erzählen mir seelenruhig, daß Ihre einzige Tochter einen geschiedenen Mann heiratet!« Sein Tonfall wurde heftiger. »Und alles, worüber Sie sich Sorgen machen, sind Sie selber und was sie von Ihnen denken wird. Bedeutet das Mädchen Ihnen denn gar nichts?«

»Ich habe ihr mein Glück geopfert, bin bei diesem... diesem altmodischen Muffkopf geblieben, damit sie versorgt ist. Wie hätte ich jemanden wie ihn lieben können? Nach dem, was ich gehabt hatte?«

»Nach dem, was Sie gehabt hatten«, höhnte er. »Und was war das, wenn Sie mir das gütigst sagen wollen? Schwierigkeiten mit Ihrer Familie? Brandstiftung? Ein Wunder, daß der Buchmacher euch nicht erwischt und sich dafür gerächt hat, weil ihr ihn bis auf den letzten Penny ausgeraubt habt. Er hätte euch beide umgebracht. Sie sprechen von Verrat? Haben Sie vergessen, was in Wirklichkeit passiert ist?«

»O nein«, höhnte sie.

»Warum, in Gottes Namen, Frau, wollen Sie dann Verbindung mit ihm aufnehmen? Für eine Versöhnung ist es jetzt zu spät. Bridget ist es, an die Sie denken müssen. Sie müssen ihr das alles auf so einfache Weise wie möglich erklären, jetzt, vor der Operation. Vergessen Sie die Vergangenheit. Es ist völliger Irrsinn, das alles jetzt aufzuwärmen.«

»Wenn ich die Operation nicht überstehe, hat sie sonst niemanden mehr. Keine Verwandten. Sie wird ganz allein sein.«

»Sie wissen, daß das nicht stimmt. Sie haben gerade gesagt, daß sie heiraten wird. Und was ist mit Ihrer Schwester? Was ist mit Gráinne? Lebt sie nicht in England? Sie muß inzwischen Familie haben.«

»Über die weiß ich nichts. Ich habe sie nicht wiedergesehen, seit ich damals weg bin... es war alles ihre Schuld.«

Nach dreißig Jahren. Der Priester atmete tief durch und begrub den Kopf in seinen Händen. Er war entsetzt von der gequälten Verbitterung, die von ihr ausging, bestürzt von der Gehässigkeit, die aus ihr hervorbrach. Nachdem er ein stummes Gebet gesprochen hatte, erklärte er mit äußerster Selbstbeherrschung leise:

»Ich glaube, Sie haben vergessen, daß Ihre kleine Schwester die Leidtragende war, nicht Sie. Ihr Vater hatte Angst, behauptete, sie sei mißbraucht worden.«

»Con hat dieses verlogene kleine Miststück nicht angerührt. Nie. Er ist nur auf sie los, um sie zum Schweigen zu bringen.«

Ihre Stimme klang frostig, unbeteiligt. »Sie hat geschrien wie am Spieß, hat Schwierigkeiten gemacht wie üblich.«

»Nein«, widersprach er, »sie hat immer wieder gesagt, daß ihr nichts passiert sei. Aber Ihr Vater war besorgt, glaubte, sie sei mißbraucht worden. Das Kind war krank vor Angst, hatte ein schweres Trauma erlitten. Haben Sie eine Vorstellung, was sie durchgemacht hat?«

»Vor was hätte sie denn Angst haben sollen? Ich war es, die er aus dem Haus gejagt hat.«

»Um Gottes willen, Frau, sind Sie denn nicht fähig zu vergeben? Was auch immer sie gesagt oder getan hat, sie war nur ein Kind. Was wußte sie denn schon von derlei Dingen?«

»Genug, um uns in Schwierigkeiten zu bringen. Sie hat ihn auf uns gehetzt. Der alte Mann stand da und schrie Mörder, Verbrecher, und wir waren halbtot vor Angst. Uns hat niemand weitergeholfen.«

Der Priester schloß die Augen. Was hatte es für einen Sinn, mit Vernunftgründen gegen eine so ungemein praktische Verzerrung der Tatsachen anzukämpfen? Glaubte sie wirklich, er wüßte nicht, was Gráinne gesehen hatte und oft gesehen haben mußte?

»Sie war ein Kind«, sagte er streng. »Sie war zu Tode erschrocken von dem, was Sie beide miteinander getrieben haben.«

Eileen Lacey wollte jedoch nicht zuhören, sie wiegte sich hin und her. Ihr Gesicht war versteinert vor Kummer.

»Und was ist mit Ihren Eltern? Haben sie etwas von dem Kind gewußt?«

»Die? Keinen Ton habe ich denen davon gesagt. Was lag denen denn schon an mir? Sie haben mich aus dem Haus gejagt«, erwiderte sie störrisch.

»Ihnen lag sehr wohl etwas an Ihnen.« Seine Hand zuckte. Am liebsten hätte er sie geschlagen. »Sie haben sich vor lauter Sorge um Sie zugrunde gerichtet. Sind sie Ihnen nicht gefolgt? Und haben in ganz England nach Ihnen gesucht? Er hat seine Stellung hier aufgegeben, um nach Ihnen zu suchen. Trotz seines

Alters und obwohl Ihre arme Mutter so krank war, sind sie nach Birmingham gezogen.«

»Nein, nein. Nicht wegen mir. Die hatten nur Angst, was die Nachbarn sagen. Für mich hat er nie auch nur einen Finger gerührt, außer um mich zu schlagen.« Ihr bleiches Gesicht war wutverzerrt.

Jesus Christus, sie wird ohnmächtig. Pater Crowley ging zum Büffet und öffnete es auf der Suche nach irgend etwas, um sie wiederzubeleben. Er goß zwei große Gläser Schnaps ein und drückte ihr eines in die Hand. Seines leerte er in einem Zug und schenkte sich nach.

»Pater.« Sie sah mitleiderregend aus, alle Farbe war aus ihrem Gesicht gewichen. »Das ist noch nicht alles. Da ist noch etwas. Etwas viel Schlimmeres.«

Er stützte den Kopf in seine Hand und wartete.

»Wir waren verheiratet. Nicht richtig, nur standesamtlich. Drüben.« Sie sprach geziert und so leise, daß er zuerst glaubte, er hätte sich verhört. »Ich habe sie beide geheiratet. Und das habe ich Fergus nie gesagt. Ich konnte nicht, hatte Angst, er würde mich nicht heiraten, wenn er es wüßte. Er war immer so pedantisch darauf bedacht, alles richtig zu machen. Ich habe mir gesagt, es zähle nicht, da wir ja katholisch sind. Nach Bridgets Geburt haben Fergus und ich geheiratet, in Dundalk. Er hatte dort einen Freund. Das hat mir immer Sorgen gemacht«, schloß sie selbstgerecht.

Stumm begann der Priester zu zählen, versuchte, sein Herzrasen und seine Abscheu unter Kontrolle zu bringen. Er sagte zu sich selber, sie sei ja selber noch ein Kind gewesen, verängstigt, allein, voller Sorge um ihr Kind.

Er fragte sich, wie er die Frau von ihrem zerstörerischen Vorhaben, alles zu enthüllen, abbringen und ihre Tochter vor Ängsten bewahren könnte, mit denen sie nie und nimmer fertigwürde. Nicht, wenn ihre Mutter ihre Geschichte mit einem so offenkundigen Desinteresse an den Folgen für das Mädchen erzählte. Was auch immer geschehen mochte, die Aussichten standen schlecht für Bridget, aber vielleicht, nur vielleicht konnte er ihre niederträchtige Mutter daran hindern, ihr alles zu nehmen, woran sie geglaubt hatte.

»Haben Sie etwas gegessen? Antworten Sie, Frau!«

»Ich habe keinen Appetit.«

Nur Appetit auf Selbstmitleid und umfassende, blutige Zerstörung, dachte er wutentbrannt. Schwerfällig erhob er sich, nahm ihre Schürze vom Haken an der Küchentür.

»Bleiben Sie hier sitzen. Haben Sie Eier? Ich mache Ihnen ein Omelett. Sie sehen aus, als könnten Sie es brauchen«, erklärte er schroff.

Sie machte Anstalten aufzustehen, ließ sich aber wieder auf ihren Stuhl sinken und schloß die Augen. Mit erstaunlicher Gewandtheit bewegte er sich zwischen Kühlschrank und Herd hin und her und bereitete die Zutaten vor. Ehe er die Pfanne aufs Feuer setzte, deckte er den Tisch, bestrich zwei Scheiben Schwarzbrot mit Butter und machte eine kleine Schüssel Salat an. Dann teilte er das Omelett in zwei Hälften, ehe er wieder den Mund aufmachte.

»Hier, essen Sie, solange es warm ist. Es wird Ihnen guttun.« Er bemühte sich, seinen Widerwillen zu verhehlen, als er sich zu ihr beugte.

»Und jetzt hören Sie mir gut zu, Frau. Vergessen Sie diese Zeitung, die wahrscheinlich uralt ist. Sie haben sich geirrt. Der Kerl ist viel zu jung. Sie haben ihn nicht vergessen können, das ist alles. Und zu spät ist es in jedem Fall. Sie können unmöglich bei jemandem hereinspazieren und erklären, übrigens, ich habe, glaube ich, ganz vergessen, dir von deinem Kind zu erzählen. Sie könnten von Glück reden, wenn Sie heil und unversehrt wieder da rauskämen, mehr kann ich dazu nicht sagen.« Seine Stimme wurde eindringlicher. »An erster Stelle steht jetzt Bridget, Ihre Tochter. Vergessen Sie das nicht. Hören Sie mir überhaupt zu?«

»Ja, Pater.« Erwartungsvoll blickte sie zu ihm auf.

»Sie lieben sie doch, oder?« Schweigen.

»Ich habe mein Bestes getan. Leicht ist es mir nicht gefallen.«

»Dann tun Sie so als ob!« schrie er sie an. »Oder Sie schicken sie auf einen Weg, auf dem sie zugrunde geht. Tun Sie so als ob. Sie haben keine andere Wahl.«

»Ich habe ein solches Durcheinander angerichtet.«

»Ersparen Sie mir Ihre Bekundungen des Bedauerns, Mrs. Lacey.« Er hielt die Hand hoch. »Morgen setzen Sie sich hin und schreiben einen Brief, in dem Sie soviel wie möglich erklären, und zwar so liebevoll, wie Sie nur können, ohne sie auf eine wilde Jagd nach jemandem zu hetzen, der nicht einmal von ihrer Existenz weiß.« Er beugte sich zu ihr und fügte grimmig hinzu: »Es wäre besser, wenn sie glaubt, er sei tot.«

»Aber...«

»Kein Aber. Lassen Sie mich zu Ende reden. Warum sollten Sie plötzlich vor einer kleinen Notlüge zurückschrecken? Soweit Sie wissen, ist er tot. Haben Sie ihn je wiedergesehen? Hat er Verbindung zu Ihnen aufgenommen? Versucht, Sie zu finden? Um Himmels willen, sagen Sie ihr, er sei tot. Schreiben Sie ihr so, wie Ihr Herz es Ihnen eingibt. Wenn sie den Mann gefunden hat, den sie liebt, dann freuen Sie sich für sie. Ein Jammer, daß er geschieden ist, aber jetzt ist es zu spät, sich darüber noch Sorgen zu machen. Ich würde ihr vertrauen. Sie ist ein gutes Mädchen, sie wird nicht vom rechten Weg abkommen. Überlegen Sie nur, wie rührend sie sich um Sie gekümmert hat. – Und bitte, bitte, vergessen Sie nicht, wie sehr sie Fergus geliebt hat.« Seine Stimme war angespannt vor Anstrengung. »Und wie sehr Fergus sie geliebt hat. Nehmen Sie ihr das nicht weg. Behalten Sie Ihre Gefühle, was Fergus betrifft, für sich. Er war ihr Vater, Herrgott noch mal! Lassen Sie die Biologie aus dem Spiel. Er war ihr ein guter und liebevoller Vater. Machen Sie das nicht kaputt.«

Nach langem Schweigen fragte sie:

»Würden... würden Sie mit ihr reden?«

»Ja, natürlich, ich werde mit ihr reden. Mrs. Lacey, hören Sie zu«, sagte er eindringlich, »wenn sie wirklich vorhat zu heiraten, hat sie viel zu viele andere Dinge im Kopf, um in der Vergangenheit herumzustöbern. Keine Sorge. Es wird einfacher werden, als Sie glauben, sie denkt jetzt an die Zukunft.«

Möge Gott mir meine Anmaßung vergeben, dachte er inbrünstig, denn er glaubte eigentlich selber nicht an das, was er da sagte. Es bedurfte einer weiteren langen Stunde der Überredung, ehe sie versprach, Bridget zu schreiben.

Als er das erreicht hatte, schlüpfte er in die ihm vertrautere Rolle des Seelsorgers und ermutigte sie, über ihre Krankheit zu sprechen, über ihre Angst vor der Klinik, vor dem Sterben. Aber die ganze Zeit über fragte er sich, ob sie überhaupt ein Wort von dem, was er sagte, aufnahm und ob es irgend etwas bewirkte. Als er ging, hatte er kein gutes Gefühl.

Auf dem Nachhauseweg grübelte er niedergeschlagen über seinen alten Freund Fergus nach. Er dachte an ihre häufigen gemeinsamen Spaziergänge, an die Gedichte und die Lieder, daran, wie sie gelegentlich zusammen eine Flasche Malzwhisky geköpft hatten. Und nie hatte er auch nur ein Wort über seine privaten Sorgen verloren. Kein Wunder, daß der Arme sich die meiste Zeit in Buchläden vergraben hatte. Hätte jemand ihn gefragt, dann hätte Seamus Crowley erklärt, Fergus sei ein Mensch gewesen, dem er so nahe gestanden hatte, daß man es wohl als Freundschaft bezeichnen konnte. Jetzt fragte er sich, wie nahe das gewesen war.

Immer der Zuschauer am Rande, dachte er müde und fühlte sich plötzlich sehr, sehr alt.

Weit nach Mitternacht war es, als seine Haushälterin ihn langsam und schweren Schritts in sein Zimmer gehen hörte. Ungefähr zu gleichen Zeit legte Eileen den Telefonhörer auf und rief dann erneut die Auskunft an.

Grace

Ende Oktober 1990

THE OLD MAN YOUNG AGAIN *or AGE-REJUVENESCENCE in the POWER of CONCUPISCENCE. Von einem englischen Bohemien wörtlich aus dem Arabischen übertragen. 1898. Unnumeriertes Exemplar einer begrenzten Auflage. Einfacher Papierumschlag. Nicht aufgeschnitten.*

THE WOMAN TURN'D BULLY: *Am Theater in Bath im Oktober 1675 aufgeführtes Stück. Leicht beschädigt. Fehlbindung.*

26 Ein paar Augenblicke lang stand Grace da und sah den Rücklichtern des Taxis nach, in dem Murray wegfuhr und das so etwas wie die letzte Verbindung zu ihrem bisherigen Leben darzustellen schien. Urplötzlich war er aus dem Nichts aufgetaucht, als sie gerade nach Heathrow losfahren wollte, und hatte sich mit in das Taxi gequetscht.

»Ich habe beschlossen, für eine Weile nach St. Paul zurückzugehen«, verkündete er unvermittelt.

»Ich habe gedacht, du willst in London bleiben?« Unerklärlicherweise war sie enttäuscht.

»Es gibt da einige Dinge zu klären. Es hat keinen Sinn, vor ihnen davonzulaufen – sie holen dich ja doch ein«, erklärte er schwerfällig.

Wie immer darauf vorbereitet aufzubrausen, sah sie ihm ins Gesicht, ob er sich über sie lustig machte, aber nein, er schien vollauf mit seinen eigenen Gedanken beschäftigt.

»Und ob«, stimmte sie aus vollem Herzen zu.

Das Taxi fuhr die Auffahrt zur M4 hinauf.

»Bleibst du lange in Dublin?« fragte er zurückhaltend.

»Nur ein paar Tage. Dann muß ich westwärts. Es gibt da jemanden, mit dem ich reden muß. Eine Woche wahrscheinlich oder zwei.«

»Und dann?«

»Dann verkaufe ich das Haus dort. Und sehe mich nach einer Wohnung um. Kläre einige Dinge. Mein Leben.« Sie grinste.

»Getroffen«, murmelte er und nahm ihre Hand. Sie versanken in Schweigen, und dann, als das Taxi in den Tunnel unter der Startbahn fuhr, beugte Murray sich zu ihr und küßte sie auf die Wange.

»Wiedersehen, Grace. Ich fahre mit dem Taxi zurück.« Er drückte ihr einen Umschlag in die Hand. »Schreib mir.«

Als das Taxi anhielt, umarmte Murray sie flüchtig und nahm dann ihr Gesicht zwischen beide Hände.

»Ich melde mich bei dir, Grace. Vergiß nicht, was Bogart gesagt hat.« Er pfiff und sein Gesicht verzog sich zu dem vertrauten schiefen Grinsen. Sie küßte ihn leicht auf den Mund. Als das Taxi anfuhr, brüllte er aus dem Fenster:

»Max hat mich gebeten, dir zu sagen, daß ein Job auf dich wartet, wann immer dir der Sinn nach einer Veränderung steht.« Er winkte. Seine letzten Worte hatte sie kaum verstanden.

»Die Unterbringung versteht sich einschließlich...« Er formte die Hände zu einem Trichter.

»Einschließlich?« rief sie.

»Einschließlich meiner Person.« Er warf ihr einen Handkuß zu und verschwand außer Sichtweite.

»Zieh Leine«, murmelte sie, drehte sich um und ging in das Flughafengebäude.

Es war, als würde sie aus Raum und Zeit heraustreten. Als erstrecke sich hinter dem Eingang eine ungeheure Leere wie ein langer Schlauch und schlürfe Persönlichkeit, Fühlen und Wollen auf. Kaum hatten die Leute die Schwelle überschritten, nahmen sie alle den gleichen ausdruckslosen Blick der Resignation an. Gelähmt davon, hier hineingezogen zu werden, trieben sie ziellos umher, als hätten sie weder Vergangenheit noch Zukunft. Zumindest hatte sie selber dieses Gefühl, wenn Gefühl nicht schon ein zu starkes Wort dafür war.

Der Flug hatte Verspätung. Das Mädchen am Eincheckschalter winkte bei der Frage, wie lange es dauern würde, überlegen ab, lächelte dann charmant und meinte, in der Abflughalle wäre es wohl ein wenig ruhiger. So ließ sich Grace, bewaffnet mit einem großen Glas frisch gepreßten Orangensafts, in dem Strom mittreiben, der sich zum Flugsteig vorwärts schob.

Die Tatsache, daß sie zu einer Reise aufbrach, vor der sie monatelang so hartnäckig zurückgeschreckt war, versetzte sie nicht in Panik, wie es zu einem früheren Zeitpunkt wohl der Fall gewesen wäre. Der Priester stellte nicht mehr diese Bedrohung dar. Ihr war noch nicht ganz klar, wie und warum er eine so große Rolle in ihrer Geschichte spielte. Aber die ihm unterstellte Böswilligkeit hatte sich allmählich als Wahnvorstellung und Alptraum entpuppt, an deren Stelle etwas getreten war, das sich der Wahrheit annäherte. Ihre Furcht war zu einem großen Teil Angst vor dem Unbekannten, dem nur Eingebildeten gewesen. Ein aus Halbwahrheiten und Erlogenem gewobener, verworrener Kokon hatte nahezu jedes natürliche Empfinden in ihr erstickt.

Das Wort Kokon hatte Reggie in der Nacht, als er sie verlassen hatte, ins Spiel gebracht. Damals hatte sie es jedoch im Sinne eines Selbstschutzes verstanden, und möglicherweise hatte er es auch so gemeint. Zumindest in der Hinsicht hatte sie ihn eines Besseren belehren können. Bei jenem Mittagessen in Bath hatte er erklärt, sie hätte sich verändert. Und mit nicht geringer Genugtuung hatte sie festgestellt, er empfand jetzt fast so etwas wie Angst vor ihr.

Wäre sie in dem verdammten Restaurant nicht am Fenster gesessen, hätte sie auch Deirdre nicht bemerkt, die sich an ihn klammerte, als er auf sie zutrottete. Und dann hätte sie vielleicht an ihrem Entschluß festgehalten und wäre in ihrer passiven Rolle verharrt wie eh und je. Aber so war ihm kaum die Zeit geblieben, sich beifällig über ihre ausgefallene Wahl eines Mersault zu äußern, als sie auch schon zum Angriff übergegangen war und ihren angestauten Zorn über die grausame Art und Weise seines Verschwindens über ihn ausgegossen hatte, bis er schließlich den Kopf in seinen Händen begraben hatte.

»Herrgott noch mal, Grace, du weißt, wir hatten das Konto überzogen. Es war die Schuld dieser blödsinnigen Bank, nicht meine«, hatte er sie zu beschwichtigen versucht.

»Du hattest ihnen, verdammt noch mal, entsprechende Anweisungen gegeben.«

»Nein«, hatte er gebrüllt. »Das habe ich, verdammt noch mal, nicht. Dieser bescheuerte Schalterbeamte hat mich völlig mißverstanden. Und daß die Post gestreikt hat, habe ich nicht mitgekriegt.«

»Wo bist du denn gewesen? Auf dem Mars? Obwohl, wenn ich mir's recht überlege – antworte lieber nicht auf diese Frage.« Ihre Augen hatten sich verengt. »Fünf Wochen fast. Die Rechnungen sind reingeflattert wie Konfetti, und ich hatte keine Möglichkeit, mich mit dir in Verbindung zu setzen. Der Geldautomat hat meine Karte geschluckt. Das hast du absichtlich gemacht, Reggie.«

»Ehrlich, Grace, hast du das wirklich geglaubt?« Ganz verletzter Stolz. Sie hatte nur verächtlich geschnaubt.

»Ich habe auf meine Abfindung gewartet. Dann hätte ich schon alles geregelt.«

»Irgendwann mal. Keine Sorge. Ab jetzt nehme ich meine Angelegenheiten selbst in die Hand.«

»Wie denn?«

Sie hatte seine Frage ignoriert, an ihrem Wein genippt und ihn über das Glas hinweg gemustert.

»Wie ich gesehen habe, ist Deirdre wieder schwanger«, hatte sie dann honigsüß bemerkt. »Oder hat sie nur zugenommen?«

»Herrgott, Grace, hast du noch mehr solche Geschütze in deinem Arsenal?«

»O ja, etliche. Jamie hat nach dir gefragt ... Daddy«, hatte sie liebenswürdig erklärt und ihn in sich zusammensinken sehen wie einen Luftballon, aus dem die Luft entweicht.

»Du hast es gewußt?«

»Nein. Dazu bin ich zu blöde. Erst vor kurzem ist es mir gedämmert. Mistkerl«, hatte sie gezischt.

»Du hattest was mit George«, hatte er zu kontern versucht. Sie war nahe daran gewesen, dies mit lautstarker Entrüstung abzustreiten, hatte dann aber beschlossen, seine Pseudorechtfertigung weder zu bestätigen noch zu leugnen. Sollte er sich doch weiter den Kopf darüber zerbrechen.

»George«, hatte sie ausdruckslos erklärt, »George spielt gewöhnlich im anderen Team. Wie du sehr wohl weißt.«

»Ekelhaft.«

»Das sagst ausgerechnet du! Du sitzt hier und gibst zu, daß du seit Jahren Dee Pepperstock vögelst. Seit Jahren! Das ist ungeheuerlich. Und dann erwartest du, daß ich mich gegen deine vagen Verdächtigungen verteidige? Wie konntest du nur? Verfluchter Scheißkerl! Ich habe dir vertraut. Die Frau von nebenan, verdammt noch mal! Du kotzt mich an.«

Dem Kellner, der vor Neugierde Stielaugen bekommen hatte, waren weitere Beschimpfungen vorenthalten geblieben. Nach einer Weile, in der beide verdrossen schwiegen, hatten sie es geschafft, miteinander zu reden.

Mit einer Dringlichkeit, die sie beinahe von der Zuneigung, die er noch für sie empfand, mehr jedoch von seiner verzweifelten Sehnsucht nach seinem Kind überzeugte, hatte er den langen Weg geschildert, den er seit vorigem Januar hinter sich gebracht hatte. Als aus dem ständig kränkelnden Baby plötzlich das stämmige Kerlchen Jamie geworden war, hatte er es nicht mehr übersehen können: Der Junge war sein Kind. Leider hatte das auch Dees Mann Jason bemerkt.

An dieser Stelle hatte Reggie offensichtlich fest mit einer erneuten Flut von Beschimpfungen gerechnet. Sie hatte sich jedoch zurückgehalten. Trotz ihrer Wut war ihr klar, gerade er würde, besser als jeder andere, verstehen, wie sehr es sie schmerzte, daß sie ihm und sich das, wonach sie beide sich so sehr gesehnt hatten, nicht hatte schenken können. Einen unbeherrschten Augenblick lang war sie nahe daran gewesen, laut zu schreien: Teil ihn mit mir! Statt dessen hatte sie die Hand ausgestreckt, seine umklammert und sich ihre Enttäuschung von der Seele geweint.

Verstohlen hatte sie ihn angeblickt, als sie sich die Tränen aus den Augen gewischt hatte, und sich unvermittelt gefragt, ob er schon immer so unbedeutend gewirkt hatte. Gutaussehend, unterhaltsam, amüsant, das ja, aber seine Kraft war nur eine Illusion gewesen. Lange Zeit hatten sie sich an ihre Scheinehe geklammert. Zu lange.

»Ich werde ausziehen«, hatte sie schließlich erklärt. »Du kannst das Haus haben – ich halte es dort nicht mehr aus. Ich fahre für eine Weile weg und sag dir dann Bescheid, wo du meine Sachen hinschicken kannst. Ich will nicht mit dir streiten, Reggie.«

»Wie willst du zurechtkommen?« Seine Besorgtheit hatte aufrichtig geklungen.

»Und du?«

»Ich habe eine Stelle in Aussicht. Jason ist in die Staaten.«

»Dann kriegst du ja gleich eine ganze Familie frei Haus geliefert«, hatte sie boshaft bemerkt. Sein Grinsen war eine Mischung aus Befürchtungen und Vorfreude gewesen. Sie hatte mit ihrem Glas gespielt und ein wenig Wein verschüttet. Er hatte ihn mit der Serviette aufgetupft und verschlagen gemeint:

»Wie ich höre, hast du einen neuen Partner.«

Sie hatte das Gesicht verzogen. »Weder für die Arbeit noch für das Vergnügen«, hatte sie zwischen zusammengekniffenen Lippen hervorgepreßt. »Das würde dir so passen, hm? Du kannst deiner miesen Freundin erzählen, daß sie das falsch verstanden hat.«

»Wir sollten lieber die finanziellen Dinge klären«, hatte er mit bewundernswerter Beiläufigkeit abgelenkt.

»Ich brauche dein Geld nicht«, hatte sie linkisch erklärt. »Du solltest es lieber zusammenhalten, bei all den Verpflichtungen, die jetzt auf dich zukommen.«

»Sei nicht albern. Mit den paar Pennies, die du verdienst, kommst du nie durch. Mit den Büchern kannst du dir auf keinen Fall deinen Lebensunterhalt verdienen.«

»Du wärst überrascht, was man alles kann, wenn man will. Ich schaffe das schon«, hatte sie überheblich getönt.

»Aha! Du hast also einen anderen. Diesen Amerikaner?« hatte er gekontert.

»Du bist ein mieser Kerl«, hatte sie wütend geschnaubt und dann tief durchgeatmet. »Das habe ich dir doch gesagt: Ich habe, verdammt noch mal, keinen Freund, weder einen amerikanischen noch sonst einen. Ich komme schon zurecht, das ist alles.«

»Du bist hart geworden, Grace.« Fast niedergeschmettert hatte er geklungen, als überstiege es sein Vorstellungsvermögen, daß sie ohne ihn oder sonst einen starken Mann existieren könnte. Als brächte alles, was sie sagte, die Grundlagen ihrer gemeinsamen Phantasiewelt ins Wanken. Und das hatte ihm gar nicht gefallen.

»Ja«, hatte sie erklärt. »Ich habe im letzten halben Jahr eine Menge gelernt. Über mich selber.«

Plötzlich hatte sie ihre Widerborstigkeit bedauert und ihm erklärt, warum sie sein Geld nicht brauchte. Kurz hatte sie geschildert, was sie von dem Wiederauftauchen und dem endgültigen Ableben ihrer Schwester und von dem dramatischen Ende Bids wußte. Und daß die Ängste, die einen solchen Keil in ihre Ehe getrieben hatten, nicht ganz von der Art gewesen waren, wie sie geglaubt hatte.

Reggie hatte sein Glas abgestellt und war sich mit der Hand über die Augen gefahren.

»Ich schätze«, hatte er, etwas versöhnlicher, erklärt, »das solltest du mir näher erklären, Schatz.«

Ein Weilchen hatte sie geschwiegen und ihre Gedanken gesammelt, während der Kellner das nur zur Hälfte verzehrte Essen abgeräumt und Kaffee serviert hatte. Nervös hatte sie mit der Milch herumgespielt, sich dagegen entschieden, ein paar Körnchen braunen Zuckers in ihren Kaffee gestreut und bedächtig die dampfende Flüssigkeit umgerührt. Während dieser ganzen Zeit hatte Reggie, der ihre Verzögerungstaktik kannte, sie beobachtet, ohne auch nur mit der Wimper zu zucken. Eindeutig hatte er sich darauf gefaßt gemacht, etwas äußerst Unangenehmes zu vernehmen. Sie hatte das Tischtuch angestarrt.

»Du hättest mich nicht heiraten sollen. Ich war einfach nicht für die Ehe oder irgendeine andere feste Beziehung geeignet.« Ihre Stimme war kaum zu hören gewesen. »Ich habe mich selber zur Heldin unserer Geschichte gemacht. Dir die Schuld daran zugeschoben, daß du fremdgegangen bist. Aber jetzt weiß ich, du hattest keine Chance. Es war eine Scheinwelt, in der wir gelebt haben. Mit dem Ballast, den ich mit mir rumgeschleppt habe, hatten wir einfach keine Chance.«

Sie hatte geseufzt und für ein paar Augenblicke ganz still dagesessen, hatte an ihm vorbeigestarrt, ohne ihn wahrzunehmen. Ihre flackernden Augen waren in die Vergangenheit gerichtet gewesen.

»Lange Zeit habe ich das Ganze einfach vergessen. Es verdrängt. Ich habe meine Schwester für tot gehalten, und da auch meine Eltern gestorben waren, gab es nichts mehr, das mich an die Vergangenheit erinnert hätte. Plötzlich haben die Alpträume aufgehört. In jenen ersten Jahren, als wir das Kinderkriegen hinausschoben, habe ich nie über meine Kindheit nachgedacht. Wir waren glücklich. Ich habe mich sicher gefühlt. Aber sobald wir beschlossen hatten, eine Familie zu gründen, war das Grauen wieder da. Erinnerst du dich? Du hast damals die Stelle bei Partridges bekommen, und wir sind nach Ealing gezogen, und alles hat sich prächtig angelassen. Aber sobald ich angefangen habe, das Kinderzimmer herzurichten, hat der Alptraum wieder angefangen.

Wie ein grobkörniger alter Film, ganz verschwommen, der sich in meinem Kopf immer und immer wieder abgespult hat. Leute, die um mich herumschlichen, wildes Geschrei, und dann hat diese fürchterliche Angst mich überfallen. Zuerst waren es nur die Alpträume, aber dann ist es immer öfter passiert, wenn wir uns geliebt haben. Ich hatte Angst davor, dir das zu erzählen. Immer wieder habe ich versucht, es aus meinem Kopf zu verbannen, es aber nicht geschafft.

Manchmal hat irgend etwas klick gemacht, und dann habe ich mich an ein weiteres winziges Detail erinnert. Allerdings schien das die Sache nur noch schlimmer zu machen, denn über das, woran ich mich nicht erinnern konnte, habe ich ständig nachgegrübelt.« Grace hatte sich auf die Lippen gebissen und ihren Mann angesehen.

»Hat dein Vater dich mißbraucht? Dich vergewaltigt? Weißt du das?« hatte Reggie sie, wie so oft im Lauf der Jahre, leise gefragt. Als sie geantwortet hatte, war ihre Stimme matt und ausdruckslos gewesen.

»Ich bin mir immer noch nicht sicher. Ich hoffe nicht. Ich bin mir nicht sicher. Ich weiß, in jener Nacht waren andere Leute in dem Zimmer: meine Schwester und ein Mann, den ich nicht einordnen kann, meine Großmutter. Irgendwie ist Gewalt ins Spiel gekommen. Eine Schlägerei? Es ist ganz nahe da, am Rand meiner Erinnerung, aber, o mein Gott! Ich komme einfach nicht dahinter. Irgend etwas Schreckliches ist geschehen, und alles hängt mit ihr zusammen, mit meiner Schwester. Irgendwie ist sie schuld an dem Ganzen. Das spüre ich ganz stark. Und das will ich herausfinden. Ich werde es herausfinden«, hatte sie heftig aufgeschrien und war zusammengebrochen. »Es tut mir so leid, Reggie.«

»Da gibt es nichts, was dir leid tun müßte«, hatte er zwischen zusammengepreßten Lippen hervorgestoßen. »Du warst, verdammt noch mal, das Opfer. Wir beide. Arme Grace, was für eine verdammte Verschwendung.« Ungläubig hatte er den Kopf geschüttelt und ihre Hand genommen. »Man hätte dir helfen müssen. Wir hätten es schaffen können. Ich hätte darauf bestehen sollen.«

»Ich habe dir nicht die Möglichkeit dazu gegeben, das sehe ich jetzt ein. Ich war so sehr damit beschäftigt, mich normal zu verhalten, daß keiner von uns beiden bemerkt hat, wie sehr ich aus den Fugen war. Ich hätte eine Glocke um den Hals tragen sollen oder so was.«

Mit ernster Miene hatte sie sich zu ihm gebeugt. »Weißt du, wovor ich Angst hatte? Daß meine Schwester gesehen hat, wie mein Vater mich mißbraucht hat, und daß er sie umgebracht hat. Das war mein geheimer Alptraum. Das hat mir all die Jahre hindurch so schreckliche Angst gemacht. Immer wieder habe ich es verdrängt, aber irgendwo in meinem Hinterkopf war es da. Aber was ich weder erklären noch verstehen konnte, war, daß ich die ganze Zeit auf sie wütend war, nicht auf ihn. Das hat einfach keinen Sinn ergeben.

Aber mein Instinkt hat nicht getrogen, denn es hat sich herausgestellt, sie war gar nicht tot. Was auch immer passiert ist, sie hat darüber Bescheid gewußt. Er hat sie nicht ermordet, und mittlerweile bin ich mir ziemlich sicher, daß er mich auch nicht mißbraucht hat. Aber was hat sie dazu gebracht, einfach so zu verschwinden? Etwas noch Schlimmeres? Herrgott noch mal, ich weiß es einfach nicht. Auf jeden Fall, sie hat mein Leben zerstört. Unser Leben«, schloß sie matt. Sie konnte nicht mehr.

»Meines auch«, hatte er leidenschaftlich hinzugefügt. »Bist du denn nicht wütend auf sie?«

»Auf Eileen? Und ob. Mehr als wütend. Ich könnte sie umbringen. Glaub mir, wenn sie nicht tot wäre, ich würde sie mit bloßen Händen erdrosseln.«

Reggie hatte zur Seite geblickt, versucht, den Kellner auf sie aufmerksam zu machen, und sorgsam jede weitere Diskussion vermieden. Schweigend hatte er die Rechnung beglichen und war zur Toilette geschlurft. Als er zurückgekommen war, hatte er zwei Gläser Kognak mitgebracht. Er hatte sich über den Tisch gebeugt und ihre Hände in seine genommen.

»Wir beide haben echt Mist gebaut«, hatte er kurz und bündig erklärt. »Wir hätten es schaffen können, nicht wahr, wenn all das nicht gewesen wäre?« Er war ihren Blicken ausgewichen. »Ich habe dich immer geliebt, mein Schatz, ich liebe dich immer noch.« Sie war zusammengezuckt, aber er hatte weitergesprochen, als hätte er ihr Zurückschrecken nicht bemerkt. »Wir könnten es immer noch schaffen, wenn da nicht...«

»Wenn da nicht Jamie wäre. Und das Baby«, hatte sie den Satz für ihn zu Ende geführt. »Oder bist du dir wegen des Babys nicht sicher?«

»Natürlich«, hatte er energisch protestiert, dann aber wieder klein beigegeben. »Nein, nicht ganz. Aber Jason ist weg. Hör zu, Grace. Deirdre und ich hatten ein kurzes Verhältnis miteinander, das ist alles. Sie ist schwanger geworden. So was passiert.«

»Zweimal?« hatte Grace scharf erwidert. »Zweimal! Und Jamie ist jetzt drei. Es muß also praktisch an dem Tag angefangen haben, als die Pepperstocks eingezogen sind.« Sie hatte ihn prüfend angesehen.

»Falls du das nicht mehr weißt, wir hatten damals seit Monaten nicht mehr miteinander geschlafen«, hatte er aufgetrumpft.

»O doch. Nachdem...« Sie hatte sich mit der Hand auf den Mund geschlagen. »Du willst, du willst doch damit nicht etwa sagen, daß Dee unserem Liebesleben auf die Sprünge geholfen hat? Großer Gott!«

»Na ja, in gewisser Weise schon«, hatte er angesetzt.

Mit zitternden Knien war Grace aufgestanden.

»Ich gehe«, hatte sie gezischt. »Du hast mich lange genug gedemütigt.«

Wütend und mit hochrotem Gesicht war sie aus dem Restaurant gestürzt. Er hatte ein paar Geldscheine auf den Tisch geworfen und war ihr nachgelaufen. Schließlich hatte er sie eingeholt. Sie stand vor der Jakobsleiter der Abteikirche, Tränen rannen ihr übers Gesicht. Er hatte ihren Arm genommen. Stundenlang waren sie durch die Stadt gegangen und hatten sich soweit beruhigt, um die Einzelheiten der Auflösung ihrer Ehe zu besprechen. Sie hatten versucht, sich voneinander zu lösen und den Schmerz der Trennung nicht überhandnehmen zu lassen.

Beim Abschied hatten sie, wie dies so üblich war, ihre Hoffnung zum Ausdruck gebracht, auch in Zukunft befreundet zu bleiben. Obwohl beide ganz genau wußten, dies wäre ein kleines Wunder – oder vielleicht weil ihre Kinderlosigkeit sie schon daran gewöhnt hatte. Aber tief in ihrem Inneren hatte sie gewußt, er mußte nun Rollen übernehmen, die ihr unbekannt waren: Vater und Ratgeber sein, gebunden sein. Er würde nicht mehr die Freiheit haben, zu kommen und zu gehen, wie es ihm paßte.

Und ihr war klar gewesen, was auch immer ihnen gemeinsam war – durch Erfahrungen, die sie nicht mit ihm teilen konnte, würde all das bald ausgelöscht sein. Im Lauf der Zeit würde es so werden, als hätte es sie in seinem Leben nie gegeben. Sie würde sich ihre Wirklichkeit anderswo suchen müssen. Die Wirklichkeit ihrer Ehe hatte darin bestanden, fast die ganze Zeit einander zu stützen, jeder von der irrigen Annahme ausgehend, der andere sei der Stärkere.

In einer anderen Umgebung hatte sie ihn mit neuen Augen gesehen. Ja, sie liebte ihn noch immer. Und, ja, er konnte ihr immer noch weh tun. Er war charmant und auf unnachahmliche

Weise anziehend. Aber er war schwach und war das immer gewesen, gestand sie sich selber unnachsichtig ein. Zumindest in der Hinsicht hatten sie zusammengepaßt. Keiner von ihnen brachte es fertig, sich Problemen wirklich zu stellen. Beider Haupteigenschaft war, wenn möglich immer den Weg des geringsten Widerstands einzuschlagen. Letztlich hatten sie sich, wann immer Probleme auftauchten, einfach abgewandt.

Der Aufruf zum Flug unterbrach sie in ihrem Sinnieren. Als sie langsam durch den Tunnel zwischen dem Terminal und dem Flugzeug schlenderte, überkam sie für einen kurzen Augenblick die Befürchtung, ob dieses an Besessenheit grenzende Wühlen in der Vergangenheit nicht auch ein Zeichen für Verrücktheit war?

Eher für Heidenangst, dachte sie. Aber jetzt war es zu spät...

Eileen

4. April 1990

20. März 1990
Sehr geehrte Mrs. Lacey,
der Artikel, nach dem Sie sich erkundigt haben, erschien am 15. 10. 1988. Es handelte sich um einen Nachdruck aus The Telegraph *vom 24. 3. 1985. Wir hoffen, diese Information hilft Ihnen weiter.*

27 Ein uraltes Taxi beschrieb gekonnt einen Schwenk und blieb ein paar Schritte vor dem Haupteingang zur Klinik stehen. Direkt gegenüber saß Giacomo Scanlan, der Pförtner des B-Trakts, behaglich in seiner vor Wind und Wetter geschützten kleinen Portiersloge. Er sah vom Sportteil der Zeitung auf, offenbar höchst zufrieden, als sich, wie auf ein Stichwort hin, die Schleusen des Himmels öffneten und der vierte Regenschauer an diesem Vormittag herunterprasselte. Quietschend öffnete sich die Taxitür und wurde hastig wieder zugezogen: Der Fahrer und sein Passagier lehnten sich zurück und warteten, daß es zu gießen aufhörte.

Kaum hatte der Regen ein wenig nachgelassen, stieg der Taxifahrer aus und rannte zu dem Gebäude gegenüber, über dessen Tür *Aufnahme* stand. Ein, zwei Augenblicke später tauchte er, zusammen mit dem Hauptpförtner, wieder auf, der mit einer weitausholenden Geste auf Trakt B deutete. Jetzt kletterte auch der Fahrgast aus dem Wagen, und alle drei standen noch eine Weile da, bis das Fahrgeld bezahlt war. Das Trinkgeld mußte fürstlich ausgefallen sein, denn das Verhalten des Taxifahrers veränderte sich schlagartig, und er trug, wie Giacomo angewidert bemerkte, den Fahrgast praktisch zum Eingang, so unterwürfig war er plötzlich.

Mit einem kurzen, nicht gerade druckreifen Kommentar zur Macht des Geldes bewunderte er die Geschicklichkeit, mit der der Fahrgast sich vom Fahrer losmachte. Leichtes Wildlederjackett, beige enge Hose und über dem Arm einen Burberry. Er roch förmlich nach Geld. War höchstwahrscheinlich im Wettgeschäft. Aber keiner von denen, die für ihren täglichen Einsatz ein paar jämmerliche Schillinge zusammenkratzen. Eher der Typ, der bei den Stallungen herumstolziert, mit einem Fernrohr und einem Bündel Wettscheine in der Hand und einem Jaguar auf dem Parkplatz.

Giacomo richtete sich zu seiner vollen Größe von einsfünfundfünfzig auf und bereitete sich darauf vor, seine Autorität zur Geltung zu bringen, sobald die automatische Glastür sich öffnete, um den Besucher einzulassen.

»Yeah?« sagte er herausfordernd. »Besuchszeiten wie angeschlagen. Sie müssen wohl ein andermal wiederkommen. Die Ärzte machen gerade Visite.«

Der Mann sah ihn unverwandt an. Er war großgewachsen und hatte sich gut gehalten, sah allerdings aus, als hätte er eine anstrengende Nacht hinter sich. Seine Augen waren blutunterlaufen. Giacomo vertiefte sich wieder in die Lektüre seiner Zeitung.

»Station St. Lukas«, erklärte der Mann ungeduldig. »Welches Stockwerk?«

Als der Pförtner das hörte, blickte er zerknirscht auf. »Ach so, 'tschuldigung, Sir, dann is' das was andres. Dritter Stock. Wenden Sie sich an die Stationsschwester. Wie war doch Ihr Name? Wissen Sie die Zimmernummer?« Er beugte sich aus dem Glaskabuff, aber der Mann ging an ihm vorbei, als sei er hier zu Hause. Giacomo zuckte die Schultern und wandte sich wieder dem Sportteil zu.

Nur wenige Besucher waren zu sehen. Die Belegschaft ging geruhsam ihrer Arbeit nach. Niemand hielt den Mann an, um zu fragen, wo er hinwolle, oder schenkte ihm auch nur Beachtung. Nachdem er auf Zehenspitzen am Zimmer der Stationsschwester vorbeigeschlichen war, richtete er sich auf, rückte seine Krawatte zurecht und strich die Haare zurück. Wenn er letzte Nacht nur ein wenig geschlafen hätte! Wie betäubt vor Müdigkeit schritt er durch den stillen Korridor.

Auf die Zimmer eins bis vier folgten zwei nebeneinanderliegende Türen mit der diskreten Aufschrift Damen und Herren. Nach kurzem Zögern schlüpfte er durch die zweite Tür, zog einen Umschlag aus der Tasche und überprüfte auf dem Zettel die Zimmernummer, die er suchte. Die Nachricht war kurz und bündig.

Es gibt da etwas Wichtiges zu bereden. In den nächsten drei Wochen bin ich brieflich unter obiger Adresse zu erreichen.

Darunter war *Zimmer* 7 gekritzelt.

Der Brief war vom 22. März datiert, aber der Poststreik hatte die Zustellung um nahezu zwei Wochen verzögert. Gerissen, wie sie war, hatte sie ihm ihre Wohnanschrift nicht mitgeteilt und ihm auch keinerlei Hinweis darauf gegeben, wo er sie nach der angegebenen Zeit finden könnte. Unter Wahrung ihrer Anonymität hatte sie ihm den Fehdehandschuh hingeworfen, ohne Rücksicht darauf, ob ihm das zeitlich paßte. Ironisch lächelte er. Das war so unwichtig wie sonstwas. Für ihn. Ihre pathetisch verschwörerische Nachricht hatte mit einem Schlag das Problem gelöst, das seine eigenen halbherzigen Bemühungen und die erfolglose Suche eines Privatdetektivs nicht hatten klären können. Er stopfte den Brief wieder in die Tasche, spritzte sich kaltes Wasser ins Gesicht und fuhr sich mit dem Kamm durch die Haare. Nachdem er sich vergewissert hatte, daß der Gang leer war, machte er sich wieder auf die Suche.

Nummer fünf: Thomas Q. Mulvey. Q? Quintin? Quasimodo? Zehn Schritte weiter Nummer sechs. A. P. Purcell. Der Name sagte nichts über das Geschlecht aus. Noch ein, zwei, fünf Schritte, dann holte er tief Atem und sammelte sich. In dem Augenblick schwang die Tür zum nächsten Zimmer auf und eine große, schlanke junge Ärztin kam heraus. Sie musterte ihn anerkennend.

»Nummer sieben?« fragte er höflich.

»Ganz recht.« Sie lächelte, lehnte sich mit dem Rücken an die Tür, so daß er das Namensschild nicht sehen konnte, und hielt sie ihm auf. Als er in das Zimmer trat, trippelte die junge Frau weiter. Auf dem gewachsten Fußboden klapperten ihre Absätze leise.

An der Tür blieb er stehen und starrte auf das Bett.

Er hätte die Frau, deren Kopf auf dem weißen Kissen ruhte, sofort wiedererkannt, obwohl ihre Haare fast ergraut waren. Entsetzlich mager war sie, und die Haut spannte sich über den zarten Knochen. Sie sagte nichts, folgte nur mit den Augen seinen Bewegungen, als er sich zögernd dem Bett näherte. Ihr Gesicht blieb völlig ausdruckslos, aber die pochende Ader an ihrer Schläfe verriet sie: Sie war genauso nervös wie er.

»Wie hast du mich aufgespürt?«

»Ach so. Eine Zeitung. Ein Foto.« Ihre Stimme war leise und erschöpft. »Also hatte ich doch recht. Ich habe dich sofort erkannt. Du hast dich nicht sehr verändert.«

»Du hast mich auf eigene Faust gefunden? Es hat dich also niemand auf mich angesetzt?«

»Wer könnte denn etwas über uns wissen?«

In ihrer Stimme schwang ein triumphierender Unterton mit. Sie durchwühlte die Schublade des Nachttischchens und hielt ihm ein zerknittertes Stück Zeitungspapier hin.

Er räusperte sich. »Tut mir leid, daß es dir so schlechtgeht.«

Sie bemerkte, daß er keinen Akzent mehr hatte. Seine Sprechweise war neutral und schwer einzuordnen, klang aber gebildet. Verdrießlich fragte sie sich, wo er wohl eine Ausbildung bekommen hatte. Er wirkte gutsitutiert. Teure Kleidung. Sehr, sehr attraktiv. Noch immer verfügte er über die Macht, ihre Gefühle in Aufruhr zu bringen. Beschämt versuchte sie, wenn auch vergeblich, diesen erniedrigenden Gedanken beiseite zu schieben.

»Ich bin auf dem Weg der Besserung«, erklärte sie nüchtern. Mühsam richtete sie sich auf und griff mit der einen Hand unter das Kopfkissen. Was auch immer sie suchte, er bekam es nicht zu sehen. Einen schrecklichen Augenblick lang fragte er sich, ob sie eine Pistole hervorziehen würde.

»Da war etwas ... ich dachte, das solltest du wissen ... etwas, das ich dir sagen wollte.« Sie suchte nach den richtigen Worten, aber er unterbrach sie, ehe sie erneut ansetzen konnte:

»Es war ganz gut, daß du dich mit mir in Verbindung gesetzt hast.« So ganz gelang es ihm nicht, dies beiläufig klingen zu lassen. »Schon seit einiger Zeit versuche ich, dich zu finden.« Seine Augen wandten sich von ihrem Gesicht ab, und sie merkte, für ihn war sie nichts weiter als ein Gegenstand – ein Tonklumpen. Er hatte nicht das geringste Interesse an ihr, dieser Mann, der mehr als dreißig Jahre lang ihr Gefühlsleben beherrscht hatte. Sie wartete, und Wut verzerrte ihren Mund zu einem dünnen Strich, als sie ihn beobachtete, wie er im Zimmer auf und ab ging.

»Ich würde gerne wissen, ob du bereit wärst, einige Papiere zu unterzeichnen. Wir sollten uns scheiden lassen. Wird allmählich Zeit, das zu klären.«

»Wir? Uns scheiden lassen?« lachte sie meckernd und bekam einen Hustenanfall. »Bestimmt...« Ihr Atem kam stoßweise. »... bestimmt hast du das schon längst geregelt. Ich habe gedacht, du könntest alles arrangieren.« Als er merkte, wie sie immer feindseliger wurde, fiel er ihr ins Wort.

»Nein, habe ich nicht. Es war nicht nötig. Aber jetzt käme es sehr gelegen«, stellte er gelassen fest.

»Wem? Dir?« fragte sie gedehnt, sarkastisch. »Hast dich abgesichert, stimmt's? Das wundert mich nicht.« Was auch immer sie ihm hatte sagen wollen, in ihrem Bestreben, Punkte zu sammeln, hatte sie es vergessen. »Ist dir ein bißchen spät eingefallen, findest du nicht?«

Hastig trat er an ihr Bett. Da stand er und blickte auf sie herunter, sichtlich bemüht, die Fassung zu bewahren.

»Ja, ich hätte das schon vor Jahren erledigen sollen. Das war töricht von mir«, erklärte er knapp. »Aber wenn du so denkst, kann ich das auch ohne deine Hilfe regeln. Das ist nicht weiter von Belang. Es hätte die Angelegenheit nur beschleunigt, das ist alles«, bluffte er.

»Warum dann die Eile? Ist es dein Alter?«

»So eilig habe ich es nun auch wieder nicht. Ich will heiraten.« Er schwieg, um die Ankündigung wirken zu lassen. »Und zwar diesmal richtig.«

»Geht es denn auch anders?« stichelte sie und schwelgte in diesem kurzen Augenblick von Macht. Sein Blick hielt ihrem stand.

»O ja. Und ich glaube, das weißt du selber. Aber diesmal«, fuhr er fort und registrierte mit leichtem Interesse ihre Reaktion, »diesmal ist es wichtig, daß alles seine Ordnung hat.«

Die beiläufige Grausamkeit versetzte ihr einen Hieb, die Demütigung raubte ihr den Atem. Dann begannen beide gleichzeitig zu sprechen, die gleichen Worte, ohne auf den anderen zu achten:

»Ich will...« Ihre schwache Stimme wurde von seiner übertönt.

»Ich will alles ordnungsgemäß erledigen«, erklärte er. »Für meine Verlobte ist das sehr wichtig. Sie ist katholisch.«

Erneut setzte sie zum Sprechen an, als hätte sie ihn gar nicht gehört.

»Ich muß dir etwas sagen.« Vergeblich versuchte sie, ihn zu unterbrechen. »Hör mir zu, es ist wichtig. Hör mir zu!« Ihre Einwürfe klangen noch dringlicher als vorher, aber diesmal tat er so, als würde er sie nicht hören. Er ging zum Fenster, wandte ihr den Rücken zu und starrte hinaus.

»... wichtig, verstehst du – mein erstes Kind«, fuhr er leise fort, als der Regen erneut gegen die Scheibe zu peitschen begann.

»Nein«, flüsterte sie heiser. »Nein. Nein.«

Er verharrte reglos, stand einfach da und sah auf den geschäftigen Parkplatz hinunter. Dann drehte er sich um und sagte müde:

»Nein? Verstehe. In diesem Fall werde ich die Angelegenheit anders regeln. Guten Tag.« Er ging Richtung Tür.

»Nein. Warte.« Mühsam stützte sie sich mit einem Arm auf. »Bitte«, keuchte sie. »Es ist nicht dein erstes Kind. Das habe ich dir zu sagen versucht. Du hast schon ein Kind. Wir haben zusammen ein Kind.« Erschöpft ließ sie sich zurücksinken. Er starrte sie an. Verachtung und Ungläubigkeit hielten sich die Waage.

»Wir?« Seine Stimme klang schrill vor Wut. Sie verschloß die Augen davor.

»Ja. Eine Tochter. Sechseinhalb Monate nachdem ich dich verlassen hatte, ist sie auf die Welt gekommen.« Sie rechnete mit einem weiteren Wutausbruch, er jedoch bemerkte lediglich mit tödlicher Ruhe:

»Du hast gewußt, daß du schwanger bist, als du mich verlassen hast.«

Ein kurzer, triumphierender Hoffnungsfunke glomm in ihr auf. Sie sah ihm in die Augen.

»Ja«, bekannte sie reumütig.

»Du bist weg, obwohl du das gewußt hast, und hast nie ein Wort darüber verlauten lassen?« Er hatte sich so vollständig unter Kontrolle, daß sie seine Reaktion nicht einschätzen konnte.

»Ich habe dann nie mehr eines bekommen.« Sie lächelte schwach, als rechne sie fest mit seiner Nachsicht.

»Dann wirst du also unterschreiben und mich freigeben«, schloß er sanft.

Es dauerte einen Augenblick, bis diese Bemerkung ihre volle Wirkung tat, und unvermittelt begann sie vor wütender Empörung zu zittern. Dreißig Jahre des Lügens und der Ausflüchte, dreißig Jahre, in denen sie die einzigen beiden Beziehungen, in denen sie hätte glücklich werden können, zerstört hatte, und er stand einfach da! Er drehte sich nicht einmal zu ihr um. Es war ihm egal, es war ihm verdammt egal! Selbstsüchtiger Mistkerl! Egoistischer Dreckskerl, der alles kaputtmachte. Ihr Herz begann schmerzhaft zu pochen, als er sich endlich umwandte und sie neugierig ansah.

»Warum erzählst du mir das alles jetzt? Das geht mich nun wirklich nichts an. Hast du gemeint, ich würde herbeieilen, um mich um dich zu kümmern?«

Er konnte die beschämte Bejahung in ihren Augen lesen und lachte ihr ins Gesicht.

»Was, zum Teufel, könnte ich für dich tun? Oder für ein erwachsenes Kind, von dem ich nie etwas gehört habe? Warum, zum Teufel, sollte ich dir glauben? Was willst du eigentlich? Geld? Bist du darauf aus? Wieviel? Du kannst haben, soviel du willst, aber ich will nichts mehr von dem Kind hören.«

»Und es bedeutet dir auch nichts! Es ist dir egal, stimmt's?« Sie fing an zu weinen.

»Nein. Es bedeutet mir nichts. Warum sollte es auch?«

»Ich habe mein Leben vergeudet, mich selber zugrunde gerichtet, mir Sorgen darüber gemacht. Ich hatte Angst, es ihr zu sagen, Angst, es einem von den beiden zu sagen.« Tränen strömten ihr über die Wangen. Hastig trat er an das Bett. Auf seinem Gesicht spiegelte sich Abscheu vor ihrem Selbstmitleid.

»Das war deine Entscheidung. Werd jetzt ja nicht sentimental, Verehrteste. Was bedeutet mir ein Kind, das ich nicht kenne, das ich nie gesehen habe? Ein Kind, das du mir vorenthalten hast? Wenn es überhaupt meines ist, was ich bezweifle. Lange genug hast du dir Zeit gelassen, um mir das zu sagen, nicht wahr? Warum sollte ich glauben, daß das Kind von mir ist? Was, zum Teufel, könnte ich ihm sagen? Du bist krank. Nicht nur dein Körper, auch dein verdammter Verstand ist aus den Fugen. Du dummes Weibsstück, dir eine derart widerliche Lüge auszudenken, nachdem du dreißig Jahre lang gelogen hast. Von wem auch immer du ein Kind gehabt hast, ich habe nichts damit zu tun. Hast du verstanden?« Sein selbstgerechter Zorn reizte sie nur noch mehr.

»Kein es! Eine Sie! Eine Tochter! Du selbstsüchtiger, abartiger Mistkerl«, fauchte sie. »Du hast nie an jemand anderen einen Gedanken verschwendet außer an dich.«

»Jetzt reicht's«, stieß er zwischen zusammengebissenen Zähnen hervor. »Du scheinst, nur weil es dir so in den Kram paßt, vergessen zu haben, daß du es warst, die mich verlassen hat. Wenn du damals wirklich schwanger warst, warum hast du mir das dann, verdammt noch mal, verschwiegen? Wir hätten uns schon geeinigt. Warum hast du dreißig Jahre lang gewartet? Das ist widerlich. Hast du verstanden? Jetzt ist es zu spät. All die Jahre hast du dein Kind für dich behalten. Also hör mir gut zu, Gnädigste. Dein Kind ist mir egal. Und ich will nichts damit zu tun haben. Ich glaube nicht, daß es von mir ist.« Er betonte jedes einzelne Wort. »Sag mir einfach, worauf willst du hinaus?«

Sie war aschfahl geworden und schwieg, starrte blicklos irgendwo ins Leere. Schließlich flüsterte sie:

»Ich habe ihre Geburtsurkunde. Schau.« Sie zog ihre Hand unter dem Kopfkissen hervor. »Ich habe sie unter deinem Namen gemeldet.«

»Dazu hattest du kein Recht. Nein«, herrschte er sie an. »Tu das weg, ich will es nicht sehen. Es ist zu spät. Tu es weg, habe ich gesagt, ich will nichts davon wissen.«

Erschöpft und geschlagen lehnte sie sich zurück. Sie hätte auf Seamus Crowley hören und die Sache auf sich beruhen lassen sollen.

»Es war falsch von mir, es für mich zu behalten«, flüsterte sie. »Aber ich hatte solche Angst. Ich habe sie beide belogen.«

Er machte sich nicht die Mühe, sie zu fragen, wen sie meinte. Obwohl er erschreckend müde wirkte, hörte er sich ungeduldig an, was sie zu sagen hatte.

»Ich habe ihm nie erzählt, daß du und ich verheiratet waren. Habe einfach so getan, als sei es nicht geschehen. Habe mich selber dazu gezwungen, es zu vergessen. Habe mir verboten, darüber nachzudenken, was ich getan hatte. Er starb in dem Glauben, ich sei seine ihm rechtens angetraute Frau. Erst da habe ich mir plötzlich Sorgen gemacht. Ist das nicht seltsam? All die Jahre, und gerade als mir nichts mehr passieren konnte, hat es angefangen, mich zu quälen.«

Sie fuhr sich mit ihrer hageren Hand über die Augen und plötzlich, ganz unvermittelt verflog sein Zorn. Die Frau bedeutete ihm nichts, sie hatte keine Ähnlichkeit mit dem wunderschönen, lebhaften Mädchen, das er eine Zeitlang so leidenschaftlich geliebt hatte. Die erste von so vielen. Spontan setzte er sich auf die Bettkante und berührte sanft ihren Arm.

»Warum konntest du die Dinge nicht einfach auf sich beruhen lassen?« fragte er leise.

»Er hat sie natürlich adoptiert, zumindest das hatte seine Ordnung ...«, fuhr sie zusammenhangslos fort. »Sie war sein ein und alles. Und sie, aber das ist mir erst klargeworden, als er tot war – wie sehr sie ihn geliebt hat, wie nahe sie einander gestanden sind.« Ihre Stimme brach. »Ich glaube, sie hat ihn lieber gemocht als mich.«

»Warum willst du das zerstören? Du hast das zu lange hinausgeschoben, meinst du nicht?«

»Ich muß nachdenken. Ich bin müde.« Sie schloß einen Augenblick lang die Augen und streckte dann die Hand aus. »Gib mir dieses Dokument. Ich unterschreibe alles, was du willst. Was hat es noch zu bedeuten?«

Er zog die Papiere aus seiner Tasche und beobachtete, wie sie mit zittriger Hand unterschrieb. Unauffällig versuchte er zu lesen, was sie geschrieben hatte. Dazu hätte er das Blatt Papier jedoch umdrehen müssen. Sie faltete es zusammen, und als sie es ihm gab, umklammerte sie seine Hand. Gerade hatte er den

Zettel in seine Tasche gesteckt, als die Tür sich einen Spaltbreit öffnete. Eine Krankenschwester nickte ihnen zu. Sie murmelte eine Entschuldigung und zog sich schnell wieder zurück.

Er wartete, bis sie eingeschlafen war, ehe er seine Hand aus ihrer löste. Erneut prasselte ein Regenschauer an das Fenster. Er stand vom Bett auf, durchquerte das Zimmer und blieb am Fenster stehen, starrte trübsinnig auf den Parkplatz und wartete, daß der Regenschauer aufhörte. Er hätte nicht hierherkommen sollen. Plötzlich nahm seine Anspannung zu. Die Haare in seinem Nacken schienen sich aufzurichten wie bei einem Tier, das Gefahr wittert. Raus hier. Raus hier, dröhnte eine innere Stimme, du hast gekriegt, wofür du hierhergekommen bist.

Immer noch goß es in Strömen. Er wandte sich zu der Frau im Bett um. So kläglich sah sie aus, so erbarmungswürdig. Was auch immer für Hoffnungen sie in ihre düstere Beichte gesetzt hatte, sie hatten sich nicht erfüllt. Trotzdem – wie schwierig war es, sich von ihr abzuwenden. Einst hatte sie ihm so viel bedeutet. Ohne es zu wollen, flüsterte er: »Sieht sie dir ähnlich?«

Ihre Augenlider flatterten. Sie schlug die Augen auf und lächelte schwach.

»Nein.« Sie sprach langsam und schläfrig. »Sie gerät eher dir nach. Er wollte mich dazu überreden, ihr zu sagen, daß sie nicht sein Kind ist, aber ich hatte Angst, sie würde sich auf die Suche nach dir machen, und dann hätten sie beide herausgefunden, daß ich schon einmal verheiratet war. Ich durfte nicht zulassen, daß sie merkten, wie sehr ich sie belogen hatte. Ich hätte sie verloren. Ihn hätte ich bestimmt verloren. Ich wollte nicht, daß sie nach London geht. Jetzt wird sie nie mehr zurückkommen …« Ihre Stimme sank zu einem Flüstern herab. »… hat sie verwöhnt … sie hat ihn lieber gemocht … nie hat sie mich so umarmt wie ihn.« Einen Augenblick lang schien sie einzudämmern. »Jetzt brauche ich es ihr nicht mehr zu sagen, oder?« fragte sie flehentlich.

Er gab keine Antwort. Nach einer Weile schien sie einzuschlafen. Schweiß stand auf ihrer Stirn, er sah, wie er im Schein der Lampe glänzte. Die Zeit stand still. Der Regen ließ nach, hörte dann ganz auf. Plötzlich durchfluteten Sonnenstrahlen das

Zimmer, bildeten eine grell leuchtende Wand aus Licht hinter ihm, als er auf Zehenspitzen zur Tür schlich. Am Fußende ihres Bettes blieb er stehen. Flatternd hoben sich ihre Augenlider. Sie blinzelte, von dem Licht geblendet, und lächelte schläfrig.

»Bridget, bist du doch noch gekommen.«

Wie schmelzendes Eis fiel das Wort in die Stille. Ein heiseres Krächzen drang aus seiner Kehle, als er sich auf sie stürzte und sie wachrüttelte.

»Ihr Name. Wie heißt sie? Zeig mir das Ding da. Um Gottes willen, sag mir ihren Namen!«

»Bridget. Ich habe sie Bridget Kate genannt. Warum willst du das wissen?«

Er wurde blaß. Seine Hände gruben sich in ihre Schultern.

»Und du? Was für einen Namen trägst du jetzt? Antworte mir!« Er schüttelte sie heftig.

»Eileen Lacey. Ich habe Fergus Lacey geheiratet.«

»Bid Lacey.« Wie ein Schluchzen entrang der Name sich seiner Kehle. Sein Gesicht war verzerrt vor Entsetzen, während er sich hin und her wiegte.

»O nein! Nein!« Das heisere Krächzen klang wie ein Todesröcheln. Sein trockenes Schluchzen hallte in dem stillen Raum wider, und wie zum Hohn tauchte die Sonne die gespenstische Szene in grelles Licht. Ihre zitternden Hände umklammerten die seinen und hielten sie fest.

»Con? Du kennst sie?« Ihr Flüstern war kaum hörbar. »Du kennst meine Bridget? Antworte mir, antworte! Woher solltest du sie kennen?«

»Ihr Freund Tom Roberts arbeitet für mich.«

Verwirrt sah sie ihn an und schüttelte den Kopf.

»Ich habe sie bei ihm zu Hause kennengelernt«, erklärte er tonlos.

»Das verstehe ich nicht.«

»Wir haben uns...« Er hielt inne und schloß die Augen. »Ich liebe sie.«

»Nein. Nein. Ihr Verlobter … Sarah hat gesagt … ein Ausländer...« Keuchend stieß sie die Worte hervor. »Ausländer. Die

Blumen. Ein komischer Name … Blumen. Ich verstehe das nicht. Sie hat mich belogen … Bridget«, wimmerte sie heiser. »Du hast … O Gott, nein … Kind … du hast gesagt, du wärst …O …o heilige Muttergottes ...« Sie schlug die Hand auf den Mund. Ihre vor Entsetzen weit aufgerissenen Augen bohrten sich in seine. Er nickte nur, immer wieder, während ihr allmählich die Wahrheit dämmerte. Dann öffnete sich ihr Mund, sie atmete pfeifend ein und schrie unterdrückt auf.

»Dein Kind. Dein Kind«, keuchte sie, die Hand an der Kehle. »Ich habe einen Brief geschrieben … Pater … laß nicht zu, daß sie ihn findet. Versteck ihn vor ihr.«

Er packte sie an den Schultern und schüttelte sie, immer wieder. Sein Gesicht war verzerrt, seine Zähne entblößt.

»Was hast du geschrieben? Wann?«

Sie preßte die Hand auf die Brust, und ihre Blicke trafen sich, voller Verzweiflung, als sie in die Kissen zurücksank.

»O heilige Muttergottes«, fing sie an zu beten. »O süßer Jesus, hilf uns. Der Priester. Heilige Muttergottes, was habe ich getan?« Ein Wimmern erstarb in ihrer Kehle.

»Was für ein Priester? Was für ein Priester?« stieß er zwischen zusammengebissenen Zähnen hervor. »Was für ein Priester? Sag es mir!« Sie hatte jedoch das Bewußtsein verloren. Er schüttelte sie, bis sie nach Atem rang. Speichel rann aus ihrem Mundwinkel.

Cas Van Rijn stand auf und ging langsam aus dem Zimmer. An der Tür blieb er stehen und las den Namen, den er beim Eintreten nicht gesehen hatte. Mit zitternden Fingern zog er seine Umrisse nach. Dann schritt er schweigend durch die Korridore des Krankenhauses wie ein Schlafwandler. In seinen Ohren hallte dröhnend ihr keuchendes Atmen nach.

Bid

4. bis 9. April 1990

28 Blaß und still lag Mrs. Laceys Leichnam auf dem Laken aus grobem Leinen, kaum daß die schmächtige Gestalt einen Abdruck auf dem Bett hinterließ. Man hatte sie in ein am Ende des Ganges verstecktes Kämmerchen gebracht. Die dunkelblauen Rouleaus waren halb heruntergezogen, und außer dem kleinen hölzernen Kruzifix über dem Bett enthielt das Zimmer lediglich einen weißgestrichenen Stuhl, der dicht neben dem Bett stand. Friedlich, heiter fast sah sie aus, so gar nicht wie sie selber, und Bids erste Reaktion war daher – das ist nicht meine Mutter, sie lebt ja nicht.

Die Widersinnigkeit dieses Gedankens wurde ihr nicht bewußt, als sie die leblose Gestalt anstarrte. Zum ersten Mal wurde ihr klar, Eileens hervorstechendstes Wesensmerkmal war ihre nervöse Lebhaftigkeit gewesen, die schnellen, ungeduldigen Bewegungen. Nun sah sie genauso starr aus, wie Bid sich fühlte. Das verschlossene Gesicht verriet nicht, was in ihr vorgegangen war, als sie die Augen für immer geschlossen hatte. Eine wächserne Maske, puppenhaft. Auf sich selber zurückgezogen, unabhängig und unbeugsam bis zum letzten Augenblick.

Als Bid, die bei dem Geruch nach Desinfektionsmitteln leicht würgen mußte, der Krankenschwester in den abgeschiedenen Raum folgte, hätte sie beinahe laut herausgeschrien, es müsse sich um einen Irrtum handeln. Zu ihrer Verwirrung kniete die Schwester jedoch nieder und neigte den Kopf über ihre gefalteten Hände. Bid tat es ihr schweigend nach, allerdings nur aus Anstand, denn beten konnte sie nicht. Die Erschütterung war zu gewaltig, und sie konnte den Tumult der durch ihren Kopf rasenden Gedanken kaum bändigen.

Nachdem die Schwester mit ihren knarzenden Schuhen geräuschvoll aus dem Zimmer getippelt war, saß Bid eine halbe Stunde lang da und versuchte, schweigend das Geständnis abzulegen, das sie so lange hinausgeschoben hatte. Zu lange. So leicht fiel es ihr jetzt, die liebevollen und besänftigenden Worte auszusprechen, die freudige Nachricht mitzuteilen und die Antwort zu erhalten, die sie jetzt selber bestimmte. Es war so einfach. Sie fragte sich, warum sie in den letzten Monaten einander das Leben so schwergemacht hatten.

Ein Leben für einen Tod. Diese Redensart kam ihr in den Sinn, als sie sich bemühte, das hinterhältige Gefühl von Erleichterung zu unterdrücken, weil das vorwurfsvolle Schweigen, das den unvermeidlichen Beschuldigungen ihrer Mutter gefolgt wäre, jetzt ausbliebe. Die Gewichte hatten sich verschoben. Nun stand sie in vorderster Linie. Nicht mehr ganz Kind und noch nicht ganz Mutter, jedoch ohne die quengelnde Stimme im Hintergrund, die ihr Verhalten und ihre Motive in Frage stellte. Dieses Gefühl, eine Last sei von ihr genommen, schlich sich immer wieder ein, selbst wenn sie es entschlossen beiseite schob.

Sie berührte die Hände ihrer Mutter. Nicht kalt waren sie, eher kühl. In Erinnerung an ihren toten Vater hatte Bid Angst vor der wächsernen Berührung gehabt, aber Eileen war ja erst seit wenigen Stunden tot. Die Spuren des Lebens waren noch nicht ganz getilgt. Bid schauderte und hauchte einen leichten Kuß auf die Stirn, dann drehte sie sich um und schlüpfte auf den Korridor hinaus, um in das Zimmer zu gehen, das für sie in den letzten Wochen das ihrer Mutter gewesen war. Der Name stand immer noch an der Tür – ein kleines weißes Etikett, beschriftet von der Hand einer Nonne: Mrs. Eileen Ann Lacey.

Hinter ihr drängte sich eine stämmige Krankenschwester mittleren Alters ins Zimmer.

»Soll ich Ihnen beim Ausräumen des Schränkchens helfen?«

»Welches Schränkchens?« Benommen von Schock und Kummer starrte Bid auf das leere Bett. »Oh, ... verstehe ... das Nachtkästchen. Nein. Behalten Sie die Sachen. Oder werfen Sie sie weg.«

»O nein, ich finde, Sie sollten sie durchsehen«, erklärte die Schwester mit gekünstelter Geduld. »Sie war sehr eigen, was ihre persönliche Habe betraf. Hier ist ihre Handtasche. Schauen Sie, bis zum Rand vollgestopft.«

Bid lächelte matt. »Oh, dieses alte Ding. Die habe ich seit Jahren nicht mehr gesehen. Eine richtige Erwachsenentasche. Als ich noch klein war, habe ich mich danach gesehnt, auch so eine zu haben. Und immer wieder habe ich mich gefragt, was sie wohl da drin verstaut hat.« Sie unterbrach sich unvermittelt. »Tut mir leid, aber ich muß jetzt gehen. Ich kann das wirklich nicht machen, nicht jetzt.« Sie wurde sehr blaß.

»Wenn Sie wollen, helfe ich Ihnen, es dauert nur ein paar Minuten. Wir sind gleich damit fertig. Ich glaube ohnehin, daß der Arzt noch kurz mit Ihnen reden möchte«, ihre Stimme senkte sich theatralisch, »wegen der Obduktion.«

»Obduktion?« Bid starrte sie an und wunderte sich, was diese grausame Frau damit wohl sagen wollte. »Was soll das heißen? Ich weiß nichts von einer Obduktion.« Panik stieg in ihr auf. »Wird das immer gemacht?«

»Da haben wir's. Es tut mir leid. Ich habe gedacht … hören Sie, ich sehe mal nach, ob Dr. O'Neill gerade Zeit hat. Bin gleich wieder da.« Sie hastete hinaus, blieb dann aber in der Tür stehen. »Hätten Sie gerne eine Tasse Tee, meine Liebe?«

Kurz darauf kam sie mit einer Tasse süßen Tees mit Milch zurück. Durstig trank Bid ihn; mit einem Mal fühlte sie sich müde und hungrig.

Alles war so plötzlich gekommen. Noch an diesem Morgen war sie sorglos und glücklich gewesen. Sie war im Begriff zu kündigen, war zu spät zur Arbeit gekommen und zudem fest entschlossen, sich eine ausgedehnte Mittagspause zu gönnen. Der Tag der Hochzeit war festgelegt. Na ja, fast. In seinem Anruf aus Rotterdam vor ein paar Tagen hatte Cas von nichts anderem gesprochen. Er hatte sie gefragt, ob sie gerne in New York leben würde. Er habe bereits einen Plan, das mit der Scheidung sei geregelt, sie könnten also das Datum festsetzen, hatte er versprochen. Den Champagner habe er bereits kalt gestellt.

Und dann war, völlig unerwartet, alles anders gekommen. Sie war gerade am Gehen gewesen, um sich mit ihm zu treffen, als Ingrid ihr nachgelaufen kam.

»Das Krankenhaus hat gerade angerufen. Sie haben gesagt, du sollst sofort kommen, deiner Mutter geht es sehr schlecht.«

»Was?« Bid hatte versucht, ihre Gedanken von Cas zu lösen, während sie und Ingrid ins Gebäude zurückgingen, um am Flughafen anzurufen.

In aller Eile hatte sie in den Mews und dann in seinem Büro angerufen, ihn aber nirgends erreicht. Da sie angenommen hatte, er sei gerade unterwegs, hatte sie beide Telefonnummern notiert und Ingrid gebeten, ihm alles zu erklären. Dann war sie zum Flughafen gefahren.

Um zwanzig nach vier war sie im Krankenhaus angekommen, aber da war es bereits zu spät gewesen. Ihre Mutter war gestorben, noch ehe Bid das Flugzeug bestiegen hatte. Am niederschmetterndsten war, noch am Abend zuvor, als sie ihre Mutter angerufen hatte, war diese ihr ungewöhnlich ruhig, ja sogar entspannt vorgekommen. Die Tatsache, daß es beiden nur am Telefon einigermaßen gelungen war, eine Illusion von Nähe und Vertrautheit aufrechtzuerhalten, hatten sie beide verdrängt. Auf dieser Ebene waren sie ganz gut miteinander ausgekommen, seitdem Eileen im Krankenhaus war. Bid hatte ihrer Mutter schöngetan, und Eileen hatte entsprechend reagiert. Am Abend zuvor hatten sie über eine geplante Erholungskur und dann, wenn auch einigermaßen vage, von ihren Plänen für einen daran anschließenden kurzen Urlaub gesprochen.

Sobald der Arzt es erlaubte, hatte Bid versprochen, würde sie kommen und ihre Mutter für ein paar Wochen in dem Pflegeheim in den Wicklow Mountains unterbringen. Anschließend hatte Bid, und dazu war sie fest entschlossen gewesen, ihre Mutter überreden wollen, zumindest für eine Weile nach London zu kommen.

Die Zeit und ihre Schwangerschaft hatten gedrängt. Das ständige Hin- und Herreisen war immer anstrengender geworden, und die Feststellung, daß sie ihren Zustand in Kürze auch mit den raffiniertesten Kleidern nicht mehr verheimlichen könnte, hatte eine zusätzliche Belastung dargestellt. Hätte Eileen ihre Tochter auch nur einmal genauer angesehen, dann wäre es ihr aufgefallen, aber glücklicherweise war sie ausschließlich mit sich selber beschäftigt gewesen.

Jedesmal wenn sie nach Dublin geflogen war, hatte Bid sich fest vorgenommen, diesmal, und zwar diesmal wirklich, die Karten auf den Tisch zu legen. Aber jedesmal war sie erneut davor zurückgescheut, hin und her gerissen zwischen überschwenglicher Freude und Bedrückung, wie ihre Mutter darauf reagieren würde.

In London, wo sie sich stark und sicher gefühlt hatte, war ihr klar gewesen, wie widersinnig das war. Bestimmt würde ihre Mutter ihren Widerstand aufgeben, wenn sie Cas erst einmal kennengelernt hatte. Cas bezauberte jedermann. Und wenn sie wüßte, daß sie heiraten würden, hätte sie sicher nichts mehr gegen die Beziehung einzuwenden. Vor allem, oh, was für eine wunderschöne Vorstellung, wenn sie sie vor vollendete Tatsachen stellten. Irgendwie, so hatte sie sich selber Mut zugesprochen, würde schon alles ein gutes Ende nehmen.

Nun, ein Ende hatte es genommen, aber zu plötzlich, zu schrecklich, um es zu fassen. Tränen traten ihr in die Augen, als sie sich an die vorangegangenen trostlosen Monate erinnerte. Obwohl sie sich klargemacht hatte, daß es die Schmerzen waren, die Eileen so bösartig machten, hatte sie nicht verständnisvoll genug auf deren, wie sie fand, unvernünftige Einstellung Cas gegenüber reagiert. Wie unfair, unaufrichtig und verlogen sie selber sich verhalten hatte, war ihr anscheinend gar nicht in den Sinn gekommen. Die Anstrengung, die es gekostet hatte, den ganzen Wirrwarr von ihm fernzuhalten, war allmählich unerträglich geworden. Wie oft hatte sie sich danach gesehnt, ihre Wut und ihren Zorn auf ihre Mutter laut herauszuschreien, sich von ihm trösten zu lassen. Sie hatte es jedoch nie gewagt, denn sie wußte, er würde nicht vergeben, was sie selber verzeihen konnte.

Und dann der Krebs. Auch daran hatte sie sich die Schuld gegeben, als sei ihre Widerspenstigkeit der Auslöser dafür gewesen. In letzter Zeit allerdings, als Mutter und Tochter sich gemeinsam mit der Krankheit auseinandergesetzt hatten, war es ihnen glücklicherweise gelungen, eine Art Waffenstillstand zu schließen.

Vielleicht hatte ihre Mutter gehofft, Bid würde jetzt für immer nach Hause zurückkommen und sich um sie kümmern?

Jedenfalls hatte ihr Verhalten sich verändert. Sie war entgegenkommender geworden, hatte andeutungsweise, wenn auch nie direkt, von Bids Leben in London gesprochen. Fast ohne es zu merken, waren sie wieder in ihre altbewährte Taktik verfallen, alles Unangenehme wegzuschieben. Eine Taktik, derer Eileen sich immer mit großem Geschick bedient und die jetzt auch Bid übernommen hatte. Was nicht existierte, damit brauchte man sich auch nicht auseinanderzusetzen. Bids Fehlverhalten wurde mit keinem Wort erwähnt, war als unwichtig für ihr Leben in Irland. London allein war daran schuld, es war nicht der geeignete Ort für eine junge Frau.

Auf diese Weise hatten sie sich darauf konzentriert, daß Mrs. Lacey ihre Krankheit überstand. Oft hatte Bid bei ihren Besuchen das Gefühl gehabt, ihr Privatleben sei völlig irreal, ihr Zusammenleben mit Cas lediglich ein Hirngespinst. Angesichts der Entschlossenheit der Mutter, die Jahre ihrer Tochter in London schlichtweg auszuradieren, war diese Zeit verblaßt. Dies schien der Preis dafür zu sein, daß sie wieder in Gnaden aufgenommen worden war. Auch wenn Bid geseufzt und sich selber für ihre Schwäche und Unentschlossenheit gescholten hatte, sie war nicht in der Lage oder willens gewesen, diese unausgesprochene Übereinkunft zu zerstören. Für den Augenblick hatte es genügt, daß es zu keinem Streit gekommen war. Nicht zum ersten Mal wurde ihr bewußt, die Methode, ihre kleine Familie zusammenzuhalten, bestand immer darin, den Launen ihrer Mutter nachzugeben.

Bid hatte sich also nur noch um Frieden bemüht, anstatt sich auch nur einmal Gedanken darüber zu machen, ob Eileen immer so abweisend auf ihre Freunde reagiert hatte oder ob ihr Vorurteil gegenüber Cas besonders ausgeprägt war. Vor allem hätte sie gut daran getan, sich zu überlegen, wann genau zum ersten Mal von Heirat als dem strittigen Punkt die Rede gewesen war. Nicht Sex – Ehe. Aber irgendwie war dieses Detail in dem allgemeinen Wirrwarr untergegangen.

Zum Teil hatte das Problem darin bestanden, daß Bid den gleichen Widerwillen gegen Cas' ungeklärte Situation empfunden hatte wie ihre Mutter. Scheidung war für sie etwas, mit dem sie nicht zurechtkam. Für Eileen war es etwas Abwegiges, Schmutziges gewesen. Obwohl beide damit keinerlei Erfahrungen hatten, waren Bids Vorstellungen durcheinandergeraten, als sie sich klargemacht hatte, je älter sie wurde, desto größer wurde auch die Wahrscheinlichkeit, daß die Männer, unter denen sie wählen könnte, geschieden waren. Ohne sich bewußt Gedanken darüber zu machen und überwältigt von der leidenschaftlichen Hingabe an ihren Geliebten, hatte sie sich mit der Tatsache abgefunden.

Im Verlauf ihres Streits hatte Eileen jedoch den Widerwillen, den Bid unbewußt verspürte, aber unterdrückte, zum Ausdruck gebracht. Wenn je die Aussicht auf ein klärendes Gespräch bestanden hatte, dann in diesem Augenblick. Sie hatten jedoch die Chance nicht genutzt, und Ängste und Unsicherheit waren erneut unter Gemeinplätzen, Halbwahrheiten und schließlich eisigem Schweigen begraben worden.

Anschließend hatte ihr Verhältnis sich auf eine andere Ebene verlagert. Hatten sie früher Nähe vorgetäuscht, so war ihre Beziehung nun von Pflichtgefühl und gegenseitiger Rücksichtnahme bestimmt, die zwangsläufig an die Stelle einer engeren Bindung trat. Vertraulichkeit war ohnehin nie Eileens Stärke gewesen, zumindest nicht ihrer Tochter gegenüber. Dafür wie auch für die Beweise gegenseitiger Zuneigung war immer ihr Vater zuständig gewesen. Daddys Liebling.

Die Ärztin war großgewachsen, schrecklich mager und hohläugig vor Erschöpfung.

»Miss Lacey? Ich bin Maire O'Neill, Dr. McFaddens Assistentin.« Sie schüttelte Bid die Hand, dann zog sie sich einen Stuhl heran.

»Tut mir leid, daß ich Sie warten ließ, aber wir sind völlig überlastet. Es muß ein entsetzlicher Schock für Sie gewesen sein. Mein herzliches Beileid. Noch dazu so plötzlich.«

»Genau das verstehe ich nicht.« Bids Stimme schwankte kurz.

»Vor ein paar Tagen habe ich mich mit Dr. McFadden unterhalten, und da meinte er, es ginge aufwärts. Nächstes Wochenende wollte ich sie nach Mount Rose bringen.«

»Ja. Wir waren alle optimistisch. Die Operation war schwer, aber sie hatte sie gut überstanden.« Sie schwieg kurz. »Wir glauben eigentlich nicht, daß der Krebs die unmittelbare Todesursache war. Vielleicht ihr Herz. Nach der Obduktion können wir Genaueres sagen.«

»Ich verstehe nicht ...«

»Es kam so plötzlich, das ist ungewöhnlich.« Dr. O'Neill sprach sehr ruhig und gelassen und kam so einem Gefühlsausbruch Bids zuvor. »Nach einer derart schwierigen Operation besteht immer die Gefahr einer Lungenembolie, aber ich habe sie heute morgen kurz nach elf untersucht, und da schien sie keinerlei Beschwerden zu haben. Sie hat sich auf Ihren Besuch gefreut und darauf, entlassen zu werden. Ihr Zustand war wirklich zufriedenstellend. Wir haben ein paar Minuten miteinander geplaudert. Jedenfalls ging es ihr gut genug, um einen Besucher zu empfangen. Er ist gerade gekommen, als ich ging. Mittags hat eine Krankenschwester sie gefunden. Sie hatte einen Zusammenbruch erlitten und war bewußtlos. Es muß wenige Minuten zuvor passiert sein.«

»Gab es keine Möglichkeit, sie wiederzubeleben?«

»Wir haben natürlich alles versucht. Es tut mir aufrichtig leid.« Sie legte ihre Hand auf die Bids. »Könnten Sie morgen vorbeikommen? Vormittags. Bestimmt möchten Sie mit Dr. McFadden sprechen. Dann werden wir Ihnen auch die genaue Todesursache sagen können.«

Eine Krankenschwester streckte den Kopf durch die Tür.

»Oh, Dr. O'Neill, Mr. Murphy auf Nummer acht probt den Aufstand.«

Die Ärztin stand auf. »Also dann bis morgen? Ich werde hier sein. Dann können wir alles klären und Ihnen die Sterbeurkunde aushändigen. Die brauchen Sie, um ... hm ... alles zu erledigen. Ich kann den Krankenhauspfarrer bitten, auch zu kommen, wenn Sie wollen.«

»Nein. Vielen Dank.« Bid streckte ihr die Hand hin. »Wahrscheinlich wird Pater Crowley … Vermutlich war er der Besucher, oder?« fragte sie unvermittelt.

»Ach?« Die junge Ärztin wollte gerade bemerken, für einen so gepflegt gekleideten Mann sei dies ein eher unwahrscheinlicher Beruf, aber Bid hatte offenbar das Interesse verloren und machte sich an den Sachen zu schaffen, die auf dem Bett lagen.

Leise verließ Dr. O'Neill den Raum. Kurz darauf kam die Schwester wieder und fing an, den Nachttisch auszuräumen. Sie stapelte Handtücher, Nachthemden und Bücher auf dem Bett.

»Ich nehme nur die Handtasche mit, Schwester«, erklärte Bid mit Nachdruck. »Könnten Sie sich um den Rest kümmern?«

»Selbstverständlich, meine Liebe, ich will nur zuerst noch die Taschen durchsehen.«

Aus der Tasche des Morgenrocks förderte sie ein paar Zettel, einen Fünfpfundschein und ein paar Briefe zutage, die Bid als ihre eigenen erkannte. Sie stopfte sie in die Handtasche und gab sie Bid.

»Ich glaube, das ist alles. Wenn noch irgendwas Wichtiges auftaucht, gebe ich es Ihnen morgen.« Sie lächelte kurz, nickte und nahm den Stapel vom Bett.

»Kann ich hier irgendwo telefonieren?«

»Am Ende des Gangs ist eine Telefonzelle.« Die Schwester warf einen Blick auf Bids verzweifeltes Gesicht. »Aber im Büro ist es viel ruhiger. Kommen Sie, Sie können von dort aus anrufen.«

Bid ließ es fünfundzwanzigmal läuten, ehe sie wieder auflegte. Es war schon nach sechs, aber Cas war immer noch nicht zu Hause. Auch im Büro hob niemand ab. Sie probierte es auf gut Glück in ihrer Wohnung, hörte aber nur ihren Anrufbeantworter. Anschließend rief sie Sarah an und teilte ihr den Tod ihrer Mutter mit.

»Oh, Bid, Liebes, es tut mir so leid. Alles in Ordnung mit dir? Soll ich rüberkommen?« Bid gab keine Antwort. »Bid? Bist du noch dran? Ich könnte kommen, ehrlich, morgen abend könnte ich dort sein …«

»Sal.« Bid klang, als sei sie am Ende. »Ich kann Cas nicht erreichen. Er müßte eigentlich in der Wohnung sein. Diese verdammte Ingrid, ich habe sie extra gebeten, aber ich wette, sie hat es vergessen. Kannst du ihn anrufen? Ich gehe jetzt nach Hause. Meine Nummer hast du ja.«

»Oh, Bid, nicht. Nicht ganz alleine. Gibt es niemanden, den du kennst? Cas sollte jetzt bei dir sein.«

»Sarah, ruf ihn einfach an, ja? Bitte. Er wird kommen«, verteidigte Bid ihn. »Ich schaffe es schon …«

»Keine Sorge, ich sage ihm Bescheid. Bid, hast du gehört, was ich gesagt habe? Soll ich rüberkommen?«

»Danke, Sal, nein. Ich glaube, ich möchte das lieber alleine durchstehen. Da ist die Sache mit der Kirche. Damit würdest du dich sowieso nicht zurechtfinden. Die Nachbarn werden mir schon helfen. Ich ruf dich an, wenn …«

Als Sarah Bids geisterhafter Stimme lauschte, spürte sie fast, wie diese in ihrer Vergangenheit, ihrem Schmerz, ihrer Kirche, dem ganzen Drum und Dran untertauchte. Mit einem Mal klang sie wie eine Fremde, und ein Gefühl der Scheu und Angst überkam Sarah.

»Bid, wenn du deine Meinung änderst, komme ich sofort.«

»Danke, Sarah, sei einfach da, wenn ich zurückkomme – bitte. Ich kann es einfach nicht glauben, daß sie tot ist.« Sie sprach fast mit sich selber. »Ich wünschte, ich hätte sie überzeugen können, daß alles in Ordnung kommt.«

»Bid? Ich ruf dich später noch mal an. Ist bestimmt alles in Ordnung mit dir? Gibt es dort Leute, die sich um dich kümmern?«

»Ja. Mehr als genug. Find du nur Cas, bitte, Sal, ja? Bitte.«

29

Langsam kroch das Taxi zu dem alten Haus am Kanal, an jeder Kreuzung vom Verkehr aufgehalten, der jetzt, zur Stoßzeit, aus der Stadt strömte. Bid ließ sich zurücksinken und versuchte, sich auf die Vorbereitungen zur Beerdigung ihrer Mutter zu konzentrieren. Wo sollte sie nur anfangen? Während sie sich in Erinnerung rief, wie das beim Begräbnis ihres Vaters gewesen war, schweiften ihre besorgten Gedanken immer wieder zu Cas ab und warum sie ihn nicht hatte erreichen können. Sie brauchte ihn, hier, um ihr zu helfen, alles zu regeln, es durchzustehen, ansonsten würde sie in Panik geraten und alles durcheinanderbringen …

Ein paar hundert Meter vor der Charlemont-Brücke hielt das Taxi ruckartig an. Erschöpft stieg Bid aus und gab dem Fahrer sein Geld, als Maureen Lenehans Wagen hinter ihr auftauchte.

»Oh, Bridget, da bist du ja!« Eine stämmige Frau mittleren Alters hievte sich aus dem Auto und schloß Bid in die Arme. »Es tut mir so leid, meine Kleine. Um fünf habe ich im Krankenhaus angerufen, um zu fragen, wie es deiner Mutter geht. Gott steh uns bei, Bridgie, was ist denn eigentlich passiert? Ich kann es einfach nicht fassen.«

Bid wühlte in der Handtasche nach dem Schlüssel. Ihre ausgedörrte Kehle brachte nur ein Krächzen hervor.

»Ich auch nicht. Es ist alles so schnell gegangen. Sie hat sich prächtig erholt. Mittags haben sie mich dann angerufen. Das scheint eine Ewigkeit her zu sein. Oh, Maureen, ich bin zu spät gekommen.« Blindlings steuerte sie auf das Haus zu.

»Um Himmels willen, Kind, du willst doch nicht etwa ganz allein in das Haus da? Du kommst augenblicklich mit zu mir. Keine Widerrede! Morgen hast du jede Menge zu erledigen. Du siehst völlig kaputt aus, Mädchen.« Ihr singender irischer Akzent wurde noch ausgeprägter, wenn sie sich aufregte. »Du kommst auf der Stelle mit zu mir. Wir sind ganz allein zu Hause, Dinny und ich. Ein warmes Abendessen und dann ab ins Bett.«

Maureen packte sie am Arm und führte sie zu ihrem zerbeulten Rover, der mehr oder weniger mitten auf der Straße stand und ein kleines Verkehrschaos hervorrief.

»Ich glaube, es ist besser, wenn ich hierbleibe, Maureen, wirklich. Ein paar Leute werden versuchen, mich unter dieser Nummer zu erreichen.« Bid deutete mit dem Kopf auf das Haus. »Ich komm dann morgen zu euch rüber«, versprach sie trübsinnig.

»Kommt gar nicht in Frage! Und was stimmt denn nicht mit unserem Telefon? Du kannst anrufen, wen du willst.«

Unentschlossen blickte Bid vom Auto zum Haus.

»Bridget, es ist viel einfacher, den Dingen bei Tageslicht ins Gesicht zu sehen als in einem dunklen, verlassenen Haus, noch dazu abends und ganz allein. Komm schon, Mädchen, wir kümmern uns ein bißchen um dich.« Ihr Stimme wurde weich vor Besorgnis. »Du brauchst etwas zu essen. Siehst ja völlig erschöpft aus.«

Bid zuckte die Schultern, lächelte dankbar und hakte sich bei Maureen ein. Als sie zum Wagen zurückgingen, warf sie einen Blick zum Kanal hinüber. Zwei kleine Jungen hockten auf dem Geländer bei der Schleuse und angelten. Ansonsten war die Uferstraße wie ausgestorben.

»Was hast du denn?« fragte Maureen. Bid deutete auf die Kinder.

»Dad und ich sind immer da gesessen und haben die Enten gefüttert. Ich wünschte ...« Sie seufzte. »Ich mußte plötzlich daran denken, als ich die beiden da gesehen habe.« Sie biß sich auf die Lippen und kletterte in das Auto. In dem Augenblick kam ein kleiner, korpulenter Priester um die Ecke, ganz außer Atem und mit hochrotem Gesicht.

»Mrs. Lenehan. Bridget«, keuchte er atemlos. »Wartet einen Augenblick!«

Bid wandte sich um und ging auf ihn zu. Er faßte sie bei den Schultern und drückte sie an sich. Er roch so tröstlich nach Tabak wie Fergus, daß sie sich an ihn schmiegte.

»Mein liebes Kind«, murmelte er. »Es tut mir so leid. Deine arme Mutter. Gott sei ihrer Seele gnädig.«

»Oh, Pater«, flüsterte sie. »Ich bin zu spät gekommen, so viel war da noch, was ich ... ich bin zu spät gekommen.«

»Na, na, Kind.« Er tätschelte ihre Hand. »Du bist alle Augenblicke rübergekommen. Kein Mensch hätte mehr tun können.« Er legte den Arm um ihre Schultern, als sie zum Auto gingen. »Du bleibst heute abend bei den Lenehans? Das ist wohl das beste. Rein mit dir.« Er öffnete die Wagentür. »Bridget, es gibt da einiges zu bereden. Deine Mam hat mich gebeten, dir zu helfen, ehe sie ins Krankenhaus ist.« Er sprach gedämpft und streckte dann den Kopf ins Auto. »Mrs. Lenehan, ich komme morgen ziemlich früh vorbei und gehe mit ihr rüber ins Haus.«

Maureen war verblüfft von seinem herrischen Ton und ziemlich verärgert, als ihr Protest, sie würde Bid schon helfen, rüde beiseite geschoben wurde.

»Wir müssen uns zuerst einmal kurz unterhalten. Unter vier Augen. Wenn Sie ihr später zur Hand gehen könnten, Mrs. Lenehan, das wäre großartig. Es wird eine Menge zu erledigen sein. Könnten Sie mir ein Frühstück vorbereiten, wenn ich so gegen acht vorbeikomme?« schmeichelte er.

Maureen musterte ihn sprachlos, verletzt von der selbstherrlichen Art, wie er sich einmischte. Wollte er damit etwa andeuten, sie sei nicht in der Lage, sich um das Mädchen zu kümmern, das sie kannte, seit es in die Schule gekommen war? Frechheit!

»Selbstverständlich. Wir frühstücken dann zusammen. Es wäre uns ein Vergnügen.« Übermäßig erfreut klang das allerdings nicht. »Pater.«

Sie ließ den Motor an und brauste davon, wütend, auf diese Weise ausgebootet worden zu sein. Bid saß neben ihr und starrte verwirrt vor sich hin.

»Dieser Seamus Crowley hat eine ziemlich anmaßende Art«, erklärte Maureen gereizt. »Frühstück, jawoll, Euer Gnaden. Der glaubt wohl, ich sei von gestern. Will nur was Besseres serviert kriegen als den klumpigen Porridge von Mary Ann Finnerty, darauf ist er aus. Diese alten Priester können doch das Schnorren nicht lassen. Acht Uhr, wie findest du das? Warum solltest du um acht schon aufstehen, Schätzchen? Das ist ja mitten in der Nacht«, schloß sie verächtlich.

Bid putzte sich die Nase und kam instinktiv, wie es ihre Art war, ihrem Freund zu Hilfe.

»Der arme alte Kerl verbringt die meiste Zeit damit, den Mahlzeiten zu Hause auszuweichen. Du solltest mal an Miss Finnertys freiem Tag vorbeischauen. Dann bindet er sich seine große rote Schürze um und hantiert in der Küche. Wie ein altes Weib.

Aber er ist ein verdammt guter Koch.«

»Das meinst du doch nicht ernst?«

»O doch, ehrlich. Ein echter Profi.« Sie wurde in ihrem Sitz nach hinten geschleudert, als Maureen schwungvoll in die Einfahrt bog und losprustete.

»Bridget Lacey. Das denkst du dir nur aus.«

»Nein, es stimmt.«

Maureen lachte schallend.

»Na ja, dann muß es ja die reinste Vorhölle für ihn sein, den Geruch von dem Zeug, das Mary Ann Finnerty zusammenbraut, auszuhalten. Als ich das letzte Mal vorbeigegangen bin, wäre mir beinahe schlecht geworden. Man fragt sich wirklich, was sie mit den Sachen anstellt.« Erneut brach sie in Lachen aus, und zumindest vorübergehend stand der Priester wieder in ihrer Gunst. Bid lehnte sich gegen die Rückenlehne und starrte trübsinnig aus dem Fenster.

Die Lenehans hatten eine Garage ein paar Straßen von ihrem Haus in Mount Pleasant entfernt. Auf dem Nachhauseweg nahm Maureen Bids Arm. Beide waren niedergeschlagen, voller Angst vor den Tagen, die ihnen bevorstanden.

»Nimm ein schönes heißes Bad, während ich den Tee aufbrühe, Schätzchen. Du siehst furchtbar müde aus. Vor allem mußt du versuchen, heute abend alles zu vergessen und dich auszuruhen. Die nächsten paar Tage werden ziemlich anstrengend sein. Und außerdem wirst du alle Hände voll zu tun haben. Hauptsache, du vergißt nicht, wir sind da, Dinny und ich. Was auch immer du willst, du brauchst es nur zu sagen. Wir sind für dich da.« Sie drückte Bids Arm und steckte den Schlüssel ins Schloß. Als sie eintraten, legte sie den Finger auf den Mund.

»Geh gleich rauf in unser Schlafzimmer, da steht ein Telefon, und erledige deine Anrufe. Anschließend kannst du Dinny guten Tag sagen. Er hat es sich vor dem Kasten bequem gemacht. Und ist wahrscheinlich eingeschlafen. Ich bin in der Küche. Ab mit dir. Ich mache dir nachher in Maireads früherem Zimmer dein Bett zurecht.«

Das Telefon stand auf einem niedrigen Tischchen neben dem

riesigen Bett. Als sie sich hinsetzte, erblickte Bid sich im Spiegel der Frisierkommode. Totenblaß war sie, und als sie zu wählen versuchte, zitterten ihre Finger.

»Bitte, o bitte, mach, daß er da ist«, betete sie, als das Freizeichen ertönte. Sie sehnte sich so sehr nach Cas' tröstlicher Umarmung. Zehn-, zwanzigmal, keine Antwort. Wo war er? War es möglich, daß er nach Holland zurückgekehrt war? In der vagen Hoffnung, er würde vielleicht, als er festgestellt hatte, daß sie nicht da war, länger arbeiten, rief sie im Büro an, aber da war nur der Anrufbeantworter, wie immer außerhalb der Bürostunden. Sie hinterließ die Nummer der Lenehans. Dann rief sie die Auskunft an, um die Vorwahl für Amsterdam zu erfahren. Auf ihre mühsam gestotterte Frage hin beschied man sie, Mr. Van Rijn sei in aller Frühe nach London zurückgeflogen. Wo er sich derzeit aufhalte, wisse man nicht.

Sarah hatte offensichtlich neben dem Telefon gesessen.

»Wo steckst du denn, Bid? Seit Stunden versuche ich dich anzurufen.«

»Ich bin nicht nach Hause, sondern übernachte bei den Lenehans.« Sie gab ihr die Telefonnummer. »Morgen werde ich dann wahrscheinlich zu Hause sein. Es ist so vieles vorzubereiten …« Sie verstummte. Unerklärlicherweise hatte sie Angst davor, Sarah zu fragen, ob sie Cas erreicht hätte.

»Bid, Mum hat gesagt, sie könnte Alice nehmen, wenn du mich brauchst. Laurence müßte ich allerdings mitnehmen, um ihn zu stillen.« Sarahs Stimme klang unsicher, aber ihr schien wirklich daran gelegen, Bid zu helfen.

»Nein, Sarah. Das ist nicht nötig. Ich bin dir sehr dankbar, aber ehrlich, das braucht es nicht.«

»Bist du sicher?«

»Bestimmt. Hier herüben geht das sehr schnell mit einer Beerdigung. Wahrscheinlich am Freitag oder Samstag, wenn das Krankenhaus bis dahin ihren Leichnam freigibt.«

»Was soll das heißen, freigibt?

»Die machen eine Autopsie.«

»Ist das so üblich?«

»Ich weiß es nicht. Weil ihr Tod so überraschend kam.« Ihre Stimme versagte. »Ich schätze, sie wollen ganz sicher sein oder so was in der Art.«

»Aber dauert das nicht eine Ewigkeit?«

»Ich glaube nicht, morgen geben sie mir Bescheid, haben sie gesagt. Sarah? Ich komme so schnell wie möglich zurück. Ich will nichts wie heim. Hier ist alles so fremd. Mir kommt es so vor, als gehörte ich nicht mehr hierher. Und ich glaube nicht, daß ich das lange durchhalte.« Sie schwieg.

»Bid, Cas habe ich noch nicht erreichen können. Die Sekretärin, wie heißt sie gleich wieder, liegt mit einer Grippe im Bett – ach ja, Mrs. Petrie. Aus der Aushilfe konnte ich nichts Vernünftiges herausbekommen. Schließlich habe ich es dann geschafft, Johannes ans Telefon zu kriegen. Er hat gesagt, Cas sei heute morgen aus Amsterdam angekommen und nach ungefähr einer halben Stunde wieder gegangen.«

»Hat er gesagt, wo er hin ist?«

»Anscheinend nicht. Aber er hat Johannes beauftragt, für morgen einige Verabredungen zu treffen, also ist er vermutlich in der Gegend. Ein paarmal habe ich es dann in der Wohnung versucht, aber kein Glück gehabt. Schließlich habe ich Roy Angel gebeten, einen Zettel an deine Tür zu hängen, für den Fall, daß er dort auftaucht.«

»Das ist gut. Solange er nur weiß, wo ich bin. Wir wollten uns zum Mittagessen treffen. Ich weiß nicht, was ich ohne ihn machen würde … und ohne dich«, fügte sie hastig hinzu. »Sal? Weiß er, daß meine Mutter tot ist?«

»Nein, außer die Leute in deinem Büro haben es ihm gesagt.«

Dinnys großzügiges Einschenken von Tullamore Dew hatte den Effekt, daß Bid, völlig erschöpft, augenblicklich in einen langen, ruhelosen Schlaf fiel. Mitten in der Nacht, halb schlafend, halb wach, war sie sich plötzlich sicher, Cas sei ihr nachgefahren und warte vor dem Haus. Als sie sich mit ihren Kleidern abmühte, wachte sie auf und wimmerte vor Enttäuschung und Angst, ehe sie wieder ins Bett kroch.

Als sie am nächsten Morgen aufwachte, konnte sie sich ein

paar Minuten lang nicht erinnern, wo sie war und warum. Sonnenlicht strömte durch das Fenster, aber als sie hinausschaute, sah sie schon wieder dunkle Wolken, die sich bedrohlich zusammenballten. Folglich war mit den paar Sonnenstrahlen die Tagesration vermutlich aufgebraucht.

»Und ich habe nicht mal einen Regenmantel dabei«, murmelte sie geistesabwesend vor sich hin, als die Erinnerungen an den vorangegangenen Tag zurückkamen, zusammen mit der Reue wegen allem, was ungesagt geblieben war.

Wenn nur. Der Refrain war zu einer Art Leitmotiv geworden. Wenn nur die vom Krankenhaus früher angerufen hätten. Wenn sie nur Urlaub genommen hätte. Es tat ihr leid, daß sie während der Krankheit ihrer Mutter nicht in Dublin geblieben war. Gleichzeitig gestand sie sich jedoch ein, eine so lange Trennung von Cas hätte sie nicht ertragen. Schuldgefühle stiegen in ihr auf und löschten für einen Augenblick die Erinnerung an den Anteil aus, den ihre Mutter an den Spannungen in ihrer Beziehung gehabt hatte.

Nichts als ein große Leere verspürte sie. All die vergeblich auf Ausflüchte und Halbwahrheiten verschwendete Energie, obwohl sich alles so leicht hätte klären lassen. Sie hätte einfach ganz offen, ehrlich und überzeugend darlegen sollen, daß sie Cas liebte. Sie hätte darauf bestehen sollen, daß sie mit ihren dreißig Jahren sehr wohl in der Lage war, eine derartige Entscheidung selber zu treffen.

Dann erinnerte sie sich plötzlich, mit einem leichten Anflug von Ärger, an die Antwort ihrer Mutter, als sie sie, als kleines Mädchen, einmal gefragt hatte, warum sie keine Großeltern hätte wie alle anderen auch.

»Die Eltern von deinem Daddy sind tot.«

»Aber was ist mit meiner anderen Großmutter und meinem anderen Großvater? Mairead Lenehan hat zwei von jeder Sorte!«

Wütend hatte ihre Mutter zur Seite geblickt.

»Denen hat es nicht gepaßt, daß ich weggerannt bin, um zu heiraten«, hatte sie barsch erklärt und den Kochtopf auf den Herd geknallt. »Geh raus spielen.«

Und das war's dann schon gewesen. Mehr Erklärungen waren offenbar nicht nötig gewesen, zumindest nicht einem neugierigen Mädchen von acht Jahren gegenüber.

Fröstelnd stand sie auf. Die Erinnerung an die Großeltern, denen ihre Mutter einfach davongelaufen war, unterstrich, wie unrealistisch ihre Phantasievorstellung gewesen war. Ihre Mutter hatte eine Neigung gehabt, unnachgiebig nachtragend zu sein. Aber dann überkamen sie plötzlich glücklichere Erinnerungen an ihre Kindheit: Fergus, der sie fest im Arm gehalten hatte, wenn Alpträume sie ins elterliche Bett flüchten ließen. Alle drei am Meer, in Kilduff, hinter der bunt schillernden Windschutzscheibe aneinandergekauert, und Mam hatte ihre vom Wasser kalten Ärmchen warm gerieben. Ein wenig getröstet, verbannte sie die Verbitterung über die Schwierigkeiten, die sie in letzter Zeit miteinander gehabt hatten, aus ihren Gedanken. Sie hätten sie gelöst. Ihnen hatte zu viel aneinander gelegen, um diese Probleme nicht zu klären. Nicht wahr? Nicht wahr??

Eine Woge von Übelkeit stieg in ihr auf, als sie sich unter die Dusche stellte. Sie lehnte sich an die Wand und wartete, ob es vorbeiging, dann beugte sie sich über die Toilettenschüssel und fing an zu würgen. Sie lag förmlich darüber, bis die Benommenheit sich legte. Dann ließ sie das heiße Wasser ihre schmerzenden Muskeln massieren. Als sie sich einseifte, spürte sie eine winzige Bewegung im Bauch. Sie schloß die Augen und ging ganz auf in der Freude darüber.

»In zehn Minuten gibt's Frühstück, Bridgie.« Maureen hämmerte an die Tür. »Seine Gnaden werden in Kürze auftauchen, gerüstet mit Messer und Gabel.« Pater Seamus Crowley, Gemeindepriester, war offenbar wieder in Ungnade gefallen. Bid schlang das riesige Badetuch um sich und trocknete sich die Haare, als sie herauskam.

»Ich ziehe mich nur schnell an. Kann ich Maireads Fön benutzen?«

»Natürlich, warum fragst du überhaupt?« Maureen musterte sie. »Hast du gut geschlafen, Liebes? Du bist immer noch fürchterlich blaß.«

»Ich glaube, Dinny hat mir was in den Whisky getan«, erwiderte Bid und wich ihrem Blick aus. »Ich bin auf der Stelle eingeschlafen.«

30 Während des ganzen Frühstücks saß Pater Crowley wie auf glühenden Kohlen. Unablässig wiederholte er in allen Einzelheiten, wie der Trauergottesdienst ablaufen würde. Wenn ihm nichts mehr einfiel, saß er in sich gekauert und schweigend da, ehe er Bid unbeholfen fragte, wann sie zum letzten Mal etwas von ihrer Mutter gehört habe und ob es etwas gäbe, das sie mit ihm bereden wolle.

Sein Beharren auf diesem Punkt verblüffte Bid. Ihre Gedanken kehrten voller Schuldgefühl immer wieder zu dem zurück, was ihr am wichtigsten und der Grund für die Übelkeit war, die wieder in ihr aufstieg, als sie vor ihrem Teller mit Eiern und Speck saß. Sie war zu sehr damit beschäftigt, ihr Frühstück bei sich zu behalten, um zu merken, daß es dem Priester vorrangig um ihre Mutter ging.

Ebensowenig kam sie auf die Idee, er könnte gewußt haben, wie gespannt die Beziehungen zwischen ihnen geworden waren. Sie hielt nach wie vor unbeirrt an der Vorstellung fest, sie beide hätten sich genügend Geschick in der Kunst des Verstellens angeeignet, um ihr wahres Verhältnis allen zu verheimlichen. Ohne dies auszusprechen, befürchtete sie, ihre mißlungene Beziehung sei ein grundlegender Charakterfehler von ihnen beiden gewesen. In Grund und Boden hätte sie sich geschämt, hätte irgend jemand – beispielsweise der Priester – diesen Mangel bemerkt und sie dafür getadelt. Um ihn davon abzuhalten, persönlichere Fragen zu stellen, bat sie ihn, noch einmal die Einzelheiten des Gottesdienstes durchzugehen.

Maureen, die zwischen Küche und Speisezimmer hin- und hereilte, beobachtete interessiert, was zwischen den beiden ablief. Allmählich dämmerte ihr, der Priester redete nur um des

Redens willen, wechselte bei dem vergeblichen Versuch, Bids Aufmerksamkeit auf sich zu ziehen, von einem Thema zum nächsten. Er wollte eindeutig auf etwas ganz Bestimmtes hinaus, schaffte es jedoch nicht, zur Sache zu kommen, vor allem weil Bid jedesmal, wenn das Telefon läutete, wie elektrisiert aufsprang und hinrannte, um abzunehmen. Aber auf wessen Anruf auch immer sie wartete, an der Art und Weise, wie sie jedesmal den Kopf hängen ließ, wenn sie den Hörer auflegte, wurde klar, er rief nicht an. Und was auch immer Pater Crowley zu sagen beabsichtigte, es wurde auf einen späteren Zeitpunkt verschoben.

Als er weg war, gingen Maureen und Bid zum Beerdigungsunternehmer, um die Einzelheiten der Überführung und des Begräbnisses zu besprechen. Sie wurden in einen theatralisch in düsterem Rot und Schwarz gehaltenen Warteraum geführt, der so vollgestopft mit Stühlen und irgendwelchen Draperien war, daß jegliches Geräusch dezent gedämpft wurde. Sie vermieden es, einander anzusehen, und saßen schweigend da, bis eine unsichtbare Hand Trauermusik einschaltete. In dem Augenblick begann Bid zu zittern, zuerst vor unterdrücktem nervösem Kichern, dann, als sie Maureen ansah, vor unkontrolliertem Lachen. Sie wischten sich die Lachtränen aus den Augenwinkeln, als unbemerkt der Begräbnisunternehmer eintrat und in der Tür mit düsterer Miene darauf wartete, daß sie auf ihn aufmerksam wurden.

Nachdem sie sich einigermaßen beruhigt hatten, erklärte er ihnen, was er als die Prozedur zu bezeichnen beliebte. Er verlieh dem Wort eine ganz spezielle Bedeutung, schrieb es sozusagen mit Großbuchstaben. Unmerklich dämpfte er Bids aufkeimende Hysterie, indem er seine zeremoniellen Pflichten auf unpersönliche Weise beschrieb, ohne irgendwelche gefühlsbeladenen Worte wie Leichnam oder Begräbnis oder tot zu gebrauchen. Sein Auftreten und seine Redeweise gemahnten an einen alternden Schauspieler, seine Stimme klang wunderbar getragen und völlig überzeugend.

Die Verschiedene, deklamierte er fromm, mußte die Nacht

über in der Kirche aufgebahrt werden. Falls Bid dies vorzöge, bot er mit gedämpfter Stimme an, könnte er die Mutter auch in ihrer hauseigenen, privaten Aufbahrungskapelle unterbringen. Man führte die beiden, erneut von der außergewöhnlichen Ausstattung verwirrten und zum Lachen gereizten Frauen nach vorne. Nachdem sie einen kurzen Blick in das innerste Heiligtum geworfen hatte, das sie später als kitschige Schwarze Magie bezeichneten, bestand Bid höflich darauf, ihre Mutter nach St. Stephen's zu bringen.

Als sie im Krankenhaus eintrafen, war die Obduktion bereits abgeschlossen. Jetzt ging es nur noch um die Freigabe. Auch Bid brachte es nicht über sich, von einem »Leichnam« zu sprechen. Sie fühlte sich, wenn sie denn überhaupt etwas fühlte, wie ein Roboter. Sie hörte zu, aber irgendwie aus einiger Entfernung.

Maureen stand neben ihr und hatte sich tröstend bei ihr untergehakt, während der Facharzt Bid erklärte, ihre Mutter sei an einer Lungenembolie gestorben. Das war nichts Ungewöhnliches, sagte er gleichmütig, gelegentlich passierte das nach einer Operation. Die Worte entströmten seinem Mund wie Balsam, ruhig und unaufgeregt. Das Pflegepersonal war sich der Gefahr bewußt gewesen. Man hatte sie sorgfältig überwacht, aber Mrs. Lacey hatte keine entsprechenden Symptome gezeigt. Dann bestätigte Dr. O'Neill, etwa eine Stunde zuvor hätte sie nach Eileen gesehen, und diese habe den gleichen Eindruck auf sie gemacht wie immer: nach wie vor leichtes Fieber, aber ansonsten auf dem Weg der Besserung. Sie hatte von ihrem bevorstehenden Aufenthalt im Pflegeheim Mount Rose erzählt und sich offenbar darauf gefreut.

Vorwarnung hatte es auch keine gegeben, denn sie hatte nach niemandem vom Pflegepersonal geklingelt. Auch ihr Besucher nicht, der um zwölf Uhr noch bei ihr gewesen war, als die Schwester zum letzten Mal nachgesehen hatte. Die Ursache von Eileens Tod konnten sie erklären, nicht jedoch, warum er so plötzlich, so unerwartet eingetreten war. Bid war erleichtert, daß sie es gar nicht erst versuchten.

Als hätte er in der Seitenkulisse auf sein Stichwort gewartet, traf der Begräbnisunternehmer genau in dem Augenblick ein, als die Unterredung sich ihrem Ende näherte. Von jetzt ab nahm er die Sache in die Hand. Mit ihm wehte ein Hauch seiner gespenstischen Theatralik herein. Die Wirklichkeit verabschiedete sich, und Bid beobachtete hilflos, wie er, an Maureen gewandt, jeden einzelnen Schritt der bewährten Routine erklärte. Es war, als trete sie auf ein Fließband und als erwarte man nun nichts weiter von ihr, als die kommende Prozedur hinzunehmen.

Seltsamerweise stellte sich heraus, dies war tröstlicher als die Tortur, die sie sich vorgestellt hatte. Nahezu ohne es zu bemerken, tauchte sie in das uralte, durch Zeit und ständige Wiederholung verfestigte Ritual ein. Auf diese Weise wurde sie von neuem in die Gemeinde, in der sie geboren worden war, in die Gemeinschaft ihrer Leute einbezogen.

Irgendwann im Verlauf des langen Tages gab sie die Hoffnung auf einen Anruf von Cas auf, denn sie wußte, hätte er jetzt angerufen, dann hätte sie ihn wahrscheinlich beschworen, nicht zu kommen und sie das alleine erledigen zu lassen. Bewußt schob sie ihr erwachsenes Ich beiseite, denn in gewissem Sinne war dies das letzte Mal, daß sie Kind sein konnte. Sie wollte nur diejenigen um sich haben, die ihre Mutter und ihre Familie in glücklicheren Zeiten gekannt hatten. Sie kapselte sich in die Einsamkeit des Erinnerns ein, wollte nichts erklären und konnte niemanden mit einbeziehen.

Und so wurde, mit der diskreten Hilfe des Begräbnisunternehmers, alles für Eileen Laceys letzte Fahrt in die Kirche und auf den Friedhof organisiert.

Um sechs Uhr an jenem Donnerstagabend begrüßte der düster gewandete Pater Crowley die Trauergemeinde, die sich vor der Kirche versammelt hatte. Gesichter aus Bids Vergangenheit kamen auf sie zu und streckten ihr die Hand hin. Hauptsächlich entfernte Bekannte, denn in den acht Jahren, seit sie nach London gezogen war, war der Kreis, zu dem sie gehört hatte, kleiner geworden, da die meisten ebenfalls ausgewandert waren.

Freunde hatte ihre Mutter nur wenige gehabt. An Geselligkeit hatte ihr wenig gelegen. »Herzliches Beileid« hörte sie die Leute ein um das andere Mal murmeln. Gesichter der Kollegen ihres Vaters, an die sie sich schwach erinnerte. Das Personal aus dem Schuhgeschäft, in dem Eileen gearbeitet hatte. Die uralte Haushälterin des Priesters, die respekteinflößende Mary Ann. Bartley Quinlan. Überraschend viele Nachbarn, auch aus früherer Zeit. Der alte Matt Burke, der immer die Enten im Kanal fütterte. Zwei oder drei Standbesitzer vom Markt. Ein paar von Bids Schulfreundinnen. Sie fühlte sich geborgen, getröstet. Aber woher kamen die alle?

»Dinny hat sich um die Todesanzeige in den Zeitungen gekümmert«, flüsterte Maureen.

»Wann?« fragte Bid erstaunt.

»Während wir beim Begräbnisunternehmer waren, Kleines. Die Leute erweisen anderen gerne die letzte Ehre.«

Flankiert von den Lenehans, setzte Bid sich an die Spitze des kleinen Zuges, der jetzt in die Kirche ging, und die erbarmungslose Zeremonie nahm ihren Lauf.

Anschließend hatte wohl Dinny oder sonst jemand verkündet, die Leute sollten zu ihnen nach Hause kommen. Nach und nach trafen sie ein und brachten Platten mit belegten Broten, Kuchen oder in braunes Papier eingewickelte Flaschen mit. Jedermann schien eine Anekdote auf Lager zu haben. Eine kleine, freundliche Geste, an die man sich erinnerte oder die man, was wahrscheinlicher war, erfand. Eine Bemerkung über den Mut, den Eileen an den Tag gelegt hatte, als sich herausstellte, daß sie Krebs hatte.

Fergus wurde heraufbeschworen, seine ruhige, rücksichtsvolle Art, die einer seiner ehemaligen Kollegen schilderte. Es war tröstlich, daran erinnert zu werden, wie stolz ihre Eltern auf sie gewesen waren. Da sie die wohlwollenden Gemeinplätze für bare Münze nahm, ging sie davon aus, Eileen hätte oft von ihr gesprochen. Das freute sie. Halberinnerte Gesichter lächelten, nickten und fragten, ob es nicht allmählich Zeit werde, ans Heiraten zu denken? Ihre Mammy hat doch irgendwelche Andeutungen gemacht? Ein kleines Gerücht? Würde sie wieder zurückkommen oder habe sie sich drüben niedergelassen?

Drüben. Man nannte es nicht einmal beim Namen. Es hätte irgendwo sein können oder nirgendwo, so wenig Bedeutung hatte es. Selbst in der Art, wie sie »England« aussprachen, schwang etwas Unheilvolles mit und beschwor eine eintönige Landschaft mit rauchenden Fabrikschloten und trostlose Stadtlandschaften herauf. Die zehn Jahre, in denen sie in London gelebt und geliebt hatte, drifteten weg, schrumpften zu einer Anonymität, die sie entsetzt hätte, wäre sie in der Lage gewesen, überhaupt etwas zu empfinden.

Nicht eine Sekunde war sie allein, konnte an nichts und niemand anderen als an ihre Mutter denken, die nicht mehr da war, und an ihre eigene Verlassenheit, die ihr angst machte. Irgendwann ertappte sie sich, wie sie im Badezimmerspiegel ihr Gesicht anstarrte und sich an die kleine, noch formlose Gestalt in ihr wandte, die jetzt ihre einzige Hoffnung auf einen lebenden Blutsverwandten darstellte. Plötzlich schlug, mit einer Macht, die sie selber überraschte, ihre lang unterdrückte Enttäuschung über Cas' Hinauszögern der Scheidung in Wut um. Er sollte hier sein, ihr beistehen. Sie brauchte einen Ehemann an ihrer Seite, nicht irgendwelche Fremde. Er hätte gewußt, was zu tun war.

Wüßte er das wirklich? Wie sehen Beerdigungen in Holland aus? Was werden dabei für Worte gesprochen? Wie ist das bei Hochzeiten? Oder bei einer Scheidung? Oder bei der Kommunion? Wie leben und wie sterben sie? Wen berührt es?

Cas berührte es. Sie lehnte ihr Gesicht an das kühle Glas, als Erinnerungen an seine Leidenschaft und Zärtlichkeit ihre Zweifel hinwegfegten. Aber dieser eine schreckliche Augenblick, als sie plötzlich das Vertrauen zu ihm verloren hatte, ehe sie die unangenehmen Zweifel beiseite schob, hatte ihr einen ernüchternden Eindruck davon vermittelt, wie wenig sie über den Vater ihres Kindes wußte. Und wie brüchig ihr Vertrauen war.

Sie nahm sich zusammen, kämmte sich hastig und starrte trübsinnig ihr Spiegelbild an. Unvermittelt kletterte sie auf den Badewannenrand, um sich in voller Größe und, unsicher schwankend, von allen Seiten zu betrachten. Sie wollte sehen, ob die kleine

Rundung ihres Bauches auffiel. Erst als sie sich überzeugt hatte, daß man nichts merkte, zwang sie sich, wieder nach unten zu gehen. In der Diele blieb sie zögernd stehen und lauschte auf das Stimmengewirr, das durch die offenstehenden Türen drang. Dann schlüpfte sie unbemerkt hinaus und wanderte in der kühlen, lindernden Abendluft durch die menschenleeren Straßen.

Über eine halbe Stunde blieb sie weg. Offenbar hatte sie jedoch niemand vermißt, denn kaum war sie wieder zurück, als sie sofort wieder von allen Seiten befragt, mit Erinnerungen getröstet und ihre melancholischen Gedanken beiseite geschoben wurden, um Raum für die Zukunft zu schaffen. Als der Abend weiter fortschritt, wurden die Leute lebhafter, und es war weit nach Mitternacht, als Maureen sie, mit einer letzten Tasse heißen Tees versorgt, ins Bett brachte.

»Ich kann einfach nicht fassen, daß sie nicht mehr da ist. Ich empfinde überhaupt nichts. Nicht einmal geweint habe ich.«

»Laß dir Zeit, Kind.« Maureen setzte sich neben sie auf die Bettkante. »Laß dich einfach von dieser ganzen Prozedur treiben. Das hilft dir über die ersten schrecklichen Tage hinweg. Das ist ja der Zweck des Ganzen. Du hast noch genügend Zeit, um dich damit auseinanderzusetzen. Laß es einfach über dich ergehen.« Einen Augenblick lang saß sie still da und nahm dann Bids Hand.

»Bid, Liebes, willst du über etwas mit mir reden? Du wirst dir doch nicht etwa … Vorwürfe machen, hm? Ich kenne dich lange genug, und ich … ich …« Maureen suchte nach den richtigen Worten. »Ich will mich da jetzt nicht einmischen, aber ich weiß, du hast dir selber zuviel aufgebürdet. Also mach dir jetzt keine Sorgen über etwas, das vielleicht hätte sein können. Wenn du Hilfe brauchst, du weißt, wo du mich findest. Oder wenn du über *irgend etwas* reden willst, ich bin da.« Sie lächelte Bid zu. »Du mußt jetzt stark sein, Kleines.« Sie beugte sich nieder und berührte Bids Stirn mit den Lippen. Dann ging sie aus dem Zimmer, ohne noch einen Blick auf Bids verwirrtes Gesicht zu werfen.

Das Begräbnis selber war schwieriger. Bibeltexte wurden verlesen und Kirchenlieder gesungen. Dann hielt Pater Crowley eine kleine Ansprache. Bid, die kerzengerade in der vordersten Reihe saß, wunderte sich, daß er ihre Mutter so gut und so lange gekannt hatte. Oder vielleicht auch nicht, denn in seiner beschönigenden Beschreibung erkannte sie Eileen kaum wieder, bis ihr dämmerte, in Wirklichkeit redete er über seine Freundschaft mit ihrem Vater. Mit Fergus schmückte er die Beschreibung ihres Familienlebens aus. Er erweckte den Eindruck, als sei es eine Idylle gewesen. Aber irgendwie ärgerte es sie, daß ihre Mutter in dem Bild kaum vorkam.

Um dreiviertel drei machten sie sich auf den langen, traurigen Weg zum Friedhof. Für Dubliner Verhältnisse war es ein kurzer Leichenzug: zuerst der Sarg, dann ein zweiter gediegener schwarzer Wagen. Neben dem Fahrer saß Pater Crowley. Auf dem Rücksitz hatte Bid sich zwischen die Lenehans gezwängt. Ihnen folgten sieben oder acht Privatautos, in denen jeweils zwei oder mehr Freunde und Bekannte saßen. Die Prozession brach bei der Kirche auf und schlängelte sich langsam durch die Nebenstraßen von Mount Pleasant, bis sie bei der Ampel zur Kanalstraße ankam. Nun bogen die Autos im Schneckentempo nach links und blieben kurz auf der Toronto Terrace, vor dem Haus der Laceys, stehen. Anschließend ging es, nun etwas schneller, zum Friedhof, der etliche Meilen westlich lag.

Bid, unbequem zwischen den Lenehans eingekeilt, starrte geistesabwesend und schweigend geradeaus. Als der Wagen anfuhr, flüsterte Dinny, der rechts aus dem Fenster sah, seiner Frau zu:

»Diese beiden Bengel sitzen seit Wochen wie festgeleimt bei der Schleuse. Das ist vielleicht ein Paar, die geben nicht auf. Ich würde sagen, wenn in dem Kanal überhaupt ein Fisch ist, dann wäre der schon längst tot. Die müßten eigentlich in der Schule sein.«

Mühsam drehten Maureen und Bid sich um und sahen aus dem Rückfenster. Das Bild, das sich ihnen bot, war so ziemlich das gleiche wie am Tag zuvor. Dieselben beiden kleinen Jungen. Bid warf noch einmal einen Blick zurück, blinzelte und spähte dann angespannt auf die langsam sich entfernende Szene.

Irgendwo, ganz am Rande ihrer Wahrnehmung, sah sie eine Gestalt, die gerade aufstand. Zumindest vermeinte sie sie zu sehen, kaum wahrnehmbar, ehe sie in der Ferne verblaßte. Sie schauderte.

»Hallo«, rief Dinny einen Augenblick später. »Irgendwas scheint da passiert zu sein. Die müssen was erwischt haben – ah … zu spät.« Bid, die ängstlich hinter sich spähte, begann plötzlich laut zu schluchzen. Drei Hände streckten sich aus, aber sie stieß sie zurück und begrub ihr Gesicht in ihrem Taschentuch. Während der restlichen Fahrt war ihr gedämpftes Wimmern zu hören.

Der Regen blieb aus, bis der Sarg ins Grab hinabgelassen und der Rosenkranz gebetet war und die Trauernden zu den Autos zurückschlenderten. Eine kleine Gruppe kam mit zum Haus der Lenehans. Diesmal war das Ganze etwas steifer, nur wenige Worte wurden gewechselt, eine Tasse Tee oder ein Drink angeboten, dann zogen die Leute sich allmählich zurück. Als Maureen und Dinny die letzten Nachzügler hinausbrachten, wurde Bid fast ohnmächtig vor Anspannung und Müdigkeit.

Seit sie vom Friedhof zurückgekehrt waren, hatte Pater Crowley neben ihr gesessen. Gesagt hatte er kaum etwas, aber er schien nicht in der Lage, sie aus den Augen zu lassen, und irgendwie war sie erleichtert, daß er einfach da war. Mittlerweile war sie völlig durcheinander und hatte das Gefühl, einer trügerischen Vorstellung von Fremden beizuwohnen. Den ganzen Tag hatte sie nicht ein einziges Mal über ihr eigenes Leben oder Cas nachgedacht, den ganzen Tag nicht, außer in dem gespenstischen Augenblick auf dem Weg zum Friedhof.

Ein paarmal hatte das Telefon für sie geläutet. Sie hatte sich geweigert dranzugehen und erklärt, sie würde später zurückrufen. London schien eine Million Meilen weit weg. Sie konnte die Verbindung nicht mehr herstellen und fühlte sich so isoliert, daß sie sich keinen anderen Platz und keinen anderen Ort vorstellen konnte, nichts außer das Geschehen, das sie gerade über sich ergehen ließ, mitgeschwemmt im Schweigen ihres schwelenden Schmerzes. Oder war es Entsetzen, weil sie jetzt, ganz auf sich gestellt, den Widerstand ihrer Mutter nicht mehr als Rechtfertigung für ihr eigenes Verhalten vorschieben konnte?

»Wirst du heute abend hierbleiben, Bridget?« unterbrach Pater Crowley ihre Gedanken.

»Nein, Pater, ich glaube, ich muß ins Haus rüber. Die Sachen meiner Mutter durchsehen und … ich glaube, ich mache das lieber gleich.«

»Ja, mein Schatz.« Maureen war zurückgekommen. »Aber du brauchst doch nicht über Nacht dortzubleiben, oder?«

»Ich glaube, ich muß«, erwiderte Bid traurig. »Es könnte das letzte Mal sein. Morgen oder am Sonntag muß ich nach London zurück.« Ihr Gesicht blieb ausdruckslos.

»Mein Gott, das hatte ich ganz vergessen«, meinte Maureen. »Es ist, als wärst du nie von hier weg – und das wundert mich auch nicht, bei alledem, was geschehen ist. Weißt du was, Bridgie? Ich könnte ein Weilchen mit dir kommen. Aber nur, wenn du willst.«

»Ja, bitte«, sagte Bid. »Bitte.«

»Und ich schaue morgen früh nach der Messe vorbei«, erklärte Pater Crowley nachdrücklich. »Ist dir das recht?«

Im Haus war es kalt, die Jalousien waren zugezogen, und nach der wochenlangen Abwesenheit von Mrs. Lacey roch es dumpf und muffig. Maureen, die besorgt vor sich hin murmelte, machte in der Küche und im Wohnzimmer Feuer.

»Wie in einer Leichenkammer«, setzte sie an und schlug die Hand vor den Mund. »O mein Gott, Bridgie, tut mir leid.«

»Es ist wie in einer Leichenkammer. Man hat das Gefühl, als hätte hier nie jemand gelebt. Spürst du das auch?«

»O ja, und ob. Ein unheimlicher alter Kasten, hab ihn nie gemocht. Was wirst du damit machen? Weißt du, daß jemand ihr angeboten hat, ihn zu kaufen? Das hat Bartley Quinlan mir gestern abend erzählt.«

»Ja. Letzte Woche hat sie es mir gesagt. Sie hat mit dem Gedanken gespielt, eine Wohnung in Sandymount zu kaufen. Arme Mam, die Wohnung hat ihr wirklich gefallen. Ich wünschte, sie hätte es nicht so lange hinausgeschoben. Bartley habe ich gesagt, er soll das Haus verkaufen. Nach alldem könnte ich es nicht ertragen, hierher zurückzukommen«, fügte sie grimmig hinzu. »Ich will dieses Haus nie mehr wieder sehen.«

»Das kann ich dir nicht verdenken. Sag, womit willst du anfangen?«

»Ich schätze, ich sollte ein paar von diesen Telefonanrufen beantworten.«

»Gut. Ich habe die Namen und die Nummern notiert. Während du das erledigst, setze ich den Wasserkessel auf.«

Bid rief bei der Zeitschrift an und sprach kurz mit Edy Hampshire. Wegen des Todes ihrer Mutter, erklärte sie, würde sie ihre letzten paar Tage vor ihrer Kündigung nicht mehr arbeiten. Sie war selber erleichtert über ihre Entscheidung, wenn auch immer noch seltsam abgeschnitten von ihrem Leben. Die ganze Situation war so ungewohnt und unwirklich, daß sie sich nicht sicher war, ob sie noch länger reden könnte, ohne zusammenzubrechen. Sie wünschte, Maureen würde gehen.

Weder Cas noch Sarah meldeten sich. Obwohl etwas in ihr sich verzweifelt danach sehnte, alles zu klären und hinter sich zu bringen, war sie froh über den Aufschub. Selbst Cas, ihr geliebter Cas, verschwand aus ihrem verstörten Denken. Sie wußte, er würde schließlich Verbindung mit ihr aufnehmen. In der Zwischenzeit würde sie tun, was zu tun war. Sie rief Bartley Quinlan an.

Dann streiften sie und Maureen durch die leeren Räume, leerten dabei eine Tasse Tee nach der anderen und besprachen, was mit den Möbeln und Kleidern geschehen sollte. Als sie die Überreste von Eileen Laceys Leben aussortierten und in Tüten verstauten, sahen sie einander kaum an und sprachen auch nicht viel. Bis schließlich, um zehn Uhr, Maureen erklärte:

»Ich bin zum Umfallen müde. Du wirst doch heute abend den Schreibtisch nicht mehr durchsehen, oder? Am besten ist es, du legst dich schlafen und fängst morgen gleich in der Frühe an.«

Während Bid nervös noch einmal zu telefonieren versuchte, überzog Maureen ein Bett und bestand darauf, drei Wärmflaschen zu füllen.

»Sobald das Feuer aus ist, wird es hier eiskalt. Einen alten Kasten wie den kriegst du nicht warm. Du würdest dich auf den Tod erkälten.« Sie stöhnte auf. »Mein Gott, schon wieder ins Fettnäpfchen getreten. Ich komme morgen vorbei und hole dich zum Mittagessen ab. Dann können wir hier absperren, und du kannst zu Bartley Quinlan – das heißt, wenn du soweit bist.« Sie umarmte Bid. »Es gefällt mir gar nicht, daß du alleine hierbleibst. Wenn du es nicht mehr aushältst, komm einfach rüber oder ruf an. Ich komme zu jeder Nachtzeit. Einverstanden?«

Fast stündlich wachte Bid in dieser Nacht auf – eine Folge der unzähligen Tassen Tee. Ungefähr um fünf gab sie die Hoffnung auf, noch einmal einzuschlafen. Sie wickelte eine Decke um sich und ging ins Wohnzimmer hinunter, wo sie das glimmende Feuer anfachte und den Rollschreibtisch öffnete.

Augenblicklich trieben Bilder von ihrer Mutter durch ihr Bewußtsein: die schmale Hand, wie sie den Schlüssel umdrehte. Der Kopf wandte sich um, die Hand bedeckte, was sie gerade las. Die schlanke Gestalt mit dem dichten kastanienbraunen Haar, die auf das Klavier einhämmerte, während die kleine Bid um das Sofa herummarschierte. Mam, wie sie mit einem nassen Geschirrtuch hinter ihr dreinjagte und damit durch die Luft schlug, wenn sie ungehorsam war. Wie jung sie damals gewesen sein mußte. Bid kamen die Tränen, als sie sich daran erinnerte, wie sie eines Tages, nach einem schmerzhaften Besuch beim Zahnarzt, aufgewacht war und ihre Mutter auf der Bettkante gesessen hatte, in der Hand eine riesige Cremeschnitte als Trost.

Andere, weniger angenehme Bilder drängten sich vor: Bid und Fergus, wie sie schuldbewußt einen Blumenstrauß in der Hand hielten und versuchten, Eileen zu einem Lächeln zu bewegen, die sich jedoch abwandte und schweigend aus dem Schlafzimmerfenster starrte. Dann die lebhafte Erinnerung, wie sie an einem Karfreitag abends in die Kirche gegangen waren; sie hatte ihre klammen Hände in die Taschen des gräßlichen, mottenzerfressenen Pelzmantels ihrer Mutter gesteckt. Damals waren wir glücklich, dachte sie. Wann ist das alles anders geworden? Wie als Antwort tauchte Fergus aus dem Hintergrund auf: der

Felsen, an den sie beide sich geklammert hatten. Fast konnte sie seine sanfte Stimme hören:

»Ach, Bridget, mein Liebes, mein *bonus bonorum bonarum!*«

31 Mrs. Laceys Schreibtisch bestand aus drei Reihen kleiner Schubladen, einem freien Platz in der Mitte für – nicht vorhandene – Tintengläser und einer abgenutzten Schreibunterlage aus schwarzem Kunstleder mit einer schmalen Rille für Stifte. Als Kind hatte er Bid wie magisch angezogen, eine besondere Belohnung für kleine Mädchen, die damit spielen durften, wenn sie brav gewesen waren.

Oben links beginnend, öffnete sie der Reihe nach alle Schubfächer: Strom-, Gas- und Telefonrechnungen sowie Versicherungsunterlagen legte sie zur Seite. Darum sollte sich der Rechtsanwalt kümmern. Außerdem fand sie Bankauszüge von einem Sparkonto über zweitausend Pfund, einem Girokonto mit einhundertneunundzwanzig Pfund sowie ein halbleeres Scheckheft. Traurig schielte Bid auf die vertraute Handschrift. Ein paar Briefe von Bartley Quinlan, betreffend den Verkauf des Hauses. Sie war wütend, daß Eileen die Früchte ihres Geizens und Sparens nicht mehr hatte genießen können. Dann stieß sie auf eine Schublade voller Briefe, die sie selber geschrieben hatte, und, in dem Schubfach darunter, auf ein dickes Bündel mit ihren Zeitschriftenkolumnen, chronologisch geordnet und ordentlich abgeheftet. Das war zuviel. Bid ließ den Kopf auf die Schreibtischplatte sinken und weinte bitterlich.

Zehn Jahre alte Kopien der Testamente ihrer Eltern, in denen sie alles Bid vermachten, waren mit einem tiefroten Band verschnürt, unter das fein säuberlich Hinweise zu den Versicherungspolicen gesteckt waren. Aus der pedantischen Genauigkeit, mit der Eileen ihre Angelegenheiten geregelt hatte, zog Bid den Schluß, daß ihr klar gewesen sein mußte, wie schlimm es um sie gestanden hatte.

In den größeren Schubladen herrschte keine solche Ordnung: stapelweise sieben bis acht Jahre alte Rechnungen, alle datiert und als bezahlt abgehakt, Briefe, eine Schachtel mit alten Zeitungsausschnitten, deren Inhalt inzwischen belanglos geworden war, halb aufgebrauchte Notizblöcke, Etiketten, Bindfäden. Das meiste davon benutzte Bid zum Anfachen des glimmenden Feuers. Als sie die letzten Unterlagen stapelte, bemerkte sie die Ecke eines schmuddeligen braunen Umschlags, der unter der Auskleidung der Schublade hervorlugte. Sie riß ihn auf und verstreute den Inhalt auf den Schreibtisch.

Fünf, sechs Dokumente: Geburts- und Taufurkunden sowie der Trauschein ihrer Eltern und die Sterbebescheinigung ihres Vaters. Hastig blätterte sie sie durch, suchte nach ihrer eigenen Geburtsurkunde, die ihre Mutter, so hatte sie immer wieder behauptet, verlegt hatte.

»Ich habe sie alle irgendwo an einem sicheren Ort verstaut, nur kann ich sie einfach nicht finden«, hatte sie geschrieben, lange nachdem Bid bereits die Zusendung des Originals beantragt hatte, das unerklärlicherweise ebenfalls nirgendwo aufzutreiben war. Mittlerweile hatte Bid jedoch erfahren, daß der Standesbeamte sich ohne weiteres mit ihrem Paß zufriedengeben würde, und hatte die Sache nicht weiterverfolgt. Jetzt fragte sie sich, wann sie sie zum letzten Mal zu Gesicht bekommen hatte. Oder ob sie sie überhaupt jemals gesehen hatte. Bei ihrer ersten, oberflächlichen Durchsuchung hatte sie jedenfalls nichts gefunden. Verwirrt blätterte sie den Stapel noch einmal durch, diesmal sorgfältiger.

Fergus Joseph Lacey und Eileen Ann Sullivan. Eheschließung. Die hingekritzelte Unterschrift der Zeugen und des Priesters, Namen, die sie noch nie gehört hatte. Das Datum war kaum zu lesen, so als wäre dem Schreiber die Tinte ausgegangen. Offenbar hatten ihre Eltern in Dundalk geheiratet. Das verwirrte sie. Soweit sie wußte, hatten sie dort keine Bekannten oder Verwandten.

Darunter lag ihre Taufurkunde. Bridget Kate Lacey. Star of the Sea Church, Sandymount. 27. Juni 1959. Am Tag ihrer

Geburt getauft? Seltsam. Natürlich war das bei kränkelnden Babys so üblich, und vielleicht war das bei ihr der Fall gewesen, obwohl derlei, soweit sie sich erinnern konnte, nie erwähnt worden war. Einen Augenblick lang starrte Bid das Dokument an, dann legte sie es neben die Heiratsurkunde und verglich die Daten.

Sieh an. Miss Bridget Kate Lacey war anscheinend genau neun Wochen nach der Heirat ihrer Eltern in den Schoß der Heiligen Mutter Kirche aufgenommen worden. Der übliche alte Schwindel, dachte sie. Liebevoll, ein wenig stolz sogar.

Sie rieb ihren Bauch und grinste in sich hinein. Eine zweite Generation war unterwegs. Noch mehr von der Sorte. Wie die Mutter, so die Tochter. Und so sorgsam hatten sie das verheimlicht. Es verlieh ihnen mit einem Mal eine Spur, einen Hauch von Romantik. Eine liebenswerte Art zu sündigen, die sie irgendwie menschlicher machte. Sie ging in die Küche, brühte Kaffee auf und summte unzusammenhängend vor sich hin. Dann kehrte sie an den Schreibtisch zurück und sah, etwas entspannter, die restlichen Unterlagen durch.

Die für die Nachwelt verzeichnete Geburt und Taufe ihrer Eltern. Der Geburtsort ihrer Mutter fiel ihr auf, Ballymahon. Sie kannte ihn nicht. Auch in der Hinsicht war Eileen sehr verschlossen gewesen. Jetzt war Bid natürlich klar, warum. Sie schlug den Namen in ihrem alten Schulatlas nach und fand das Dorf beidseitig der Grenze zwischen Cork und Waterford. In ihren Augen verlieh dies Eileen einen Hauch von Wagemut: aus dem Haus gejagt, weil sie schwanger war. Kein Wunder, daß sie, nach Großeltern befragt, so abweisend reagiert hatte. Bedauern, ihrer Mutter nicht mehr Vertrauen entgegengebracht zu haben, überkam Bid. Wieviel einfacher hätte es ihre eigene schwierige Situation gemacht, hätte sie gewußt, ihre Mutter hatte das gleiche durchgemacht. Bestimmt hätte sie das einander näher gebracht, nicht einen Keil zwischen sie getrieben.

Lautes Hämmern an der Vordertür riß sie aus ihren Überlegungen. Sie warf einen Blick auf ihre Uhr. Erst halb acht.

»Habe ich dich geweckt, Bridget?« Auf der Türschwelle stand

Pater Crowley. Links hinter ihm riegelten zwei Polizeiautos die Brücke ab. Über das Schleusenbecken war eine riesige Plane gespannt.

»Ein Unfall, Pater?« fragte sie teilnahmslos.

»Es heißt, ein Betrunkener sei in die Schleuse gefallen. Gott steh uns bei! Es wundert mich, daß du von der ganzen Aufregung nichts mitbekommen hast. Meiner Meinung nach wieder einmal falscher Alarm. Das passiert von Zeit zu Zeit.« Er schien nicht sonderlich nervös, bis ihm auffiel, daß sie nur eine Decke um sich geschlungen hatte. Verlegen wandte er den Blick ab. »Wäre es dir lieber, wenn ich später noch einmal vorbeikomme?«

»Nein. Kommen Sie rein, Pater. Ich zieh mich rasch an. Im Wohnzimmer habe ich Feuer gemacht, und Kaffee ist auch da. Ich bin gleich wieder da.«

Als sie zurückkam, hatte er die Vorhänge aufgezogen und stand vor dem Schreibtisch. In der Hand hielt er die beiden Dokumente.

»Wie ich sehe, bist du auf etwas gestoßen«, setzte er vorsichtig an.

»Ja. Haben Sie das gewußt?« fragte sie im Plauderton, während sie das Licht ausschaltete. »Schade, daß sie mir das nie erzählt hat. Ziemlich romantisch, finden Sie nicht?«

Er knurrte etwas Unverständliches.

»Hast du sonst noch etwas Interessantes gefunden?« fragte er leichthin, aber seine durchdringenden blauen Augen musterten sie so eindringlich, daß sie sich von dieser, wie sie es empfand, aufdringlichen Neugierde abgestoßen fühlte. Das sah ihm gar nicht ähnlich. Kam völlig unerwartet. Genauso hatte er sich Maureen gegenüber verhalten. Plötzlich fragte sie sich, ob sie ihn überhaupt mochte.

»Nichts außer der Tatsache, daß meine Eltern in Dundalk geheiratet haben – ich frage mich, warum? –, und zwar erst zwei Monate nach meiner Geburt. Ich wünschte, sie hätten es mir gesagt«, fügte sie hinzu. »Ich hätte das verstanden.«

»Wirklich, Bridget?«

»Natürlich.« Lässig zuckte sie die Schultern. »Das passiert

doch die ganze Zeit, niemand achtet mehr darauf«, erklärte sie abschätzig, ganz Frau von Welt.

»In kleinen irischen Dörfern schon«, erwiderte er leise. »Selbst heute noch. Falls du das vergessen hast, Bridget, du warst sehr lange weg.« Eine kurze Weile hielt sie seinem Blick stand, dann wurde sie tiefrot. Bedächtig nickte sie.

»Ja, natürlich. Daran hätte ich denken müssen«, meinte sie zerknirscht.

Schweigend schlürften sie ihren Kaffee. Pater Crowley beobachtete sie mit niedergeschlagener Miene, und allmählich befürchtete sie, sich zu hastig angezogen zu haben. Sah man es ihr an? Hatte er es bemerkt? Sie spannte ihre Bauchmuskeln an, bis sie schmerzten. Als sie ihn so beobachtete, hatte sie erneut das Gefühl, er wolle auf etwas ganz Bestimmtes hinaus. Aber seine, wie ihr schien, unverhohlene Neugierde machte sie so mißtrauisch, daß sie sich nicht in der Lage sah, irgend etwas Belangloses zu sagen. Unvermittelt zog er die Hand aus der Tasche und streckte ihr zögernd einen blauen Umschlag entgegen.

»An dem Tag, an dem deine Mutter ins Krankenhaus ist, hat sie mich gebeten, dir das da zu geben. Da steht all das drin.« Er deutete auf das Dokument, das immer noch auf ihrem Schoß lag. Bid beachtete den Brief nicht weiter, sondern stopfte ihn ungelesen in die Tasche. Dann sah sie fragend zu ihm auf.

»Sie hat mich auch gebeten, mit dir zu reden … hm, über … sie hatte ziemlich viel auf dem Herzen und hat sich ungeheure Sorgen gemacht.«

Verdammt noch mal, dachte Bid wütend. Sie hat ihm von Cas und mir erzählt. Ich hasse das. Hasse es. Das geht ihn nichts an. Jetzt kommt wahrscheinlich die Predigt von wegen Glaube und Moral.

»Sie wollte, daß ich mit dir rede, ehe …«, er deutete auf den Schreibtisch. »Deshalb bin ich so früh gekommen. Allerdings nicht früh genug.« Kläglich lächelte er dem blassen, grimmigen Gesicht zu und tätschelte ihre Hand.

»Bridget, mein liebes Kind, du bist eine aufgeschlossene junge Frau. Ich glaube nicht, daß du dir über derlei Dinge genauso viele Gedanken machst wie deine arme Mutter. Ich schätze, dabei kommt dir deine Arbeit zugute ...« Ein laut krachendes Geräusch von der Straße übertönte seine Worte. » ... mit allen möglichen seltsamen Situationen zu tun.«

Ungeduldig sah sie zum Fenster und hörte ihm verdrossen und nur mit halbem Ohr zu, bis sie merkte, er sprach nicht von ihren Verfehlungen, sondern von denen ihrer Mutter. Sie merkte nicht, wie sorgsam er seinen betulichen Bericht formulierte.

»Zum ersten Mal bin ich deiner Mutter Mitte der Fünfziger begegnet, als sie ungefähr siebzehn war. Ich war damals Vikar in ihrem Heimatort. Sie ist mit einem jungen Mann gegangen, aber ihre Eltern waren sehr dagegen. Das Problem war seine Familie; ein unzuverlässiges Völkchen, kein Mensch hat Genaueres über sie gewußt. Ziemlich rauhe Gesellen, haben von der Hand in den Mund gelebt, und, das war das Schlimmste, sie stammten nicht aus der Gegend. Dein Großvater war Schulmeister. Er hatte sehr spät geheiratet und war ziemlich altmodisch in seinen Anschauungen und sehr, sehr streng. In Eileen hat er große Hoffnungen gesetzt, sie war ein aufgewecktes junges Ding ...«

Verdammt noch mal, dachte Bid rebellisch, warum behandelt der mich wie ein schwachsinniges kleines Kind? *Sitzt du auch bequem? Dann kann ich ja anfangen* ... Sie schlenderte zum Fenster und wandte ihm den Rücken zu, während sie die seltsamen Dinge beobachtete, die am Kanal vor sich gingen.

»Als er herausgefunden hat, was sie vorhatte, ist es zu einer fürchterlichen Auseinandersetzung gekommen. Ich war damals nicht da, mußte für ein paar Wochen in einer anderen Gemeinde aushelfen. Als ich ins Dorf zurückkam, war sie mit dem Burschen durchgebrannt. Kurzfristig hat das für ungeheures Aufsehen gesorgt. Alle möglichen seltsamen Geschichten sind in Umlauf gesetzt worden, aber anscheinend hat niemand gewußt, wo sie sich aufhielten, und ihre Eltern wollten nicht darüber sprechen. Kurz darauf sind seine Leute von dort verschwunden, und ein paar Monate später sind auch deine Großeltern weggezogen. Danach hat sich die ganze Aufregung gelegt.

Im Lauf der Zeit habe ich die ganze Geschichte vergessen.

Dann, ungefähr zehn Jahre später, wurde ich in die Gemeinde hier versetzt. Es war ein merkwürdiger Zufall, daß wir uns plötzlich an ein und demselben Ort wiederfanden. Wirklich, die Welt ist klein. Ich habe deine Mutter auf der Stelle wiedererkannt, sie aber hat mich wie Luft behandelt. Ohne ein Wort zu sagen, hat sie klargemacht, sie wollte nicht, daß ich die Vergangenheit erwähne. Na ja, du weißt ja, wie deine Mutter war. Sie hat das sehr deutlich zum Ausdruck gebracht. Wenn ich Umgang mit den Laceys haben wollte, dann zu ihren Bedingungen. Fragen zu stellen stand mir nicht zu. Und ich habe keine Fragen gestellt. Deine Mutter hat mir immer ein bißchen angst gemacht.«

Pater Crowley zog sein Taschentuch heraus und wischte sich über die Stirn. »Ihre Vergangenheit hat sie mit keinem Wort erwähnt, nicht ein einziges Mal, bis vor ungefähr einem Monat, als ich sie besucht habe. Sie sah schrecklich aus, wartete darauf, ins Krankenhaus zu gehen, kannst du dich erinnern? Was für eine schlimme Zeit das für dich gewesen sein muß, armes Kind.«

Bid antwortete nicht. Sie war wie hypnotisiert von den flakkernden Blaulichtern draußen auf der Straße.

»Sie hat mich gebeten, mit dir zu reden. Die Vergangenheit hat sie gequält, umgetrieben. Jahrelang hatte Fergus auf sie eingeredet, dir alles zu sagen, aber nicht einmal ihm hatte sie die ganze Wahrheit gestanden.«

Bei der Erwähnung ihres Vaters drehte Bid sich so unvermittelt um, daß sie fast das Gleichgewicht verlor.

»Hören Sie«, fauchte sie ihn an. »Ich wurde vor der Heirat meiner Eltern gezeugt. Na und? Was soll das ganze Getue? Das passiert doch oft. Und warum sollte *sie* es mir sagen? Das hätte mein Vater auch selber machen können. Warum sie? Oh, ich verstehe. Schuld ist immer die Frau. Ist das alles?«

Jetzt meldete sich angriffslustig die Kummerkastentante in ihr zu Wort. »Nahezu dreißig Prozent aller Kinder in Großbritannien kommen unehelich zur Welt, und Gott weiß, wie viele davon irisch sind. Oder wie die richtige Statistik aussieht. Wenn man es wagen würde, eine Statistik darüber zu führen. Nicht alle wollen heiraten, verstehen Sie? Heutzutage nicht mehr. Meine Eltern«, fügte sie hochmütig hinzu, »waren ihrer Zeit voraus. Das ist alles.«

Er unterdrückte seine Verärgerung und das ungeheure Bedürfnis, die Flucht zu ergreifen.

»Ich fälle keine Urteile, Bridget, ich sage dir lediglich, worum deine Mutter mich gebeten hat. Sie hat mir da bestimmt nichts vorgemacht, es hat sie wirklich sehr bedrückt.« Und das ist noch milde ausgedrückt, dachte er bei sich.

»Tut mir leid«, erwiderte sie reumütig. »Ich hätte nicht so mit Ihnen reden dürfen. Aber das ist alles nicht nötig. Wirklich nicht. Ich habe die Beweise dafür gesehen. Sie brauchen nicht weiterzuerzählen. Lassen Sie das Ganze einfach auf sich beruhen.«

»Na schön. Das ist wahrscheinlich das beste. Tut mir leid, daß ich dich verärgert habe, Bridget, aber deine Mutter hat mir das Versprechen abgenommen. Ich selber wollte das nicht. Sollen wir es dabei belassen?«

Sie ging auf ihn zu und erklärte beschämt:

»Ich war sehr unhöflich zu Ihnen, Pater. Entschuldigung. Ich schätze, es ist besser, Sie erzählen mir alles, was sie gesagt hat.«

Jetzt zögerte er. Sein Instinkt gab ihm den Rat, sich zurückzuziehen, etwas Belangloses zu sagen und den Brief zurückzufordern.

»Ich weiß nicht. Lassen wir es auf sich beruhen. Das ist das beste. Du hast völlig recht, Bridget.«

Wenn er nur aufhören würde, sie Bridget zu nennen. Es verstärkte ihr Gefühl der Losgelöstheit.

»Bitte.«

»Bist du sicher?« Was für eine dumme Frage! Wie sollte sie?

»Ja.« Lächelnd wandte sie sich ihm zu. »Erzählen Sie mir, warum sind sie nach Dundalk?«

»Wer?« Ihre Frage überraschte ihn.

»Mam und Dad.«

Resigniert seufzte der Priester.

»Als Eileen durchbrannte, ist sie nicht nach Dundalk. Nicht gleich. Sondern zuerst nach England.« Der Priester schlich wie die Katze um den heißen Brei herum. Doch plötzlich fuhr er hastig, als wolle er den unangenehmen Bericht so schnell wie möglich hinter sich bringen, fort: »Nicht mit Fergus, zusammen mit dem anderen Jungen. Sie waren nicht älter als siebzehn oder achtzehn, vielleicht nicht einmal das. Kinder, ja, das waren sie.«

Trübsinnig starrte er Bid an, die mit über dem Bauch verschränkten Händen dastand. Er riß sich zusammen. Komm jetzt zur Sache.

»Laut dem, was sie mir erzählt hat«, er räusperte sich, »ist sie erst ein paar Jahre später schwanger geworden. Damals hat sich ihre Beziehung verschlechtert. Sie hat ihn mit ... mit jemand anderem gefunden.« Er brachte es nicht über sich zu sagen: im Bett. »Mit einem Mädchen. Zusammen. Da ist sie weggerannt.« Schweigend musterten sie einander. Bid war leichenblaß geworden. Der Lärm draußen flaute ab.

»Aber was ist mit meinem Vater? Was ist mit Fergus?« fragte sie heiser.

»Den hat sie kurz darauf kennengelernt. Er hat sich um sie gekümmert, stand ihr während der Schwangerschaft bei. Kurz bevor du auf die Welt gekommen bist, sind sie nach Irland zurück. Dundalk. Zu einem Freund offensichtlich. Dort haben sie sehr zurückgezogen die sechs Wochen verbracht, bis sie heiraten durften. Dann sind sie nach Dublin gezogen.«

Der Tonfall des Priesters wurde eindringlich. »Fergus war in jeder, außer in biologischer Hinsicht dein Vater, Bridget. Er hat sie nie im Stich gelassen, war euch beiden treu ergeben. Daran darfst du nicht zweifeln. Ich brauche dir nicht zu sagen, wie sehr er dich geliebt hat.«

Sie starrte an ihm vorbei und sagte, fast zu sich selber:

»*Bonus bonorum bonarum.* Warum haben sie mir das nicht gesagt? Das alles ergibt keinen Sinn, oder, Seamus?«

Er war verblüfft, als sie ihn beim Vornamen nannte. Sie war völlig niedergeschmettert und totenblaß, als wäre sie geschlagen worden.

»Wahrscheinlich nicht, mein Kind, solange du nicht ihre Vergangenheit und die Tatsache, daß sie nicht zu ihren Leuten zurückwollte, in Betracht ziehst.«

Er richtete sich auf. »Da war noch etwas.«

»Warum hat mein Dad mir das nicht erzählt?« fiel sie ihm ins Wort. »Das hätte er machen sollen. Warum hat er es nicht getan?« Sie klang erschöpft und weit entfernt. Und viel zu ruhig, fast als sei sie nicht bei sich selber. Als der alte Priester sie so betrachtete, bekam er plötzlich Angst, was sie tun würde. Er fühlte sich bedroht und alt, und ihm war übel, sterbensübel.

»Warum hat mein Dad mir das nicht gesagt, Seamus?« Ihre Stimme war ausdruckslos. Es klang, als führte sie eine belanglose Unterhaltung.

»Weil«, fuhr er bedächtig fort, »weil er ein ehrenwerter Mann war. Ich vermute, er hatte das Gefühl, das sei die Angelegenheit deiner Mutter, und er hätte eigentlich kein Recht dazu. Außerdem hat sie es nicht zugelassen, und er hat es immer vermieden, sie zu verärgern, nicht wahr? Und er hatte ständig Angst, dich zu verlieren. Das ist natürlich eine bloße Annahme.«

»Sie haben gesagt, da sei noch etwas?«

»Hm?«

»Seamus? Was war da noch?«

»Sie hat zugelassen, daß Fergus alle Vorbereitungen traf, um sie zu heiraten. Aber sie hat ihm nicht gesagt, daß sie bereits verheiratet war. Sie und der andere Junge hatten in London geheiratet. Standesamtlich.

Sie hat versucht, sich selber einzureden, das zähle nicht. Da sie ja beide katholisch waren. Natürlich hat sie tief im Inneren gewußt, daß diese Ehe rechtsgültig war, aber sie hat Fergus nichts davon gesagt. Ich vermute, sie hätten irgendwo einen Priester auftreiben können, der sich selber eingeredet hätte, eine Zivilehe zwischen zwei Katholiken sei nicht gültig. Allerdings glaube ich, und sie war vermutlich der gleichen Meinung, daß Fergus derlei Haarspaltereien nicht gebilligt hätte. Also hat sie den Weg des geringsten Widerstands eingeschlagen und nichts gesagt.

Doch sie hatte nicht mit ihrem eigenen Gewissen gerechnet. Armes Ding, sie war in einer ziemlich verzwickten Situation, so oder so. Die Zeiten waren damals noch anders, vergiß das nicht. Es war nicht so einfach, Unterstützung zu bekommen, und sie hatte ein Kind zu versorgen. Arme, törichte Frau. Eine Lüge hat die andere nach sich gezogen. Ihre ganzes Leben hat sie damit verbracht, alles zu verheimlichen und zu verhindern, daß er es herausfand.«

»Aber das entschuldigt nicht, daß er mir nichts davon gesagt hat. Die beiden Dinge hatten doch nichts miteinander zu tun, oder?« fragte Bid mit zittriger Stimme.

»Für dich vielleicht nicht. Für sie schon. Verstehst du das denn nicht?« fragte er leise. »Bigamie ist ein häßliches Wort. Die ganze Geheimnistuerei entsprang ihrer Angst. Für sie waren die beiden Dinge untrennbar miteinander verbunden. Die Angst hatte völlig von ihr Besitz ergriffen und bestimmt, wie sie mit der Tatsache deiner Geburt zurechtkam – oder eben nicht zurechtkam. Jedesmal wenn Fergus es dir sagen wollte, hat sie ihn daran gehindert, weil sie befürchtet hat, du würdest losziehen und nach deinem richtigen Vater suchen, und dann wäre die ganze Geschichte herausgekommen. Fergus hätte entdeckt, daß ihre Ehe nicht rechtmäßig war. *Davor* hatte sie am meisten Angst. Wie töricht von ihr.« Er seufzte tief auf. »Was für ein schreckliches Durcheinander, das Ganze«, murmelte er und wartete darauf, daß sie ihn nach dem Namen ihres Vaters fragte.

Das Knistern des Feuers und der dumpfe Verkehrslärm waren die einzigen Geräusche, die im Zimmer zu hören waren. Mit halb geschlossenen Augen, fast schlafend, lehnte Bid sich in ihrem Stuhl zurück. Seamus Crowley, der geduldig auf eine Reaktion von ihr wartete, legte sich wohlüberlegte Sätze des Trostes zurecht. Die Minuten verstrichen, aber nicht das geringste deutete darauf hin, ob sie überhaupt begriffen hatte, was er gesagt hatte.

Sie befindet sich in einem Schockzustand, dachte er, sie hat kein Wort verstanden. Sie will nichts hören. Wie sehr sie doch, letztlich, ihrer Mutter ähnelt.

Schon oft hatte er ähnliche Situationen erlebt, wenn er versucht hatte, die Hinterbliebenen zu trösten, wenn die Plötzlichkeit des Todes das Gefühl der Unwirklichkeit noch verstärkt hatte. Und Bridget befand sich bereits in dieser prekären Lage. Ob sie sich später an irgend etwas von dem, was er gesagt hatte, erinnern würde?

Verunsichert fragte er sich, ob er die ganze Geschichte noch einmal von vorne erzählen sollte, ließ die Idee dann aber fallen. Hatte er nicht seine unangenehme Pflicht getan? Wider seine bessere Einsicht? Wenn der gnädige Gott es so wollte, daß sie auf diese Weise damit fertig wurde, dann würde es zu nichts Gutem führen, wenn er erneut nachhakte, beschloß er grimmig. Dennoch nagte die ganze Zeit über ein quälender Zweifel an ihm.

»Lies einfach den Brief deiner Mutter, Bridget«, drängte er sie sanft. »Ich bin sicher, sie hat das viel besser erklärt, als ich das konnte.«

Gelassen lächelte sie ihm zu.

»Oh, Seamus, ich bin keine besonders angenehme Gesellschaft, fürchte ich.« Ihre flackernden Augen schossen hierhin und dorthin. »Ich war fast die ganze Nacht auf. War furchtbar nett von Ihnen, vorbeizukommen, aber ich bin sehr müde. Ich glaube, ich lege mich ein bißchen hin.«

Sie streckte ihm die Hand hin. »Sie waren wirklich sehr freundlich. Haben eine wunderschöne Abschiedsrede für Mam gehalten. Ich weiß gar nicht, wie ich Ihnen danken soll.« Sie beugte sich vor und hauchte ihm einen Kuß auf die Wange, als würde eine Gastgeberin sich nach dem Diner von einem Gast verabschieden. Dann ging sie ruhig und gelassen aus dem Zimmer, gerade als in der Diele das Telefon zu läuten begann. Sie achtete nicht darauf, blieb jedoch an der Tür stehen und sagte:

»Ich vermute, Sie werden bald nach Lahinch ziehen.« Es war eher eine Feststellung als eine Frage, und er gab keine Antwort. Ihre nächste Bemerkung verblüffte ihn.

»Ich werde Sie besuchen kommen, sobald ich verheiratet bin. Das habe ich Ihnen doch erzählt, oder nicht? Ich möchte, daß Sie meinen Verlobten kennenlernen.«

Geistesabwesend lächelte sie und schloß die Tür, ohne ihm weiter Beachtung zu schenken. Das Telefon läutete immer noch, als er ihre Schritte im Zimmer über sich hörte. Für einen Augenblick hörte es auf, dann setzte das Läuten erneut ein. Zögernd ging er hin, um abzunehmen.

»Oh, Pater Crowley! Hier ist Maureen Lenehan. Wie geht es dem armen Ding denn?«

»Sie hat sich gerade ein wenig hingelegt«, erklärte er atemlos.

»Ach, Pater«, unterbrach sie ihn unwillig, »Sie haben sie doch nicht etwa mit irgendwelchen Dingen behelligt, die jetzt zu erledigen sind? Das ist nicht nötig, verstehen Sie, darum kümmere ich mich schon.«

Dem Priester reichte es für diesen Vormittag. Er fühlte sich alt, müde und vollkommen ausgelaugt.

»Da waren einige Dinge, die ich mit ihr zu besprechen hatte; Mrs. Lacey hatte mich darum gebeten.« Er hielt inne, fast überwältigt von dem Bedürfnis, sich auszusprechen, seine Last loszuwerden. Er hielt sich jedoch zurück und überlegte kläglich, daß Mrs. Lacey wohl besser daran getan hätte, ein mütterliches Wesen wie Maureen Lenehan darum zu bitten, mit dem Mädchen zu reden.

»Sind Sie noch dran, Pater? Sind Sie noch da?« Maureen klang jetzt nicht mehr so aggressiv. »Finden Sie nicht, daß sie das alles zu ruhig aufnimmt? Sie sieht fürchterlich aus, das arme Ding. Pater? Ich meine, das ist alles so plötzlich gekommen, finden Sie nicht auch?«

»Ja«, erwiderte er. »Alles ist viel zu plötzlich gekommen.«

»Und sie hat vor, morgen nach England zurückzufahren.« Aus Maureens Mund klang das, als bedrohten finstere, teuflische Mächte ihren Schützling. »Meinen Sie nicht, daß das verfrüht ist?«

»Nein. Durchaus nicht«, widersprach er heftig. »Ich hoffe, Sie bestärken sie darin. Dort spielt ihr Leben sich ab, und wahrscheinlich ist es im Augenblick besser, wenn sie ihre vertrauten Freunde um sich hat. Maureen? Haben Sie gewußt, daß sie vorhat zu heiraten?«

»Nein!« Ihr empörter Aufschrei zerriß ihm fast das Trommelfell. »Hat sie Ihnen das gesagt? Mir gegenüber hat sie es mit keinem Wort erwähnt. Wohlgemerkt, ich habe so eine Ahnung, daß sie ... Sind Sie sicher, Pater?«

»Nein. Durchaus nicht. Sie hat es nur so nebenbei erwähnt. Ich habe mich gewundert, das ist alles.«

»Vermutlich haben Sie recht.« Etwas verspätet kam Maureen die Idee, Bridget versuche vielleicht nur, sich zu schützen. »Sagen Sie ihr, in einer Stunde oder so werde ich vorbeischauen, ja?«

Seamus Crowley legte den Hörer auf und warf einen Blick die Treppe hinauf. Droben war alles ruhig. Er zog die Wohnzimmertür zu und ging schwerfällig durch die Diele. Könnte er sich doch jetzt zur Ruhe setzen, sofort, auf der Stelle. Ein überwältigendes Gefühl des Versagens ergriff Besitz von ihm. Hundert Jahre fühlte er sich alt, als er sich langsam über die Stufen vor der Tür hinunterschleppte. Hinter ihm begann erneut das Telefon zu läuten.

Vom Kanalufer aus winkte ihm ein großgewachsener Polizist mit gerötetem Gesicht zu. Er stemmte seinen Kopf gegen den Wind und überquerte langsam die Straße.

32 Irgendwann drang das schrille Läuten des Telefons in Bids Schlaf, aber bis sie überhaupt wußte, wo sie sich befand, hatte es aufgehört zu klingeln. Ihre Uhr zeigte auf zwanzig nach zwölf. Sie bespritzte ihr Gesicht mit Wasser und kämmte sich hastig. Nach wie vor war sie zu erschöpft und zu teilnahmslos, um auf ihr Äußeres zu achten. Sie zog wieder das gleiche dunkelgrüne Kostüm und die helle Bluse an, die sie trug, seit ihre Mutter gestorben war. Als sie die Treppe hinunterging, läutete erneut das Telefon. Diesmal nahm sie ab.

»Oh, Bid, ich bin's.« Sarahs beunruhigte Stimme. »Ich rufe schon den ganzen Vormittag an. Wie geht es dir?«

Bids Denken überzog sich wieder mit einem Schleier.

»Gut. Mir geht's gut, Sarah. Hast du etwas von Cas gehört?«

»Ich?« Sarah klang überrascht. »Nein, Bid. Hat er sich denn nicht bei dir gemeldet?«

»Nein.« Bid schien nicht im geringsten verärgert, nur irgendwie weit weg. Eine Minute oder so plauderten sie, dann erklärte sie: »In ein oder zwei Tagen komme ich wahrscheinlich nach Hause. Ich ruf wieder an.« Und legte unvermittelt auf.

Zerstreut schlurfte sie ins Wohnzimmer. Der Schreibtisch stand immer noch offen. Überall waren Papiere verstreut. Wie ein Roboter legte sie den größten Teil davon in die mittlerweile erkaltete Asche und zündete den Stapel an. Etwa eine halbe Stunde lang warf sie zunehmend hektisch Unterlagen in die Flammen. Dann zog sie mit einem lauten Rattern den Rolladen des Schreibtisches zu. In dem Augenblick läutete es an der Tür.

Es war Maureen, beladen mit einem improvisierten Mittagessen. Anschließend gingen sie, in einem weiteren Versuch aufzuräumen, noch einmal rasch von Zimmer zu Zimmer. Dann, kurz nach vier, machte Bid sich auf den Weg zu ihrem Rechtsanwalt, Bartley Quinlan. Sie versprach, es würde nicht länger als eine Stunde oder so dauern.

Doch es wurde fast acht Uhr, bis sie endlich auftauchte. Ungeduldig warteten die Lenehans in ihrem Auto vor dem Haus. Sie beobachteten, wie sie, aus der Richtung von Quinlans Wohnung in der Leeson Street kommend, das gegenüberliegende Kanalufer entlanghastete. Einmal verlangsamte sie das Tempo, um ein paar Worte mit dem Wachmann zu wechseln, der in der Nähe der über das Schleusenbecken gespannten Plane stand, ehe sie die Canal Road überquerte. Fast wäre sie in den alten Rover hineingerannt, ehe sie ihn erkannte.

Dinny beugte sich nach hinten, um die rückwärtige Autotür zu öffnen, war jedoch so entsetzt, wie blaß sie war, daß er aus dem Auto sprang und vorschlug, auf der Stelle zu Jurys Hotel zu fahren, um etwas zu essen. Maureen hievte sich aus dem Vordersitz und gesellte sich zu ihnen. Zu ihrer Erleichterung lehnte Bid ab. Sie erklärte, sie sei sehr müde und hätte bereits bei Bartley Quinlan eine Kleinigkeit gegessen. Weder erwähnte sie, worüber sie mit dem Anwalt gesprochen hatte, noch lieferte sie eine

Erklärung, womit sie die vorangegangenen Stunden verbracht hatte.

»Maureen, meine Liebe, ich fliege morgen gleich in der Früh nach London«, sagte Bid leise. »Hier hält mich jetzt nichts mehr. Ich habe ein Taxi bestellt, das mich zum Flugplatz bringt.«

Maureen blieb der Mund offenstehen. Ihrer Ansicht nach war Bid augenblicklich überhaupt nicht in der Lage, irgend etwas zu organisieren. Sie verspürte das dringende Bedürfnis, das Mädchen zu fragen, was sie den ganzen Nachmittag über gemacht habe. Die Besprechung mit Quinlan hatte doch bestimmt nicht so lange gedauert? Oder war sie bei Pater Crowley gewesen? Sie sagte es nicht. Verschwieg sie etwas oder war sie nur so gedankenverloren? Irgendwie konnte Maureen es nicht verkraften, daß das Mädchen so unerklärlich geheimnisvoll tat. Sie fühlte sich ein wenig gekränkt.

»Meinst du wirklich? Ich kann dich ohne weiteres hinfahren.«

»Bestimmt. Ich habe alles organisiert, ehrlich.« Bid lächelte entschuldigend. Dann streckte sie ihre Hände so merkwürdig flehentlich nach ihnen aus, daß sich dies den beiden als stummes Zeugnis ihres Kummers unauslöschlich einprägte.

»Ich bin hier so unglücklich, das kann ich euch gar nicht sagen. Ich vermisse … Es ist alles so furchtbar. Ich weiß wirklich nicht, wie ich euch danken soll, dir und Dinny.« Tränen stiegen ihr in die Augen. »Ohne euch hätte ich diesen Alptraum nicht überstanden.« Und legte in einer rührenden Geste, in der ihre frühere Warmherzigkeit und Schlichtheit aufschimmerte, jeweils einen Arm um die beiden stämmigen Gestalten und drückte sie an sich.

»Ich danke euch«, flüsterte sie stockend. »Ihr wart einfach wunderbar zu mir.« Unter Tränen lächelte sie die beiden an.

»In ein paar Monaten komme ich zurück. Ich werde heiraten. Dieses Wochenende wollte ich es Mam erzählen«, verkündete sie traurig, wenn auch unzutreffend. »Wir bringen das jetzt so schnell wie möglich hinter uns, in aller Stille, aber ich möchte gerne, daß ihr beide ihn kennenlernt.«

Als Maureen sie zum Haus begleitete, erzählte sie ein wenig von Cas und ihren Plänen, die allerdings ziemlich vage klangen. Das Baby erwähnte sie nicht. Auch nicht die Scheidung. Zumindest eines war seit dem Morgen in Bids Bewußtsein eingedrungen: Irland war immer noch Irland, und sie konnte nicht abschätzen, was selbst so gute Freunde wie die Lenehans von ihrer mißlichen Lage hielten.

In dieser Hinsicht tat sie jedoch Maureen unrecht und kränkte sie zutiefst. Denn die ältere Frau hatte vom ersten Augenblick an gemerkt, wie es um Bid stand. Sie hatte ihre Übelkeit am Morgen miterlebt, und es stimmte sie traurig, daß Bid ihr nicht genügend Vertrauen entgegengebracht hatte, um es ihr zu sagen. Nicht jeder, murmelte sie Dinny zu, als sie sich wieder in den Wagen zwängte, nicht jeder ist so altmodisch und so schnell mit einer Verurteilung bei der Hand wie Eileen Lacey.

Als sie wegfuhren, drehte sie sich um und beobachtete, wie die einsame Gestalt, die gerade das Haus betrat, einen Blick über ihre Schulter auf irgend etwas hinter sich warf. Es war das letzte Mal, daß Maureen das Mädchen sah, das für sie fast eine zweite Tochter gewesen war, und Bids Einsamkeit erfüllte sie mit einer unerträglichen Traurigkeit.

»Ich weiß nicht, Dinny.« Sie schüttelte den Kopf. »Ich weiß einfach nicht. Ich glaube, das arme Ding ist vollkommen aus den Fugen geraten. Ich meine, ganz abgesehen von Eileens Tod. Irgendwie habe ich ein ungutes Gefühl. Sie scheint in Schwierigkeiten zu sein. Aber nicht ein Wort hat sie darüber verlauten lassen. Nicht eine Silbe. Anscheinend traut sie überhaupt niemandem mehr. Glaubt sie vielleicht, ich hätte keine Augen im Kopf? Die ist mindestens im vierten Monat. Ich vermute, den ganzen Unsinn von wegen Heiraten hat sie sich nur Pater Crowley zuliebe ausgedacht. Vorher war davon nie die Rede. Von unserer Intelligenz hält sie offenbar nicht allzuviel, mehr kann ich dazu nicht sagen.«

Als sie ins Haus trat, steckte Bid geistesabwesend die Hand in die Tasche und zog den blauen Umschlag heraus. Auf der Vorderseite stand, in der Handschrift ihrer Mutter, ihr Name. Niedergeschlagen setzte sie sich auf die Stufen und drehte den Umschlag ein paarmal hin und her, ehe sie ihn aufriß.

Der Priester hätte sich seine Mühe sparen können, denn Eileen war bis zum letzten Augenblick feige vor der Wahrheit zurückgeschreckt. Sie war gestorben, wie sie gelebt hatte, sorgsam ihr Geheimnis hütend.

Toronto Tce, 14. März

Meine liebe Bridget,

gerade haben sie vom Krankenhaus angerufen. Ich muß morgen hin. Bis jetzt hatte ich Angst davor, aber nun bin ich ganz ruhig. Wenn es Gott gefällt, wird alles gutgehen und ich werde mich erholen. Wir dürfen die Hoffnung nicht aufgeben.

Ich weiß, in letzter Zeit hatten wir es nicht eben leicht miteinander. Ich habe Dir nie für all Deine Fürsorge und Unterstützung gedankt und dafür, daß Du so oft hergekommen bist. Du weißt, ich wollte immer nur Dein Bestes. Seit einiger Zeit ist mir klar, daß Du vorhast zu heiraten, und ich wollte Dir nur sagen – ich hätte Dir mehr Vertrauen schenken sollen. Noch immer mache ich mir Sorgen, daß du zu vertrauensselig bist und Dich von anderen Leuten ausnützen läßt, aber tief in meinem Inneren weiß ich, nie wirst Du etwas tun, das Du nicht für richtig hältst.

Ich kann nicht verhehlen, daß es mir lieber wäre, wenn Du einen von den Unseren heiraten würdest, hier, zu Hause. Wenn Du jedoch das Gefühl hast, dieser Mann ist der Richtige für Dich und wird gut zu Dir sein, dann will ich mich nicht weiter darüber aufregen.

Wenn mir etwas zustößt, sollst Du wissen, was auch immer Du vorhast, wo auch immer Du eine Familie gründen willst, ich weiß, nie wirst Du etwas tun, dessen Du Dich schämen müßtest …

Alles Liebe, Mam.

Bid preßte den Brief an die Lippen und drückte ihn an sich, als sie die Treppe zu ihrem Schlafzimmer hinaufging.

Früh am nächsten Morgen, nach der Sonntagsmesse, kam Pater Crowley vorbei. Er machte sich immer noch Sorgen und hatte außerdem eine schlaflose Nacht hinter sich, in der er die unselige Miss Finnerty und ihre Kochkünste für sein Sodbrennen und Eileen Lacey für seinen Kummer verantwortlich gemacht hatte. Sein Kopf drohte zu zerspringen. Als Bid ihm die Tür aufmachte, erschrak er fast über ihr Aussehen. Sie war nach wie vor totenblaß, und ihre Hautfarbe stand in so auffälligem Gegensatz zu dem dunklen Grün ihres Kostüms, daß ihre Schönheit fast ätherisch wirkte.

»Oh, Seamus. Sie sind vorbeigekommen, um auf Wiedersehen zu sagen?« Glückselig lächelte sie ihn an und trat einen Schritt zurück. »Das Taxi wird gleich kommen, aber ich möchte Ihnen noch etwas zeigen. Kommen Sie doch kurz rein.«

Da er eigentlich damit gerechnet hatte, sie würde ihm die kalte Schulter zeigen, war er mehr als überrascht. Sie zog den unheilvollen blauen Umschlag aus der Tasche und reichte ihn ihm.

»Mam hat mir einen so lieben Brief hinterlassen. Lesen Sie. Machen Sie schon, ich will, daß Sie ihn lesen, bitte«, drängte sie ihn.

Er zögerte. Warum strahlte sie über das ganze Gesicht? Sie wartete, während er, zuerst mit zunehmender Ungläubigkeit, dann mit überraschtem Zorn, las, was Eileen Lacey geschrieben hatte.

Diese Frau hatte ihn schlichtweg zum Narren gehalten. Schlimmer noch, sie hatte seinen Rat befolgt und ihn dann in sein Gegenteil verkehrt, indem sie ihn nicht davon abgehalten hatte, dem Mädchen alles zu sagen, was ... was... Ihm fehlten die Worte. War das der Grund gewesen, warum sie ihm nicht erlaubt hatte, sie im Krankenhaus zu besuchen? War alles, was sie ihm erzählt hatte, nichts als ein Haufen Lügen gewesen?

Der Gedanke flößte ihm Entsetzen ein, welchen Schaden er bei dem Mädchen möglicherweise angerichtet hatte. Würde sie je darüber hinwegkommen? Ihm vergeben? Kaum wagte er, ihr ins Gesicht zu sehen, doch als er es tat, wurde ihm klar, wenn sie sich überhaupt an etwas von dem erinnerte, was er ihr am Tag zuvor erzählt hatte, dann hatte sie es bereits verdrängt. Ihr Lächeln wirkte starr.

»Ist das nicht ein wunderschöner Brief?« schwärmte sie. »Ich habe gewußt, daß alles in Ordnung kommt, sie hat sich nur Sorgen gemacht, weil ich einen geschiedenen Mann heirate, der nicht katholisch ist. Ich vermute, das hat sie Ihnen gesagt? O ja, sehr bald schon. Er wird Ihnen gefallen, bestimmt. In ein paar Monaten bringe ich ihn mit, und dann besuchen wir Sie. Sie gehören jetzt ja sozusagen zur Familie, nicht wahr, Seamus?«

Sie zog die Schultern hoch und setzte ihr allzu strahlendes Lächeln auf. Ihre Wangen wurden plötzlich fiebrig rot.

»Alles, was ich an Familie habe, wenn man es genau nimmt. Sie und Maureen. Dinny und Mairead zähle ich nicht wirklich dazu. Natürlich, ich mag sie, aber… Sie würden ihn gerne kennenlernen, nicht wahr? Bis dahin sind wir verheiratet. Ganz und gar achtbar«, sprudelte es ungestüm aus ihr hervor.

Jetzt war Pater Crowley verwirrt. Verzweifelt suchte er nach einer wohlüberlegten Antwort, aber dann rettete ihn der Taxifahrer, der an die Tür klopfte.

»Ich helfe dir mit deinen Sachen, Bridget«, war alles, was er herausbrachte. Sein Herz pochte angstvoll.

»Es ist nicht viel. Ich geh nur noch mal nachsehen, ob ich etwas vergessen habe.«

Sie deutete auf eine kleine Reisetasche aus Leder und rannte nach oben. Pater Crowley legte den Kopf schief und lauschte, wie ihre Schritte durch die Räume im oberen Stockwerk hallten. Offenbar blieb sie kurz stehen. Kurz darauf tauchte sie jedoch wieder auf. In der Hand hielt sie eine alte schwarze Handtasche, und auf ihrem Gesicht lag immer noch das gespenstisch starre Lächeln. Sie streckte ihm einen Schlüsselbund hin und bat ihn höflich, ihn Bartley Quinlan auszuhändigen. Dann steckte sie die alte Handtasche und ein kleines Bündel in eine Plastiktüte.

Seamus gab ihr den Brief zurück und nahm ihr die Tragetüte ab.

»Darum kümmere ich mich schon, mein Kind. Ruf mich an,

falls ich noch irgend etwas für dich tun kann, ja? Und, bitte, komm mich besuchen. Ab Ende des Monats bin ich in dem kleinen Häuschen in Lahinch – ein alter Mann im Ruhestand.« Traurig lächelte er ihr zu und half ihr ins Taxi. »Bring deinen jungen Mann mit. Ich würde mich sehr freuen, ihn zu sehen – und dich.« Er tätschelte ihr die Wange und richtete sich dann mit einem Ächzen auf. »Paß gut auf dich auf, Bridget. Gott segne dich, mein Kind.« Als der Wagen losfuhr, winkte er ihr nach.

»Gott segne uns alle«, murmelte er fromm vor sich hin. »Denn wir haben hier ein schreckliches Durcheinander angerichtet.«

Plötzlich hielt das Taxi mit quietschenden Reifen an und machte kehrt. Bid sprang heraus und rannte auf ihn zu. In der Hand hielt sie etwas.

»Seamus. Das habe ich letzte Nacht gefunden.« Auf ihren Wangen zeichneten sich direkt unter den strahlenden sienafarbenen Augen zwei hellrote Flecken ab. »Sehen Sie nur. Mein Zauberblock.« Es klang fast, als sei sie nicht mehr ganz bei Sinnen.

Das kleine flache Rechteck aus Kohlepapier war mit steifem Zellophan überzogen, das mit einem gelben Metallband befestigt war. Mit dem Fingernagel kritzelte sie ihren Namen darauf: *Bridget Kate*, und darunter: *Lacey*.

»So hat mir mein Dad beigebracht, meinen Namen zu schreiben. Schauen Sie.« Sie schob das Metallband über das *Lacey*, und es verschwand. Dann starrte sie den Priester an, ließ das Täfelchen auf den Boden fallen und stieg wieder in das Taxi. Er stand mit offenem Mund da, während es sich rasch entfernte. Plötzlich war ihm danach zumute, sich an den Straßenrand zu setzen und seine Angst und Verwirrung laut herauszuschreien.

O heilige Mutter Gottes, betete er, vergib mir. Das habe ich nicht gewollt, ich habe nur getan, worum man mich gebeten hat.

Was hatte Eileen nur beabsichtigt mit ihrem frommen Geschwätz? Darüber zu plappern, reinen Tisch zu machen, und dann ihm den ganzen Dreck in seine alten Hände zu fegen, die alles durcheinanderbrachten, sich in alles einmischten. War ihre haarsträubende Geschichte reine – oder, genauer gesagt: unreine – Erfindung gewesen? Oder hatte sie sich das Ganze ausgedacht, weil sie mit der Tatsache nicht fertig wurde, daß das Mädchen schwanger war, wie jedermann, selbst ein tatteriger alter Priester mit schwachen Augen, sehen konnte? Statt dessen hatte sie herumgejammert, weil ihre Tochter einen geschiedenen Mann heiraten wollte. Was für eine dumme, törichte Frau!

Warum, zum Teufel, hatte sie ihn da mit hineingezogen? Darauf bestanden, einer jungen Frau, die gerade ihre Mutter verloren hat, dieses verheerende Geschwätz aufzutischen, das sie zu Tode erschrocken und den armen Fergus in ein schlechtes Licht gerückt hatte? Und was für ein verdammter, einfältiger Narr er gewesen war, dabei mitzuspielen. Als er nach Hause trottete, dachte er wieder und wieder über alles nach, woran er sich von jener endlosen Nacht erinnerte, in der Eileen ihm ihr Herz ausgeschüttet hatte. Damals hatte alles einleuchtend geklungen – war es möglich, daß er sich irrte?

Das war in der Tat möglich, gestand er sich verdrossen ein, in seiner langen Amtszeit waren ihm seltsamere Dinge untergekommen. Aber so etwas? Das übertraf alles. Hatte die Beichte Eileen Laceys Schuldgefühl beschwichtigt? Vielleicht hatte der Herr ihr die Kraft verliehen, ihre Tochter nicht mit dieser gräßlichen Geschichte zu belasten. Aber warum, warum nur hatte sie ihm das nicht gesagt und ihnen beiden diesen Kummer erspart? Dann erinnerte er sich, wie plötzlich sie gestorben war, und kam barmherzig zu dem Schluß, daß sie letztlich doch versucht hatte, ihre Tochter zu beschützen. War sie vielleicht zu krank und zu verwirrt gewesen, um sich noch daran zu erinnern, worum sie ihn gebeten hatte?

Ihm war übel vor Angst, Bid könnte sich später daran erinnern und sich Sorgen darüber machen, dann, wenn niemand in der Nähe wäre, um ihre verworrene Geschichte aufzuklären. Er beschloß, die Verbindung mit ihr aufrechtzuerhalten, gleichgültig, wie lästig ihr das sein mochte. Ihm war nicht entgangen, daß Bid es nicht mehr fertigbrachte, ihn mit Pater anzureden. Normalerweise war er in dieser Hinsicht nicht so empfindlich, aber daß sie ihn beim Vornamen nannte, vermittelte ihm das Gefühl einer Herabsetzung. Um die von ihm überbrachte Botschaft zurückzuweisen, hatte sie ihn herabgewürdigt.

Das bittere Gefühl, versagt zu haben, ließ ihn schier verzweifeln. Er ging in die Kirche und kniete nieder, den Kopf in den Händen, und stellte sich vor, wie Bid sich, was Eileen immer befürchtet hatte, auf die Suche nach ihrem Vater machte, und er hatte Angst. Angst um Bid. Doch dann fiel ihm unvermittelt ein, sie hatte ihn ja gar nicht nach dem Namen ihres Vaters gefragt. Hatte sein ursprüngliches instinktives Gefühl ihn letztlich doch nicht getrogen, daß sie nichts von alldem, was er gesagt hatte, wahrgenommen hatte? Es war wirklich nur ein dünner Strohhalm, aber hoffnungsvoll klammerte er sich daran. Dennoch, die düstere Vorahnung blieb. Einer Sache war er sich sicher. Das Mädchen brauchte jemanden, der sich um sie kümmerte.

Und in dem Augenblick kam er auf die Idee, Bridgets einzige noch lebende Verwandte, Eileens jüngere Schwester Gráinne, zu suchen.

33 Alles schien so seltsam und unwirklich. Wie eine Schlafwandlerin ging Bid dahin, verwirrt und unfähig, einen klaren Gedanken zu fassen. Instinktiv wandte sie sich jedoch in die Richtung des Zufluchtsorts, wo sie allein sein würde. In Heathrow nahm sie die U-Bahn nach King's Cross. Sie war völlig erschöpft. Der muffige Geruch ihrer Kleider ekelte sie an, und mehr als nach allem anderen sehnte sie sich nach einem Bad. Und Ungestörtheit. Sie hätte es jetzt nicht ertragen, jemandem zu begegnen oder mit jemandem zu reden und zu berichten, was geschehen war. Sie wollte keine Fragen mehr hören und sich nicht länger mit verwirrenden Hirngespinsten herumschlagen.

Die Tage in Dublin waren zu hektisch gewesen. Zu viele Leute, die mehr von ihr gefordert hatten, als sie hatte geben können. Zu viele gutgemeinte Ratschläge. Ein wenig Ruhe und Frieden war alles, was sie brauchte, um sich an die Tatsache zu gewöhnen, daß ihre Mutter tot war. Sie vergaß die Monate der Angst wegen Cas, sie vergaß auch das Baby, noch nur ein schmerzvolles Bedauern verspürte sie, daß sie es nicht geschafft hatte, ihrer Mutter alles zu gestehen und Frieden mit ihr zu schließen, ehe sie gestorben war.

Andererseits – waren nicht Eileen auf diese Weise sich dahinschleppende Monate, vielleicht Jahre des Leidens erspart geblieben? Die Untersuchungen hatten ergeben, daß der Krebs sich bereits in fortgeschrittenem Stadium befunden hatte. Die Operation hätte die unausweichliche Ausbreitung des Geschwürs wahrscheinlich nur hinausgezögert, nicht jedoch verhindert. Verstohlen mischte sich schuldbewußte Erleichterung in ihren Schmerz.

Ehe sie in die Percy Street bog, ging sie in den kleinen Supermarkt an der Ecke und kaufte ein paar Orangen, vorgebackene Brötchen und Kaffee. Leise schloß sie die Tür auf, zog unten an der Treppe die Schuhe aus und schlich hinauf.

Irgend jemand war vor ihr hier gewesen: Ihre Post lag ordentlich gestapelt auf dem Küchentisch.

»Cas?« rief sie leise. »Liebling? Wo bist du?« Sie trottete durch das Wohnzimmer und ins Schlafzimmer hinauf. Halb rechnete sie damit, ihn zu finden, war dann jedoch merkwürdig erleichtert, als er nicht da war. Sie ließ das Band des Anrufbeantworters zurücklaufen. Ein paarmal hatte der Anrufer gleich wieder aufgelegt, aber dann hörte sie Sarahs Stimme, die sie aufforderte vorbeizukommen, sobald sie zurück war. Ingrid. Edy. Roy Angel. Dann noch ein paar Lücken. Von Cas keine Nachricht. Sie drückte auf die Ansagetaste. Roy Angels von einer schweren Erkältung gedämpfte Stimme, man möge Miss Lacey unter ihrer Dubliner Nummer oder bei Sarah anrufen. Sie sei für ein paar Tage verreist.

Bid begann Cas' Nummer zu wählen, hörte aber mittendrin auf. Sie wußte, sobald sie ihm sagte, daß sie wieder hier war, würde er vorbeikommen, noch ehe sie Zeit gehabt hatte, ein Bad zu nehmen und einigermaßen zu sich zu kommen. Sie schaltete den Boiler ein und dachte an seine liebevolle Umarmung. Doch dann fiel ihr Blick auf ihr schmuddeliges Gewand, und sie beschloß, die Freude, ihn wiederzusehen, für ein paar Stunden hinauszuschieben, um sich erst ein wenig zu erholen. Er mochte es, wenn sie gepflegt aussah. Zuerst ein Bad, ein wenig schlafen und frische Kleider anziehen. Und dann würde sie zu ihm gehen.

Während sie wartete, daß das Badewasser heiß wurde, schob sie die Brötchen in den Herd, kochte Kaffee und preßte die Orangen aus. Das Telefon läutete, aber sie bemerkte es nicht, und nach ein paarmal Klingeln schaltete sich der Anrufbeantworter ein. Sie sah die Post durch und schlürfte dabei ihren Kaffee. Ein Bankauszug, ein Beileidsschreiben von ihrer Verlegerin, eine Ansichtskarte von Alice mit verschmierten Grüßen. Der Rest waren Postwurfsendungen. Eine Aufforderung, die Zeitschrift *Which?* zu kaufen. Ein Sonderangebot für einen Kurzaufenthalt in Edinburgh, zum halben Preis. Wieso ausgerechnet Edinburgh? Sie warf einen Blick auf die beigelegte Broschüre und stellte fest, in Kürze fand dort eine Buchmesse statt. Sinnigerweise war der Eisenbahnfahrplan von King's Cross aus beigelegt. Die farbigen Bilder vom Schloß und der Stadt fesselten eine Zeitlang ihre Aufmerksamkeit. Dann ließ sie den Prospekt gelangweilt fallen. Saß einfach da und starrte ins Leere.

Seltsam, irgendwie verspürte sie einen Widerwillen dagegen, sich aus diesem Zustand der Betäubung zu lösen. Sie knabberte an einem der Brötchen, trank noch mehr Kaffee und ging hinauf, um das Badewasser einzulassen.

Mittlerweile war es Nachmittag geworden. Lange lag sie im warmen Wasser und dachte an Dublin, den Tod ihrer Mutter und wie schnell alles gegangen war. Die Woche davor noch war sie hin und her gerissen gewesen zwischen begeisterter Freude über das Baby und Angst davor, es ihrer Mutter zu beichten. Erneut bedauerte sie, daß sie nicht den Mut aufgebracht hatte, es ihr zu sagen. Zu spät, zu spät, dachte sie traurig. Merkwürdig, wie sicher sie gewesen war, daß ihre Mam entsetzt gewesen wäre. Na ja. Sie hatte sich gründlich getäuscht. Ihre Mutter hätte das besser verstanden als irgend jemand sonst.

Als hätte sie alles vergessen, was der Priester ihr erzählt hatte, beschwor Bid ein tröstliches Bild ihrer Eltern herauf: jung, verliebt und auf der Flucht. Das Phantasiebild kreiste durch ihren Kopf, unaufhörlich, beruhigend. Bei dem Gedanken, wie die junge Eileen und Fergus sich über die starren Regeln, unter denen sie aufgewachsen waren, hinweggesetzt hatten, lächelte Bid liebevoll vor sich hin. Wie tapfer! Wie schön! Wie verliebt sie gewesen sein mußten. Sie kam gar nicht auf die Idee, sich zu fragen, welche Narben diese »Tapferkeit« hinterlassen hatte. Statt dessen genoß sie es, im warmen, duftenden Wasser zu liegen und auf altbewährte Weise den Toten nichts als gute Eigenschaften anzudichten. Was für eine herrliche Romanze! Eine Verbindung zu ihrem eigenen wunderbaren Baby. Sie schloß die Augen. In dem warmen Dampf entspannten sich ihre verkrampften Muskeln, und ihre zerrütteten Nerven beruhigten sich.

Etwas Seltsames, Merkwürdiges war das, der Tod. Sie wünschte, sie könnte Traurigkeit empfinden oder Bedauern oder zu weinen anfangen. Sie wünschte, sie könnte irgend etwas empfinden – Schmerz, Trauer über den Verlust, Kummer –, irgend etwas, aber da war nichts als eine große, tödliche Leere. Nichts. Sie konnte das alles nicht mit sich selber in Verbindung bringen und war zu müde, um es ernsthaft zu versuchen.

Ein seltsames Gefühl, als würde die Kopfhaut sich von ihrem Schädel lösen. Ihr Denken war nicht zu Hause. Wenn jemand anrief oder läutete, selbst wenn es ihr geliebter Cas war, würde sie so tun, als sei sie nicht da. Sie wußte, sie war nicht wirklich da, ein Teil von ihr, der größte Teil, war woanders hingegangen. Ihre Empfindungen entglitten ihr – wie sollte sie sie also beschreiben? Und wie sollte sie erklären, wie schnell das, was sie durchgemacht hatte, ihr Gefühl, irgendwo hinzugehören, ausgelöscht hatte? Sie hatte die Verbindung zu sich selber und zu ihrem Leben verloren.

Die Jahre in London hatten sie verändert, das wußte sie. In England liefen die Rituale des Todes langsamer ab. Vor der Beerdigung verstrich einige Zeit – ein Gottesdienst im engsten Familienkreis, möglichst keine Blumen –, und noch länger dauerte es, bis Gedenkgottesdienste stattfanden. Ganz anders als in Irland. Aber was sie brauchte, war Zeit. Zeit, um die Endgültigkeit ihres Verlustes und ihre Gefühle zu begreifen – wenn sie je wieder etwas fühlen würde.

Vielleicht war die Art, wie die Dinge in Dublin geregelt worden waren, genau das Richtige für sie gewesen? Maureen hatte gesagt, es würde ihr über die ersten schrecklichen Tage hinweghelfen, und das hatte es. Jetzt war die Zeit gekommen nachzudenken. Wenn sie nur denken, auch nur einen Gedanken fassen, etwas empfinden könnte! Wenn nur ihr Kopf nicht so schmerzte! Mattigkeit lähmte ihren Verstand, von dem ein Teil zusah, wie sie sich verzweifelt bemühte, sich in eine Ecke zu verkriechen, um ihre Wunden zu lecken. Die einzige Möglichkeit, mit alldem fertig zu werden, war, zumindest im Augenblick, allein zu sein. Sie mußte den Bildern ihrer Angehörigen einen festen Platz in ihren umherschweifenden Gedanken zuordnen.

Sie stieg aus der Badewanne und wickelte sich in ein Badetuch. Dann schlenderte sie wieder in die Küche. Sie hob die Edinburgh-Reklame auf und las sie noch einmal, diesmal genauer. Verträumt trommelte sie mit der buntbedruckten Broschüre auf den Tisch und drehte sie in ihren Fingern. Sie könnte in den Norden fahren, wo niemand etwas vom Tod ihrer Mutter und dem Baby wußte. Sich zurückziehen und versuchen, in ein normales, ganz gewöhnliches Leben zurückzufinden. Sich auf die Hochzeit vorbereiten. Sie zog das Badetuch enger um sich, ließ geistesabwesend den Prospekt auf den Tisch fallen und wanderte ziellos die Treppe hinauf.

Die Sachen, die sie auf ihrer Reise dabeigehabt hatte, lagen noch immer da, wo sie sie hatte fallen lassen. Im Kleiderschrank suchte sie nach etwas Passendem zum Anziehen. Verträumt glitten ihre Blicke über die kärglichen Überreste ihrer einst üppigen Garderobe. Schließlich zog sie ein geblümtes, ziemlich abgetragenes Kleid heraus. Ihr gefiel, wie weit es war. Sie hatte es satt, ihren anschwellenden Bauch in eine maßgeschneiderte Kluft zu zwängen. Schuhe? Ein Nachthemd? Nach und nach suchte sie verschiedene Sachen heraus. Dann änderte sie ihre Meinung und ließ alles einfach auf dem Boden liegen.

Sie ging zum Telefon und rief in Cas' Wohnung an. Wieder keine Antwort. Ihre Reaktion war gedämpft: ein leichtes Achselzucken, sonst nichts. Dann rief sie Sarah an, aber die war auch nicht zu Hause. Tom berichtete, es sei ihnen noch nicht gelungen, Cas aufzuspüren. Er versprach, es später noch einmal zu versuchen und sie dann zurückzurufen. Sollte sie nicht im Haus ihrer Mutter bleiben – Tom stolperte über die Worte –, würde sie ihnen dann Bescheid geben, wo man sie erreichen könnte? Bid legte auf und ließ ihn in dem Glauben, sie sei immer noch in Dublin. Ihr war nicht nach Gesellschaft zumute. Im Haus war es vollkommen still. Sie fegte alles vom Bett, kroch hinein und fiel binnen Sekunden in einen tiefen Schlaf.

Ungefähr um neun Uhr wurde sie von einem entfernten Läuten wach. Träge drehte sie sich um und wunderte sich, was sie geweckt hatte, aber das einzige, was sie hörte, war ihr laut tickender Wecker. Eine Zeitlang lag sie da und versuchte, sich an ihren Traum zu erinnern. Irgend etwas Bedrohliches hämmerte auf ihren Kopf ein. Sie fröstelte, zog die Decke bis ans Kinn und döste wieder ein. Doch das unbestimmte Gefühl einer Bedrohung überfiel sie immer wieder. Sie setzte sich auf die Bettkante und rieb sich den Bauch. Dann lächelte sie leise vor sich hin: allmählich wurde das zur Gewohnheit.

Ihr Blick fiel auf die alte Handtasche ihrer Mutter. Als sie sie aufhob, sprang der Verschluß auf, und der ganze Inhalt ergoß sich auf den Boden. Sie stieg darüber und ging in die Küche, um ihren winzigen Kühlschrank zu inspizieren. Eine uralte Lasagne war das einzige, was sie fand. Sie schob sie in das Backrohr, ging ins Schlafzimmer zurück und versuchte sich zu entschließen, ob sie sich anziehen sollte oder nicht. Eine Entscheidung von ungeheurer Tragweite, die ihre Kraft bei weitem überstieg.

Erneut setzte sie sich auf die Bettkante und sah geistesabwesend auf die Tasche. Sie erinnerte sie so sehr an ihre Mutter. Der verstreute Puder verströmte einen Hauch ihres Parfums. Ein

Duft, den Bid, so weit sie zurückdenken konnte, immer mit Erwachsensein in Verbindung gebracht hatte. Als Kind hatte sie beschlossen, eines Tages, wenn sie groß war, genauso eine Tasche zu haben.

Sie ließ sich zu Boden gleiten und legte die Sachen, die aus der Tasche gefallen waren, nebeneinander auf das Bett: eine kleine rote Börse voller Wechselgeld; eine an den Säumen aufgeplatzte Brieftasche; eine Plastikhülle mit Fotos von ihr und ihren Eltern, die meisten unscharf, weil die Personen zu weit von der Kamera entfernt gestanden hatten. Das Original des Bildes, das in Bids Kolumne abgedruckt war, und ein Farbfoto, das sie noch nie gesehen hatte: ihre Eltern, Arm in Arm, strahlend in die Kamera lächelnd. Sie hielt es dicht vor die Augen und betrachtete es im schwindenden Licht prüfend. Eileen war wirklich schön gewesen. Langsam begann ein Gefühl des Verlustes sich in Bids Herz zu schleichen.

Ein Blatt Papier lugte zur Hälfte aus der Tasche hervor. Als sie es herauszog, fiel ein blauer Umschlag zu Boden, auf dessen Vorderseite ihr Name stand. Als sie sich bückte, um ihn aufzuheben, flatterte ein Stück Zeitungspapier auf, schmutzig und eingerissen. Bid beugte sich vor und erinnerte sich plötzlich ganz deutlich daran, wie die Schwester es vom Krankenhausbett genommen und in die Tasche gesteckt hatte. Jetzt hob sie es auf und hielt es ans Licht.

Das geliebte Gesicht von Cas lächelte ihr entgegen. Das Original war im *Telegraph* abgebildet gewesen, von dem sie ein Exemplar in ihrem Schreibtisch im Büro versteckt hatte. Dieses Bild mußte aus einer anderen Version der gleichen Geschichte stammen, denn es handelte sich um eine schlechte Schwarzweißkopie. Sie zeigte Cas auf dem Gerüst der riesigen Baustelle auf der Isle of Dogs. Das Bild sah ihm sehr ähnlich, nur daß der Schutzhelm die schönen Augen verbarg. Der Großteil der Überschrift fehlte, der Rest nannte lediglich die Baustelle.

Sie kaute auf ihrer Hand herum. Wirklich merkwürdig. Ihre Mutter hatte Cas nie kennengelernt, also konnte das Bild für sie keine Bedeutung gehabt haben. Sie wunderte sich, wo es wohl herstammte, und legte den Zeitungsausschnitt umgedreht auf das Bett.

Jemand hatte mit Bleistift etwas auf die Rückseite gekritzelt. Sie schaltete die Nachttischlampe an und las zu ihrer Verwunderung Cas' Telefonnummer. Lange starrte sie sie an und legte dann bedächtig das Stück Papier wieder auf das Bett.

Nagender Zweifel und Furcht stiegen in ihr auf. Das Gefühl einer Bedrohung wuchs. Sie riß den blaßblauen Umschlag auf.

Meine liebe Bridget,
gerade haben sie vom Krankenhaus angerufen. Ich muß morgen hin. Bis jetzt ...

Bid legte den Brief wieder hin; es war lediglich eine Abschrift von dem, den Pater Crowley ihr gegeben hatte. Tief atmete sie durch, versuchte, die unheimliche Geschichte beiseite zu schieben, die er ihr zu erzählen versucht hatte. Eine verrückte Geschichte. Sie rannte zurück in die Küche.

»Lügen. Lügen. Lügen.« Sie preßte die Hände auf die Ohren. Wie hatte er es wagen können, so schreckliche Dinge zu behaupten? Ziellos rannte sie in der Küche herum und suchte Messer, Gabel und einen Teller zusammen. Das Telefon läutete.

»Ruhe. Ruhe«, fauchte Bid. »Seht ihr nicht, daß wir beim Essen sind?« Wieder rieb sie sich mit der Hand den Bauch.

Aus dem angrenzenden Zimmer hörte sie, wie der Anrufbeantworter sich einschaltete. Sie holte ihre spartanische Mahlzeit aus dem Herd, setzte sich an den Tisch und schaltete das Radio an. Während sie das Essen hinunterschlang, versuchte sie verzweifelt, sich auf das Sonntagshörspiel zu konzentrieren. Es hätte genausogut auf griechisch sein können, so wenig verstand sie.

»Doppeltes Holländisch«, murmelte sie, als sie heißes Wasser über das Geschirr laufen ließ. Sie lachte nicht, ihr war übel. Wieder kehrte sie ins Schlafzimmer zurück und machte sich daran, die Sachen ihrer Mutter wegzuräumen.

Meine liebe Bridget,
gerade haben sie vom Krankenhaus angerufen. Ich muß morgen hin. Bis jetzt hatte ich Angst davor, aber nun bin ich ganz ruhig. Wenn es Gott gefällt, wird alles gutgehen und ich werde mich erholen. Wir dürfen die Hoffnung nicht aufgeben.

Bridget, es gibt da etwas, das ich Dir sagen muß. Ich hätte das schon längst tun sollen, aber ich war ein schrecklicher Feigling. Jetzt habe ich Angst, daß ich Dich nie mehr wiedersehe, denn wenn Du dies liest, dann nur, weil es schlecht ausgegangen ist. Und dann habe ich keine Gelegenheit mehr, Dich um Verzeihung zu bitten.

Bid ließ den Brief sinken und bettete ihren Kopf auf das Kissen. Wie versteinert war sie. Der Priester tauchte vor ihren Augen auf, aber sie scheuchte das Bild weg. Ihr Gesicht spiegelte nichts als Erschöpfung. Für einen Augenblick schloß sie die Augen, dann setzte sie sich wieder auf.

Ich war siebzehn, als ich von zu Hause weggelaufen bin. Mit einem jungen Burschen. Con Rynne hat er geheißen. Wir waren verrückt nacheinander. Meine Eltern waren dagegen. Und gegen ihn. Ich hätte Dir das längst sagen sollen. Ich habe mit Pater Crowley gesprochen, und er hat gesagt, er würde Dir das geben und mit Dir reden. Wir mußten weg, denn es hat fürchterlichen Ärger gegeben, als mein Vater dahintergekommen ist. Und ich konnte nicht zurück. Nie mehr. Man hat nicht viel von seiner Familie gehalten in unserem Ort. Weil sie Neuankömmlinge waren, haben die Leute ihnen nicht über den Weg getraut. Es ist zu einem furchtbaren Streit gekommen, und man hat alle möglichen schrecklichen Dinge erzählt. Deshalb sind wir davongelaufen. Schließlich sind wir in London gelandet. Ich habe es gehaßt. Es hat mir angst gemacht, mit einem Mann zusammenzuleben, mit dem ich nicht verheiratet war, aber er wollte um keinen Preis in eine Kirche, denn dann hätte die Gemeinde in London bei der Gemeinde zu Hause nachgefragt, und unsere Angehörigen hätten uns aufgespürt. Ich weiß nicht, wie er es geschafft hat, aber schließlich haben wir geheiratet, auf einem Standesamt. Con hat sich immer gut darauf verstanden, alles irgendwie hinzukriegen.

Ein paar Jahre später war mir immer furchtbar übel. Ich war so unschuldig und naiv, daß mir nicht klarwurde, was der Grund dafür war. Damals sind wir nicht mehr besonders gut miteinander ausgekommen. Er hat eine Menge Geld verdient und hat furchtbar damit angegeben. Jeden Morgen war er schon weg, wenn ich aufgewacht bin, und abends hatte er es nicht besonders eilig, nach Hause zu kommen. Als ich zu einem Arzt gegangen bin, hat der mir gesagt, ich sei im dritten Monat.

Bid rieb sich den Bauch. Ihr Gesicht war völlig ausdruckslos, aber der Zettel in ihrer Hand zitterte, als sie weiterlas.

Den ganzen Weg nach Hause bin ich gerannt. Es war ungefähr sechs Uhr, ich erinnere mich daran, als wäre es gestern gewesen. Als ich in das Zimmer gekommen bin, hat er auf dem Sofa gelegen, zusammen mit einer großen Blondine. Sie hatten nichts an, und sie haben es miteinander getrieben wie die Hunde. Ich habe einfach meine Sachen gepackt und bin auf und davon. Nun weißt Du es also, ich war bereits mit Dir schwanger, als ich Fergus kennengelernt habe. Er war sehr gut zu mir. Wir haben so bald wie möglich geheiratet. Kein Mensch hat je irgendwelche Zweifel daran gehabt, daß er Dein Dad war.

Ich habe ihm nie etwas von dieser ersten Ehe erzählt, weil ich Angst hatte, ihn zu verlieren und daß dann niemand sich um uns kümmern würde. Von dem Augenblick an, als Du auf die Welt gekommen bist, war er völlig vernarrt in Dich. Mittlerweile hatte ich mir eingeredet, daß die erste Ehe nicht zählte. Ich glaube, ich habe das sogar geglaubt, zumindest lange Zeit. Aber ich hatte immer Angst, daß Fergus es herausbekommt. Von dem anderen Kerl habe ich nie mehr etwas gehört. Ich hoffe …

Bids Herz pochte so sehr, daß es schmerzte. Langsam und ohne es wahrzunehmen, zerriß sie den Brief, ohne ihn zu Ende gelesen zu haben. Sie saß da und wiegte sich hin und her, als das, was sie eben erfahren hatte, allmählich in ihr verwirrtes Denken eindrang. Der Priester hatte also recht gehabt, was Fergus betraf. Denk nach. Ganz ruhig. Fergus hat mich geliebt. Das haben beide gesagt. Dreißig Jahre kann man doch nicht so einfach streichen? Wie könnte diese grausige Beichte all diese Liebe, diese Fürsorge auslöschen?

Geistesabwesend spielte sie mit den Papierfetzen und summte einen geisterhaften Ton vor sich hin, bis die ganze Wut aus ihr herausbrach. Ihr Gesicht lief purpurrot an, und sie begann heftig zu zittern. Haßerfüllte Worte des Zorns stürzten aus ihr hervor und hallten in der leeren Wohnung wider.

»Wie kannst du es wagen?! Wie kannst du es wagen, nachdem du mir das Leben zur Hölle gemacht hast? All diese fromme Scheiße über ›verheiratete Männer‹! Das ganze verdammte, heuchlerische Geschwätz von wegen ›die Selbstachtung verlieren‹! Wie kannst du es wagen?! Und dieser verfluchte Priester! Was, zum Teufel, hat er sich eigentlich dabei gedacht, als er dir dabei auch noch geholfen hat? Wozu das Ganze? Verdammt noch mal, wozu?«

Ein wildes, heiseres Schluchzen schüttelte sie. Mit den Fäusten hieb sie auf das Kopfkissen ein. Das Telefon schrillte. Sie kroch die Treppe hinunter und merkte nicht, daß aufgelegt wurde, als sie den Hörer abnahm.

»Cas? O Cas? Hilf mir. Bitte, bitte. Die sagen so schreckliche Sachen.« Es war jedoch nur das Freizeichen zu hören. Mit zitternden Fingern wählte sie seine Nummer. Ließ es zwanzigmal läuten. Dreißigmal. Als niemand abhob, geriet sie in Panik.

Wo war er? Sie schlug ihren Kopf auf die Armlehne des Sofas. Wo war er? Sie zählte zurück – seit fast einer Woche hatte sie nichts mehr von ihm gehört. Er hatte sie im Stich gelassen. Warum war er nicht bei ihr?

»Warum bist du nicht hier, Liebster? Ich brauche dich. Bitte, Liebster, ich brauche dich«, sang sie schmeichelnd in den Telefonhörer, den sie mit beiden Händen umklammert hielt. »Hilf mir. Warum hilft mir niemand? Bitte, bitte, Cas.«

Sie ließ sich auf den Boden fallen und weinte wie ein Kind,

keuchte vor Verzweiflung. Dann kroch sie auf allen vieren aus dem Zimmer und, immer noch schluchzend, die Treppe zu ihrem Schlafzimmer hinauf.

Die Fetzen des Briefes lagen um das Bett verstreut. Sie raffte ein paar zusammen und stopfte sie sich in den Mund. Verbissen kaute sie darauf herum, bis sie würgen mußte und ins Bad taumelte, um sich zu übergeben. Auf allen vieren kroch sie in die Geborgenheit ihres Bettes zurück.

Es war fast schon hell, als sie aufwachte und ins Bad stolperte. Ihr Gesicht war rot und fleckig. Sie beugte sich über den Kaltwasserhahn und schöpfte Wasser auf ihre müden Augen. Der Boden war übersät mit Papierschnitzeln. Unablässig drückte sie die Toilettenspülung und ließ die Fetzen in das gurgelnde Wasser fallen. Dann folgte sie ihrer Spur zurück ins Schlafzimmer. Die restlichen Schnitzel knüllte sie zu einer festen Kugel zusammen und schleuderte sie in eine Ecke.

Ihr war immer noch schlecht. Sie tauchte einen Teebeutel in lauwarmes Wasser und trank langsam, versuchte sich zu erinnern, warum sie so früh auf war. Der Stapel Post lag immer noch auf dem Tisch. Mit spitzen Fingern blätterte sie ihn durch und stieß einen langen Seufzer aus. Ja. Edinburgh.

Da war etwas, das sie zu erledigen hatte, nicht wahr? Ein Plan. Ein Vorhaben. Ein Ziel. Was war es doch gleich wieder? Erneut starrte sie auf die Broschüre. Die Buchmesse. Die Buchmesse, ja, da mußte sie hin. Sie würde hinfahren, weil es ihr so bestimmt war. Das Warum oder Weshalb lagen außerhalb ihrer selbst. Sie hatte keine andere Wahl. So einfach war das.

Sie ging nach oben, um sich anzuziehen. Die verstreuten Sachen stopfte sie wieder in die Tasche und versteckte sie unter ihren schmutzigen Kleidern. Dann legte sie mit übernatürlicher Ruhe ihre Toilettensachen und ihr Nachthemd in die Reisetasche und trug sie die Treppe hinunter.

Von jetzt an funktionierte sie automatisch und tat, was sie immer machte, wenn sie die Wohnung verließ. Sie inspizierte flüchtig das Wohnzimmer, schob ein paar Briefe in eine Schublade, stellte zwei oder drei Blumentöpfe in die Spüle, verstaute die Abfälle in einer Plastiktüte und schaltete den Boiler aus. Dann ging sie ein letztes Mal die Treppe zu ihrem Schlafzimmer hinauf, um das Licht auszuschalten.

Das Bett war ein einziges Durcheinander. Als sie sich darüberbeugte, um die Tagesdecke glattzustreichen, bemerkte sie ein Stück verblaßten Papiers, das sich an dem rauhen Baumwollstoff verfangen hatte. Vor ihrem geistigen Auge sah sie, wie es aus dem Umschlag fiel, der neben ihr lag. Sie zog ihre Hand zurück, als hätte etwas sie gestochen.

»Nicht noch mehr. Nicht noch mehr. Vergiß das alles. Du versäumst noch deinen Zug. Du versäumst noch deinen Zug.«

Mit den Spitzen von Zeigefinger und Daumen nahm sie den Umschlag, hielt ihn weit von sich weg und ließ ihn auf die Kommode fallen. Langsam flatterte das Stück Papier herunter und landete auf ihrem Schuh. Sie starrte es an, am ganzen Körper zitternd, als sie sich in Zeitlupe niederbeugte, um es aufzuheben.

Sie faltete das kleine, unschuldige, vergilbte Blatt auf. Es war rot bedruckt. Ihre verquollenen Augen erkannten den Löwen und das sich aufbäumende Einhorn. Dann fiel ihr Blick auf das rosa umrandete Rechteck, in dem fünf kurze, ordentlich getippte Zeilen standen:

Bridget Kate Rynne
Mädchen
7. Mai 1959
Maida Vale
London

Vor ihren Augen verschwamm alles in Rot, während sie reglos dastand, totenbleich. Sie atmete kaum. Sie weigerte sich aufzunehmen, was sie gelesen hatte: Bridget Kate Rynne. Rynne? Rynne. Sie würgte. Dann umfing sie barmherzige Stille.

Fein säuberlich faltete sie das Blatt Papier zusammen und ließ es fallen. Hypnotisiert beobachtete sie, wie es auf den Boden flatterte. Mit der Schuhspitze schob sie es in den engen Spalt zwischen Bett und Fußboden. Dann richtete sie sich auf und nahm ihre Tasche.

Auf Zehenspitzen schlich sie die Treppe hinunter, verließ die Wohnung und ging mit energischen Schritten zum Bahnhof. Pfeifend. Doch das half nichts. Sosehr sie sich auch dagegen wehrte, schon fügten die verworrenen Einzelteile sich zu einem Bild. Allein in dem leeren, stillen Eisenbahnabteil, konnte sie sich nicht mehr wehren. Allmählich verfiel der beschleunigende Zug in den Rhythmus eines furchteinflößenden Refrains:

Rynne. Rynne. Rynne. Rynne. Rynne.

34

Als der Zug im Bahnhof von Waverley einfuhr, war Bid dem Zusammenbruch nahe. Ihre Erschöpfung schlug in eine Art Abgehobenheit, Losgelöstheit um. Ihr Wahrnehmungsvermögen war aufs äußerste geschärft. Noch nie hatte sie die Welt so in allen Einzelheiten betrachtet, mit solcher Klarheit gesehen. Selbst das farbige Muster der Sitzpolsterung in dem Waggon sprang ihr ins Auge, ungestüm pulsierend, während sie sich verzweifelt bemühte, ihre sich überschlagenden, wirren Gedanken unter Kontrolle zu bringen.

Langsam stieg sie aus und beobachtete verwirrt das zielstrebige Dahinhasten der anderen Passagiere. Der Lautsprecher brüllte etwas Unverständliches. Sie trat auf den Bahnsteig und ließ sich dahintreiben, durch die Sperre und den breiten Ausgang hinaus auf die hufeisenförmig geschwungene, belebte Straße. Eine endlose Schlange von Taxis schob sich vorbei und nahm wartende Fahrgäste auf.

»Wohin soll's gehen? Miss, Miss. Wo wollen Sie hin?« fragte der Fahrer ungeduldig. Bid hielt ihm die zerknitterte Broschüre unter die Nase, stieg schweigend ein, lehnte sich in ihrem Sitz zurück und schloß die Augen.

Rynne. Rynne. Rynne. Auf der Fahrt zum Hotel verfielen die Räder des Taxis in den gleichen Refrain. Als sie durch die riesige Mahagonitür trat, versuchte sie, sich daran zu erinnern, was sie jetzt tun mußte, aber das Quietschen der Borsten der Drehtür war ohrenbetäubend und brachte sie aus der Fassung. Sie landete in einer riesigen Empfangshalle und stand reglos da, während die strahlend gelben Wände wie ein Karussell durch ihr verworrenes Denken wirbelten. Das Licht des riesigen Kronleuchters tat den Augen weh, und sie spürte, wie der dichte, flauschige Teppich sie aufsog und sie darin versank, versank ... versank.

»Zum Empfang, Miss? Suchen Sie den Empfangsschalter?« Mit besorgtem Blick trat der Portier auf sie zu. Bid starrte ihn aus irren Augen an.

»Ja. O ja«, erwiderte sie fieberhaft. Er führte sie zur Rezeption. Drei junge, in Marineblau gewandete Frauen standen ihr gegenüber. Sie wunderte sich, warum sie wie Matrosen ausstaffiert waren – oder bildete sie sich das nur ein? Eines der Mädchen beobachtete sie argwöhnisch. Bid zwang sich zu einem Lächeln.

»Zwei Übernachtungen? Würde es Ihnen etwas ausmachen, ein Doppelzimmer zu nehmen, Miss? Die Einzelzimmer sind alle belegt.«

»Das ist schon in Ordnung.« Sie reichte dem Mädchen ihre Kreditkarte.

»Im obersten Stock. Haben Sie Gepäck?«

Bid lehnte sich an die Innenwand des Lifts und schloß die Augen, während er langsam nach oben schwebte. Der lange Korridor war leer und ruhig. Unsicher tastete sie sich an der Wand entlang und suchte ihre Zimmernummer.

Das Zimmer war in Blau und Grau gehalten. Blauer Teppich, graue Wände und an den hohen Fenstern blaßgraue Vorhänge. Ihr wurde übel. Über das schmale Doppelbett war eine hübsche, blumenübersäte Tagesdecke gebreitet. Bid beugte sich vor, um einen Blütenzweig zu pflücken. Als sie merkte, das ging nicht, fing sie leise zu weinen an. Zwei kleine Nachttischchen und eine dazu passende Frisierkommode und ein Stuhl. Kein Spiegel, in dem sie sich in voller Größe betrachten konnte.

Sie machte eine genaue, methodische Bestandsaufnahme. Denn sie wußte, das war wichtig. Allerdings kam sie nicht auf die Idee zu überlegen, warum eigentlich. Das Badezimmer wurde ebenfalls genauestens untersucht. Es war sauber, funktional, aber keineswegs luxuriös und so klein, daß es unmöglich war, die Toilette zu benutzen, ohne vorher die Türe zu schließen. Das faszinierte sie. Eine verblüffende Sparsamkeit. Etliche Male überprüfte sie ihre Theorie, ehe sie träumerisch weiterging.

Eine zweite Tür gegenüber dem Badezimmer führte in ein großes, mit bizarren grauen Drachen tapeziertes Wohnzimmer. Mit zurückgeworfenem Kopf stand Bid an der Wand und musterte hypnotisiert das unwirkliche Muster. Ich werde verrückt, dachte sie fiebernd und ließ sich auf einen Stuhl sinken. Ihr Rücken schmerzte.

Die Ausstattung war dunkelblau. Seltsam, die hohen Fenster ließen nur wenig Licht herein. Die ganze Suite war auf nicht genau faßbare Weise dumpf und bedrückend. Der graue Himmel draußen wirkte unheilvoll.

Sie packte ihre Toilettensachen aus, wusch sich das Gesicht und musterte ihr Spiegelbild. Die hellbraunen Augen starrten sie wie die eines verwirrten Äffchens an.

»Hallo, Bid, alter Kumpel.«

Ihre unnatürlich strahlenden Augen waren in dunkle Ringe eingebettet, und die Wangen unter den breiten Backenknochen waren so eingefallen, daß es aussah, als sauge sie sie nach innen. Ihre Haare hätten eigentlich nachgeschnitten gehört. Die feuchte Luft hatte die üppige hennafarbene Kappe in ein einziges Gekräusel verwandelt. Mit einer Haarbürste versuchte sie es zu glätten und betastete dann ihr Gesicht. Ihr fiel gar nicht auf, wie sehr das grellbunte Kleid mit dem Blumenmuster ihrem jämmerlichen Zustand hohnsprach. In lockeren Falten hing es schlaff von ihren mageren Schultern herab; ein Teil des Saums war aufgerissen.

Sie schlüpfte wieder in ihren alten Regenmantel, ging hinunter in die Halle und erkundigte sich, wie sie am besten zur Buchmesse käme. Die sorgfältig geschminkte Empfangsdame, die sie beim Hinausgehen beobachtete, sah sich in ihrer Ansicht bestätigt, Herumwühlen in alten Büchern bringe die Leute dazu, ihr Äußeres zu vernachlässigen. Nachdem Bid einmal in diese Schublade eingeordnet war, gaben weder ihr schlampiges Aussehen noch ihr anschließendes Verhalten Anlaß zu irgendwelchen Kommentaren.

Das Hotel nahm eine Seite eines schönen georgianischen Platzes ein. Er kam ihr wie eine größere Ausgabe von dem zu Hause vor. Schwerfällig trottete Bid dahin und ließ dabei ihre Hand über das schmiedeeiserne Geländer gleiten. Am anderen Ende des Platzes führte ein Torbogen auf eine menschenleere Gasse mit Kopfsteinpflaster, die sich an der Rückseite der Gebäude entlangzog. Die eine Seite war von in ehemaligen Kutscherhäuschen untergebrachten Boutiquen gesäumt. Ziellos schlenderte sie zur nächstbesten und trat ein.

Die Beleuchtung war karg. Punktstrahler richteten ihre gleißenden Strahlen auf eine Schmuckkollektion. Das aufdringliche Licht, das eine glitzernde Pracht zur Schau stellen sollte, hatte jedoch einzig den Effekt, die einzelnen Schmuckstücke im Kontrast zu der einfachen, kunterbunten Sammlung kleiner Figuren aus altem Porzellan in der angrenzenden Vitrine billig und fürchterlich unecht aussehen zu lassen.

Ein bißchen wie ich, murmelte sie vor sich hin, billig und unecht. Mein ganzes Leben ist ein einziger Schwindel. Auf Lügen aufgebaut. Wer bin ich? Nichts als Schein. Alles, was ich für sicher und unverrückbar gehalten habe, ist hinweggefegt worden. Warum konnte ich nicht Fergus' Tochter sein? Warum hat er es mir nicht gesagt? Wie konnte er das ihr überlassen? Mich mit halben Andeutungen hinhalten? Er hätte es mir sagen müssen. Dazu hatte er kein Recht, kein Recht. Voll schmerzlicher Trostlosigkeit schloß sie die Augen und hörte ihn auf einmal ganz klar und deutlich flüstern:

»O Kindchen, du Licht meines Herzens, du bist ein wahres Geschenk für mich. Von dem Augenblick an, als ich dich auf dem Arm deiner Mutter gesehen habe, hattest du mich für dich gewonnen, für immer. Mein kleiner Liebling.«

Sie preßte die Hand auf den Mund. Deiner Mutter? O mein

Gott, das mußte es sein. Er muß geglaubt haben, ich wüßte es. Er muß gedacht haben, sie hätte es mir gesagt.

Und in dem Augenblick schlugen, mit solch ungeheurer Macht, daß sie sich an die Wand lehnen mußte, ihre Gefühle für ihre Mutter von verärgertem Aufbegehren in unbändigen Zorn um.

Hatte Eileen sogar in dem Punkt gelogen? Hatte sie Fergus in dem Glauben gelassen, sie hätte Bid die Wahrheit gesagt? Mit jeder Faser ihres Wesens wünschte Bid, zumindest Fergus sei ehrlich gewesen. Daran könnte sie sich festklammern. Aber dieser Glaube hielt nur einen Augenblick vor.

Was für Feiglinge sie gewesen waren. Er hätte sich vergewissern, er hätte es ihr selber sagen sollen, statt sich von Eileen einschüchtern zu lassen. Immer diese Angst vor Auseinandersetzungen. Beide hatten sie Schuld auf sich geladen.

Bridget Lacey. Sie trug seinen Namen. Nein, sie hatten nicht das Recht gehabt, sie ihre Lügen für bare Münze nehmen zu lassen. Wovor hatten sie Angst gehabt? Jetzt wußte sie es, natürlich. Die beiden hatten so lange alles verheimlicht, daß jede Ausflucht die Bürde an Schuldgefühlen und ihre Furcht, sie könnte sich gegen sie wenden, noch schwerer gemacht hatte.

Ständig hatten sie auf einen geeigneten Augenblick gewartet, um es ihr zu sagen. Doch damit hatten sie sich selber gelähmt, ein erstickendes Geflecht von Täuschungen gewoben. Offenbar hatten sie geglaubt, das Thema sicher ausgeklammert, alles Unangenehme für immer unter den Teppich gekehrt zu haben. Benommen, mit geschlossenen Augen lehnte Bid an der Wand und kämpfte gegen das Chaos an, das sie ihr hinterlassen hatten.

Nein! Kommt gar nicht in Frage, so etwas wie Babys, außer im warmen, behaglichen Schoß einer von der Kirche abgesegneten Ehe. Keine unehelichen Kinder, nicht in diesem gut katholischen Land. Verbannt alles Unbequeme von hier, dachte sie ingrimmig, verbannt es auf die altbewährte Weise. Ein unterdrücktes knurrendes Lachen entfuhr ihr. Und dabei war sie nicht einmal Irin. Maida Vale, verdammt noch mal!

Sogar in der Hinsicht hatten sie gelogen. Viel schlimmer war jedoch, was sie ihr oder einander nicht gesagt hatten. Unterlassungssünden. Ihr gar nicht so unvertraut: nicht den Mut zu haben, sich mit sich selber auseinanderzusetzen, dieses Problem hatte sie von ihnen geerbt. Mit Zinsen und Zinseszinsen.

Problem? Das alles war zu ungeheuerlich für dieses milde Wort. Was die beiden so fein säuberlich auf sie abgeschoben hatten, das haftete nun an ihr, wie ein Laster, und nagte und fraß an Leib und Verstand. Namen. Irgendwas stimmte nicht mit den Namen. Con. Halt dich daran. Con. Eine Abkürzung wofür? Conor? Oder …? Was?

Nein. Denk das nicht. Con. Daddy. Con Rynne. Sie taumelte an die frische Luft und sah sich in der fremden Straße um. Wo war Cas? Wo war sie? Was machte sie hier, an diesem absurden Ort? Sie schlug die Zeit tot – schlug die Zeit vor ihrem langen Abschied tot. Rynne, Rynne. Rynne. Rynne.

Warum hatte er keine Verbindung zu ihr aufgenommen? Wußte er denn nicht, daß sie ihn brauchte? Er mußte es wissen. Er wußte immer alles. Immer. Jemand soll es ihm bitte sagen. Sagt ihm, es ist wichtig. Eine Sache auf Leben und Tod, flüsterte sie leise. Ruft Cas an. Ruft mich an. Bitte.

Während sie umherirrte, begann es zu nieseln. Sie bemerkte es kaum, zwang sich, auf die Bauwerke zu achten, die Hausnummern zusammenzuzählen und voneinander abzuziehen, die Farben zu vergleichen, auf jede Einzelheit der Fassaden zu achten. Allmählich drang es, trotz ihrer entsetzlichen, alles verzehrenden Angst, halbwegs zu ihrem Denken durch, daß die Stadt wunderschön war, die Eleganz der Häuser und der breiten Straßen durch die majestätischen Berge, die im Hintergrund aufragten, noch unterstrichen wurde.

Hier werde ich bleiben, dachte sie, weit weg, wo niemand mich kennt. Hier werde ich mein Baby zur Welt bringen. Blaue Augen wird sie haben. Nicht meine Augen. Blauäugige Cornelia. Im Kinderwagen werde ich sie durch den Park da schieben, und niemand wird uns verraten. Ich könnte hier leben oder sterben und niemand wüßte, wer ich bin …

Sie kam an einem versteckten kleinen Restaurant vorbei, in dem Austern, Muscheln und ähnliches angeboten wurden. Ihr

Magen knurrte vor Hunger, aber die männliche Ausstrahlung der Innenausstattung ließ plötzlich Erinnerungen an jenes erste Essen zusammen mit ihrem Liebsten aufkommen. Cas. Con, tönte das verräterische Echo. Blindlings ging sie weiter.

Der Regen wurde stärker. Sie bog um die Ecke und stieß auf eine bescheidene kleine Osteria, ganz in knalligem Rot und Grün. Sie drückte ihr Gesicht an die Fensterscheibe und sah die heiteren karierten Tischdecken und die Plastikblumen, die in Girlanden die Decke schmückten, und einen Kellner, der ihr winkte hereinzukommen. Ein plötzliches, unwiderstehliches Bedürfnis nach Wärme überkam sie. Aber sie hatte etwas zu erledigen. Was?

Hatte sie etwas zu erledigen? Einen atemlosen Augenblick lang dachte sie an Eileen, die mehr als dreißig Jahre mit ihren selbstgerechten Ausflüchten durchgekommen war – durfte sie nicht ein paar, nur ein paar Jahre des Glücks für sich selber haben? Eines? Nur eines? Ihre innere Stimme hämmerte ihr jedoch die unversöhnliche Botschaft ein: Sie mußte es Cas sagen.

»O lieber Gott, mach, daß er sich nicht von mir abwendet. Warum soll ich leiden? Ich kann nichts dafür. Wir können nichts dafür.«

Sie trat ein und setzte sich an einen Tisch. Als der Kellner lächelnd auf sie zukam, dröhnte ihr Kopf vor Furcht um ihr Kind, und das unterdrückte Mißtrauen gegen Cas bahnte sich tückisch einen Weg an die Oberfläche.

Warum hatte er ihr nicht mehr über sein Leben erzählt? Warum hatte sie nicht gefragt? kam höhnisch die Antwort. Der Paß. Der Paß. Warum war er damals so erschrocken? Schon damals? Wegen seiner Vergangenheit. Was war mit seiner Vergangenheit? Wer war er? Warum hatte er sie nie nach Holland mitgenommen? Hatte er je gesagt, er sei Holländer? Hatte er je wirklich und tatsächlich gesagt – dort bin ich geboren und das war meine Familie und der und der bin ich. Nein. Nein. Hatte er nicht. Sie war entsetzt, wie wenig sie von ihm wußte. Nicht einmal, woher sein seltsamer Name kam. Cas Van Rijn.

»O mein Liebster.«

Sie fühlte sich sehr schwach. Das Lächeln des Kellners war Besorgnis gewichen.

»Der Signorina geht es nicht gut? Warten Sie, ich bringe Ihnen etwas Mineralwasser. Einverstanden?« Er goß es für sie ein; unter Tränen blickte sie auf und bestärkte ihn damit in seiner Besorgtheit. Er nahm die Speisekarte und klemmte sie sich unter den Arm.

»Sie gestatten, Signorina, ich werde Ihnen etwas Leichtes bringen, eine Kleinigkeit. Überlassen Sie das mir, hm?« Dankbar nickte sie.

Renzo's stand auf der Streichholzschachtel. Es war hier wie in all den gemütlichen kleinen italienischen Restaurants, in denen sie gewesen war, so wie in jenem kleinen Lokal, in dem sie gegessen hatten, sie und Cas, in der Nähe von Florenz, wo die ältliche Kellnerin neben dem Tisch gestanden hatte und jeden Abend verdrossen die gleiche Litanei heruntergeleiert hatte:

»Spaghetti, Puntarella, Petto di pollo, Fettuccine, Bistecca, Cannelloni ...« Und Cas hatte sie so täuschend ähnlich nachgemacht, daß er sich später, wenn sie essen gingen, immer über den Tisch beugte und diese Litanei anstimmte ... *O meine Liebe, mein Leben. Ruf mich an.* Rynne. Rijn. Rynne. Rynne.

Die Musik war genauso altmodisch wie die Dekoration. Auf Mantovani folgten Simon und Garfunkel mit »Scarborough Fair«. Das liegt nahe, dachte sie, so nahe wie Petersilie, Salbei, Rosmarin ...

Rosmarin als Erinnerung. Das angespannte, kranke Gesicht ihrer Mutter tauchte vor ihr auf und sah sie flehentlich an. Arme, traurige, enttäuschte, stolze Eileen. War sie auch so sehr geliebt worden, jenes erste Mal? Sie, der nie klargeworden war, wie sehr sie von Fergus abhängig war. Eileen. Die ihn für ihren Verrat bestraft hatte. Eileen. Wie genau wäre sie eigentlich mit dem Kind verwandt?

Großmutter? Das sicherlich. Stiefmutter? Gab es ein praktisches Kürzel, um diese verworrene Beziehung zu beschreiben? Das Kind meines Vaters, das Kind seiner Tochter.

Renzo kam zurück. Er umsorgte sie wie ein Vater – *o Cas,*

Cas. Er beugte sich über sie, legte ihr die Serviette auf den Schoß, stellte einen kleinen Teller mit köstlicher sahniger Pasta vor sie hin. Aus dem Nichts tauchten Brot und eine weitere Flasche Mineralwasser auf. Bid lächelte ihm zu.

»Danke.« Wieder traten ihr Tränen in die Augen. Er tätschelte ihre Hand und schenkte ihr ein kleines Glas Wein ein.

»Trinken Sie das, wunderschöne Signorina, trinken Sie«, redete er theatralisch auf sie ein. »Das wird Ihnen guttun. Die Dinge sind nie so schlimm, wie sie scheinen. Sie werden schon sehen, alles wird wieder gut.« Er strahlte sie an und ging, um eine Gruppe von vier Leuten zu begrüßen, die gerade eintrat, ganz Lächeln und Leutseligkeit. Bid schaute auf die blassen Kringel auf ihrem Teller. Wie meine Gedanken, dachte sie, Würmer, die sich durch mein Hirn schlängeln. Ich wünschte, Sal wäre hier, sie wüßte, was ich jetzt tun soll.

Eine andere Platte. Ella Fitzgerald sang mit einschmeichelnder Stimme: *Every time we say goodbye, I die ...*

Die Worte des Liedes ließen plötzlich die Gewißheit in ihr aufkommen, daß sie Cas nie wiedersehen würde. Er würde nicht anrufen. Sie würde nicht mit ihm sprechen. Er war ... WAS? Ihre zerrütteten Nerven brüllten auf.

Er wußte es. Wie konnte er es wissen? Was war mit dem Bild in der Tasche ihrer Mutter? Rynne. Rijn. Jetzt erinnerte sie sich merkwürdig deutlich, was die junge Ärztin, Dr. O'Neill, gesagt hatte:

»Als ich weg bin, hat sie gerade Besuch bekommen, und als die Schwestern ihr das Mittagessen bringen wollten, war sie tot.« Der Besuch war ein Mann gewesen? Das hatte sie doch gesagt, oder etwa nicht? Könnte es Cas gewesen sein? War das der Grund für Eileens Tod?

O Gott im Himmel! Vor Entsetzen schloß Bid die Augen und wußte so sicher, wie sie nur etwas wissen konnte, irgendwo taumelte Cas im gleichen betäubten Zustand umher wie sie. Wacklig erhob sie sich.

»Haben Sie ein Telefon?« Renzo führte sie in einen kleinen Vorraum. Sie rief in Cas' Büro an. Das Besetztzeichen ertönte.

Bid schien es nicht wahrzunehmen. Sie lehnte sich an die Wand und trommelte mit den Fingern an ihre Wange.

»Hören Sie«, schluchzte sie heiser, »hören Sie. Es soll mir doch bitte jemand zuhören. Er ist weg, nach Dublin. Ich weiß es. O Cas, Hilfe ... Hilfe ...« Der Hörer glitt ihr aus der Hand. Sie ließ ihn baumeln.

35 Sie stürzte aus dem Restaurant und auf die Straße, stolperte unbeholfen an Eleganz vorbei, die sie nicht wahrnahm. Ihre Augen hatte sie auf den Boden geheftet, achtete nur auf ihre Füße, bemüht, nicht auf die Fugen zwischen den Pflastersteinen zu treten. Kreuz und quer rannte sie durch die Stadt, taumelte blind über Plätze und durch Straßen und wußte nicht, wo sie war, bis sie plötzlich, nach einigen Stunden, trostlos an einem Weiher in dem Park unter dem Schloß saß.

Um sie herum spielten Kinder und fütterten die Enten. Mütter mit winzigen Babys in ihren Kinderwägen spazierten vorbei. Sie könnte ihr Kind hier bekommen. Wem würden sie unter so vielen auffallen? Ja, das würde sie tun. Sie würde nicht mehr von hier weg. Niemand würde sie finden. Was für ein Glück, daß sie niemandem gesagt hatte, wo sie hinfuhr.

Eine junge Frau setzte sich neben sie auf die Bank. Sie war blond und heiter und hielt ein Baby auf dem Arm. Die Kleine, die neben ihr hergetrottet war, hielt eine Angel umklammert. Der zufriedene Anblick der drei quälte Bid. Als die junge Mutter ihr grüßend zulächelte, rannte sie Hals über Kopf aus dem Park, durch die von Leuten wimmelnden Straßen, bis sie endlich beim Hotel ankam.

Wie ein Gespenst schlich sie durch die Halle, ohne daß jemand sie bemerkte. Der Lift stand offen – er wartete auf sie. Leise hastete sie durch den Korridor. Bitte, mach, daß er in Sicherheit ist, betete sie.

Sie griff nach dem Telefon und wählte erneut die Nummer des

Büros. Es war immer noch besetzt. Zwanghaft wählte sie wieder und wieder. Und jedesmal begrüßte sie der gleiche schrille Ton. Gelegentlich murmelte sie etwas Unzusammenhängendes vor sich hin, mal weinte sie, mal betete sie laut. Er war da. Er war da. Er würde kommen und ihr helfen. Wie hatte sie nur an ihm zweifeln können? Er war zu ihr geeilt, sobald er es erfahren hatte. Wie hatte sie nur annehmen können, er würde dies nicht tun? O Cas.

Noch einmal wählte sie die Nummer. Dieses Mal kam sofort eine Reaktion.

»Cas?« flüsterte sie.

Schweigen. Dann antwortete eine ziemlich zittrige Stimme:

»Mr. Van Rijn ist nicht im Büro.« Dann war die Leitung tot.

Bids Mut sank, eine undeutliche Erinnerung an eine Gestalt am Wasser, die aufstand ...

»Wo ist er?« flüsterte sie und legte den Hörer auf. Langsam ging sie zum Spiegel und musterte lange ihr Abbild. Sie befeuchtete einen Finger und zeichnete verträumt ihre Umrisse nach. Das geblümte Kleid sprach ihrer geisterhaften Erscheinung hohn, verwirrte sie. Jemand, den sie einmal gekannt hatte, war so angezogen gewesen – fröhlich und heiter, voller Farbe. Eine Person, die die Leute gemocht hatten, weil sie dick war und lustig und alles mögliche tat, um den anderen eine Freude zu machen. Aber sie hatte jetzt etwas zu erledigen. Was war das gleich wieder? Angespannt starrte sie in den Spiegel. Dann nickte sie, als ihr Denken auf ein anderes Geleis glitt. Sie rief den Zimmerservice an.

»Eine Flasche Gin, bitte, und Eis. Und ein paar Gläser«, fügte sie fröhlich hinzu. Ihre Freunde würden auch ein Glas brauchen.

Sie nahm das Kettchen mit dem goldenen Kreuz ab, das sie immer trug, und kämmte sich. Dann setzte sie sich an den Tisch und schrieb, während sie wartete. Zehn Minuten später wurde das Tablett mit allem Drum und Dran, Tonic und Chips, gebracht. Sie bezahlte den Kellner und gab ihm den Brief; er solle ihn bitte einwerfen. Als er gegangen war, zog sie die Vorhänge zu und rief beim Empfang an.

»Ich gehe heute abend aus«, erklärte sie heiter. »Wahrscheinlich komme ich erst sehr spät zurück und möchte morgen früh nicht gestört werden. Auf gar keinen Fall. Wahrscheinlich werde ich bis mittags schlafen.«

»Einen angenehmen Abend wünsche ich Ihnen, Madame.«

Sie schaltete den Fernseher an und goß sich einen Gin ein. Unverdünnt. Rastlos wechselte sie von einem Programm zum anderen, während sie in großen Schlucken den Drink hinunterstürzte. Sie würgte, schenkte ein zweites Glas voll, dann ein drittes. Wärme durchflutete ihren steifen Körper, aber ihr Denken weigerte sich loszulassen. Sie hatte das Gefühl, immer noch nüchtern, aufgedreht, hellwach zu sein. Mit einem Auge sah sie sich einen Film über Wale an. Die Musik war recht schön. Sie schloß die Augen. Dann kam eine Wiederholung von *Bis daß der Tod uns scheidet.* Sie trank in großen Schlucken und hob ihr Glas in einem spöttischen Salut.

Was Gott zusammengefügt hat, soll der Mensch – oder die Tochter – nicht trennen.

Cas war tot. Dessen war sie jetzt sicher. Das unsichtbare Band würde sie in alle Ewigkeit verbinden. Gott läßt sich nicht spotten. Nicht von mir.

Sie schenkte sich noch ein Glas ein, ging bedächtig ins Badezimmer und kleidete sich mühsam aus, während sie das Wasser einlaufen ließ. Aus ihrer Tasche holte sie das Nachthemd hervor.

»Ganz wie es sich gehört, bis zum letzten Augenblick«, kicherte sie und drehte die Hähne zu. Mit dem Glas in der Hand stand sie vor dem Spiegel. Er schnitt ihre Schultern ab und reichte nur bis zu den Knien, so daß sie vor allem ihren schwellenden Bauch sah. Sie rieb mit der Hand darüber und wich zurück, als Furcht und Panik sie überwältigten. Als sie ihre Hand ausstreckte, um etwas aus ihrer Tasche zu holen, ertönte aus dem Fernseher heisere Popmusik. Bei dem Versuch, ihn auszuschalten, fiel ihr etwas aus der Hand. Die zwei Fläschchen mit Pillen, die sie aus dem Haus ihrer Mutter mitgenommen hatte, rollten vor ihren nackten rechten Fuß. Unsicher bückte sie sich und hob sie auf. Um sie begann sich alles zu drehen.

»Oh, meine Freunde! Da seid ihr ja.« Liebevoll wiegte sie in jeder Hand eines der Fläschchen und sprach leise, wie mit einem Kind. Der Gin begann jetzt rasch zu wirken. Sie konnte die Etiketten nicht lesen, nicht einmal das eine vom anderen unterscheiden. Zuversichtlich lächelte sie. Sie wußte ja, was da drin war. Zeit brauchte sie, das war alles. Zeit. Sie schaltete den Fernseher aus und füllte erneut ihr Glas. Vor ihren Augen verschwamm alles, als sie zur Tür torkelte und das Schild »Bitte nicht stören« an den Türgriff hängte.

Das Radio. Oh, gut, ein Konzert. Die würden glauben, ihre Freunde seien früh gekommen. Und das waren sie ja auch. Bid kam sich sehr, sehr klug und gewitzt vor. Verwirrt lächelte sie.

Sie schraubte beide Pillenfläschchen auf und zählte aus jeder sechs oder sieben Kapseln in ihre Hand. Spülte sie mit einem großen Schluck Gin hinunter. Dann stellte sie, mit der übertriebenen Bedächtigkeit einer Betrunkenen, die beiden offenen Fläschchen auf den Nachttisch und schlug die Tagesdecke zurück. Jetzt war alles soweit.

Sie stieg in das dampfende Wasser, ließ sich zurücksinken und schloß die Augen. Etwa eine Stunde später wachte sie auf. Sie war verwirrt und fror und tastete unsicher nach dem Badetuch. Augenblicklich wurde ihr übel, und sie mußte sich auf die Toilette setzen, um das Gleichgewicht nicht zu verlieren. Dann machte sie sich auf den langen Weg zum Bett. Sie ließ das Badetuch fallen und schlüpfte mühsam in das alte rosa Nachthemd. Daß sie zu bluten begann, bemerkte sie nicht.

»Und was muß ich jetzt machen?« Verwirrt sah sie sich in dem fremden Zimmer um. Im Licht der Nachttischlampe schimmerte der Gin und lockte sie. Daneben standen dunkel und selbstgefällig die kleinen Pillenfläschchen. Sie streckte die Hand aus, kippte die restlichen Tabletten in die Hand und spülte sie, ohne zu zögern, hinunter.

Sie legte sich hin. Die Laken waren kalt. Warum beeilte Cas sich nicht ein bißchen? Wieso brauchte er so lange? War das wieder eine seiner Überraschungen? Da war er ja! War das nicht raffiniert von ihm, sich einfach so ins Bett gleiten zu lassen? Lieber Cas. Jetzt würde er sie in die Arme nehmen und ihr alles erklären. So klug. Er würde sich um sie kümmern. Niemand verstand es, sie so zu lieben wie Cas …

Sie driftete in Bewußtlosigkeit ab, tauchte wieder auf. Die warmen, zu schweren Decken erstickten sie fast.

»Warum bist du so traurig, mein Liebling?« fragte er, als er sie umarmte. »Wein nicht, meine wunderschöne Primavera, mein Botticelli-Mädchen. Ich passe auf dich auf. O Bid, meine Liebe, mein Kleines, verlaß mich nicht. Komm, mein Schatz, mein Frühling. Komm! O Bid … liebste Bid …«

»Cas?« flüsterte sie sanft. » O Cas.«

Grace

Ende Oktober 1990

CAOINEADH AIRT UI LAOGHAIRE: *Das bewegendste Klagelied in irischer Sprache, von einer Frau auf ihren toten Mann geschrieben. Hervorragende Übersetzung von Eilis Dillon. Auszug aus den »Poems of the Dispossessed«. DOLMEN, Irland.*

36 »So erbarmenswert hat sie ausgehen«, berichtete Pater Crowley, »als sie die kleine Tafel vor meine Füße fallen ließ. Fast ein wenig irr. Das hat mir wirklich angst gemacht. Dann ist sie weg und hat diese schreckliche Tat begangen. Ich komme mir töricht vor, wenn ich von Vorahnungen spreche, aber das Gefühl hat mich nicht losgelassen, sie sei in Gefahr und brauche jemanden, der sich um sie kümmert.«

Er sah Grace an. »Und Sie waren die einzige noch lebende Verwandte von ihr – falls Sie noch am Leben waren und falls ich Sie finden könnte.« Er überlegte kurz. »Sehen Sie, nachdem Eileen mit mir gesprochen hatte, mußte ich immer wieder an Sie denken. Ich habe in Ihnen ihr zweites Opfer gesehen, und jetzt bin ich mir nicht mehr sicher, wer von Ihnen beiden mehr Angst vor alledem hatte, Sie oder Bridget.« Er strich sich mit der Hand über die Haare.

»Als ich dem Taxi nachsah, habe ich beschlossen, das zu tun, was ich schon zwanzig Jahre zuvor hätte tun sollen. Ich bin auf der Stelle zu Bartley Quinlan und habe ihn gebeten, nach Ihnen zu suchen. Danach habe ich mich einfach ins Auto gesetzt und bin auf schnellstem Weg nach Ballymahon gefahren.«

»Wieso, habe ich dort noch Verwandte?« fragte Grace überrascht.

»Nein, aber ich hatte das Gefühl, etwas unternehmen zu müssen, und dort hat noch eine alte Postmeisterin gewohnt, die, so habe ich mir gedacht, etwas über den Verbleib Ihrer Familie wissen könnte.«

Sie standen jetzt auf dem Pier und sahen auf den Atlantik, über dem der Wind riesige Wellen aufpeitschte und schäumend in die Bucht branden ließ. Die Wolken jagten über den Himmel, der sich allmählich verdüsterte. Über ihnen kreisten Seemöwen und kreischten ihr wehmütiges Klagelied. Nur wenige Leute waren unterwegs. Selbst die begeistertsten Sportler hatten den berühmten Golfplatz verlassen, der sich in der Ferne hinter ihnen erstreckte.

Ein paar Tage zuvor war Grace eingetroffen und hatte sich in einem kleinen Hotel am Rand der Stadt einquartiert. Nach vierundzwanzig Stunden erholsamer Ruhe hatte sie sich dann zaghaft auf den Weg zu dem Priester gemacht, der sogleich, wenn auch unaufdringlich, die Sache in die Hand genommen hatte.

Das Haus in Dublin mitsamt Inventar war an Privatleute verkauft worden. Hundertvierundachtzigtausend irische Pfund waren zu sechsdreiviertel Prozent angelegt worden. Doch nicht einmal hatte Grace das Haus betreten. Auch an den Verkaufsverhandlungen hatte sie sich nicht beteiligt, sondern alles Bartley Quinlan überlassen. Er hatte das ohne großes Aufhebens und kommentarlos erledigt. Aber als sie ihn schließlich gefragt hatte, wo sie Pater Crowley finden würde, hatte sie gemerkt, daß er seit ihrer ersten Begegnung eine Menge über sie herausgefunden hatte und wahrscheinlich gern mehr erfahren hätte, denn er platzte schier vor Neugierde. Daher war sie erleichtert gewesen, als sie aufbrechen konnte.

Für die letzte Strecke ihrer Reise mietete sie einen Wagen und fuhr mit gemischten Gefühlen aus Erleichterung und Angst von Dublin aus Richtung Südwesten. Allerdings hatte es dazu einer entschlossenen Willensanstrengung bedurft. Noch immer jagte der Name des Priesters ihr Furcht ein. Sie war daher völlig überrascht, als ihr Ungeheuer sich als untersetzter Fünfundsiebzigjähriger mit gütigen Augen und einem warmherzigen Lächeln entpuppte, dessen eines Bein steif war. Mit seinem ziegelroten Gesicht und dem Schopf schneeweißer Haare erinnerte er sie an Spencer Tracy.

»Nennen Sie mich Seamus«, lachte er, nachdem sie stockend ihre Begrüßung vorgebracht hatte. Als er ihre Befangenheit spürte, bildeten sich um seine Augen kleine Lachfältchen. Ihm entging wohl kaum etwas.

»Ich glaube, ›Pater‹ zu sagen fällt Ihnen einigermaßen schwer, stimmt's, Gráinne?«

»Grace«, erwiderte sie steif. »Seit meiner Kindheit hat niemand mehr mich Gráinne genannt. Mir ist Grace lieber.« Sie wich seinem forschenden Blick aus. »Seamus«, fügte sie verlegen hinzu.

Sie standen da und musterten einander, dann mußte sie über die groteske Situation lachen und streckte die Hand aus.

»Ihre Familie hat wirklich eine besondere Vorliebe dafür, ihre Namen zu ändern«, bemerkte er hintergründig, als er sie eintreten ließ.

Er wohnte in einem behaglichen kleinen Landhaus am südwestlichen Rand der kleinen Ortschaft am Meer, und wie die ausgestreckten Arme einer Mutter empfing sie der Duft frischgebackenen Brots. Als wäre ein verloren geglaubtes Kind nach Hause zurückgekehrt, wuselte er um sie herum und schwatzte über die Kälte und den Regen. Dann schenkte er ihr ein Glas heißen, gewürzten Whiskys ein, den er sie ungestört vor dem offenen Feuer trinken ließ.

Die eine Wand seines kleines Wohnzimmers war mit Bücherregalen vollgestellt. Auf dem untersten Bord standen theologische Werke. Weiter oben waren die Bücher nach Thematik und Größe geordnet, von Folio bis Oktav. Offenbar war er zweisprachig, denn auf den beiden obersten Borden standen hauptsächlich Bücher in irischer Sprache, großteils in Unikalschrift gedruckt. Grace ließ den Blick über seine beachtliche Sammlung irischer Renaissance-Literatur gleiten, ein Interesse, das er anscheinend mit Fergus Lacey geteilt hatte. Amüsiert bemerkte sie die kleinen rosafarbenen Karteikarten zwischen den ordentlich aneinandergereihten Büchern, auf denen jeweils ein Titel und, links unten, das Wort: *desideratum* stand.

Der Priester verschwand in der Küche. Sie hörte ihn leise vor sich hin pfeifen, während er herumwerkelte. Als er sie schließlich zum Abendessen bat, präsentierte er ihr das Festmahl, das er vorbereitet hatte, mit einem selbstzufriedenen Grinsen, das so ansteckend war, daß auch die letzte Spur von Argwohn, den sie vielleicht noch gehegt hatte, verschwand.

Nachdem er ihr angeboten hatte, zu kommen und zu gehen, wie es ihr beliebte, vermied er es ein paar Tage lang, von persönlichen Dingen zu sprechen. Das tat gut, war wie eine Erholungskur. Sie erforschte den majestätischen Küstenstrich und ließ die Ruhe, die die Landschaft ausstrahlte, in sich einströmen.

Am dritten Tag war er wohl zu dem Schluß gekommen, sie sei jetzt soweit, denn er kam bei ihr im Hotel vorbei und schlug einen Spaziergang am Strand vor. Der Tag war mild und sonnig. Um zehn Uhr brachen sie auf und legten, aus Rücksicht auf sein steifes Bein, hin und wieder eine kleine Pause ein. Allmählich wandte das Gespräch sich den Dingen zu, die beiden am dringlichsten am Herzen lagen.

»Und hat die Postmeisterin gewußt, wo meine Eltern gelebt haben?« wollte Grace wissen.

»Nur so ungefähr«, erwiderte er. »Sie wußte, daß sie sich in Birmingham niedergelassen hatten, weil ein Verwandter von ihr dort als Arzt praktiziert hat.«

»Doktor Lawson?« fragte sie überrascht. Der Priester nickte.

»Aber der ist doch tot.«

»Schon, aber in gewisser Weise war das eine erste Spur. Damit hatte Bartley etwas, wovon er ausgehen konnte. Leider hat der Poststreik alles etwas verzögert. Was zu dem Zeitpunkt allerdings keine Rolle mehr gespielt hat.«

Sie blieben stehen und blickten aufs Meer hinaus. Eine Weile schwieg er.

»Es war so einfach. All die Jahre, in denen ich etwas hätte unternehmen sollen und nichts getan habe …« Es klang niedergeschlagen. »Ich hatte das alles aus meinem Denken verdrängt und eine Tugend daraus gemacht, mich nicht einzumischen.« Spontan umklammerte er ihren Arm. »Sie haben zu meiner Herde gehört, ich war für Sie verantwortlich, und ich habe Sie im Stich gelassen. Meine Menschlichkeit hat versagt. Das kann ich mir nicht verzeihen.«

Herde? Ein so unschuldiges Wort, es erinnerte sie an den strengen Katechismusunterricht in ihrer Kindheit. Ob seelsorgerisch oder biblisch, alte Schuldgefühle und Ängste klangen darin nach. In dem Moment durchzuckte sie die Erinnerung an das Bild von Anton Mauve, das sie in der Wohnung in jener abgeschiedenen Gasse gesehen hatte, und sie wurde unruhig. Ernst wandte sie sich ihm zu.

»Was hätten Sie denn schon machen können?«

»Ich hätte gleich zu Beginn mit Ihren Eltern reden können, als ich vermutete, was da vorging. Aber ich war damals noch ziemlich jung, und Ihr Vater, ein äußerst respektgebietender Mann, hat mir ziemlich angst gemacht. Er war um so vieles älter – seiner Einstellung wie auch dem Alter nach. Er hat sich geweigert, über derlei delikate Dinge mit mir zu sprechen, und es wäre mir als ungehörig erschienen, darauf zu bestehen. Sie sind den guten Manieren geopfert worden, Grace«, erklärte er traurig. »Oder vielleicht hatten wir beide die gleiche Scheu davor, über Persönliches zu sprechen. Jedenfalls, ich habe genau das Falsche gemacht.«

Langsam gingen sie am Rand des Golfplatzes entlang, wo das weiche Gras unter ihren Füßen nachgab. Offenbar fiel dem alten Mann das Gehen hier leichter, denn er beschleunigte seinen Schritt.

»Vor ihrem Tod kam Ihre Großmutter zu mir«, fuhr er gleich darauf fort. »Ihr Vater hat immer behauptet, der Junge hätte Sie mißbraucht. ›Sich vergangen‹, so nannte er es. Nonie hat aber gesagt, das sei nicht so gewesen, und sie hatte recht, denn Eileen hat bestätigt, daß er nur auf Sie losgegangen ist, um Sie davon abzuhalten zu schreien. In dem Augenblick wurde mir klar, sie hatte Sie nie wiedergesehen, wollte das auch nicht, bis zum letzten Atemzug nicht. Ich war entsetzt über ihre Verbitterung. Wo keine Dämonen waren, hat sie sich welche erfunden. Ihre Schwester war nicht in der Lage, glücklich zu sein. Oder zu vergeben.«

Dann gab er mit ruhiger Stimme und so detailliert wie möglich die Geschichte wieder, die Eileen ihm erzählt hatte. Schweigend hörte Grace zu. Ihre Ängste und die ihrer Schwester schienen wenig miteinander zu tun zu haben, aber sie war gerührt und dankbar für seine Entschlossenheit, die Bürde der Vergangenheit, die auf ihr lastete, leichter zu machen und aufzuklären, was sie so lange verwirrt hatte. Sie hatte es Bid zu verdanken, daß sie das meiste bereits selber entwirrt hatte. Ihr gebührte das Verdienst. Doch sie wollte ihm klarmachen, daß Bid das Opfer der gleichen Torheit geworden war. Ihr war daran gelegen, das Bild, das er sich von Bid gemacht hatte, zurechtzurücken, denn er ließ anklingen, daß ihr Selbstmord ihn nicht nur als Mensch getroffen, sondern auch in seinem Glauben erschüttert hatte. Aber während sie noch dabei war, ihre Fürsprache zu formulieren, unterbrach er sie in ihren Gedanken und holte sie wieder in die Vergangenheit zurück.

»Die ganze Zeit habe ich mich in dem Glauben gewiegt, Sie hätten die Verbindung zu ihr verloren, wie das in Familien eben so passiert, oder ihre Eltern hätten sich gegen eine Versöhnung gesträubt. Als sie mir jedoch erzählt hat, sie hätte das in voller Absicht getan, konnte ich das erst gar nicht glauben. Ich war entsetzt, dann beschämt, wegen meiner eigenen Versäumnisse. Schließlich hatte ich sie ja nicht nur als Fergus' Frau, und das seit zwanzig Jahren, sondern auch als Eileen Sullivan gekannt. Ich habe Sie beide gekannt, als Sie noch Kinder waren.«

Grace starrte vor sich hin. Von neuem sah sie das Kind vor sich und spürte, wie das alte Entsetzen sie mit eisigen Krallen umklammerte. Zögernd begann sie auf fast kindhafte Weise davon zu sprechen, mit einer Kleinmädchenstimme, die Pater Crowley gespenstisch an sein letztes Zusammentreffen mit Bid gemahnte.

»Dada ist gekommen. Der Wind und der Regen haben an das Fenster gepeitscht, und es muß an die Dachrinne geschlagen und geklappert haben, denn ich bin aufgewacht und aufgestanden, um es zuzumachen … und da habe ich dieses gräßliche Etwas gesehen, auf dem Bett von meiner Schwester. Ganz schwarz.

Furchtbare Angst habe ich gehabt. Schon zuvor hatte ich es gesehen, oft, aber da habe ich mir dann immer die Decke über den Kopf gezogen und so getan, als sei es nicht da. In dieser Nacht aber hat es sich umgedreht und mich angeschaut. Ich konnte mich nicht mehr rühren vor Angst. Wie angewurzelt bin ich auf dem kalten Linoleum gestanden und habe geschrien und geschrien. Die Augen waren blutunterlaufen, die Haare klebten ihm im Gesicht. Er muß vom Regen völlig durchnäßt gewesen sein, aber er hat mir solche Angst eingejagt.«

»Armer Con«, sagte er so leise, daß sie es nicht hörte.

»Er ist auf mich draufgesprungen. Ich habe ihn gerochen und die weiche, feuchte Haut auf meinem Gesicht gespürt. Er hat mir die Hände auf den Mund gepreßt, und plötzlich waren Nonie da und Dada … und haben mich weggezerrt und mich festgehalten, viel zu fest, und da war Blut und, o mein Gott, Dada ist auf dem Boden gelegen, und alle haben geschrien und gebrüllt.«

»Kein Mensch hat Ihnen etwas angetan, Grace, hören Sie mich? Sie sind nicht vergewaltigt worden«, erklärte er mit durchdringender Stimme.

»Sie haben mir nicht zugehört. Ich mußte die ganze Zeit im Bett bleiben. Niemand hat mir etwas erklärt. Eileen war weg, und ich habe gedacht, alle schieben mir die Schuld zu, weil sie mich immer angesehen haben, als sei ich irgendwie schmutzig. Dann sind Mammy und Dada verschwunden, und Nonie ist krank geworden, und keiner wollte mit mir reden oder mir zuhören. Und ich habe gedacht, das alles sei meine Schuld. *Wenn sie nicht ruhig ist, bringt er uns um.* Ich habe jegliches Zeitgefühl verloren … Es war alles ein solches Durcheinander.« Ihre Stimme wurde ausdruckslos, ihr Bericht klang unbeteiligt, ohne jedes Gefühl.

»Ich weiß nicht mehr, wann die Alpträume angefangen haben. Ich habe geträumt, Dada kommt ins Zimmer und legt mir die Hand auf den Mund, damit ich zu schreien aufhöre. Er hat sich aufs Bett gesetzt und mich in den Arm genommen und gesagt, ich soll Mama nicht stören. Sie war so krank. Er hat gesagt, ich müsse alles vergessen und dürfe niemandem etwas davon erzählen.

Es ist etwas Böses, hat er gesagt. Dann sind sie immer wieder zu uns ins Haus gekommen, und ich habe gedacht, sie wollen mich bestrafen, mich wegbringen … daß ich in die Hölle komme.

Eileen ist nie mehr zurückgekommen. Das Haus war voller Leute. Sie haben gesagt, sie ist von uns genommen worden, und ich habe geglaubt, sie ist tot und daß Dada sie umgebracht hat. Verstehen Sie, ich habe geglaubt, mein Vater hätte mich mißbraucht und sie dann umgebracht, damit sie es niemandem sagt. Ich weiß nicht, was ich gedacht habe. Das Schreckliche ist, an den Jungen habe ich mich die ganze Zeit über nicht erinnert. Nicht bis das mit Bid passiert ist.«

Unvermittelt blieb er stehen, und als sie sich umwandte, sah er sie entsetzt und ungläubig an.

»Sie haben die beiden miteinander verwechselt? Sie haben gedacht, Ihr Vater hätte Sie mißbraucht? Und dann Eileen getötet? Und mit dieser Vorstellung haben Sie gelebt? Mein Gott, o mein Gott! Ich habe mich nicht genügend bemüht. Ich hätte mich darum kümmern sollen. Möge Gott mir vergeben, ich habe Sie im Stich gelassen.«

Er nahm ihre Hand und umklammerte sie, als sie weitergingen, führte sie an der Hand wie ein Kind, und sie fühlte sich getröstet.

»Sie sind miteinander durchgebrannt. Die armen Kinder, sie hatten auch eine Heidenangst. Ihr Vater hat dem Jungen mit der Polizei gedroht, weil er Sie angeblich belästigt hatte, und sein Vater wiederum war wegen des Geldes, das sie ihm gestohlen hatten, ehe sie davonrannten, hinter ihm her. Daß sie das Haus in Brand gesteckt haben, hat ihnen auch nichts genützt, obwohl, ich glaube nicht, daß sie das absichtlich gemacht haben. Ich weiß nicht einmal, ob wirklich sie das waren. Es gab Leute, die gesagt haben, der Buchmacher selber habe es angezündet, um die Versicherung zu kassieren.«

Grace hörte ihm kaum zu, jetzt, da sie einmal angefangen hatte, konnte sie ihren Redefluß nicht mehr eindämmen.

»Nachdem Nonie gestorben war … ich kann mich nicht mehr erinnern, wann das war … sind wir weg. Meine Eltern haben mit mir nie, niemals über Eileen gesprochen. Mein Vater ist gestorben, als ich vierzehn war. Fünfundsiebzig war er damals, aber ausgesehen hat er, als wäre er hundert Jahre alt. Viel später habe ich versucht, meine Mutter zu fragen, aber sie hat gesagt, sie könne es nicht ertragen, auch nur daran zu denken. Sie war so hinfällig und krank, sie hat die Tuberkulose nie auskuriert, verstehen Sie, ist einfach immer schwächer geworden. Grausam, finden Sie nicht auch? Vielleicht war ich immer ein bißchen verrückt.

Als sie gestorben ist, bin ich kurz vor den Abschlußprüfungen gestanden. Ich habe sie nicht abgelegt. Dr. Lawson hat bei Verwandten von sich eine Stelle als Au-pair-Mädchen für mich gefunden. Und dann habe ich Reggie kennengelernt. Was blieb dem armen Kerl anderes übrig, als mich zu heiraten? Eine Waise, kaum aus der Schule und bettelarm. Damals war ich glücklich. Seine Eltern haben sich mir gegenüber wunderbar verhalten, und Reggie war wie ein Bruder, ein Freund und ein Ehemann, alles in einem. Er mußte nicht die grauenhafte Last von Schuld mit sich herumschleppen, die drohend über unserer Familie aufragte wie ein Vulkan kurz vor dem Ausbruch, der im nächsten Augenblick Lava speien und dich ersticken wird.

Wie ein einziger Sommer waren diese ersten Jahre. Er hat versucht, mich dazu zu bringen weiterzustudieren, aber jedesmal wenn ich es versucht habe, ist mir die Erinnerung an die letzten Jahre meiner Mutter in die Quere gekommen. Ich habe kläglich versagt. Eines Tages bin ich dann losgezogen und habe alle meine Lehrbücher verkauft, und irgendwie habe ich dann damit weitergemacht. Mit den Büchern, meine ich.

Es ging uns gut, Reggie und mir, bis wir beschlossen, eine Familie zu gründen. Plötzlich wurde Sex ein Problem, und die Alpträume haben wieder angefangen. Ich hatte eine Fehlgeburt nach der anderen. Reggie konnte sagen, was er wollte, ich konnte einfach nicht darüber sprechen. Wie hätte ich jemand sagen sollen, daß ich glaubte, mein Vater sei entweder ein Vergewaltiger oder ein Mörder oder beides? Ich hatte viel zuviel Angst.

Unsere Ehe hat trotzdem ganz gut funktioniert. Sehr, sehr lange hat es gedauert, aber dann ist plötzlich alles zusammengekommen. Im April hat Reggie mich verlassen, eine Woche nach Bids Tod. Im Mai hat Bartley Quinlan meine so lange verloren geglaubte Schwester wiederauferstehen lassen«, fuhr sie verbittert fort. »Ich glaube, damals habe ich wirklich den Verstand verloren.«

Schweigend ging er neben ihr her, während sie vom Scheitern ihrer Ehe berichtete. Wie es so hatte kommen müssen, die Schmerzen, die Enttäuschungen und Reggies Suche nach Trost, die letztlich für sie beide unerträglich geworden war. Die ganze Zeit über hielt der Priester ihre Hand in seinen tapsigen Pfoten und massierte ihre kalten Finger.

»Ich schätze, im Grunde genommen habe ich einen Vater gesucht, aber Reggie wollte eine Frau, eine Ehefrau. Und Kinder. Ich habe ihn gebraucht und als meinen festen Halt. Ich habe mich von ihm abhängig gemacht es ihm dann übelgenommen, als sich herausstellte, ebensosehr wie ich brauchte auch er jemanden, der ihn stützte. Mit solchen Kleinigkeiten hat es angefangen. Wir haben beide geglaubt, wir wollten das gleiche, und ich habe sehr lange gebraucht, ehe ich zugeben konnte, welch grauenhafte Angst ich davor hatte, Mutter zu werden. Allein bei dem Gedanken daran ist die Vergangenheit über mich hereingebrochen.«

Seamus ließ sich schwerfällig auf einen der abgerundeten grauen Felsbrocken sinken und fragte, ob es ihr etwas ausmachte, wenn er ein paar Minuten verschnaufte. Sie stand am Strand und ließ Kieselsteine über das Wasser hüpfen, bis er wieder aufstand. Dann erzählte er weiter.

»In der Woche, als Bid starb, hat Bartley bereits nach Ihnen gesucht, deshalb haben wir Sie dann so schnell gefunden. Als ich am Montag aus Ballymahon zurückkam, habe ich immer wieder versucht, in Bridgets Wohnung anzurufen. Den ganzen Dienstag ebenfalls. Dann habe ich bei der Zeitschrift angerufen, aber die junge Frau, mit der ich gesprochen habe, konnte mir auch nichts sagen. Da war es natürlich schon zu spät, und tief im Innersten habe ich gewußt, ich hatte sie verloren. In dem

Zustand, in dem sie sich befand, hätte ich sie nicht allein, sie nicht aus den Augen lassen dürfen.«

»Pater Crowley«, fiel Grace ihm ins Wort, »können Sie sich erinnern, ob zu der Zeit jemand im Kanal ertrunken ist?«

»O ja, sehr gut sogar.« Verwirrt über diesen unlogischen Gedankensprung sah er sie an, antwortete aber, ohne zu zögern. »Soweit ich mich erinnere, war ein ständiges Kommen und Gehen die Begleitmusik zu Eileens Beerdigung. Ein Holländer, stimmt's? Sie können sich vorstellen, wie die Spaßvögel hier sich darüber lustig gemacht haben – ein Holländer, der in einem Kanal ertrinkt.« Er wandte sich zu ihr um. »Wieso fragen Sie?«

»Hat Bid irgend etwas dazu bemerkt?« Sie wich seiner Frage aus.

Er blieb stehen und kratzte sich nachdenklich am Kopf, ehe er antwortete.

»Ja, ich glaube, sie hat mich danach gefragt, als ich am Morgen nach der Beerdigung bei ihr vorbeigeschaut habe. Das war am Samstag. Vor dem Haus standen ein paar Polizeiautos. Allerdings schien es sie nicht sonderlich zu interessieren.«

»Fanden Sie das nicht ein bißchen ungewöhnlich?«

»Nein, eigentlich nicht. Ihre Mutter war gerade gestorben. Sie war überreizt. Ich bin mir nicht sicher, ob überhaupt etwas wirklich zu ihr durchgedrungen ist. Vor allem nachdem ich mich gezwungen gefühlt hatte, ihr alles zu sagen.« Wie angewurzelt blieb er stehen und rieb sich das Kinn. »Aber wissen Sie was«, fügte er nachdenklich hinzu, »es kam da zu einem seltsamen Zwischenfall. Auf dem Weg zum Friedhof. Als wir bei ihrem Haus angehalten haben, hat Dinny uns auf zwei Bürschchen aufmerksam gemacht, die im Kanal geangelt haben. Ich habe nicht ganz mitbekommen, was er gesagt hat, aber offenbar hat es Bid irgendwie durcheinandergebracht, denn sie fing an zu weinen.«

»Ist sie zum Kanal gegangen? Hat sie sich dort mit jemandem getroffen?« Ihre Beharrlichkeit irritierte ihn.

»Keine Ahnung. Woher auch? Da fragen Sie besser Maureen Lenehan.«

»Das habe ich schon getan«, erwiderte sie und fügte hinzu:

»Ist sie je alleine weggegangen, während Sie in ihrer Nähe waren?«

Er blieb stehen, um zu überlegen. Dann rief er:

»Ja, in der Tat. Am Donnerstagabend, nach der Überführung. Wir waren alle bei den Lenehans. Irgendwann ist mir aufgefallen, daß sie nicht mehr da war. Maureen meinte, sie sei vielleicht ein bißchen frische Luft schnappen gegangen. Ich habe ständig auf eine günstige Gelegenheit gewartet, um ihr zu sagen, worum Eileen mich gebeten hatte. Ich habe mir gerade überlegt, wie ich es am geschicktesten anstelle, als ich gemerkt habe, daß sie verschwunden war, für ungefähr eine halbe Stunde, würde ich sagen. Hat Ihnen Maureen da nichts Genaueres sagen können?«

»Doch. Ich wollte nur sichergehen. Ich bin vom Haus der Lenehans zum Kanal und wieder zurückgegangen, ein paarmal. Dazu habe ich jedesmal mindestens fünfundzwanzig Minuten gebraucht.« Grace sprach wie zu sich selber. Der Priester schüttelte den Kopf und sah sie neugierig an.

»Sie glauben, Bridget hatte etwas mit dem Tod dieses Mannes zu tun?« Seine Stimme klang gepreßt. »Unmöglich! Ich war dabei, als sie die Leiche aus dem Wasser gezogen haben, und habe mit dem diensthabenden Sergeant gesprochen. Er hat gesagt, die Kinder, die gesehen hatten, wie er ertrank, behaupteten steif und fest, es sei unmittelbar nach der Beerdigung passiert. Da saß Bridget bei uns im Wagen. Außerdem hat die Polizei ...« Er blieb stehen, als Grace verwundert ausrief: »Sehen Sie doch nur, die Halbinsel versinkt!«

Langsam wälzte sich eine große Dunstwolke wie ein riesiger weißer Teppich über die Spitze von Liscannor Point.

»Kein Wunder, daß wir Iren so verrückt nach Aufregungen sind«, bemerkte der Priester ironisch. »An die Theatralik unseres Wetters reicht nichts heran.«

Ein paar Minuten lang sahen sie fasziniert zu, wie die Landschaft allmählich verschwand.

»Wir sollten uns beeilen«, meinte er. »In wenigen Minuten wird es in Strömen gießen.«

Sie umrundeten den Golfplatz; Grace rannte, der Priester humpelte auf das kleine Haus aus Stein zu, das in einer niedrigen Senke kauerte. Kaum konnten sie den Regen sehen, so fein war er, aber binnen Sekunden waren sie bis auf die Haut durchnäßt.

»Trocknen Sie sich ab, Grace, sonst erkälten Sie sich auf den Tod. Ich schüre das Feuer an, und dann brauchen wir beide, glaube ich, etwas zu trinken.« Er brachte ihr ein frisches Handtuch, und während sie sich trockenrieb, bereitete er ihnen einen heißen Whisky zu.

»Kennen Sie den Mann? Hat Bridget ihn gekannt?« fragte er.

»Ja«, erwiderte sie ruhig. »Er war ihr Liebhaber. Der Vater ihres Kindes.«

»Könnten Sie das bitte noch mal sagen?«

Es war, als hätte sie ihm einen Schlag versetzt, als wäre die Luft aus ihm geströmt. Er sank in sich zusammen und schloß die Augen, so lange, daß sie schon glaubte, er sei eingeschlafen. Sie nippte an ihrem Whisky und beobachtete die züngelnden Flammen. Und wünschte, sie hätte das nicht erwähnt. Nach langem Schweigen sagte er:

»Als sie abgefahren ist, hat sie furchtbar zerbrechlich ausgesehen. Maureen Lenehan hat gesagt, sie hätte in der ganzen Zeit, als sie hier war, kaum etwas gegessen. Ihr Gesicht hatte etwas Maskenhaftes, wie man es manchmal bei schwangeren Frauen beobachten kann. Ziemlich gespenstisch. Leider hat sie keinem von uns beiden etwas davon gesagt. Sie hat uns nicht vertraut. Armes Kind, hatte das Gefühl, sich zur Wehr setzen zu müssen. Und das zu Recht. Vielleicht hat sie geglaubt, wir hätten ihren Zustand nicht bemerkt.«

»Das hatten Sie aber?«

»Ja.«

»Hat ihre Mutter es gewußt?«

»Wenn ja, dann hat sie es nie erwähnt. Grace, sagen Sie, was hat das mit dem Ertrunkenen zu tun?« Argwöhnisch musterte er sie. »Was genau wollen Sie damit andeuten?«

»Ich wollte nur sichergehen«, murmelte sie.

»Sichergehen, daß er Selbstmord begangen hat? Das ist eine sehr schwerwiegende Behauptung, die Sie da aufstellen.« Einen

Augenblick lang hielt er ihrem Blick stand, ehe seine Stimme nachgiebiger wurde. »Da ist noch etwas, stimmt's? Etwas, das Sie mir nicht sagen wollen?«

Kläglich nickte sie. »Es gibt da so vieles, über das ich mir nicht im klaren bin. Ehrlich. Es gibt Dinge, die wissen Sie, und andere, die ich zu wissen glaube, aber noch passen sie nicht zusammen.« Bekümmert sah sie ihn an. »Und vielleicht auch Dinge, die keiner von uns beiden wissen möchte.«

Unvermittelt verließ er das Zimmer. Sie nahm an, er sei in sein Schlafzimmer gegangen. Ganz still war es. Außer dem Knistern des Feuers war kein Laut zu hören. Etwas verunsichert, wartete Grace eine Zeitlang ab. Als er nicht zurückkam, nahm sie ihre noch feuchte Jacke und wollte gerade auf Zehenspitzen zur Tür hinausschleichen, als er ihr von der Küche aus nachrief. In der Hand hielt er einen Topf mit dampfender Suppe – dem Geruch nach Tomatensuppe –, und irgendwie sah er grotesk aus mit seiner riesigen roten Schürze, so als wolle er die Spannung mildern, etwas wiedergutmachen. Energisch führte er sie zum Tisch, schöpfte Suppe in die Teller und schob ihr ein Brett mit dunklem Brot aus Hefeteig zu.

»Ich hatte mich gerade entschlossen, nach London zu fliegen, um nach ihr zu sehen«, berichtete er, »als die Edinburgher Polizei anrief …«

»Sie sind dorthin gefahren? Woher haben die gewußt, an wen sie sich wenden sollen?« Vage erinnerte sie sich, daß Sarah einen Geistlichen erwähnt hatte.

»Sie hatte einen Brief für mich hinterlassen. In dem Hotel. Ich habe die Leiche identifiziert.«

»Ich dachte, das hätte Sarah Roberts gemacht?«

»Ja, stimmt, sie ist kurz vor mir dort eingetroffen. Es war einigermaßen schwierig, mich aufzustöbern. Ich war in solcher Eile nach Ballymahon aufgebrochen, daß ich sogar vergessen hatte, meiner Haushälterin Bescheid zu sagen.«

Er zog einen Brief aus der Tasche und machte Anstalten, ihn ihr zu geben, legte ihn dann aber auf den Tisch. Er deutete auf die Adresse auf dem Umschlag:

Rev. Seamus Crowley
St. Stephen's
Portobello.

Darunter stand in einer anderen Handschrift: Dublin, Irland.

»Der Brief lag in ihrem Hotelzimmer, in einem Umschlag, der jedoch nicht zugeklebt war. Die Adresse war nicht gerade aufschlußreich. Es gibt ein Portobello ein wenig außerhalb von Edinburgh, aber die Kirche dort heißt St. Mary's. Also haben sie nach anderen Portobellos gesucht, bis sich dann ein junger Sergeant – wie der Zufall es wollte, ein Ire – erinnert hat, daß er auf Bids Reisetasche einen Aufkleber der Air Lingus gesehen hatte, und dann zwei und zwei zusammengezählt hat. Er hat gewußt, daß es in Dublin ein Portobello gibt, und so sind sie auf meine Gemeinde gekommen. Mittlerweile hatte ihre Freundin sich jedoch mit der Polizei in Verbindung gesetzt.«

»Ihr hat Bid auch geschrieben.«

»Das habe ich nicht gewußt. Was hat sie ihr gesagt?«

»Etwas ist mir im Gedächtnis geblieben: *Mit ihren Lügen haben sie unser Leben zerstört.*«

»Wissen Sie, was sie damit gemeint hat?«

»Ja, ich glaube schon, aber das ist eines von den Dingen, bei denen ich mir nicht ganz sicher bin.« Sie trug das Geschirr zum Spülbecken. Mit dem Rücken zu ihm blieb sie stehen und starrte zum Fenster hinaus. Es hatte zu regnen aufgehört, und die schwache Oktobersonne versuchte zaghaft, durch die Wolken zu brechen. Sie reckte den Hals, um zu beobachten, wie sie sich in kleinen glitzernden Flecken auf der unruhigen See spiegelte. Dann drehte sie sich zu ihm und und erklärte:

»Ich habe einen Teil von einem Brief gefunden, den Eileen vor ihrem Tod geschrieben hat.«

»Dieser unglückselige Brief«, fiel er ihr verärgert ins Wort. »Kein Wort von alledem hat dringestanden. Nachdem sie mich gebeten hatte, mit dem Mädchen zu reden. Sie wollte nicht auf mich hören, als ich sie angefleht habe, die Dinge auf sich beruhen zu lassen. Sie hat darauf bestanden, sie müsse es ihr sagen, es ihr schreiben.

Sie hat mir das Versprechen abgenommen, mit Bridget zu reden, falls sie sterben sollte. Wider besseren Wissens habe ich eingewilligt. Ich dachte, ich wüßte, was sie geschrieben hat, doch dann stellte sich heraus, daß sie ihre Meinung geändert und kein Wort von alldem erwähnt hatte. Und ich hatte mich dazu durchgerungen … ich habe das Gefühl, irgendwie war ich schuld an der Verzweiflung des Mädchens.« Er schüttelte den Kopf, konnte es einfach nicht glauben, wie sehr man ihn zum Narren gehalten hatte.

»Doch, sie hat es ihr geschrieben«, erklärte Grace ruhig. »Ich fürchte, sie hat es ihr gesagt.«

»Was?« brüllte er.

»Ich habe zwei Umschläge gefunden. Mit der gleichen Handschrift. Einen vollständigen Brief, aber nur Bruchstücke von einem zweiten. Beide offenbar in der Nacht geschrieben, ehe sie ins Krankenhaus ist.«

Er schien etwas sagen zu wollen, überlegte es sich dann jedoch anders und wartete darauf, daß sie weitersprach. An seiner rechten Schläfe pochte eine Ader. Er legte seinen Löffel hin, nahm die Schürze ab, als wolle er auf seine priesterliche Kleidung aufmerksam machen. Bids Brief lag immer noch neben seinem Teller. Grace verspürte ein nahezu unwiderstehliches Bedürfnis, die Hand danach auszustrecken, um ihn zu lesen.

»Pater«, setzte sie schließlich an. »Pater, Eileen ist nicht mit Fergus durchgebrannt, stimmt's?«

»Nein, natürlich nicht«, rief er ungeduldig. »Ich habe gedacht, das wüßten Sie? Bestimmt erinnern Sie sich an den Jungen?«

Eindringlich fuhr sie fort: »Das habe ich Ihnen doch gesagt. Lange Zeit habe ich mich einzig und allein daran erinnert, daß mein Vater in das Zimmer gekommen ist. Erst in Bids Wohnung ist mir plötzlich klargeworden, daß da noch jemand anderer war – der Junge –, aber sosehr ich mich auch bemüht habe, an seinen Namen konnte ich mich nicht erinnern.« Sie hielt inne und fragte dann vorsichtig: »Können Sie mir sagen, mit wem meine Schwester weggelaufen ist? Wie hat er geheißen?«

»Con«, erwiderte er, ohne zu zögern. »Er hieß Con. Ein recht passender Name* wie bei seinem Vater auch.«

»Con. Ja. Jetzt erinnere ich mich, Con.« Es klang ängstlich. »War das eine Abkürzung für irgend etwas?«

»Ja. Cornelius.«

»Aha.« Heftig stieß sie den Atem aus. »Ein ziemlich ungewöhnlicher Name, oder?«

»Nicht in Cork, von wo seine Mutter stammte. Dort ist er recht gebräuchlich. Sein Familienname war da schon ungewöhnlicher, deshalb kann ich mich auch daran erinnern. Rynne.«

»Oh.« Sie sank in sich zusammen. »Er kam aus Cork?«

»Nein. Nur seine Mutter, glaube ich. Gott allein weiß, wo sein Vater herstammte. Aus England, glaube ich. Hat immer nur Schwierigkeiten gemacht, immer was im Schilde geführt. Sie wohnten erst seit ein oder zwei Jahren in dem Ort. Vorher waren sie weiß Gott wo. Ich glaube mich zu erinnern, daß Con ebenfalls in England auf die Welt gekommen ist, zumindest hat man sich das erzählt. Sie kamen und gingen. Manche von den Leuten in der Stadt haben sie als Zigeuner bezeichnet.«

»Cornelius Rynne«, murmelte sie leise und schloß die Augen. »Er war Bids Vater?«

»Ja. Lesen Sie das.« Er schob den Brief über den Tisch.

Sie hatten recht. Ich wollte es einfach nicht glauben. Ich weiß, Sie haben nur versucht zu helfen. Aber, sehen Sie, ich habe meinen Vater schon gefunden. Er wollte mir meinen Namen zurückgeben. Bridget Kate Rynne. Ich glaube nicht, daß ich ihn jetzt noch will.

Was ich jetzt tue, das tue ich, weil ich weiß, er ist tot. Und deshalb habe ich wieder keinen Namen mehr. So viele Lügen, so viele Lügen, so daß ich Ihnen nicht geglaubt habe, als Sie versucht haben, mir die Wahrheit zu sagen. Aber Sie haben mir meinen Daddy genommen. Beide. Ich habe so viel Schlimmes getan, daß ich nicht weiß, was ich sonst machen soll. Beten Sie für mich.

* *Con* bedeutet im Englischen Schwindler, Betrüger, Hochstapler (Anm. d. Ü.).

Mühsam schluckte Grace und fragte behutsam: »Sie wissen, was sie damit gemeint hat: *Ich habe meinen Vater schon gefunden?*«

»Nein, ich dachte, sie sei furchtbar durcheinander gewesen. Zuerst ist mir gar nicht aufgefallen, daß sie den Namen wußte. Denn ich hatte ihn ihr nicht gesagt. Dann habe ich mir gedacht, sie hätte vielleicht die Geburtsurkunde gefunden, irgendwo im Haus, aber falls das so war, hat sie nichts davon erwähnt. Allerdings kann ich mich, ehrlich gesagt, nicht genau erinnern, was sie an jenem letzten Tag gesagt hat.«

Mit einem Mal sah Seamus Crowley sehr alt aus, kraftlos. Er saß da, über den Tisch gebeugt, zeichnete mit seinen dicken Fingern die Schrift auf dem zerknitterten Umschlag nach, in einem fort, auch noch, als Grace schweigend einen Zeitungsausschnitt danebenlegte. Sein Zeigefinger glitt über das lächelnde Gesicht. Er hielt inne und blickte überrascht zu ihr auf.

»Das hat Eileen mir gezeigt. Sie hat gedacht, es sei …«

»Bids Vater?«

»Ja.« Überrascht. »Woher haben Sie das gewußt?«

Ehe sie antwortete, holte sie den Zeitschriftenartikel und das Foto von Cas aus ihrer Tasche und legte sie auf den Tisch.

»Als ich in Dublin war, bin ich zum Krankenhaus gefahren und habe mich mit Dr. O'Neill unterhalten.« Sie nahm das Foto. »Ich habe ihr das da gezeigt. Sie hat ihn sofort wiedererkannt und erzählt, er hätte meine Schwester nur wenige Stunden vor ihrem Tod besucht. Sehr genau hat sie sich daran erinnert, denn sie ist ihm begegnet, als sie aus dem Zimmer ging. Sie erzählte, sie hätte ihm die Tür aufgehalten und so Gelegenheit gehabt, ihn sich näher anzusehen. Ihr war klar, daß da irgendeine Beziehung bestand, weil er Eileens Tochter so ähnlich sah.«

Er legte die beiden Bilder nebeneinander und musterte sie eingehend.

»Das ist Con, eindeutig.«

»Ja.«

»Wo«, fragte er bedächtig, »wo haben Sie das her?«

»Das Foto in der Zeitschrift stammt aus Bids Büro«, erklärte sie ausweichend. Langsam hob er den Kopf. Fast konnte sie sehen, wie seine Gedanken sich über seinem Kopf aufblähten, und hatte Angst vor dem, was jetzt kommen würde.

»Gab es einen besonderen Grund dafür, daß Sie die Fotographien der Ärztin gezeigt haben? Grace?« Er kniff die Augen zusammen, als er den Zeitungsausschnitt über den Tisch schnippte. »Und das da?«

»Den habe ich in Bids Wohnung gefunden, neben dem Bett, als ich auf die Briefe gestoßen bin. Ich glaube, sie waren in der Tasche ihrer Mutter, die auch neben dem Bett gestanden hat.«

»Also hat sie doch Verbindung mit ihm aufgenommen.« Seine Stimme wurde ausdruckslos vor Ungläubigkeit. »Wurde in dem Brief der Name Con erwähnt?«

»Nicht in dem Teil, den ich gefunden habe.«

»Wie hat sie dann … Woher hat sie ihn dann gewußt?«

Seine Hartnäckigkeit machte ihr angst, und sie zögerte, ehe sie das Stück Papier umdrehte und auf die Telefonnummer deutete, die auf die Rückseite gekritzelt war.

»Haben Sie das geschrieben?«

»Nein.«

»Aber es hat Ihnen etwas gesagt?«

»Ja. Ich habe die Nummer überprüft. Es war Rynnes Geschäftsnummer. In London.«

»Aber Sie haben doch gesagt, Sie hätten den Namen nie gehört und hätten ihn eben erst von mir erfahren?« sagte er vorwurfsvoll.

»Das ist wahr! Das müssen Sie mir glauben. Ich habe es nicht gewußt. Er hatte seinen Namen geändert – angeglichen.« Sie kritzelte Rynne auf den Zettel. Dann setzte sie zwei Pünktchen auf das Y und strich das zweite N und das E durch. Rÿn. Anschließend schrieb sie *Van Rijn* neben die Telefonnummer und schob ihm den Zettel hin. »Einfach anders buchstabiert.« Sie deutete mit dem Finger auf die Worte Van Rijn. Der Priester griff nach dem Zettel.

»Und was bedeutet das?«

»Das ist ein Name.«

»Der Ihnen etwas sagt?«

»Ja«, murmelte sie und wich seinem Blick aus.

»Grace. Wessen Name?«

»Des Mannes, der im Kanal ertrunken ist.«

»Bridgets, hm, Liebhaber? War er ein Verwandter von Con?« fragte er verdrossen.

»Ja«, flüsterte sie mit niedergeschlagenen Augen.

»Sehen Sie mich an, Grace. Treiben Sie irgendwelche Spielchen oder versuchen Sie, meine Gefühle zu schonen? Sie sprechen von dem Holländer?«

»Das hat er behauptet.« Sie brachte es nicht fertig, ihm in die Augen zu sehen.

»Behauptet?« Ungläubig zog er das Wort in die Länge.

»In Wirklichkeit war er gar kein Holländer. Als Bid ihn kennengelernt hat, ist er ihr als Holländer vorgestellt worden. Offenbar hat er sie damals in dem Glauben gelassen. Ich vermute, er wollte sich auf nichts einlassen.«

»Weil er bereits verheiratet war?« Seine Stimme klang barsch.

»Na ja. Ja.«

Fast zu spät machte sie einen Rückzieher. Sie schämte sich, seine Besorgtheit mit lästerlichen Hieben gegen seinen Glauben zu vergelten.

»Sie hat gesagt, er sei geschieden. Stimmt das?«

»Nein, die Scheidung war, hm, noch nicht ganz durch«, wiederholte sie die kleine, traurige Hoffnung Bids.

»Arme, törichte Bid.« Nachdenklich sah Pater Crowley Grace an. Allmählich dämmerte ihm die Wahrheit. »Grace? Wie hieß er?« fragte er ruhig.

»Cas Van Rijn«, erwiderte sie schlicht. »Er war stellvertretender Direktor einer Firma namens Hanning-Van-Rijn. Seine Partnerin hatte vorgeschlagen, seinen Namen anzugleichen. So klang er holländischer«, improvisierte sie und wich immer noch seinem Blick aus.

»Cas? Haben Sie Cas gesagt? Was ist das für ein Name?«

Jetzt sah sie ihn an.

»Könnte das eine Abkürzung für Cornelius sein?« Jegliches

Gefühl schwand aus ihrer Stimme, und leise fügte sie hinzu: »Er hat nichts von Bid gewußt. Keiner von beiden hat etwas gewußt. Es war reiner Zufall, daß sie sich begegnet sind. Sie waren unschuldig. Hätte Eileen Lacey dem armen Mädchen den Namen ihres Vaters gesagt, dann wäre sie wahrscheinlich dahintergekommen. Aber das hat sie nicht. Und Eileen ist ein derart gebräuchlicher Name, daß er ebenfalls keinerlei Zusammenhang hergestellt hat. Vielleicht hat Bid ihre Mutter nie beim Vornamen erwähnt. Das hat niemand. Alle, mit denen ich gesprochen habe, nannten sie nur Mrs. Lacey. Das ist mir aufgefallen.« Sie sah auf und sagte sehr nachdrücklich: »Pater Crowley, ich bin sicher, bis zum Schluß hat keiner von beiden gewußt, daß sie miteinander verwandt waren. Es tut mir so ungeheuer leid.«

Er öffnete den Mund, als ihm die volle Tragweite dessen, was sie gesagt hatte, bewußt wurde. Dann stützte er die Arme auf den Tisch, bettete den Kopf in die Hände und begann sich hin und her zu wiegen.

SLIGHTLY FOXED: *Ronald Searles verruchte Welt der Büchersammler. Sorgfältig restauriert, mit Umschlag.*

37 »Was werden Sie jetzt tun, Grace?« fragte Pater Crowley, als sie ein paar Tage später vorbeikam, um sich zu verabschieden.

»Ich habe zu Hause einiges zu erledigen. Bids Wohnung in Ordnung bringen, für mich selber eine neue Wohnung suchen, aus dem Haus ausziehen. Reggie wird es für seine neue Familie brauchen.«

»Und Sie wollen keine Familie?«

Sie lächelte und schüttelte den Kopf. »Ich glaube nicht, daß ich das hinkriegen würde«, erwiderte sie leichthin, »zumindest für lange Zeit nicht.«

»Was werden Sie tun?« wiederholte er.

»Ich habe mir überlegt, ob ich vielleicht für eine Weile nach Irland zurückgehe. Für ein paar Monate. Möglicherweise nach Ballymahon, um zu sehen, ob ich etwas für Gráinne Sullivan tun kann.«

Sie lächelte und streckte ihm die Hand hin. »Auf Wiedersehen, Seamus. Danke.« Sie wollte ihn umarmen, traute sich dann aber doch nicht.

»Ich hoffe, Sie kommen wieder und besuchen mich, Grace? Bald?«

»Gerne.«

Er hielt die Autotür auf, während sie sich anschnallte. Sie grinste zu ihm hinauf.

»Seamus? Ich glaube, ich kann einige der Lücken in Ihrem Bücherregal füllen.«

»O herrje, Sie sind mir auf die Schliche gekommen. Habgier, das ist alles.« Er zwinkerte ihr zu.

»Ich habe das Gefühl, eine Menge Ihrer Desiderata stehen in Bids Bücherregal.«

»Die Bücher von Fergus? Sie wollen doch nicht etwa eine so wunderbare Sammlung auseinanderreißen?«

»Ich glaube schon. Andere Leute sollen auch ihren Spaß daran haben. Außerdem wette ich, sie würde sich freuen, wenn Sie bekommen, was Sie sich so sehr wünschen. Ich habe mir die Titel gemerkt.«

»Tatsächlich«, meinte er und fügte dann traurig hinzu: »Ich fürchte, Bid hatte nicht besonders viel Verständnis für diese wunderschönen Bücher. Armes Ding, sie war kein Büchermensch.«

»Wahrscheinlich nicht, aber mit Sicherheit hat sie sie in Ehren gehalten und geschätzt. Vielleicht weil sie ihrem Vater gehört haben. Jedenfalls sind sie in tadellosem Zustand. Ich glaube, sie würde sich freuen, wenn Sie sich davon nehmen, was Sie wollen. Und ich mich ebenfalls.«

Er strahlte sie entzückt an, und sein ohnehin rotes Gesicht nahm eine besorgniserregende purpurne Farbe an.

»Dann kommen Sie lieber bald mit Ihren Schätzen«, grinste er.

»Unter einer Bedingung.«

»Na ja, das habe ich mir fast gedacht.«

»Sie suchen sich aus, was Sie wollen, und helfen mir dann, Käufer für die anderen zu finden?«

»Aha. Die Buchhändlerin.«

»Richtig.« Sie lächelte. »Während ich versuche, meine Angst zu begraben, könnte ich vielleicht gleichzeitig etwas dazulernen. Was meinen Sie?«

»Sie haben mich überredet. Ich finde das eine hervorragende Idee.« Er klopfte ihr liebevoll auf die Schulter. »Ich rechne also fest mit Ihrem Besuch. Auf Wiedersehen, Grace, mein liebes Kind.«

»Wiedersehen, Pater.«

Im Wegfahren sah sie in den Rückspiegel, bis seine untersetzte Gestalt nur noch ein schwarzer Fleck am Horizont war.

Schluß

Hallowe'en 1990

Liebe Livy,

ich habe versprochen, Ihnen zu schreiben, sobald ich mehr über Cas' Tod herausgefunden habe. In den letzten paar Wochen habe ich eine ganze Menge erfahren, aber auch jetzt noch bleiben die genauen Umstände eine Sache von Vermutungen. Leider, fürchte ich, ist es eine lange und traurige Geschichte – meine und ihre –, die unentwirrbar miteinander verknüpft sind. Die Schuld daran kann man niemandem zuschreiben. Jeder von uns hatte seine eigenen Sorgen und Ängste, die sich zwar überschnitten, aber eben doch nicht genau miteinander übereingestimmt haben.

Eines steht mit einiger Sicherheit fest: Cas ist nicht nach Dublin gefahren, um sich dort mit Bid zu treffen, und keinesfalls war sie irgendwo in seiner Nähe, als er ins Wasser gegangen ist. Zu dem Zeitpunkt saß sie im Auto des Begräbnisunternehmers, auf dem Weg zum Friedhof Mount Jerome. Damit will ich nicht sagen, sie hätten sich nicht doch getroffen – schließlich und endlich starb er keine hundert Meter von ihrem Haus entfernt –, aber so, wie die Geschichte sich darstellt, werden Sie ebenfalls zu dem Schluß kommen, beide haben völlig unabhängig voneinander den Entschluß gefaßt zu sterben, auch wenn in beiden Fällen der letztliche Grund derselbe war.

Der erste ausschlaggebende Punkt war das Gespräch, das Eileen Lacey in der Nacht, ehe sie ins Krankenhaus ist, mit Pater Crowley führte und die Briefe, die sie anschließend schrieb. Nachdem er sie, so glaubte er, von ihrem Entschluß abgebracht hatte, Bids Vater zu suchen, hat er stundenlang auf sie eingeredet und sie angefleht, bei ihren Enthüllungen Bid gegenüber behutsam vorzugehen. Er hat versucht, ihr klarzumachen, daß es nichts brachte, sich zu diesem Zeitpunkt an die Brust zu schlagen.

Er hat sie gedrängt, Bid einfach einen liebevollen Abschiedsbrief zu schreiben und ihr höchstens die nackten Tatsachen mitzuteilen. Und obwohl er dies nicht wußte, zumindest in einer Hinsicht hatte er Erfolg damit: Der Brief, den sie ihm am nächsten Tag für Bid gegeben hat, war völlig harmlos. Das Unglück war, Eileen hat es unterlassen, ihm das zu sagen und schlichtweg vergessen, ihre Bitte zu widerrufen, er solle Bid alles erklären. Auch Con hat sie nicht erwähnt. Und obwohl ich keine Möglichkeit sehe, das zu überprüfen, bin ich überzeugt, sie war weit davon entfernt, ihr Vorhaben aufzugeben und hatte bereits seine Spur aufgenommen.

Eine weitere unglückselige Komplikation war, daß Eileen in jener Nacht außerdem ein volles Geständnis niedergeschrieben hat, das sie dann zurückgehalten, aber, leider, nicht vernichtet hat. Statt dessen hat sie es entweder mit ins Krankenhaus genommen oder irgendwo zu Hause liegenlassen, wo Bid es dann fand. Ich kann nicht glauben, daß dies wirklich ihre Absicht war, das wäre zu grausam gewesen. Sie war todkrank, hatte Schmerzen und war vermutlich viel zu durcheinander, um zu merken, was sie tat, geschweige denn, um in der Lage zu sein, die Dinge in Ordnung zu bringen. Pater Crowley hatte keinen Einfluß mehr auf die Entwicklung der Dinge, denn er hatte nie Gelegenheit, sie alleine zu sprechen. Besuche hat sie ihm nur gestattet, wenn ihre Tochter ihn ins Krankenhaus mitgebracht hat.

Der zweite und wohl ausschlaggebende Faktor war der Zeitpunkt des Todes meiner Schwester und was Cas damit zu tun hatte – davon gleich mehr –, denn ich habe herausgefunden, daß er sie an dem Vormittag, an dem sie starb, besucht hat. Die Ärztin, mit der ich gesprochen habe, hat ihn anhand des Fotos, das Sie mir gegeben haben, identifiziert. Ich glaube, damals stellte sich heraus, daß die Frau, die er als Eileen Ann Sullivan geheiratet hatte, dreißig Jahre den Namen Eileen Lacey getragen hatte – meine Schwester und Bids Mutter.

Wie es zu diesem grotesken Zusammentreffen gekommen ist, weiß ich nicht genau. Am wahrscheinlichsten ist, daß sie in einer Zeitung zufällig ein Foto von ihm gesehen hat, denn ich glaube nicht, daß er sie je gefunden hätte, wenn nicht sie zuerst Verbindung mit ihm aufgenommen hätte. Sie muß ihm unter ihrem Mädchennamen geschrieben haben. Weiß der Himmel, zu welchem Zeitpunkt der Kontakt hergestellt wurde. Ich glaube jedoch, als Cas das Krankenhaus verließ, wußte er, daß er mit seiner eigenen Tochter ein Kind gezeugt und daß Eileen Beweise für ihre Beziehung hatte. Danach nahm die Tragödie unaufhaltsam ihren Lauf.

Möglicherweise hat er am Mittwochnachmittag versucht, Verbindung mit Bid aufzunehmen, und erfahren, daß sie nach Dublin gefahren war. Einige Tage lang hat er fast die ganze Zeit über auf der Bank vor dem Pub gewartet, von der aus man auf der anderen Seite der Kanalstraße das Haus der Laceys auf der Toronto Terrace sieht. Die Umstände hatten sich gegen ihn verschworen, denn es gelang ihm nicht, falls er das gehofft hatte, mit ihr zu reden, ehe sie zu ihrer Mutter ging. Als Bid eintraf, haben ihre Freunde sie sofort unter ihre Fittiche genommen. Auch am Donnerstag war ständig irgend jemand bei ihr, abgesehen von einer kurzen halben Stunde am späten Abend. Durchaus möglich, daß sie sich da getroffen haben, aber das scheint mir nicht wahrscheinlich – irgendwie paßt es nicht in den zeitlichen Ablauf.

Am Freitagnachmittag hielt dann der Leichenzug vor dem Haus an, wie es hier Brauch ist. Cas hat mit Sicherheit soviel über diese Gepflogenheiten gewußt, daß ihm klarwurde, wenn Eileen am Freitag beerdigt wurde, dann war sie mit großer Wahrscheinlichkeit am Mittwoch gestorben. Vielleicht hatte er sie umgebracht – oder glaubte das zumindest? Das weiß allein Gott. Vielleicht aber hat die Prozession auch die Hoffnung in ihm aufkommen lassen, jetzt, wo Eileen tot war, würde Bid nie etwas erfahren – wenn auch er aus dem Weg war. Mittlerweile glaube ich, vielleicht wider alle Vernunft, daß dieser kleine Hoffnungsschimmer ihn dazu getrieben hat, ins Wasser zu gehen. Ich glaube, er hat Bid wirklich geliebt.

Vielleicht war es der Alkohol, der das Denken des armen Mannes verwirrt hat, denn traurige Tatsache ist, die Beweise, die

Eileen ihm gezeigt hatte, waren nach wie vor im Krankenhaus und mit Eileens Tod in Bids Besitz übergegangen. Ich vermute jedoch, selbst wenn ihm dieser Gedanke gekommen wäre, er hätte gewußt, die Fragen, die Bid zu stellen versäumt hatte, würden jetzt gestellt werden – Sie haben selber gesagt, einer direkten Frage ist er nie ausgewichen. Auf welche Weise er es also auch betrachtete, fest stand, er würde Bid verlieren. Armer Cas.

Armer, verschlagener Cas. Sie haben sich vielleicht gewundert, daß ich geschrieben habe, er hätte sich mit den örtlichen Sitten wohl einigermaßen ausgekannt? Wie es dazu gekommen war? Ich fürchte, Livy, auch Ihnen gegenüber war er nicht so ehrlich, wie Sie vielleicht geglaubt haben. Erstens hat er es, und das war von ausschlaggebender Bedeutung, unterlassen, Ihnen von seinen Verbindungen mit Irland und seiner irischen Frau zu erzählen. Als ich jedoch den Namen auf seinem englischen *Paß gesehen habe, hat er mich ganz vage an etwas erinnert, und allmählich haben die Einzelteile des Puzzles sich ineinandergefügt. Wiedererkannt habe ich den Namen eigentlich nicht, aber irgendwie kam er mir bekannt vor.*

Ein niederträchtiger Gedanke, ich weiß, aber ich frage mich, ob dieses Unbekannte, dieses Rätselhafte der auf ihrer Verwandtschaft beruhenden Anziehungskraft, die die beiden zueinander hingetrieben hat, ihrer Beziehung nicht einen zusätzlichen Reiz verliehen hat.

Wieviel er ihr gesagt und wieviel sie erraten hat, darüber können wir nur Vermutungen anstellen. Jedensfalls, so glaube ich, genug, um sich alles zusammenzureimen, sobald sie den Brief gefunden hatte, den Eileen eigentlich zurückhalten wollte.

Um das richtig zu erklären, sollte ich am Anfang beginnen, denn genau da, so glaube ich, kam es zu dem ersten verhängnisvollen Irrtum, der die Saat säte, die so reiche, so verheerende Ernte tragen sollte.

Sehen Sie, hätte er nicht holländisch gesprochen ...

Dank

Alle Figuren in dem Buch sind frei erfunden, und jede Ähnlichkeit mit lebenden oder toten Personen ist rein zufällig.
Der Grand Canal ist nicht mehr so heruntergekommen, wie ich ihn beschrieben habe. Ich hoffe, das Heer von Freiwilligen, die ihn im Verlauf der letzten Jahre mit so großem Erfolg gründlich gesäubert haben, sieht mir nach, daß ich ihre Anstrengungen — scheinbar — übersehen habe.
Die Entstehung dieses Buches hat sich lange hingezogen. Für ihre unerschütterliche und gutmütige Unterstützung bin ich meiner Familie zutiefst dankbar: John und Emily für ihre guten stilistischen (und sonstigen) Ratschläge, Oscar dafür, daß er mich in die Geheimnisse des Computers einführte. Simon und Frances für ihre professionellen medizinischen Hinweise; wenn in diesem Punkt etwas nicht stimmt, dann ist dies meine Schuld, nicht ihre.

Mein aufrichtiger Dank gilt auch: Orla Murphy, Jon Stallworthy und Úna O'Connor für ihr geduliges Zuhören, wenn ich immer wieder (und ausführlich) die Handlung mit ihnen durchsprach. Sarah Frost für die sorgfältig und schnelle Fertigstellung des endgültigen Typoskripts, Richie Gill, der mir beruhigend zuredete, wenn ich nicht weiterwußte; Mary Campbell, meiner enzyklopädisch gebildeten Führerin durch Clerkenwell; meiner Schwester Pauline Fitzpatrick, die mir in Dublin einen Stützpunkt zur Verfügung stellte; Toon und Edith Huson in Holland, Patricia Scanlan und Ruth McCarthy für ihre Begeisterung über die endgültige Fassung.

Von Anfang an glaubte Christine Green an mich und unterstützte mich, und ihr wie auch meiner Lektorin bei Poolbeg, Kate Cruise O'Brien, möchte ich für die durchdachte und einfühlsame Arbeit danken; und nicht zuletzt gilt mein Dank auch meinen Verlegern für ihre unermüdliche Unterstützung.